三 色 堇

——《哈姆莱特》解读

孟宪强 著

商务印书馆
2007年·北京

图书在版编目(CIP)数据

三色堇:《哈姆莱特》解读/孟宪强著.—北京:商务印书馆,2007
ISBN 978-7-100-05459-1

Ⅰ.三… Ⅱ.孟… Ⅲ.悲剧-剧本-文学研究-英国-中世纪 Ⅳ.I561.073

中国版本图书馆CIP数据核字(2007)第048393号

**所有权利保留。
未经许可,不得以任何方式使用。**

三 色 堇
——《哈姆莱特》解读
孟宪强 著

商 务 印 书 馆 出 版
(北京王府井大街36号 邮政编码100710)
商 务 印 书 馆 发 行
北京瑞古冠中印刷厂印刷
ISBN 978-7-100-05459-1

2007年12月第1版　　开本880×1230　1/32
2007年12月北京第1次印刷　印张14⅛

定价:26.00元

目 录

绪论
  走出种种认知误区,阐释《哈姆莱特》固有的艺术价值 ……… 1

文艺复兴运动的文化积淀
  ——《哈姆莱特》文本的独特属性 ……………………… 12

文艺复兴晚期的"时代的缩影"
  ——《哈姆莱特》的时空定位 …………………………… 27

一代社会人生凝聚而成的严肃悲剧
  ——《哈姆莱特》悲剧类型的重新界定 ………………… 37

精心构筑的艺术世界
  ——《哈姆莱特》的戏剧冲突 …………………………… 62

超越时空的审美价值
  ——《哈姆莱特》的思想内涵 …………………………… 77

三重元素孕育出来的艺术生命
  ——哈姆莱特总论:文艺复兴时期的时代精英 ………… 95

哈姆莱特与蒙田之比较研究
  ——哈姆莱特分论(一):一个学者式的英雄人物 ……… 111

性格多元理论凝结出来的艺术晶体
  ——哈姆莱特分论(二):不同性格成分构成的典型 …… 146

2 三色堇

"显示善恶的本来面目"
　　——哈姆莱特分论(三)：道德人性的二元结构 …………… 161

To be, or not to be：一个永恒的普遍的公式
　　——论哈姆莱特的理性主义哲学 ………………………… 177

情感史诗的动人篇章
　　——论哈姆莱特的忧郁 …………………………………… 192

普遍心理过程的独特诱因
　　——论哈姆莱特的踌躇、延宕及其心理机制 …………… 208

种种假面掩盖着丑恶与罪行
　　——《哈姆莱特》人物群像之一 ………………………… 230

善良无辜者毁灭的轨迹
　　——《哈姆莱特》人物群像之二 ………………………… 247

一个应运而生的历史见证人
　　——《哈姆莱特》人物群像之三 ………………………… 259

"复调艺术"的杰作
　　——论《哈姆莱特》的多重情节 ………………………… 264

独特艺术风格的标本
　　——《哈姆莱特》人物个性化语言构成的交响诗篇 …… 279

台词艺术的典范
　　——《哈姆莱特》的语言结构系统 ……………………… 291

《哈姆莱特》典故注释 ……………………………………………… 311

附录

中国《哈姆莱特》批评史述要 …………………………………… 330

Table of Contents ·················	Translated by Yang Lingui 415
Abstract ····························	Translated by Yang Lingui 417
后记 ···	437

> 这是表示思想的三色堇。
> ——《哈姆莱特》四幕五场

绪　　论
走出种种认知误区，阐释
《哈姆莱特》固有的艺术价值

莎士比亚的创作处于文艺复兴运动晚期。正如鲍桑葵所说："莎士比亚在一切方面都不是标志着一个时期的开始，而是标志着一个时期的结束。"[①] 著名瑞士学者布克哈特也表述了一个相似的观点。他说，"全欧洲只产生一个莎士比亚，而这样的人是不世出的奇才"，"很难想象，在西班牙总督的统治下，或者在罗马宗教裁判所旁边，或者甚至在几十年后的莎士比亚自己的国家里，在英国革命时期，能产生一个莎士比亚。达到完美地步的戏剧，是每一个文明的晚期产物，它必须等待自己的时代和命运的到来"[②]。的确如此，古希腊戏剧是古希腊文明的"晚期产物"，同样，文艺复兴时期英国的戏剧乃文艺复兴文明的"晚期产物"。文艺复兴从14世纪开始，在经过了诗歌、小说的繁荣之后，戏剧终于迎来了自己的黄金时代，成为欧洲戏剧史上第二个高峰。16世纪后半和17世纪初英国独特的社会结构、生活形态和民间戏剧的兴盛为戏剧艺术的发展提供了最充分、最全面的文艺复兴文明"晚期产物"的诸种因素，因此在英国舞台上涌现出灿

---

① 〔英〕鲍桑葵：《美学史》，商务印书馆1985年版，第241页。
② 〔瑞士〕布克哈特：《意大利文艺复兴时期的文化》，商务印书馆1979年版，第312页。

烂的群星,而莎士比亚正是其中最能代表文艺复兴文明的一代戏剧大师。唯其出现在文艺复兴运动晚期,莎士比亚的作品才有可能涵纳整个文艺复兴运动的文明成果,成为这场伟大运动的一部百科全书,成为描绘这个时期人们生活命运和思想感情的不朽诗篇。米开朗基罗用石料创作了遒劲的大卫雕像,达·芬奇用色彩创作了神秘的《蒙娜·丽莎》,贝多芬用声音创作了伟大的音乐,而莎士比亚则是用语言材料匠心独运地创作了具有永久艺术魅力的戏剧作品,几个世纪以来始终巍然地屹立在语言艺术的巅峰之上。莎士比亚的作品以其特有的真善美之光照耀着充满希望以及冲动和丑恶的人世,陶冶着人们难以完美的心灵。

莎士比亚不朽的艺术生命穿越了时间的界限和地域的樊篱,成为人类精神文明的永恒瑰宝。他的作品被译成多种文字,在许多国家的舞台上盛演不衰,一些国家还举办不同规模的莎士比亚戏剧节;他的作品被改编成歌剧、舞剧、芭蕾舞剧、电影等多种艺术形式;欧洲许多音乐大师还以他的作品谱写了大量交响乐等纯音乐作品。研究莎士比亚的"莎学"从1950年代开始定期在莎士比亚故乡举行国际莎士比亚会议,1970年以来逐渐由国际莎士比亚协会举办的世界莎士比亚大会所取代。世界莎士比亚大会每5年一届,到2001年4月,已先后在温哥华、华盛顿、斯特拉福、柏林、东京、洛杉矶和巴伦西亚举行过7届。研究莎士比亚的论著浩如烟海,美国著名的福尔杰·莎士比亚图书馆(Folger Shakespeare Liberary)从1950年代开始每年出版1期的《世界莎士比亚目录卷》(*World Shakespeare Bibliography*)收入世界各国学者莎学论著目录提要,从1950年代的每年2000种左右发展到1990年代末的每年4000种左右,国际莎学研究至今方兴未艾,各国学者探索着莎士比亚艺术王国里的文化宝藏。

从莎士比亚生活的时代到20世纪末的400多年间,莎士比亚受到一代又一代学者、诗人和作家的高度评价,他们称颂莎士比亚为"英国民族的骄傲"、"时代的灵魂"、"戏剧的元勋"、"不属于一个时代而属于所有的世纪";称颂他为"戏剧诗人之父"、"古今诗人中的诗人";"有一颗通天之心,能够了解一切人的激情","是共同人性的真正儿女";是"诗人中的英雄"等等。20世纪西方许多批评流派往往在推崇莎士比亚的表面下以莎士比亚作品作为他们理论观点的注释,造成了对莎士比亚的种种扭曲、肢解和异化,只是在更广泛的社会文化领域中莎士比亚才摆脱了这种混浊批评的泥污,被认为是可以与爱因斯坦、马克思相并列的三位最伟大天才之一:爱因斯坦天才地解释了物质世界,马克思天才地解释了人类社会,莎士比亚则天才地解释了永恒的人情人性。到20世纪末,在经历了漫长的时间的考验之后,莎士比亚仍以其无可比拟的语言艺术赢得了最高荣誉。英国的一家杂志调查显示,莎士比亚仍被认为是英国"历来最伟大的人物",美国的一家杂志评出的一千年来"最伟大的天才"是莎士比亚。现在,他正戴着这样的桂冠走进21世纪并继续显示着他那艺术天才的光辉。

《哈姆莱特》正处于莎士比亚一生创作穹窿的顶端,是莎士比亚全部艺术天才集于一体的代表作品,被称誉为"那位前无古人、后无来者的全人类所加冕的戏剧诗人之王的灿烂王冠上面的一颗最光辉夺目的金刚钻"①。《哈姆莱特》是莎士比亚的中心作品,由于它所具有的文化渊源的特殊性、所涵纳的社会生活的丰富性、所包含的审美价值的深刻性、所塑造的艺术形象的复杂性以及所凝结的艺术形式

---

① 满涛译:《别林斯基选集》第一卷,上海文艺出版社1963年版,第442页。

的完美性,使其成为世所罕见的语言艺术的绝唱、不可企及的戏剧作品的经典,具有不易探测的深度和难以把握的繁复。漫漫的历史尘埃始终未能遮住《哈姆莱特》这颗"金刚钻"的熠熠光彩,丹麦王国里那位举世皆知的青年王子以其不朽的生命元素抵御了无情岁月的销蚀,依然充满灵与肉的搏动,吸引了无数学者,倾倒了众多的艺术家,受到了一代又一代读者的喜爱。学者们惊异于这部作品超越时空的艺术生命和多元的价值取向,写出了卷帙浩繁的论著[1],艺术家们从中触发了创作灵感,使其在不同的艺术形式中获得再生[2],一些国家则将其列入中学生的必读书目之中[3]。在《人类一千年》一书中选出了人类 1000 年来最有影响的 100 件事和 100 个人,1603 年出版的《哈姆莱特》以"To be, or not to be"(生存还是毁灭)为题被选入,在第 36 号的位置。该书编者解释说:"莎士比亚在该剧中完成了对自己的超越。他采用了一个古老的……手足相残和复仇的传说将其编成一部关于人性的悲剧。它被翻译将近一千次并且几乎是在从不间断

---

[1] 莱文在 1959 年出版的《哈姆莱特问题》中说:"1877 年出版的《哈姆莱特》辑注本以来,每 12 天就有一部《哈姆莱特》专著问世。""在拉芬所列的《哈姆莱特》参考目录中,从 1877 年到 1935 年就超过了二千条目,这一数量是惊人的,在文学评论史上是罕见的。"见张泗洋等:《莎士比亚引论(上)》,中国戏剧出版社 1989 年版,第 374 页。1950 年代以来,每年收入《世界莎士比亚目录卷》中有关《哈姆莱特》的条目由最初的一二百条增至 1990 年代末的四百多个条目。1979 年印度还出版了年刊《〈哈姆莱特〉研究》,发表世界最新的《哈姆莱特》研究成果。

[2] 《哈姆莱特》被谱成的音乐作品在全部莎剧中占首位(68 部乐曲,38 首歌曲);被改编成 14 部歌剧,占第三位(第一位《暴风雨》31 部,第二位《罗密欧与朱丽叶》24 部)。见张泗洋等:《莎士比亚引论(上)》,中国戏剧出版社 1989 年版,第 490 页。《哈姆莱特》被改编成的电影亦占第一位,在已拍成的 350 部莎士比亚电影中,《哈姆莱特》最多,为 75 部;其次为《罗密欧与朱丽叶》,为 51 部。《2000 年吉尼斯世界纪录大全》,见《读者》杂志 2000 年第 8 期,第 52 页。

[3] 如《哈姆莱特》与《麦克白》被美国列入高中学生必读书目,排在第二位。(《文汇报》1996 年 9 月 26 日)又如 2000 年我国教育部颁布的新《语文教学大纲》中向中学生推荐古今中外文学名著,高中部分共 20 种,其中外国文学名著 10 种,《哈姆莱特》列为首位。

地印刷出版着……在哈姆莱特这位处于冲突中的王子身上,莎士比亚塑造了一个文人式的英雄:他的复仇冲动一次次被他的犹豫不决所瓦解,他是一个被政治与道德的腐败彻底粉碎了幻想的旁观者,还是一个无与伦比的语言大师。整个戏剧充满了问题,但《哈姆莱特》一剧还是通过它诗一般的语言才牢牢抓住全世界观众与读者的心。"①

几个世纪以来,学者们对《哈姆莱特》的研究殚精竭虑,各种观点分歧林立,众说纷纭,洋洋大观的《哈姆莱特》评论构成了一个与作品的艺术世界相并行的理论世界。在这里不同观点的相互冲突交织纠葛,令人无所适从。一些探幽抉微的论述给人以启迪,然而另一些思辨的论断却常常令人困惑,因为他们的结论与作品大相径庭。而那些对《哈姆莱特》的种种误读则终于将哈姆莱特从莎士比亚所创造的那个自在的艺术王国中强行拉出,并置于人为的谜团之中,用各种釉彩将他涂抹成面目模糊的角色。《哈姆莱特》研究的种种误读形成了一系列认知误区,成为真正领悟其艺术魅力的陷阱。因此,用科学的方法去解读《哈姆莱特》,还其莎士比亚戏剧绝唱的本来面目,展示其艺术王国的多姿多彩就成了走进21世纪的《哈姆莱特》研究的时代的和历史的要求。

《哈姆莱特》研究的一些误读来自对于这个自在的艺术王国的远距离考察,即在研究其与历史文化的传承关系、同时代社会的反映关系、同艺术类型的因袭或创新关系中,认为《哈姆莱特》存在"时代的错误"和"地点的错误",并将传统故事的某些内容强行塞进《哈姆莱

---

① 参见《人类一千年》,上海三联书店出版,转引自《读者》杂志2000年第3期,第61页。

特》，宣称它存在着"两个世界"等等。这些对艺术作品所做的非艺术的批评造成一种混乱，打破了《哈姆莱特》这个自在艺术王国特有的时空定位和内在的完整统一。其实《哈姆莱特》同任何艺术作品一样，一旦它们被创作出来就切断了同作家之间的脐带，切断了同素材之间的联系而获得了独立的生命，成为一个封闭的、完整的，有内在生活情境的自在的艺术世界而进入自己的运行轨道。因此，那些将《哈姆莱特》之外的种种成分混入这个自在的艺术世界的时候，都会造成不同程度的误读。

在对《哈姆莱特》的外部考察中将其界定为"复仇悲剧"似乎应该说是对其最大的误读。正如《堂吉诃德》不是骑士小说一样，《哈姆莱特》不是复仇悲剧。然而，几个世纪以来这种认识却一直在支配、制约着《哈姆莱特》的研究。从18世纪以来，许多学者认为《哈姆莱特》是一部"塞内加式"的"流血复仇悲剧"，他们将《哈姆莱特》与其前后出现的各种复仇悲剧相比较，论其短长得失，寻找更早的悲剧原型，搜寻莎士比亚在《哈姆莱特》这出新型复仇悲剧中的贡献与不足。哈姆莱特复仇的"拖延"或"延宕"的问题，正是在此基础上提出来的并被视为该剧的关键所在。这个问题一经提出便一发而不可收，学者们从人类思维所能达到的一切方面去寻根问底，衍发了泱泱宏论，造成了文艺批评史上绝无仅有的混乱与复杂的局面。"复仇悲剧—复仇的延宕—延宕的根源"这是一个由于变异了作品悲剧属性、阉割了作品整体内容而造成的认知怪圈；它很有诱惑力，在它的入口处站着诱人的塞壬[①]，她们以动人的声音将学者们引入这个怪圈之中。正

[①] 塞壬（Sirens）：古希腊神话中专以美妙的歌声诱惑水手的女妖，她们是人首鸟身之妖，水手们听其歌声后即不能自制，投身到海里，到了岛上就被塞壬们害死。

像被塞壬迷住的水手们弃船登岛不能生还一样,进入这个怪圈的学者们差不多没有人能够摆脱自我困惑的命运:越是用力研究,越是惘然不解,终于陷入不可知论的泥淖之中。

其实《哈姆莱特》并不是复仇悲剧,它只是莎士比亚借用古代复仇故事的框架而创作出来的一部前所未有的新型悲剧,我称之为"严肃悲剧"。就其所涵纳的艺术意蕴的丰富性和所塑造的人物的丰满性而言,《哈姆莱特》是复仇悲剧根本不能与之相比的。莎士比亚选择一个古老的复仇故事来再现时代的风貌,是一个正确的选择,因为它能够尽量多地将历史的、时代的、社会的、家庭的、人生的各种因素汇入其中,能够尽可能地塑造出一个体现时代精神的典型形象。因此,当我们沿着"严肃悲剧—复仇的延宕—延宕的内涵"这样一个认知模式走进《哈姆莱特》的时候,就会走出怪圈,出现"山穷水尽疑无路、柳暗花明又一村"的局面。莎士比亚所创作的这种前无古人、后无来者的容量巨大的严肃悲剧是对欧洲戏剧乃至世界戏剧发展所做出的一个重大贡献。我们对《哈姆莱特》悲剧类型的重新界定,将会为《哈姆莱特》研究确定一个新的坐标,开辟一条新的途径。

《哈姆莱特》研究中的误读还来自对这部作品的近距离的内部考察,即研究文本的思想意蕴、人物形象、情节语言等等,特别是对主人公哈姆莱特研究中出现的片面取舍、随意强加、主观臆断以及将作者拉入作品之中与哈姆莱特相混同,把属于哈姆莱特的一些自在自足的活动和言论剥离出来再返归给作者的批评模式以及将《哈姆莱特》作为某种学派、某种主义或某种理论的注释都不同程度地偏离了这个自在的艺术王国。他们不是对作品解读,而是在重构;不是对人物解读,而是在重塑,这样就肢解了作品和人物形象,异化了作品和人物的生命,消解了作品和人物的价值。如荒诞派用《哈姆莱特》来阐释"人生的尴尬",后现代主义认为哈姆莱特始终是处于"表现自我与掩饰自我之间的角色"等等。特别是1950年代以来将哈姆莱特说成是一个"不定型的角色"的观点把这种认知困境推向了极致,一些学者说哈姆莱特是个"谁也猜不透的谜",另一些学者则将这个所谓的谜赋予形而上学的色彩。他们说哈姆莱特"像天上的云"、"像海中的浪",没有稳定的性格,"哈姆莱特有好多种类型",哈姆莱特成了"变色龙",于是"一千个人有一千个哈姆莱特"的说法在我国从1980年代以来成了最时髦的新观点。这种所谓的理论使哈姆莱特研究离开了自身运行的正确轨道,所谓的研究变成了毫无价值的猜谜,因为在这些学者看来哈姆莱特是一个没有谜底的谜,所以怎么猜都不算错。这样,对哈姆莱特这个所谓"不定型角色"的思辨认知便构成了《哈姆莱特》研究的一大奇观。一些评论者根据个人好恶随心所欲地打扮哈姆莱特,将自己重构出来的哈姆莱特冒充为莎士比亚的哈姆莱特而评长论短,他们说哈姆莱特是一个有很强"恋母情结"的人、一个"同性恋者"、一个"精神分裂症患者"、一个"无恶不做的青年";鬼魂并不是来自地狱的哈姆莱特父亲的亡魂,而是要把哈姆莱特推向罪恶深渊的魔鬼;乔伊斯著名小说中的一名教师竟说,"他用代数证明莎士比亚的阴魂是哈姆莱特的祖父"[1],如此等等,不一而足。英国作家奎勒·库奇对西方《哈姆莱特》评论中的这种情况曾表示过极大的愤慨,他说:"对《哈姆莱特》的研究十之八九是胡说八道。"[2]《哈姆莱特》经过这样的误读、剪裁和变形,真正有价值的东西都被阉割掉了,所剩下来的就是乱七八糟的故事残片。他们终于将《哈姆莱

---

[1] 〔爱尔兰〕乔伊斯:《尤利西斯》,《外国现代派作品选》(第二册,上)上海文艺出版社1981年版,第121页。
[2] 转引自贺祥麟主编:《莎士比亚研究文集》,陕西人民出版社1982年版,第168页。

特》糟蹋成"典型的现代垃圾",要把它从"好书"中清除出去①。这不能不说是《哈姆莱特》误读所造成的溃疡。真正的莎学研究应该拯救哈姆莱特,掸去他身上的种种垃圾,恢复其本来面目,使其重新屹立于莎士比亚天才的语言艺术的殿堂之中。世界文学史上所有成功的艺术形象都是独一无二的,都具有不能混同的"这一个"的独特属性,哈姆莱特也不例外。人们不同的审美感受和不同的认知取向并不等于人物本质的多元并存。尽管对哈姆莱特有许许多多的解读,但莎士比亚的哈姆莱特只有一个,而对哈姆莱特研究的终极目的就是将其由形象思维编织成的画面转化成由概念、判断、推理组成的理论形态。当我们遵循着这样的原则走进《哈姆莱特》这个自在的艺术王国时,展现在眼前的便是一幅文艺复兴时期的"时代的缩影":在这里政治悲剧、社会悲剧、家庭悲剧、爱情悲剧、个人悲剧先后发生,交错进行;在这个自在的艺术王国里充满着不同性质、不同程度的冲突,哈姆莱特则是处于这些悲剧性冲突的中心;他面对失去一切的巨大不幸和痛苦,并由此想到了自己的责任,以不同的形式同丑恶势力进行斗争;由于力量对比的悬殊,也因为个人的过失,最后与罪恶势力同归于尽。文艺复兴那个时代特有的思想构成了哈姆莱特的人文精神

---

① 《读者》1997年第4期第27页刊有一则"笑话":《名著新说》。文中说:"在她的一次定期大清扫的战役中,妇人把书房整理了一下,'在那些好书中间,'她向丈夫建议道,'有一堆我觉得不值得保留。'丈夫闻言,快速地查看了一遍,发觉他妻子十分胜任这项分类整理工作。'但是有本书我拿不定主意,'妇人说,'那是本嗜血的、夸张的情节剧,充满了谋杀和自尽。一个人杀死了他的亲兄弟又抢了他的工作和老婆。''简直是垃圾!'丈夫评价道。'他那个有妄想症的侄子自以为是个私家侦探,他开始偷听,又杀死了他女朋友的父亲,接着是她兄弟,然后是他叔叔,最后他自杀了'。'典型的现代垃圾!'丈夫下了结论,'真奇怪,他们怎么没把它编成一部流行剧呢?这可够刺激的了。''哦,他们已经那么干了!'妻子说,'那就是莎士比亚的《哈姆莱特》'。"这里所说的虽然是一则笑话,但它却从一个特殊的角度折射出《哈姆莱特》所受到的严重损害。

的灵魂,各种性格成分则构成了他独特的艺术生命,其典型形象的复杂性世所罕见。这就是我们对作品进行近距离考察时所看到哈姆莱特。

《哈姆莱特》是莎士比亚按照"老老实实的方法"创作出来的,我们对《哈姆莱特》的研究也应以这种"老老实实的方法"去解读。一切理论观点都应从《哈姆莱特》艺术王国中全部的人物、情节、冲突及语言中合乎逻辑地、合乎情理地抽象出来,而不应主观臆断、猜想、推测。本书所遵循的正是这种科学分析的原则,所提出的观点都追求具有可证明的属性,用以阐释《哈姆莱特》固有的艺术价值,揭示其所具有的超越时空的不朽生命和永恒魅力的奥秘。

本书以辩证唯物主义与历史唯物主义的认识论和方法论为指导,运用马克思主义美学和传统文艺批评的基本范畴以及作者个人提出的一些新的理论概念,对《哈姆莱特》这个独立的艺术王国进行全方位的科学考察;同时结合运用20世纪心理学、人类文化学和语言学等新兴学科的相关论断,对哈姆莱特这个人物复杂的心理世界和微妙的情感世界进行深入剖析。本书自始至终在同前述种种误读进行争辩的基础上具体地论证作者提出的所有新观点、新见解。本书作者非常喜欢"用中国人的眼光看莎士比亚"这一重要的文化命题,"力图对莎士比亚的各类戏剧作品做出个人的理解,以形成具有中国特色的莎学理论体系、思维模式和独特风格",本书正是作者遵循这个原则在汉语语境中对朱生豪的汉译本《哈姆莱特》长期思考探索和逐渐积累的产物。本书对《哈姆莱特》的考察并不排斥前人的研究成果,但考察的总体构筑和重要命题均为作者的创见。本书由前后衔接又相互独立的19篇论文组成,这种形式有利于对所考察的问题进行层层深入的阐释。本书对《哈姆莱特》的考察包括:勘定其文化属性,辨识其时空定位,界定其悲剧类型,陈述其戏剧冲突,开掘其审美价值,剖析其人物形象,展示其情节状态,推敲其语言艺术,解析其台词结构等等。作者希望本书能够带领读者真正进入莎士比亚天才创造的《哈姆莱特》这座宏伟的艺术宫殿之中,真正能够看到它耀眼的光彩和真正能够感到它跳动着的生命;作者希望能够从《哈姆莱特》中获取莎士比亚留给人们的艺术瑰宝,并把它们呈现给读者。

1995年8月10—15日初稿,
2001年8月12—23日定稿。

文艺复兴运动的文化积淀
——《哈姆莱特》文本的独特属性

文学作品都不同程度地受到一定时代文化的影响,而不同时代的文化既有其历史的传承性,又有现实的拓展性。文艺复兴时期所形成的欧洲近代文化是由古希腊罗马文化、《圣经》文化和民间传统文化汇聚而成的。这个时期推崇古希腊罗马文化,大量翻译其作品,张扬其人文精神,形成一股强大的"复兴"古典文化的热潮。这个时期的宗教改革运动将《圣经》从天主教会的垄断中解放出来,被译成欧洲各国的民族文字,使《圣经》文化,主要是古代希伯来文化成为欧洲近代文化的渊源之一。这个时期欧洲各国,尤其是南欧国家,对中世纪长期以口头流传的故事、寓言、诗歌、民谣进行加工整理,传统文化也汇入近代文化的潮流之中,文艺复兴时期的欧洲文化就是由上述三种文化有机融汇而成,它成为欧洲近代文化的开端。

文艺复兴时期的这种文化构成对文学艺术的发展产生了巨大的影响。这个时期的文学艺术巨擘不仅用这种文化凝聚了他们的作品,而且使之成为延续这种文化的桥梁,正如古代印度神话传说圣河恒河之水下凡时是从三大神之一湿婆头顶多绺发辫流向大地人间一样,文艺复兴时期的文艺巨擘的作品承受了时代文化的大潮并将之长久地传向后世。

文艺复兴时期的这种文化使莎士比亚等一代巨匠的作品都具有

了独特的属性,即都是三重文化的结晶。这种情况往前可追溯到但丁的《神曲》,往后可延伸至歌德的《浮士德》,而莎士比亚的戏剧作品则是其中最有代表性的。同时莎士比亚生活于文艺复兴运动晚期,所以他的作品有条件成为这个时期独特文化的典型积淀,构成独有的艺术形态。它以一个或几个"现成故事"为骨架(这个"现成故事"或是古希腊罗马的,或是欧洲当地国家民间的),引用希腊罗马神话典故、《圣经》典故和民间故事传说、诗歌等,使其内容丰满、绚烂多姿、五光十色。学者们常常仅从作品题材的角度审视这一问题,他们说莎士比亚的戏剧绝大部分引用现成故事加以改造而成为自己的作品。当然,这种说法并不错,只是没有从深层次的文化层面进行考察。

文艺复兴时期文化的有机融合形成了莎士比亚戏剧作品的独特属性,而在这方面《哈姆莱特》所显示出来的明显特征具有典型意义,现在当我们对莎士比亚戏剧及这部名著的"现成故事"的种种情形进行辨析时,我们就会清楚地看到它深层次文化积淀的复杂构成以及错综复杂的社会生活的嵌入和渗透。

(一)

莎士比亚的喜剧和几部悲剧以南欧民间故事为蓝本[①],一部分

---

① 如《无事生非》、《第十二夜》、《罗密欧与朱丽叶》的故事来自意大利作家班戴罗(1485—1561)的著名作品《小说》(4卷,1554—1573),《奥瑟罗》的故事取自意大利作家钦齐奥(1504—1573)的短篇小说集《百篇故事》(1565),《威尼斯商人》的故事取自意大利小说家乔万尼·菲奥伦提诺的散文故事集《蠢汉》(1558)。《终成眷属》的故事取自意大利诗人薄伽丘(1313—1375)的著名作品《十日谈》。

悲剧以希腊罗马故事为题材，还有几部悲剧以欧洲古代传说为其情节骨架。比如《李尔王》最早的故事可能来自《布列颠王国史》，而《哈姆莱特》的故事原型则是丹麦的阿姆莱特的传说。这个传说最早记入丹麦历史学家萨克索·格拉马狄库斯的《丹麦人的业绩》，即后来所称的《丹麦史》[①]。该书第3、4卷记有阿姆莱特的故事[②]。据载，大约在5世纪之前，丹麦、瑞典、挪威等几个北欧国家相互仇杀，连年战争。当时日德兰半岛的前朱特人[③]首领格温迪尔(Gerwendil)有两个儿子，长子霍温迪尔(Horwendil)，次子芬格(Feng)，兄弟二人被丹麦国王罗里克(Roric)委任为正副首领。在同瑞典人的战争中，霍温迪尔立了大功，丹麦王把女儿许配给他，生了儿子名阿姆莱特(Amlet)。芬格嫉妒长兄的艳福和地位，他杀兄娶嫂。阿姆莱特装疯为父复仇，后成为丹麦国王。萨克索创作《丹麦史》的时间为12世纪中期至13世纪初期，据郑土生先生考证，阿姆莱特杀叔复仇的故事发生在5世纪之前[④]，这就是说阿姆莱特的故事在民间流传了几个世纪之后才被记入史书的。《丹麦史》中关于阿姆莱特的故事具有强烈的传奇色彩；它虽然记入《丹麦史》中，但它并非严格意义上的史实，而是古代日尔曼人的英雄传说，因此深得北欧人民喜欢，并引起很多无名和知名作家的兴趣，他们对阿姆莱特的故事进行了种种创造性加工。在《丹麦史》中阿姆莱特不是王子，他父亲没有做过丹麦王，阿姆莱特自己做过丹麦国王。但在传说中不知从什么时候开始，他成了丹麦王

[①] 《丹麦人的业绩》创作于12世纪中期至13世纪初期，为第一部丹麦重要史籍，共16卷，前9卷记述了传说中的60位丹麦国王，后7卷写了萨克索时代的历史事件。
[②] 张泗洋等：《莎士比亚引论(上)》，中国戏剧出版社1989年版，第354页。
[③] 朱特人(Jute)为日尔曼人的一支，5世纪时侵入不列颠。
[④] 郑土生：《关于哈姆莱特故事的起源与演变》，《读书》1985年第12期，第132—138、141页。

子。文艺复兴时期英国舞台上演出过一台以《哈姆莱特》为名的剧本(1589年),据说作者很可能是基德①。莎士比亚在民间传说的古老复仇故事中敏感地捕捉到了正义战胜邪恶的观念,寻觅到了表现他终生关注的王权问题的艺术载体。

莎士比亚的《哈姆莱特》"就故事情节来说,同过去的传说和前人的作品比较,大体上还是轮廓依旧的",但"在结构上增添了三个人物,将一条复仇线索扩充为三条,让其并行交错;这新增添的三个人物即雷欧提斯、福丁布拉斯和霍拉旭"。这种结构强化了原有故事的传奇因素,使人物关系复杂化;最为重要的是它突破了古老复仇故事的传统主题,使《哈姆莱特》真正成为一部反映17世纪初英国动荡不安社会生活的杰作。

《哈姆莱特》中的鬼魂"据说《丹麦史》中没有,而在失传了的《哈姆莱特》中已经增加了这个角色"②。莎士比亚剧中所描写的鬼魂虽然是民间故事中常见的内容,但非常重要的是它保持了民间传说的固有魅力。正如莱辛所说,《哈姆莱特》中的鬼魂是"真正从阴间来的"。莱辛对《哈姆莱特》中的鬼魂给予很高评价,他说,"在《哈姆莱特》剧中的鬼魂面前,无论是信鬼还是不信鬼的人,无不毛发悚然",其原因就是整个古代都是相信鬼魂的,莎士比亚剧中的鬼魂"出现在庄严的时刻,令人恐怖的夜的寂静之中,并且由许多神秘的幻想伴随着,在这样的时刻里我们从能听懂奶娘的故事时起就习惯于用这种

---

① 基德(1558—1594),英国戏剧家,他的《西班牙悲剧》开流血复仇悲剧之先。
② 徐克勤、刘念兹:《推陈出新的能工巧匠——试论〈哈姆莱特〉的结构》,《外国文学研究》1979年第4期,第29—32、35页。

联想来等待和想着鬼魂了"①。莱辛这段话把问题讲得非常透彻、深刻。莎士比亚笔下这个鬼魂出现的时刻、活动以及所造成的气氛都与民间故事相同,因此才会引起观众与读者的共同联想,造成了那样强烈的艺术效果。《哈姆莱特》第一幕中鬼魂出现三次,每一次出现都引起人们的惊惧。第一次出现时,马西勒斯让霍拉旭跟鬼魂说话,卞之琳解释说,"读书人""会用合适辞令对幽灵说话,不论是鬼是妖,不致触犯或受蛊惑"②;鬼魂没有跟霍拉旭说话就走了过去。第二次,"就要说话"的时候"公鸡偏就叫了,它迅速逃去"。霍拉旭解释说,按照民间传说"公鸡声一叫所有鬼魂都要奔回自己的巢穴"。鬼魂第三次出现时向哈姆莱特诉说了自己被害的经过,要求儿子为他复仇,分别时连说三声"再见",并嘱咐说"记着我"。《哈姆莱特》中出现的这个鬼魂不是来自基督教的地狱,而是来自民间传说中的地府;它不是一个匍匐于罪恶深渊的鬼魂,而是一个要求复仇的亡灵。它的出现以民间故事特有的艺术力量震撼了人们的灵魂,它以极大的强度显示哈姆莱特复仇的正当性,它符合自古以来的传统道德。哈姆莱特的复仇活动带有了神圣使命的色彩。莎剧中的这个鬼魂角色突出地表现了民间文化、民间文学在莎剧中所承担的重要作用。美国作家爱默生对此讲得很精彩:"我们的诗人(指莎士比亚)因民间传统大展才能。"这是很深刻的见解,他说莎士比亚"需要一个民间传统为园地,这一园地反过来又对他的艺术适度约束,使他不致放弛无羁,它把诗人和人民联系在一起……归根结底一句话:古代雕刻家因

---

① 〔德〕莱辛:《汉堡剧评》第11篇,《莎士比亚评论汇编》(上),中国社会科学出版社1979年版,第233页。

② 卞之琳译:《哈姆雷特》,浙江文艺出版社1991年版,第265页。以下关于卞之琳译《哈姆雷特》的引文皆用此版本,不再一一注出。

建筑神庙大展才能,我们的诗人因民间传统大展才能"①。莎士比亚以古代传说、民间故事构成了《哈姆莱特》的情节构架;在这个构架内,古代传说中的复仇故事既保持了原有的艺术力量,又使古老的传统道德惩恶扬善、善恶有报的观念被赋予了新的意义。

《哈姆莱特》不仅用古代故事构成了作品的整体框架,增加了民间故事中的鬼魂,而且还引用寓言故事、民歌、民谣等等,用以显示那个时代人们的精神生活同民间文化、民间文学的联系。哈姆莱特讲话常常引经据典,这个经典当然绝大部分为希腊罗马神话典故;他只是偶尔引用一两句故事和民谚等。如罗森格兰兹说:"王上已经亲口把您立为王位的继承人,您还不能满足吗?"哈姆莱特回答了一句民谚"要等草儿青青——"②,他没有将这句"老话"说完,接下来的后半句是"马儿早已饿死"。哈姆莱特以此表明,如果相信等待克劳狄斯的许诺的话那就没等到时候,就已经被"饿死"了。而在奥菲利娅的生命中,民间文化、民间文学的传统则占据了主导地位。她没有受过大学教育,没有受到希腊罗马文化的影响,她所受的是贵族家庭的传统教育,这也就是她何以能够轻易地接受父兄的劝阻拒绝哈姆莱特爱情的根本原因。在她精神失常之后,她将早年所听到的储存在自己头脑中的民歌、民谣以无意识的方式杂乱无章地说了出来。尽管如此,民歌、民谣的固有特点还是表现得很充分。奥菲利娅所记起的那首民歌与她本人的不幸命运有关:讲的是情郎与情人幽会后不久死去,情人在情郎坟上泪如雨下的动人情景。奥菲利娅还把各种花

---

① 〔美〕爱默生:《代表人物:诗人莎士比亚》,转引自许国璋编《莎士比亚十二赞》,《外国文学研究》1981年第7期,第64页。
② 《哈姆莱特》三幕三场,朱生豪等译《莎士比亚全集》(9),人民文学出版社1978年版,第81页。以下关于莎士比亚的作品引用此版本者,不再一一注出。

送给别人,并说出每种花的象征意义①。这是典型的古代民间文化,流传很广,有些一直流传到今天。奥菲利娅最后坐在花环上面"唱着古老的谣曲","好像一点儿不感觉她处境的险恶"②,慢慢地沉下水去,像一朵未开的蓓蕾随水流去一样地终结了她年轻可爱的生命,这种情景也是奥菲利娅一生不幸命运的一个写照。她的心中只有民歌、民谣赋予她的纯洁而美好的爱,而不知人世间的种种险恶,终于成为一个可怜的牺牲品。民歌、民谣既增强了作品的生活气息,也增强了悲剧的感人力量。

（二）

希腊罗马文学作品为莎士比亚戏剧创作的一个有机组成部分,他的一些作品以之为题材构成其整体框架。如《错误的喜剧》取材于罗马喜剧作家普劳图斯的《孪生兄弟》;悲剧《特洛伊罗斯与克瑞西达》选取了荷马史诗《伊利亚特》和《特洛亚故事集》的有关情节;而所说的三部"罗马悲剧"《裘力斯·凯撒》、《科利奥兰纳斯》和《安东尼与克莉奥佩特拉》以及一部以古希腊人物传记为题材的悲剧《雅典的泰门》则皆取材于古罗马作家普卢塔克的《希腊罗马名人比较列传》。此外,在莎士比亚的全部剧作中处都可以看到对希腊罗马神话故事以及文学典故的大量引用,这种引用根据每一部剧本的不同创作取向而分别有所不同;同时,它们还往往构成一个整体意象群,用以强化作品中所体现的某一观念。在《哈姆莱特》中所引用的希腊罗马

---

① 《哈姆莱特》四幕五场,《莎士比亚全集》(9),第103—105、108—110页。
② 《哈姆莱特》四幕七场,《莎士比亚全集》(9),第117页。

文艺复兴运动的文化积淀 19

神话典故着重显示了哈姆莱特的人文主义思想,即关于"人"的观念以及关于戏剧的观念。

《哈姆莱特》引用希腊罗马神话人物的主旨在于以希腊罗马神话人物的高大威武显示人文主义唱出的关于"人"的颂歌,同时也以其卑劣小神的形象显示出丑恶现实对于"人"的理想的破坏。在国王决定哈姆莱特必须留在宫廷、王后劝他不要过分悲哀时,他在独白中比较了他被害的父亲——先王哈姆莱特和篡位的叔父克劳狄斯二者间的差别"简直是天神和丑怪"[①]。天神一词原文为 Hyperion,卞之琳译为"海庇亮";丑怪原文为 Satyr,卞之琳译为"萨徒"[②]。在希腊神话中 Hyperion 是天父乌剌诺斯和地母该亚所生的巨神提坦之一,他和妹妹忒亚结婚生赫利俄斯(太阳神)、塞墨勒(月亮神)和厄俄斯(黎明之神)。有时 Hyperion 这个名字就指太阳本身[③]。哈姆莱特用这种不太被人们提起的古老的提坦巨神来形容他的父亲老哈姆莱特,表现了人文主义者心目中理想君王的高大威武,是个像太阳神那样光辉灿烂的、声名赫赫的人物。后来,在哈姆莱特谴责母亲乔特鲁德时,不仅重复了这一比喻,而且通过众多神的形象构成了关于理想中的"人"的意象。哈姆莱特对母亲说:

> 看这儿,这一幅图画,再看这一幅,
> 这兄弟二人的两幅写真的画像。
> 这一幅画面有多么高雅的风采;
> 一头海庇亮卷发,头额是乔武的,

---

① 《哈姆莱特》一幕二场,《莎士比亚全集》(9),第15页。
② 卞之琳译:《哈姆雷特》,第276页。
③ 〔苏联〕М.Н.鲍特文尼克等编著:《神话辞典》,商务印书馆1985年版,第315页。

20 三色堇

> 一对叱咤风云的马尔斯眼睛,
> 身段架子十足像神使迈格利,
> 刚刚降落在一座摩天的高峰上;
> 全部是一幅十全十美的信表,
> 仿佛每一位天神都打过印记,
> 拿出来向全世界宣布说这才是一个"人"![1]

哈姆莱特在这里提到这么多希腊罗马的神:巨神海庇亮(许珀里翁),最高天神乔武(Jove,即主神朱庇特 Jupiter),战神玛尔斯(Mars),神使迈格利(Mercury,通常译为麦鸠利);这段话无疑是哈姆莱特那段有名的对"人"的歌颂的意象化的表述:

> 人是一件多么了不得的杰作!
> 多么高贵的理性! 多么伟大的力量!
> 多么优美的仪表,多么文雅的举动!
> 在行动上多么像一个天使!
> 在智慧上多么像一个天神!
> 宇宙的精华!
> 万物的灵长!

在哈姆莱特心目中,老王哈姆莱特被打上了众多高大威武、全知全能的天神的印记,是理想中真正的"人",十全十美的"人"! 然而老王被谋杀,这样完美的"人"再也见不到了! 现在王位上坐着的乃是

---

[1] 卞之琳译:《哈姆雷特》,三幕四场,第 362 页。

一个淫荡的半人半兽的小神萨徒(通常译为萨提尔),是一个残缺扭曲了的人,像萨徒那样卑贱丑陋,哈姆莱特关于"人"的观念遭到了毁灭性的冲击。

老王那样天神一般的"人"再也见不到了,王位上盘踞着一个半人半兽的丑类,那么"人"到底应该是什么样子呢?哈姆莱特在自己的身上寻找答案。他认为像他这样的一个青年王子,即使不能成为像天神一样十全十美的"人",至少应该成为希腊神话中天神与凡人所生的英雄后代那样,虽然带有各种缺点,但仍不失为一个"人"。他想到了最高天神宙斯与凡人安菲特律翁的妻子阿尔克墨涅所生的儿子大英雄赫剌克勒斯:他一生为民除害,建立了十二件轰轰烈烈的功业。正因为这样,所以哈姆莱特回到丹麦之后面临父死母嫁、叔父篡位的丑恶现实时,他感慨自己"一点不像赫剌克勒斯"[①]。哈姆莱特这句话的意思首先是说自己应该像赫剌克勒斯,但实际上却不像!他自己不能像赫剌克勒斯那样为民除害,剪除宫廷中的乱臣贼子。然而,在听到父亲亡魂出现的消息之后,哈姆莱特立即激奋起来。他说:"我的命运在高声呼喊,使我全身每一个细微的血管都变得像怒狮的筋骨一样坚硬。"[②] 这里的"怒狮"原文为"Nemean Lion",卞之琳译为"尼缅狮子"。这头尼缅地方凶猛的狮子被赫剌克勒斯杀死,这是他的十二大功业之一。在听到父亲亡灵出现的这种严重时刻,赫剌克勒斯的形象再一次浮入哈姆莱特的头脑之中;这时哈姆莱特感受到了自身由于愤怒所激发出来的力量,几乎达到了赫剌克勒斯消灭"尼缅狮子"那样的程度。哈姆莱特虽然不敢同天神一般的父王相

[①] 《哈姆莱特》一幕二场,《莎士比亚全集》(9),第15页。
[②] 《哈姆莱特》一幕四场,《莎士比亚全集》(9),第26页。

比,虽然感到自己连天神与凡人所生的英雄也比不上,但在他的全部活动中始终有天神与英雄的形象伴随着他,并注入到他的灵魂之中。希腊罗马的神与英雄成为哈姆莱特关于"人"的观念的参照物。

哈姆莱特关于戏剧的一系列议论集中地表述了他的人文主义美学思想;在表述这些思想时,哈姆莱特不仅一般地谈到了古代罗马的戏剧,还特别突出地表明了他对罗马诗人维吉尔的推崇,并由此提出戏剧演员是"时代的缩影"的著名观点,同时还论及了创造一种"绝妙的戏剧"必须遵循的原则。在戏班子即将到达丹麦都城艾尔锡诺时,波洛涅斯向哈姆莱特报告了这个消息,他兴高采烈地大谈戏剧,不仅谈"罗马伶人罗歇斯演戏",而且谈各种不同类型的戏剧,还大谈罗马戏剧家普劳图斯与塞内加①。波洛涅斯这些话生动地表达了古代罗马戏剧对当时英国戏剧的影响之大。在伶人到达之后,哈姆莱特同他们谈论了关于戏剧的见解,他称赞一部"绝妙的戏剧",说它"场面支配得很是恰当,文字质朴而又富于技巧","兼有刚健与柔和之美"。哈姆莱特说这部"绝妙的戏剧"是根据维吉尔的史诗《埃涅阿斯纪》写出的,他最喜欢其中埃涅阿斯对狄多讲述的故事②。然后他"抑扬顿挫"地念了普列阿摩斯被杀那一节的 16 行诗,伶甲接着又背诵了长达 51 行的诗句。这段是特洛亚城被毁、老王被杀、王后痛不欲生的凄惨情景。关于这一段罗马史诗内容的插入,过去很少有人注意,似乎这是一种刻意的点缀。其实哈姆莱特早就声明过"绝妙的戏剧"是"没有乱加提味的作料"的。这段穿插内容的目的在于表明老王哈姆莱特的遭遇、奸王的罪行同普列阿摩斯被杀的故事同样都是"时代的

---

① 《哈姆莱特》二幕二场,《莎士比亚全集》(9),第 52—53 页。
② 《哈姆莱特》二幕二场,《莎士比亚全集》(9),第 54—55 页。

缩影"。后来,哈姆莱特在与演员谈论戏剧演出问题的时候,告诫演员们表演"不要过火",这是因为"自有戏剧以来,它的目的始终是反映自然,显示善恶的本来面目,给它的时代看一看它自己演变发展的模型"①。哈姆莱特的这个观点显然是来自古希腊亚里士多德和古罗马贺拉斯的"摹仿说",他们的这种理论在文艺复兴时期影响很大。塞万提斯在《堂吉诃德》中也曾说过类似的话——"戏剧是人生的一面镜子"。哈姆莱特正是以这一理论为依据,让演员们表演《贡扎古之死》,他称之为《捕鼠机》。哈姆莱特就是要通过这出戏验证鬼魂的话,结果照出了克劳狄斯杀兄娶嫂的罪恶行为;克劳狄斯大惊失色,仓皇退席,哈姆莱特导演的这场戏不仅仅让克劳狄斯现出了"本来的面目",同时它也表明,文艺复兴时期那些引起教会、君王、贵族恐慌的作品,不正是因为他们从这里面窥见到了自己隐藏得很深很深的"本来面目"吗!哈姆莱特同文艺复兴时期的许多人文主义作家一样,把戏剧当成了一种有力的斗争武器。

(三)

莎士比亚没有创作以《圣经》故事为题材的作品,但从他的作品来看,他对《圣经》的熟悉程度远远超过同时代作家②。他在作品中引用之多,使他成为引用《圣经》典故的大师。在他的作品中《圣经》典故俯拾皆是,曾有人对他作品中引用的《圣经》做过研究,认为他引用的是日内瓦版《圣经》,而这种《圣经》版本通常是供人在家里阅读,

---

① 《哈姆莱特》三幕二场,《莎士比亚全集》(9),第68页。
② 赵澧:《莎士比亚传论》,中国人民大学出版社1991年版,第110页。

而不是在教堂宣讲的。日内瓦《圣经》1560年出版,在伊丽莎白时代重印70多次。新教学者大量译经并鼓励每一个人直接阅读《圣经》,后来被证明这是文艺复兴时期思想发展的一个重要部分。《哈姆莱特》中引用的《圣经》典故显示了莎士比亚的新教思想,成为剧作家批判意识的重要因素,表现了作家对现实生活中丑恶事物的憎恶。剧中所引《圣经》典故为上帝创世的故事、该隐杀害兄弟的故事以及耶弗他用女儿献祭的故事,这些故事构成了一条明显的思想的链条,其核心就是人类的堕落与罪恶,这种观念正是16世纪末17世纪初英国社会现实的艺术写照。

哈姆莱特在谈到人的时候,先是热烈地赞美了人的理性、力量、仪表和举止,但接下去却说:"可是,在我看来,这一个泥土塑成的生命算得了什么?"[1] 这显然包含了《旧约·创世记》的内容,即上帝创造世界万物和人类的神话。哈姆莱特说上帝"用泥土塑造"出来的生命有着堕落的历史,为人类打下了原罪的烙印。哈姆莱特对母亲的谴责、对奥菲利娅的泄愤都包含了夏娃受魔鬼诱惑引诱亚当吃禁果而遭贬谪的故事。他痛心于母亲的失节,喊出了"脆弱啊,你的名字就是女人",这里暗含《旧约·创世记》中上帝用亚当的肋骨造成世界上第一个女人夏娃的故事。哈姆莱特说女人不是用坚硬的泥土造出来,而是用脆弱易折的肋骨造成的,因此她们从身体上、意志上都是"脆弱"的。这种特征使夏娃经不住大蛇的诱惑,使其他女人也经不住形形色色的魔鬼的诱惑;母亲背叛父亲投入乱伦的衾被;奥菲利娅毁弃了哈姆莱特真诚的爱情,竟成为克劳狄斯刺探他疯狂原因的工具。这一切使哈姆莱特非常痛心,他对奥菲利娅说:"美德不能熏陶

---

[1] 《哈姆莱特》二幕二场,《莎士比亚全集》(9),第49页。

我们罪恶的本性。"人类堕落的一个方面就是对爱情的背叛。《哈姆莱特》中关于人类堕落的第二个方面的表现就是兄弟相残。剧中引用了该隐杀害兄弟的故事,鞭挞了克劳狄斯永远洗刷不净的血腥罪行。该隐杀害兄弟的故事也出自《创世记》,该隐是亚当、夏娃的儿子,他出于嫉妒把弟弟亚伯杀了,成为世间第一个杀亲的罪人,受到永久的诅咒。在英国最古老的史诗《贝奥武甫》中,该隐成了妖怪格兰代尔的祖先。在《哈姆莱特》中克劳狄斯在祈祷时说:"我的罪恶的戾气已经上达于天,我的灵魂上负着一个元始以来的最初的诅咒,杀害兄弟的暴行。"[1] 哈姆莱特在墓地上同霍拉旭谈论掘墓人挖出的一块骷髅时说:"好像它是第一个杀人凶手该隐的颚骨似的。"[2] 克劳狄斯所说的"杀害兄弟的暴行",即"第一个杀人凶手该隐"的罪行。关于该隐杀害兄弟的故事在剧中两次出现,它揭示了为争夺权力骨肉相残的冷酷现实。这个主题在《李尔王》中得到了更为直接、更为强烈的显现。剧中关于耶弗他的故事显示了父子、父女之间为了利害关系而造成的悲剧。在波洛涅斯东奔西跑刺探哈姆莱特发疯的原因时,哈姆莱特对他发出了警告:"以色列的士师耶弗他啊,你有一件怎样的宝贝?"波洛涅斯说:"要是您叫我耶弗他,殿下,那么我有一个爱如掌珠的娇女。"[3] 哈姆莱特以耶弗他的故事警告波洛涅斯不要把自己的爱女作为可怜的牺牲祭品,结果是哈姆莱特的话不幸而言中。耶弗他的故事出自《旧约·士师记》,耶弗他为以色列玛拿西部落首领,在同亚扪人作战中被推选为统帅。在作战之前他发誓:如获胜,就把回家时所遇到的第一个生物献给上帝耶和华。他原来以为

---

[1] 《哈姆莱特》三幕三场,《莎士比亚全集》(9),第84页。
[2] 《哈姆莱特》五幕一场,《莎士比亚全集》(9),第122页。
[3] 《哈姆莱特》二幕二场,《莎士比亚全集》(9),第53页。

遇到的第一个生物可能是一条狗或一匹马,谁知在他作战胜利返回时第一个冲出来迎接他的竟是他的独生女。耶弗他恪守誓言,把女儿献在耶和华的祭坛上,焚烧了她的躯体。波洛涅斯由于年老昏聩造成的错误,不仅破坏了女儿的爱情,葬送了她的青春,而且把女儿推上了祭坛。波洛涅斯的愚蠢,使他自己一家三口人都成了哈姆莱特—克劳狄斯之间激烈斗争的牺牲品和殉葬品。

在《哈姆莱特》中对于《圣经》故事的插入所构成的层面,主要是关于人堕落的阴暗丑恶的意象,它所显示出来的是爱情的背叛,兄弟的残杀以及父子、父女之间感情的异化。这一意象的现实性就构成了对宫廷和贵族腐败的描写,它既展示了主人公思想发生逆转的一面,更为重要的是它强化了作品的批判意识。

1992年10月31日—11月30日

文艺复兴晚期的"时代的缩影"
——《哈姆莱特》的时空定位

莎士比亚在《哈姆莱特》中明确提出,"自有戏剧以来,它的目的始终是反映自然,显示善恶的本来面目,给他的时代看一看它自己发展演变的模型",因此伶人的演出便成了"时代的缩影"①。这个要求对于莎士比亚以历史文化积淀凝聚而成的"现成故事"为题材的戏剧创作来说,无疑是一件需要天才的艺术实践,因为在"现成故事"与"时代的模型"、"时代的缩影"之间有着十分遥远的时空距离。在我们进一步揭示《哈姆莱特》是文艺复兴"时代的……模型"的时候,首先需要解决的一个问题就是《哈姆莱特》能达到这种美学要求吗?以古代丹麦王子复仇故事为题材的《哈姆莱特》能够成为文艺复兴"时代发展演变的模型"和"时代的缩影"吗?莎士比亚通过"戏中戏"回答了这个问题。"戏中戏"一方面使哈姆莱特验证了鬼魂的诉说,另一方面则显示了经过改动加工的"现成的故事"能够成为反映现实的作品。《贡扎古之死》据梁实秋转述道登的看法,是根据发生在意大利的乌尔比诺(Vrbino)的一桩谋杀案创作出来的②,哈姆莱特自己则说是影射"维也纳的一桩谋杀案"。不管是乌尔比诺也好,维也纳也

---

① 《哈姆莱特》三幕二场,《莎士比亚全集》(9),第58、68页
② 梁实秋译:《哈姆雷特》,台湾远东图书公司1976年版,第216页。

好,这出戏的素材肯定不是来自丹麦的艾尔锡诺。经过哈姆莱特的加工,"增加了十几行句子的一段剧词"之后,它就成了反映克劳狄斯谋杀王兄的一出戏剧,使得克劳狄斯未等看完戏就惊叫而走。剧中的这个情节表明,莎士比亚通过对丹麦王子"现成故事"的鬼斧神工的改造和匠心独运的艺术加工,完全能够达到创作的初衷。

要将"现成的故事"改造成"时代的模型",最为重要的是要将时代精神注入到"现成故事"中去,造成一种戏剧故事的发生"仿佛就在今天"的感觉;同时还要在"现成故事"的空隙中恰当地不露痕迹地镶进"时代发展演变"过程中的一些重要事件,这样就可以使作品具有了鲜明而强烈的时代色彩。在《哈姆莱特》中莎士比亚就是这样做的,他在作品中巧妙地插入了16世纪末17世纪初英国政治生活、社会生活、文化生活中发生的几件大事的侧影,这就像投影一样在《哈姆莱特》中留下了时代的映像。这映像使《哈姆莱特》中的文化积淀发生了脱胎换骨的变化,它真的成了"时代发展演变"的一个"模型"、"时代的缩影"。

《哈姆莱特》中留下了16世纪末17世纪初英国同西班牙战争的刀光剑影。16世纪最后几年与17世纪最初三年是英国历史上的转折时期,这时为伊丽莎白女王统治英国的最后几年,英国虽然于1588年战胜了西班牙的"无敌舰队",成为海上强国,但两国之间的战争并未就此结束。1596年西班牙军队攻占了加来要塞,第二年英军攻下了西班牙的加的斯港;1597年英军舰队进攻亚速尔群岛;1598年西班牙支持爱尔兰叛乱;1601年7月至1602年春英军在尼德兰同西班牙军队发生激战。莎士比亚在《哈姆莱特》中从一开始就渲染了丹麦秣马厉兵、剑拔弩张、准备迎击挪威人入侵的紧张气氛,后又有挪威王子远征波兰的插入情节;这个情节写出战争双方为了争夺"只有虚名"的一小块地方所付出的重大流血牺牲的代价。卞之琳说,剧中"对于这个战役的描写可能是莎士比亚想起了1601年7月2日至1602年春英军在尼德兰坚守俄斯坦德沙丘抗拒西班牙大军、伤亡重大的英勇战斗"[①]。《哈姆莱特》中关于战争准备以及战争事件的描写都是当时英国同西班牙之间进行战争的艺术投影;莎士比亚通过哈姆莱特对福丁布拉斯征讨波兰的评论,曲折地表现了他对正在进行的掠夺性战争的否定情绪。

在《哈姆莱特》中我们可以听到埃塞克斯举行叛乱的鼓噪之声。埃塞克斯伯爵的浮沉是16世纪最后五六年间英国政治生活中一件具有重大影响的事件。他的悲剧具有深刻复杂的历史原因,但从一个侧面来看,它反映了当时社会矛盾加剧、王权与新贵族联盟的瓦解。他的命运在莎士比亚一系列剧作中留下了痕迹。

埃塞克斯(1567—1601)是伊丽莎白女王的宠臣,他英俊的仪表、潇洒的风度以及能文能武的一身才干博得了女王的欢心。他得到了女王流水般的赏赐,青云直上,转眼间成为舰队司令、枢密院顾问官、掌礼大臣以及爱尔兰总督。1596年率舰队攻占了西班牙的加的斯港,成为民众崇拜的英雄人物。1599年率大军出征爱尔兰,平息叛乱,由于指挥不当,伤亡惨重,竟擅自和叛军首领议和,又违背朝廷命令擅自返回伦敦。伊丽莎白女王下令对他软禁,1600年女王剥夺了他一切权利。埃塞克斯由不满而怨恨,竟于1601年2月7日率党徒及家臣二三百人造反,失败后于1601年2月25日被处死。

莎士比亚在《亨利四世》中通过亨利四世与霍茨波关于俘虏的争执暗示了1596年伊丽莎白女王与埃塞克斯讨论远征加的斯收益时

[①] 卞之琳译:《哈姆雷特》,第377页。

引起的矛盾：女王要求得到战俘的赎金，埃塞克斯竟敢与女王分庭抗礼。在《亨利五世》中莎士比亚写了1599年3月伦敦市民欢送埃塞克斯出征爱尔兰的场面和对其胜利归来的祝愿，而在《哈姆莱特》中则通过雷欧提斯率领一队叛军攻入王宫的场面，暗示了1601年2月埃塞克斯发动的骚乱。在这场未遂叛乱中，一些人喊叫"到王宫去，到王宫去！"骚乱的人群不断叫喊："前进！前进！前进！前进！努力！"① 在《哈姆莱特》第四幕第五场中雷欧提斯率领众人冲进王宫，侍臣说："赶快避一避吧，陛下；比大洋中的怒潮冲决堤岸、席卷平原还要汹汹其势，年轻的雷欧提斯带领一队叛军，打败了您的卫士，冲进宫里来了……他们高喊着：'我们推举雷欧提斯做国王！'……'让雷欧提斯做国王！让雷欧提斯做国王！'"② 叛军的口号及活动与雷欧提斯的身份风马牛不相及，剧中对此无任何交代，出现得非常突兀，消失得真像一颗流星。实际上这一个场面是对1601年2月7日埃塞克斯造反场面的回忆与再现，只是因为这件事过于严重，所以莎士比亚只在这里轻轻地点上了一笔，在人们尚未觉察到的情况下记下了埃塞克斯叛乱所引起的紧张动荡的气氛，后来莎士比亚在《科利奥兰纳斯》中深刻地揭示了埃塞克斯悲剧的根源。

  《哈姆莱特》中关于戏剧的对话以及"戏中戏"的演出，使这出以传统文化构筑起来的戏剧作品响起了时代的锣鼓，它把古代丹麦的故事一下子推移到了英国16世纪后半的戏剧舞台。英国文艺复兴时代的戏剧始于16世纪中叶，当时大学里不仅演出古罗马作家的作品，还模仿古典作家改编古希腊罗马的作品进行演出。《哈姆莱特》

---

① 〔英〕斯特莱切：《伊丽莎白女王与埃塞克斯伯爵》，三联书店1986年版，第237页。
② 《莎士比亚全集》(9)，第106页。

中写了这种情况,波洛涅斯曾说他在大学里演过戏:"我扮演裘力斯·凯撒,勃鲁托斯在朱庇特神殿里把我杀死。"① 1670年代出现了巡回剧团,他们到各地去演出,来到艾尔锡诺的伶人剧团正是这种情形的一个写照。这些剧团受到文艺复兴运动影响,常常演出一些古典戏剧。波洛涅斯说,"那群戏子已经来了","他们是全世界最好的伶人,无论是悲剧、喜剧、历史剧……他们无不拿手。塞内加的悲剧不嫌其沉重,普鲁图斯的喜剧不嫌其太轻浮。"② 1680年代末英国戏剧舞台上迎来了群星灿烂的时代,莎士比亚是其中的一位大师。到16世纪末,英国戏剧出现了华而不实和矫揉造作的风气,同时还在戏剧家之间发生了有名的"戏剧战",《哈姆莱特》一剧记下了这场戏剧风波。"戏剧战"始于1599年,终结于1601年。这场"戏剧战"主要发生在戏剧家约翰·马斯顿③与本·琼生④之间。他们在剧中相互攻击,一时间热闹非凡。1599年成立的"圣保罗童伶剧团"的演出受到欢迎,马斯顿为他们写剧本。他在《演员的鞭子》中写了一个"迂腐的学究"和"翻译大师"影射本·琼生;同年本·琼生在他为"环球剧场"演出的剧本《人人扫兴》中对马斯顿的剧作进行讽刺模仿,由此引起了在戏剧作品中相互攻击的"戏剧战"。1600年"王家教堂童伶剧团"恢复了演出,和"圣保罗教堂童伶剧团"相互竞争。《哈姆莱特》中写到了这种情形:罗森格兰兹向哈姆莱特说一些成人剧团的"地位已经被一群羽毛未丰的黄口小儿占夺了去",哈姆莱特非常吃惊地说:"什么!

---

① 《哈姆莱特》三幕二场,《莎士比亚全集》(9),第71页。
② 《哈姆莱特》三幕二场,《莎士比亚全集》(9),第52—53页。
③ 约翰·马斯顿(1575—1634),讽刺作家,1599年开始写剧本。
④ 本·琼生(1572—1637),英国文艺复兴时期仅次于莎士比亚的著名作家,1597年开始创作剧本。

是一些童伶吗?"他对他们的前途表示了担忧①。1600 年本·琼生写的《月神的欢乐》由"王家教堂童伶剧团"演出,嘲笑了"普通的戏班"和"普通的戏子",同时攻击马斯顿和他的友人托马斯·德克尔(1570—1632);马斯顿写了《听从君便》对本·琼生加以回敬,此剧不仅由"圣保罗童伶剧团"演出,还由宫内大臣剧团演出。1601 年本·琼生再写《蹩脚诗人》讽刺马斯顿、德克尔;马斯顿、德克尔再写《讽刺的鞭子》予以回击。后来本·琼生与马斯顿和解,并于 1604 年合作写戏。《哈姆莱特》中对这场"戏剧战"是这样写的:

> 真的,两方面闹过不少纠纷,全国的人都站在旁边恬不为意地呐喊助威,怂恿他们互相争斗。曾经有一个时期,一个脚本非得插进一段编剧家和演员争吵的对话,不然是没有人愿意出钱购买的。在那场交锋里,许多人都投入了大量心血。
> 连赫剌克勒斯和他背负的地球都成了他们的战利品②。

上述引文中最后一句是指"环球剧场"因上演了本·琼生的剧本也卷入了这场争吵;因为"环球剧场"的标志是赫剌克勒斯背负着一个地球。《哈姆莱特》中这一段关于英国当时"戏剧战"事件的嵌入,赋予了古老的故事以时代气息,使古老故事与现实生活扭结在一起,造成一种强烈的时代感。

哈姆莱特安排"戏中戏"以及关于戏剧创作与演出的大段议论是莎士比亚介入"戏剧战"的一种独特的方式,它既是当时两种戏剧倾

---

① 《哈姆莱特》二幕二场,《莎士比亚全集》(9),第 50 页。
② 《哈姆莱特》二幕二场,《莎士比亚全集》(9),第 51 页。

向的历史存档,又是莎士比亚戏剧理论的直接表白,它使《哈姆莱特》这出戏成为文学史上以戏剧形式反映戏剧自身状况的绝无仅有的作品。《哈姆莱特》第二幕第二场和第三幕第二场中有关戏剧的议论与"戏中戏"的场面占了这两场的绝大部分,其台词约占全剧的 16%左右,分量相当不轻。"戏中戏"的插入是意味深长的。克劳狄斯要用戏剧演出娱乐王子,转移他的心思。他对罗森格兰兹与吉尔登斯吞说,来了一个戏班子,"那好极了。……请你们两位还要进一步鼓起他的兴味,把他的心思转移到这种娱乐上面"[1]。而哈姆莱特却要用戏剧作为试探克劳狄斯的手段,选取了一出名叫《贡扎古之死》的老剧,插入他写的"约莫十几行句子的台词"[2],利用剧中与他父亲被害情节相似的演出场面来窥探克劳狄斯的秘密,结果克劳狄斯被这面镜子照出了自己的罪恶,仓皇离去,这是当时两种不同的戏剧倾向的写照:克劳狄斯强调戏剧的娱乐性,淡化其社会意义,要利用戏剧把人们的兴趣引导到享乐方面去,反映了戏剧的贵族化倾向;而哈姆莱特则要使戏剧成为"时代的缩影","显示善恶的本来的面目"[3]。在安排"戏中戏"的过程中哈姆莱特还与伶人大谈戏剧,既谈剧本的创作,又谈舞台表演,对"戏剧战"中出现的弊病进行了批评。关于"戏中戏"的问题,在西方莎评中长期以来被忽略、被曲解。西方许多学者根本不理解《哈姆莱特》中为什么竟写了这么些内容。梁实秋说:"Marlowe(马罗)与 Nash(纳什)曾有迦太基女王戴多一剧(1594 年印行),莎士比亚也许有意要竞胜,故插入这样一段剧辞。然就全剧看此段甚为牵强,且文字过于浮夸,故也许是模拟讽刺的意思。但科律

---

[1] 《哈姆莱特》三幕一场,《莎士比亚全集》(9),第 62 页。
[2] 《哈姆莱特》二幕二场,《莎士比亚全集》(9),第 59、58 页。
[3] 《哈姆莱特》三幕二场,《莎士比亚全集》(9),第 68 页。

己(即科尔律治)又谓'有人以为这是讽刺,此说殊不值一笑;这一段作为史诗看,是很美妙的。'大概德国的施莱格尔的解释较为近情,他认为'剧中剧'的文字自然是要写得与别处不同一些。"① 对占整个剧本16%左右的内容不知所云,怎么能够真正理解这部作品呢?

《哈姆莱特》明显受到了蒙田②《随笔集》的影响。《随笔集》是文艺复兴晚期最有影响的散文作品,共3卷,第1、2卷出版于1580年,第3卷出版于1588年,我们有理由相信在它们全文译成英文之前就已经被介绍到英国。1603年这部散文集由莎士比亚的友人约翰·弗洛里奥③ 译成英文出版,立即影响到培根与莎士比亚等。18世纪发现的一本英译《随笔集》上有威廉·莎士比亚的签名④。《哈姆莱特》于1603年出版,称为"坏的四开本",残缺不全;1604年第二个四开本问世,这是一个"好的四开本",它的篇幅比"坏的四开本"几乎增加了一倍。收入1623年出版的《莎士比亚戏剧全集》的就是"好的四开本"《哈姆莱特》。正像哈姆莱特在《贡扎古之死》中插入了他自己写的一些台词一样,莎士比亚在《哈姆莱特》中则插入了一些受到蒙田影响而写成的新台词。剧中写了哈姆莱特读书上场的细节,哈姆莱特手中所拿之书正是蒙田的《随笔集》。这既是哈姆莱特受到蒙田思想影响的一个实证,也是《哈姆莱特》这部作品时代背景的一个实证。关于哈姆莱特手中拿的那本书是谁的著作,学者们曾发表过不同的意见。陈铨说:"哈孟雷特拿着书,里边讲死,讲长生,讲自杀的地方令人回忆到蒙腾(即蒙田——引者注),后来同婆罗立(即波洛

---

① 梁实秋译:《哈姆雷特》,远东图书公司1976年版,第214页。
② 〔法〕米歇尔·埃康·蒙田(1533—1592),法国思想家、作家、怀疑论者。
③ 〔英〕约翰·弗罗里奥(约1553—1625),英国词典编纂家。
④ 裘克安编著:《莎士比亚年谱》,商务印书馆1988年版,第156—157页。

涅斯)对话里边讲到这一本书……难道哈孟雷特手里这一本书就是蒙腾的著作吗? 但是这一本书伯乐格朵夫(Bergerdorff)又证明给我们,不是蒙腾,乃是黎立(John Lyly)的《犹福懿斯》(Euphues)。还有一些人以为是罗马诗人裘愤勒(Juvenal,即朱文纳尔),又有人以为是意大利哲学家白蕊罗。"① 其实陈铨的看法是对的,哈姆莱特诵读的那本书正是蒙田的《随笔集》,这可以从他转述书中关于老年人描写的那段话得到证明。波洛涅斯问他书中写的是什么内容,哈姆莱特针对这个昏聩的老人说书中是一派诽谤,"这个专爱把人讥笑的坏蛋在这儿说着,老年人长着灰白的胡须,他们的脸上满是皱纹,他们的眼睛里粘满了眼屎,他们的头脑是空空洞洞的,他们的两腿是摇摇摆摆的"②。哈姆莱特这段关于老年人的描述的寓意在于警示波洛涅斯不要自作聪明,多管闲事,而这段话就来自《随笔集》。蒙田专门写了《关于隐退》一文,其中引述苏格拉底的观点,说老年人应该退出一切军民事务,有的老年人"流着鼻涕,眼角满是眼泪屎,身上脏兮兮的","他将读到老死,也不能变得更有智慧"③。蒙田又说:"老年在我们思想上刻下的皱纹要比在脸上刻下的多,衰老时不发出酸味和霉味的人世上没有,或很罕见。人的肉体和精神是一齐成长和衰退的。"④ 这样,《哈姆莱特》就成了一部非常独特的作品。它的独特之处在于它不仅仅是一部完美的戏剧作品,而且涵纳了不少像蒙田的《随笔集》与培根的《论说文集》中优秀散文的成分,使其包含着论人、

---

① 陈铨:《19世纪德国文学批评家对于哈孟雷特的解释》,《清华学报》9卷4期,1934年。
② 《哈姆莱特》二幕二场,《莎士比亚全集》(9),第45页。
③ 〔法〕蒙田:《关于隐退》,《蒙田随笔全集(上)》,译林出版社1996年版,第237页。以下关于《蒙田随笔全集》的引文皆用此版本,不再一一注出。
④ 〔法〕蒙田:《论后悔》,《蒙田随笔全集(下)》,第33页。

论人性、论人生、论生死、论友谊、论爱情、论宿命、论命运、论戏剧等等,而这些又都和哈姆莱特的形象完美地结合在一起,并从时代的潮流中汲取了不死的精神生命。《哈姆莱特》中其他人物也都在古代服饰之下跳动着文艺复兴时期社会各阶层人物的生命,演绎着他们的生活和命运;他们之间的错综复杂的社会关系和由爱与恨、欲望和理性所构成的种种矛盾、冲突就成功地构成了那个时代"发展演变的模型"和"时代的缩影"。

1999年12月初稿,
2002年5月17日定稿。

一代社会人生凝聚而成的严肃悲剧
——《哈姆莱特》悲剧类型的重新界定

《哈姆莱特》是戏剧史上产生于一个辉煌历史转折时期的一部不可企及的悲剧典范作品。莎士比亚将英国及欧洲16世纪末、17世纪初最能反映人生命运的种种生活素材都尽量地用来构筑他的《哈姆莱特》艺术王国中的种种情境,而将他所能意识到的时代精神、社会文化、道德人性以及人的激情个性、心理活动等等用来合成艺术形象的生命细胞。莎士比亚按照自己的美学原则成功地创作了一部戏剧史上前所未有的新型悲剧。它的独特的审美特征表明,它不同于古代希腊的悲剧,也不同于对文艺复兴时英国戏剧有直接影响的古罗马的塞内加悲剧[1];它不同于命运悲剧,也不同于性格悲剧;它不同于在其前出现的流血复仇悲剧[2],也不同于此后出现

---

[1] 〔古罗马〕塞内加(公元前4—公元65),古罗马政治活动家、哲学家、悲剧作家。悲剧有《特洛亚妇女》、《美狄亚》、《菲德拉》等9部,常表现鲜血淋漓的复仇主题,并有不少流血场面及鬼魂、巫术的描写。"他的悲剧对欧洲文艺复兴和古典主义时期的悲剧创作深有影响。他的5出悲剧于1557—1566年间,在英国译出和演出。1581年又出版了他的悲剧译本。英国16世纪和17世纪初期的一些悲剧常被称为'塞内加式的悲剧'"。(孙家琇主编:《莎士比亚辞典》,河北人民出版社1993年版,第17页。)

[2] 代表作家为基德(1558—1594),他的《西班牙的悲剧》(1590)被认为是"流血复仇悲剧"体裁的范例,剧中描写了大量的暴力与凶杀。

的恐怖悲剧①,它不同于以往的各种悲剧类型的模式,似乎也没有成为欧洲后来悲剧创作的圭臬。它耸立于戏剧发展史的高峰之上,吸引着一代又一代学者的兴趣。他们探寻着这部被称为谜一般作品的艺术底蕴。《哈姆莱特》的内涵比人类社会中某一特定时期发生的复杂的社会现象还要复杂,哈姆莱特的命运比人类历史上古往今来某一些特定人物的不幸还要不幸,《哈姆莱特》这部悲剧成为人生种种悲剧的一个非常成功的艺术概括。长期以来,学者们都将这部悲剧定性为复仇悲剧,但我认为这不仅仅是一种误读,而且是造成《哈姆莱特》审美评价一系列误区的根源。我认为《哈姆莱特》应该称之为严肃悲剧,它是悲剧家族中的一个新成员。

如何界定《哈姆莱特》的悲剧类型,对于能否正确解读这部作品是一个至关重要的问题,它决定着对其有机构成的审视角度,决定着对其思想内涵的探索深度,也决定着对其艺术形象认知的准确程度。在几个世纪的《哈姆莱特》研究中,虽然学者们注意到误区丛生的状况,并且也不断地探讨产生这种现象的原因,但都没有将造成这些误区的原因归于将其定性为复仇悲剧;恰恰相反,而是将其视为毋庸置疑的前提而从其他方面加以探究。如苏联著名莎学家阿尼克斯特说:"有关《哈姆莱特》的评论,最大的错误都源于对悲剧哲理性和全人类意义的解释过于空泛。"② 阿尼克斯特并未找到问题的症结。

---

① 恐怖悲剧,也称情节悲剧,代表作家为韦伯斯特(1580—1675),他是英国剧作家,现存 8 部剧作,代表作为《白魔》(1607)和《马尔菲的女公爵》。"这两部悲剧被认为是除了莎士比亚之外,17 世纪英国最重要的悲剧。"(《简明不列颠百科全书》第 8 卷,中国大百科全书出版社 1986 年版,第 166 页)"《马尔菲的女公爵》……等三部悲剧可以看做是表现恐怖悲剧特征的戏剧。"(尼柯尔:《西欧戏剧理论》,中国戏剧出版社 1985 年版,第 220—221 页)

② 阿尼克斯特:《莎士比亚的创作》,山东教育出版社 1985 年版,第 437 页。

如果可以借用阿尼克斯特提出问题的方式而做出我的判断的话,那么我认为把《哈姆莱特》定性为复仇悲剧才是《哈姆莱特》研究中"最大的错误"。将《哈姆莱特》这部严肃悲剧误认为复仇悲剧,这就从根本上造成了艺术审视上的错位,对其丰富内涵不假思索的忽略、舍弃以及对艺术形象有机生命的无情阉割。将《哈姆莱特》定性为复仇悲剧的必然结果是将其丰富的思想内涵、主题人物等艺术成分全都纳入普罗克拉斯提斯之床①,阿尼克斯特关于《哈姆莱特》是复仇悲剧的观点很有代表性。他说,"可以把《哈姆莱特》看作是一部以道德为基础的复仇剧","它以复仇为主题,那么哈姆莱特的复仇为什么要拖延呢?这是《哈姆莱特》批评的中心问题。是什么阻挡了哈姆莱特去完成他的使命呢?这个问题不可避免地会转变成哈姆莱特的性格问题"②。阿尼克斯特这段话非常简练地概括了欧洲学者将《哈姆莱特》当作复仇悲剧所造成的批评模式,即《哈姆莱特》→复仇悲剧→哈姆莱特→复仇者→复仇的拖延→性格核心→"延宕"的原因→……正是沿着这条认知路线,18世纪以来许多学者将哈姆莱特的悲剧归结为性格悲剧,倾力探索哈姆莱特复仇"延宕"的原因,形成了众说纷纭、学派林立的令人眼花缭乱的局面。因为探讨问题的前提出现了偏差,所以必然不能到达真理性认识的彼岸。毋庸讳言,几个世纪的《哈姆莱特》研究由此造成种种误读,出现了"一千个人有一千个哈姆莱特"的局面,哈姆莱特竟然成了一条"变色龙"③,成了一个随心所

---

① 普罗克拉斯提斯为古希腊神话传说中的铁床匪,强迫过路人躺到他的床上,腿比床长者截去,不够床长者,用力拉长,均将人弄死。"普罗克拉斯提斯之床"成为成语,表示削足适履,内容迁就形式。
② 阿尼克斯特:《莎士比亚的〈哈姆莱特〉》,《莎士比亚评论汇编(下)》,中国社会科学出版社1981年版,第500、503页。
③ 〔英〕斯图厄特:《哈莎士比亚的道德观》,同前书,第428页。

欲加以认定的"不定型的角色"①。在这种局面中,对哈姆莱特所谓"延宕"所做出的任何形而上学的解释似乎都可以成为一家之说,这就不可避免地出现了种种奇谈怪论②,乃至胡说八道③。

根据《哈姆莱特》的外在形式的某些特点把它混同于复仇流血悲剧是有历史原因的,似乎是一件很自然的事情,所以长期以来极少有人对此提出质疑。《哈姆莱特》出现在英国舞台流血复仇悲剧盛行的年代,其代表人物为基德,他的《西班牙悲剧》(1589)被认为是流血复仇悲剧的"最典型的范例"④。由此许多批评家称基德为"莎士比亚的先驱者"⑤,甚至认为《哈姆莱特》所依据的现成故事之一是由基德创作的、已经失传的《老哈姆莱特》。如说,"莎士比亚的《哈姆莱特》多半是由别人一个同名剧本改编而成,那个剧本托马士·纳什在1589年写的一篇小品文中谈到过,也在1596年上演过。其时,托·罗吉提到过该剧剧本已失传,大家认为那是托马斯·基德之作"⑥。"这部归于托·基德名下的剧本称《老哈姆莱特》(Ur-Hamlet)"⑦。这样,经过学者们的种种推测、猜想、论证,就将莎士比亚的《哈姆莱特》续在了《西班牙的悲剧》之后,将其纳入复仇悲剧的系列,将《哈姆莱特》看作一个复仇的悲剧,把主人公哈姆莱特当成一个复仇者的形

---

① 〔英〕多佛·威尔逊:《〈哈姆莱特〉里发生了什么事?》,同前书,第428页。
② 如乔伊斯在《攸利西斯》中讽刺地写道:"斯蒂芬坐在孩子们的旁边解词。他用代数证明莎士比亚的阴魂是哈姆莱特的祖父。"《外国现代派作品选》第二册(上),上海文艺出版社1981年版,第121页。
③ 〔英〕奎勤—库奇语。见贺祥麟主编:《莎士比亚研究文集》,陕西人民出版社1982年版,第168页。
④ 阿尼克斯特:《英国文学史》,人民文学出版社1958年版,第96页。
⑤ 孙家琇主编:《莎士比亚辞典》,河北人民出版社1991年版,第57页。
⑥ 阿尼克斯特:《莎士比亚的创作》,山东教育出版社1985年版,第408页。
⑦ 孙家琇主编:《莎士比亚辞典》,河北人民出版社1991年版,第57页。

象"。批评家说,"《哈姆莱特》中有鬼,有疯子,还有毒药、比剑、墓地和骷髅","全剧连自杀带被杀共死了8个人"①,这样的戏是典型的流血复仇悲剧,主人公是典型的复仇者。18世纪以来,《哈姆莱特》研究的基本倾向就是将其视为复仇剧的观点一直沿袭下来,到20世纪这个观点似乎已成定论,它被写入教科书、文学辞典甚至百科全书之类的综合性工具书。如美国学者写的一本《简明外国文学辞典》中说:"《哈姆莱特》属'复仇悲剧'或'喋血悲剧',它源于塞内加最喜欢的关于复仇、谋杀、幽灵、肢解和屠杀的材料。"②《简明不列颠百科全书》说:"《哈姆莱特》为'复仇悲剧'的代表作。它最初起源于塞内加的罗马悲剧,但到T.基德的《西班牙悲剧》(1590)问世,复仇悲剧才在英国舞台上得以确立。"③我国的一些莎学学者也持这种观点,"《哈姆莱特》是一部复仇剧,它同当时英国的复仇剧有很密切的关系","复仇任务决定哈姆莱特的整个命运,能不能复仇也关系到整个国家和人民的命运"④。"《哈姆莱特》的主题是复仇,中心情节线索是复仇与反复仇","王子为什么要拖延?这是《哈姆莱特》批评的中心问题"⑤。

但是,在我国的《哈姆莱特》研究中,近年来有一些学者以这种或那种解读否定了《哈姆莱特》是复仇悲剧的传统观点,他们认为《哈姆莱特》虽然与复仇悲剧有相似之处,但实际上它与复仇悲剧是不相同

---

① 朱虹:《西方关于哈姆莱特典型的一些评论》,《文学评论》1963年第2期。
② M.H.阿伯拉姆:《简明外国文学辞典》,河南人民出版社1987年版,第374—375页。
③ 《简明不列颠百科全书》第3卷,中国大百科全书出版社1986年版,第230页。
④ 孙家琇:《论〈哈姆莱特〉》,《莎士比亚与西方现代戏剧》,四川教育出版社1994年版,第158—160页。
⑤ 薛迪之:《莎剧论纲》,西北大学出版社1994年版,第18页。

的。如廖可兑说:"复仇悲剧在当时的英国比较流行,莎士比亚的第一部悲剧《泰特斯·安德洛尼克斯》就是在这种悲剧的影响之下写出来的。但是,《哈姆莱特》不是这一类悲剧,而是具有高度思想性和艺术性的作品,把莎士比亚的现实主义创作推到了顶峰。"[1] 张泗洋等说:"《哈姆莱特》不同于基德的《西班牙悲剧》,也不同于他自己早期的'血与雷'复仇剧《泰特斯·安德洛尼克斯》;他已经彻底地从塞内加的影响中解脱出来了。虽然故事的起因还是为了复仇,复仇也是悲剧中的一条主要线索,但作家对一般复仇剧以渲染惊险、恐怖、耸人听闻的故事和手段也不感兴趣,这种充满血腥气的通俗情节剧已不适应他的思想发展的要求了。他要密切结合时代特点,探讨现实社会和人生的重大问题,揭示人物复杂的内心世界,创造有着崭新思想内容和风格的悲剧……创造了一个新的主人公代替了传统的热切渴望复仇的人物。"[2] 张泗洋等在这里提出了一个非常重要的命题,即《哈姆莱特》是一部具有"崭新风格的悲剧",但是作者的这个思路没有进一步展开。还有的学者根本不提《哈姆莱特》同复仇剧的种种联系与不同,而直接对作品的属性加以认定,如赵澧说:"《哈姆莱特》从情节上看它是一部丹麦史剧,实际上内容广泛得多,它是莎士比亚思想发展进程中具有代表意义的社会悲剧。"[3]

总之,上述对《哈姆莱特》研究传统观点的挑战,是我国莎学研究深入发展的一个重要标志。这些学者提出了《哈姆莱特》不同于复仇悲剧的观点,并对其悲剧类型的独特属性做出新的解释。可能由于《哈姆莱特》为复仇悲剧的观念已经根深蒂固,所以这些学者提出的

---

[1] 廖可兑:《西欧戏剧史》,中国戏剧出版社1981年版,第130页。
[2] 张泗洋等:《莎士比亚戏剧研究》,时代文艺出版社1991年版,第196页。
[3] 赵澧:《莎士比亚传论》,中国人民大学出版社1991年版,第124页。

这个问题在《哈姆莱特》研究中并没有引起太大的注意,至今还没有人对这个问题加以专门的讨论。现在,我在这里要做的就是在这些学者提出这个问题的基础上,把思路再向前推进一步、拓展一步,对《哈姆莱特》悲剧类型问题做一专门的考察,并据此做出一个新的界定。

(二)

《哈姆莱特》虽然不是真正意义的复仇悲剧,但它却是一部以复仇故事为框架的作品,并写了三个人物的复仇,具有很强的复仇悲剧的成分,这也就是为什么长期以来它一直被认为是复仇悲剧的原因。然而当我们进行比较研究时,就会发现尽管《哈姆莱特》中具有相当浓郁的复仇悲剧的成分,但这种成分只是剧本多种悲剧成分中的一种,它不能决定《哈姆莱特》悲剧类型的本质属性。关于《哈姆莱特》不是复仇悲剧的问题,我将从以下四个方面加以辨析。

首先,由于复仇人物动作内驱力的不同,决定了他们不同的动作指向。复仇悲剧中主要人物进行复仇的内驱力为纯粹的道德观念,复仇活动的最终目标就是将仇人杀死,以血还血。《哈姆莱特》与此不同,主要人物复仇的内驱力为超出道德范畴的一种复合观念,呈现出多元张力,复仇的目标指向也超出了杀人偿命的道德模式。这是《哈姆莱特》与复仇剧的最重要的区别。莎士比亚在剧中写了三个人物的不同性质的复仇,相互衬托,而其共同的特点就是在他们的复仇活动中道德观念的淡化和责任、利益、荣誉观念的介入。福丁布拉斯的复仇出于利益的要求,因此当其利益受到影响时他可以毫不犹豫地放弃复仇,当他趁机登上丹麦王位、得到丹麦国土的时候,他不但未向父亲仇人的儿子宣泄仇恨,恰恰相反,而是以军人的礼节隆重地安葬了哈姆莱特。其实他的这种做法并非他对哈姆莱特有什么特别的情感,而是出于巩固刚刚到手的权力的一种政治行为。由此可见,福丁布拉斯的复仇内驱力是对土地和权力的要求,而非以血还血的道德观念。

雷欧提斯的复仇出于荣誉观念,他复仇的内驱力是一种强烈的复仇情感。因为他的复仇为达目的不择手段,竟同克劳狄斯相互勾结,他虽然用毒剑刺伤了哈姆莱特,但自己也死于这支毒剑之下。在哈姆莱特、福丁布拉斯和雷欧提斯三人的复仇中,只有雷欧提斯复仇的内驱力接近于纯粹的道德观念,他更像复仇剧中的复仇主人公。哈姆莱特的复仇与他们不同。当然,在他的全部活动中复仇占有重要地位,并贯穿其全部活动的始终,因此他常被称为"复仇王子";但是对于作家塑造人物形象来说,最重要的"不仅表现在做什么,而且表现在怎样做"[①],哈姆莱特对待复仇的与众不同的做法,正是他独特的思想感情的集中反映。他的复仇既不像福丁布拉斯那样轻易放弃,又不像雷欧提斯那样急切地进行,而是处于一种中间状态,即踌躇不定、拖延迟误的胶着状态,其根本的原因在于其复仇的内驱力中包含了一种强烈的社会责任观念。因而他的复仇活动的目标就不仅仅在于杀死仇人,而更为重要的乃是承担"重整乾坤"的社会责任和思考人生意义的动作取向。

其次,复仇对象的动作状态不同,决定了不同的矛盾冲突。复仇悲剧,不论是古希腊的(如埃斯库罗斯的《奥瑞斯特》三部曲),还是文

[①] 《恩格斯致斐·拉萨尔》,《马克思恩格斯选集》第4卷,人民出版社1972年版,第344页。

艺复兴时期英国舞台上的(如基德的《西班牙悲剧》),主题都是复仇,都是对已经犯有杀人罪行的人进行流血复仇,而复仇对象一般都没有继续犯罪的企图,只是他们的罪行被揭发之后遭到了以血还血的报复。《哈姆莱特》不同,复仇对象克劳狄斯并不是一个简单接受惩罚的角色,在全剧中他可以称之为一个与哈姆莱特并行的重要人物。哈姆莱特的复仇始终处于被动状态,而克劳狄斯则一直处于谋害哈姆莱特的主动状态之中。对克劳狄斯来说,《哈姆莱特》是他的第二次谋杀史,他靠谋杀的手段除掉老王,登上王位,哈姆莱特理所当然地成为他的严重威胁,所以他还要继续使用阴谋的手段将哈姆莱特除掉。他说:"我必须知道他(哈姆莱特)已经不在人世,我的脸上才会浮起笑容。"[1] 克劳狄斯不同于复仇剧中的复仇对象,更像《麦克白》中的主人公。他们都是靠阴谋杀人的方式篡夺王位的,他们还一定要靠流血杀人来维护他们非法篡夺来的权力。麦克白对于将来可能为王的班柯父子不共戴天,不能容忍他们的存在,于是派刺客谋杀;克劳狄斯感到哈姆莱特是他非法为王的心头大病,所以在他登上王位时就拒绝了哈姆莱特回威登堡大学读书的要求,以便留在朝廷里予以监视;当他发现哈姆莱特疯疯癫癫的时候便决定将其送到英国去想假他人之手杀死哈姆莱特,以使自己的谋杀行为神不知鬼不觉。只是由于波洛涅斯的说情,克劳狄斯才推迟了这一行动,"戏中戏"之后则令人立即将哈姆莱特押送去英国。哈姆莱特靠运气和机智脱险,从海上逃回。一计不成又生一计,克劳狄斯与雷欧提斯共谋,要以毒酒、毒剑置哈姆莱特于死地。这样,在克劳狄斯与哈姆莱特之间就展开了一场隐秘而激烈的生死搏斗。一方面,哈姆莱特要

---

[1] 《哈姆莱特》四幕三场,《莎士比亚全集》(9),第99页。

复仇,另一方面克劳狄斯则要谋杀,这就构成了《哈姆莱特》的独特的矛盾冲突,其中心不是复仇与反复仇,而是复仇与谋杀,这是一种较量,正义与邪恶两种力量的较量。《哈姆莱特》中复仇对象这种继续进行谋害的内容是复仇悲剧中所没有的。

第三,次要人物的动作性质各不相同,形成了人物动作的多样性。复仇悲剧中的次要人物分别属于复仇者一方或复仇对象一方,营垒分明,最后遭到惩罚的是杀人害命的复仇对象和助纣为虐的恶人。《哈姆莱特》中次要人物的动作比复仇悲剧中次要人物的动作复杂得多,他们的动作分别具有不同的性质。王后是克劳狄斯谋害老王的同谋,罗森格兰兹与吉尔登吞是克劳狄斯谋害哈姆莱特的帮凶。《哈姆莱特》中只有罗、吉二人同复仇悲剧中的恶人相似,他们的全部动作都是执行克劳狄斯的命令,最后哈姆莱特让他们当了替死鬼。王后经过灵魂的震荡之后站到了儿子的一方,为儿子保守秘密,最后为了让儿子免遭克劳狄斯的毒害,她替儿子喝下了那碗毒酒。王后的动作前后发生了性质上的变化。次要人物中还有一个与王后、哈姆莱特类似的家庭:波洛涅斯及女儿奥菲利娅。他们既不知道克劳狄斯谋杀老王的罪行,也不知道哈姆莱特装疯复仇的真相,但由于他们盲目地、不自觉地卷入到冲突的漩涡之中,所以尽管他们的动作都属于好心的善良的行为,但结果都成了可怜的牺牲品。这类人物动作的设置是复仇悲剧中所没有的。雷欧提斯为了替亲人报仇,与克劳狄斯密谋勾搭,他的动作性质前后也发生了变化,但其方向与王后相反:前者由邪恶的情欲转向了崇高的母爱,后者则由一个高贵的青年堕落成一个蓄意杀人的谋杀者。《哈姆莱特》中还有一组复仇悲剧中根本没有的次要角色:士兵、伶人、掘墓人。他们的动作的性质与上述各类人物又都不同,他们的动作即他们所从事的职业：士兵在平台上守望，伶人到处巡回演出，掘墓人在墓地上为死者挖掘坟坑。他们对哈姆莱特与克劳狄斯之间的冲突一无所知，但他们自身的动作在客观上却对哈姆莱特与克劳狄斯之间矛盾冲突的发展变化起到一定的作用，构成了当时社会下层人物的生活画面。《哈姆莱特》中特有的这类次要角色的动作从最底层上把它同复仇剧区分开来。

最后，由于人物动作方式的不同，形成了不同的艺术风格和审美情趣。复仇悲剧中主人公都怀有复仇狂热，以嗜血、肢解等残忍手段的报复行为为快，这就形成了复仇悲剧阴沉、恐怖的气氛，剧中充满了血淋淋的刺激。它所引起的审美作用发生在较低的心理层次上，即读者和观众从中主要是获得了一种对杀人者进行报复的快感。在这方面，《哈姆莱特》与复仇悲剧不同。以往的批评家往往罗列该剧中复仇剧的艺术成分，而将之归于复仇剧一类。不错，《哈姆莱特》中确实包含许多与复仇剧相似的艺术成分，但由于主要人物动作方式的不同，所以它们并不是构成其艺术风格的主要因素。如前所述，哈姆莱特不是一个狂热的复仇者，他复仇内驱力的复杂性造成了动作指向的多元性，形成了他犹豫、拖延和反复自省的动作方式。在该剧中复仇对象倒更像一个复仇者，他采取了密探、密谋、毒酒、毒剑、比剑等动作方式。至于骷髅、坟墓并非阴森、恐怖的密谋场所，而哈姆莱特在此拾起骷髅大发人生无常之感慨，这种严肃与诙谐相混合的气氛是复仇悲剧所没有的。至于说死了八个人，并不是复仇者嗜杀成性造成的惨剧，其具体原因是多种多样的。莎士比亚有意淡化了由死亡所引起的恐怖情绪，对人物的死亡做了精心的处理，八人中有三人（奥菲利娅、罗森格兰兹与吉尔登斯吞）是死在戏外的，一个（波洛涅斯）是死在幕后的，其余四人是全剧生死搏斗的结局：王后饮毒酒而死,雷欧提斯、哈姆莱特互中毒剑,哈姆莱特死前刺死了克劳狄斯。这是一种面对面的较量,是矛盾冲突的终结。《哈姆莱特》中人物独特的动作方式形成它不同于复仇悲剧的艺术风格,马克思所说的一段话正是这种艺术风格的一个概括,即将"崇高与卑贱、恐怖与滑稽、豪迈与诙谐离奇古怪地混合在一起"[1]。《哈姆莱特》中具有传统悲剧理论所不允许有的喜剧因素,它所激发出来的激情概括了整个不幸者的痛苦、愤怒和反抗的情绪,这些情感发生在人较高层次的心理活动之中。《哈姆莱特》中的审美情趣是复仇悲剧根本不能比拟的。

(三)

《哈姆莱特》不是复仇悲剧,那么它是什么类型的悲剧呢?对这个问题,莎士比亚在《哈姆莱特》中似乎已经为后人写出了明确的答案。在哈姆莱特同伶人谈话的时候,他称赞一部"从没有在舞台上演出过的剧本",称其为"一出绝妙的戏剧"(an excellent play)[2],说它采用了一种"老老实实的写法"(an honest method)[3],并从场面、文字、风格等方面对之加以称赞。我认为莎士比亚的这部《哈姆莱特》就是按照"绝妙的戏剧"的标准创作出来的一部悲剧,从内容、情节、主题、风

---

[1] 《马克思恩格斯全集》第10卷,人民出版社1964年版,第188页。
[2] 《莎士比亚全集》(9),第54页。卞之琳译文为"一本极好的戏剧",卞之琳译《哈姆雷特》,第321页。梁实秋译文为"一出很好的戏剧",梁实秋译《哈姆雷特》,台湾远东图书公司1976年版,第79页。
[3] 《莎士比亚全集》(9),第54页。卞之琳译为"作风正派",卞之琳译:《哈姆雷特》,第322页。梁实秋译为"纯正的写法",梁实秋译:《哈姆雷特》,台湾远东图书公司1976年版,第79页。

格和文字等诸多方面来考察，我们可以确认《哈姆莱特》是戏剧史上未曾出现过的一种新型的悲剧，我称之为"严肃悲剧"(solemn tragedy)。

作家运用卓越的艺术才能将当时从宫廷贵族到平民百姓的五光十色的生活场景都编织到剧本里，并借助传统的历史和民间的故事，体现了多重的审美价值，即哲学的、政治的、道德的、宗教的、爱情的、友谊的等等，这就是为什么长期以来学者们称《哈姆莱特》是"社会悲剧"[①]、"政治悲剧"[②]、"理性悲剧"[③]、"精神悲剧"[④]及"宗教剧"的原因之所在。《哈姆莱特》中多层次生活层面的构筑，形成了它的独一无二。

首先，《哈姆莱特》中复仇和谋杀的戏剧冲突所掩盖的或说所隐含的、所包容的乃是时代的重大主题，即王权问题。这是莎士比亚那个时代关系到英国国家前途和命运的至关重要的问题。《哈姆莱特》中所显示的正是理想君王被谋杀和阴谋篡权所造成的社会的罪行与丑恶，人们的不幸和国家的灾难。

莎士比亚在表现这一敏感的政治主题时成功地调节了艺术感受的审美距离，使观众既在欣赏古代故事，又感到这些故事的发生仿佛就在今天。这种适度的审美距离既可以使莎士比亚大胆地去表现那个时代敏感的政治主题，又避免了由此可能招致的政治麻烦。我们

---

① 赵澧：《莎士比亚传论》，中国人民大学出版社1991年版，第124页；阿尼克斯特：《莎士比亚的〈哈姆莱特〉》，《莎士比亚评论汇编》(下)，中国社会科学出版社1981年版，第509页。
② 阿尼克斯特：《莎士比亚的创作》，第414页。
③ 阿尼克斯特：《莎士比亚的创作》，第415、409页。
④ 基托：《哈姆莱特》，《莎士比亚评论汇编(下)》，中国社会科学出版社1981年版，第404页。

知道，欣赏者在接受艺术作品时所形成的审美感受与艺术世界之间总会有一种距离。朱光潜先生说，在各种艺术中，"'距离感'最近的为戏剧，因为它用极为具体的方式将人情事故表现在欣赏者面前，这最容易使人离开美感世界而回到实用世界"①。因此朱光潜先生认为"艺术成功的秘密在于距离的微妙的调整"②，既要避免因"距离过度"造成"理想主义毛病"，也要避免因"距离不足"造成"自然主义的毛病"。在论述悲剧时，作者谈到了"调整距离"的一些重要方法，其中第一条即"时间和空间的遥远性"③。莎士比亚的历史剧和悲剧运用了这一手法。《哈姆莱特》的故事发生在古丹麦，这使观众在看戏的时候首先产生了很大的"距离"感，但随着故事情节的推进，又令观众感到这故事与现实生活的距离越来越小，到最后他们就在一种似是而非、不即不离的状态中将剧中所蕴含的深刻主题同现实生活联系起来，这种艺术感受是只能意会、不能言传的，所以它又避免了那种将戏剧艺术世界与现实生活合为一体的"危险"倾向。

从克劳狄斯谋害老王和哈姆莱特的故事中，伊丽莎白时代的人们会非常自然地联想起反动的天主教会与旧贵族对伊丽莎白女王④的多次谋杀活动⑤。伊丽莎白女王在位45年，实行君主专制统治，

---

① 《朱光潜美学文学论文集》，湖南人民出版社1980年版，第69—70页。
② 朱光潜：《悲剧心理学》，人民文学出版社1983年版，第27页。
③ 朱光潜：《悲剧心理学》人民文学出版社1983年版，第31页。
④ 伊丽莎白一世（1533—1603，1558—1603在位），英格兰古代最伟大的君王之一。1588年战胜西班牙的"无敌舰队"，英国开始成为海上强国。在位最后15年英国到处一片繁荣。
⑤ 如1572年英格兰贵族诺福克公爵参加佛罗伦萨阴谋家里多尔菲企图谋杀伊丽莎白女王的秘谋，事泄被杀。1582年法国天主教首领人物吉斯公爵谋杀伊丽莎白女王的计划失败。1586年英格兰阴谋家巴宾顿参加了教士约翰·巴拉德企图谋杀伊丽莎白一世的活动，事败被处死。

对英国的发展起到了重要的作用,被公认为一代明君。然而,从她即位起就遭到天主教与旧贵族的反对①,发生过多次企图谋害她的阴谋,直到她逝世之前,还发生了令她痛苦万分的宠臣埃塞克斯伯爵的叛乱。② 16世纪欧洲(包括英国)形成的君主专制王权的性质与重大的历史进步作用,马克思恩格斯都有过深刻而精辟的论述③,而莎士比亚对王权这个现实问题的艺术感受竟达到了历史主义的高度,他的反映王权主题的作品完全可以成为马、恩观点的形象说明。莎士比亚对王权问题的强烈关注,在他的时代再也找不到第二位作家能达到如此程度。莎士比亚站在历史进步潮流的方面,吮吸着日益强化的民族感情,在表现时代重大主题方面成为世所罕见的艺术家。他的10部历史剧都以王权问题为中心,主张开明君主治国,反对昏君、暴君,谴责阴谋篡夺王权的罪行以及由此引发的宫廷王室的相互残杀以及涂炭百姓的内战;他的悲剧也竟因此有6部同王权问题有关④,甚至在所谓"纯粹的浪漫剧"《暴风雨》中都能见到围绕

---

① 如1569年威斯特摩兰伯爵在英格兰北部举行支持封建分权和天主教会反对伊丽莎白女王的叛乱。1570年罗马教皇皮乌斯五世将伊丽莎白一世革除教门。

② 埃塞克斯伯爵(1567—1601),英格兰军人,伊丽莎白女王宠臣。1599年被任命为英国驻爱尔兰代表,被叛乱分子打败,屈膝求和,受到女王处分,1600年被撤销其一切职务。1601年初率二三百人上街企图发动伦敦市民叛乱,未遂,事败后于1601年2月15日被处决。

③ 如马克思在《西班牙革命》中说:"16世纪是欧洲历史上大的君主国形成的时代。君主专制是作为文明中心,社会统一的基础出现的。"(《马克思恩格斯全集》第10卷,人民出版社1962年版,第462页)。恩格斯在《论封建制度的瓦解和民族国家的产生》中说:"在中世纪那种普遍混乱的状态中,王权是进步的因素。王权在混乱中代表秩序,代表正在形成中的民族(Nation)。欧洲那时无王权便不能出现民族的统一";"经过红白玫瑰战争,旧贵族自相残杀殆尽",所以在英国"都铎王朝登上王位,权力之大超过了以前和以后的所有王朝"。(同前书第21卷,人民出版社1965年版,第457、453、454页)

④ 它们是《泰特斯·安德洛尼克斯》《裘力斯·凯撒》《哈姆莱特》《麦克白》《李尔王》《科利奥兰纳斯》。

王权引发的兄弟阋墙、骨肉相残的情景。莎士比亚在《哈姆莱特》中所蕴含的政治主题正是他一以贯之的王权思想。不幸的哈姆莱特所失去的不仅仅是他尊敬的父亲，一位"堂堂男子"，一位"人"的典型，更是战胜挪威老王，赢得了胜利，扩大了国威的一代赫赫君王。克劳狄斯谋杀老王，篡夺王权，致使举国上下交口称赞的合法继承人哈姆莱特失去王位。哈姆莱特憎恨克劳狄斯不仅仅因为他弑君娶嫂，更因为这个戴王冠的丑角导致了整个社会的堕落，罪恶丛生，国力衰微。哈姆莱特与克劳狄斯同归于尽，未能恢复自己合法的王位，未能实现"重整乾坤"的壮志，丹麦的王位竟被当年老王战败的挪威老王之子所轻取。这不仅是哈姆莱特的悲剧，也是一个民族、一个国家的悲剧。在这个同英国距离很远的古代丹麦王国里所发生的这场悲剧对英国当代观众来说，其审美感会出现"距离过远"的偏颇，莎士比亚巧妙地将1601年埃塞克斯伯爵叛乱这一事件含含糊糊、隐隐约约地融入剧中，使人们在雷欧提斯率众攻入王宫的场面中似乎听到了埃塞克斯率众造反的鼓噪之声。做了这样巧妙的"调节"之后，《哈姆莱特》所产生的审美感受的距离一下子就拉近了，它引起了观众对英国历史上和现实中一切谋杀合法君王，篡夺王位者的憎恶和谴责，对英国历史上和现实中一切英明君王的怀念与崇敬，而这正是莎士比亚对现实的王权思想所转化成的艺术审美价值。

其次，《哈姆莱特》艺术地展现了文艺复兴运动晚期，主要是伊丽莎白女王逝世前后英国的社会生活，描写了这个"颠倒混乱的时代"的种种腐败、丑恶和罪行，反映了这个时期英国社会矛盾的加剧。这个时期全国上下的酗酒作乐败坏了国家的风气；官吏贪污受贿，律师颠倒黑白，地主巧取豪夺，辛勤的劳动被轻蔑，忠诚的爱情被玷污；广大民众承担着种种重压,在"烦劳的生命的压迫下呻吟流汗"①,忍受着折磨,整个国家已经变成了"囚室"和"地牢",市民和农民对时局日益不满,浑身泥巴的"庄稼汉越变越精明"。他们的"脚趾头已经挨近朝廷贵人的脚后跟,可以磨破那上面的冻疮了"②,整个社会动荡不安,大有一触即发之势。雷欧提斯振臂一挥,竟应者云集,大批对朝廷不满的人们高喊口号闯进王宫,要推举雷欧提斯为王。造成这种局面的根源是失去了理想的君王,昏君当道,这正是伊丽莎白晚年王权与资产阶级联盟开始瓦解的艺术写照。

《哈姆莱特》是莎士比亚作品中描写这种颠倒混乱的时代的一座界碑,由此莎士比亚在其作品中不断展示这种意象,《李尔王》可作为一个典型的代表。葛罗斯特说现在天灾人祸接踵而来,"亲爱的人互相疏远,朋友变为陌路,兄弟化成仇雠;城市里有暴动,国家发生内乱,宫廷之内潜藏着逆谋,父不父,子不子,纲常伦纪完全破灭。""我们最好的日子已经过去;现在只有一些阴谋、欺诈、叛逆、纷乱,追随在我们的背后,把我们赶下坟墓里去。"③

《哈姆莱特》中所描写的那个"颠倒混乱的时代",既艺术地展示了16世纪末、17世纪初英国社会生活的状貌,也为作品中人物的活动提供了一个现实社会关系的真实背景。

第三,《哈姆莱特》生动地反映了17世纪初新一代贵族青年——诗人、学者、廷臣和军人——政治上的分化,在激烈的社会冲突中他们扮演了不同的角色,作品集中展示了具有人文主义思想的先进人物的悲剧命运。哈姆莱特的故事发生在古代丹麦,但是莎士比亚却

---

① 《哈姆莱特》三幕一场,《莎士比亚全集》(9),第63页。
② 《哈姆莱特》五幕一场,《莎士比亚全集》(9),第124页。
③ 《李尔王》第一幕第二场,《莎士比亚全集》第9卷,第163—164页。

让王子与其好友霍拉旭在文艺复兴时期德国威登堡大学读书,并从那里归来,让贵族青年雷欧提斯去法国求学——在古老的哈姆莱特传说时期法国还没有形成,法兰西王国形成于9世纪,也是到了文艺复兴时期法国才有了大学。很久以来许多学者因此指责莎士比亚犯了"时代错误"。其实不然,这并非"时代错误",而是莎士比亚利用艺术规律用以"调整"艺术距离的一种重要方法。莎士比亚巧妙地运用这种方法就将哈姆莱特故事不知不觉地加以变形,进行时空的转移,使之成了当时英国社会生活的一个缩影,为新一代贵族青年的活动提供了一个现实的背景。面对当时社会矛盾日益加剧,他们的政治态度、社会观念、文化思想以及人生哲学发生了重要的变化。少数人如哈姆莱特,由于他们个人的独特经历,他们对宇宙、社会、人生的认识已经深化,不再停留在早期人文主义者对宇宙和人的诗意赞美之上,而是更多地看到了人性的种种弱点和社会的种种丑恶,这时他们所面临的是这样的选择——"生存还是毁灭","默然忍受命运的暴虐的毒剑,还是挺身反抗这人世的无涯的苦难,通过斗争把它们扫清?"他们的思想产生过犹疑,出现过徘徊;但终于摆脱了这种困扰,而在对假恶丑的斗争中显示了他们生命的光彩。他们是少数,孤军奋战,他们所依赖的只是他们的具有思辨能力的理性和支持这个理性的躯体;他们用语言(口和笔)和剑进行战斗,兼有学者、军人和政治家的特点,属于那个时代一代巨人的阵营。还有一些贵族青年,如霍拉旭,他们对社会有清醒的认识,但他们只想做一名学者,以一种哲学家的眼光冷静地看待生活,远远地而又近近地观察着国家所发生的一切变故。他们似乎逃避现实,但又与现实社会的矛盾冲突发生着这种或那种联系。他们客观地记录着历史事件,从他们的思想倾向来看,这些学者型的人物同哈姆莱特这类投身于斗争的人物具有共性。再有一类贵族青年,他们已经进入仕途,成为朝廷官员,如吉尔登斯吞和罗森格兰兹,他们在政治生活中已经成为一个阶层,他们心甘情愿地为统治者效劳,为了功名利禄什么事情都肯干,对什么人都不手软。在他们的心目中,友谊之类的个人情感日益淡漠,当个人情感和利害发生矛盾的时候,他们舍弃前者,毫不犹豫,他们听从国王的命令,替国王排除种种危险,为维护国家的秩序而工作以求得封赏与晋爵。莎士比亚当代人从罗森格兰兹和吉尔登斯吞的活动中难道不会想到培根的行为吗?[①] 最后还有一类如雷欧提斯,他们的传统观念很重,同时接受了马基雅维利主义;他们追求荣誉,但又不顾一切;当他们的利益受到损害或为了维护个人名誉的时候,他们既可以啸众造反,攻打王宫;又可俯首共谋毒计害人,为奸王效命。从雷欧提斯的身上我们既可以嗅到埃塞克斯伯爵的味道,又可以听到马基雅维利主义的声音。他大喊大叫为父复仇时说"什么良心,什么礼貌……都统统地滚下无底的深渊里去!""今生怎样,来生怎样,我一概不顾,只要痛痛快快地为我的父亲复仇"[②]。"我要在教堂里割破他的喉咙","为了达到复仇的目的,我还要在剑上涂一些毒药"[③]。雷欧提斯所奉行的宗旨就是"为达目的不择手段"。16世纪末17世纪初英国新一代受过高等教育的贵族青年已经成为社会生活、政治斗

[①] 培根(1561—1626),英国政治家、哲学家和语言大师。散文著作《论说文集》影响深远。1582年成为律师。埃塞克斯伯爵很赏识他,他也曾依附埃塞克斯伯爵,在培根谋求朝廷官职的过程中,埃塞克斯伯爵给予他许多帮助和馈赠。1601年2月在埃塞克斯叛乱失败后被审讯时,培根出任公诉律师,代表朝廷对埃塞克斯进行指控,在埃塞克斯被处以极刑之后,培根又编写他的详细罪状,其中还用了一些曲笔。为了酬谢他的这一番劳绩,女王赏赐给培根1200镑。——见斯特莱切:《伊丽莎白女王和埃塞克斯伯爵》,三联书店1986年版,第289页。

[②] 《哈姆莱特》四幕五场,《莎士比亚全集》(9),第107页。

[③] 《哈姆莱特》四幕七场,《莎士比亚全集》(9),第116页。

争的主要角色,他们都历史地、不自觉地分别走向斗争的两个营垒。然而由于社会现实尚未给他们的结局分别提供必然性的归宿,这样,莎士比亚就只能给卷入斗争漩涡的贵族青年以玉石俱焚的结局。这其中寓含了作家对哈姆莱特的敬意,对罗森格兰兹、吉尔登斯吞的轻蔑以及对雷欧提斯的批评与同情。

第四,《哈姆莱特》意味深长地描写了一个由错误而导致家庭毁灭和爱情凋谢的悲剧,反映了受过人文主义教育的老一代贵族的衰落。他们的思想落后于时代的发展,已经失去对现实问题的敏感性,在错综复杂的严酷的政治斗争中,他们不自觉地卷入其中,成了奉献于政治祭坛上的无辜的牺牲品,并导致其家庭成员的种种悲剧。波洛涅斯并不是一个恶人,没有做过什么坏事,但他的错误竟成为他的家庭悲剧和女儿爱情悲剧的根源。错误从来不是独枝生长的劣果,而是蔓生的毒瘤,不被认识的第一个错误导致第二个错误,第二个又必将产生第三个……特别是在政治斗争中,介入其中的错误只有将产生它的主体毁灭才会终结其存在。波洛涅斯当年读过大学,熟悉古代罗马文化,还表演过罗马戏剧。从思想属性来看应属于人文主义思想范畴,但是他上了年纪,思想已经不能适应变化了的新时期,常常生活于以往的经验之中。从他同克劳狄斯的关系来看,他是朝廷资深老臣,但这时他对朝廷发生的重大事件已不感兴趣,他所最关心的乃是他的儿女的生活。他劝阻女儿同王子相爱,并非恶意;他对儿子的教诲,也不乏人生经验之谈。波洛涅斯的错误发生在他对哈姆莱特品格的判断上,开始他认为王子与他女儿相爱,不过是逢场作戏,因为他相信王子的婚姻并不能由王子本人做主;及至听说哈姆莱特发疯时,他又错误地认为这是由于爱情不遂造成的,波洛涅斯认为此事与自己有关,认错了人,很后悔,由此他在错误的路上不断滑下去,并很快跌入哈姆莱特与克劳狄斯之间政治冲突的漩涡之中。他向国王说明女儿拒绝哈姆莱特爱情的经过,相信自己找到了病因,克劳狄斯不信,他又安排女儿与哈姆莱特谈话进行试探。波洛涅斯的愚蠢行为和奥菲利娅一切遵从父命的传统道德观念,使这个天真的少女扮演了一个不光彩的角色。试探之后克劳狄斯更加不信哈姆莱特是因恋爱不遂而发疯,可波洛涅斯则固执地认为自己的看法绝对不会错误,为了证明这一点他请求国王允许他去王后的寝宫偷听,终致丧命,他至死也不知道哈姆莱特根本没疯。波洛涅斯的错误出于政治上的麻木、思想上的武断、行动上的浮躁,他没有想到本来一个好好的世界竟滋生了那种血腥的罪恶,他只想帮助国王、王后找出王子的病因,为自己阻挡女儿恋爱造成的过失做一点补偿。谁知,他竟因此糊涂地被杀死,他的错误不仅招致自己的杀身之祸,还成为女儿奥菲利娅和儿子雷欧提斯悲剧命运的根源。奥菲利娅经受不住父亲惨死的重大打击,精神失常,落水而死。她与哈姆莱特的美好爱情被破坏、被玷污、被摧残,成为爱情祭坛上一只可怜的羔羊,而雷欧提斯要为父亲和妹妹复仇,终于陷入阴谋的泥潭,一家三口人一个一个地死去,一个毁灭的家庭像古代随葬的殉葬品一样陈列于哈姆莱特与克劳狄斯同归于尽的政治斗争的舞台上。波洛涅斯一家毁灭的悲剧表明,政治斗争像摩洛赫神[1]一样,它无情地将那些盲目地卷入其中的善良无辜的男女作为它的牺牲。波洛涅斯一家人的悲剧虽然令人同情,但它也令人轻蔑,同时更令人从中感悟到某些人生的哲理。

第五,《哈姆莱特》生动地再现了文艺复兴时期民间剧团流浪演

---

[1] 摩洛赫是古代亚扪人所信奉的太阳神,偶像为戴王冠的牛头。偶像是用铜做的,空心,可以从中燃烧。祭祀时将人或小儿置于神像的手上,让他们自行坠入火中焚死,祭祀时鼓声大作以掩盖其哭声。

出的情景,莎士比亚借此全面集中地阐发了他的戏剧美学理论,包括戏剧艺术的宗旨、戏剧创作的原理和戏剧表演的方法等等,成为文艺复兴时期美学理论的一个非常重要的组成部分。文艺复兴时期欧洲的文学艺术是欧洲文学艺术史上又一个高峰,但是这个时期并未形成以此为基础的新的美学理论,而是将亚里士多德的《诗学》、贺拉斯的《诗艺》所阐述的美学理论绝对化,对其进行注疏、解释、演绎或发挥,这就造成了文艺复兴时期美学理论的搁浅。尽管在拉伯雷、塞万提斯、莎士比亚等一代大家的作品中都不同程度地表述过他们的美学见解,但它们都是分散的,像镶嵌在大草原上的花朵一样点缀在作品的情节之间。遗憾的是文艺复兴时期没有产生与同期伟大作家齐名的美学家、文艺理论家,因而伟大作家那些零散的理论未被系统化;恰恰相反,它们全部淹没在《诗学》、《诗艺》这两部具有历史凝固力的美学理论体系之中。因此,《哈姆莱特》中所表述的美学理论在几个世纪的莎评中不是被弃之如敝屣,就是被这样或那样地曲解。其实,《哈姆莱特》中的这部分内容是文艺复兴时期戏剧理论的瑰宝,它是对亚氏—贺氏戏剧理论的重要发展。只要认真地读一读,就会发现其中的许多理论观点是《诗学》、《诗艺》中所没有的。莎士比亚在《哈姆莱特》中通过主人公之口,恣肆纵谈戏剧问题。特别强调地阐发了三个相互联系的最重要的戏剧美学问题,即戏剧艺术的宗旨、戏剧创作的原则和表演的方法等。后两个问题都是被第一个问题所决定的。关于戏剧的宗旨,哈姆莱特宣称,"自有戏剧以来,它的目的始终是反映自然,显示善恶的本来面目,给它的时代看一看自己演变发展的模型"[①],由此称伶人的表演为"一

---

① 《哈姆莱特》三幕一场,《莎士比亚全集》(9),第68页。

个时代的缩影"①。莎士比亚认为，为了达到戏剧艺术宗旨的要求，戏剧创作就应该运用"老老实实的写法"，使作品"兼有刚健与柔和之美，壮丽而不流于纤巧"；"场面支配得很是适当，文字质朴而富于技巧"，"戏里没有滥加提味的作料，字里行间毫无矫揉造作的痕迹"②。作家认为只有这种"绝妙的戏剧"才能反映出时代的面貌。关于舞台表演方法的观点也是源于其戏剧宗旨的理论，为了使戏剧真正能够成为"时代的缩影"，对表演的基本要求就是"自然"，要"把动作和语言相互配合起来"，"特别要注意到这一点，而不能越过自然的常道，因为任何过分的表现都是和戏剧的原意相反的"。表演要"恰当"，既不能"过分"，也不能"太懈怠"。因此，就是在表演"洪水暴风一样的感情激发"时，"也必须取得一种节制，免得流于过火"；台词要"一个字一个字地打舌头上很轻快地吐出来"，而不能"扯开喉咙嘶叫"和"打些莫名其妙的手势"，更不能让丑角随意增加台词用自己的笑声吸引观众，把他们的注意力从应当注意的"其他更重要的问题上拉开"③。哈姆莱特同伶人谈论戏剧及"戏中戏"的演出，共两场戏(二幕二场、三幕二场)，篇幅不短，原文共506行，约占全剧3776行的1/7左右，在全剧中占有一个相当的分量。在一出描写复仇故事的戏文中竟能对欧洲戏剧的发展、剧团的演出、伦敦舞台上的"戏剧战"以及戏剧美学理论等做出如此生动的反映和深刻的表述，实为戏剧史上绝无仅有之作。《哈姆莱特》正是莎士比亚自觉运用其戏剧美学理论创作出来的一部时代里程碑式的不朽作品。

---

① 《哈姆莱特》二幕二场，《莎士比亚全集》(9)，第58页。
② 《哈姆莱特》二幕二场，《莎士比亚全集》(9)，第54页。
③ 《哈姆莱特》三幕三场，《莎士比亚全集》(9)，第67—69页。

总之,《哈姆莱特》天才地、艺术地再现了16世纪末17世纪初英国社会的时代风貌和不同社会阶层人们的不同命运,交织着强烈的爱与憎,其间充溢着深沉的忧郁、巨大的痛苦、反复的踌躇、不断的反思、顽强的抗争、无情的嘲讽以及无奈的怜悯等各种思想感情,成为一部严肃悲剧的典范作品。如果我们可以用音乐作品来打个比喻的话,《哈姆莱特》就是一部关于社会和人生悲剧命运的多主题交响乐,其中既有《悲剧交响曲》①中的悲伤与忧郁,也有《悲怆交响曲》② 中的沉思叹息、悲哀痛苦、内心独白、搏斗与送葬的音乐;更有《命运交响曲》③ 中的人和命运的搏斗、内心世界的披露,开始虽然风云变幻、命运未卜,但是主旋律则是坚强的英雄意志战胜宿命,正义必将战胜邪恶的壮丽的颂歌。美籍印度天体物理学家钱德拉塞卡说:"莎士比亚事业的发展是如此令人惊异,像《哈姆莱特》一样,它可以触动大部分人的最深处的感情,并演生出无比丰富的想象。"④ 的确如此,代表莎士比亚戏剧最高成就的《哈姆莱特》,是以种种社会生活图景和复杂的感情意象构筑而成的一部反映社会人生命运的严肃悲剧,它的多重主题相互交织使它永远闪耀着扑朔迷离的色彩并呈现

---

① 《悲剧交响曲》为奥地利犹太作曲家、指挥家马勒(1860—1911)于1904年创作的第六交响曲,a小调的别名,整个作品充满忧伤悲苦,他说:"我一生忍受下来的不如意的遭遇都集中在这部作品上了。"

② 《悲怆交响曲》为俄罗斯作曲家柴可夫斯基(1840—1893)创作于1893年的交响乐,属作品74·b小调,为作者的代表作。

③ 《命运交响曲》为德国作曲家贝多芬(1770—1828)创作于1808年的作品,为其九部交响曲中的第五部,又称"第五响曲"。

④ 钱德拉塞卡:《莎士比亚、牛顿和贝多芬》,湖南科学技术出版社1996年版,第45页。

出一种多元审美价值的艺术张力。

1997年1月初稿，
1998年3月15日定稿。

精心构筑的艺术世界
——《哈姆莱特》的戏剧冲突

戏剧冲突是人物借以完成艺术生命史的外在形式,同人物的命运息息相关,是揭示人物内心世界和展示其命运轨迹的物质外壳。作家在不同的戏剧作品中通过不同的戏剧冲突构筑一系列独特的艺术世界,在这个艺术世界里,所有的人物,由于他们在戏剧冲突中所处地位不同,所扮角色不同,所起作用不同,所有结局不同,所形成的审美作用也就各有千秋。由戏剧冲突构成的戏剧作品是一个封闭的、完整的艺术世界,它具有独立的自在的属性,这个艺术世界中所有人物的生命只能从这个独特的世界中获得,他们之间的种种纠葛既决定了人物的命运,也决定了这个封闭的艺术世界的存在状态。因此,剖析戏剧冲突对研究戏剧作品来说,无疑是一个重要的切入口。

在探讨《哈姆莱特》戏剧冲突的时候,首先需要解决的一个问题就是应该将戏剧冲突与构成这种冲突的素材和原型区别开来。一部戏剧作品,不论其人物、事件是来自古代传说、民间故事,还是源自现实生活,或是取自作家的生活经验,当它们一旦进入这个封闭的艺术世界的时候,便决然地切断了它们同外部世界的所有联系,它们都是构成戏剧冲突的素材或原料。在原料这个属性上,古代的传说故事、现实生活中的真实事件以及作家的个人经验之间是完全可以画等号的，作家不但可以而且必须对它们进行特定价值取向的艺术加工，他们所构筑出来的戏剧冲突同素材原料是具有不同属性的两种事物，因此在研究戏剧作品的时候就不该将外部世界的人物和事件强行拉入这个封闭的艺术世界之中。在研究莎士比亚戏剧作品的时候，这个问题显得格外突出，因为莎士比亚的戏剧作品绝大部分来自现成故事，所以不少评论者常常冲开莎剧艺术世界的界墙，将莎士比亚所依据的现成故事掺杂于莎士比亚独特的艺术世界之中，将其戏剧冲突与其所选原料混淆起来，因而对莎剧做了这种或那种的误读。当然，如果从莎士比亚对原料加工的角度进行比较研究，对认识莎士比亚的创作及其作品是有意义的，例如对哈姆莱特故事原型、传播、演变等方面的探微抉幽，但这属于另一种研究范畴。我们这里所说的问题是将原料与特定的戏剧冲突混淆起来对莎士比亚作品所进行的非戏剧性质的批评，比如他们将莎士比亚的作品同原型相比，说莎剧出现了"时代的错误"、"地理的错误"、人物关系及人物性格的错误、故事定向的错误等等，这种批评就是用莎士比亚戏剧艺术世界之外的种种情景来品评这个艺术世界之内所发生的一切。一些学者特别是一些知识渊博的学者对文学作品的品评往往以严格的历史学家考证史实的方法批评所谓莎士比亚的"时代错误"。比如钱钟书在其名著《管锥篇》中就曾指出《冬天的故事》里提到雕刻家朱利欧·拉曼诺为赫迈欧尼画像的事，拉曼诺卒于1546年，和《冬天的故事》的时代相距有1600多年。《波里克利斯》剧中提到"手枪"，《泰特斯·安庄尼克斯》剧中杀死俘虏燃烧肢体以飨阵亡将士，以及《考利欧雷诺斯》《亨利八世》《亨利六世上篇》《理查三世》等剧中都存在"时代的错误"问题。莎剧《裘力斯·凯撒》中写古罗马发生的故事，竟出现了近代才有的"自鸣钟"，可谓荒唐。钱钟书认为这种文学创作中出现的"时代的错误"现象,不独莎作及外国所专有,在中国文学作品中也不例外,曹雪芹在《红楼梦》中,写探春住处挂着唐人所撰对联,唐朝哪有对联?[①] 当然钱钟书并未以"时代的错误"贬抑莎士比亚和曹雪芹,他说,虽然存在"时代的错误",但曹雪芹仍是曹雪芹,莎士比亚仍是莎士比亚[②]。尽管如此还是应该说批评文学作品中的所谓"时代的错误"仍然是一种非美学的批评,不具备审美价值,它会割裂作家所构筑的艺术世界的完整性,导致批评的误区。在莎士比亚及《哈姆莱特》研究中,对所谓"时代的错误"的批评最为激烈的是托尔斯泰。他认为,不论《李尔王》,还是莎士比亚所有其他剧本,它们的所有人物的生活和行动跟时间地点是全不适合的;在莎士比亚全部戏剧里随处可以遇到"时代的错误";在传说里,哈姆莱特的个性是完全可以理解的,然而在《哈姆莱特》中,"莎士比亚把自己要说的话放入哈姆莱特的嘴里,迫他去做作者为了安排动人场面所必需的行为,因此把传说中构成哈姆莱特性格的一切都毁掉了"。在整出戏中,"要找到哈姆莱特的行为和言辞的任何解释是毫无可能的,因此,要把他说成任何的性格也是毫无可能的"[③]。托尔斯泰的这种无意的混淆使他对莎士比亚发生了误解,误读了《哈姆雷特》等重要的莎翁作品。再如,梁实秋在其所译的《哈姆雷特》中也曾批评过莎士比亚的"时代的错误"。对克劳狄斯拒绝哈姆莱特重新回到威登堡大学去读书这句台词,梁实秋注释说:"威登堡大学成立于1502年,此处引用自然是'时

---

① 转引自日东流:《钱钟书谈名著之失误》,《新民晚报》1996年4月26日。
② 钱钟书:《中国固有的文学批评的一个特点》,《文学杂志》1937年第4期,第52页。
③ 列·托尔斯泰:《论莎士比亚及其戏剧》(1903—1904),见杨周翰编《莎士比亚评论汇编(上)》,中国社会科学出版社1979年版,第503、514页。

代错误'。"① 混淆素材、原型与戏剧作品自在的艺术世界的界限,必然会导致解读上的混乱,因此,在我们分析《哈姆莱特》艺术世界的时候,必须守住大门,不允许批评者所强加给这个艺术世界的各种成分进入。

其次,在莎士比亚戏剧冲突的研究中,随意舍弃其中的某些成分,也是造成解读误区的原因之一。同前一种情况相比,这种忽略、舍弃所造成的以偏概全的误读似乎更为普遍。戏剧家在其构筑的艺术世界中,每一个细节、每一个场面、每一条线索都是其整体构思的不可缺少的有机组成部分,因此只有全面审视才会看清这个艺术世界的真实面貌。所以研究戏剧作品,特别是研究莎士比亚的作品的又一重要原则就是谨防遗漏。

对于上述两个问题,英国学者基托说过一句非常精辟的话:"如果我们要知道莎士比亚当时的确是怎样想的,就只有研究剧作本身,同时就不要把作者没有写在那里的东西带进去,也不要把他写在那里的东西给看丢了。"② 我们对《哈姆莱特》的戏剧冲突进行考察的前提就是要把批评家们弄得面目不清的艺术世界加以澄清,进行全方位的审视。当我们对戏剧作品艺术世界及戏剧冲突做了这样的界定之后就可以敲开"丹麦王国"的大门,进入这个复杂奇妙的艺术世界了。

进入这个艺术世界的目的不应该是撷取和寻找某种观念的证据,而应该认真慎重地跟踪和考察人物的全部活动,不忽略一个细节,不放过一个场面,这样才能从莎士比亚编织的扑朔迷离的艺术世

---

① 梁实秋译:《哈姆雷特》,台湾远东图书公司1976年版,第212页。
② 基托:《哈姆莱特》(1956),杨周翰编:《莎士比亚评论汇编(下)》,中国社会科学出版社1981年版,第430页。

界中清晰地勾勒出戏剧冲突的轮廓,当我们把这个艺术世界的种种矛盾纠葛梳理清楚的时候,研究揭示人物内心世界、性格特征以及审美价值取向等才有了可靠的基础。

长期以来许多学者执著于哈姆莱特的复仇活动,殚精竭力地研究其"延宕",而称哈姆莱特为"复仇王子"。将哈姆莱特的悲剧界定在复仇的范围内,实际上极大地缩小和减化了哈姆莱特悲剧命运丰富而复杂的内涵。复仇是构筑戏剧冲突的一个重要组成部分,但它并不是这个冲突的全部内容。

"丹麦王国"里那位哈姆莱特是一个从自己特定的生活位置中被抛出来的人,他与整个周围环境的固有的和谐关系被破坏,成为一个失去一切的不幸的青年,他失去了父亲,失去了王位,失去了情人,失去了大学的学习生活,失去了人生的欢乐,失去了他所应该拥有的一切,而外部世界的各种力量,有意的、无意的、善意的、恶意的,主动的、被动的……都一起加害于他,与他所发生冲突的是以克劳狄斯为首的整个宫廷,他要复仇,克劳狄斯则要将他除掉,所以哈姆莱特同外部世界的冲突是全面的、激烈的、具有极大的概括力,它所涵纳的内容是人们在社会生活中都有可能遇到的这种或那种矛盾的艺术概括。如果将哈姆莱特同他周围世界所发生的冲突归结为复仇活动,那就缩小了冲突的广度,弱化了冲突的力度,降低了冲突的深度,从哈姆莱特失去一切这点来看,他同李尔王相像;但李尔王是由于自己的过错才失去一切的,而哈姆莱特失去一切并非过错造成;然而从他们的悲剧命运中我们可以看到当一个人失去一切而成为社会邪恶力量的受害者时,整个社会并不予以补偿;相反,其他社会力量也会参与对受害者的进逼,使他们不仅失去外部物质世界,还要摧毁他们的精神世界,最后吞噬掉他们的灵与肉,即整个的生命。哈姆莱特同周围世界的冲突是一场因为维护合法王权而引发的政治较量,而并不是一场简单的复仇活动。

剧本第一幕全面交代了哈姆莱特失去一切的不幸处境以及同外部世界形成冲突的根源。父亲突然死亡,母亲匆促改嫁,令哈姆莱特心中充满狐疑,虽然这时他还不知道父亲的死因,但仍深陷痛苦之中,母亲的劝导、国王的许诺都难以改变他忧郁的心情,他感到整个人世间到处都是那样"可厌、陈腐、乏味而无聊"。这时哈姆莱特与克劳狄斯的矛盾还处于模糊、隐蔽的状态。克劳狄斯不允许哈姆莱特回威登堡大学读书,虚情假意地说"我的侄儿哈姆莱特,我的孩子——",并让哈姆莱特留在朝廷,并说他是"王位的直接继承者"[①]。王后也对哈姆莱特说"请你不要离开我们",对此哈姆莱特只得服从。只是到了第一幕第五场鬼魂的诉说揭露了克劳狄斯杀兄夺位奸嫂的罪行,至此才最终构成了哈姆莱特与克劳狄斯之间的戏剧冲突,哈姆莱特决心复仇。波洛涅斯与雷欧提斯联合起来阻挡奥菲利娅与哈姆莱特的爱情。雷欧提斯以有见识的兄长的身份劝妹妹不要相信哈姆莱特的海誓山盟,不要让哈姆莱特"打开宝贵的童贞",奥菲利娅说她会记住哥哥的教训。波洛涅斯嘲笑女儿的爱情并干脆下了命令:"简单一句话,从现在起我不许你一有空闲就跟哈姆莱特殿下聊天。"[②]奥菲利娅表示"一定听父亲的话",后来她果然拒绝了王子的求见。波洛涅斯、雷欧提斯把奥菲利娅从哈姆莱特身边拉走,或说将哈姆莱特从奥菲利娅身边赶走,这就成为一对情人之间爱情悲剧的重要原因。在第一幕的五场戏中,哈姆莱特从一个高贵的王子一下子跌入

---

① 《哈姆莱特》一幕二场,《莎士比亚全集》(9),第 12、14 页。
② 《哈姆莱特》一幕三场,《莎士比亚全集》(9),第 23 页。

到失去一切的可怜可悲的处境,对此哈姆莱特自己是非常清楚的,所以接下来在他同罗森格兰兹与吉尔登斯吞谈话时称自己是"一个叫化子"①。

哈姆莱特装疯是启动戏剧冲突的关键所在。克劳狄斯和波洛涅斯对哈姆莱特的疯疯癫癫都很敏感,克劳狄斯心中有鬼,对哈姆莱特的异常举止深感惊恐,他怀疑哈姆莱特已经窥到或猜到他的罪行;而波洛涅斯则认为哈姆莱特是因为恋爱不遂造成了疯狂,他感到不安与后悔,责备自己认错了人。他们二人虽然关注哈姆莱特发疯的动机不同,但在探测哈姆莱特精神变化的根源方面却是相同的。为此克劳狄斯召来小时候与哈姆莱特在一起的罗森格兰兹与吉尔登斯吞,让他们到宫中陪伴哈姆莱特,"随时刺探哈姆莱特有什么我们所不知道的致病之由"。同时,克劳狄斯也接受了波洛涅斯的建议,要偷听哈姆莱特与奥菲利娅的谈话,以判断哈姆莱特发疯到底是否同爱情有关。在哈姆莱特与克劳狄斯之间进行的尖锐冲突之中,波洛涅斯盲目地卷入、扮演了一个自以为聪明的多事招灾的角色。

哈姆莱特与克劳狄斯的冲突是一个反复较量的过程,经过多次交锋,冲突逐渐明朗,逐渐激烈,最后同归于尽。他们之间的这种不同寻常的冲突具有以下几个明显的特点:其一,明争极少,暗斗始终。哈姆莱特除了以"戏中戏"进行试探外一直没有公开谴责克劳狄斯弑兄篡位的罪行,而在克劳狄斯则始终没有泄露他企图除掉王子的阴谋,他的一切活动都是在关心哈姆莱特的假面具下进行的,而卷入这场冲突的人们或根本不明真相或若明若暗地有所猜想。哈姆莱特与克劳狄斯两个人心照不宣地以局外人难以察觉的方式进行生死存亡

---

① 《哈姆莱特》二幕二场,《莎士比亚全集》(9),第48页。

的较量。其二，奸王幕后策划，他人轮流上场。哈姆莱特除了最后杀死克劳狄斯之外，在其余的全部冲突中都没有和他直接交锋，克劳狄斯一直处于幕后，哈姆莱特同他的冲突是在同轮流上场的其他人之间的冲突中体现出来的，这就使他们之间的冲突显示出一种间接性的特点。其三，哈姆莱特的复仇观念的内涵越来越复杂，而克劳狄斯杀人阴谋的意图则越来越清晰。哈姆莱特与克劳狄斯的冲突形成之后在其逐渐明朗和加剧的过程中，他们的观念和意图都在特定质的范围内发生了不同趋向的变化。哈姆莱特的复仇观念由简单的血缘复仇逐渐升华并和一种新的人生价值观念结合在一起，而克劳狄斯企图加害哈姆莱特的阴谋由极其隐秘的状态逐渐暴露出来，以致罗森格兰兹、吉尔登斯吞成为他实行阴谋的自觉的帮凶，并诱使雷欧提斯与他结盟。这样哈姆莱特与克劳狄斯之间的这场冲突就具有了正义与邪恶之间进行斗争的性质，具有了一种政治斗争的色彩。哈姆莱特复仇观念的逐渐复杂使他的活动超出了简单的血缘复杂的范畴，也使他摆脱了"复仇王子"的错位，成为一个对抗邪恶的高贵的青年。他的全部活动绝不仅仅是复仇，而更重要的是对付奸王的谋害行为，要重整乾坤。这两个方面合起来才构成了哈姆莱特与克劳狄斯冲突的整体。

　　哈姆莱特与克劳狄斯冲突的第一个回合是揭穿罗森格兰兹与吉尔登斯吞"奉命而来"刺探情况的真实目的，并对多事的波洛涅斯发出警告。克劳狄斯不相信哈姆莱特发疯是因为父亲死亡与母亲改嫁，于是召小时候与哈姆莱特在一起的廷臣罗森格兰兹与吉尔登斯吞进宫，让他们去哈姆莱特那里刺探情况。罗、吉二人奉旨前往，哈姆莱特一眼就看出来他们的来意。他以友谊的名义让他们二人"直说"，"不必躲闪"，"是不是奉命而来？"罗、吉二人在哈姆莱特咄咄逼人的讯问式的追问下不得不承认了,他们败下阵来。这时罗、吉二人还不知就里,只是奉旨行事,哈姆莱特对他们比较客气。波洛涅斯也来了,他要试探哈姆莱特的疯因,以向国王显示他的判断绝对正确,从来没发生过错误。哈姆莱特说他"是个大孩子,还在襁褓之中,没有学会走路",嘲笑他是个"没有智慧的老人",称他为"唠唠叨叨讨厌的老东西",并且以《圣经》典故来警告他。哈姆莱特把波洛涅斯叫做以女儿献祭的以色列古代士师耶弗他,并让他去"查看这支圣歌的第一节"①。警告他不要把女儿奥菲利娅作为向克劳狄斯献殷勤的牺牲品。哈姆莱特的这些话只是使波洛涅斯认为哈姆莱特仍在想着他的女儿,他的愚蠢使他不能理解哈姆莱特的意思,仍然固执地相信自己的看法,来来去去地安排着偷听活动。

第二次较量是以奥菲利娅试探哈姆莱特的发疯到底是不是因为爱情。奥菲利娅听从父亲的摆布与哈姆莱特见面,退还哈姆莱特给她的纪念品,还说:"送礼的人要是变了心,礼物虽贵,也会失去了价值。"哈姆莱特一听立即明白了这次谈话的性质,于是他告诉奥菲利娅要把她父亲"关起来,让他只在家里发发傻劲",然后指桑骂槐地发泄他的憎恶,大喊都是罪人,不要结婚了,"进尼姑庵吧!"② 哈姆莱特并未骗过克劳狄斯,相反地暴露了他装疯的秘密。哈姆莱特较量中的失利使克劳狄斯决定采取行动,把哈姆莱特送到英国去假英王之手除掉心腹之患。只是由于波洛涅斯的建议,克劳狄斯才推迟了阴谋的实施。

第三个回合是哈姆莱特利用"戏中戏"来验证鬼魂的话,证明克

---

① 《哈姆莱特》二幕二场,《莎士比亚全集》(9),第 53 页。
② 《哈姆莱特》三幕一场,《莎士比亚全集》(9),第 64、65 页。

劳狄斯到底是不是一个弑兄娶嫂的恶人。当伶人来到艾尔锡诺宫廷时,克劳狄斯让罗森格兰兹、吉尔登斯吞进一步去鼓动起哈姆莱特对戏剧的兴味,以便把他的心思转移到这种娱乐上面来。哈姆莱特则决定让伶人"表演一本"跟他的父亲惨死情节相仿佛的戏剧以窥测克劳狄斯的神色,因为哈姆莱特相信,"犯罪的人在看戏的时候,因为台上表演的巧妙,有时会激动天良,当场供认他们的罪恶"[①]。他让霍拉旭帮助观察,以证明他们所见到的鬼魂是先王的亡魂还是一个诱人堕落的魔鬼。试探使克劳狄斯露出了原形,他看到"戏中戏"时惊慌失措,站起来怒冲冲地退席,并大喊"给我点起火把来"。在这个回合中哈姆莱特胜了,他验证了鬼魂的话,肯定他的叔父犯下了弑兄娶嫂的罪恶。这次较量的结果也使克劳狄斯决定立即实施阴谋,把哈姆莱特送到英国去。

　　冲突的第四个回合主要是对王后乔特鲁德的谴责,这次较量是哈姆莱特同克劳狄斯冲突的高峰。冲突的范围比较大,哈姆莱特同吉尔登斯吞、罗森格兰兹、国王以及波洛涅斯等人之间在这次冲突发生的过程中也都发生了不同程度的冲突。在吉尔登斯吞、罗森格兰兹召哈姆莱特去王后寝宫的时候,哈姆莱特无情地嘲弄了他们。吉尔登斯吞、罗森格兰兹奉王后之命去见哈姆莱特时,告诉他因为"戏中戏""国王在发脾气",王后对他的行为"很吃惊",并公开地追问哈姆莱特,"您殿下心里这样不痛快,究竟是为了什么?"哈姆莱特毫不客气地说:"哼!你们把我看成了什么东西","你自以为可以摸到我的心窍,你想要探出我的内心的秘密!"哈姆莱特被他们愚弄得"再也忍不住了",痛斥了他们二人的秘探行为。哈姆莱特这时下决心杀人

[①]《哈姆莱特》二幕二场,《莎士比亚全集》(9),第60页。

复仇,在去寝宫的路上遇到了正在祈祷的国王,但他不愿杀死一个正在祈祷的罪人,以免让他的灵魂上天堂。在他同国王的冲突中这是唯一一次复仇的良机,但哈姆莱特错过了。在哈姆莱特同母亲谈话时,王后自以为可以凭母亲的身份批评哈姆莱特不该惹国王生气,但哈姆莱特针锋相对,让她"用镜子照一照自己的灵魂"。王后怕哈姆莱特杀她,大喊"救命",躲在帷幕后面的波洛涅斯也大喊"救命",哈姆莱特以为是国王偷听,一剑将他刺死。哈姆莱特说:"你这倒运的粗心的爱管闲事的傻瓜。"王后责备他的行为太鲁莽,他说:"这简直就跟杀了一个国王哥哥再去嫁给他的兄弟一样坏。"王后对此不解,责问哈姆莱特:"我干了什么错事,你竟敢这样肆无忌惮地向我摇唇弄舌。"哈姆莱特谴责她背弃对父王的誓言,竟嫁给了一个不及她前夫二百分之一的家伙。"使贞节蒙污,使美德得到了伪善的名称。"[1]最后警告王后不要再上叔父的眠床。要为他保守秘密。乔特鲁德答应了儿子的要求,在这次惊心动魄的重大冲突的过程中哈姆莱特嘲弄了两个朝臣,放过了国王,谴责了王后,误杀了御前大臣,对以克劳狄斯为首的宫廷势力以极大的打击。他以狂风暴雨般语言的利剑,刺开了乔特鲁德的防线,让她看到了自己灵魂深处的丑恶。

冲突的第五次较量是哈姆莱特识破了克劳狄斯的阴谋诡计,逃回丹麦,并用掉包计让吉尔登斯吞、罗森格兰兹代他去英国受死。在"戏中戏"之后,吉尔登斯吞与罗森格兰兹心里已经明白了哈姆莱特与克劳狄斯冲突的严重性质,并一再向国王表示他们的忠心。国王对他们毫不掩饰地说,"哈姆莱特这样疯下去对我是一个很大的威胁",并说让哈姆莱特"跟他们到英国去",吉、罗二人立即表示"许多

---

[1] 《哈姆莱特》三幕四场,《莎士比亚全集》(9),第87—92页。

人的安危都寄托在陛下身上","国王的一声叹息总是随着全国的呻吟"。这时他们所要办的事已不再是窥测疯因,而是要从国王身边把"危害安全"的哈姆莱特遣送出国。国王从众多的朝臣中选出吉、罗二人,开始是因为他们小的时候同哈姆莱特在一起,便于了解情况;后来发现了他们对国王的忠诚,才对他们委以重任。经过几次交锋哈姆莱特也看透了这点,他对母亲说,"公文已经封好,打算交给我那两个同学带去,对这两个家伙我要像对待两条咬人的毒蛇一样,随时提防",他们要"引导我钻进什么圈套里去","我要用诡计对付诡计"①。正因为这样,所以哈姆莱特在船上才想方设法偷看了秘信,发现阴谋之后又模仿国王的笔体写下了一封假诏,让英王见信后"立刻把那两个传书的来使处死"②。哈姆莱特获得了这次较量的胜利。至于吉、罗二人是否应该遭到这种命运,哈姆莱特是否过于残忍,人们提出了不同的看法。当时的情况是哈姆莱特如果不这样做,秘密泄露出去,他必死无疑。所以处在生死斗争中的人们,除了是非对错之外,只存在着或胜或败,或生或死。如果我们以此来考察哈姆莱特与吉、罗的这场较量的话,我们只能说哈姆莱特是胜利者,而已经自觉参与国王清除"危险"因素的两个廷臣,自己则被这种"危险"送进了坟墓。他们一而再、再而三地对哈姆莱特进逼,哈姆莱特的回击是无可非议的,我们从中只能肯定他的智和勇。

最后一次较量发生在哈姆莱特与雷欧提斯之间。哈姆莱特最终杀死国王,结束了他们之间错综复杂的全部冲突。雷欧提斯听说父亲被杀之后秘密回国,率众冲入宫中,克劳狄斯利用雷欧提斯的复仇

---

① 《哈姆莱特》三幕四场,《莎士比亚全集》(9),第93页。
② 《哈姆莱特》五幕二场,《莎士比亚全集》(9),第131页。

情绪,与之结盟,共同谋划杀死哈姆莱特的办法,他们策划在比剑中置哈姆莱特于死地:1.国王答应为雷欧提斯准备一把开刃的剑;2.雷欧提斯说他可以在这把剑上涂上致命的毒药;3.国王说再预备一杯毒酒,其中装入珍珠,如哈姆莱特占上风就赐他饮这杯酒。这样不论哈姆莱特比剑是胜是负,都难逃活命:不是中毒剑,就是饮毒酒。在墓地上哈姆莱特与雷欧提斯都跳进了奥菲利娅的墓坑相互撕打,是为序幕。比剑中开始哈姆莱特刺中对方一剑,国王提议赐酒,哈姆莱特说"比赛完这一局再说",这时王后端起起那杯有毒的酒喝了下去。接着雷欧提斯刺伤了哈姆莱特;两人争执中互换了手中的武器,哈姆莱特用毒剑误伤了雷欧提斯。这时药力发作,王后死去,雷欧提斯中毒倒下之后揭露了秘密,他说王后中毒,他和哈姆莱特也都中毒,罪行都在国王"一个人的身上"。哈姆莱特一剑结果了国王。哈姆莱特与雷欧提斯在临死之前相互宽恕了对方。雷欧提斯说:"我不恨你杀死我和我的父亲。"哈姆莱特说:"愿上天宽恕你的错误。"这时从波兰远征归国的挪威王子小福丁布拉斯正好途经丹麦遇此剧变,他以军人的身份隆重地安葬了哈姆莱特。

哈姆莱特与克劳狄斯的冲突还有一个特点,那就是营垒分明,众寡悬殊。在错综复杂的冲突中哈姆莱特所依靠的只是自己的智慧和勇气,即靠个人的力量;而克劳狄斯则运用手中的权力调动各种力量来对付哈姆莱特,那些与哈姆莱特无冤无仇的人们由于处在一种特定的政治关系中而卷入和参与了这场冲突。如前所述,波洛涅斯一家三口、吉尔登斯吞、罗森格兰兹以及王后先后都和哈姆莱特发生过冲突,哈姆莱特毫不气馁,在一个对付一群人的格局中进行较量。他的朋友霍拉旭冷静地观察着所发生的一切,他并未介入。社会下层的人们虽然站在哈姆莱特一边,但他们也并未直接卷入到冲突之中,然而正是这些人站在了哈姆莱特的后面,才使得克劳狄斯不敢直接伤害哈姆莱特。他对雷欧提斯说:"一般民众对他(哈姆莱特)有很大的好感,他们盲目的崇拜……会把他戴的镣铐也当作光荣。"[①] 事实上,正是如此,社会下层民众对哈姆莱特表现的这种或那种好感,在客观上帮了哈姆莱特的忙。

恩格斯在批评拉萨尔的剧本时说:"介绍那时的五光十色的平民社会,会提供完全不同的材料使剧本生动起来,会给在前台表演的贵族的国民运动提供一幅十分宝贵的背景,只有在这种情况下才会使这个运动显出本来的面貌。"[②]《哈姆莱特》中露台上守望的士兵,巡回演出的伶人、掘墓工人以及随雷欧提斯攻入王宫的骚动的民众,正好构成了恩格斯所称赞的那个"五光十色的平民社会"。他们在哈姆莱特与克劳狄斯的宫廷政治冲突中并没有有意识地站在任何一方,只是按着他们自己的身份、职业活动着;但是,他们的活动却同这场冲突产生了这种或那种联系,起到了这种或那种作用,并且完全都是有助于、有利于哈姆莱特,而无助于、无利于克劳狄斯的。正是这个生动的平民社会的背景才真正显示出哈姆莱特与克劳狄斯冲突的真实性质及"本来面目"。哈姆莱特已将个人的复仇升华为"重整乾坤"的历史重任,他的活动同平民社会发生了种种联系,并得到了平民社会的潜在力量的支持,正是出于这个原因克劳狄斯才不敢公开对哈姆莱特下毒手,哈姆莱特也才有条件、有时间同以克劳狄斯为首的罪恶势力展开激烈的较量和斗争。

总之,《哈姆莱特》的戏剧冲突成功地描摹了人物的生活状貌、相

---

① 《哈姆莱特》四幕七场,《莎士比亚全集》(9),第112页。
② 《恩格斯致斐·拉萨尔》,《马克思恩格斯选集》第4卷,人民出版社1974年版,第345页。

互关系和不同的命运，而哈姆莱特的英雄形象则从中矗然而立。哈姆莱特与克劳狄斯的冲突是经过较长时间的准备才开始的，整个第一幕可以说是戏剧冲突的一个序幕，它交代了冲突的性质，营造了冲突的气氛，显示了冲突的特点，它表明在哈姆莱特与克劳狄斯之间所进行的那场冲突不仅是激烈的、复杂的，还必将在隐蔽状态之中进行。第二幕冲突开始，然后呈波浪型向前推进，一浪高于一浪，跌宕起伏。哈姆莱特与克劳狄斯之间特殊形式的冲突只有一次发生在戏外，是由哈姆莱特叙述出来的，其余五次都是直接展示出来的。而哈姆莱特与克劳狄斯面对面的冲突只有一次，为全剧的最高潮，它迅速结束，哈姆莱特与克劳狄斯同归于尽。

全剧最后以霍拉旭的演讲和福丁布拉斯命士兵放炮隆重安葬哈姆莱特作为戏剧冲突结束之后的余响，显示了哈姆莱特英勇战死的落日余晖，显示出哈姆莱特悲剧张扬真善美、鞭挞假恶丑的审美价值。

1997年1月7日—19日初稿，
1999年3月5日—9日定稿。

超越时空的审美价值
——《哈姆莱特》的思想内涵

任何一部戏剧作品都有一定的审美价值,它是一部作品全部思想内涵凝结而成的,是人物、情节、场面和对话等全部戏剧因素综合作用的产物。有的戏剧作品审美价值比较明确,通常称之为"主题"或"主题思想";而有的则比较复杂,我们称它为"思想内涵"。莎士比亚的戏剧属于后者。对于《哈姆莱特》这部作品,由于对其主要人物众说纷纭的评说,造成了对其思想内涵认知的分歧林立,并出现了不少南辕北辙的认知误区,曲解了这部作品的真正的审美价值。

《哈姆莱特》,也包括莎士比亚其他的戏剧作品,都不是按照传统美学理论创作出来的,它的思想内涵超出了"主题"的界限,具有了更为深广的审美价值。我们通常所说的主题"常用于指抽象的主张或定义,不管它是暗含的还是公开明言的。一部富有想象力的作品把这种主张或主义融化在作品中并使之具有说服力,如弥尔顿公开宣称《失乐园》的主题是'阐释永恒的天国/向世人昭示天道的公正'"[①]。亚里士多德在论述悲剧时提到的"思想",其实就是主题。他说"思想"在悲剧的六个成分里"占第三位",所谓"思想"就是"指说

[①] 〔美〕M.H.阿伯拉姆:《简明外国文学辞典》,湖南人民出版社1989年版,第209页。

明某事是真是假,或讲述普遍真理的话"①。贺拉斯则将主题泛化为作品的教育作用,他说诗人所写的东西"应该给人以快感,同时对生活有帮助","寓教于乐,既劝谕读者,又使他喜爱,才能符合众望"②。总之,传统美学理论所说的"主题"、"思想"或"主题思想"虽然理论家们的表述各异,但基本含义是相同的,即都是指作品中所描绘的社会生活、所塑造的人物形象及所描写的戏剧场面所显示出来的贯穿全篇的中心思想;这个中心思想或是一种"主张",或是一种"主义",或是一种"真理",或是一种"劝谕"等等。作品中的这个中心思想从横向来看是趋于集中的,从纵向来看则是前后一致的。莎士比亚的创作与此不同,它的思想内涵不仅仅是中心思想,还包括一些与其相关联的,并具有等量齐观意义的其他思想,它们有机地组合在一起即构成了作品的审美价值。莎剧作品中的审美价值从横向来看不是趋向集中,而是并行指向,从纵向来看,不是一个中心贯穿始终,而是几个思想交叉递进,莎剧的审美价值是多元的,具有明显的高品位的特征。

　　莎士比亚对自己作品中的审美价值有着非常明确的表述。他说"真善美,就是我全部的主题",并说他用"真、善、美变化成不同的辞章","三题合一,产生瑰丽的景象"③。这就是说,莎士比亚所有作品都包含着一个共同的"母题",即"真、善、美"成为其作品中"反复出现的因素"④。但这个"因素"不是"一个事件"、一个"手法"或"一种程

----

① 《诗学·诗艺》,人民文学出版社1962年版,第23、24页。
② 《诗学·诗艺》,人民文学出版社1962年版,第158页。
③ 莎士比亚第105首十四行诗,见屠岸译:《莎士比亚十四行诗集》,上海译文出版社1988年版,第210页。
④ 〔美〕M.H.阿伯拉姆:《简明外国文学辞典》,第208页。

式",而是一种思想内涵。真善美从来不是孤立存在的,它是在同假恶丑的对立斗争中显示其耀眼光彩的。因此,当莎士比亚宣称"真、善、美"是他的"全部的主题"的时候,其中就不言而喻地包含了对假、恶、丑的揭露与批判,这就是说莎士比亚作品的"母题"普遍具有两极走向。"真、善、美"是人类文明社会中一种超越民族畛域、国家藩篱和时间界限的永恒的精神追求,莎士比亚把他作品的思想内涵定位在"真、善、美"这个范畴,他的作品就获得了一种超越时空的审美价值。

"真、善、美"是哲学范畴,莎士比亚在作品中将其具形为无数"瑰丽的景象",并具体化为多元的思想观念。《哈姆莱特》在这方面可以说是莎士比亚戏剧中最有代表性的作品。它在复仇故事的框架中,描绘了具有时代风貌的社会生活,塑造了具有时代精神的艺术典型,描写了具有时代特点的戏剧场面,使这部作品真正成为文艺复兴那个伟大变革时代最有价值的思想的一座艺术宝库。《哈姆莱特》的思想内涵最重要的有五个方面:即赞美"人"的真善美的人文精神,批判假恶丑的斗争精神,注重怀疑的理性精神,认识自我追求完善的自省精神以及戏剧美学理论的现实主义精神。如果我们把《哈姆莱特》比做一部交响乐的话,那么时代的人文精神就是它的最强音,理性精神为它确定了基调,斗争精神构成了它的主旋律,而自省精神则成为这部交响乐的一个和声部。戏剧美学的现实主义精神是这部交响乐的一个插曲,它不仅对戏剧发展具有重大的理论价值,而且是解读被称为谜一般的《哈姆莱特》的一把钥匙,这五种精神交织在一起,形成了《哈姆莱特》具有全人类意义的永久的审美价值。

首先,《哈姆莱特》的最强音是时代精神,即人文主义思想,其核心则是对人的肯定和颂扬。文艺复兴时代有两个伟大的"发现",一是"世界的发现",一是"人的发现"。前者极大地开阔了人的眼界,激发了人的冒险精神;后者重新审定了人的价值,极大地发挥了人的潜能,激发了人的自信自豪。在整个欧洲中世纪1000多年间,宗教神学宣称人类具有与生俱来的罪恶,全人类都是上帝的罪人。文艺复兴时代,"教会的精神独裁被摧毁了"[1],"施加于人类人格的符咒被解除了"[2]。人的精神从原罪的枷锁中获得了解放,这个时期出现了前所未有的"充满个性的人"、"多才多艺的人"以及"完美的人",表现出一种无所不能的伟大禀赋。人文主义思想就是这个时期人类自身发展的一种理论上的概括,其核心则是对人的肯定与称颂。这个时期许多人文主义学者在他们的著作中都热情地歌颂了他们所重新发现的这个人类。如西班牙人文主义学者微未斯在《人的寓言》中把整个人类比喻为一场大神丘比特为天后朱诺的诞辰而举行的一次宴会。宴会的主角是人,而不是神;人虽然是神创造的,但人像天神一样具有优美的仪表和无限的能力,因此人类成了众神惊奇、羡慕的对象。这个时期许多文艺作品也留下了这个人类发展的历史印记。如拉伯雷的《巨人传》就表现了主人公摆脱中世纪烦琐哲学、接受人文主义教育成长为巨人的发展过程。在这类作品中《哈姆莱特》是最有代表性的一部。其中对人充满热情的称颂,是一首"人"的颂歌的千古名句,它好像文艺复兴时代"人的发现"的响亮的钟声回荡在历史的空间:

人类是一件多么了不得的杰作!

---

[1] 《马克思恩格斯选集》第3卷,人民出版社1972年版,第445页。
[2] 〔瑞士〕布克哈特:《意大利文艺复兴时期的文化》,商务印书馆1979年版,第126页。

多么高贵的理性！多么伟大的力量！

多么优美的仪表！多么文雅的举动！

在行为上多么像一个天使！

在智慧上多么像一个天神！

宇宙的精华！

万物的灵长[1]！

这段对"人"的礼赞是文艺复兴时代精神的精华。哈姆莱特以富有诗意的语言，对"人"做了全面的肯定与称颂，把人文主义思想的核心镌刻在《哈姆莱特》这座不朽的艺术殿堂的门楣之上，它体现了一种张扬的情感、一种震撼的力量和一种鼓励的作用。

哈姆莱特在怀念老王时所勾画出来的形象正是这种"杰作"的一个代表。哈姆莱特说他父亲的相貌高雅优美：太阳神的鬈发，天神的前额，像战神一样威风凛凛的眼睛，像降落在高吻穹苍的山巅的神使一样矫健的姿态；这一个完美卓越的代表，真像每一个天神都曾在那上面打下印记，向世间证明这是一个男子的典型。

希腊神话中上述诸神皆代表男性之美。他们的"鬈发"、"前额"、"眼睛"、"姿态"等等都汇集在老哈姆莱特的身上，使其成为一个真正的"堂堂男子"，老哈姆莱特的相貌体现了"人"的具有天神一样的仪表。

哈姆莱特自己也以古希腊神话中神与人的儿子大英雄赫剌克勒斯相比，当他说自己"一点也不像"这位大英雄时[2]，他心目中的榜样

---

[1] 《哈姆莱特》二幕一场，《莎士比亚全集》(9)，第49页。
[2] 《哈姆莱特》一幕一场，《莎士比亚全集》(9)，第16页。

正是这位赫赫有名的英雄人物;他认为一个堂堂国王的儿子应该像赫剌克勒斯那样有力、勇武,为民除害,建功立业,而在整个复仇活动中哈姆莱特所依赖的正是他个人自身的那些上帝的"杰作"的因素:"高贵的理性"、"伟大的力量"和天神一样的智慧。

总之,《哈姆莱特》以诗一般的语言对整个人类的称颂,对老王哈姆莱特像天神一般仪表的描绘以及哈姆莱特本人以古希腊大英雄为榜样的心情的流露,生动地展示了人文主义思想的核心,即人类具有种种像天神一样的特点:从外表形象到内在理性,从内在智慧、能力到外在举止等等,这正是文艺复兴的时代精神,是伟大的精神成果,具有永恒的价值。《哈姆莱特》以此构成了作品最响亮、最高昂的声音,震撼、激励着一代又一代读者的心灵。

《哈姆莱特》产生的时候,文艺复兴运动已经进入晚期。由于社会生活中丑恶现象的大量出现,一些人文主义作家,如蒙田①更多地看到了人的卑微与丑陋。他们对自己以及整个人类进行了勇敢的解剖。正像他们的前辈"发现"人的伟大一样,他们"发现"了人的渺小的一面,透视了人性中存在着的一些卑劣的因素。《哈姆莱特》真实地反映了人文主义思想的这种变化。比如哈姆莱特在抒发了人的颂歌之后说:"可是在我看来,这么一个泥土塑成的生命算得了什么?""脆弱"的女人也不再能引起他的兴趣②。通过哈姆莱特对种种丑恶现象的批判,具体地展示了他思想变化的原因,这正是人文主义思想演化的艺术观照。其实,人文主义学者对人的渺小一面的发现和解剖对人类来说是具有积极意义的,因为它全面揭示出人类的真实面

---

① 〔法〕蒙田(1533—1592),法国思想家、作家、怀疑论者,代表作为散文《随笔集》。他为自己提出的座右铭为:"我知道什么呢?"

② 《哈姆莱特》二幕二场,《莎士比亚全集》(9),第49页。

目,为人类自身的完善指明了方向。人文主义思想的核心是对人的伟大的"发现",同时,也包含着对人的渺小的"发现",这两个方面——伟大与渺小合起来,才构成了完整的人的形象。《哈姆莱特》以高昂的声调宣读了人的伟大的宣言,同时,又以严肃的态度解读了人的渺小的说明,成为人类文明史上对人类自身肯定颂扬以及全面认识的一座纪念碑。

其次,它的基调是注重怀疑的理性精神,哈姆莱特著名的"To be, or not to be, that is the question",可以说是这种精神的一个公式。通过主人公复仇活动中受到怀疑精神的影响和得到理性的支配,生动地显示了文艺复兴时期注重怀疑、推崇理性的哲学精神。

如前所述,人文主义思想对人的称颂的重要内容之一就是"高贵的理性"。理性是人类对整个世界认识能力的一种历史积淀,它使人们用合乎逻辑的思维去判断事物的真伪,去判断行为的善恶,同时,更要对是否做某一件事情做出决断。依靠理性的指导,人们可以超越感性知觉的局限而避免失误,可以避免因情感欲望过盛而导致罪恶,理性是人们免于陷入假恶丑的泥潭而趋向于真善美境界的一种宝贵的内在能力。人们在运用理性进行判断的时候,前提往往就是对某种现成结论的怀疑,即由于有了怀疑,人们才运用理性去思考、去验证。所以在这个意义上理性精神与怀疑精神是有内在联系的。早在但丁的《神曲》中就深刻地提出了这个问题。但丁说,"人生来就有理性的力量,应该在允从的门槛前有所警惕","在真理的脚边冒出了疑问,像嫩芽冒出地面;就是这东西推动我们越过重重山脊直到最高的顶峰","智力必将受到'真理'的照耀,而疑问则是一种认识真理的动力";"在学问上最好的解决问题的方法就是坚持经常提出怀疑,由于怀疑我们就验证,由于验证我们就获得了真理"。到18世纪,启蒙主义学者将理性推向至高无上的地位,用理性去衡量一切,又过分夸大了理性的作用。但是,无论如何,强调怀疑、重视理性对人类认识世界和改善自身生存状态来说都是十分重要的。哈姆莱特的复仇活动正是在充满怀疑和反复思考的过程中进行的,使哈姆莱特的复仇活动淡化了情感的因素而带有了浓厚的理性精神的色彩。

哈姆莱特的复仇活动开始就受到了怀疑精神的挑战,使他迟迟没有采取任何行动。在哈姆莱特听到父亲的亡魂诉说、接受复仇使命的时刻,他感情强烈、热血沸腾,发誓要忘掉一切,为父复仇。但是,这种复仇的欲望在"允从的门槛"前停了下来,对所见到的幽灵产生了怀疑。哈姆莱特称赞霍拉旭是一个"不为感情所奴役的人"①,他自己也摆脱了感情的奴役,行动没有受到感情的驱使,立即行动起来,而是抑制了自己的情感,寻找适当的机会对鬼魂的话加以验证。他想,"我所看见的幽灵也许是魔鬼的化身,借着一个美好的形状出现,魔鬼是有这一种本领的;对于柔弱忧郁的灵魂,他最容易发挥他的力量;也许他看准了我的柔弱和忧郁,才来向我作祟,要把我引诱到沉沦的路上。我要先得到一些比这更切实的证据。"② 因此哈姆莱特决定用"戏中戏"进行试探,可是在采取这一行动之前,哈姆莱特对自己所要做的事情的价值又产生了怀疑:"默然忍受命运的暴虐的毒剑,或是挺身反抗人世的无涯的苦难,通过斗争把它们扫清,这两种行为,哪一种更高贵?"③ 哈姆莱特经过理性的思考肯定了进行斗争的意义,并找到了自己迟迟未采取行动的原因:由于过多的思虑,

---

① 《哈姆莱特》三幕二场,《莎士比亚全集》(9),第70页。
② 《哈姆莱特》二幕二场,《莎士比亚全集》(9),第60页。
③ 《哈姆莱特》三幕一场,《莎士比亚全集》(9),第63页。

使"伟大的事业……失去了行动的意义"①。

　　哈姆莱特从"戏中戏"里得到了他认为可靠的证据。哈姆莱特同克劳狄斯的斗争是建筑在理性基础之上的,只是在解决了相关的 To be, or not to be 的问题之后才进行的。To be, or not to be,可以翻译成"生存还是毁灭",也可以译成"干还是不干"、"活还是不活"等等,但实际上,任何一种翻译都不能全面揭示它的含义;它是由一个肯定性动词原型和一个否定性动词原型构成的,概括了对所有动词的疑问。如"是与不是"、"信与不信"、"做与不做"、"生与不生"等等。在哈姆莱特那里,To be, or not to be 实际上并不单单是"生存还是毁灭"的问题,它最先是提出幽灵是父亲的亡魂还是不是的问题,接着问忍受还是不忍受(或反抗)的问题,还有就是活还是不活的问题;正因为如此,哈姆莱特的 To be, or not to be 才成为一句内涵丰富的脍炙人口的名言。人的一生不知要经过多少次 To be, or not to be 的窄门;而人们只有顺利地通过这道窄门的时候,才能走上宽阔的坦途和登上巍峨的高峰。哈姆莱特正是在复仇的最为关键的问题上走过了 To be, or not to be,他的复仇活动才升华为一种理性的批判和正义的斗争。

　　第三,《哈姆莱特》的主旋律是基于社会责任意识的斗争精神,这是通过主人公的全部活动体现出来的。

　　社会责任意识是人类文明时代所形成的,它是人类保护其生存本能的升华——将基于血缘关系的保护本能提升为对于整个民族、整个国家的保护意识,它是一个民族、一个国家不断发展的一种巨大的精神力量。当一个民族、一个国家的生存受到威胁时,那些具有社

---

① 《哈姆莱特》三幕一场,《莎士比亚全集》(9),第64页。

会责任意识的先进人物就会带领人们战胜敌人，战胜死亡，摆脱厄运，走向光明，为此那些为保护整个民族的生存，为整个国家命运而斗争的人们常常以自己的生命为牺牲，高尔基笔下的丹柯不就是这样的形象吗？当一个民族、一个国家处于衰败、腐朽的时期，那些具有社会责任意识的先进人物就会发出振聋发聩的呐喊，激发人们去清除社会弊端，改造社会，以求民族国家的发达兴旺。中国近代的仁人志士不常以"天下兴亡，匹夫有责"的观念来激励国人的斗志吗？文艺复兴时期，欧洲各国的发展状况虽各不相同，但它们却都面临着一个共同的问题，即统治欧洲1000多年的宗教神学和封建专制阻碍了它们的发展，因此那个时期具有社会责任意识的先进人物以不同的方式进行了激烈的斗争——宗教革命、农民战争和市民起义，对推动欧洲文明、完成新旧时代的嬗变做出了巨大的贡献，在历史上写下了光辉的一页。恩格斯在评价文艺复兴运动时说，这场运动"是一次人类从来没有经历过的伟大的、进步的变革……这是一个需要巨人而且产生了巨人——在思想能力、热情和性格方面，在多才多艺和知识渊博方面的巨人时代。……他们的特征是他们几乎都处在时代的运动中，在实际斗争中生活着和活动着，站在这一方面或那一方面进行斗争。一些人用舌和笔，一些人用剑，一些人则两者并用，因此就有了使他们成为完人的那种性格上的完整和坚强"[1]。

　　这些巨人所从事的伟大斗争不仅载入史册，同时在文艺复兴时期，伟大的作家不朽作品中又以独特的艺术形象记录下了这种历史的画面。在西班牙，堂吉诃德以同妖魔撕杀的幻想形式表现了他要

---

[1] 恩格斯：《〈自然辩证法〉导言》，《马克思恩格斯选集》第3卷，人民出版社1972年版，第445—446页。

改革社会弊端以实现"黄金时代"的理想。在堂吉诃德看来,在"黄金时代"财物"不分你的,我的",大家一律平等;为实现这个理想,堂吉诃德跃马横枪,尽管吃尽了苦头,但他毫不气馁,表现出一种大无畏的勇敢、豪侠的精神。而哈姆莱特则从个人复仇出发,承担起"重整乾坤"的时代重任。因为那个时代善恶颠倒,美丑混淆,整个国家已经变成了"囚室"和"地牢"。哈姆莱特要把这"颠倒混乱的时代"整好,即恢复昔日老王统治的盛世。哈姆莱特不像堂吉诃德那样提出了一个乌托邦的理想,而是以开明君主统治作为他理想的追求。哈姆莱特把个人复仇升华为"重整乾坤"的时代重任,不仅对那个时代的种种丑恶现象进行了尖锐的批判,而且对以克劳狄斯为首的罪恶势力进行了势不两立的斗争。他成为文艺复兴时代兼用口和剑进行斗争的先进人物的一个艺术概括。《哈姆莱特》这部作品就是以张扬这种斗争精神构成了全剧的主旋律。

斗争精神主要表现在一个民族、一个国家的内部,它既包括对社会丑恶现象的批判——这是一种理论行为,是一种社会舆论,口诛笔伐是主要手段;斗争精神也包括对腐朽社会的实践行为,暴力常常相伴而行,诸如历史上各国所发生的各种类型的革命,对一个民族、一个国家来说,斗争精神是一种积极的精神力量,它对清除社会中难以避免的污垢和罪恶来说,是绝对不可缺少的。正是由它浇灌着人类社会的文明之花,哈姆莱特的全部活动正是这种斗争精神的一曲颂歌。哈姆莱特曾经提出过这样的问题:"是默然忍受命运的暴虐毒剑……或是挺身反抗人世的无涯的苦难,通过斗争把它们扫清。这两种行为哪一种更高贵?"[1] 他用自己的理性思考和实践活动对这个

---

[1] 《哈姆莱特》三幕一场,《莎士比亚全集》(9),第63页。

问题做出了最好的答案,他以自己的悲剧显示了斗争精神的高贵,其最可贵之处就在于他能够以扫清人世的"无涯的苦难"为己任。在斗争中哈姆莱特虽然出现过犹豫踌躇、困惑和矛盾,但他终于排除了这些障碍;在斗争过程中,哈姆莱特虽然犯过这样或那样的过失,但他最后坦率地承认了自己的失误,哈姆莱特的困惑犹豫和过失都是在斗争中发生的,并随斗争过程的推移而有所改变;然而唯有其斗争是坚定不移、始终如一的。莎士比亚将斗争精神赋予他心爱的主人公,使其成为哈姆莱特的本质属性,莎士比亚通过赋予主人公以战士哀荣的英雄色彩,为哈姆莱特身上所体现出来的那种可贵的斗争精神树立了一座丰碑。

第四,认识自我的内省精神构成了《哈姆莱特》的和声部。哈姆莱特在复仇过程中的多次自省,反复解剖自己,责备自己,激励自己,终于使他摆脱了思想的困扰,同丑恶势力进行了勇敢的斗争,并使自己的人格逐渐走向完美。由于有了这个和声部,《哈姆莱特》一剧就具有浓厚的哲理色彩。

认识自我,注重自省,中外先哲都非常重视。古希腊阿波罗神庙的箴言就是"认认自己"。孔子的弟子曾参曾说"吾日三省吾身"[1]。文艺复兴时期蒙田怀疑论哲学导向了自我探索,他研究自己比任何其他题材都更关心。他认为这样做,人就可能最好地约束自己的行为,自我研究乃培养人性的学校。他认为"每个人都包含着人类整个形式",因此人的最高智慧和最大幸福莫过于认识自我。他认为自我反省与自我克制能使人在精神上获得独立,而"无论我们的命运好与坏,仅仅取决于我们自己"。《哈姆莱特》中所表现出来的自省精神正

---

[1] 《论语·学而》。

是那个时代蒙田这种哲学思想的艺术观照。

哈姆莱特的自省精神是很彻底的,他不仅通过内心独白进行反思,审视自我,而且还承认自己的某些过失,责备自我。自省与自责是自省精神的内在与外在的两种表现形态。哈姆莱特在这方面的表现,堪称一个真正的认识自我的典型。

哈姆莱特在其全部活动中有8段独白,其中一半为自省。这些自省的独白都是在哈姆莱特虽然接受了复仇的使命,但却迟迟不采取行动的情况下的反思。在这些反思中哈姆莱特不是思考如何复仇的问题,而是审视自己是否具备复仇能力、复仇为何一再拖延等相关问题。在演员到来时,哈姆莱特受到演员们表演的激励,责备自己是一个"糊涂颠顶的家伙"、一个"不中用的蠢才"、"一个怯汉"等等,反省的结果是决定采取"戏中戏"进行试探,这是第四次独白的基本内容[①]。第五次独白在同奥菲利娅谈话之前,这次他考虑了"生存还是毁灭"、反抗还是忍受的问题,最终找到了自己拖延的原因,即"重重的顾虑使我们全变成了懦夫,决心的炽热的光彩,被审慎的思维蒙上了一层灰色,伟大的事业在这一种考虑之下也会逆流而退,失去了行动的意义"[②]。哈姆莱特找到拖延的根源之后,他的复仇活动进入到一个新的阶段:开始了行动,他将批判的箭头射向了他的情人奥菲利娅和他的母亲乔特鲁德,并误杀了波洛涅斯。在哈姆莱特被押送去英国的途中,他看到挪威攻打波兰的军队过境,他感慨于"二万人为了博取一个空虚的名声,视死如归"的情景,再一次自省,这是他的第八次独白,他严厉地批评了自己"因为三分懦怯一分智慧的过于审慎

---

① 《哈姆莱特》二幕二场,《莎士比亚全集》(9),第59—60页。
② 《哈姆莱特》三幕一场,《莎士比亚全集》(9),第63—64页。

的顾虑"和把"吃吃喝喝作为人生幸福"的人生观和自己的"因循隐忍",下决心"从这一刻起,让我屏除一切疑虑妄念,把流血的思想充溢在我的脑际"①。哈姆莱特不仅把复仇活动同"重整乾坤"的历史结合起来,而且把阻碍复仇的原因同人生目的结合起来进行反思,把复仇活动提升到人生目的高度。哈姆莱特说:"一个人要是把生活的幸福和目的只看作吃吃睡睡,他还算是个什么东西?简直不过是一头牲畜!上帝造下我们来,使我们能够这样高谈阔论,瞻前顾后,当然要我们利用他所赋予我们的这一种能力和灵明的理智,不让它们白白废掉。"② 至此,哈姆莱特完成了关于复仇问题的自省反思,复仇活动进入了一个新的阶段,开始了同克劳狄斯及其帮凶的直接的交锋。

对哈姆莱特的自省反思,人们都看得很清楚,但对他勇敢地进行自责,似乎是长期被忽略了。自责虽然也在自省的范畴之内,即进行内向的自我责备;但还有自省所不能包含的公开的、外向的自我责备。这种公开的自责需要有坦荡的胸怀和极大的勇气,它可以使人更好地克制自己,洗刷自己的过错。

哈姆莱特说:"少量的邪恶足以勾销全部高贵的品质,害得人声名狼藉。"③ 所以他特别注意提防这种"邪恶"的侵蚀,其重要的方式就是公开的自责。在他同奥菲利娅谈话的时候,他用一种夸张的语气批评自己说,"我自己还不算一个顶坏的人,可是我可以指出我的许多过失","我很骄傲,有仇必报,富于野心,我的罪恶那么多,连我

---

① 《哈姆莱特》四幕四场,《莎士比亚全集》(9),第101—102页。
② 《哈姆莱特》四幕四场,《莎士比亚全集》(9),第101页。
③ 《哈姆莱特》一幕四场,《莎士比亚全集》(9),第25页。

的思想也容纳不下"①。特别是在墓地上哈姆莱特对雷欧提斯发作之后,深为内疚,他对霍拉旭说:"我很后悔……不该在雷欧提斯之前失去了自制,因为他所遭遇的惨痛,正是我自己怨愤的影子。我要取得他的好感。"因此,在同雷欧提斯比剑时哈姆莱特向他承认自己的错误并说这些都"不是出于故意的罪恶",请求他"包涵"与"宽恕"②,最后哈姆莱特像一个基督徒向上帝忏悔自己的罪过那样,清洗了自己过错之后离开了这个世界。

认识自我的目的在于审视自己的缺点、弱点,乃至"少量的邪恶",进行自责,加以改正。人既不是天生的罪人,也不是天生的完人;人的本性既有善的因素,也有恶的成分。认识自我的目的就是扬善避恶,它是自我完善的哲学,人在社会生活中所发生的种种问题,只有被自我认知,自我才能在更高的层面中将其扬弃。哈姆莱特正是在这种自我认识的过程中不断成熟起来,高尚起来,完善起来,以其不朽的艺术魅力显示出自省精神在个体以及整个人类发展中的重要意义。

第五,戏剧美学的现实主义精神是构成《哈姆莱特》思想内涵的一个重要插曲,它既是莎士比亚创作《哈姆莱特》的理论纲领,也是揭示《哈姆莱特》审美价值的一把钥匙。哈姆莱特在同罗森格兰兹、吉尔登斯呑、波洛涅斯、伶人以及霍拉旭等人关于戏剧的谈话占了不少的篇幅,共有9个长短不同的场面③。许多学者不理解这部分内容

---

① 《哈姆莱特》三幕一场,《莎士比亚全集》(9),第65页。
② 《哈姆莱特》五幕二场,《莎士比亚全集》(9),第132、138页。
③ 1.和罗森格兰兹等谈论当时戏剧舞台的情况,《哈姆莱特》二幕二场,《莎士比亚全集》(9),第49—51页;2.和波洛涅斯谈论古罗马戏剧,同前,第52—53页;3.与伶甲谈论一种"绝妙"的戏剧,背诵其中的诗句,同前,第53—58页;4.向波洛涅斯说伶人是"时代

的真正价值,或干脆避而不谈,弃之如敝屣;或认为它是作品的赘生物,影响了作品情节的一致性,破坏作品的结构,造成情节的枝杈和结构的松散,他们说莎士比亚花这么多笔墨写这种无用的东西真是令人百思不得其解,莫名其妙,等等。其实这些都是误读。哈姆莱特关于戏剧的一系列谈话是整个作品的有机组成部分,它一方面显示了主人公人文主义学者的精神面貌,阐释了他戏剧美学理论的深刻见解,另一方面它为解读这部异常复杂的作品提供了明确的理论根据;只有按照哈姆莱特所说的那种戏剧观去审视《哈姆莱特》才能看清作品中所发生的全部事件的真相和人物命运的本质。它完全可以称之为解秘《哈姆莱特》的钥匙,遗憾的是长期以来许多学者对此视而不见。

　　在莎士比亚的所有作品中只有《哈姆莱特》中有关于戏剧理论的长篇大论,这绝不是一种随意穿插与兴之所至的点缀,更不是任何意义上的哗众取宠;它既与剧本情节的发展相适应,又与主人公的身份相符合。作为一个具有人文主义学者素质的哈姆莱特在遇到伶人来演出的时候,如果不发表关于戏剧的见解那倒是一种不合情理的事。哈姆莱特的这些议论内容十分丰富,它实际上是文艺复兴那个时代戏剧创作的一种自觉的理论上的升华,体现了一种现实主义的精神,其具体内容有以下几个方面:首先,对舞台戏剧本质属性的命题为"时代的缩影",即戏剧是社会生活的一种艺术的反映,是"时代演变

的缩影",同前,第58页;5.独白中说要伶人表演一本与他父亲被害情节相仿佛的戏剧,同前,第60页;6.向伶甲说他要在旧戏中将另外写下的一些"剧词"加进去同前,第59页;7.与伶人谈论戏剧,说戏剧的目的是"时代演变发展的模型",三幕二场,第68页;8.让霍拉旭注意克劳狄斯看戏时的表情,同前,第70页;9.对波洛涅斯在大学时扮演裘力斯·凯撒发表议论,同前,第71页。

发展的模型",这是从时代与戏剧的关系来加以界定的。其次,对戏剧社会功能的规定为再现人性,显示其善恶的本来面目,借以惩恶扬善,张扬真善美,鞭挞假恶丑,以净化和美化人的心灵。哈姆莱特说:"须知自古至今,演戏的目的不过是好像把一面镜子举起来,映照人性,使得美德显示她的本来面目,丑恶露出他的原形。"(梁实秋译文)这段话的原文为:"for anything so overdone is from the purpose of playing, whose end, both at the first and now, was and is, to hold, as't were, the mirror up to nature."朱生豪、梁实秋、孙大雨、卞之琳等人对这段话的翻译大致相同,只是对其中"nature"一词的翻译有所不同:梁实秋、孙大雨将其译为"人性",朱生豪、卞之琳则将其译为"自然",我以为前者的译文更为准确,因为只有"人性"才有善恶之分,而"自然"则没有这种区别。哈姆莱特的这句话讲的就是戏剧的社会功能。再次,对戏剧作品的要求是运用"老老实实的写法"(an honest methoed)去创作"绝妙的戏剧"(excellent play);这种戏剧的"场面支配得很适当,文字质朴而富于技巧","戏里没有滥加提味的作料,字里行间毫无矫揉造作的痕迹",它"兼有刚健与柔和之美","壮丽而不失于纤巧"[①]。还有,为了达到戏剧的目的,对旧有的戏剧作品要加以改造,要在其中加入一些原剧中所没有的"剧词"。哈姆莱特根据他的理论就对《贡扎古之死》做了加工,改造成一本跟他的父亲惨死情节相仿佛的戏,改名为《捕鼠机》,用以窥探克劳狄斯的罪行。《哈姆莱特》不也正是这样一部作品吗?莎士比亚对传统的复仇故事加以脱胎换骨的改造,使之成为一部"时代的缩影"。最后,对于舞台演出提出重要的表演原则,那就是不能"太平淡",也不能"太过分",要"接受你自己的常

[①] 《哈姆莱特》二幕二场,《莎士比亚全集》(9),第54页。

识的指导,把动作和语言相互配合起来",使演出符合戏剧本身的要求;同时,舞台演出要突出表现剧中"最重要的问题",因此,不允许丑角制造笑料去分散观众的注意力等等[①]。上述有关戏剧的本质属性、社会功能、创作方法、剧本规范,以及演出技巧等方面的问题的论述简练、精辟,都属于现实主义的理论范畴。虽然有许多人反对用"现实主义"术语来分析作品,但事实上如此,我们只有运用这个术语所包括的理论范畴才能正确地认识《哈姆莱特》的真正价值。古希腊戏剧的繁荣产生了影响深远的《诗学》,而文艺复兴时期最为遗憾的是并未相应地产生理论大家,没有出现对其艺术实践的深刻的理论著述,因此《哈姆莱特》中的戏剧美学理论就显得格外重要。

《哈姆莱特》多元的思想内涵概括了人类精神文明建设的永恒主题,具有超越时空的永久的审美价值。

> 1999年3月5日—29日初稿,
> 2001年8月30日—9月7日定稿。

---

① 《哈姆莱特》三幕一场,《莎士比亚全集》(9),第67—69页。

三重元素孕育出来的艺术生命
——哈姆莱特总论：文艺复兴时期的时代精英

莎士比亚既像普罗米修斯用泥土创造人类那样，用语言材料塑造了人物的形体，又像雅典娜将生命的气息吹入普罗米修斯所创造出来的人的心中使之有了呼吸、有了生命那样，他将文化思想、情感性格和人性道德等三重元素凝结于他所创造出来的哈姆莱特的内心世界，使之形成了不朽的艺术生命。

对哈姆莱特来说，性格已不再具有传统戏剧人物性格的绝对重要属性，他不是某种单一性格或激情的典型，不再具有"主导性格"或"性格核心"；性格不仅仅只是哈姆莱特艺术生命的一个组成部分，而其性格本身又是由多种性格成分凝聚而成，不同的性格因素分别制约和支配着哈姆莱特的不同性质的活动；同时，性格也不再是哈姆莱特活动的唯一动机，它只是人物活动的某种动因；哈姆莱特的命运虽然与性格有关，但并非决定他的本质属性和命运的决定性因素，哈姆莱特的最终命运是他的文化思想、情感性格、道德人性等三重元素的合力所致。然而四个世纪以来学者们对哈姆莱特的研究基本上都是按照传统的性格分析理论去考察哈姆莱特，并由此形成了哈姆莱特复仇"延宕"问题的理论迷宫。四个世纪中对哈姆莱特的性格研究大体上经历了一个从肯定、赞扬到贬抑、否定，再到困惑、无奈和混乱的过程,重重的理论迷雾遮盖了哈姆莱特的本来面目。这种研究的结果与其目的相反,竟成为对哈姆莱特误读的最重要的原因之一。其实,任何一种将哈姆莱特只作为某种性格、某种激情的典型来进行研究的时候,都将会造成一种无意的阉割。回顾和勾勒一下四个世纪的哈姆莱特性格批评史,我们便可以看到种种徒劳无益的努力所留下的痕迹。

(一)

在欧洲自古希腊至文艺复兴时期,戏剧家都着力于人物性格的描写,理论家则倾力于人物性格的研究。亚里士多德认为"'性格'是人物的品质的决定因素"。关于悲剧人物性格的描写,他提出了四个原则,即性格"必须善良"、"必须适合"、"必须相似"、"必须一致"[1]。亚里士多德的这个观点一直被视为经典,17世纪英国学者德莱登在论述莎士比亚悲剧人物性格的时候基本上是以这四个原则为基础的。源于古代希腊医学家波利布斯(Polybus)四种体液(humour)[2] 决定人物性格的理论流行于整个中世纪并产生很大的影响。这种理论认为不同性格是由这四种体液在人身上不同程度的配合而形成。文艺复兴时期出现了许多按照四种体液的理论塑造人物性格的作品,本·琼森的《福尔蓬奈》就是一例[3]。这部作品根据这种理论创造了

---

[1] 《诗学·诗艺》,人民文学出版社1962年版,第20、47—48页。
[2] 四种体液即血液、黏液、黑胆液、黄胆液。血液,司激情,包括勇敢、情欲;黏液,主麻痹、冷漠、淡泊;黑胆液,主忧郁、愁闷;黄胆液,主暴烈、易怒。
[3] 〔英〕本·琼森(约1572—1637),英国剧作家、诗人、评论家,被认为是莎士比亚之后英国最重要的剧作家。

一个具有贪婪性格的主人公。1598年本·琼森在《人人高兴》中竟让四个角色分别扮演决定人的肉体和精神的所谓四种"气质"。1599年他在《人人扫兴》的前言中又系统地讲述了"气质论",即四种体液不同的组合产生不同的性格,如嫉妒、多虑、吹牛、胆怯、贪婪、虚荣等等。17世纪初英国出现了按照这种理论创作的"性格特写"。17世纪法国莫里哀的喜剧可视为这种理论的实践和这种传统的发展。有的学者认为"四种体液"说一直流传到近代,巴尔扎克的人物也是由某一种激情所控制,与这种理论似有相通之处[1]。然而,莎士比亚并没有遵循上述那些传统的戏剧美学原则,他以一种新的理论为指导塑造了他那个时代不同社会阶层的不同类型人物的典型形象。恩格斯在批评拉萨尔的悲剧人物性格时说:"古代人的性格描绘,在今天是不够用了,而在这里,我认为您可以毫无害处地稍微多注意莎士比亚在戏剧史上的意义。"[2] 在这里,恩格斯比较委婉地指出莎士比亚的戏剧创作已经超越了"古代人的性格描绘"。的确如此,莎士比亚既突破了亚里士多德关于悲剧人物性格四个原则的框框,也没有按照四种体液的理论去塑造性格,他所遵循的是现实主义的创作路线,在《哈姆莱特》中莎士比亚全面地阐述了他的戏剧美学,哈姆莱特就是这种美学的形象化。莎士比亚认为戏剧是时代的缩影,反映时代发展演变的模型;戏剧要反映人性善恶的本来面目。当然,这些都必须通过人物的活动和命运才能体现出来。因此戏剧人物一定要反映

---

[1] 杨周翰:《十七世纪英国文学》,北京大学出版社1985年版,第51页。
[2] 拉萨尔(1825—1864),德国社会主义的主要发起人,德国工人运动的创立者之一。1859年他创作了以德国曾参加过宗教改革和骑士起义的领袖人物济金根(1481—1523)的活动为题材的剧本,分别寄给马克思、恩格斯。马、恩分别给拉萨尔回信,阐述了他们关于戏剧创作一些重要的美学观点,其中提出"莎士比亚化"的著名论断,对莎士比亚的创作给予很高的评价。引文见《马克思恩格斯选集》第4卷,人民出版社1974年版,第344页。

那个时代不同的社会思想、道德面貌、精神气质等。这样,莎士比亚的戏剧创作就突破和超越了性格中心的理论,"把戏剧提高成为人类生活和命运的一种真实的写照"[①]。

哈姆莱特是莎士比亚自觉地、成熟地运用新的创作方法塑造出来的一个艺术典型,他概括了文艺复兴时期先进人物的种种特征,成为时代的精英。因此,对哈姆莱特的研究不能因袭传统的性格分析的模式;如果把哈姆莱特视为某种性格的典型,或从性格入手去分析他的悲剧命运,必然会出现种种主观、片面甚至荒唐的判断。然而,从17世纪以来许多学者都一直在运用性格这个范畴来审视哈姆莱特的所谓人物性格,写出了卷帙浩繁的论著。17—19世纪的学者对哈姆莱特的性格大都称赞不已。他们说"性格"是《哈姆莱特》"全剧的中心";"哈姆莱特的犹豫性格处于创作的中心",在他周围"可以得到各种类型的标本";哈姆莱特的性格"不是按规则写的,却更有意味";"哈姆莱特最值得注意之处是创新才能,独创性和无人研究过的性格发展;哈姆莱特这个人物的性格是很独特的";哈姆莱特的性格具有望尘莫及的真实性。普希金关于莎剧人物的"多种多样的"性格[②]以及黑格尔关于莎剧人物性格的"丰富性"、"完整性"[③]的论

---

① 〔瑞士〕布克哈特:《意大利文艺复兴时期的文化》,商务印书馆1983年版,第312页。

② 普希金说:"莎士比亚创造的人物,不像莫里哀那样,是某一种热情或某一种恶行的典型;而是活生生的、具有多种热情、多种恶行的人物;环境在观众面前把他们多方面的多种多样的性格发展了。"见《莎士比亚评论汇编(上)》,中国社会科学出版社1979年版,第426页。

③ 黑格尔说:"描绘比较丰满的人物性格的是英国人,首屈一指的仍然是莎士比亚,纵使主体的全部情致集中在一种单纯的(抽象的)情欲上,也不让这种抽象的情致淹没掉人物的丰富的个性,而是在突出某一种精神中,使人物还不失为一个完整的人。"见黑格尔:《美学》第3卷下册,商务印书馆1981年版,第324页。

述，虽然都未曾直接谈到哈姆莱特，但他们的论述肯定是包括了这个人物的性格特征。他们关于莎剧人物性格的论述经常被后来的学者所引用。

对哈姆莱特的性格分析，到20世纪初遇到了严重的危机。其标志就是伟大作家托尔斯泰的发难和著名莎学学者布雷德利的无奈，他们将哈姆莱特推向"没有任何性格"和不可认识的尴尬境地。比较具体地引述他们的观点，我们可以从其否定的负极数得到正极数的启示。

托尔斯泰于1903年至1904年间谈到哈姆莱特的时候说：

> 要找到哈姆莱特的行为和言辞的任何解释是毫无可能的，因此，要把他说成任何的性格也是毫无可能的……
> 博学之士竭力从明显刺目、特别鲜明表现在哈姆莱特身上的缺点——这个主要人物没有任何性格——里发掘特殊的美。于是深思熟虑的批评家们宣称，在这个戏剧的哈姆莱特这个人物身上，非常有力地表现出一个崭新的、深刻的性格，这种性格就在于这个人物的没有性格，而这种性格的缺乏却正是创造含义深刻的性格的独创性所在。博学的批评家这样解决问题后，就不断写出大部头的书，因而赞扬和阐释塑造没有性格的人的性格的伟大意义和重要性的论著，积成了一部部卷帙浩繁的丛书。的确，某几个批评家偶尔也畏缩地表示一种想法，说这个人物身上有某种奇怪的东西，说哈姆莱特是个猜不透的谜，然而，谁也不敢说皇帝是光着身体的，不敢说那皎如白日的事实，不敢说莎士比亚不能也不想赋予哈姆莱特以任何性格，甚至他没有

理会这是必要的。①

几乎与此同时,英国著名学者布雷德利1903年说:

> 哈姆莱特的性格不仅是复杂的,而且是不可理喻的。这一说法从某种意义上说几乎是无可否认的,甚至可能是真实的和至关重要的。它可以理解为,这一性格是无法彻底理解的。
>
> 如果说有什么办法证明哈姆莱特是一种什么样性格的人,那么这一办法就是要表明这一性格,而且只有这一性格,能够解释剧中出现的一切有关事实。在这里,就算我们对所有的事实都感到能够正确地加以解释,要想罗列所有这些事实来证明这一点显然是不可能的。②

托尔斯泰说哈姆莱特"没有任何性格",是从否定的角度对哈姆莱特性格分析的一个反驳,而布雷德利说哈姆莱特的性格"不可理喻"则是从肯定的角度将哈姆莱特神秘化;前者没有引起应有的冷静的深思,而后者将"哈姆莱特是个谜"加以理论化,则具有很强的诱惑力,20世纪哈姆莱特评论的令人困惑、毫无出路的局面不能说与布雷德利无关。

20世纪的哈姆莱特研究已经陷入绝境之中,这个时期,不时可以听到布雷德利声音的回响。如果说哈姆莱特的一些话同另一些话

---

① 〔俄〕列夫·托尔斯泰:《论莎士比亚及其戏剧》,《莎士比亚评论汇编(上)》,中国社会科学出版社1979年版,第514—515页。

② 〔英〕安·塞·布雷德利:《莎士比亚悲剧》,上海译文出版社1992年版,第82、117页。

矛盾,行动和行动也不一致,"不能把他的言行"完全说清楚①,然而最流行的、最时髦的观点则是把哈姆莱特界定为一个"不定型的角色",具有"变化不定的性格"。既然哈姆莱特是这样一个人物,所以他们说,哈姆莱特"怎么表演都行","任何演员根据这一性格所具有的诱人的伟大轮廓去扮演,总不会失败的"②。而对于理论家的研究来说,那当然是可以随心所欲了,愿意把哈姆莱特解释成什么就解释成什么,反正他是个"变色龙",所以"一千个人就有一千个哈姆莱特";他简直就成了一个"变形金刚"! 就这样,在一些学者的笔下,在一些演出的舞台上的哈姆莱特距离莎士比亚的哈姆莱特简直是十万八千里。这种最为时髦的理论所导致的结果好像将各种颜色的油漆随便地涂抹在一座古代建筑物上一样,使那古朴、庄重的艺术品遭到一种智力浪费的损伤,显示出一种令人哭笑不得的难以名状的混合着悲哀的情感。

其实,三个多世纪对哈姆莱特复仇所谓"延宕"问题的罕见的理论混战也源于对哈姆莱特的性格分析。尽管研究的文章成千上万,但集中到一点就是认为踌躇、犹豫导致了哈姆莱特的悲剧,而学者们所要解开的理论方程就是哈姆莱特踌躇、拖延的原因。黑格尔的论述似乎可以作为这种观点的一个美学的概括,他说:

> 近代悲剧人物所依据的指导行动和激发情欲的动力并不是目的中的什么实体性因素,而是思想和感情的主体性格,他们力求满足自己性格中的某些特殊因素,所以《哈姆莱特》中的真正

---

① 阿尼克斯特:《莎士比亚的创作》,山东教育出版社1983年版,第430、431页。
② 〔英〕多佛·威尔逊:《〈哈姆莱特〉里发生了什么事?》,转引自《莎士比亚评论汇编》(下),中国社会科学出版社1982年版,第428页。

冲突不在于哈姆莱特在进行伦理性的复仇之中自己也势必破坏这种伦理,而在他本人的主体性格,他的高贵的灵魂生来就不适合于采取这种果决行动,他对世界和人生的满腔愤恨,徘徊于决断、试探和准备实行之间,终于由于在他自己犹豫不决和外在环境的纠纷面前遭到毁灭。①

黑格尔的这段话讲得很清楚:《哈姆莱特》中的冲突来自哈姆莱特的"主体性格",这个性格成为他的悲剧的重要原因。然而,事实上踌躇、犹豫并不是哈姆莱特的主体性格,他并不是寓言中的布利丹的驴子②,踌躇只是发生在他身上的一种心理过程,摆脱之后哈姆莱特又恢复了固有的天性,踌躇、犹豫并不是哈姆莱特悲剧的原因。可是研究"拖延"、"延宕"问题的学者却一定要从哈姆莱特身上寻出实际上并不存在的所谓这种"主体性格"的根据。这就必然地出现了许许多多的假想、猜测、妄说,甚至胡言乱语,结果使哈姆莱特陷入了灭顶之灾,承受了种种误解、伤害和玷污,把他变成了一个面目模糊、变化无定、难以捉摸的怪物。

(二)

哈姆莱特是生活在特定的艺术王国中的人物,他的思想、行为、生活、遭遇和悲剧命运全都深深地打上了文艺复兴时期的烙印。他的思想超然于他的生活和行为之上,表示了对人的属性和人生的种

---

① 〔德〕黑格尔:《美学》第3卷下册,商务印书馆1981年版,第321—322页。
② 布利丹的驴子:中世纪欧洲的一个寓言,据说布利丹写了一个犹豫不决的驴子在两捆干草间不能决定先吃哪一捆,就这样,驴子因为无法决定,不能吃草,终被饿死。

种思考,是典型的文艺复兴晚期的人文主义思想;他的不同性格成分则影响和支配了他的不同性质的活动——忧郁使他产生了悲观情绪;踌躇、犹豫造成了复仇的拖延;而果断、勇敢和执著则使他同种种丑行和罪恶进行了毫不妥协的斗争;哈姆莱特对亲人、情人和友人充满了爱,但他也伤害了他人,特别是恶意伤害了他所爱恋的少女奥菲利娅,并成为奥菲利娅悲剧命运的重要原因,哈姆莱特的道德行为显示了他天性中固有的善恶两种倾向。哈姆莱特艺术形象内涵的独特性丰富性和复杂性为世界文学史所罕见,哈姆莱特是文艺复兴时代社会生活孕育出来的一个具有活生生不朽生命的艺术形象,是时代的骄子、社会的精英,是矗立在一个伟大历史时期的一座人类文明发展的里程碑。

对于哈姆莱特这个时代精英的艺术形象,我们可以从以下三个方面进行剖析。

首先,哈姆莱特是文艺复兴时期人文主义思想的代表。文艺复兴运动即因推崇古代希腊罗马文化并以之为典范而得名的一种新的文化思潮,而对人的"发现"关注和研究则构成了这个时期的主流文化,即具有深远影响的人文主义思想。哈姆莱特在德国威登堡大学读书打下了良好的古典文化的基础,谈话中大量引用古代希腊、罗马神话和历史典故,同时发表了一系列关于人的种种见解,他既热情地陈述了一些人文主义者对人的礼赞与颂扬,也表述了另一些人文主义者对人的贬抑和批评,全面地反映了文艺复兴时期人文主义者关于人的伟大与渺小的辩证观点。人文主义思想影响了哈姆莱特鲜明的爱憎情感,对真、善、美的执著追求和对假、恶、丑的无情批判,哈姆莱特的思想构成了他的"时代的灵魂",成为他本质属性的最重要的因素。

其次,哈姆莱特卷入到血腥的王权之争的政治漩涡之中,自觉地承担起"重整乾坤"的时代重任,要把颠倒混乱的时代整顿好。文艺复兴时期欧洲一些国家政治斗争的中心是围绕王权进行的。那时的王权具有历史进步性,因此一些人文主义者和进步的社会力量都拥护王权;而旧贵族则企图恢复分封制、反对统一的中央王权,宗教改革激起了天主教会的仇恨,那些极端分子则阴谋杀害国王。在英国,支持天主教的英格兰女王玛丽企图取代伊丽莎白女王,为此参与了1571年的里多尔菲阴谋、1582年的法国吉斯公爵的阴谋和1584年的巴宾顿阴谋,这些阴谋的目的都是要杀死伊丽莎白女王。伊丽莎白女王逝世不久,1605年又发生了企图杀死国王詹姆斯一世的"火药爆炸案"。在法国,国王亨利三世和亨利四世分别于1589年和1610年被极端分子杀死。正因为王权问题如此严重,所以它引起了整个社会的关注,1584年英国成年男子签名宣誓:如果伊丽莎白女王被谋杀,他们将群起而攻之。莎士比亚的创作非常敏锐、非常突出地反映了王权这一时代的重大问题,他的全部历史剧都是以王权为主题的,悲剧《泰特斯》、《裘力斯·凯撒》、《麦克白》、《李尔王》等都和王权有关,甚至连浪漫剧《暴风雨》也是以王权之争为背景的。而《哈姆莱特》则是一部以王权问题为中心的严肃悲剧。哈姆莱特的父王被他的叔叔谋害,王位被篡夺,虽然与前述情况有所不同,但对于将合法国王以阴谋手段杀死这一点来说,性质又是相同的。正因为如此,哈姆莱特听了老王鬼魂的诉说之后立即说出了这样的话:"这是一个颠倒混乱的时代,唉,倒霉的我却要负起重整乾坤的责任。"① 哈姆莱特具有明确的政治意识,对他来说,为父复仇的家事与"重整乾坤"的

---

① 《哈姆莱特》一幕五场,《莎士比亚全集》(9),第57页。

国事是融为一体的。老王鬼魂的嘱托则是典型的中世纪观念,他只是从道德血缘的角度要求儿子为他复仇,杀死仇人,并要求儿子不要伤害他的母亲等等,而没有一句话涉及国家、社会。哈姆莱特听了鬼魂的话之后虽然义愤填膺、热血倒流,说要忘掉一切,只记住复仇,但很快他就将复仇定位在"重整乾坤"的政治责任之上。哈姆莱特的思想比鬼魂的思想更具时代性、社会性和政治性,在他看来,杀死克劳狄斯绝不仅仅是一种个人的行为,而是一种整顿时代秩序的社会责任。哈姆莱特虽然十分明确地将为父复仇与重整乾坤融在一起,但如何去做却是一件前所未有的难题,使之处于一种举步维艰的两难境地;他既不能像雷欧提斯那样,为了替父亲复仇不顾一切:对他来说为了家族的荣誉连下地狱都无所畏惧,这是典型的中世纪复仇观念。同时哈姆莱特也不能像福丁布拉斯那样轻易地放弃复仇,因为福丁布拉斯所提出的为父复仇是出于一种政治利益的驱使,当复仇会损害他的政治利益时,他就放弃了复仇的要求,福丁布拉斯所遵循的乃当时盛行的马基雅维利主义。哈姆莱特既不能像旧贵族那样拥兵自立、讨伐克劳狄斯,也不能像极端分子那样采取暗杀的手段,那么哈姆莱特到底应该如何来做呢?他不知道,也没有办法。这样,他就势必处于一种无所适从的状态,他的复仇的拖延皆由此种困难所引发。蒙田说:"我认为做事迅速敏捷是性格所致,而沉着缓慢则是理性所为。"[①] 这话是有道理的。当然,哈姆莱特复仇的拖延也和他性格中的踌躇、犹豫密切相关。

哈姆莱特复仇的拖延是"理性所为"的结果,是中世纪的复仇观念与文艺复兴时期的正义观念之间的矛盾所造成的。在中世纪,对

---

① 〔法〕蒙田:《论说话快捷或说话缓慢》,《蒙田随笔全集(上)》,第40页。

贵族来说,复仇是一种神圣的责任,是关系家庭荣誉的大事,为了复仇可以不顾一切、不择手段;而具有人文主义思想的人对复仇问题则提出了新的理念。比如,蒙田就说:"荣誉的法律谴责忍受,正义的法律谴责复仇。从尚武的职责讲,谁忍受侮辱就会名誉扫地,而从公民的职责讲,谁要复仇,就会招致死刑。因荣誉受损而诉诸法律,会损脸面,可是不求助法律而私下报仇,就会受到法律的制裁和惩罚。"① 哈姆莱特的复仇就处于荣誉观念和正义观念的矛盾之中,特别是因为克劳狄斯的谋杀行为是一个绝对的秘密,除鬼魂向哈姆莱特诉说外,其他所有的人全都不知情。克劳狄斯的罪行是无法证明的,也是无人证明的,是一个不能被社会和公众所认识的罪恶;而他践登王位又经过了合法手续,取得了大臣们的一致同意,这样在臣民面前克劳狄斯就成为一个合法的王位继承者。如果哈姆莱特以复仇的方式杀死克劳狄斯,那么他必将陷入不义的境地,必将被认为是一个野心的弑君者。所以哈姆莱特的拖延虽然有怯懦的因素在内,但根本的原因是理性思考的结果。哈姆莱特在独白时思考自己为什么会拖延复仇,他说这是"因为三分懦怯一分智慧的过于审慎的顾虑"② 造成的。哈姆莱特"顾虑"什么呢? 他未曾说明具体的内涵,其实这个"顾虑"就是我们前述的理由。正是出于这种思想深层次的"顾虑",哈姆莱特始终没有思考过如何去复仇、如何去杀死克劳狄斯。即使有了杀死克劳狄斯的机会,他也"延宕"过去,所以在哈姆莱特去王后寝宫的时候鬼魂再次出现,并对哈姆莱特说:"不要忘记。我现在是来磨砺你的快要蹉跎下去的决心。"③ 哈姆莱特根本没有想过如何复仇,

---

① 〔法〕蒙田《论习惯》,《蒙田随笔全集》(上),第131页。
② 《哈姆莱特》四幕四场,《莎士比亚全集》(9),第101页。
③ 《哈姆莱特》三幕四场,《莎士比亚全集》(9),第90页。

我们特别要注意的是哈姆莱特在独白中反复思考的是自己是否具有复仇的力量、责备自己拖延了复仇、探究拖延的原因以及再次申诉自己复仇的充分理由等,但从未考虑过实行复仇的事情,这样哈姆莱特就超越了一个传统意义的复仇者。哈姆莱特的复仇过程与其说是要杀死谋害父王的凶手还不如说是与谋杀自己的主谋进行斗争,经过反复的较量,最后克劳狄斯谋害哈姆莱特的罪行终于在大庭广众之中、在众目睽睽之下暴露无遗了。只是在这个时候哈姆莱特才杀死了他,杀死了一个犯有谋杀罪的人,哈姆莱特的行为才是正义的。这样,哈姆莱特杀死克劳狄斯就具有了双重的价值:既为父复仇,杀死了谋害父亲的人,同时也为"重整乾坤"完成了最为困难的事情,即将以阴谋手段篡夺王位的人从王位上除掉,为合法君王登上王位扫清障碍。哈姆莱特在临死前对福丁布拉斯将成为丹麦王表示了"同意",这正是一个合法王位继承人的政治遗嘱。哈姆莱特以自己的力量和智慧,以自己的生命达到了双重的目的。

第三,哈姆莱特同那个时代的丑恶现象、腐败行为、罪恶阴谋进行了不懈的斗争,显示了那个时代先进人物的精神面貌。文艺复兴时期既是一个伟大的时代,同时也是一个残酷的时代;到文艺复兴晚期,人文主义者对社会的诗意描写已经成为过去,整个社会充满了矛盾和冲突,丑行肆虐,罪恶丛生,并由此演化出各种人间悲剧。哈姆莱特的命运就是这个时代人生悲剧的概括与缩影。哈姆莱特对社会现实有着非常清醒和深刻的认识,他说世界已经"变成了一个荒芜不治的花园,长满了恶毒的莠草",人世间的一切都"可厌、陈腐、乏味而无聊"[1],整个世界已经成了一所很大的监狱,丹麦则是"其中最坏的

---

[1] 《哈姆莱特》一幕二场,二幕二场,《莎士比亚全集》(9),第14、47页。

一间囚室",哈姆莱特就是一个由美好的世界坠入人间牢狱的不幸者。他本是一个幸福的年轻王子,追求知识、爱情和友谊,可是由于父王被谋害,他的合法王位被篡夺,并失去了母爱,他的爱情被玷污,求学被阻止,失去了自由,一夜间就失去了一切。哈姆莱特的不幸既包括一位高贵王子地位跌落的痛苦,也包括一个青年恋人失恋的悲哀,各种灾难都落到了他的头上,他成了人间最不幸的人。对此他曾产生过忧郁的情绪和悲观失望,甚至一度想到自杀。但由于哈姆莱特本身固有的人文思想、文化教养和政治意识,他很快振奋起来,投身到一场你死我活的政治较量之中。面对克劳狄斯的种种阴谋诡计,他进行了坚持不懈的斗争。他的斗争都是在被动状态中进行的,这是由于复仇的拖延所致的一种独特的斗争格局。哈姆莱特除了复仇,即在杀死克劳狄斯这一件事情上踌躇犹豫之外,而在其余的全部活动中所显示出来的都是与之相反的性格特征,即果断、勇敢、坚定和执著。他或以幽默的方式对克劳狄斯及其帮凶冷嘲热讽,揶揄讽刺,撕掉他们的种种假面具;或以严肃的词语,批判社会上的各种腐败现象,指斥法律的迁延、官吏的横暴、小人的得志、酗酒的恶习、阿谀的世风等等,或慷慨陈词历数克劳狄斯的罪行、批评母亲的过错,或将计就计将帮凶送上断头台,或拔剑相斗,最后杀死克劳狄斯。哈姆莱特式的斗争是一种推动社会前进的积极力量。哈姆莱特在斗争中也犯有一些过失,特别是伤害了他所爱恋的单纯善良的少女奥菲利娅,并促成了她不幸的悲剧。哈姆莱特并不是十全十美的人物,但从总体上来看,他是一个高贵的青年,是一个具有人文主义思想并以口、笔或剑同反动、腐朽、邪恶的社会势力进行斗争的先进人物的艺术典型,是时代的精英。

哈姆莱特这个人物在本质上是一个战士,所以最后福丁布拉斯以军礼安葬了他,赋予他盖棺论定的荣誉的冠冕。哈姆莱特不愧是"堂堂男子"、一代威武之王的儿子。他虽然自愧不如古希腊神话中的大英雄赫剌克勒斯[①],他还没有力量清除丹麦这个"奥吉亚斯牛圈",还没有能力冲破"牢狱"和"囚室",但他已经向人们指出了这个"牛圈"的污秽,揭露了丹麦这个"牢狱"、"囚室"的种种罪恶,尽到了一个时代之子的责任。哈姆莱特的斗争精神已经得到许多学者的认同,他们说,"哈姆莱特是具有英雄气概、令人敬畏的人物"[②],"凡世上心地纯正、勇于探索真理为正义而奋斗的人都可以拿哈姆莱特做榜样"[③]。

文艺复兴运动"是一次人类从来没有经历过的最伟大的、进步的变革,是一个需要巨人而且产生巨人——在思维能力、热情和性格方面,在多才多艺和学识渊博方面的巨人的时代",在这个时代还出现了英雄人物,"那时的英雄们"的特征是"几乎全都处在时代运动中,在实际斗争中生活着和活动着,站在这一方面或那一方面进行斗争,一些人用舌和笔,一些人用剑,一些人则两者兼用。因此,就有了使他们成为完人的那种性格上的完整与坚强"[④]。哈姆莱特就是这个"产生巨人"的伟大时代孕育出来的时代之子,他属于那些兼用"舌和笔"与剑进行斗争的英雄们的行列,他以自己的思想行为和斗争生活

[①] 《哈姆莱特》一幕二场,《莎士比亚全集》(9)第15页,赫剌克勒斯(Heracles,又译海格克斯),古希腊神话中的宙斯之子,是最强有力、最富盛名的英雄,力大无比,有大力神之称,一生完成十二件赫赫有名的功业,其中一项即在一天之内清除了奥吉亚斯30年来从来没有打扫过的牛圈。哈姆莱特说:"我一点儿不像赫剌克勒斯。"

[②] 〔英〕安·塞·布雷德利:《莎士比亚悲剧》,上海文艺出版社1972年版,第92页。

[③] 〔苏〕阿尼克斯特:《莎士比亚的创作》,山东教育出版社1985年版,第442页。

[④] 恩格斯:《〈自然辩证法〉导言》,《马克思恩格斯选集》第3卷,人民出版社1972年版,第445—446页。

谱写了那个伟大时代精英的英雄诗篇。

　　神奇啊！……人类是多么美丽！

　　啊,神奇的新世界,有这么出色的人物①。

1997年2月7日—3月30日初稿,
2002年7月3日—8月21日定稿。

---

①　莎士比亚:《暴风雨》五幕一场,《莎士比亚全集》(1),第79页。

哈姆莱特与蒙田之比较研究
——哈姆莱特分论(一):一个学者式的英雄人物

(一)

文艺复兴时期的人文主义思想是哈姆莱特艺术生命的第一个层面,即思想的层面。哈姆莱特的思想决定了他的政治观、人生观和价值观,同时也影响到他鲜明的爱憎情感以及对真善美的执著追求和对假恶丑的批判斗争精神,而这些才是哈姆莱特艺术生命的真正核心,才是决定他本质属性的根本要素。

哈姆莱特的思想是由作品中那些与传统戏剧语言不同的另一种戏剧语言表达出来的。传统的戏剧语言,即人物的对白全部围绕着事件、情节和人物性格,其自身没有独立的价值,只有个别的、具体的内含;而另一种则与传统戏剧语言不同,即人物的对白与事件、情节及人物性格没有直接的关系,它们具有相对独立的价值,具有一般的、普遍的理论和思想的意蕴。莎士比亚戏剧天才就在于将这两种形态的戏剧语言有机地融合到一起,充分地发挥了语言艺术的魅力。应该说这是莎士比亚的戏剧不朽艺术生命的重要因素之一。莎剧不仅以情节取胜,更以诗意和才情著称,那些似乎凌驾于故事情节之上的思想的珍珠把作品装点得绚烂多彩。哈姆莱特关于人、人性、人生、品德、罪恶、命运等一系列议论正是该剧复仇情节之外的一个思想的层面,它使得这部以古老的复仇故事为情节的戏剧具有了哲理的色彩。试想,如果将哈姆莱特这些精辟的富有思想的谈话统统删除掉,只保留下与复仇有关的台词,那么《哈姆莱特》就会从戏剧杰作的顶端跌至三流乃至末流作品。然而在过去的几个世纪里,学者们研究哈姆莱特的文章汗牛充栋,但作品的这个层面,即哈姆莱特的思想层面却一直被阉割、被忽略,根本没有将其作为一个独立的课题进行研究,因此可以毫不夸张地说,《哈姆莱特》中的这部分内容直到现在还没有在批评家的笔下显示出其固有的艺术价值。

莎剧中这种与情节、事件及人物性格没有直接联系的戏剧语言虽然有相对独立的价值,但它们仍然是人物活生生的艺术生命的有机组成部分,戏剧人物在感悟人生、慷慨陈词或大发议论时所讲的一切都符合他们的身份、地位、文化、教养和特殊的处境,而不是作家强加给人物或"迫使人物"为作者代言,人物所说出的一切都与人物的整个生命浑然一体。哈姆莱特之所以能讲出那么多有关人、人生、人性等方面的见解,是和他在威登堡大学读书,接受人文学科的教育,推崇古代希腊罗马文化,受到文艺复兴思潮和同时代人文主义作家蒙田[①]的影响密切相关的。哈姆莱特虽然没有文章著述,但他的谈话却具体地显示出他学者的禀赋。谈话与文章具有同等的意义,只是表达方式的不同,蒙田甚至夸张地说:"说话要比文章更有价

[①] 米歇尔·埃康·蒙田(1533—1592),法国人文主义作家、怀疑论者。代表作品《随笔集》(三卷)成就巨大,它是欧洲16世纪各种思潮和各种知识的总汇,有"生活哲学"之美称。1603年译成英文之后莎士比亚与培根都受到了该书的影响。

值。"① 哈姆莱特那些关于人的一系列谈话就像孔雀尾巴上点缀着的色彩斑斓的眼睛一样,闪耀着学者的智慧和文采。哈姆莱特和剧中人物的关系也表明了他的学者身份,他说霍拉旭和马西勒斯是他的朋友,"都是学者和军人"②,奥菲利娅则称赞他为"学者的辩舌"③,可见,哈姆莱特从其文化素质来说是一名学者。这样的一个人物在遭遇到人生的重大不幸、与命运抗争的过程中如果不发表一系列关于人和人生的谈话,那他就不是莎士比亚的哈姆莱特了;他只有说了这些话,才将他同一个简单的复仇人物区分开来,成为他那时代人文主义"思想的代表"。但是在以往的哈姆莱特研究中许多学者都将哈姆莱特的这些谈话粗暴地从戏剧人物身上剥离出来,然后再强行塞给作者,最常见的说法就是"作者通过哈姆莱特之口表达了自己的观点"。在这方面托尔斯泰的观点很有代表性,他说"莎士比亚取材于一个在某些方面说来很不坏的一个古老的故事","用阿姆莱特(Amleth)复仇的情节写成自己的剧本,把他认为值得注意的自己的全部见解,极不适当地(这也像他平时所做的那样)放入主要人物的嘴里。当他让自己的人物说他在第三十三首十四行诗(关于戏剧与妇女)里写过的关于浮生(古墓)、关于死(To be or not to be)的见解时,他毫不考虑这些话是在怎样情况下说出的。因此自然会产生这样的结果——谈这一套见解的人物变成了莎士比亚的传声筒,丧失了任何性格特征,而他的言行也不一致了"④。托尔斯泰正确地指出了哈姆

---

① 〔法〕蒙田:《论说话快捷或说话缓慢》,《蒙田随笔全集》(上),第40页。
② 《哈姆莱特》一幕五场,《莎士比亚全集》(9),第31页。
③ 《哈姆莱特》三幕一场,《莎士比亚全集》(9),第66页。
④ 〔俄〕列夫·托尔斯泰:《莎士比亚及其戏剧》(1903—1904),《莎士比亚评论汇编》(上),中国社会科学出版社1979年版,第515—516页。

莱特所谈论的那些问题的重要价值,但由于他混淆或等同了莎士比亚的哈姆莱特与古代传说中的阿姆莱特,特别是他强行将戏剧人物的思想又归还给了作者,所以托尔斯泰才得出了不恰当的结论。其实这个问题对于理解艺术形象非常重要。哈姆莱特是莎士比亚创作出来的新的人物,他同素材中的阿姆莱特已经有了质的差别;同时莎士比亚以及所有艺术家创作出来的人物形象同普罗米修斯创造人类一样,创造物一旦被创造出来就永久地脱离了同创造者的关系,而成为独立的自在的艺术生命,哈姆莱特的思想不属于莎士比亚。但是长期以来西方学者在研究莎士比亚作品中所蕴含的思想时都像托尔斯泰一样将其归于戏剧家本人,在这方面艾略特很有代表性。他说,"莎士比亚的伟大并不在于他创造了什么样的思想理论和哲学体系——那是哲学家和思想家的工作——而在于他以'伟大的诗句',再现了当时具有相对流行价值的各种思想",有的有"蒙田的面貌",有的有"马基雅维利主义",有的则有"塞内加的面貌";艾略特又说,16世纪末的英国,各种思想相互交错,"似乎充满着打碎的思想体系的残片",莎士比亚同时代的某些诗人"只是像鸽子那样随意拣起那些把亮光闪进他眼里的各种观念的残片,放入自己的诗篇中","跟他的同时代人相比,莎士比亚是个精致得多的转化工具,甚至比但丁更精致";艾略特又说,"文艺复兴时期的各种思想确然是缺乏统一的",而莎士比亚在可能的范围内做到了可以"统一的地步",这样莎士比亚的作品就成为那个时代各种思想的一座宝库,莎士比亚也"决想不到自己因此成为16世纪末历史转折时期的代表"[①]。

[①] 〔英〕艾略特(1888—1956),现代派诗歌的代表、文学评论家,这里的引文均出于他的《莎士比亚和塞内加的苦修主义》,见《莎士比亚评论汇编(下)》,中国社会科学出版社1981年版,第115、119、120页。

艾略特对莎士比亚作品中所蕴含的丰富的思想的分析可以说是很精彩的；然而他同托尔斯泰一样，仍然是将莎氏作品当成了时代思想的拼盘，把莎剧人物当成了某种思想的简单的"传声筒"，而将这些思想全都归于作家本人。其实艾略特说，《哈姆莱特》中有"蒙田的面貌"是对的，关键的问题是这种"蒙田的面貌"不属于莎士比亚，而属于哈姆莱特。

文艺复兴时代是一个思想解放的时代，各种思想竞相发展，其中占主导地位、象征时代精神的是人文主义思想。拉伯雷笔下的主人公、塞万提斯笔下的堂吉诃德与莎士比亚笔下的哈姆莱特各具特色，但都是无法模仿的人类艺术天才的结晶。他们生活在不同的国土之上，不同的环境之中，经历着不同的活动，有着不同的命运，然而他们却有一个共同之处，也就是最有价值的部分，即他们都是那个伟大时代的人文主义"思想的代表"，他们的动机都来自于他们生活的"历史潮流"之中，或跃马横枪，以行侠冒险的方式去铲除人间的不平，或装疯蹒跚，把复仇活动视为"重整乾坤"。然而，他们并不像马克思所批评的那样"席勒式地把个人变成时代精神的单纯的传声筒"①，在莎士比亚的全部作品中，最能体现"莎士比亚化"成就者应该首推哈姆莱特。

（二）

莎士比亚的哈姆莱特何以有人文主义思想呢？因为他是一个在

---

① 《马克思致斐·拉萨尔》，《马克思恩格斯选集》第 4 卷，人民出版社 1972 年版，第 340 页。

文艺复兴时代背景下活动的人物，受到了时代精神的熏陶，特别受到了蒙田著作的影响，所以才形成了他的人文主义思想。哈姆莱特虽然是文学作品中的人物，但他也具有自在的生命，我们从他和蒙田所具有的共同点的比较之中就可以确定其生活时代的坐标，认定其身份的社会属性，勘定其思想的文化渊源。下面我将从几个方面对哈姆莱特与蒙田的相同之处进行比较。

首先，哈姆莱特接受了同蒙田相似的教育。蒙田在少年时代曾于法国波尔多市新成立的居耶纳中学接受人文主义教育。这所学院是"当时法国最好的中等学府"，"办得欣欣向荣"，其中有著名的人文主义者莫里[①]和布坎南[②]任教。学校还为蒙田"挑选了辅导老师"。蒙田说他在那里受到了人文学科的启蒙教育，读了奥维德、维吉尔、布劳图斯、泰伦斯等古代罗马作家的拉丁文作品，并在布坎南、莫里创作的拉丁剧里"扮演过角色"[③]。哈姆莱特则在当时欧洲最有名的大学——德国威登堡大学读书。他在那里受到文艺复兴运动的熏陶。威登堡大学成立于1502年，因有教师路德和梅兰希顿而出名，该大学1817年并入哈雷大学。路德(1483—1546)于1512年获威登堡大学博士学位，后任教授。1517年抨击教会，将宗教改革的纲领性文件《95条论纲》张贴于威登堡的万圣教堂的大门上，成为欧洲轰轰烈烈的宗教改革运动的发起者。他用12年的时间将《圣经》译成

[①] 莫里(Muret, 1526—1585)，法国著名人文主义者。

[②] 布坎南(George, Buchanan 1506—1582)，苏格兰最重要的人文主义者、教育家、拉丁诗人。对教会和国家的腐败无能进行抨击，被视为异端，几次被投入监狱。在波尔多的居耶纳学院任教时，将欧里庇得斯的《美狄亚》译成拉丁文。1561年回苏格兰，效忠伊丽莎白一世。曾为詹姆斯六世(即后来英国的詹姆斯一世)的教师和其他官职。

[③] 〔法〕蒙田：《论孩子的教育——致迪安娜·居松伯爵夫人》，《蒙田随笔全集》(上)，第196—198页。

德文。梅兰希顿(1497—1560)是德国基督教新教神学家、教育家。1518年任威登堡大学的希腊文教授,与马丁·路德一起进行宗教改革活动,同路德的对手进行论辩,为《圣经》的权威进行辩护。哈姆莱特在有马丁·路德和梅兰希顿任教的大学学习对他人文主义思想的形成具有重要意义。由此哈姆莱特的人文主义思想就有了根基,成为有源之水,有本之木;他对古希腊罗马作家作品的喜爱以及对《圣经》的精通,无不与他在威登堡大学接受人文学科的教育密切相关,许多西方学者不理解莎士比亚的良苦用心,他们只从表面看问题,认为让一个古代的王子去16世纪的大学,是犯了"时代的错误",他们离开了艺术创作的基本属性对这个细节进行非艺术的挑剔。比如梁实秋就说,莎士比亚让哈姆莱特去威登堡上学学习"自然是时代的错误"[1]。这实在是对莎士比亚的误解。哈姆莱特如不去威登堡大学学习,他何以成为时代之子?他何以具有人文主义思想?哈姆莱特去威登堡大学学习就将他确定在了一定的历史坐标点之上,并从中汲取时代精神构筑自己的灵魂。

其次,哈姆莱特同蒙田的又一个相似点就是他们都赞美古典文化,即推崇古希腊罗马文化。文艺复兴运动的基本特征就是对古代希腊罗马文化的重视研究并奉为经典,人文主义者虽然派别林立,但在热爱、赞誉古典文化方面是相同的。他们不仅热衷于翻译、研究古典作品,而且在他们的著作中大量引用古希腊罗马文学的典故。蒙田在这方面是相当突出的,在他的著作中处处显示着他的深厚的古典文化的修养和对古典文化的推崇。他最喜爱的作家全是古人,包括奥维德、塔西陀、希罗多德,特别推崇维吉尔。他在《论维吉尔的

---

[1] 梁实秋译:《哈姆雷特》,远东图书出版公司1976年版,第212页。

诗》一文中说,"我始终认为维吉尔、卢克莱修、卡鲁图斯、贺拉斯的诗歌是一流的",并说"我认为《埃涅阿斯纪》第 2 卷是最完美的"①。在蒙田的散文中几乎篇篇都引用拉丁作家的作品,引用最多的是 9 位古罗马作家和两位古希腊作家。

在这方面哈姆莱特与蒙田一样,在莎士比亚的戏剧王国里只有哈姆莱特一个人如此地推崇古代希腊罗马文化,显示了文艺复兴时代人文主义者的特征。在谈论各种问题时哈姆莱特十分自如地引用古代希腊罗马文学典故。与蒙田有所不同的是他引用的希腊罗马神话最多,而对罗马作家他像蒙田一样最喜爱的也是维吉尔。在谈到他死去的父亲时哈姆莱特多次引用希腊罗马神话来形容他父亲"堂堂君王"的威仪:大神乔武的前额、太阳神阿波罗的卷发、战神马尔斯威风凛凛的眼睛、神使麦鸠利矫健的姿态等等都用来形容他的亡父老哈姆莱特的"十全十美"。哈姆莱特说现在"再也见不到这样堂堂男子汉"了。希腊罗马诸神的形象构成了哈姆莱特关于"人"的理想形态;同时他还引用希腊神话中大英雄海格力斯的形象自责自励。在哈姆莱特同伶人一起谈论戏剧的时候我们真的似乎听到了蒙田的声音,哈姆莱特说他最喜欢的作品"就是埃涅阿斯对狄多讲述的故事,尤其是讲到普列阿摩斯被杀的那一节"②。哈姆莱特所说的那一节正是蒙田所最欣赏的《埃涅阿斯纪》的第二章,即埃涅阿斯到迦太基之后向女王狄多讲述特洛亚毁灭的故事,接着哈姆莱特就朗朗地背诵起其中的诗行,这表明了哈姆莱特对他所喜爱的《埃涅阿斯纪》第二章已达到了烂熟于心的程度。

---

① 〔法〕蒙田:《我知道什么呢?——蒙田随笔集》,三联书店 1993 年版,第 41 页。
② 《哈姆莱特》二幕二场,《莎士比亚全集》(9),第 54 页。

第三,哈姆莱特同蒙田一样都特别重视"认识自我",并在自我解剖、自我认知的过程中走向成熟。蒙田非常重视古代希腊哲人苏格拉底"剖析自己"的重要命题,他说:"唯有苏格拉底曾经严肃地探究过他的上帝的训诫——人要自知。……他通过自己的口剖析自己才做到了自知。"①"从前,德尔斐神殿的神对我们嘱咐……看你自己的内心吧,认识你自己,依靠你自己……阿波罗神殿上的箴言就是'你自己认识自己吧'。"② 蒙田《随笔集》的中心主题就是剖析和描绘自己,他说他的这本书"是一本真诚的书……我描绘的是我自己,我的缺点,我的幼稚的文笔,我将以不冒犯公众为原则,活生生地展现在书中"③,"我把自己整个儿展示在人前"④。蒙田遵照自己的这个宗旨在书中不断剖析自己的种种长处和弱点,甚至勇敢地暴露自己的某些恶德。比如他对自己的写作是这样说的:"我不会费劲去写的,因为我讨厌责任、勤勉和恒心……我的文笔缺乏连贯,撰写和阐述的事毫无价值,即使表达最平常的事,我也不如一个孩子善于遣词造句;然而我从来只说我知道的事,做事一贯量力而行。"⑤又如对于社会活动,他说,"最光荣的职业是为公众服务,为众多的人做有益之事","至于我,我与此相距甚远:部分原因出于良心……另外方面出于怯懦"⑥。蒙田自称是"第一个向公众展示包罗万象的自我全貌的人"⑦,现在蒙田已被西方公认为以自我为中心对自己进行自省分析

---

① 〔法〕蒙田:《论身体力行》,《蒙田随笔全集》(中),第54页。
② 〔法〕蒙田:《论虚妄》,《蒙田随笔全集》(下),第261页。
③ 〔法〕蒙田:《致读者》,《蒙田随笔全集》(上),第31页。
④ 〔法〕蒙田:《论身体力行》,《蒙田随笔全集》(中),第53页。
⑤ 〔法〕蒙田:《论想象力》,《蒙田随笔全集》(上),第119页
⑥ 〔法〕蒙田:《论虚妄》,《蒙田随笔全集》(下),第198页。
⑦ 〔法〕蒙田:《论后悔》,《蒙田随笔全集》(下),第20页。

的第一人。他揭示人的自豪与自责、自信与自卑的二重精神心理,赋予人类既伟大又渺小,既美好又丑恶的具体形态。总之,在蒙田的洋洋巨著《随笔集》中自始至终贯穿着"认识自我"、剖析自己的精神。

哈姆莱特对自我的认识主要体现在他的独白之中。哈姆莱特的独白是他内心世界的袒露、认识自我的记录。在他受命复仇之后相当长的一段时间里,他所想的不是怎样复仇,而是审视自己是否具备复仇的能力,谴责自己复仇的拖延,检讨拖延复仇的原因——他在不断的自我谴责与自我激励中终于摆脱了重重思虑的束缚,投身到充满激烈矛盾冲突的世界之中。哈姆莱特这个艺术形象之所以具有永久的艺术魅力,原因之一就在于他体现了人类"认识自我"以求完善的这一永恒的追求。

哈姆莱特的第一段独白在见到亡父鬼魂之前,其主要内容是憎恶人世的丑恶,痛心女人的脆弱,感慨自己缺少扫除人间罪恶的力量。他说:"我一点不像赫剌克勒斯。"[1] 赫剌克勒斯建立了12件伟大的功业,为民除害造福,清除了"奥吉亚斯牛圈",哈姆莱特在丹麦这个污秽的"牛圈"面前深感自己无能为力。在听到鬼魂诉说并嘱其复仇之后的两次独白中,哈姆莱特痛下决心要忘记一切,只想为父复仇。可是事情过去之后哈姆莱特的这种愤激之情逐渐淡了下去。当伶人来到艾尔西诺的时候,哈姆莱特从他们的演出中受到很大触动,在他的第四次独白中他痛责自己的"不中用",是个"蠢才",竟"忘记了杀父大仇",是一个"糊涂颠顶的家伙,垂头丧气","一天到晚像在做梦似的,像一个下流的女人,只会用空话发牢骚",他骂自己是一个"没有心肝、逆来顺受的怯汉"。在此基础上他呼唤说"活动起来吧,

---

[1] 《哈姆莱特》一幕二场,《莎士比亚全集》(9),第15页。

我的脑筋"。哈姆莱特由自责到自励,最后形成了用"戏中戏"试探克劳狄斯的想法①。第五段独白即著名的、脍炙人口的"生存还是毁灭"那一段,哈姆莱特着重剖析了自己犹豫踌躇的弱点。他说:"重重的顾虑使我们完全变成了懦夫,决心的赤热的光彩被审慎的思维盖上了一层灰色,伟大的事业在这一种考虑之下,也会逆流而退,失去了行动的意义。"② 哈姆莱特的第八段独白是他看到福丁布拉斯率领挪威大军过境去攻打波兰的时候受到新的激励而说的。这是哈姆莱特最后一段独白,既有自责,也有自信,更为重要的是分析了自己没有行动的根源。他说:"现在我明明有理由,有决心,有力量,有方法,可以动手干我所要干的事,但始终不曾在行动上表现出来。"——这是基于自信的自责。哈姆莱特进而分析原因,他说,不能完全确定是因为"健忘",还是因为过于审慎的"顾虑",后来真的找到了原因即"三分懦怯,一分智慧的","过于审慎的顾虑"。最后下决心说:"从这一刻起,让我屏除一切的疑虑妄念,把流血的思想充满我的脑际。"③哈姆莱特发出了积极行动的宣言,果然,哈姆莱特从此就把力量投向了外部世界。

哈姆莱特的"自我认识"同蒙田相比有其不同之处,蒙田的"自我认识"纯粹是书斋式的个人的自省,而哈姆莱特的"自我认识"则是同社会生活联系在一起的,具有批判性和实践性的特点。哈姆莱特的"认识自我"不是弱者的忏悔;恰恰相反,这是一个强者的蜕变过程。它既是个人,也是整个人类一次次摆脱软弱、幼稚和种种邪恶而走向成熟与高尚的必经之路。哈姆莱特从这条路上走过来了,他摆脱了

---

① 《哈姆莱特》二幕二场,《莎士比亚全集》(9),第59—60页。
② 《哈姆莱特》三幕一场,《莎士比亚全集》(9),第63—64页。
③ 《哈姆莱特》四幕四场,《莎士比亚全集》(9),第101—102页。

"顾虑",开始了行动。哈姆莱特认识自我的心灵历程充分展示了人类"自我认识"的重要价值;它不仅能够不断调整人在社会生活中的位置,选择最理想的活动轨迹,同时还可以克服弱点,抑制贪欲,摒弃邪恶,走向和谐,成为强有力的完美的人,完成自己的人生使命。

第四,哈姆莱特与蒙田都重视友谊,并都有一位忠实的朋友。蒙田认为友谊高于爱情,它是一种"精神上的交往,心灵会随之净化"[①]。他说:"我善于获得世间少有的如甘霖一般的友谊,并将他一直保持下去。"1558年当蒙田在法院任职时在某次市政重大节日上,他"邂逅"了一位年轻的法官拉博埃西,两人"一见如故、相见恨晚,从此再也没有人比我们更接近"。蒙田说那时"我们都是成年,他比我大几岁"[②]。拉博埃西去世之后蒙田为他出版了遗作:诗歌和翻译作品。

哈姆莱特说自从他"能够辨别是非,察择贤愚"的时候,就在灵魂里选择朋友。在父亲葬礼期间他邂逅了霍拉旭。霍拉旭称他"殿下",他说:"不,你是我的好朋友,我愿与你以朋友相称。"[③] 从此他们成为生死之交。霍拉旭为了陪伴不幸的朋友放弃了学业,没有回威登堡去继续求学。哈姆莱特中了毒剑之后,霍拉旭也要饮毒酒随朋友一起死去,他说自己虽然是丹麦人,"可是在精神上我却是个古代罗马人"[④]。哈姆莱特说为了让世人了解事情的真相,使他的名誉不受到损伤,他请求霍拉旭"要留在这一个冷酷的人间"替他讲述自己的故事。霍拉旭答应了哈姆莱特的请求。

---

① 〔法〕蒙田:《论友谊》,《蒙田随笔全集》(上),第208、211页。
② 〔法〕蒙田:《论三种交往》,《蒙田随笔全集》(下),第36—37页。
③ 《哈姆莱特》一幕二场,《莎士比亚全集》(9),第15页。
④ 《哈姆莱特》五幕二场,《莎士比亚全集》(9),第142—143页。

第五,哈姆莱特与蒙田的政治立场相近,都主张开明君主治国,都不是现成秩序与传统的批判者,都不是社会改革家。他们对人的种种丑行与罪恶的批判都属于道德范畴,他们都轻视民众,特别是蒙田还明确地表示了强烈的反对任何改革的观点。蒙田"对当时社会上的许多弊端了如指掌,他认为卖官鬻爵荒唐透顶,当代的'腐败'和'病态'是他散文中经常出现的主题"①。但他认为出现的这些问题都是由人性弱点和宗教改革造成的,而非王权统治所致。他说:"我讨厌改革,不管它以怎样的面目出现。我这样说是有道理的,因为我看到过改革的破坏作用,多少年来压在我们身上的宗教改革……一切都归于这次改革。"②他又说:"没有什么东西能像革新那样使一个国家不堪重负,唯有变革会形成不公正和暴虐。"③蒙田对民众表现了一种彻底的贵族阶级的偏见,不仅贱视民众,而且把他们看成了一种消极的社会力量,他说,"在当今这个腐败和愚昧的时代,民众的赏识不啻是一种侮辱,你能根据谁的话来判别好坏呢?"④"任何事情都不像民众的评价那样难以预料","如果对人们的言论不加以约束,在干大事时就会寸步难行!不是每个人都能违抗民众带有侮辱性的不同意见"⑤。因此蒙田把政治上的希望寄托在国王身上,希望能有贤明君王登上王位。他不仅被任命为法王亨利三世的侍从,还力图调节亨利三世与纳瓦拉国王亨利(即后来的法王亨利四世)之间的矛盾。当亨利三世被赶出巴黎时他陪国王四处流浪。亨利四世即

---

① 〔英〕P.博克:《蒙田》,工人出版社1995年版,第90页。
② 〔法〕蒙田:《论习惯及不要轻易改变一种根深蒂固的习俗》,《蒙田随笔全集》(上),第121页。
③ 〔法〕蒙田:《论虚妄》,《蒙田随笔全集》(下),第205页。
④ 〔法〕蒙田:《论后悔》,《蒙田随笔全集》(下),第22页。
⑤ 〔法〕蒙田:《论荣誉》,《蒙田随笔全集》(中),第323页。

位时他感到由衷地高兴，感到终于有了一位称心如意的君王了。他给亨利四世写信，亨利四世也曾到他的城堡做客。蒙田的这种对王权的态度与同时代的许多人文主义者相同。

哈姆莱特对丹麦王国的弊端十分清楚，他认为这一切都是由克劳狄斯谋杀贤明君主的罪行引起的，丹麦王国因此到处乌烟瘴气，并且成了"牢狱"中"最坏的一间囚室"①。哈姆莱特没有什么关于未来社会的乌托邦，他的最高政治理想就是由老王那样的贤明君主治理国家。他同蒙田一样轻视民众，对民众的日益觉醒表示出一种蔑视与不满，他对霍拉旭说："这三年来人人都越变越精明，庄稼汉的脚趾头已经挨近朝廷贵人的脚后跟，可以磨破那上面的冻疮了。"② 当然，哈姆莱特对民众的态度比蒙田温和得多、开明得多。哈姆莱特对父王被谋杀气愤填膺，决心为父复仇，但他更为痛惜的是丹麦王位上失去了一位贤明的君王，一个十全十美的堂堂君王，而他所说的"重整乾坤"则是他最大的政治抱负，其含义就是把那个"杀人犯"、篡位者赶下王位，而让像老王那样的人成为合法的君王，使脱了节的时代重新进入原来的轨道，而哈姆莱特本人则正是这样的贤明君主的最好人选。他不仅是一个王子、王位的当然继承者，同时他也具备一个贤明君主的诸多条件，奥菲利娅称誉他是"朝臣的眼睛、学者的辩舌、军人的利剑"，"时流的明镜、人伦的雅范"③。因此在哈姆莱特死后，福丁布拉斯以军人的礼仪安葬了他，并说"让四个将士把哈姆莱特像一个军人似的抬到台上，因为要是他能够践登王位，一定会成为

---

① 《哈姆莱特》三幕一场，《莎士比亚全集》(9)，第49页。
② 《哈姆莱特》五幕一场，《莎士比亚全集》(9)，第124页。
③ 《哈姆莱特》三幕一场，《莎士比亚全集》(9)，第66页。

一个贤明的君主的"①。

（三）

　　哈姆莱特与蒙田的相似之处,可以确定无疑地证明他是一个文艺复兴时期的人物。人文主义思想是派别林立的,那么哈姆莱特的人文主义思想有什么特点呢？最突出的特点就是哈姆莱特受到了蒙田思想的具体影响。哈姆莱特正在读的那本书就是蒙田的《随笔集》②,这从哈姆莱特述书中的某些内容可得到证实。波洛涅斯问他书中写了些什么？他说书中是"一派诽谤……这个专爱把人讥笑的坏蛋在这儿说着,老年人长着灰白的胡须,他们的脸上满是皱纹,眼睛里粘满了眼屎,他们的头脑是空洞洞的,他们的两条腿是摇摇摆摆的"③。哈姆莱特引述这段关于老人的议论在于警示波洛涅斯,叫他不要自作聪明,多管闲事,而这段话则明显地取自《随笔集》。蒙田专门写了《关于隐退》一文,引证苏格拉底的观点,认为"老年人应该退出一切军民事务",有的老年人"流着鼻涕,眼角满是眼屎,身上脏兮

---

① 《哈姆莱特》五幕二场,《莎士比亚全集》(9),第144页。
② 1603年莎士比亚的友人约翰·弗洛里奥(约1553—约1625,埃塞克斯伯爵的意大利文秘书,为英国的词典编纂家)翻译出版了蒙田的《随笔集》(三卷)。"在18世纪发现此书一本,其上有威廉·莎士比亚的签名,现藏不列颠图书馆。"1603年莎士比亚创作了《哈姆莱特》,"系残缺的盗印本",被称为"坏的四开本"。1604年《哈姆莱特》第二个四开本出版。这是个好版本,称为"好的四开本",其书名页如下:"丹麦王子哈姆莱特的悲剧历史。威廉·莎士比亚著。按照真实和完善的版本新印并增订到原来的几乎一倍篇幅。詹姆斯·罗伯兹为尼古拉斯·林在伦敦印刷。在舰队街圣邓斯顿教堂下他的书店出售。1604年。"引文出自裘克安著《莎士比亚年谱》,商务印书馆1988年版,第157—158页。1623年《莎士比亚戏剧全集》中收入的就是1604年出版的"好的四开本"《哈姆莱特》。莎士比亚以哈姆莱特读蒙田《随笔集》这个细节表明了他所塑造的哈姆莱特受到了蒙田思想的影响。
③ 《哈姆莱特》二幕二场,《莎士比亚全集》(9),第45页。

兮的,他即使读书读到死,也不能变得有智慧"①。蒙田又说:"老年在我们思想上刻下的皱纹要比在脸上刻下的多,衰老时不发出酸味和霉味的人世上没有,或很罕见。人的肉体和精神是一齐成长和衰老的。"②哈姆莱特持书上场,又转述了书中的内容,足以显示蒙田著作对其影响之大。蒙田的人文主义思想是文艺复兴运动晚期的文化成果。像任何事物都具有两面性一样,蒙田的人文主义思想也是如此。它有强的一面,也有弱的一面;有面向过去的痕迹,也有面向未来的追求;有积极的价值取向,也有消极的价值取向;有进步的因素,也有保守的因素。我们在这里不能对蒙田的思想进行深入的批评,主要是陈述其某些内容以证明哈姆莱特思想与其相似、相同和相异之处,进而阐释哈姆莱特思想的真实的历史属性。哈姆莱特具有蒙田式的思想,但他的思想与蒙田并不完全相同,他有自己的思想;他的某些思想比蒙田积极些,而有的则比蒙田消极;同时他的思想中还包含了文艺复兴运动中期人文主义者的某些观点,因此我们有理由称他为文艺复兴时期人文主义"思想的代表"③。下面,我将通过哈姆莱特与蒙田《随笔集》中对人、人性、人生、自杀、命运、品德、罪恶以及对戏剧等一系列问题具体观点的比较,来阐释我上述的观点。

1.论人。如何评价人,这是人文主义思想的核心。在我国,1950年代引进了苏联学者的观点,认为哈姆莱特是人文主义思想家的典型,"对世界和人类抱有美好的希望",为实现人文主义的理想而战斗

---

① 《蒙田随笔全集》(上),第273页。
② 〔法〕蒙田:《论后悔》,《蒙田随笔全集》(下),第33页。
③ 恩格斯说:"主要人物是一定的阶级和倾向的代表,因而也是他们时代的一定思想的代表。"《恩格斯致斐·拉萨尔》,《马克思恩格斯选集》第4卷,人民出版社1972年版,第343—344页。

等等。1980年代中期以来一些学者在他们的论文中否定了这种看法,他们说:"哈姆莱特出场时已是一个对人类失去信心的悲观主义者,因而,援引那段独白来说明哈姆莱特是人文主义者是不足为训的。"[①] 哈姆莱特出场时,"人文主义理想和信念就已经发生了危机……已经从根本上动摇了他的人文主义信念"[②]。他们否定哈姆莱特是人文主义者的观点,当时在我国引起了一场争论。

其实,上述两种观点对人文主义的理解都不全面。人文主义作为一种新的思想范畴有其共同的内涵,同时,它本身又是一个发展的概念。文艺复兴时期的人文主义思想家是有同有异的,和哈姆莱特那段独白有关的涉及两种类型的人文主义思想家:一类是赞美人的尊严,颂扬人理性,肯定人在宇宙中的至高无上的地位;一类是揭露和批评人的弱点、缺点乃至丑恶。"这两方面,对人歌颂与批评——其实正好标志着文艺复兴时期人文主义思想对人的认识的两个不可缺少的重要方面以及所达到的完整意义上的人类自我认识。"[③] 从哈姆莱特的那段台词中似乎可以听到蒙田与皮科[④]争论的声音。他们都是文艺复兴时期欧洲著名的人文主义学者,皮科属于文艺复兴中期,他是前一种观点的代表;他在著名的《论人的尊严的演说》(1486)中高度赞颂人的尊严和价值,但是,"有些学者极力轻视皮科对人的尊严的赞美,认为它不过是一篇夸张的言辞"[⑤],蒙田就是其中的一位,他针对皮科的演说写了著名文章《雷蒙·塞邦赞》,

---

① 高万隆:《哈姆莱特是人文主义思想家吗?》,《山东师大学报》1986年第4期。
② 陶冶我:《哈姆莱特"要改造现实"说辨惑》,《温洲师专学报》1984年第2期。
③ 〔英〕P.博克:《蒙田》,工人出版社1987年版,第8页。
④ 皮科·德拉·米朗多拉(1463—1494),意大利著名哲学家、人文主义者。
⑤ 〔美〕保罗:《意大利文艺复兴时期八个哲学家》,上海译文出版社1987年版,第81页。

这是《随笔集》中最长的一篇文章。他认为人这种"可悲而又可鄙的生灵,甚至不能主宰自己……却敢自命为宇宙的主宰和君王"①。蒙田对于上述关于人的两种观点做了概括,他说,如何看待人,"大家的意见众说不一,时而把人捧到九霄云上,时而把人贬得无地自容",其实,"把人类融入到大环境中。我们并不高于也不低于其他创造物"②。又引《圣经》说:"我们中间谁自以为了不起,就是可怜的人。'尘土',你有什么自豪的呢?"③ 基于这种观点,蒙田用了大量篇幅论证不同的动物在不同的地方都有优于人类之处,因此,人应该"认识自己"的人性卑劣。

哈姆莱特基本上接受了蒙田的观点,认为人"这一个泥土塑成的生命算得了什么?"但对这个问题他同蒙田又有不同;他先是用了极大的热情、用诗的语言转述了以皮科为代表的"把人捧上了天"的观点,即对人的称颂说出了传之不朽的名言:

人类是一件多么了不得杰作!多么高贵的理性!多么伟大的力量!多么优美的仪表!多么文雅的举动!在行为上多么像一个天使!在智慧上多么像一个天神!宇宙的精华,万物的灵长!④

哈姆莱特的这段话以诗的语言概括了文艺复兴时期两大"发现"之一,即"人"的发现,把人从上帝的罪人和羔羊的桎梏中解放出来,

---

① 〔英〕P.博克:《蒙田》,第35页。
② 〔法〕蒙田:《雷蒙·塞邦赞》,《蒙田随笔全集》(中),第128页、132页。
③ 〔法〕蒙田:《雷蒙·塞邦赞》,《蒙田随笔全集》(中),第174页。
④ 《哈姆莱特》二幕二场,《莎士比亚全集》(9),第49页。

赞颂人有同天神一般的仪表、举动;有着高贵的理性和巨大的力量,这是人类精神文明史上的伟大成果。

2.论人生。蒙田在著名的《雷蒙·塞邦赞》中多处谈到了人生。他所着重论述的是人与动物都是上帝的创造物、人不能将自己凌驾于万物之上的观点,但同时他也引述了古罗马诗人、作家的观点,强调人确实有与动物不同的地方:人不仅有理性,而且能够直立行走,仰视天空,因此人不能像动物那样只知吃吃睡睡。他说:"一位斯多噶哲学家说……你的仆人和牲畜都活着;重要的是死得值得、聪明和坚定。你想想,你有多少次去做同样的事:吃、喝、睡;喝、睡、吃。我们在这个圈子里不停地转。"①

哈姆莱特在看到福丁布拉斯率军队去攻打波兰时,关于人生的议论我们有理由认为是从上面的文字中概括演化出来的。他说:

> 一个人要是把生活的幸福和目的,只看作吃吃睡睡,他还算是个什么东西?简直不过是一头畜牲!上帝造下我们来,使我们能够这样高谈阔论,瞻前顾后,当然要我们利用他所赋予我们的这一种能力和灵明的理智,不让它们白白废掉。②

在这时哈姆莱特虽然从蒙田的著作中汲取了一些观念,但二者还是有所不同的,蒙田不要人们像牲畜那样吃、喝、睡,目的是要"死得值得",而哈姆莱特则是强调要活得值得、活得有意义。

3.论人性。蒙田说,"因为人的行为经常自相矛盾,难以逆料,简

---

① 〔法〕蒙田:《论他人之死》,《蒙田随笔全集》(中),第302页。
② 《哈姆莱特》四幕四场,《莎士比亚全集》(9),第101页。

直不像是同一个人的所作所为","以致有的人认为我们身上有两个灵魂,另一些人认为我们身上有两种天性,永远伴随着我们而又各行其是,一种鼓励我们行善,一种鼓动我们作恶"①。蒙田又说,"人只能控制和压抑天性,却无力消灭天性"②,"人类天性之最大弱点,莫过于欲望层出无穷"③,它导致人们作恶,而天性中的理智则可以使人们行善。正因为人的本性具有这种二重结构,所以,"心灵邪恶的人有时受某种外界的激励能做好事。同样心灵高尚的人有时受了某种外界的刺激会干出坏事"④。哈姆莱特在谈到戏剧使命时说自古至今戏剧的目的"像把一面镜子举起来映照人性,使得美德显示她的本相,丑态露出她的原形"⑤。在他同奥菲利娅谈话时又说"美德不能熏陶我们罪恶的本性",特别强调了人性中丑恶的一面。哈姆莱特本人正是由这"两种天性"或"两种灵魂"构成,而整个《哈姆莱特》这出戏剧也正是这种人性二重结构的形象展示。

4.论女人。蒙田批评过分责备女人的种种观点,认为她们的欲望是一种合乎情理的要求,他为女人所受到的攻击进行辩护。但他不像文艺复兴早期人文主义作家那样把女人看成天使,而是认为女人有其固有的缺陷,她们的灵魂不够坚强,比较脆弱,容易失节。他说:"女人一般不会满足于这种神圣的关系(指婚姻——引者注),他们的灵魂也不够坚强,忍受不了这种把人久久束缚的亲密关系……女性是被排斥在友谊之外的。"⑥ 他又说:"我常见男人为他们(指女

---

① 〔法〕蒙田:《论人的行为变化无常》,《蒙田随笔全集》(中),第3、7页。
② 〔法〕蒙田:《论饮酒》,《蒙田随笔全集》(中),第19页。
③ 〔法〕蒙田:《万事皆有自己适宜的时机》,《蒙田随笔全集》(中),第417页。
④ 〔法〕蒙田:《论后悔》,《蒙田随笔全集》(下),第25页。
⑤ 梁实秋译:《哈姆雷特》三幕一场,台湾远东图书公司1976年版,第99页。
⑥ 〔法〕蒙田:《论友谊》,《蒙田随笔全集》(上),第209页。

人)肉体的美丽而原谅他们精神上的脆弱。"① 哈姆莱特在谴责母亲的时候则将蒙田上述的思想概括为:"脆弱啊,你的名字就是女人!"②

哈姆莱特对女人的看法比蒙田更为偏激。蒙田说他的一生有三种给他带来快乐的交往,即友谊、"与美丽而正派的女子交往"、书籍。蒙田说和女人交往时能获得一种精神上的享受。在论述这个问题时,他劝告那些出身高贵而又禀赋良好的夫人们注意"开发自身的天然财富","不要过于修饰化妆",蒙田说:"然而她们却让外来的美遮盖了自身的美。抑制着自己的光华却靠借来的光彩发亮,这是多么幼稚。她们被技巧和手段葬送了。'她们仿佛从香粉盒里走出来';这是因为她们还不够了解自己。其实,世上没有比她们更美的造物了,是她们给艺术增了光,给脂粉添了彩。"③

哈姆莱特则说:"女人也不能使我发生兴趣。"④ 在与奥菲利娅谈话时则借用蒙田的某些词句并将蒙田的善意劝告变成对女人的近于憎恶的辱骂,他说:"我也知道你们会怎样涂脂抹粉;上帝给了你们一张脸,你们又替自己另外造了一张。你们烟视媚行,淫声浪气,替上帝造下的生物乱起名字,卖弄你们不懂事的风骚。"⑤

5.论品德。蒙田认为人由于理性精神才具有了勇敢、坚毅、正直、公正、节制、仁慈、真诚、纯朴、宽容等美德。他说:"人若不超越人性,是多么卑贱下流的东西!"⑥ 这就是说他认为人要获得美德一定

---

① 〔法〕蒙田:《论维吉尔的诗》,《蒙田随笔全集》(下),第130页。
② 《哈姆莱特》一幕二场,《莎士比亚全集》(9),第15页。
③ 〔法〕蒙田:《论三种交往》,《蒙田随笔全集》(下),第39页。
④ 《哈姆莱特》五幕二场,《莎士比亚全集》(9),第49页。
⑤ 《哈姆莱特》三幕一场,《莎士比亚全集》(9),第66页。
⑥ 〔法〕蒙田:《雷蒙·塞邦赞》,《蒙田随笔全集》(中),第294页。

要靠理智"超越人性"中固有的各种欲望。同时蒙田又认为一个人无论有多少美德,只要有一种丑行的话,就会毁掉整个美好的品德。他以凯撒为例说明这个问题。蒙田用很具体的描述称赞凯撒的"刻苦耐劳"、"饮食简单"、"宽厚仁慈"等美德,但蒙田又说,"所有这一切美好的倾向统统遭受了狂热野心的损害而被断送了";"单是这一恶行就毁掉了他身上曾经有过的最美好、最高尚的本性,使所有的正人君子想起他就觉得可憎可恨"①。

　　哈姆莱特没有更多地称颂人的美德,只是在他让霍拉旭帮他观察克劳狄斯看戏的表情时称赞了他的"善良的精神"。哈姆莱特特别赞赏那种荣辱不惊、不受命运捉弄、不被感情奴役的人,赞赏那种"把感情和理智调整得那么适当"的人。哈姆莱特同蒙田一样认为少量的邪恶足以毁掉一个人的美好品德。他说:"在个人方面也常常是这样,由于品行上有某些丑恶的瘢痣……不管在其他方面他们是如何圣洁,如何具备一个人所能有的无限美德,由于那点特殊的毛病,在世人的非议下也会感染溃烂;少量的邪恶足以勾销全部高贵的品质,害得人声名狼藉。"②

　　6.论罪恶。蒙田抨击了各种罪恶,甚至将人的一些弱点、过失、错误也都列入罪恶之中,如谋杀、背叛、仇恨、残忍、诽谤、伪善、谎言、奴颜婢膝、阿谀奉迎、野心贪婪、骄傲、淫欲、奢华、懒惰、悭吝、踌躇、忧郁等等。蒙田认为正是由于人们的普遍的罪恶才造成了他生活的那个时代的堕落。他说:"促成本世纪堕落,我们人人都有个人的贡献:一些人献上背叛,另一些人献出不公正、不信教、专制、悭吝、残

---

① 〔法〕蒙田:《斯布里那的故事》,《蒙田随笔全集》(中),第450页。
② 《哈姆莱特》一幕四场,《莎士比亚全集》(9),第25页。

酷,献出什么取决于个人的权势;而无权无势的弱者则奉献蠢行、虚妄、懒散,我属此类。"① 蒙田进一步分析指出,尽管人人都犯有罪恶,但它们之间的性质不同,是应加以区分的,他说:"其实罪恶是形形色色的,如同其他事物混淆罪恶的性质和轻重是危险的。那样,杀人犯、叛徒、暴君太占便宜了。也不能因为别人懒惰、好色或者不够虔诚,自己的良心就有理由减轻负担。"蒙田认为只有这样才能区分"好人"与"坏人"的不同,他引用苏格拉底的话说:"智慧的主要责任是区分善与恶,而我们这些人,即使最好的人也都有罪恶,应该说还要区分不同的罪恶;没有正确的区分,好人与坏人就会混淆不清,无从识别。"②

哈姆莱特的主要使命就是抨击罪恶——不是观念上的罪恶,而是现实生活中的罪恶,包括谋杀、背叛、奸淫、野心、诽谤、阿谀奉迎,也包括愚蠢、谎言等等;他还谴责了自己的踌躇、柔弱、疑虑、骄傲、冲动等弱点所造成的过失。哈姆莱特同蒙田一样,认为正是由于人们的罪恶才造成了"时代的颠倒和混乱"。他也认为在这个时期里人们普遍地犯有不同的罪行与过失,不是吗? 连天真无邪的奥菲利娅也在说谎。所以哈姆莱特夸张地说:"我们都是一些十足的坏人。"哈姆莱特的全部活动就是同各种罪恶行为作斗争,揭露、抨击谋杀者的罪恶;同时他还不断地克服自己的弱点,他说自己"还不算是一个顶坏的人",可是仍可以指出"许多的过失"③。作品中除元凶克劳狄斯之外,其他的人物则都因为自己不同程度的罪恶与过失而成为政治较量的牺牲品。整个《哈姆莱特》就是一部展示"人性善恶"的画廊,其

---

① 〔法〕蒙田:《论虚妄》,《蒙田随笔全集》(下),第190页。
② 〔法〕蒙田:《论饮酒》,《蒙田随笔全集》(中),第11—12页。
③ 《哈姆莱特》三幕一场,《莎士比亚全集》(9),第65页。

重点不在人性善而在于人性恶的一面。

7.论饮酒。蒙田专门写了《论饮酒》一文,说他"讨厌酒","觉得喝酒是一种无聊和愚蠢的罪恶,但是不及其他罪恶那么阴险,危害性大"①。蒙田又说,"酗酒应该说是一种严重与粗暴的罪恶。酗酒时,人没有多少理智","完全是肉体的、粗俗的。因而,今日世界上最粗俗的国家,也就是最崇尚酒的国家"(影射德国——原书注)②。

哈姆莱特对克劳狄斯纵酒宴乐评论时所说的话和蒙田的十分相近。他说:"这一种酗酒纵乐的风俗,使我们在东西各国受到许多非议;他们称我们为酒徒醉汉,将下流的污名加在我们的头上,使我们各项伟大的成就都因此而大为减色。"③

8.论习惯。蒙田有专门论述习惯的文章。他说"习惯的力量是巨大的","习惯无所不做,无所不能",因此可以"称习惯为世界的王后和皇后"④。蒙田说习惯"悄悄地在我们的身上建立起权威","逐渐地攫住和吞食我们",而成为"人的第二天性,而且并不弱于第一天性"⑤。

哈姆莱特把蒙田的观点具体化,从正、负两个方面讲习惯的无所不能。他在同母亲谈话时谴责母亲的不贞,希望她能节制自己,这样就能习惯成自然了,于是在这里哈姆莱特讲了习惯的巨大力量。他说:"习惯虽然是一个可以使人失去羞耻的魔鬼,但是它也可以做一个天使,对于勉力为善的人,它会用潜移默化的手段,使他徙恶从善。

---

① 《蒙田随笔全集》(中),第 15、12 页。
② 〔法〕蒙田:《论饮酒》,《蒙田随笔全集》(中),第 12 页。
③ 《哈姆莱特》一幕四场,《莎士比亚全集》(9),第 24 页。
④ 〔法〕蒙田:《论习惯及不要轻易改变一种根深蒂固的习俗》,《蒙田随笔全集》(上),第 122、127、128 页。
⑤ 〔法〕蒙田:《论慎重许愿》,《蒙田随笔全集》(下),第 272 页。

……习惯简直有一种改变气质的神奇的力量,它可以制服魔鬼,并且把他从人们心里驱逐出去。"①

9.论命运。蒙田在其著作中多处谈到命运,他认为人的失败、成功都是由命运决定的,"命运任性地把荣誉赋予我们",人们的一切都由命运安排,"命运主宰着任何事情"②,"命运的反复无常可能让我们觉得它捉摸不定","有时,命运的安排往往胜过人间奇迹"③。

在我们的哈姆莱特研究中一提到哈姆莱特的命运观就说是中世纪的思想,其实问题并不那么简单。哈姆莱特的命运观同蒙田基本相同,他也认为命运的安排非人力所能及,在他向霍拉旭讲述海上脱险的经历时就认为这一切皆由命运安排。他说:"我们应该承认,有时候一时孟浪,往往反而可以做出一些为我们的深谋密虑所做不成功的事;从这一点上,我们可以看出来,无论我们怎样辛苦图谋,我们的结果却早已有一种冥冥中的力量把它布置好了。"哈姆莱特又说就在他衣袋里私藏着父亲私印,"这件事上,也可以看出一切都是上天预先注定"④。

蒙田认为人的生死皆由命中注定。他说:"命运具有必然性","如果说我们的死期命中注定在哪一天,那么,敌人的枪林弹雨也罢,我们勇往直前或胆怯逃跑也罢,都不能提前或推后我们的死日"⑤。

哈姆莱特同意与雷欧提斯比剑之后心里感到不舒服,霍拉旭劝他既然如此就取消这次比赛吧！哈姆莱特回答霍拉旭的一段话中有

---

① 《哈姆莱特》三幕四场,《莎士比亚全集》(9),第92页。
② 〔法〕蒙田:《论荣誉》,《蒙田随笔全集》(中),第318页。
③ 〔法〕蒙田:《命运安排往往与理性不谋而合》,《蒙田随笔全集》(上),第247、248页。
④ 《哈姆莱特》五幕一场,《莎士比亚全集》(9),第130、131页。
⑤ 〔法〕蒙田:《论勇敢》,《蒙田随笔全集》(中),第423页。

些词句都同蒙田相同,他说:"不,我们不要害怕什么预兆;一只雀子的死生,都是命运预先注定的。注定在今天,就不会是明天;不是明天,就是今天;逃过了今天,明天还是逃不了,随时准备着就是了。"① 因为哈姆莱特的遭遇与蒙田的经历不同,所以他们的命运观也有不同的一面:蒙田认为命运的安排既具必然性,又有合理性,"往往与理性不谋而合";哈姆莱特虽然承认命运的必然性,有不可抗拒的力量,但他认为命运不具合理性,他称"命运"是一个"娼妓"②,他不安于命运的安排,而是勇敢地向命运挑战。

10.论死亡与自杀。蒙田的著作中多处谈到死亡,他甚至说"探究哲理就是学习死亡","人类的一切智慧和思考都归结为一点:教会我们不要惧怕死亡"③。蒙田认为人面对死亡应该是勇敢的,特别是"身处危险时更应坚定勇敢"。因此他甚至把自己研究的目标之一确定为探究、寻找"如何从容离世的学问"④;而对日常生活,蒙田则说,"我们要习惯死亡,脑袋里常常想着死亡,把它看做很平常的事",他离家去只有一里地的地方,且身体很好,但还是想到了可能突然间死亡来临⑤。蒙田说死亡虽然如此重要,但我们却无法看到死亡之路,因此"有人叫我们多看我们的睡眠状态,这是有道理的,因为睡眠和死亡确有相象之处";蒙田又说,其他一切事情我们都可以经验多次,而"死亡"我们只能经验一次。"我们在经历死亡时都是门外汉"。古代人曾"聚精会神地观察死亡道路究竟是怎么样的;但是他们没有回

---

① 《哈姆莱特》五幕二场,《莎士比亚全集》(9),第137页。
② 《哈姆莱特》二幕一场,《莎士比亚全集》(9),第46页。
③ 〔法〕蒙田:《探究哲理就是学习死亡》,《蒙田随笔全集》(上),第88页。
④ 〔法〕蒙田:《论书籍》,《蒙田随笔全集》(中),第82页。
⑤ 〔法〕蒙田:《探究哲理就是学习死亡》,《蒙田随笔全集》(上),第96页。

来向我们提供信息"①。

哈姆莱特关于"生存还是毁灭"那段著名独白中的一个重要的内容就是对死亡的思考:一方面哈姆莱特对死亡和睡眠进行了联想,另一方面则说从来没有人从另一个世界回来向我们报告那里的情形。哈姆莱特因此得出结论,说由于"惧怕不可知的死后,惧怕那从来不曾有一个旅人回来过的神秘之国",人们才宁愿忍受折磨而"不敢向我们所不知道的痛苦飞去"②。这里对于死亡的思考同蒙田是多么地一致啊!因此那种将哈姆莱特在这里对死亡的种种思考称之为消极厌世是很不恰当的。

基督徒认为自杀是一种罪恶,死后灵魂要下地狱,但丁在地狱第七层的第二环中安置了自杀者的灵魂,维吉尔向但丁解释说:"在第二环受刑的是那些自己离开有光的世界,后来悔恨莫及之辈。"③ 蒙田在《塞亚岛的风俗》一文中全面地陈述了他对自杀的看法:他反对自杀,认为"轻生的思想是可笑的",最重要的是因为自杀是违背上帝的律法的。他说:"许多人认为我们由上帝安排在这里,不能没有他的正式命令而擅离世界这个岗位。"但是蒙田又说把所有的自杀都称为绝望是多么不恰当,因为"人生中有不少事比死亡更难忍受","为免受难以忍受的痛苦和更为悲惨的死,使人提前离开人世,在我看来是最可得到谅解的理由"④。

哈姆莱特在突然遭到命运的沉重打击之后,出于对充满丑恶的人世间的憎恶,曾想到了自杀,他说:"啊,但愿这一个太坚实的肉体

---

① 〔法〕蒙田:《论身体力行》,《蒙田随笔全集》(中),第 45 页。
② 《哈姆莱特》三幕一场,《莎士比亚全集》(9),第 63 页。
③ 〔意大利〕但丁:《神曲》,人民文学出版社 1983 年版,第 49 页。
④ 〔法〕蒙田:《塞亚岛的风俗》,《蒙田随笔全集》(中),第 25、23、35 页。

会融解,消散,化成一堆露水!或者那永生的真神未曾制定禁止自杀的律法!上帝啊!上帝啊!人世间的一切在我看来是多么可厌、陈腐、乏味而无聊!哼!哼!那是一个荒芜不治的花园,长满了恶毒的莠草。"① 哈姆莱特出于对人世间的憎恶产生了自杀的念头,对此我们不能苛责;那种认为这表明了哈姆莱特对人生的悲观绝望的看法也是不恰当的。按照蒙田的观点像哈姆莱特所遭到的那种几乎难以忍受的痛苦即使是自杀了,也都可以"谅解",更何况他只是一刹那间产生了这样的念头。因此,对哈姆莱特产生这种想法应该说是令人同情的,同时也使人们对造成他巨大痛苦的社会罪恶产生憎恶。

11.论虚无。蒙田说人是"虚妄、虚荣和虚无"② 的,所以人生可以"虚度"。他说自己"仍有意虚度年华而不悔恨。并非因为生活折磨人、纠缠人,而是因为生活本身具有可虚度性"③,他说"我们都是虚空"④。人生不论获得什么样的名声和荣誉,死后都归于虚无。他说"荣誉使人获得一种特别的标志",自己不能从姓氏中获得荣誉,而自己的名字米歇尔也许会给一个同名的"装卸工人"带去荣誉。蒙田说:"当我不在人世时它又能表示什么呢?也许它只能表示虚无并让人喜欢虚无。"蒙田所说的荣誉只是指高贵的姓氏、授予的勋位等一般性的社会荣誉,并不指那些英雄人物的辉煌业绩。蒙田引用古罗马诗人的诗句强化了他的这种思想:

现在竖立在他尸骨上的墓碑是否变轻?

---

① 《哈姆莱特》一幕二场,《莎士比亚全集》(9),第14页。
② 〔法〕蒙田:《雷蒙·塞邦赞》,《蒙田随笔全集》(中),第120页。
③ 〔法〕蒙田:《论经验》,《蒙田随笔全集》(下),第400、401页。
④ 〔法〕蒙田:《雷蒙·塞邦赞》《蒙田随笔全集》(中),第174页。

有人说后辈会对他赞扬,
现在,这光荣的亡灵,这坟墓和这遗骸,
是否会产生堇菜植物?

伯休斯①

哈姆莱特在墓地上对尸骨的议论同蒙田的"论虚无"的思想相似,但他比蒙田更彻底,他说"从这些尸骨中可以看出生命的无常",并将蒙田赞颂的建立了赫赫功业的亚历山大、凯撒死后也归入了"虚无"。他套用了蒙田引用的诗句对亚历山大、凯撒发表议论,说他们的尸骨不是生长出"堇菜",而是变成了泥土;或者可以用来塞在啤酒桶口上,或者用来"填砌破墙","替人挡风遮雨",哈姆莱特说不仅威名远扬的帝王如此,所有的人无一例外。他提到了颠倒黑白的律师、唯唯诺诺的朝臣、杀害兄长的该隐、巧舌如簧的弄人等等。哈姆莱特说他们死后全部归于泥土②。

12.论声誉(名誉)。蒙田和哈姆莱特都特别重视声誉或名誉。蒙田说,"我们总是想把我们的存在延续到生命之后",所以"声誉对我们来说比生命重要"③。哈姆莱特在临死前嘱托好友霍拉旭把他"行事的始末根由昭告世人,解除他们的疑惑"。哈姆莱特说:"我一死之后要是世人不明白这一切事情的真相,我的名誉将要永远蒙着怎样的损伤!"④ 的确,哈姆莱特是将名誉看得"比生命更重要"。

13.论戏剧。蒙田在读书时演出过戏剧,他主张贵族的子弟可以

---

① 〔法〕蒙田:《论荣誉》,《蒙田随笔全集》(中),第325—326页。
② 《哈姆莱特》五幕二场,《莎士比亚全集》(9),第122—127页。
③ 〔法〕蒙田:《情感使我们追求未来》,《蒙田随笔全集》(上),第13、15页。
④ 《哈姆莱特》五幕二场,《莎士比亚全集》(9),第142页。

演戏,并认为"这对于他们是一种娱乐";他把演戏称为一种"消遣",一种"公共娱乐"①。在对戏剧的审美功能上哈姆莱特与蒙田不同,哈姆莱特认为,"自有戏剧以来它的目的始终是反映自然,显示善恶的本来面目,给它的时代看一看自己演变发展的模型"②。哈姆莱特关于戏剧本质属性的界定要比蒙田的观点深刻得多,但是关于戏剧语言和舞台表演方面的看法哈姆莱特则同蒙田相同或相似。关于戏剧语言,蒙田说:"维吉尔、卢克莱修这样的诗人不需要这些纤巧微妙的文字游戏,他们的语言充满了一种自然的、经久不衰的活力,他们整个儿人从头到脚直到内心就是一首粗犷有力的讽刺短诗。他们的诗章没有一点儿勉强或拖沓的地方,而是一气呵成,'他们的论述交织着阳刚之美,他们不在风花雪月上浪费时间'(塞涅卡语——原注)。他们的辩才不是软弱无力、没有攻击性的,而是刚劲有力、牢固坚实,它也许不那么讨人喜欢,但却使人感到充实,并撼人心魄,尤其震撼思想不受约束者的心魄。当我读到他们那种强烈深刻的表达思想的方式,我并不认为那是表达得好,而认为是思想本身精辟。思想健康有力,语气才丰满高昂。'勇敢使人雄辩'(昆体良语——原注)。所以古人把观点、语言和精彩的词语一概称为完整的概念。"③

哈姆莱特似乎是从上述蒙田的论述中形成了自己的观点,他称赞"埃涅阿斯对狄多讲述的故事,尤其是普里阿摩斯被杀的那一节",这正是维吉尔的作品《埃涅阿斯纪》,哈姆莱特说:"我曾经听见你向我背诵过一段台词,可是它从来没有上演过;……它是不合一般人口味的鱼子酱,可是照我的意思看来,还有其他在这方面比我更有权威

---

① 〔法〕蒙田:《论对孩子的教育》,《蒙田随笔全集》(上),第198—199页。
② 《哈姆莱特》三幕一场,《莎士比亚全集》(9),第68页。
③ 〔法〕蒙田:《论维吉尔的诗》,《蒙田随笔全集》(下),第102页。

的人也抱着同样的见解,它是一本绝妙的戏剧,场面支配得很是适当,文字质朴而富于技巧。我记得有人这样说过:那出戏里没有滥加提味的作料,字里行间毫无矫揉造作的痕迹;他把它称为一种老老实实的写法,兼有刚健与柔和之美,壮丽而不流于纤巧。"[1] 哈姆莱特在这里提到的"有人说过",那不就是蒙田吗?

关于舞台表演,蒙田特别强调"保持平时姿态",反对矫揉造作的拙劣表演。他说:"我也看过出色的演员穿了日常服装,保持平时姿态,全凭才能使我们得到完全的艺术享受;而那些没有达到高超修养的新手,必须脸孔抹上厚厚的粉墨,穿了奇装异服,摇头晃脑扮鬼脸,才能引人发笑。"[2]

哈姆莱特在这方面的观点比蒙田的论点更进一步,更加精辟。他强调舞台表演既不能过火,也不能太平淡,"不能越过自然的常道"。他说他"顶不愿意听见一个披着满头假发的家伙在台上乱嚷乱叫,把一段感情片片撕碎",他也批评那种"在台上大摇大摆,使劲叫喊的样子",他说这些拙劣的表演虽然可以"博得外行的观众一笑,明眼之士却要因此而皱眉"[3]。

哈姆莱特受到蒙田著作的影响,除了上述对各种问题的看法之外,甚至有些比喻的意象也是取自蒙田的《随笔集》。

如运用笛子和海绵作比喻讽刺罗森格兰兹和吉尔登斯吞。在罗、吉二人奉王后之命去找哈姆莱特,并说国王看了戏"心里不大舒服",王后的"心里很难过",然后,他们竟进一步追问哈姆莱特"心里这样不痛快究竟是为了什么原因?"哈姆莱特以吹笛子为喻讽刺了他

---

[1] 《哈姆莱特》二幕二场,《莎士比亚全集》(9),第54页。
[2] 〔法〕蒙田:《论书籍》,《蒙田随笔全集》(中),第86页。
[3] 《哈姆莱特》三幕二场,《莎士比亚全集》(9),第67—68页。

们的愚蠢。哈姆莱特问他们会不会吹,他们说"不会",哈姆莱特说"那跟说谎一样容易的"。然后痛斥了他们:"哼!你把我看成了什么东西!你会玩弄我,你自以为摸得到我的心窍,你想要探出我的内心的秘密;你会从我的最低音试到我的最高音;可是在这支小小的乐器之内,藏着绝妙的音乐,你却不会使它发出声音来。哼,你以为玩弄我比玩弄一支笛子容易吗?"① 这个关于吹笛子的意象来自《随笔集》中的《论学究气》。蒙田说:"让我们来看一则加斯科尼的谚语:'吹芦笛不难,但首先要学会摆弄指头。'这条出自一首芦笛小曲的谚语真是微言大义。"② 再有,哈姆莱特把罗、吉比喻为"海绵"也是来自《随笔集》的。当罗、吉追问波洛涅斯尸体在什么地方的时候,哈姆莱特讽刺他们是"吸收君王的恩宠、利禄和官爵的海绵"③。蒙田在论述古人风俗时说"古罗马人用海绵擦屁股","这是海绵一词在拉丁语里含有淫秽的意思的原因"④。哈姆莱特把他们比喻为海绵,表明了对他们的轻蔑和憎恶。

哈姆莱特的思想虽然与蒙田相同、相似或相近,但他们表述自己思想的语言风格却不相同,蒙田的随笔是百分之百的散文,他不注意逻辑,的确是想到什么就说什么;也不讲究修辞,叙述实例的部分接近于平铺直叙,而论述观点则基本上都采用了判断句式;有的篇幅过于冗长而分散,有的则过于简单而平淡,他的观点全部散落在洋洋百万言之中。实事求是地说人们很难有耐心卒读。哈姆莱特则与其不同,他的语言一部分为无韵诗,而散文部分也富有诗的韵味,他将自

---

① 《哈姆莱特》三幕二场,《莎士比亚全集》(9),第81—82页。
② 《蒙田随笔全集》(上),第151页。
③ 《哈姆莱特》四幕二场,《莎士比亚全集》(9),第96页。
④ 〔法〕蒙田:《说说古人的习惯》,《蒙田随笔全集》(上),第333页。

己的思想观点比较恰当地安置在全剧的各个相关的情节点上,并运用了各种修辞手法,如讽刺、比喻、反问、排比、暗示、比照等等,形成了跌宕起伏、错落有致、长短相间、凝练简洁的语言风格,并具有哲理性的特征,增强了语言的表现力和感染力。有的学者称哈姆莱特为"语言大师",评价虽然失之过高,但说他有高超的驾驭语言的能力应该说是符合实际的,在他的并不太长的台词中竟能含纳了那么丰富的人文主义思想观念,这才使作品成为传之不朽的戏剧语言的经典。

(四)

最后一个问题是哈姆莱特到底是一个什么样的人物?他既然具有蒙田式的思想,是不是一个"蒙田式的人物"呢?1995年拙文中曾经认为哈姆莱特是"蒙田式的人物,是文艺复兴晚期的人文主义思想家"[1]。其实这种看法不够全面,现在予以补充修正并提出新的诠释。

哈姆莱特与蒙田虽然受过相似的教育,具有相似的学者的特征;但由于他们的生活经历大不相同,这就决定了他们是两种不同类型的人物。蒙田一生平静、闲适。年轻的时候有过后来"不想多谈"的在"完美的友谊下面"的"轻佻的爱情"[2],而立之年结婚。父亲去世后继承了父亲的名字和地产。38岁退隐,过起"自由、平静、安闲"的乡绅生活,从此开始在自己庄园静谧的书房里撰写他的《随笔集》。

---

[1] 孟宪强:《文艺复兴时代的骄子——哈姆莱特解读》,载《中国莎学年鉴》,东北师大出版社1995年版,第61页。

[2] 〔法〕蒙田:《论友谊》,《蒙田随笔全集》(上),第209页。

后来他虽然出任过市长,那是他的一种荣誉,他"不愿为公众事业服务","毕生都在逃避时代的种种冲突,安详地超越时代的血腥的混乱"①。他生活中最重要的内容为"三种交往"(朋友、"漂亮而正派的女人"、书籍),他是真正的书斋学者,在理论上研究一系列有关人的问题,研究的重要目的则是研究、寻找"如何认识自己,如何享受人生,如何从容离世的学问"②。他是文艺复兴晚期最有代表性的人文主义作家,而在认识论上则是一个怀疑论者,其传世名言为"我知道什么?"③

哈姆莱特与蒙田不同,在他短短的一生中,遭遇了常人难以忍受的种种不幸,突然之间失去了一切:父亲被害、母亲改嫁、美好的爱情被玷污、自由被剥夺、继续求学的要求被拒绝,他堕入痛苦的深渊,卷入到"时代的血腥的混乱"之中。由于憎恶人世的丑恶,曾一度想到自杀。但哈姆莱特没有屈服于命运,而是与命运进行了抗争。他把亡灵嘱托的为父复仇与"重整乾坤"、把颠倒混乱的时代治理好的社会责任结合在一起,担起了两副重担。他说社会已经变成了"囚室"、"地牢",到处乌烟瘴气,成了长满莠草的不治的花园,其中充满了丑行与罪恶。哈姆莱特在复仇过程中同这些丑行与罪恶进行了顽强的斗争,而他的思想则成了他斗争的理论武器。他虽然具有学者禀赋,但他不是蒙田那样的书斋学者。因此,他的思想既具哲理性又充满强烈的感情色彩。他不是怀疑论者,他重视理性对事物认知的重要功能,其名言就是影响全世界的"To be, or not to be"。他虽然受到时代和蒙田思想的影响,但还不能称他为"人文主义思想家"。他不仅

---

① 〔法〕P.米歇尔:《一个正直的人》,《蒙田随笔全集》(上),第19页。
② 〔法〕蒙田:《论书籍》,《蒙田随笔全集》(中),第82页。
③ 〔法〕蒙田:《雷蒙·塞邦赞》,《蒙田随笔全集》(中),第208页。

具有学者的思想,还有政治家的头脑,他还是一名军人,他就是以军人的身份被安葬的。哈姆莱特属于文艺复兴时期那些以笔、口和剑进行斗争的先进人物,是一个具有蒙田式人文主义思想的英雄人物;从这个意义上说完全可以称他为战士——当然他并没有像一些学者所说的那样"为人类美好理想而斗争"。哈姆莱特作为一名战士的真实内涵就是出于一种明确的社会责任感向命运挑战、与罪恶斗争。蒙田曾说过这样的话:"谁善于承受普通生活中的事故,他不必鼓足勇气,便能成为战士。'我亲爱的卢西里乌斯,生活就是战斗!'"(见贺拉斯:《颂歌》——原书注)① 按照蒙田的评价标准,哈姆莱特不仅是战士,而且是一个非同一般的战士,他的一生就是战斗的一生。哈姆莱特是文学史上罕见的学者式的英雄人物。四个多世纪过去了,人类的社会风云发生了许多重大变化,而哈姆莱特的战士风采并没有被历史的尘埃所淹没。哈姆莱特这个艺术典型中所含纳的人文主义思想、坚毅的斗争精神将永远奏响着赞颂理性、力量和智慧以及鞭挞种种丑行与罪恶的交响曲。

1997年2月7日—6月9日初稿,
2002年3月26日—6月20日修改定稿。

---

① 〔法〕蒙田:《论经验》,《蒙田随笔全集》(下),第381页。

性格多元理论凝结出来的艺术晶体
——哈姆莱特分论(二):
不同性格成分构成的典型

(一)

性格,包括情感,是构成哈姆莱特艺术生命的第二个层面。哈姆莱特的性格是多种成分构成的。面对不幸和痛苦形成了他忧郁、悲观的情感,由于软弱和顾虑造成了他复仇的踌躇和拖延,这成为哈姆莱特最为突出和引人注目的性格成分。随着事件的发展,哈姆莱特又显示出另外一些性格成分:幽默、开朗、执著、勇敢、果断、坚定等等。任何一种性格成分,包括踌躇和忧郁都不是哈姆莱特性格的"核心"。

哈姆莱特的性格不是按照传统的理论塑造出来的,而是根据文艺复兴时期人文主义学者关于人的性格多元构成的理论进行创作的,哈姆莱特是这种理论最为典型的代表。文艺复兴时期是一个思想解放的时代,人的各种性格因素都得到了最为充分的发展,成为人类历史上个性最为鲜明、性格最为复杂的一个时代,对于这种情况人文主义作家进行了理论上的概括。关于人的性格,蒙田说:"人的行为经常自相矛盾,难以逆料,简直不像是同一个人所作所为。"他又说:"所有这一切不同,都是从某个角度和由某种方式而来的。怕羞、傲慢;纯洁、放纵;健谈、沉默;勤劳、文弱;机智、愚钝;忧愁、乐观;虚伪、真诚;博学、无知;慷慨、吝啬;挥霍……这一切在我自己身上都看到一点,这要根据我朝哪个角度旋转。"① 英国著名作家斯特莱切对文艺复兴时期英国人的复杂性格也说过一段类似的话:"毫无疑问,人类如果没有矛盾那就不成其为人类了。不过,伊丽莎白时代那些人物的矛盾超越了一般人应有的限度。他们性格上的各种成分(重点号为引者所加)是毫无拘束地、彼此分散的:我们捉住这些成分,尽一切努力使它们合成为一个物体,结果曲颈瓶爆碎了。怎样才可能条理一贯地写出他们的狡猾和天真,他们的文雅和残暴,他们的虔敬和放荡呢?不管我们观察到哪里,哪里都是一个样子。"②

哈姆莱特正是文艺复兴时代这种性格矛盾的艺术晶体,他不再是某种单一性格的典型,他的各种性格成分交错相映。有的性格成分处于形成、变化和消失的过程,而另一些则成为稳定的性格因素。忧郁、踌躇是哈姆莱特面对巨大不幸和为父复仇时出现的性格成分,它们虽有较强的力度,但是还不能称他为"忧郁者的典型"或"优柔寡断者的典型";因为随着事件的推进,哈姆莱特另外的一些性格因素对他的行动起到了支配作用,如开朗、果断、坚定、勇敢等等,因此忧郁、踌躇都不是哈姆莱特"性格的核心"。哈姆莱特的全部活动和悲剧命运是相互矛盾的各种性格成分的合力所致,比如最后同意与雷欧提斯比剑,毫不犹豫,结果陷入了圈套中了毒剑。由此可见,在哈姆莱特的艺术形象中,性格已不再具有传统的绝对重要价值,在人物

---

① 〔法〕蒙田:《论人的行为变化无常》,《蒙田随笔全集》(中),第1、7、8页。
② 〔英〕斯特莱切:《伊丽莎白女王和埃塞克斯伯爵》,三联书店1986年版,第9页。

的本质属性中性格只是从属的部分,而非主体;性格只构成人物活动的外在形态,只是人物活动的一种方式,而非终极目的,性格并不是决定人物本质和命运的根源。总之,莎士比亚的戏剧创作突破了传统的性格中心的理论,而"把戏剧提高成为人类的生活和命运的一种真实的反映"[①]。在哈姆莱特的全部活动中所显露出来的活生生的矛盾性格,使他成为文学史上一个千古独步的典型。一些学者在研究中也曾发现了哈姆莱特的这个特性,但他们不认为这是哈姆莱特独树一帜的艺术价值,相反地,倒认为这是莎士比亚在塑造人物方面的一个不足、一个败笔。比如,18世纪的弗兰西斯·兼特尔在《戏剧批评》中谈到哈姆莱特时说:"非常遗憾,作者本意把他写得可爱,而实际上却是一大堆显著的矛盾,他好冲动,又富于哲理;受损害时很敏感,但要反抗又畏缩不前;他精明,但缺乏策略;他充满孝心,但长亲受欺辱自己反而软弱无能;语言上大胆妄为,行动上优柔寡断。"[②]从这段话里我们就可以看出哈姆莱特被赋予了一个怎样复杂的性格了!忧郁——开朗、踌躇——果断、寓于理性——易于激动,这似乎可以说是哈姆莱特性格中最重要的几个相互矛盾的组成部分,而忧郁、踌躇则成为哈姆莱特最为引人注目的性格因素与外在特征。下面我们对其逐一地进行考察。

首先,关于哈姆莱特的忧郁、悲观与开朗、执著。对于忧郁这个问题学者们给予了充分的注意,对其成因、特点、作用等进行了方方面面的探索。在我国有相当多的学者将忧郁视为哈姆莱特的"性格的核心",这主要是受到英国学者布雷德利的影响,同时也和误读马

[①] 〔瑞士〕布克哈特:《意大利文艺复兴时期的文化》,商务印书馆1983年版,第312页。

[②] 转引自朱虹:《西方关于哈姆莱特的一些评论》,《外国文学评论》1963年第4期。

克思的一句话有关。布雷德利在其著名的莎学著作中说,"忧郁"是哈姆莱特"悲剧的核心","假如疏忽或低估了它的重要性,莎士比亚的这个故事也就无法理解了"①。在我国的哈姆莱特研究中常常可以看到布雷德利这个观点的印记。马克思在评论英法军队1855年6月18日在塞瓦斯波托尔战役中遭到失败时说:"这种没有帝国胜利的帝国,使人想起了对莎士比亚哈姆雷特所做的加工;经过这种加工,不仅丹麦王子的忧郁大为减弱,而且把丹麦王子这个人都弄得看不到了。"马克思的这句话"指的是英国流传的一句话:'这是没有王子的哈姆雷特',意即在这件或那件事中缺少了主要的东西"。② 我国的一些学者从马克思那句话里得出结论说:"在马克思看来忧郁是哈姆莱特性格上的一个基本的特征。"③ 其实这是一种误解。马克思说英法军队的这次失败是"没有帝国胜利"的帝国,所缺的主要东西是"帝国的胜利";而这正像对哈姆莱特的加工,结果不但使其忧郁情绪大为减弱,而更重要的是看不到王子本人(着重号为引者所加)的特征了。马克思在这里提到哈姆莱特的两个特点:忧郁情绪与王子身份。那么,哪一种是最主要的呢?显然是"王子"。从马克思的这句话里是不能得出"忧郁是哈姆莱特的基本性格"这一结论的。

其实忧郁只是哈姆莱特性格的一个重要成分,但它并非"核心",哈姆莱特并非一个忧郁者。哈姆莱特的忧郁是突发的重大的不幸事件所造成的一个情结。厄运突然降临,哈姆莱特变成一个最不幸的

---

① 〔英〕安·塞·布雷德利:《莎士比亚悲剧》,上海译文出版社1992年版,第116页。
② 陆梅林编:《马克思恩格斯论文学与艺术》(一),人民文学出版社1982年版,第401页。
③ 叶根萌、范岳:《谈忧郁的王子——哈姆莱特的形象》,《辽宁大学学报》1978年第6期。

人,本应属于他的一切美好的东西全都失去了,他遭到了严重的打击。这种巨大的不幸使他非常压抑和痛苦,其中还包含着对父亲死因的怀疑以及对母亲不贞所感到的羞辱。他心情忧郁,内心的痛苦是无法说出的,随之而来的是产生了一定的悲观情绪。这时出现在他面前的有两条路,一条是同现实妥协,接受母亲的劝导,承认母亲带给他的新父亲,接受国王的许诺,满足于作为唯一王位继承人的地位,继续做他青年人的梦;另一条路是同现实抗争,对所有的丑恶事物,不论是来自国王的,还是来自母亲的都绝不同流合污。哈姆莱特的天性使他毫不犹豫地选择了后者,忧郁没有压倒他的天性,所以在他的忧郁中仍然发出"追求真善美的微光"[①]。所以,即使在没有鬼魂诉说的时候,哈姆莱特就已经对国王表示了一种敌对的态度,对王后表现了一种无可奈何的轻蔑。哈姆莱特的天性是同丑恶不相容的。这种天性并非天生的,而是在他以往的全部生活和教育中所形成的,是思想、认识、情感长期积淀的结果,这种天性我称它为人的第二本能或社会本能。人们不假思索地对各种事物表示这种或那种态度,采取这种或那种行为,并不是出于原始本能的驱使,而是出于社会本能的支配。哈姆莱特对真善美的追求,对假恶丑的憎恶反感已经形成为他的天性。它具有原始本能的特点,即通过潜意识起作用,而不必经过理性分析,判断等心理过程的介入。这是哈姆莱特成为一个先进人物的根基。哈姆莱特终于宣泄了胸中的郁闷,排遣了忧郁之情,恢复了固有的开朗的天性。哈姆莱特在这种情绪的宣泄中尽情地表现了他对假恶丑的无情的针砭嘲弄。剧本对哈姆莱特忧郁的形成、特点交代得清清楚楚。哈姆莱特更多地看到了生活中的丑

---

① 〔英〕布雷德利:《莎士比亚悲剧》,上海译文出版社1992年版,第133页。

恶,他对"人"的美好信念动摇了,坍塌了,使他对"人"、对"女人"都失去了兴趣,忧郁情绪加重,产生了一定的悲观厌世的思想,然而哈姆莱特的忧郁并未继续延伸,经过宣泄之后(对奥菲利娅冷嘲热讽、对王后严厉谴责),他发生了痛苦的蜕变、排除了忧郁情绪,重又执著于人生的追求。这些充分表明了哈姆莱特虽然出现过忧郁,但他并未成为忧郁者,忧郁者的特点是"厌烦人世,厌恶生活中的一切,也包括他自己,这种人对人生的一切都冷眼旁观,冷漠相待","是一只离群的羊,人人厌恶他,正像他厌恶一切人一样,他喜欢胡思乱想,白日做梦是他的乐趣"[1]。具有这种病态的忧郁的人才是一个忧郁者,忧郁只能是忧郁者的"性格的核心"。

哈姆莱特的忧郁是所有遇到重大不幸而又难以排遣的人都会发生的一种情绪,而随着这种情绪的宣泄人们又会恢复常态,可能会显示出与其相矛盾的性格特征的另一个方面,即开朗明快。从海上逃回之后的哈姆莱特正是这种情况。"在第五幕中哈姆莱特不再像以前那样被忧郁的黑云所罩了",但布雷德利却说,"这一变化来得太迟了,因此是可悲的"[2]。其实这种所谓"变化"的价值并不在于它发生的迟早,而在于它显示人物性格的全貌。哈姆莱特的这种"变化"表明忧郁并非他始终如一的"性格的核心",他的性格中还有与忧郁相矛盾的其他成分。所谓"变化"只是表面现象,而实际上性格本身并未发生变化,只是他的活动显示了他固有的不同性格成分的另一个方面。如果从传统的性格理论去考察哈姆莱特的这种性格"变化"时一定会感到不可理喻。布雷德利可能就是出于这种考虑才在评述了

---

[1] 杨周翰:《十七世纪英国文学》,北京大学出版社1985年版,第57页。
[2] 〔英〕安·塞·布雷德利:《莎士比亚悲剧》,上海译文出版社1992年版,第129—130、132页。

哈姆莱特性格的这种"变化"时说,"我同一些评论家一样,对此感到无法置信"①。莎士比亚在整个第五幕着重表现了摆脱忧郁之后的哈姆莱特的开朗及对人生的执著。在墓地上他跟霍拉旭以骷髅为话题,嘲骂那些贪赃枉法的政客、律师。在奥菲利娅下葬的时候,他同雷欧提斯发生争吵,大声喊道:"哪一个人的心里载得下这样沉重的悲伤?哪一个人的哀恸的辞句可以使天上的行星惊疑止步?那是我丹麦王子哈姆莱特!四万个弟兄的爱合起来也抵不过我对奥菲利娅的爱。"哈姆莱特用夸张的语言宣泄他的痛苦和表白他的爱情;他毫不犹豫地接受比剑的提议,并与雷欧提斯坦诚相见,恳请他宽谅自己的过失;在他即将死去的时候,他还牵挂着身后的名誉,让霍拉旭一定要活下去,替他讲述他的故事以"使名誉不受损害"。在他悲剧的最后阶段他直面人生,爱憎分明,感情强烈,追求平等、爱情和荣誉,表现出一种和忧郁不相容的性格特征,那就是开朗与积极的人生态度,这些正好显示了哈姆莱特的"某种高贵的品质"。他"天生爱好人世的和谐、幸福、美丽"②。

其次,关于哈姆莱特的踌躇、软弱与果断、坚强。布雷德利说踌躇是哈姆莱特第二个性格特征,其原因在于他的忧郁。其实,这是属于两个不同范畴的概念。忧郁属于情感范畴,而踌躇乃为心理活动。踌躇是指一个人做事犹豫不决、举棋不定、不知是干还是不干?《哈姆莱特》中的"To be, or not to be"可以视为踌躇的一个简明的公式。延宕是指行为拖延,它与踌躇有区别,但有密切联系,延宕的原因往往与踌躇有关,哈姆莱特的踌躇、延宕正是这种情形。哈姆莱特的踌

---

① 〔英〕布雷德利:《莎士比亚悲剧》,第132页。
② 卞之琳:《莎士比亚的悲剧〈哈姆雷特〉》,《外国文学研究集刊》(第二册)(1956),第103页。

踌是很突出的,我们虽然不能说他是踌躇的典型,但可以说踌躇是他性格的显著特征之一。

哈姆莱特从父亲亡魂那里接受了复仇使命之后迟迟不动手,遇到机会之后又白白错过,哈姆莱特自己也不断对此进行反思,原因在哪里呢?哈姆莱特自己认为是"重重顾虑"造成的,所谓"重重顾虑"就是各种不同性质的观念同复仇观念错综复杂地交织在一起,造成了他意识的困扰与心理的障碍。这就制约了他的行动。最初他接受复仇任务的时候,他很快想到了自己要承担起"重整乾坤"的重任。"复仇"与"重整乾坤"为不同性质的行为,哈姆莱特将它们聚合到一起就减少了行动的力度,失去了明确的行动目标。他错过杀死仇人的机会是宗教观念起阻碍的作用。在哈姆莱特去母后那里在路上正好遇到克劳狄斯一个人在祈祷。对哈姆莱特来说这是一个极好的复仇机会,哈姆莱特一个人自言自语地说,"他现在正在祈祷,我正好动手;我决定现在就干";"不,我还要考虑一下"[1]。哈姆莱特在关键时候的这种表现成为许多学者论证他延宕、踌躇的一个重要证据,这是正确的。再有,哈姆莱特思想中有宿命论观念,认为一切皆命中注定,这种观念也让他失去了复仇活动的主动性,而他的所有活动几乎都是在被动之中进行的。由于哈姆莱特将不同性质的观念和复仇观念交织在一起的时候造成了他的瞻前顾后,"决心的赤热光彩被审慎的思维蒙上一层灰色,伟大的事业在这样的一种考虑之下……也失去了行动的意义"。对于哈姆莱特的踌躇,不但他自己多次自责,老王的鬼魂也再次出现,来"磨砺"他"快要蹉跎下去的决心"[2]。总之

---

[1] 《哈姆莱特》三幕三场,《莎士比亚全集》(9),第85页。
[2] 《哈姆莱特》三幕四场,《莎士比亚全集》(9),第90页。

造成哈姆莱特踌躇、延宕的根本原因就是"慎审的思维"和"重重的顾虑",也就是心理上不同观念纠合在一起所造成的意识困扰。这种意识困扰还致使哈姆莱特在延宕过程中表现出性格上软弱、怯懦的一面。对此哈姆莱特曾多次自我谴责,他说自己拖延复仇"像一个下流的女人似的,只会用空话发牢骚",是个"逆来顺受的怯汉",他说"重重的顾虑使我们全变成了懦夫","过分的审慎的顾虑"中包含着"三分的怯懦和一分的智慧",对于复仇之事自己"大言不惭地说:'这件事需要作。'可是始终不曾在行动上表现出来"①。伴随着哈姆莱特踌躇与延宕的是他的软弱与怯懦,而不是坚强与勇敢。然而,踌躇、软弱都未成为哈姆莱特的天性。这是他能够自我意识到的一种弱点,他还不是寓言中的驴子,没有在两捆干草之间因不能决定先吃哪一捆而被饿死。哈姆莱特终于在自我认识、自我分析中扬弃了优柔寡断、犹豫不决和软弱怯懦进而显示出他性格中与之相对立的果断与坚强的一面。

哈姆莱特在克服踌躇的过程中不断表现出他的果断的一面,以致在结束了踌躇状态之后充分显示出他性格上的坚强与勇敢,决定用"戏中戏"对克劳狄斯进行试探,决定用掉包计让罗森格兰兹、吉尔登斯吞去当替死鬼,决定同意与雷欧提斯比剑……在这些关系到成败生死的重大事件中,哈姆莱特没有流露出丝毫的犹豫,都是当机立断的,都是在瞬间作出了最后的决定。他凭勇敢与机智从海上逃回丹麦,在这以后的活动中都显示了哈姆莱特身上那种军人的勇敢精神。正因为这样当别林斯基评论哈姆莱特的时候说了一段很有名的

---

① 《哈姆莱特》二幕二场,三幕一场,四幕四场,《莎士比亚全集》(9),第60、63、64、101页。

话:"哈姆莱特意志软弱,但这是分裂的结果,却不是他的天性造成的","他在软弱的时候也是伟大而且有力的,因为一个精神强大的人,即使跌倒,也比一个软弱的人奋起的时候高明"[1]。别林斯基说"软弱"不是哈姆莱特的"天性"是对的,说他"软弱"的时候也是"伟大强有力的",这话有些形而上学的味道,但仔细琢磨一下便感到别林斯基的见解很深刻,他说哈姆莱特的软弱是一个坚强有力的人表现出来的软弱,而不是一个懦夫的懦弱,因此哈姆莱特在批评自己软弱的时候的确是显示了哈姆莱特的"伟大和强有力"的特点。然而勇敢是有其自身表现形态的,哈姆莱特在摆脱了软弱之后才更清晰地显示出他勇敢者的本色。正因为这样,在哈姆莱特死后,福丁布拉斯才命令四个战士把他像一个军人似的抬到台上,并且下令"用军乐和战地仪式向他致敬"。福丁布拉斯对哈姆莱特的隆重安葬是对他的一个崇高的评价。福丁布拉斯对哈姆莱特特别敬重的就是他"像一个军人"。军人最本质的特征就是勇敢和牺牲精神。哈姆莱特所得到的尊敬与哀荣是与任何一个软弱、懦怯的人无缘的。因此,在我们看到哈姆莱特踌躇、软弱、自我谴责的同时,更要看到他全副披挂地进行搏斗的雄姿。任何过分夸大哈姆莱特的踌躇软弱而忽视他的果断勇武,都是对哈姆莱特的一种残忍的阉割。踌躇虽然拖延了哈姆莱特的复仇活动,但这并不是哈姆莱特的性格所起的作用,而是各种思想观念纠葛在一起形成思想顾虑而造成的一种心理障碍。哈姆莱特的踌躇是在特定时间里发生的,并没有出现在哈姆莱特的全部活动之中。哈姆莱特的踌躇是相对的、短暂的、局部的,而非绝对的、长期

---

[1] 〔俄〕别林斯基:《莎士比亚的剧本〈哈姆莱特〉——莫恰洛夫扮演哈姆莱特角色》,《莎士比亚评论汇编》(上),第436页。

的、整体的,就是说哈姆莱特的踌躇是有条件的。当这个特殊条件发生变化时,他的踌躇也随之发生变化,这正是哈姆莱特的踌躇同一个具有优柔寡断性格的人的不同之处。后者的踌躇是绝对的、无条件的,在任何时候、对任何问题他们都会反复出现这种已经形成的稳定的心理定势。哈姆莱特绝非如此,当他理清思想,摆脱顾虑之后,对各种问题,甚至是关系到生死存亡的事情,他都是当机立断的,没有丝毫犹豫不决的阴影。哈姆莱特踌躇中所包含的复杂的思想观念,将他从一个单纯的复仇者演化为一个具有政治斗争色彩的人物。他的行动不再是简单的个人复仇,而是容纳了"重整乾坤"的政治意向——尽管他的政治意向还很模糊,他的政治意识还不强烈,但它毕竟使哈姆莱特的复仇活动体现为一种政治行为、一种批判社会假恶丑的斗争。

哈姆莱特同假恶丑的斗争是以一种独特的形式进行的。正如堂吉诃德的真实思想隐藏在他的所谓行侠冒险的发疯胡闹中,在那种令人发笑的行为中融入了他要铲除人间弊端和不公,实现一个"理想的黄金时代"一样,哈姆莱特对假恶丑的斗争精神则是从他复仇过程中的忧郁,拖延等情感与活动中体现出来的。复仇是一种有特定含义的社会行为,它要求被害者的亲人杀死被害者的仇人。然而,如何对待复仇要求则并非都采取同一的方式,而在其不同之中则显示了承受复仇使命者的不同政治观点、不同宗教观念、不同道德情感等等。在哈姆莱特复仇活动的周围,福丁布拉斯和雷欧提斯的复仇为之形成一个明显的对比的衬景。哈姆莱特虽然接受了复仇任务,然而他却将之与"重整乾坤"的政治使命结合到一起,将复仇活动变成了一场同社会现实生活中的丑恶与罪行所进行的斗争。因此,他的斗争对象不仅是谋杀者克劳狄斯,还有他的帮凶,乃至整个丑恶的现实。他最后所杀死的克劳狄斯与其说是谋害他父亲的凶手,不如说是一个篡权乱国、谋害他本人的无道君王。哈姆莱特虽然高喊复仇的口号,但他并不是一个真正为父复仇的孝子,而是一个同丑恶现实进行斗争的战士。由于哈姆莱特的特殊地位、思想和斗争对象,在他的全部活动中没有如何杀死仇人,如何"重整乾坤"的主动意向,极少主动出击,大多是在被动中采取主动的,他的所有斗争都是逼上梁山的。这表明哈姆莱特的本性还没有形成自觉地同假恶丑进行斗争的观念,政治斗争意识尚未成熟,只是当罪恶势力向他压来的时候,他才勇敢地予以回击,这正是哈姆莱特特有的斗争方式。

第三,关于哈姆莱特的富于理性和易于激动。装疯这一举动,集中地反映了他性格特征中的这两个方面:一为对感情的控制与约束,一为感情的失控与放任。哈姆莱特决定装疯是其富于理性的结果,而他在装疯过程中的种种表现则显示出他易于感情冲动的性情。

哈姆莱特思维敏捷,在严重的时刻能够控制感情,保持头脑的清醒与情绪的镇定,听了鬼魂的诉说之后,哈姆莱特决定装疯并严守秘密,这个举动宣告了他的富于理性的特点。当时他怒发冲冠,浑身热血沸腾,呼天喊地,发誓为父复仇,可是当鬼魂退去,霍拉旭等人问他鬼魂说了些什么的时候,他却非常冷静,守口如瓶;即使他们答应为他保守秘密,他也还是搪塞了过去,说了一句让他们摸不着头脑的话。哈姆莱特让他们宣誓,永不把所见到的一切"向别人提起";最后请他们在他"故意装出一副疯疯癫癫的样子"时不要做出什么特别的表示[1]。在半夜时分,在悬崖之上,听到鬼魂诉说被谋杀的秘密并嘱其复仇这样令人心胆俱裂的时刻,哈姆莱特能以非同常人的镇定迅

---

[1] 《哈姆莱特》一幕五场,《莎士比亚全集》(9),第33页。

速做出反应,并以非常清晰的头脑做出三个决定:不向众人说出鬼魂诉说的秘密;不让众人说出他见到鬼魂这件事;他要装疯,不让众人泄露真情。

哈姆莱特决定装疯是理性思维的结果,然而他在装疯的过程中又常常局部的失去理性,不能控制自己的感情,以狂言恶语发泄内心的悲恨之情。这种情形引起一些学者的兴趣,他们提出哈姆莱特到底是真疯还是装疯的问题。有的说哈姆莱特的疯癫不是装的,而是"真正的疯癫"[1];有的说得不那么绝对,说他的疯狂"只有一半是假的"[2];有的说哈姆莱特是"经过伴装的精神错乱投入到真正疯癫的可怕的深渊"[3]。在我国影响比较大的观点是哈姆莱特"一半真疯,一半装疯",最早见于杨周翰主编的《欧洲文学史》[4]。上述种种观点的共同之处在于都认为哈姆莱特已经越出了装疯的界限,进入到真正疯癫的状态。

其实,哈姆莱特的"装疯"是明明白白的事情,他并没有疯癫。在见到亡父鬼魂之后哈姆莱特就决定了要"装疯"以掩人耳目,给人造成一种因父亡过度悲伤而精神错乱的假相,以寻找合适的复仇机会,但事实上,他只骗过了波洛涅斯父女,而克劳狄斯自始至终不相信哈姆莱特发疯。早在克劳狄斯接受波洛涅斯的建议,对哈姆莱特进行试探的时候,克劳狄斯就说:"他说的话虽然有些颠倒,也不像是疯狂。"[5] 当时他就决定将其送到英国并将其除掉,他对波洛涅斯说:

---

[1] 〔法〕斯达尔夫人:《论莎士比亚的悲剧》,《莎士比亚评论汇编》(上),第370页。
[2] 〔英〕柯尔律治:《关于莎士比亚的演讲》,同上书,第156页。
[3] 〔德〕海涅:《莎士比亚的少女和妇人》,同上书,第339页。
[4] 杨周翰主编:《欧洲文学史》,人民文学出版社1964年版,第16页。
[5] 《哈姆莱特》三幕一场,《莎士比亚全集》(9),第66页。

"大人物的疯狂是危险的。"只是因为波洛涅斯的建议,克劳狄斯才推迟了他的行动,而"戏中戏"之后克劳狄斯下令马上将哈姆莱特送到英国去。哈姆莱特装疯并没有达到自己的目的;恰恰相反,他的装疯倒特别引起了克劳狄斯的警觉。如果我们对比一下哈姆莱特装疯时的话语与奥菲利娅真疯时的话语,我们就会很容易地得出结论说,哈姆莱特的确是在装疯,他还没有真疯。

那种认为哈姆莱特"真疯"的观点是一种误解,但应该说他们也是有根据的;只不过是他们混淆了人们一时失去理性控制与精神错乱的区别。前面我们谈到了哈姆莱特的克制、冷静,现在我们要分析哈姆莱特的理性失控。哈姆莱特的理性失控是由愤怒引发的。愤怒可使人失去理性,哈姆莱特被认为发疯的几个场面,实际上都是他真的发作了起来,射出怨恨的箭头。所谓哈姆莱特"发疯"的程度是同他愤怒的程度相适应的,在他发作的时候不同程度地伤害了他人的肉体和心灵。他第一次以疯人的形象出现在舞台上,暴风雨般地指责女人的"脆弱",伤害了可怜的奥菲利娅;第二次类似发疯般地谴责了又一个"脆弱"的女人,他的母亲乔特鲁德,并且误杀了波洛涅斯;他第三次发作是在墓地上与雷欧提斯争吵,人们将他们劝开。国王说:"啊,他是个疯人,雷欧提斯。"王后说:"看在上帝的情份上,不要跟他认真。"这时哈姆莱特进一步发作起来,说自己什么都可以做到,"喝一大缸醋","吃一条鳄鱼"。在这种时候他不能直面克劳狄斯,也不能伤害雷欧提斯,只能以这种语言发泄胸中的怒气。总之,哈姆莱特装疯自以为有了这个伪装就可以不受拘束了,于是他不能控制自己,放开了愤怒情感的闸门,它们就像洪水一般宣泄而出,在哈姆莱特自以为达到了谴责人世罪恶的目的,而实际上由于愤怒,他误伤了奥菲利娅,误杀了她的父亲波洛涅斯。《论哈姆莱特的疯癫》一文对哈姆莱特的装疯的问题进行了比较全面的分析,得出的结论是:"哈姆莱特所有言行都是正常的,或者说,完全是一个聪明、机智、勇敢、果断、头脑敏捷和深思熟虑的人,是一个思想家。"① 我认为这是正确的,所要补充的是哈姆莱特装疯的心理分析:哈姆莱特由于怨恨怒气的发作而一时失去理性,这可能就是一些学者认为哈姆莱特"一半真疯"的根据。

总之,哈姆莱特是一个具有复杂性格成分的艺术典型。他的性格中有的成分处于一种形成、演变、消失的状态之中,有的成分则已形成比较稳固的性格因素,忧郁、踌躇、装疯都是突发事变赋予哈姆莱特重大使命时发生的,而随着矛盾冲突的解决,逐渐显示出他开朗、果断、机智、勇敢的天性。我们对哈姆莱特的性格不能做出一个简单的、绝对化和程式化的判断,不能做片面的界定。他像文艺复兴时代的人们那样具有多面性的性格特征,成为历史上人类性格不断丰富、不断发展的一个有着永久生命的标本。

1994 年 8 月 15 日—18 日初稿,
1997 年 5 月 16 日—18 日定稿。

---

① 陆协新:《论哈姆莱特的"疯癫"》,《南京师院学报》1983 年第 4 期。

"显示善恶的本来面目"

——哈姆莱特分论(三):道德人性的二元结构

哈姆莱特说:"演戏的目的,不过是好像一面镜子,举起来映照人性,使美德显示她的本相,丑态露出她的原形。"(... to hold, as'twere, the mirror up, to nature, to show virtue her own feature, scorn her own image.)我看到的几个中译本只有梁实秋将"nature"译为"人性",其他几位翻译家皆译为"自然"。梁实秋不仅这样翻译,而且对此做了解释。他说:"'to hold, as'twere, the mirror up, to nature'其意乃谓演员表演宜适于人性之自然,不可火气太重。今人往往借此语为'写实主义'、'自然主义'之注脚,实误。"[①] 联系这句话的上下文以及整段的意思来看,我以为梁实秋的这种译法更为准确。哈姆莱特说戏剧要像镜子一样映照人性,这样才能"显示善恶的本来面目"[②],它包含了文艺复兴时期人性论的基本观点,并明确提出戏剧作品要全面反映人性的美学要求。哈姆莱特以自己的全部行动实践了自己的理论追求,成为体现人性善恶的一个艺术载体。

哈姆莱特的人性中既具有种种美德,也出现一些缺点、过失乃至罪行。善是他人性中的主流,他有强烈的爱人之心,然而他的爱是有

[①] 梁实秋译:《哈姆雷特》,台湾远东图书公司1976年版,第98、215页。
[②] 朱生豪译:《莎士比亚全集》(9),第68页。

条件的,是一种趋向于真善美的情感,哈姆莱特的爱不是《圣经》所宣扬的博爱、泛爱①,也不是封建家庭的血缘之爱;不是《新生》所抒发的那种新世纪之光的精神之爱②,也不是普遍的享乐的异性之爱;不是自私的占有之爱,也不是舍己为人的奉献之爱③。哈姆莱特的爱指向真善美而排斥假恶丑,即使是母亲和情人,只要她们做出不符合道德规范的行为,他也毫不犹豫地中止对她们的爱,并将这种情感转化为轻蔑与憎恶。哈姆莱特的爱是文艺复兴晚期欧洲历史发展的情感产物。正是哈姆莱特人性中的这种善,这种爱,才使他高高地耸立于那个充满污秽的生活浊流之上,并深深地同情那些不幸的弱者。哈姆莱特的恶也是具体的、相对的,并且尚未达到"为达目的不择手段"的程度。他的恶不是出于嫉妒、愤怒和贪欲(对权力、地位、财富等等),而是出于一种对人生丑恶的憎恶和对迫害的反抗。当他的尊严情感受到损害的时候,当他的生命受到威胁的时候,他会针锋相对地予以回击,这就难免会伤害无辜,或伤害他们的心灵,或伤害他们的性命。哈姆莱特的这种恶与其他人所有的恶(如伊阿古,爱德蒙)

---

① 《新约·马太福音》说:"我告诉你们:要爱你们的仇敌,为那逼迫你们的祷告,这样就可以作你们天父的儿子。"《新约·路加福音》说:"你们的仇敌,要爱他;恨你们的要待他好;诅咒你们的,要为他祝福,凌辱你们的,要为他祷告,有人打你这边的脸,连那边的脸也由他打。"

② 但丁在《新生》(1283—1291)中抒发了他对俾德丽采的爱情。但丁只见过她两次(9岁时一次,18岁时一次),但爱便在诗人心中深深地扎下了根。俾德丽采21岁结婚时,但丁十分痛苦。25岁时俾德丽采早逝,但丁无比悲痛,写下了《新生》,记述了这一爱情的过程,他称赞俾德丽采"有说不尽的温柔,说不尽的高雅",并表示要用世上"从来对于一切女性都不曾用过的语言说她"。后来但丁实践了自己的愿望,在《神曲》中将俾德丽采写成将他领至天堂的带路人。

③ 如车尔尼雪夫斯基在《怎么办》中所写罗甫霍夫之爱:他爱薇拉并与之结婚。后发现妻子真正爱的是吉尔莎诺夫,罗甫霍夫假装自杀出走,薇拉获得自由并与吉尔莎诺夫结合。

在心理机制上都是相同的,其行为的结果也是相似的,但由于动因及程度的不同而具有不同的特征。它还没有力量伤害自身的善;恰恰相反,自身的善往往不断地削弱这种恶,以保持自身整体的善的属性。哈姆莱特的恶是有原因、有理由的一种过失,而伊阿古、爱德蒙的恶乃是损人利己,为贪财图权而害命的罪行。因此,哈姆莱特是一个有缺点的高贵的青年,而伊阿古与爱德蒙等则是极端个人主义者,那个时代马基雅维利主义的真正信徒。

长期以来,在对哈姆莱特人性的研究中存在着两种倾向:强调哈姆莱特人性善的学者不能承认哈姆莱特的人性中竟然存在着恶,而强调哈姆莱特人性恶的学者则视而不见哈姆莱特人性中客观存在着的善。这就形成所谓的"拥哈派"和"否哈派"。其实,这两种倾向都是以一元论的人性观对哈姆莱特的片面解读。为了准确地了解哈姆莱特人性"善恶的本来面目",我们首先需要对人性的理论做一个粗略的考察。关于人性问题的探讨,人类自有文明以来始终是一个重大的哲学课题,思想家们提出了一系列的有代表性、有影响的观点,在我国有孟子的"性善"说,有荀子的"性恶"说,到宋朝的程朱学派提出了"性善欲恶"的二元论观点。在欧洲自古希腊以来到文艺复兴,在对人性的研讨上始终是二元的。这种观点在古希腊神话中就已具雏形。在《伊里亚特》里,荷马写道:"在俄林波斯山的宫殿门旁有两个罐,一个装的是善,一个装的是恶,宙斯习惯为凡人从两个罐子里取出等量的善和恶,但有时也从一个罐子里头取,结果是这个人极善,那个人极恶。"[①]古希腊人以神话的形态解释了人性的善恶,将人分为"极善—凡人—极恶"三种基本类型,绝大多数"凡人"是"善恶

[①] 转引自斯威布:《希腊的神话和传说》,人民文学出版社1982年版,第1页。

等量"的,这是欧洲人性二元论的开始。古希腊学者苏格拉底—柏拉图—亚里士多德关于人性的论述共同之处在于都强调人的"心灵"的好坏决定一个人的幸福与否;而照顾好心灵就是对善恶能有清楚的认识。到文艺复兴时期,不论是歌颂人类的皮科,还是批评人类的蒙田,他们都认为人性中有两种力量;它们的变化、消长决定着一个人的命运,或上升甚至达到接近天使、天神的程度,或下降、堕落成野兽、魔鬼一样的东西。文艺复兴中期的皮科在《论人的尊严的演讲》中对此进行了论述。他说,人在宇宙中没有一个指定的地位,人可以按照自己的选择占有从最低到最高的任何等级。他说:"人有力量堕落到生命的最低形式,像野兽一般;由于灵魂的判别,人也有力量获得再生,进入更高的形式,即神的形式。"①

人性中既有使人"堕落"的力量,也有使人"再生"的力量。那么这是人性中的一种什么力量呢? 文艺复兴晚期的蒙田对此做了进一步地具体阐释。他说:"我们身上有两种天性,永远伴随着我们各行其是,一种鼓励我们行善,一种鼓励我们作恶。"② 他又说,"人只能控制和压抑天性,却无力消灭天性",③ "人类天性之最大弱点,莫过于欲望层出无穷"④,它导致人们作恶,而理性则使人们行善。蒙田说孩童时期就有的"痛、乐、爱、恨符合理性,那就是德操"⑤。正因为人的本性的这种二元结构,所以,"心灵邪恶的人有时受到某种外界的激励能做好事。同样,心灵高尚的人有时受了某种外界的刺激会

---

① 〔英〕保罗:《意大利文艺复兴时期八个哲学家》,上海译文出版社1987年版,第80—81页。
② 〔法〕蒙田:《论人的行为变化无常》《蒙田随笔全集》(中),第7页。
③ 〔法〕蒙田:《论饮酒》,《蒙田随笔全集》(中),第19页。
④ 〔法〕蒙田:《万事皆有自己适宜的时机》,《蒙田随笔全集》(中),第417页。
⑤ 〔法〕蒙田:《论经验》,《蒙田随笔全集》(下),第400页。

干出坏事"①。蒙田说:"一切事物无论多么美好,多么令人向望,都有其不足之处。"② 按照蒙田的观点,没有完美无缺的人,受到蒙田影响的培根则对"善"与"恶"的内涵做出了界定。他说,"向善的倾向在人性中印得很深的","爱人的习性我们叫做'善',其天然的倾向则叫做'性善'","善与神学中的德性、仁爱相符合","人心要向善,而行善却不能凭感情,还要靠理智的指引"。培根说人如无此种德性,"比一种虫豸好不了许多";培根说,人性中另外"有一种天生的恶性",恶"是人性的溃疡",是对人的伤害。它有不同程度的表现,较重的如"嫉妒或纯粹的毒害";"这种人可以说是靠着别人的灾难而繁荣的",因此培根向世人说:"一个人的天性不能长成药草,就长成莠草;所以他应当以时灌溉前者而芟除后者。"③

长时期以来许多人误解了人文主义人性论的观点,他们说人文主义思想家是主张人性善的,因而不主张人性恶。比如有人说,在文艺复兴时代,作家把人性中的恶看得不够正常,因此,莎士比亚虽然天才地写了真实而具有丰富性格的人,但感到给人一种感觉,即这些人物身上所产生的恶,是他们不应有的性格上的缺陷,这种缺陷造成他们的罪恶或造成他们惨重的悲剧④;他们说只是到了批判现实主义时代对人的认识才深化了一层,他们才认为善恶并存是平常的,正常的现象,"是非常自然的"。这种观点同人文主义思想家的理论以及莎士比亚的艺术实践都是相悖的。其实莎士比亚的作品与蒙田对人性善恶二元论的观点是完全相同的,只不过是以不同的形式加以

---

① 〔法〕蒙田:《论后悔》,《蒙田随笔全集》(下),第25页。
② 〔法〕蒙田:《论显赫之令人不快》,《蒙田随笔全集》(下),第153页。
③ 《培根论说文集》,商务印书馆1984年版,第43、45、143页。
④ 刘再复:《性格组合论》,上海文艺出版社1986年版,第13页。

表现罢了,莎士比亚的伟大之处也正在于他以人间万象的无与伦比的艺术形象展示了人性善恶如何支配着人们的命运。蒙田、莎士比亚以及其他人文主义者都认为人性中的善恶是决定人们命运的终极根源。这就是人文主义的观点:人的命运不是由上帝、神来决定的,而是由人自己来决定,莎士比亚悲剧中天才地揭示了人性中恶的倾向肆虐所造成的悲剧。莎士比亚深刻地揭示了这些悲剧的根源在"人"自身,而不在宿命。在《李尔王》中通过爱德蒙之口直接地表述了这个思想:

> 人们最爱用这一种湖涂思想来欺骗自己:往往当我们因为自己行为不慎而遭逢不幸的时候,我们就会把我们灾祸归怨于日月星辰,好像我们做恶人也是命运注定,做傻瓜也是出于上天的旨意,做无赖、做盗贼、做叛徒都是受到天体运动的影响,酗酒、造谣、奸淫,都有一颗什么星在那儿主持操纵,我们无论干什么罪恶的行为,全都是有一种超自然的力量在冥冥中驱策着我们……真是绝妙的推诿。①

莎士比亚的悲剧作品是与蒙田的思想进程同步的。他除了塑造"显示善恶本来面目"的人物形象外,还特别通过一些人物议论来说明这个问题。在《哈姆莱特》中说,"少量的邪恶足以勾销全部高贵的品质"②;后来在《安东尼与克莉奥佩特拉》中则大声疾呼:"神啊,你们一定要给我们一些缺点,才使我们成为人类。"正因为在一个人乃

---

① 《李尔王》一幕二场,《莎士比亚全集》(9),第164页。
② 《哈姆莱特》一幕四场,《莎士比亚全集》(9),第25页。

至整个人类的身上存在善恶两种因素,所以人们就应该"反躬自省,平心静气地拔除我们内心的莠草,耕垦我们荒芜的德性"[①]。

在蒙田等文艺复兴时期人文主义思想家看来,善恶的根本区别就在于爱人和害人。当然,两者又都有不同的程度。就后者而论,在莎士比亚笔下,伊阿古、爱德蒙、高纳里尔、麦克白等都是人性中恶的倾向弥漫了整个儿心灵的人物;在喜剧中沉浸于恋爱之中的少女则是充溢着善的光彩的人物;而哈姆莱特、安东尼、布鲁士斯等则是一些兼有善恶两种倾向的人物,这其中哈姆莱特是最有代表性的一个。

哈姆莱特正是按照文艺复兴时期的二元人性论塑造出来的艺术形象,善是他人性的主流,表现为较强的爱人之心,他爱父亲,称他为"十全十美"的君王,对他的死亡极度悲伤;他爱情人,在给奥菲利娅的信中对她说:

> 你可以疑心星星是火把,
> 你可以疑心太阳会转移,
> 你可以疑心真理是谎话,
> 可是我的爱永没有改变。
> ……
> 只要我一息尚存,我就永远是你的。

后来,在奥菲利娅下葬的时候,正巧他与霍拉旭在墓地上相遇。他立即跳下墓坑,大声喊着:"我爱奥菲利娅,四万个兄弟的爱合起来,还

[①] 《安东尼与克莉奥佩特拉》五幕一场、一幕一场,《莎士比亚全集》(10),第114、12页。

抵不过我对她的爱。"① 哈姆莱特爱朋友,不让霍拉旭称他"殿下",自称"卑贱的仆人",而让他"以朋友相称";出于这种爱,他同情"在烦劳的生命的压迫下呻吟流汗"的背负着重担的不幸的人们。哈姆莱特的这种爱心形成了他的许多美德;而另一方面,在哈姆莱特的心中还存着"恶",成为他的缺点和过失的重要原因。哈姆莱特的这种恶在他同奥菲利娅的爱情纠葛中表现得最为突出,由于奥菲利娅拒绝了他的求爱和被人利用来窥探他的秘密,他就由热烈地追求爱情转为无情的冷嘲热讽、肆意凌辱,刺伤了奥菲利娅的心。哈姆莱特的这种恶行造成了奥菲利娅的疯狂和悲惨的命运。由此我们可以窥视到在哈姆莱特的人性中,既有一个充满光明的爱的王国,同时也还存在着一个由怨恨构成的幽暗的角落,在那里则蜷伏着一个以伤害他人心灵与肉体为生的黑色怪物。

爱情是真善美的升华。莎士比亚在喜剧中所颂扬礼赞的爱情乃人性中之至善。莎士比亚说"爱永远是五月天"②。在所有那些美好的爱情中,青年男女都是一往情深、两心相印、誓死不渝、忠贞热烈;虽然也有些波折,但终归是"终成眷属","皆大欢喜"。真正的爱情之美在于奉献和彼此的倾慕,而不论是精神上的还是肉体上的占有并不是爱情。在《罗密欧与朱丽叶》中,罗密欧赞颂朱丽叶是东方的太阳,朱丽叶对罗密欧说:"为了表示我的慷慨,我要把它(爱情)重新给你……我的慷慨像海一样浩渺,我的爱也像海一样深沉,我给你的越多,我自己也越是富有,因为这两者都是没有穷尽的。"③ 基托在评论哈姆莱特与奥菲利娅的爱情悲剧时说:"想一想,爱情在莎士比亚

---

① 《哈姆莱特》二幕二场,五幕一场,《莎士比亚全集》(9),第42、129页。
② 《爱的徒劳》四幕三场,《莎士比亚全集》(2),第232页。
③ 《罗密欧与朱丽叶》二幕二场,《莎士比亚全集》(8),第39页。

戏剧中意味着什么？这对我们是无害的；爱情不只是浪漫的感情，而且是善的象征，甚至是拯救人类的一种力量。"① 基托正确地指出了克劳狄斯和波洛涅斯这"两个坏蛋"是破坏哈姆莱特与奥菲利娅爱情的罪魁祸首，但是基托并没有分析这一对青年男女爱情悲剧的自身因素，而这正是我所要探讨的。

哈姆莱特与奥菲利娅的爱情悲剧在莎士比亚的全部爱情悲剧中是一种独特的类型。哈姆莱特对奥菲利娅的爱情是热烈而真挚的，即使在奥菲利娅下葬的时候，哈姆莱特还呼天号地表白自己对奥菲利娅的无人能比的爱情。然而，在奥菲利娅被人利用对哈姆莱特进行试探的时候，哈姆莱特所表现出来的乃是对可爱的奥菲利娅的伤害。长久以来人们或忽视了这个问题，或以为既然奥菲利娅"充当了敌人的工具"，哈姆莱特对她所做的一切她都是"咎由自取"。总之，不论出于哪种理由，学者们似乎大都宽谅了哈姆莱特对奥菲利娅的肆虐。其实这是不公平的。

奥菲利娅是一朵柔嫩的蓓蕾，未曾开放就受到风暴的摧残而凋零。她不仅受到恶势力的利用，还受到了情人的凌辱，是非常不幸的。她受到了哈姆莱特的双重打击，一是哈姆莱特疯言疯语的嘲弄凌辱，一是哈姆莱特误杀她父亲的痛苦悲伤，这两种伤害造成她无法愈合的伤口，她承受不住，精神失常了，最后唱着催人泪下的歌落水而死。

奥菲利娅是一个天真可爱的少女，她的典型特征就是其无比的温柔。海涅曾用充满感情的语言描述她的可爱，"她是一个金发的，

---

① 〔英〕基托：《哈姆莱特》，《莎士比亚评论汇编》（下），中国社会科学出版社1982年版，第433页。

美丽的姑娘","她的微笑非常奇妙地散发出异彩"。海涅说:"和奥菲利娅神妙的声音相比,黄莺的歌唱简直像乞讨;当我们无意中将奥菲利娅的嘴唇和花朵相比时,那些花朵带着它们乱糟糟没有笑容的脸,十足的一副单薄的可怜相!苗条的身影——这美妙的化身。"[1] 海涅对奥菲利娅的命运寄予了深深的同情,称她为"可怜的奥菲利娅"!英国批评家赫士列特感叹地说:"啊,五月的玫瑰!啊,过早萎谢的鲜花!她的爱情,她的发疯,她的死,这些都写得温柔之至,凄恻之极","这几乎是纤巧动人得不能加以探讨的人物"。的确,如赫士列特所说,"除了莎士比亚以外,再也没有别人像他这样描写出这个人物,也没有别人哪怕稍稍接近这样的构思。除了在某些古老的浪漫的民谣中"[2]。用"温柔之至"、"凄惨之极"来概括奥菲利娅的特征与命运是很准确的。

在哈姆莱特与奥菲利娅的爱情冲突中,"温柔之至"的奥菲利娅拒绝了哈姆莱特的爱,哈姆莱特则接二连三地对他所爱的人加以嘲骂凌辱。这种情形在中外众多描写爱情的作品中实属罕见。哈姆莱特肆意蹂躏一个弱小的生命,向柔弱无力的奥菲利娅发泄他的憎恶和愤怒,使他越出了善的轨道而陷入了恶的泥沼。

无疑,波洛涅斯是破坏这对青年男女美好爱情的头号"坏蛋"。他怀疑哈姆莱特的诚意,于是以重大的理由告诫女儿要拒绝哈姆莱特的爱。以往的评论,只强调了问题的这一个方面,谴责波洛涅斯对美好爱情的诋毁;当然这并不错,然而,还有被忽视的问题的另一个方面,那就是奥菲利娅非常顺从地接受了父亲的劝告。这件事表明

---

[1] 〔德〕海涅:《莎士比亚笔下的女角》,上海译文出版社1981年版,第65页。
[2] 〔英〕赫士列特:《哈姆莱特》,《莎士比亚评论汇编》(上),中国社会科学出版社1979年版,第217页。

奥菲利娅还不是一个把爱情作为全部人生的那种少女,她对哈姆莱特的爱还没有达到冲破一切藩篱的程度。她不同于苔丝狄蒙娜,她还没有冲出中世纪婚姻观念的束缚。既然如此,对于奥菲利娅的决定应该是无可指责的,这是任何一个少女的权力。世界上没有哪条法律规定一个男子爱一个女子,那个女子就必须爱他;如不爱或拒绝的话,那就是罪恶的行径。这是赤裸裸的男子中心的思想。由于这种思想的影响,古今中外,出现了许许多多男子伤害拒绝爱他的女子的惨剧。哈姆莱特正是出于这样一种思想才一而再、再而三地刺伤奥菲利娅的心灵。

哈姆莱特对奥菲利娅的第一次伤害发生在第三幕第一场。奥菲利娅听从父亲的安排同哈姆莱特见面,试探哈姆莱特到底是不是因恋爱不遂导致疯狂。在这件事情中,奥菲利娅和她的父亲都是出于一种善意,他们并没有伤害哈姆莱特的意思。他们都相信哈姆莱特真的疯了。奥菲利娅向父亲描述了哈姆莱特同她见面时的吓人场面之后,波洛涅斯不仅确信无疑,而且对哈姆莱特的疯狂原因做出了判断。他由此产生了悔恨的心情,对哈姆莱特的发疯感到愧疚,连说两次"我真后悔"。他对女儿说:"我很后悔考虑得不周到,看错了人,我以为他不过是把你玩弄玩弄,可是我不该多疑。"[1] 当然,波洛涅斯利用女儿来试探哈姆莱特是否因恋爱不遂而疯狂是一件可悲的事情。哈姆莱特并没有将过分热心的波洛涅斯与"用至诚的外表掩盖着魔鬼般的心"的克劳狄斯区分开来,而他具体感受到的则是悔情少女的可憎。对此,评家几乎都一致站在哈姆莱特方面,谴责奥菲利娅"充当了敌人的工具",有的甚至说,"奥菲利娅探求的方法十分奇特,

---

[1] 《哈姆莱特》三幕一场,《莎士比亚全集》(9),第38页。

她采用的是反讽的方法,说对方变了心,甩掉了她"①。基于这样的前提,许多评论认为哈姆莱特将怨恨发泄到奥菲利娅身上是正当的,或认为这是奥菲利娅自取其辱;理由是这一切皆由她悔情并"充当试探工具"激发出来的。但问题并不如此简单。如前所述,奥菲利娅爱不爱哈姆莱特那是她个人的权力,因此她"悔情"并非错误;此外,在当时那种复杂的斗争形势下,天真的奥菲利娅所做的善意的错事是可以谅解的。在她退回哈姆莱特礼物的时候的确说了假话:"送礼的人要是变了心,礼物虽贵,也会失去了价值。"这句话使哈姆莱特已经受伤的心又撒上了一层盐。但是即使如此,可怜的奥菲利娅也并无可憎可恶之处,她出于少女羞怯的本能所说的推诿的假话并没有其他不正当的或邪恶的目的。

奥菲利娅是不幸的。哈姆莱特以及任何一个爱她或不爱她的人都没有权力和理由对她进行雷霆般的嘲弄。哈姆莱特对奥菲利娅的发泄完全不是出自一种爱心、同情或怜悯;相反,而是出自一种怨恨、轻蔑和憎恶,"上尼姑庵吧,不要结婚了,不要生下一群罪人来!""你们烟视媚行,淫声浪气,替上帝造下的生物乱起名字,卖弄你们不懂事的风骚!"这简直是肆意辱骂。哈姆莱特以疯狂的形式对奥菲利娅的折磨成为她精神失常的第一个原因。她相信,哈姆莱特这个"国家所期望的一朵娇花""在疯狂中雕谢了"。所以她痛苦地喊道:"我是一切妇女中间最伤心而不幸的","啊!我好苦,谁料过去的繁华,变做今朝的泥土。"②

哈姆莱特的这种行为一是继续装疯以保护自己,二是借机发泄

---

① 陈伯通:《论奥菲利娅》,《上海师大学报》1987 年第 3 期。
② 《哈姆莱特》三幕一场,《莎士比亚全集》(9),第 64、66 页。

他对女人的轻蔑,语言的毒箭深深地伤害了他所爱过的柔弱的、不谙世事的少女。海涅感慨地说:"这便是弱者的灾殃;每当他们大祸临头的时候,首先须在他们所占有的最好、最珍爱的东西上发泄,可怜的哈姆莱特,首先毁掉理性这个华贵的珍宝,以装疯卖傻投身到真正疯狂可怕的深渊,并冷嘲热讽地折磨着他可怜的姑娘,可怜的姑娘。"① 海涅以哈姆莱特"投身到真正疯狂可怕的深渊"而宽容了他对可怜的奥菲利娅的折磨。但是,事实上哈姆莱特并没有失去理性,他只是以一场疾风暴雨式的发作向奥菲利娅发泄他的愤怒与怨恨。他像对待自己的占有物一样地随心所欲,这正是人性中的残忍的外露。哈姆莱特知道,他无论怎样发作都没有危险;他无论怎样放肆,都不会引起反抗。这正是残忍心理借以表现的形式;它也是人性中恶的倾向的一种。顽童摧残小鸟的残忍与暴君伤害臣民的残忍在心理机制上是相同的,都是绝对强者对绝对弱者的肆无忌惮地蹂躏。哈姆莱特对奥菲利娅怀着一颗报复的心,向本来不该报复的对象肆意施暴。从这个方面来考察哈姆莱特的心灵的构成,可以清楚地看到其中所具有的马基雅维利主义的成分。

在观看伶人演出的时候,哈姆莱特第二次戏弄奥菲利娅。他就像对待一名妓女那样,以粗俗下流的语言侮辱奥菲利娅,令观者为之痛心。这是哈姆莱特同奥菲利娅最后一次见面,当哈姆莱特的母亲让儿子坐在自己身边时,他回答说奥菲利娅是一个"更迷人的东西,坐在她的身边"。在他们一同看戏的时候,哈姆莱特说:"小姐,我可以睡在你的怀里吗?"当然,奥菲利娅只能说"不"。接着哈姆莱特又对奥菲利娅说:"睡在姑娘大腿中间想起来倒是很有趣的。"奥菲利娅

---

① 〔德〕海涅:《莎士比亚笔下的女角》,第65页。

让他解释哑剧的含义,他说:"只要你做给他看什么,他就能给你解释什么;只要你做出来不害臊,他解释起来也不害臊。"奥菲利娅感到不好意思,说哈姆莱特"嘴真厉害";哈姆莱特说:"我要真厉害起来你非得哼哼不可。"① 哈姆莱特那些一语双关的话,奥菲利娅似懂非懂,但那些赤裸裸的和性有关的挑逗性的语言让奥菲利娅感到害羞难堪,苏联学者维戈茨基说哈姆莱特对奥菲利娅所说的话,"是至今难以译成俄语的厚颜无耻的话"②。哈姆莱特的行为再次表明他的爱人之心是相当脆弱的。正像他所说的"脆弱啊,你的名字是女人!"我们也可以这样说:"脆弱啊!你的名字是人性!"人性的脆弱助长着恶的力量而扼杀善良美好的感情,毁灭神圣的爱。

哈姆莱特对奥菲利娅最后一次也是最致命的一次伤害,是他误杀了她的父亲。关于这个悲惨事件的因由是非在讨论波洛涅斯艺术形象的时候再进行论述,而在这里所要指出的是这件事情对奥菲利娅所产生的精神上连锁式的摧残。对奥菲利娅来说这是双重的不幸:发了疯的情人杀死了父亲。奥菲利娅柔弱的灵魂经受不住这样重大的打击,精神大厦坍塌了,她精神失常了,疯疯癫癫地唱着一些催人泪下的、令人心酸的歌谣。

奥菲利娅虽然精神失常了,但她仍然保持着她的善良的天性,在疯言疯语中仍然充溢着美好。在她的歌谣里面其实包含着两种意象:一是和爱情有关的"情人"、"情郎"、"床"、"同枕席"等等;一是和死亡有关的"殓衾"、"坟墓"、"泪滴"等等③。这两种意象是情人发疯、父亲被杀这两件令她非常痛苦的事情在她头脑中错乱的组合;然

---

① 《哈姆莱特》三幕一场,《莎士比亚全集》(9),第 71—72 页。
② 维戈茨基:《艺术心理学》,上海文艺出版社 1985 年版,第 249 页。
③ 《哈姆莱特》四幕五场,《莎士比亚全集》(9),第 103—105 页。

而就是在这种疯言疯语中也仍然透露出她对父亲、对情人的那种真挚的爱。奥菲利娅的心灵像天使一样美好,她不仅爱父亲、爱情人,还爱哥哥,爱王后,爱其他人,她用那么多的鲜花构成了这种爱的意象。如她提到的"表示记忆的迷迭香","表示思想的三色堇",还有"芸香"、"雏菊"、"紫罗兰"等等,她把花送给人们就是送给人们的爱。这些鲜花簇拥着一个不幸的少女,引起了人们深深的爱怜。就连奥菲利娅的死也是被鲜花簇拥着:她用毛茛荨麻、雏菊和长颈兰"编成几个奇异的花环",她爬上一根横垂的树枝,想挂到小溪旁斜生的杨柳树上去,不幸树枝折断了,她连人带花一起落入水中。衣服四散展开,好像人鱼一样浮在水上,嘴里断断续续地唱着古老的谣曲[①]。奥菲利娅非常平静地沉到了水中,她的死也是美好的。

"临死之际,她柔情的声音整个融化在歌唱中,她的全部思想里飘动着的尽是花朵。奥菲利娅之死不是一个具有消极意义的悲剧,它是对克劳狄斯统治集团的一种控诉,也是对哈姆莱特的无能为力的一种指责。"[②]

奥菲利娅一直相信她的情人真的疯了,至死也没有对他产生过怨恨;确切地说她是一个不知什么是怨恨、不会怨恨的少女。她的意象就是花朵。这朵含苞待放的花朵在哈姆莱特憎恶的伤害中凋谢了。奥菲利娅是真善美的化身,她的悲剧是真善美被毁灭的悲剧,这既是对封建势力的一种控诉,同时也包含着对哈姆莱特的无言的谴责。

哈姆莱特人性中有善有恶,而奥菲利娅的人性中则只有善。在

---

① 《哈姆莱特》四幕五场,《莎士比亚全集》(9),第109、117页。
② 陈伯通:《论奥菲利娅》,《上海师大学报》1987年第3期。

他们的爱情悲剧中,哈姆莱特从爱转化为恨,仅仅是因为爱情受阻,奥菲利娅被人利用来窥探他的秘密。他明明知道这一切都不是奥菲利娅的责任,但他仍然抑制不住自己的怨恨,将污言秽语泼向柔弱的奥菲利娅。对比中我们可以更清楚地看到奥菲利娅的至纯至善,即使她遭到那样的凌辱也没有怨恨哈姆莱特,父亲被杀,她也没说一句责备的话,她只是为哈姆莱特的发疯惋惜,为自己的不幸悲哀。哈姆莱特的恶伤害了奥菲利娅,而奥菲利娅则始终用善来对待哈姆莱特,直到那美好的花朵凋谢,善良的明灯熄灭。

哈姆莱特对自己人性中的恶及由此造成的种种缺点、过失曾有过一段自我批评,他说:"我自己还不算是一个顶坏的人;可是我可以指出我的许多过失……我很骄傲,有仇必报,富于野心,我的罪恶是那么多,连我的思想也容纳不下,我的想像也不能给它们以形象……像我这样的家伙,匍匐于天地之间有什么用处呢?"[1]

这段话我们虽然不能全信,但也不能全不信。哈姆莱特在这里对他自己过失的夸张同他对自己爱情的夸张是一样的。我们虽然不能根据他的具有修辞学色彩的宣言来判断他是这样的人或那样的人,但我们完全可以清除其夸张的成分而窥见其真情,那就是他曾爱过奥菲利娅是真实的,后来他怨恨奥菲利娅也是真实的。哈姆莱特人性中恶的倾向成为奥菲利娅悲剧的重要成因。哈姆莱特在其独特的爱情悲剧中完成了他自己提出的戏剧要"显示善恶本来面目"的使命。

1994 年 8 月 9 日—14 日初稿,
1997 年 5 月 13 日—15 日定稿。

---

[1] 《哈姆莱特》三幕一场,《莎士比亚全集》(9),第 65 页。

To be, or not to be:
一个永恒的普遍的公式
——论哈姆莱特的理性主义哲学

一

如果说《哈姆莱特》是莎士比亚这位戏剧之王王冠上一颗宝石的话，那么，To be, or not to be就是这颗宝石上闪烁出来的最强烈、最诱人的光彩，它可以称为《哈姆莱特》这部作品的标识，也可以称为那位丹麦王子理性主义哲学的精髓。"我知道什么？"是法国哲学家蒙田怀疑主义哲学的一句名言，而To be, or not to be则是学者式的悲剧英雄哈姆莱特理性主义哲学的一个公式。哈姆莱特的思想与蒙田人文主义思想相似，他在复仇过程中所发表的一系列富于人生哲理的议论，如论人、论人生、论人性、论女人、论品德、论命运、论死亡、论自杀、论罪恶、论饮酒、论习惯、论荣誉、论虚无等等，都和蒙田论相关问题的观点相同、相近或相似。唯独哈姆莱特的哲学思想与蒙田不同：蒙田怀疑理性的功能，故说"我知道什么？"他不能肯定自己是否能够对事物做出正确的认知，而哈姆莱特则不同，他不怀疑理性的功能，他不怀疑"我知道什么？"他要运用"高贵的理性"明确地知道"是，还是不是"，他要通过理性思考去认识事物的真相，选择恰当的行动，To be, or not to be 正是哈姆莱特这种哲学思想的一个经典性的概括。正因为如此，在《一类一千年》这本书中虽然将《哈姆莱特》的出版列为1000年中影响人类文明的100件大事之一，但是并未列出其书名，而是以 To be, or not to be 作为代称，这是对这句短语所蕴含的深邃的思想价值和所产生的巨大影响的一种高度的评价。

To be, or not to be, that is the question 是《哈姆莱特》中的关键性词语结构，其含义为"是或者不是，这是个问题"。这是一个表示选择关系的具有稳定性特点的语句，它需要运用"高贵的理性"在二者中做出选择。这个语言结构是一种思维模式的典型概括，是一个具有概括性和普遍性的哲学命题，是一个表示知性和行为选择关系的公式。作为一个公式，To be, or not to be 具有可置换性，可替代性的属性。根据具体的语境它可以衍生出表示所有选择关系的语句，To be, or not to be 的普遍的选择功能正是通过它的各种衍生语句来实现其理性主义哲学功能的。首先，它可以衍生为对某一事物"是这样或者不是这样"的判断选择语句；其次，它可以衍生为对各种行为"做或者不做"的论证选择语句；第三，它还可以衍生为对生命的"活或者不活"的思考选择语句。To be, or not to be 已经成为哈姆莱特的一种稳固的思维模式，他运用这个公式及其衍生语句提出并解决了复仇中的一系列重大问题。

首先，我们考察一下哈姆莱特是如何运用 To be, or not to be 衍生语句"是这样，或者不是这样"的判断选择功能去探明事情真相的。罗森格兰兹、吉尔登斯吞奉命去窥探哈姆莱特秘密心事的时候，哈姆莱特就运用这个公式拷问出他们前来的真实目的。他们自称是因为友情的关系而来探望哈姆莱特，哈姆莱特觉得事情不能如此简单，于是运用 To be, or not to be 的选择判断的功能向他们二人发起了咄咄逼人的攻势,在连续说了四个"凭着……"的理由之后说:"让我要求你们开诚布公地告诉我你们究竟是不是奉命而来?"① 哈姆莱特这句话的原文是"by …, by …, by …, by …, change you withal; be even and direct with me, whether you were sent for or no",原文中的 were sent for or no 就是 To be, or not to be 的衍生语句。

在哈姆莱特的逼问之下,罗、吉二人承认了他们是"奉命而来"的真相,这就使哈姆莱特从一开始就对他们二人有了提防的心理,跟他们顾左右而言它,紧紧地保住内心的秘密。

哈姆莱特要通过演戏来验证鬼魂的话是否真实,这时他所提出的问题的前提则隐含了 To be, or not to be 的衍生语句。在开始听到鬼魂的诉说并嘱其复仇时哈姆莱特热血沸腾,决心忘掉一切,为父复仇。可是,直到第二幕结束时哈姆莱特除了装疯以外未采取任何复仇行动,原因何在呢? 原因就在于他内心深处对鬼魂产生的 To be, or not to be 的问题未得到解决,他不知道该怎么办。这时他运用 To be, or not to be 的衍生语句提出:他所见到的鬼魂是父亲的亡魂,或者不是? 鬼魂所说的话是真的,或者是假的? 哈姆莱特这时所提出的问题,并没有出现明确的 To be, or not to be 的衍生语句,它只是隐含在下面的论证之中,他只是说,如果所遇鬼魂是魔鬼的话,那么他将把自己推向沉沦的深渊。为此哈姆莱特一直在等待并寻找一些事实上的证据,正好此时戏班来了,于是当即决定采取"戏中戏"的方式来窥探克劳狄斯内心的隐秘,验证鬼魂的身份和所说之事是否属实,这就是要观察克劳狄斯在看跟他父亲被害惨死情节相仿佛的戏剧时

---

① 《哈姆莱特》二幕二场,《莎士比亚全集》(9),第48页。

的表情,如果他"稍有惊骇不安之意"鬼魂的身份和所说之事立刻就得到了验证,那时他就"知道该怎么办"了。哈姆莱特的这段独白交代了他延迟复仇的深层次的原因和利用有利时机找到了解决 To be, or not to be 的方案,为复仇找到了事实上的可靠依据。

其次,我们考察哈姆莱特是如何运用 To be, or not to be 及其衍生语句关于"做,或者不做"的论断选择功能、关于"活或者不活"的思考选择功能,论证反抗或者容忍哪者更高贵的问题,去解决如何生存和怎样死亡的问题。

哈姆莱特在决定以"戏中戏"去验证鬼魂的话之后,在同奥菲利娅谈话之前的第五段独白的开始完整地提出了 To be, or not to be, that is the question 这个著名的哲学命题,并由此引发出一大段著名的独白。这段独白包含着两层意思,重点在第一层即以 To be, or not to be 的衍生语句提出反抗或者忍受,哪者更高贵的问题?该句原文为 whether'tis nobler in the mind to suffer … or to take … against,很显然"be"本身并不包含"suffer"或"against"的意思,它是由 To be or not to be 所衍生出来的。这段独白的另一层意思为 To be, or not to be 的衍生语句的第三种功能,即对生命状态生或者死的思考选择。这个问题的提出是从对死亡——睡眠——做梦——为什么不能用一把小刀结束自己的性命的思考中体现出来的。在这段独白中,对"活或者不活"的思考是从属于对"反抗或者忍受,哪者更高贵"的论证选择的。哈姆莱特说,人们为什么宁可忍受无尽的苦难而不肯结束自己的生命加以解脱呢?原因就在于重重的顾虑和对死后不可知情景的恐惧。哈姆莱特论思考的结论非常明确,即人的高贵的行动在于反抗社会的种种不平和压迫,通过斗争扫清人间的苦难,哈姆莱特为自己的人生找到了坐标。在这里,我们需要特别注意的是哈姆莱特不仅仅是考虑他个人的生或死的问题,而是包含了对广大受鞭挞、嘲讽、凌辱、轻蔑、鄙视……以至在烦劳的生命的压迫下呻吟流汗的人们,哈姆莱特将自己视为他们中的一员。这段独白是一段富于理性的人生哲学的论述,其内涵超出了哈姆莱特的个人遭遇,而论及了忍受"无涯苦难"的人们,是一个社会阶层,是一个弱势人群;哈姆莱特关于生死的议论是对这个社会阶层的人们而发的。在这段独白中,哈姆莱特经过思考、论证,决心排除种种顾虑、妄念,投身到高贵的反抗斗争中去。这段由 To be, or not to be 引领的著名独白可以称之为哈姆莱特进行正义斗争的一个宣言。

在哈姆莱特发表了这一斗争宣言之后又一次地运用了 To be, or not to be 的衍生语句的行动选择功能,解决了对正在祈祷中的克劳狄斯"杀,还是不杀"的问题。哈姆莱特去王后寝宫的路上正好遇到了克劳狄斯一个人在祈祷,这正是复仇的好机会,哈姆莱特说:"他现在正祈祷,我正好动手,我决定现在就干,让他上天堂去,我也算报了仇。不,那还要考虑一下。"① "考虑"什么呢? 考虑的就是"现在杀,还是不杀",这里略去了 To be, or not to be 的衍生语句,而直接地论证了不应该现在杀死克劳狄斯的理由。而"考虑"的结果则是要等到一个克劳狄斯作恶的时候再杀死他,让他的灵魂永堕地狱。在哈姆莱特看来,只有这样才算是真正彻底的复仇。

至此,哈姆莱特运用 To be, or not to be 的各种形式的衍生语句,解决了他在复仇过程中所遇到一系列问题——通过"戏中戏"确认了鬼魂的身份,证实了他所说的一切都确凿无疑:克劳狄斯确实犯下了弑君、篡权、奸嫂的罪行,应该将其杀死;通过深入思考认清了什么样

---

① 《哈姆莱特》三幕三场,《莎士比亚全集》(9),第85页。

的行为是高贵的,为自己投身斗争找到了行动的准则;在克劳狄斯祈祷时哈姆莱特确定了杀死他的最适宜的时机;通过拷问弄清了罗森格兰兹与吉尔登斯吞造访的真实目的,从而撕下了他们伪装友谊的面纱,看到了他们帮凶的真面目,所以从此哈姆莱特的复仇与斗争就毫不迟疑,一往无前了。当罗森格兰兹与吉尔登斯吞通知他王后命他就寝前到她房间里跟她谈话时,哈姆莱特无情地嘲弄了这两个家伙,而在和王后谈话时发现帷幕后面有动静,他断定那是国王——其他人怎么敢到王后的房间来偷听呢?所以他立即一剑刺去,说:"那不是国王吗"?确实不是,那是倒霉的波洛涅斯。尽管哈姆莱特误杀了波洛涅斯,但他心中想的他的剑是刺向罪恶的国王的。之后,哈姆莱特以激烈的言词谴责了母亲,致使她承认了自己的罪恶,并答应保护儿子。后来哈姆莱特在被押送去英国的途中,以"掉包计"让两个帮凶受到了惩罚当了替死鬼,最后与雷欧提斯比剑直至杀死国王。哈姆莱特在这一系列的活动中充分显示出他固有的勇敢果断的斗争精神。为什么这时哈姆莱特再没有丝毫的踌躇呢?因为在复仇的问题上所有的 To be, or not to be 的问题都已经解决了,而他所需要做的就是义无反顾地寻找机会复仇,进行高贵的斗争,扫清人世间的苦难,重整乾坤。这样,哈姆莱特就依靠理性主义哲学的认知功能,使一般的血缘复仇超越了个人行为的范畴,而同反抗邪恶与罪行的正义斗争结合在一起,从而就使哈姆莱特的全部活动具有了超越时空的人类社会一种具有永久积极价值的英雄行为。

如前所述,To be, or not to be 所包含的并不是一种单一的语义,所以严格地说它是只能意会不能言传的,这就使得许多仅仅推敲文字表面含义的中外学者对它感到困惑。英国学者兰姆说:"我承认我自己完全不能欣赏这段举世知名的独白,不知应说它好,还是说它坏,还是不好不坏。"① 我国著名学者、翻译家方平先生主译了诗体的《新莎士比亚全集》之后,在谈到对 To be, or not to be 的翻译时,感慨而又无奈地说:"不得不承认莎士比亚就凭 To be, or not to be 这么简单几个字,总共才 13 个字母,就像祭起了一个魔圈,把我们(本文作者也是其中一员),都困住了。"在翻译时"无论怎样译也不能让人满意",所以他又加了注释说"此句天然浑成,译文难于传神,几乎无从下笔",不论怎样译都"无济于事",都"与原诗有距离,失落了明净单纯的化境"②。学者们的这种困惑与为难是有道理的,人们怎么能用相对应的词语解释出 To be, or not to be 及其所衍生的各种选择关系的语句呢?它是一个具有高度概括性的思维公式和哲学命题,它在全世界被普遍接受、引用和演化就是最有力的明证。

二

18 世纪以来莎学学者对 To be, or not to be 的理解与翻译也同对哈姆莱特的解读一样,见解不一,观点分歧,甚至某些误读广为传播,影响很大,因此,有必要对此做一具体地考察,并从中辨析出更贴近原文的较为合理的解读与翻译。

英国著名莎学家约翰孙较早地对 To be, or not to be 做出了解释:"哈姆莱特在困厄的压力下,在形成任何合理的行动计划之前,有需要来决定,在我们身后,我们将会是存在,还是消亡,这乃是问题的所在,它的解答将决定,还是去衷心接受命运的狂暴呢,还是去向它

---

① 转引自孙大雨译:《莎士比亚四大悲剧》,上海译文出版社 1995 年版,第 157 页。
② 方平:《眼前有诗译不得》,《中华读书报》2000 年 8 月 23 日。

们搏斗用对抗把它们了结。"① 稍后英国著名莎学家马隆批评了约翰孙的观点,他说"约翰孙博士对这一段起初五行的解释必定是错的",他还具体地分析了那段著名独白的内容。② 我国的翻译家中只有梁实秋因袭了约翰孙的观点,将 To be, or not to be 译为"死后存在,还是不存在,这是问题"。其实不论从全剧中哈姆莱特见到父亲的鬼魂,鬼魂告诉他老王被害经过以及嘱咐他为父复仇来看,还是从哈姆莱特相信人的灵魂既可进入天堂,也可堕入地狱来看,都可以肯定地说哈姆莱特认为人死亡之后灵魂的存在是不成问题的;同时,不论从 To be, or not to be 本身的含义来看,还是从由此引起的这段独白的整个内容来看,都没有"死后存在,还是不存在"的意思。约翰孙的解释、梁实秋的翻译是最为明显的误读。

马隆的观点对我国的影响较大,有些翻译家对 To be, or not to be 的翻译采取了马隆的见解。马隆说,哈姆莱特考虑的"不是我们在身后的存在或消亡,而是他应该继续活下去,还是结束他的生命;正如第二行到第五行所指出的那样,它们显然是对第一行的义解:'要不要衷心去接受猖狂的命运等等,还是去搏斗。'关于我们身后的生存问题,要到第十行才考虑到:去睡眠,也许去做梦等等。"③ 马隆对 To be, or not to be 的理解就是以"自杀论"为基础的,是衡量活着还是自杀的问题,这就形成了认为这段独白旨在权衡自杀利弊的误读。这种误读在 20 世纪的 To be, or not to be 的研究中似乎占据了主流的地位。英国著名莎学家 A.C.布雷德利说:"在这段独白中哈姆莱特在思考着自杀的可取性;结果发现他之所以不能自杀和那无限的吸

---

① 孙大雨译:《莎士比亚四大悲剧》,上海译文出版社 1995 年版,第 156—157 页。
② 孙大雨译:《莎士比亚四大悲剧》,上海译文出版社 1995 年版,第 157 页。
③ 孙大雨译:《莎士比亚四大悲剧》,上海译文出版社 1995 年版,第 157 页。

引力抗衡的,不是由神圣的职责没有完成,而是结束苦难是否高尚的行动这一和他职责完全不相干的疑问,以及死亡是否能够结束这种苦难的问题。"① 苏联学者莫洛佐夫说:"哈姆莱特在这里再一次萌发了自杀的念头。"② 我国著名莎学家孙家琇说:"渴望死亡的睡眠,在活还是不活的独白中他还是想着自杀的出路或结局。"此时哈姆莱特的心情是"绝望"的,这是"同十六世纪英国甚至欧洲的人文主义者的忧郁、苦闷"相一致的。③

我国著名学者、翻译家卞之琳将 To be, or not to be 译为"活下去,还是不活",方平译为"活着好,还是死了好",许国璋译为"是生,是死"等等,都是以马隆的前述理解为基础的。卞之琳认为自己的译文"重复'活'字,用了两次,和原文重复'be'字,都是在节奏上配合这里正需要的犹豫不决的情调";而从翻译的角度来看,他认为,"活下去|还是|不活|这是|问题"的译文和原文素体诗的五个'音步'较为吻合,是他译文中一个突出的例子"。④ 有人认为卞之琳的译文是最好的,它"保持了原作的空灵的品质,从而未蹈……以旨代言的弊病。卞译保留了 Hamlet 原话的诗意含蓄,给中文读者在诗意闪烁和跳跃处留下了思考空间和机会,实现了功能对等",又说"To be 表示 to exist, to live; not to be 表示 to die, 这一点上是可以从莎翁剧作中找到依据的",由此断言卞译的"正确性和可靠性,无庸置疑"⑤。裘克安虽然也将 To be 解释为 to exist, to live, 将 not to be 解释为 to die, 但同

---

① 〔英〕A.C.布雷德利:《莎士比亚悲剧》(张国强等译)上海译文出版社1992年版,第119页。
② 〔苏联〕莫洛佐夫:《论莎士比亚》(朱富扬译),北京文化艺术出版社1987年版。
③ 孙家琇:《莎士比亚与现代西方戏剧》,四川教育出版社1994年版,第194页。
④ 卞之琳:《莎士比亚悲剧论痕》,三联书店1989年版,第117页。
⑤ 李松林:《还 To be, or not to be 一个真我》,《中国翻译》1995年第3期。

时他还进一步解释说,这段著名的独白"谈论到生或死,思考或行动,报复或忍耐的矛盾,并批判了社会的黑暗,意义深刻"[①]。的确如此,由 To be, or not to be 所引领的内容绝非简单的生或死,它的主要内容是对"反抗"和"容忍"的选择,而谈到人们宁可忍受而不肯自杀以寻求解脱的时候,哈姆莱特所说的并非个人的生死,而是评论了一个受压迫、凌辱、蔑视的受苦受难的社会阶层的生存状态和生存心理。所以将 To be, or not to be 译为"活还是不活"、"活着好,还是死了好"等都隐含着前面所引述的"对自杀利弊的衡量"的观点。应该说哈姆莱特以前确曾想过这个问题,但那个问题当时就解决了,而在这里,哈姆莱特已经开始了他的复仇斗争,他所考虑的是哪种生存状态更高贵的问题。所以我认为将 To be, or not to be 理解或译成"活下去还是不活"等至少是一种狭隘的片面的解读,它忽略了这个句式所要解决的最主要的问题,这种译文并不具有某些评论者所说的那种意境和价值;恰恰相反,它将那段著名独白做了片面的理解,从而冲淡了它本身固有的深刻价值。

其实,哈姆莱特在这段独白中不是简单地考虑个人的生死问题,而是对人的生存状态、死亡和自杀的哲理性的思考。哈姆莱特关于生存状态的思考是他独有的,是蒙田著作中所没有的;而对死亡和自杀的思考则与蒙田的观点非常相近。蒙田的著作中多处谈到"死亡",甚至说"探究哲理就是学习死亡","我的脑袋里常常想着死亡,把它看做很平常的事"[②]。蒙田把死亡与睡眠做了比较思考,他说:"死亡虽然如此重要,但我们却无法看到死亡之路,因此有人叫我们

[①] 裘克安注:《哈姆莱特》,商务印书馆 1984 年版,第 123 页。
[②] 〔法〕蒙田:《探究哲理就是学习死亡》,《蒙田随笔全集》(上),译林出版社 1995 年版,第 88 页。

多看我们的睡眠状态,这是有道理的,因为睡眠与死亡确有相象之处。"他又说,"其他一切事情都可以经验多次,而死亡,我们只能经验一次","我们在经历死亡时都是门外汉。古代人曾聚精会神地观察死亡道路究竟是怎么样的,但是他们没有回来向我们提供信息。"①哈姆莱特在 To be, or not to be 的那段著名独白中不就是像蒙田所说那样把死亡与睡眠进行了对照性的联想吗?"死了,睡着了;睡着了,也许还会做梦,嗯,阻碍就在这儿;因为我们摆脱了这一具腐朽的皮囊之后,在那死亡的睡眠里,究竟还要做什么梦,那不能不使我们踌躇顾虑。"然后哈姆莱特归结出"人们久困于患难之中"的原因,就是"惧怕不可知的死亡,惧怕那从来不曾有一个旅人回来的神秘之国,是它迷惑了我们的意志……使我们不敢向我们所不知道的痛苦飞去"②。哈姆莱特关于"死亡"的这段独白与蒙田论死亡多么相似。

关于"自杀",蒙田也有不少的论述。他认为轻生思想是可笑的,最重要的是因为自杀是"违背上帝的律法的"。他说:"许多人认为我们由上帝安排在这里,不能没有他的命令而擅离世界这个岗位。"但蒙田又说,"把所有的自杀都称为绝望是多么不恰当,因为人生中有不少事比死亡更难忍受","为免受难以忍受的痛苦和更为悲惨的死,使人提前离开人世,在我看来有最可得到谅解的理由。"③哈姆莱特在遭到命运的沉重打击下,出于对充满丑恶的人世的憎恶,曾想到了自杀,但那只是一个念头,并非"蓄意自杀",同时哈姆莱特想到了上

---

① 〔法〕蒙田:《论身体力行》,《蒙田随笔全集》(中),译林出版社 1995 年版,第 45 页。
② 《哈姆莱特》三幕一场,《莎士比亚全集》(9),第 63 页。
③ 〔法〕蒙田:《塞亚岛的风俗》,《蒙田随笔全集》(中),译林出版社 1995 年版,第 23、25 页。

帝禁止自杀的律法,所以旋即打消了这个念头。这同蒙田的前述观点是一致的。哈姆莱特一度产生自杀的想法,绝非出于"绝望",那些将哈姆莱特的自杀念头夸大其词地加以批判的观点是"多么不恰当"！而在 To be, or not to be 这段独白中,哈姆莱特又提到了用一柄小小的刀子即可结束生命的话题,但这里并不是考虑个人的自杀,而是谈论包括他自己在内的所有遭受苦难的人们,研究他们为什么宁肯忍受苦难而不肯自杀的原因,因此不能认为哈姆莱特在这里"再次萌发了自杀的念头"。实际上这段独白是对人生状态——反抗、忍受、死亡、自杀的一种哲理性的思考。

对 To be, or not to be 的第三种理解是"存在"和"消亡"、"毁灭"等。如孙大雨译为"存在,还是消亡,问题的所在";林同济译为"存在,还是毁灭,就这问题了"。根据"存在"一词的词义来考察,我认为将 To be 译为"存在"是不恰当的,带有很大的偏颇,与 To be 的原意不相符。"存在"一词基本上是一个哲学的范畴,没有对人的特指性,它虽然也将人包括在内,但却排除了思考者自身,指的是思考者的思索对象,将 To be 译为"存在"就意味着哈姆莱特所思考的是除他之外的整个的客观事物,因此将 To be 译为"存在"不可取,它远离了 To be 及其衍生词语固有的含义。孙大雨将 not to be 译为"消亡",这也是一个带有哲学色彩的词,它的词意为"消失、灭亡",它一般指称某种事物或某种现象,而对人的生命来说,不论以哪种方式结束,都不会出现消亡;因为人的生命可以死亡,但人并不能消失。林同济将 not to be 译为"毁灭",对此留待下一个问题中予以分析。

对 To be, or not to be 的第四种理解是将 To be 译为"生存",而将 not to be 译为"不生存"、"死亡"和"毁灭"等,如曹未风的译文为"生存还是不生存",朱生豪的为"生存还是毁灭",蓝仁哲译为"生存还是死亡"等。其中,早在1940年代朱生豪的译文影响最大,被广大读者喜爱和传诵,有的认为朱生豪的这句译文"能挈领全段,较贴切地传达了原文本意"①。但也有一些学者对朱译提出了批评,如卞之琳认为朱生豪的译文"不是翻译,而只是译意",他说:"活与不活在原文里虽还不是形象语言,却一样是简单的字眼,意味上决不等于汉语'生存'与'毁灭'这样的抽象大字眼。"② 有的则认为,"朱译最大的问题在于其字面对中文读者所易造成的误读:首先,'毁灭'留给人的印象是一枯俱枯,是彻底的否定,因而也就无从一分为二","而'生存'这是一个怎样的字眼啊!在千百年的历史长河中有多少丑陋和罪恶就是在为了'生存'这面堂皇的招牌下,苟且为高尚和道德所不齿的勾当。"③ 我认为朱译并不是"译意",至于前面引述的对"生存"和"毁灭"这两个词的内涵的分析实在过于牵强附会,它们对于客观地研究如何解读 To be, or not to be 来说几乎是没有任何参考价值。我认为将 To be 解译为"生存",应该说最接近 To be, or not to be 及其衍生语句的特定的内涵和多种含义,前述三人均将 To be 译为"生存",比较确切地表明了哈姆莱特所谈论的是一个特别的存在,是有生命的人,是包括述说者在内的人;同时,它包含生存的多方面的问题,诸如包含着生存的性质、生存的方式和状态、生存的手段等。在 To be, or not to be 下面所谈的"反抗"还是"容忍"的问题就是一种生存的方式,而所谈的活着和死亡的问题则是一种生存的性质;而前面我们已经讨论过的将 To be 译为"活"和"活着"只是讲人的生命继续存在,而不能包含"反抗"或"忍受"等内容。将 not to be 译为"不生存"也

---

① 张崇鼎:《〈哈姆莱特〉剧中两问题的再商榷》,《外国文学研究》1981年第2期。
② 卞之琳:《莎士比亚悲剧论痕》,三联书店1989年版,第117页。
③ 张松林:《还 To be, or not to be 一个真我》,《中国翻译》1995年第3期。

对,译为"死亡",意思和"存在"相对应也可以,但我认为都不如译为"毁灭"更能传神。因为"不生存"或"死亡"的含义都是单一的,都是说人的自然生命的终结,而毁灭则不同,它虽然也包括着死亡,但它也像"生存"一样,包含着死亡的多种情形:或因反抗罪恶势力被杀死,或同罪恶势力同归于尽,或因个人过失丧命,或因斗争失败而自杀,或因遭受不幸而死亡,等等,在某种意义上它排斥了人的自然死亡。总之,我认为对 To be, or not to be 的许多解译中,"生存还是毁灭"是最为理想的一种汉语译文,它之所以脍炙人口,其真正的原因大概就在这里。

此外,还有一种观点是将 To be, or not to be 引起的问题作为其内含,译为"反抗还是不反抗"或"干还是不干",陈嘉就是这种见解:"这 13 个字母,都是最简单的词,却十分费解。汉语往往译为生存还是毁灭,但国外除此之外还有一种解释,用汉语来表达即干,还是不干,或采取行动还是不采取行动。"陈嘉详细地论证了他如此解释 To be, or not to be 的根据。他说:"这 5 个单词从上下文来看显然不可能等于'是或不是',因为必须从整段独白的思想内容来考虑和决定其确切的含义。""这个长达 33 行诗的独白含有相互交织的两个主题,一是反抗暴虐,还是忍辱偷生,另一个是由于死后处境难测,因而对于采取反抗行为产生顾虑。"那么在这两个主题中陈嘉是如何选择的呢?他说从"To be, or not to be 这一问题的提出,就是'默然忍受'和'挺身反抗'哪一种高贵的选择,就是'反抗'还是'忍受'等于 To be, or not to be 的明显的证据"。此外陈嘉还说那时哈姆莱特正在考虑要采取行动来复仇,因此这时他思想上最突出的问题必然是采取行动与否。陈嘉也注意到了这段独白第 20—21 行中提到的"他只要用一柄小小的刀子就可以清算他的一生"这句台词,他认为"这很可能指的是被迫害走上自杀的道路，而不一定是主动想自杀"等等①。很显然，陈嘉所接受的这种对 To be, or not to be 的解释过于简单化了，同时也是以偏概全。To be, or not to be 所引领的衍生语句中虽然包含着"反抗还是不反抗"、"干还是不干"，但除此之外，也还包含着另外的内含，即包括生存、死亡、自杀等问题，而这些在译文"反抗还是不反抗"，"干还是不干"中都被割舍掉了。

最后，我们还要提到 Martin Stephen 在《朗曼英国文学指南》中对 To be, or not to be 的解释，应该说这种解释虽然并没有将其译成另外一种文字，但我仍然认为可以将其称为"译意"，是对其含义的一种解释。该《指南》将 To be, or not to be 解释为"Is it better to submit and live, or fight and die?"，翻译成汉语即"忍受的活着或战斗的去死，哪种更好?"该《指南》又解释说，To be, or not to be 的意思是"Should I do what I need to do, or should I not? That is the issue that has to be decided"，译成汉语即"做，还是不做，这是一个需要做出决定的问题"。上述解释对人们解读 To be, or not to be 具有一定的参考价值。

通过对上述各种解译的考察，我认为"生存还是毁灭"的译文是较为理想的一种，它既包容了 To be, or not to be 的丰富的内含，而从文字上来看又确乎是贴近原文，既达意，又传神；既明确，又含蓄；既简要，又多元，它较好地隐含了 To be, or not to be 及其所引领衍生语句的多种含义和选择功能。

2004年5月30日—8月24日

---

① 陈嘉:《〈哈姆莱特〉剧中两个问题的商榷》,《外国文学研究》1980年第3期。

情感史诗的动人篇章
——论哈姆莱特的忧郁

正如我们称荷马的作品为英雄史诗,但丁的作品为中世纪的史诗,我们也可以称莎士比亚的作品为情感史诗①。莎剧所表现的情感不是个人家庭琐事引起的悲欢苦乐,而是与个人命运攸关的事情以及时代社会重大问题而引发的种种激情,它生动地展示了人类永恒的普遍的情感,在特定人物身上的形成演变及其对人自身命运的影响,在欧洲文化史上、戏剧史上具有划时代的意义。

在欧洲,从柏拉图到整个中世纪,哲学和神学都指责艺术激动人的情感而破坏道德上的平衡。柏拉图说,诗人为讨好群众,"不费心思来摹仿人性中的理性的部分","而看重容易激动情感的和容易变动的性格"、"性欲、忿恨,以及跟我们行动走的一切欲念、快感和痛感的","它们都理应枯萎,而诗却灌溉它们,滋养它们",所以柏拉图说,理想国里不准一切诗歌闯入②。柏拉图把诗人赶出他的"理想国"。中世纪欧洲的宗教神学则宣称"情欲是罪恶的根源","人的肉体是情感欲望的牢房",把人类的情感打入了地狱。"中世纪的最后一位诗

---

① 关于莎剧为"情感史诗"的提法首见拙文《说不尽的莎士比亚》,《东北师大报》1988年10月25日。

② 引自伍蠡甫主编:《西方文论选》(上),人民文学出版社1964年版,第38—40页。

人"但丁之所以又被称为"新时代的第一位诗人"①,就是因为他在《神曲》中以中世纪神学思想的外壳,既让人类的情感遭受了最后一次宗教裁判,又对人类的情感给予了一定程度的肯定,显示了近代意识的闪光。由于《神曲》对人的各种情感都做了有力的描写,因此有人称之为"一切近代诗歌的滥觞"。这个时期意大利的"十四行诗成了一种思想感情的集中表现形式","因此,意大利的感情世界以一系列清晰、扼要和最简洁有力的描绘呈现在我们面前"②。

但丁之后的莎士比亚以最富于生活气息的、最为人民大众所喜闻乐见的艺术形式,以史诗的规模描写了人类的各种激情,显示了人类内部生活的种种状况及其演变转化,从中我们听到了"人类情感从最低的音调到最高的音调的全音阶","它是我们整个生命的运动和颤动"③。

德国伟大诗人歌德继但丁和莎士比亚之后,在不朽的《浮士德》中让我们再一次"经历人类情感的全域"④。然而歌德同莎士比亚的作品在艺术形式上有着显著的不同。歌德是以具有高度概括性的哲理诗剧的艺术形式全面地审视了人类各种情感交错发生,不断演变的状态,而莎士比亚则是把人们带入充满音响,充满色彩的,熙来攘往的人生之中,让人们从中感受到人类各种感情的碰撞。

莎士比亚作品在描绘人类情感方面达到了难以企及的高度,他非常准确地通过人物的某些外在活动,展示了人类的内在活动——

---

① 恩格斯:《共产党宣言,1893年意大利文版序言》,《马克思恩格斯选集》第1卷,人民出版社1974年版,第249页。
② 〔瑞士〕雅各布·布克哈特:《意大利文艺复兴时期的文化》,商务印书馆1983年版,第306、307页。
③ 〔德〕恩斯特·卡西尔:《人论》,上海译文出版社1985年版,第151页。
④ 同上,第190页。

情感状态。莎士比亚在认识、把握和表现人类情感方面所达到的成功被所有伟大作家所赞赏,就连激烈否定莎士比亚的托尔斯泰在这方也表现了他的真知灼见。他说:

> 人们之所以把塑造性格的伟大技巧加之莎士比亚,是因为他确实有特色,这种特色当优秀的演员演出和在肤浅的观察下,可以被看做是擅长塑造性格。这种特色就在于莎士比亚擅长安排那些能够表现情感活动的场面,不管他安排自己人物于其间的那些处境怎样地不自然,不管他迫使自己人物于其间的那些活动是怎样地不合乎他们的本性,也不管他们有没有个性,而·情·感·本·身·的·活·动——它的加强、变化和许多互相矛盾的情感的·交·集,在莎士比亚的某些场面,常常正确而有力地表现出来①。(引文中重点号为引者所加)

莎剧表现情感这一特征被托尔斯泰讲得很透彻。托尔斯泰以严肃的现实主义模式贬低了莎士比亚作品,又以严肃的现实主义精神客观地概括了莎剧表现情感活动的巨大成功。托尔斯泰对莎剧展示人类情感的科学评价可以成为我们研究哈姆莱特忧郁问题的一个出发点。

在欧洲,中世纪教会宣称人有七大罪恶,但丁让犯有这些过失的人的灵魂在炼狱中以不同的方法涤除骄、妒、怒、惰、贪财、贪食、贪色等罪过,作者说这些都属于"不正当之爱"②,译者在注释中解释这个

---

① 〔俄〕列·托尔斯泰:《论莎士比亚及其戏剧》,《莎士比亚评论汇编》(上),中国社会科学出版社1979年版,第515—516页。

② 〔意大利〕但丁:《神曲》,人民文学出版社1954年版,第218页。

"爱"字时说:"七情六欲,人所不能免,但任性乖戾,太过与不及,均非正道……此处'爱'字……实相当于'情欲'二字。"① 所以一般地说情感一词的内涵比较宽泛,既包括人的各种感情,也包括人的各种欲望;这其中既有引起快感的,也有引起痛感的,就是说有的引起欢乐,有的引起痛苦。莎士比亚在剧作中多方面地描写了人的各种情欲:爱情、嫉妒、愤怒、骄傲、忧郁、悲痛、同情、仇恨、憎恶、淫欲、贪欲、权欲等等,凡是我们能开列出来的人类情感清单中,有哪一种情感不能在莎剧中找到呢? 在文明社会中,人类的各种情感在不同时代里,不同社会中的不同民族将以不同方式、不同强度在不同范围内反复出现。人类的情感将同人类自身一起永久存在。正因为此,成功地描写了人类情感的莎剧才超越时间与地域的界限,一代一代地流传下去,不断地发挥着它强大的净化、美化和强化人类情感的积极的审美作用。

莎剧人物,特别是主要人物的情感是各有侧重的,但他们并不是单一情欲的化身,这正如普希金所说,莎士比亚描写的"不是某一种热情的典型,而是具有多种热情的人物"②。对这个问题,黑格尔又从另一个角度加以强调:"莎士比亚在突出人物某种情欲时,使人物还不失为一个完整的人。"③ 的确是这样,莎剧人物,特别是主要人物的情感都是多元的,都是合乎逻辑地将主导情感与一般情感,将个别激情与普遍常情有机地结合在一起,全面地显示了人物情感世界的色彩与变化。比如莎士比亚笔下的许多人物都有明显的占主导地位的情感,如哈姆莱特的忧郁、伊阿古的嫉妒、理查三世与麦克白的

---

① 〔意大利〕但丁:《神曲》,人民文学出版社1954年版,第221页。
② 《莎士比亚评论汇编》(上),中国社会科学出版社1979年版,第426页。
③ 〔德〕黑格尔:《美学》(三)下册,商务印书馆1981年版,第324页。

权欲、李尔王的忿怒、科利奥兰纳斯的骄傲、亨利六世的怜悯、玛格丽特的仇恨、克莉奥帕特拉的情欲、福斯塔夫的享乐欲、喜剧女主人公追求爱情的欢乐等等。莎士比亚在描绘人物的主导情感时,又描绘了他们的其他情感以及与主导情感"互相矛盾的情感",使得每一个人物都是一个"完整的人",都是活生生的人,都像在实际生活中活动着的人。古往今来,人们都生活在一种普通的情感状态之中,而激情的发生乃是局部的、暂时的;当然,正是这种局部的、暂时的激情才会使人越出普通的生活轨道,构成种种生活中的戏剧。莎士比亚的天才不仅在于他把这局部、暂时出现的激情作为人格的主导情感,还在于他又将人物推入普通情感生活的世界。我们由此观察哈姆莱特的时候,就可以既非常清楚地看到忧郁的"加强、变化",又可以看到和忧郁"互相矛盾的情感的交集"。在以往的哈姆莱特研究中,人们习惯于将主导情感——忧郁绝对化,结果就造成了许多认知上的误区。

　　长期以来学者们都充分注意到了哈姆莱特的忧郁,发表了许许多多的意见,其中布雷德利的观点是很有影响的。他说哈姆莱特的忧郁"不是普通的精神压抑","如果我们愿意笼统地用'病'这个字,哈姆莱特的忧郁确实是一种'病'",他又说,哈姆莱特的忧郁所产生的结果是"无所作为",同时"只有抓住忧郁,才能解释哈姆莱特性格中两个突出的问题",一是"他的冷漠或怠惰",一是"他自己也无法理解的为何要一再地拖延",因此布雷德利称忧郁是哈姆莱特"悲剧的核心"[①]。布雷德利非常正确地指出了哈姆莱特忧郁的严重程度,但把它称为"病"就说过了;忧郁只是悲剧的重要组成部分,而不是"核

[①] 〔英〕布雷德利:《莎士比亚悲剧》,上海译文出版社1992年版,第110、113、114、115页。

心"。当然,布雷德利把哈姆莱特的这种严重的忧郁比作一种"病",也是可以的,但他只是分析了这种"病"的种种表现,而未能揭示出这种"病"的加重以及最后"病"愈的原因,而这几点则是更为重要的。哈姆莱特的忧郁同他的其他性格特征大都是平行的,而较少相互制约的关系。如哈姆莱特的"一再拖延属于行为意志的范畴",踌躇是同人的理性、认知有关,而非受制于忧郁。其实,忧郁是哈姆莱特形象的一个非常重要的组成部分,莎士比亚描写了这种情感的发生、强化后经宣泄而淡化、终至消失的全过程,哈姆莱特由此被称为"忧郁的王子",他的忧郁也就获得了一种典型的价值。

为了准确地揭示哈姆莱特忧郁的内涵,我们首先弄清以下三个问题:第一,哈姆莱特的忧郁不是忧郁症;第二,哈姆莱特不是忧郁者的典型;第三,从莎士比亚所描写的三个具有忧郁色彩人物的比较中看哈姆莱特忧郁的特点。这三个问题可以作为我们研究哈姆莱特忧郁的一个前提和基础。

首先,我们所说的忧郁是一种心情沉重、郁郁寡欢的情感,它往往由于对某种事情的失望,以及对于某种痛苦无法述说的压制所造成的,上述问题淡化或得到解决,这种情感就会消失;如果长期延续的话,就会形成一种精神上的疾病,称为"忧郁症"。哈姆莱特的忧郁虽然程度较重,持续时间较长,但还未形成精神上的疾病——忧郁症;哈姆莱特虽有类似忧郁症患者的某些表现,但这些都不是不自觉的病态行为,而是在明晰的理性支配下的种种自觉行为。这种自觉行为表明哈姆莱特的神智是清醒的,精神是健全的。

其次,16世纪末17世纪初英国普遍流行一种所谓的"世纪病",即忧郁。当时的学者用四种体液的理论加以解释,认为这种情感是由于一个人的黑胆液过多引起的,忧郁一词就是希腊文黑胆液

Melancholia。当时英国文学作品中出现了一些忧郁者的典型,如欧佛伯利①的《一个忧郁的人》中就写了这样一种典型性格。这种忧郁者的典型特征是"人人厌恶他,他也厌恶一切人","没有一件事能使他喜欢",他"从不做事,只是冥想","缺乏人的优良品质"②。很显然,执著于生活而且受到国人尊重的哈姆莱特不是一个忧郁者。

第三,莎士比亚于16世纪末17世纪初先后写了三个具有忧郁性情的人物:一个是《威尼斯商人》(1596—1597)中的安东尼奥,一个是《皆大欢喜》(1601—1602)中的杰奎斯,再有就是哈姆莱特。这三个人物中只有杰奎斯是一个忧郁者的典型,安东尼奥只有一时的忧郁,而哈姆莱特的忧郁持续的时间较长,但也不像杰奎斯那样贯穿始终,哈姆莱特的忧郁是发生在一个并非忧郁者身上的一种情感过程。

《威尼斯商人》一剧以安东尼奥出场开始,他大讲"不乐的心情",为全剧定下了一个基调。他说:"真的,我不知道我为什么这样闷闷不乐。你们说你们见我这样子,心里觉得很厌烦,其实我自己也觉得很厌烦呢;可是我怎样让忧愁沾上身,这种忧愁究竟是怎么一种东西,它是什么地方产生的,我却全不知道,忧愁已经使我变成了一个傻子,我简直有点自己不了解自己了。"③ 尽管如此,安东尼奥并未达到对人生一切都丧失兴趣的程度。他非常爱他的朋友巴萨尼奥,为了帮助他向富家小姐鲍西娅求婚,向犹太高利贷者借了三千块钱,并签下了逾期不还割下债务人胸前"一磅肉"的契约。在法庭上安东尼奥面对割肉致死的厄运,没有丝毫的后悔,他心中想的只是他的朋

---

① 欧佛伯利(1581—1613),英国著名性格特写作家。
② 杨周翰:《十七世纪英国文学》,北京大学出版社1985年版,第56、57页。
③ 《威尼斯商人》一幕一场,《莎士比亚全集》(3),第5页。

友,他对巴萨尼奥说:"替你还债的人是死而无怨了。"① 安东尼奥虽然染上了"世纪病",但他还不是一个忧郁者,而是一个很看重友谊的人。

杰奎斯就不同了。大臣称他为"忧愁的杰奎斯"②,公爵说他"浑身不和谐"。他说"人世间是一个苦恼的世界",他对一切都失去兴趣;所有的人在他眼里都是"傻子":有的是"穿彩衣的傻子",有的是"有知识的傻子";他嘲笑一切,说自己"喜欢发愁不喜欢笑"。关于忧郁他发表了一番议论并对忧郁做了分类,说有学者的忧愁、侍臣的忧愁、情人的忧愁等,而他自己的忧愁,则全然是他自己所独有,"它是由各种成分组成的,是从许多事物中提炼出来的",是他"在旅行中所得到的各种观感,因为不断沉思"终于把他"笼罩在一种十分古怪的悲哀之中"。当公爵等人都欢天喜地地离开亚登森林返回宫廷时,只有他一个人仍然留在山林之中,他说:"你们有什么见教,我就在被你们遗弃了的山窟中恭候。"③ 杰奎斯是莎士比亚笔下一个真正的忧郁者的艺术形象,他把人人看成傻子,嘲弄一切,陷于沉思与悲哀之中,人们都讨厌他,他也远离人群,他自己扛起了那个"苦恼的世界"的"苦恼"的十字架。

哈姆莱特的忧郁同杰奎斯的忧郁外在形式相同,但所包容的内涵却有本质上的不同。哈姆莱特对生活十分执著,并且受到人们的尊重;他爱憎分明,与命运进行着顽强的抗争。哈姆莱特只有杰奎斯忧郁的外形,而无杰奎斯忧郁的实体。忧郁不是哈姆莱特性格的核

---

① 《威尼斯商人》四幕一场,《莎士比亚全集》(3),第79页。
② 《皆大欢喜》一幕一场,《莎士比亚全集》(3),第135页。
③ 《皆大欢喜》二幕七场,四幕一场,五幕四场,《莎士比亚全集》(3),第135、169—170、200页。

心,只是发生在他身上的一种情感的过程。莎士比亚通过对这种激情的全过程的出色描写,生动地揭示了哈姆莱特忧郁的形成,强化的原因,宣泄的方式以及淡化乃至消失的种种情景,而这一切又都是哈姆莱特生活环境中的重大问题以及哈姆莱特本人的行为互成因果。哈姆莱特的忧郁所包容的不是一般的否定一切,嘲笑一切,而是具体地憎恶邪恶、批判丑恶、具有强烈的审美价值。莎士比亚对哈姆莱特的忧郁的描写是其情感史诗中一个生动的篇章。哈姆莱特的忧郁可以成为英国19世纪初"拜伦式英雄"思想的最早渊源。

哈姆莱特的忧郁起于忧家,继之以忧己扩至忧国乃至整个人类。其忧的程度不可谓不重,其忧的范围不可谓不广;他的忧郁既是个人的,也是时代的和国家的,它概括了16世纪末17世纪初伊丽莎白女王逝世前后英国社会矛盾的加剧,伊丽莎白盛世已经成为过去,在某种意义上我们可以说哈姆莱特的忧郁是对伊丽莎白女王时代终结的一曲悲歌。

哈姆莱特的忧郁是受到巨大变故刺激的一种情感反映。哈姆莱特尊敬的父亲老王突然去世,他的叔父做了国王,篡夺了他的王位;而他的母亲在父亲死后不到两个月就钻进了"乱伦的衾被",成为当今的王后。此事对哈姆莱特来说,简直如雷轰顶,他根本没法接受眼前发生的一切,而这种苦恼却是无法说出的,它们郁结在哈姆莱特的心中,使他的感情受到了非同一般的压抑。他失去了欢乐,以满脸阴郁的神色出现在人们的面前,这就是"忧郁王子"的最初亮相。看到儿子的这种情况,王后乔特鲁德劝他说,"好哈姆莱特,抛开你那阴郁的神气吧",既然"人的死亡是一件很寻常的事,那么为什么瞧上去好像老是这样郁郁于心呢"?哈姆莱特在回答王后时对他的忧郁心情说得很清楚,他说:"好妈妈,我的黑黑的外套,礼仪上规定的丧服,难以吐出来的叹气,像滚滚江流一样的眼泪,悲苦沮丧的脸色,以及一切仪式,外表和忧伤的流露,都不能表示出我的真实的情绪","我的郁结的心事却是无法表现出来的"①。(重点号为引者所加)正是这种"郁结的心事"造成了哈姆莱特的忧郁,这是非常容易理解的,合乎逻辑的情感活动。什么人在巨大的不幸面前还能保持情感的常态呢?况且这种不幸可能并非不可抗拒的必然造成的。一般亲人的正常病故老死,虽然也引起人们的悲痛,但事情过去之后情感也就逐渐平静下来,然而使哈姆莱特悲痛的不是由必然性灾难造成的,况且其中还包含着对于一种丑恶行为感到的羞辱。所以这种悲痛和羞辱都是难以排除的,它们致使哈姆莱特很快地就陷入于一种深深的忧郁之中。

　　哈姆莱特的忧郁形成之后,很快被强化,主要原因是承担重大使命的责任意识和失去爱情的巨大痛苦。哈姆莱特的忧郁从家及己,越来越重。他听到鬼魂的诉说并未感到特别吃惊,这是因为他一开始就猜疑他的叔父干下了谋杀的罪恶,所以他说:"我的预感果然是真的,我的叔父!"鬼魂的话证实了他的预感;然而当哈姆莱特接受了父亲鬼魂复仇要求的时候,一种强烈的责任意识为他原已沉重的感情又加上了新的砝码。这时他想的不是如何去杀人复仇,以血还血,而是"倒楣的我却要负起重整乾坤的责任"②。这句话表明哈姆莱特对复仇一事意味着什么是非常清楚的;因为他要复仇的对象不是一般人,而是一国之王,这就是说他的复仇不仅是个人的事情,也是国家大事。事关重大,是不能轻举妄动的,所以他立即决定装疯,掩人

---

① 《哈姆莱特》一幕二场,《莎士比亚全集》(9),第13、15页。
② 《哈姆莱特》一幕五场,《莎士比亚全集》(9),第28、33页。

耳目,以寻求适当的时机完成大业。哈姆莱特自己承担下来的这个责任,是沉重的、艰巨的、复杂的,它增加了许多的忧虑。

　　正是在这个时候奥菲利娅拒绝了他的求爱,而他自己的处境也迫使他必须放弃甜蜜的爱情。对哈姆莱特来说,这太痛苦了,所以在他装疯以后第一次以疯疯癫癫的面貌出现是在奥菲利娅的面前。他衣冠不整,神色吓人,"膝盖互相碰撞","神色凄惨","好像他刚从地狱里逃出来一样",他拉着奥菲利娅的手臂,"头上上下下地点了三次","发出一声非常惨痛而深长的叹息,好像他的整个生命就在这一声叹息中间完毕似的",哈姆莱特一步三顾地向可爱的奥菲利娅最后告别了爱情[①]。哈姆莱特心中的一切话语,他的真情实况仍然是无法说出来的。他只能用那种独特的方式向奥菲利娅表示他的至深至极的痛苦。哈姆莱特被迫失去了爱情的痛苦又一层加重了他的忧郁。后来在奥菲利娅下葬的时候,哈姆莱特才说出自己痛苦情感的重负。他说:"哪一个人的心里装载得下这沉重的悲伤?哪一个人的哀恸的辞句,可以使天上的行星惊疑止步?那是我,丹麦王子哈姆莱特!"[②] 的确,哈姆莱特所承受的痛苦是非同一般的:父亲被谋杀,母亲被奸占,王位被篡夺,爱情被割舍,这一切都集中到一个年轻王子的身上,而这一切又都是无法说出的,它们造成了哈姆莱特所特有的深深的忧郁。

　　哈姆莱特的忧郁由忧家忧己到忧国忧民,思想出现了危机,忧郁达到了极点。哈姆莱特对过去看不起克劳狄斯的贵族现在讨好这个"杀人犯"国王感到耻辱,对全国从上到下的酗酒腐败风气感到厌恶,

---

[①] 《哈姆莱特》二幕二场,《莎士比亚全集》(9),第37页。
[②] 《哈姆莱特》五幕一场,《莎士比亚全集》(9),第128页。

对官吏的横暴、法律的迁延、压迫者的凌辱、傲慢者的白眼感到愤慨，而对广大劳动者在重压之下呻吟流汗则深感同情[1]。这时哈姆莱特看到的整个世界乌烟瘴气，已经成为"一座牢狱"，而丹麦则是其中最坏的一间"囚室"和"地牢"[2]。人们都在牢狱和囚室中受苦受难，哈姆莱特所受苦难已经与他们的苦难融为一体。整个国家的这种状况为哈姆莱特又增加了新的痛苦，同时他又为无法打碎"牢狱"和"囚室"而感到悲哀，于是产生了"生存还是毁灭"的问题。"是默然忍受命运的暴虐的毒箭"，"还是挺身反抗人世的无涯苦难，通过斗争把它们扫清"的问题。哈姆莱特一开始就曾想到过自杀[3]，那是为了解脱个人痛苦的一种绝望，而现在则是为了摆脱苦难的一种思考："哪一种更高贵？"哈姆莱特这时的忧郁同李尔王发疯以后想到了人民的痛苦的情况十分相似。哈姆莱特的忧郁具有十分明显的思想性。莎士比亚使忧郁这种情感所能容纳的内涵达到了极致。哈姆莱特的忧郁不会长久地停留在这种状态中，它有两个相反的发展走向：一是导致精神失常，成为一个忧郁症患者；一是通过宣泄，解除忧郁而恢复常态。莎士比亚在《哈姆莱特》这部不朽的作品中所描写的哈姆莱特忧郁历程不是前者，而是后者。

哈姆莱特的忧郁经过几次宣泄之后渐渐淡化，终至消失。哈姆莱特是在对奥菲利娅的嘲骂、对克劳狄斯的试探、对波洛涅斯的误杀和对母亲的谴责中，以语言和行动宣泄了胸中的郁积。由于上述事情都发生在一种特殊的情境之中，使得哈姆莱特有可能毫无顾忌地把"郁结于心"而又无法说出的话都说出来，并且说得那样痛快！那

---

[1] 《哈姆莱特》三幕一场，《莎士比亚全集》(9)，63页。
[2] 《哈姆莱特》二幕二场，《莎士比亚全集》(9)，第47页。
[3] 《哈姆莱特》一幕一场，《莎士比亚全集》(9)，第14页。

样淋漓尽致！对化解忧郁来说，这是非常重要的。哈姆莱特对奥菲利娅以含糊其辞的语言冷嘲热讽，既指责自己的"罪恶"，又劝奥菲利娅"进尼姑庵去"，以逃避"谗人的诽谤"，并以指桑骂槐的方式对女人"涂脂抹粉"、"卖弄风骚"表示憎恶。这是哈姆莱特第一次宣泄自己的苦恼，表现了他对奥菲利娅爱怜、失望、轻蔑和憎恶的复杂情感。而对乔特鲁德则是进行狂风暴雨式的道德谴责，用语言的利剑刺中了母亲背叛爱情的脆弱和丑恶，这是一次真正有力的宣泄。简直就像火山爆发一样有力，把哈姆莱特郁积于心的痛苦、羞辱、憎恶一下子喷发出来。哈姆莱特虽然误杀了波洛涅斯，但在他的心中这一剑是刺向克劳狄斯的。紧接着"戏中戏"的这一重要行动成为哈姆莱特摆脱忧郁困厄的重要标志。在哈姆莱特的感情世界中，忧郁被一步步地排除出去，在他被送往英国的时候，他就已经告别了忧郁，他嘲讽罗森格兰兹与吉尔登斯吞是"吸收君王恩宠的利禄和官爵的海绵"，他嘲弄克劳狄斯说"胖胖的国王与瘦瘦的乞丐是一个桌子上两道不同的菜"①。在这里我们虽然还隐约地感到一些忧郁的调子，但更多地是感到了一种讽刺与批判的力量。

哈姆莱特忧郁化解、恢复常态之后显示了他思想性格的本来面目，正如托尔斯泰所说，在哈姆莱特的身上，许多互相矛盾的情感相交集。他对各种不同问题，采取了不同态度，表现了不同的情感。以往研究哈姆莱特忧郁的论著有两个弊端：一是对哈姆莱特海上归来后的种种情况予以忽略，不予研究；一是对这些情况进行主观的任意性的排列而不进行合乎逻辑关系的论述。其实，整个第五幕所描写的都是哈姆莱特海上归来后的常态。充分重视哈姆莱特这段活动，

---

① 《哈姆莱特》四幕三场，《莎士比亚全集》(9)，第98页。

对真正认识哈姆莱特是十分重要的。在这里我首先特别指出的就是：哈姆莱特郁结于心的那些事情，现在又都以明朗的方式重新加以述说，戏剧冲突进展很快。比如，关于复仇一事他对霍拉旭是这样说的：克劳狄斯"杀死了我的父王，奸污了我的母亲，篡夺了我的嗣位的权利，用这种诡计谋害我的生命，凭良心说，我是不是应该亲手向他复仇雪恨？如果我不去剪除这一个戕害天性的蟊贼，让他继续为非作恶，岂不是该受天谴吗？"① 说得多么明确，多么简练，多么有力！这里没有一点儿忧郁痛苦的成分；恰恰相反，这里有的是理性的清醒、明晰与有力。再如，对贪官污吏的态度。在墓地上哈姆莱特拿着骷髅，借题发挥，以喜笑怒骂的方式抨击"偷天换日的政客"、"玩弄刀笔手段"、"颠倒黑白的律师"、巧立名目掠夺农民土地的地主。同哈姆莱特"生存还是毁灭"独白中相关内容加以对照，可以清楚地看到哈姆莱特前后一致的憎恶之情；但同时我们还可能看到它们之间的某些不同：在独白中哈姆莱特谴责贪官污吏的时候有着一种深受牢狱之苦的压抑感，发出的声音似乎是一种凄惨的控诉；而现在，哈姆莱特所表现出来的乃是一种鞭挞丑恶的快感，哈姆莱特在历数他们种种罪行的时候所发出的是一种正义的裁判。还有，哈姆莱特曾经对于重压之下流血流汗的人们深表怜悯与同情，而现在他所看到的却是庄稼汉的觉醒。他说："这三年来，人人都越变越聪明，庄稼汉的脚趾头已经挨近朝廷贵人的脚后跟，可以磨破那上面的冻疮了。"②哈姆莱特谈论这个问题显然是站在了贵族的立场上，对庄稼汉"越来越聪明"的情况深感不安。总之，在这个阶段，哈姆莱特以他固有的

---

① 《哈姆莱特》五幕二场，《莎士比亚全集》(9)，第132页。
② 《哈姆莱特》五幕一场，《莎士比亚全集》(9)，第122、123页。

目光重新审视发生在他生活中的各种问题,以一种新的思想情感宣布他的复仇使命,发表他的政治见解,没有忧郁、没有悲伤,这时哈姆莱特所显示出来的种种特征才是思想、性格、气质等方面的真实属性。

此外,哈姆莱特对于这个阶段所发生的一些事情态度都很明朗,并且表现出与忧郁完全不同的种种情感。比如,在墓地上和雷欧提斯的冲突中,哈姆莱特既表现了他易于冲动的性情,同时也表现了他善于克制的修养。雷欧提斯揪住了他,哈姆莱特平静地请他不要激起自己的火气来,让他"放开手";哈姆莱特终于激动起来,说可以以奥菲利娅为题目进行决斗,"四万个兄弟的爱合起来,还抵不过我对她的爱";并说为了奥菲利娅他什么都干得出来;但最后他终于压下了火气,对雷欧提斯说:"你为什么这样对待我呢?我一向是爱你的。"① 在这场小小的冲突中也表现出哈姆莱特对雷欧提斯、奥菲利娅兄妹所怀有的美好情感。再如,在比剑中,一开始哈姆莱特就向雷欧提斯坦诚地承认了自己的错误,请他原谅。他说自己所做的"凡是足以伤害你的情感和荣誉、激起你愤怒来的,都是我在疯狂中犯下的过失","难道哈姆莱特会做对不起雷欧提斯的事吗"?他称雷欧提斯为"兄弟",请他宽恕自己"不是出于故意的罪恶"②。哈姆莱特的态度是那样恳切,自责是那样真诚,语气是那样亲近,但是这一切都未能打动雷欧提斯的心,阴谋照旧进行,他手执开刃涂毒的剑与哈姆莱特"比剑",作为克劳狄斯的工具有意用毒剑刺伤了哈姆莱特,而诚实的哈姆莱特竟用雷欧提斯的毒剑无意刺伤了他;雷欧提斯重蹈了他

---

① 《哈姆莱特》五幕一场,《莎士比亚全集》(9),第129页。
② 《哈姆莱特》五幕二场,《莎士比亚全集》(9),第138页。

父亲的覆辙。雷欧提斯揭穿了克劳狄斯的阴谋,临死前请求哈姆莱特原谅他,哈姆莱特宽恕了他的错误,两个人在死前相互和解。哈姆莱特在比剑中的种种表现显示出一个青年王子的高贵气质和宽容的精神。最后,哈姆莱特历数克劳狄斯的罪恶——"败坏伦常,嗜杀贪淫,万恶不赦",他不仅用剑向奸王刺去还让他喝干了剩下的毒酒,对这个死有余辜的奸王实行了正义的惩罚。总之,哈姆莱特这个阶段的所有活动都显示了他的坚定、坦诚、勇敢、激情、克制、宽容等等,而这一切都是与忧郁绝缘的。当我们对哈姆莱特这个阶段的全部活动进行具体考察的时候,就会得出这样的结论:忧郁只是在哈姆莱特身上发生过的一种情感,尽管它的程度较重,持续的时间也较长,但忧郁并未形成为哈姆莱特的性格,经过宣泄之后它消失了。恢复常态的哈姆莱特是一个感情很丰富的人,并不偏执于某一种情感,其中也并不包含忧郁。因此将忧郁视为哈姆莱特"悲剧的核心"、"性格的核心",显然是对哈姆莱特真实性格的一种偏离。

莎士比亚非常成功地在哈姆莱特的身上展示了忧郁这种情感的发生、强化、达到顶点、宣泄、消失的全过程以及这种感情与其他情感的交集,实在是太精彩了!他真像心理学家那样真实地写出了哈姆莱特因痛苦压抑而忧郁的情景,又客观地写出了哈姆莱特的忧郁因宣泄而消失的经过,最后又全面地写出了曾经陷于忧郁但恢复常态之后的"多种情感"。哈姆莱特是一个独特的具有忧郁情感的人物,其重要价值就在于这种情感演变所包含的具有批判意义的那些重要内容。我们将《哈姆莱特》称为情感史诗中生动的篇章,对于哈姆莱特的忧郁来说,可以说是一个恰当的表述。

1997年2月24日—6月13日

普遍心理过程的独特诱因
——论哈姆莱特的踌躇、延宕及其心理机制

(一)

哈姆莱特复仇过程中出现的踌躇、延宕是构成其艺术生命的有机组成部分,而对这个问题的解读则成为认知哈姆莱特艺术形象的关键所在。从1736年汉谟提出这个问题以来,虽有极少数学者否认哈姆莱特的复仇存在延宕,但绝大多数学者认为这个问题是毋庸置疑的,并对它表现了极大的兴趣,以性格分析的理论对哈姆莱特踌躇、延宕的根源进行了殚精竭虑的研究,这种"评论的汹涌浪潮激荡于整个十九世纪"[①],形成了众说纷纭、莫衷一是的局面。著名莎学学者布雷德利于1904年出版的《莎士比亚悲剧》是20世纪影响颇大的一部莎评,其中对《哈姆莱特》的分析部分概括地评述了1736年以来"哈姆莱特问题"的批评史,重点考察了19世纪的哈姆莱特性格研究,并且在此基础上提出了自己的观点:他认为哈姆莱特是个具有

---

① 〔英〕斯图厄特:《莎士比亚的人物和他们的道德观》,见《莎士比亚评论汇编》(下),中国社会科学出版社1981年版,第209页。

"独特性格的人物","忧郁是悲剧的核心",是主人公的主要特征,而踌躇则是哈姆莱特性格的"中心问题"①,"只有哈姆莱特的忧郁才能充分解释他的第二个特征",即"他自己也无法理解的为何要一再拖延"。布雷德利在分析了哈姆莱特的性格的各种成分之后,将要对他的性格做出全面解释的时候,却说了下面一段话:

> 如果说有什么办法证明哈姆莱特是一个什么性格的人,那么唯一的办法就是要表明这一性格,而且只有这一性格才能够解释剧本中出现的一切有关事实。在这里,就算我对所有的事实都能够正确地加以解释,要想罗列所有这些事实来证明这一点也显然是不可能的。②

布雷德利这种哈姆莱特性格不可知论的观点影响到整个20世纪的哈姆莱特研究,并终于由此导致了哈姆莱特研究的危机。1930年代苏联著名学者维戈茨基像布雷德利一样考察了"哈姆莱特问题"批评史,重点批评了性格分析的种种观点,他认为将哈姆莱特的踌躇延宕说成性格悲剧乃大谬不然,而从客观条件分析这个问题更是严重错误,他认为悲剧中始终存在着本事、情节和人物三者之间的矛盾,"这些矛盾的统一造成了哈姆莱特的踌躇"。但是维戈茨基并不认为自己找到了谜底,最后宣称,哈姆莱特所说"剩下的就是永久的沉默了,这句话指出了所有这些事件的某种神秘的涵义",而这种涵

---

① 〔英〕安·塞·布雷德利:《莎士比亚悲剧》,上海译文出版社1992年版,第79、115、84页。
② 同上,第114、117页。

义存在于"这一结构奇特的剧本所产生的没有说完的剩余部分之中"①。维戈茨基将"哈姆莱特问题"的谜底由剧内推向剧外,又无可奈何地编织了一个新的超越文本的"隐密涵义"之谜。哈姆莱特逐渐失去了独一无二的特点,他已不再是一个具有个性的人物。1949年英国学者斯图厄特考察了此前包括布雷德利在内的莎评,"批评家对莎士比亚人物的估价引起了多么混乱的争论","我们如果探索哈姆莱特的有趣的批评史……我们会碰到这一令人清醒的事实:莎士比亚的丹麦王子是一条真正的变色龙,他几经沧桑,留下了不同时代的痕迹"②。1950年英国学者多佛·威尔逊则宣称哈姆莱特是一个"不定型的人物",是个"怎样表演都行的角色"③。1956年英国学者基托仍在概述"哈姆莱特问题"批评史的基础上阐述自己的观点:"围绕哈姆莱特蔓延起来的那种神秘感,暗示着《哈姆莱特》有一种独特的难于表达的品质,令人难解。"④ 20世纪现代派的种种理论不但对"哈姆莱特研究"未能提出任何有价值的观点,恰恰相反,给这个本来已经十分混乱的问题又增加了许多荒诞。英国莎学学者库勒·柯齐对20世纪的《哈姆莱特》研究几乎全盘否定,他说:"我可以大胆地说,其中十之八九都是胡说八道。"⑤

时至今日,哈姆莱特仍未能从谜一般迷蒙闪烁的理论烟雾中走出来,真正的哈姆莱特已经被涂抹得面目全非,被肢解得残破不全,被消融得飘忽不定。"一千个人有一千个哈姆莱特"不仅时髦流行,

---

① 〔苏〕列·谢·维戈茨基:《艺术心理学》,上海译文出版社1985年版,第235、255—256页。
② 《莎士比亚评论汇编》(下),第212—215页。
③ 〔英〕多佛·威尔逊:《〈哈姆莱特〉里发生了什么?》,同前书,第428页。
④ 〔英〕基托:《哈姆莱特》,《莎士比亚评论汇编》(下),第428页。
⑤ 贺祥麟主编:《莎士比亚评论文集》,陕西人民出版社1982年版,第168页。

而且似乎成了对哈姆莱特的终极认识,而"哈姆莱特问题"则被宣布为"斯芬克斯之谜"。1980年代出版的《简明不列颠百科全书》对此做了这样的概括:"现在关于哈姆莱特的所有材料,都不足以解释哈姆莱特的踌躇(他要报杀父之仇,但却多次不能下手,反复迟疑),而这正是莎士比亚关于哈姆莱特构思中最关键和独特的地方。"[1] 哈姆莱特仍被关在迷宫之中。我所要做的就是要寻找阿莉阿德尼线团,将哈姆莱特引出迷宫,恢复莎士比亚笔下那个独一无二的"这一个"的艺术形象的本来面目,展现其独特的诱人的艺术魅力。

(二)

在传统的哈姆莱特研究陷入困境的时候,心理分析学派对这个问题提出了自己的解释。20世纪初,心理分析学派创始人弗洛伊德在其名著《梦的解析》中认定哈姆莱特的悲剧根源与古希腊的俄狄浦斯一样,以"恋母情结"的观点解释哈姆莱特复仇的踌躇、延宕。弗洛伊德在论述了《俄狄浦斯》之后说,"另一个伟大的文学悲剧,莎士比亚的哈姆莱特也与俄狄浦斯王一样来自于同一根源"。"但由于这两个时代的差距……以致对此相同的材料做如此不同的处理。在俄狄浦斯王里面,儿童的愿望幻想均被显现出来,并且可由梦境窥出底细;而在哈姆莱特里,这些均被潜抑着,而我们准有像发现心理症病人的有关事实一样,透过这种过程所受到的抑制效应才能看出它的存在。在更近代的戏剧里,英雄人物的性格多半掺入犹豫不决的色彩,这成了悲剧的决定性效果不可缺少的因素"。《哈姆莱特》

---

[1] 《简明不列颠百科全书》第3卷,中国大百科全书出版社1985年版,第607页。

"这剧本主要也就在于刻画哈姆莱特要完成这件加之于他身上的复仇使命时所显现的犹豫痛苦,原剧并未提到这犹豫的动机,而各种不同的解释也均无法令人满意"。然后弗洛伊德简要地概述了以往关于"哈姆莱特问题"的几种主要观点,在谈论这个问题的时候他表现出对"哈姆莱特问题"近于专业学者的熟悉和深入。在这里他特别提到了歌德的观点,他说,"按照目前流行的看法,这是歌德首先提出的,哈姆莱特代表人类中一种特别类型——他们的生命热力多半为过分的智力活动所瘫痪"。"用脑过度,体力日衰";"而另外一种观点则以为莎翁在此陈示给我们的,是一种近乎所谓'神经衰弱'的病态,优柔寡断的性格,然而就整个剧本的情节来看,哈姆莱特绝非用来表现一种如此无能的性格"。"那么为什么他……却对父王的鬼魂所吩咐的工作犹豫不前呢?唯一的解释,便是这件工作具有某种特殊性质,哈姆莱特能够做所有的事,但却对一位杀掉他父亲,并且篡其王位夺其母后的人无能为力——那是因为他自己已经潜抑良久的童年欲望的实现。于是对仇人的恨意被良心的自谴不安取代;因为良心告诉他自己其实比这杀父娶母的凶手并好不了多少。在这儿,我是把故事中的英雄潜意识所含的意念提升到意识界来说明"①。又过了十多年,弗洛伊德于 1914 年重谈"哈姆莱特问题"时则表述了更为明晰的判断。他说:"让我们来考虑一下莎士比亚的代表作《哈姆莱特》,这部已有三百多年历史的剧,我一直密切地注视着心理分析学说的文献,并接受心理分析学说的观点,即只有分析地追溯悲剧素材的俄狄浦斯,即恋母的主题思想时,《哈姆莱特》的感染力之谜才能最终解开。"弗洛伊德继续说:"在我们的这种追

---

① 〔奥地利〕弗洛伊德:《梦的解析》,作家出版社 1986 年版,第 170 页。

溯之前，分歧万千，矛盾百出，解释又是何其多也！意见又是多么五花八门！莎士比亚是代表了一个病人、一个弱者，还是代表了一个不合现实潮流的理想主义者来要求我们的同情？又有多少这类解释令人扫兴？这类解释是多么令人兴味索然，它们丝毫没有讲明这出戏的效果所在……可是，就是这些诠释者们难道不是没有讲出这样一个事实：我们感到需要在该剧找到除此之外的力量源泉吗？"[①]在这里，弗洛伊德以一种溢于言表的喜悦之情宣布了他自以为最终解开"哈姆莱特问题"之谜的重大发现。

厄内斯特·琼斯是弗洛伊德最亲密的合作者与忠实的支持者、英国精神分析学家，他也用"俄狄浦斯情结"解释"哈姆莱特问题"，弗洛伊德对此大加肯定："有关哈姆莱特分析研究的继续和发展，以钟士（即琼斯——引者注）最为出色。他曾对这个观念的各种批评加以精辟的辩驳（哈姆莱特与俄狄浦斯情结的问题）。"[②]

1949年琼斯将自己的研究以《哈姆莱特与俄狄浦斯情结》为题发表。琼斯说："哈姆莱特为父复仇时迟疑的原因是什么？这在现代文学中被看作是斯芬克斯之谜。"那么原因到底在哪里呢？琼斯说，"哈姆莱特童年时代形成的显然被压抑住的对母亲的爱"，使他"把父亲死于一名令他嫉妒的情敌之手，早年的愿望终于变成了现实"，"因此，他的柔情只对他死去的父亲表示，因为他已不再是自己的情敌；但完全不给这个叔叔——一个活着的父亲的形象的化身表示，这完全是俄狄浦斯情结的机械再现，这就是我们用心理分析方法研究真

[①] 〔奥地利〕弗洛伊德：《米开朗基罗的摩西》，见《弗洛伊德论创造力与无意识》，中国展望出版社1985年版，第12页。

[②] 〔奥地利〕弗洛伊德：《梦的解析》，作家出版社1986年版，第185页。

正哈姆莱特问题的最终发现"①。心理分析派对哈姆莱特延宕的这种解释只被认为是"十分有趣的心理分析研究",但它并没有对"哈姆莱特问题"做出科学的、合理的诠释;恰恰相反这种说法遭到了相当多学者的否定与抨击。

心理分析学派以"恋母情结"解释"哈姆莱特问题",虽然违背情理,望风扑影,无中生有,实属荒诞,但以心理分析理论对莎士比亚作品的分析,却为我们解读"哈姆莱特问题"及莎翁其他作品开辟了一个新的领域。其实,心理学派创始人对莎剧人物的理论分析并不限于哈姆莱特,而是涉及莎翁一系列作品。因为在弗洛伊德的心目中,"莎士比亚是个天才的心理学家"②,所以弗洛伊德在莎翁作品中看到了大量的心理现象的描写,并以此作为他阐释某种心理分析观点的例证。比如弗洛伊德认定奥瑟罗因苔丝狄蒙娜丢了手帕而大发雷霆是"心理转移"造成的③;将理查三世作为一种"性格类型"加以分析,认为他属于"例外的人",并以此分析了他的野心的根源④;弗洛伊德还以麦克白夫人为例,阐述了"被成功毁灭了的人"的问题,并将麦克白与麦克白夫人两个人合在一起加以分析:"麦克白谋杀邓肯之

---

① 〔英〕厄纳斯特·琼斯:《哈姆莱特与俄狄浦斯情结》,见《当代西方文艺批评主潮》湖南人民出版社1987年版,第306、312页。

② 《莎士比亚评论汇编》(下),第214页。

③ 弗洛伊德说,所谓"心理转移"即"一个具有较弱潜能的意见必须由那最初具有较强潜能的意识里慢慢吸收能量,而达到某一强度时,才能脱颖而出,浮现到意识里来"。弗洛伊德说:"这种心理转移的现象在我们的日常的动作行为中是屡见不鲜的。"——《梦的解析》,作家出版社,1986年版,第85—87页。

④ 弗洛伊德说:"不容置疑,人人都很愿意把自己看成'例外的人',要求得到别人没有的特权。理查三世这类先天受到损伤的人,会提出种种'特权'的要求。理查三世先天残废,相貌丑陋,他由此出发产生了要求得到王冠的强烈欲望。"——弗洛伊德:《心理分析所遇到的性格类型》,《弗洛伊德论创造与无意识》,中国展望出版社1985年版,第86—87页。

后继续犯罪,他体现了对行为的蔑视","而麦克白夫人则体现了对行为的悔恨,他们两个人合在一起,充分展示了对罪行的种种反应"①。此外,弗洛伊德认为《威尼斯商人》中关于"一个男子在三个(匣子)中作出选择"的情节,象征了"一个男子在三个女人中作选择"的主题②。弗洛伊德说《李尔王》中也有"一个男子在三个女人中选择"的故事,李尔王选择了考狄利娅就是选择了死神③。其实弗洛伊德对《威尼斯商人》和《李尔王》的这种分析已经超出了心理分析的范畴,带有象征主义与神话—原型批评的色彩。

心理分析学派对莎翁作品独特的心理分析研究引起了学术界的浓厚兴趣,一些学者甚至将解决莎学难题的希望寄托于心理分析理论。早在1923年,"就有学者说,现代心理学由于揭露了双重和三重人格这类现象,可能会出人意料地把莎士比亚表面上的矛盾这个令

---

① 弗洛伊德说:"人们犯神经症是挫折所致,但令人不解的是医生发现人们有时犯病完全是因为实现了心中潜藏了很久的愿望,麦克白夫人就是一个典型的例子。"弗洛伊德还说:"莎士比亚常常将一个人物分裂为二,单独看一个,似乎他(她)的行为难以理解,只有当二者再次合在一起时,他们各自的行为才变得容易解释了。麦克白和麦克白夫人这两个人物大概就属于这种情况。"——弗洛伊德:《心理分析所遇到的性格类型》,同前书第91—93、98页。

② 弗洛伊德说:"如果叫我们来观察梦,我们会立刻想到这些匣子象征着女人的重要东西,因而也就是象征着女人本身,所以本剧的主题来自人类生活的一个思想:一个男子在三个女人中作出选择。"——弗洛伊德:《三个匣子的主题》,《弗洛伊德论创造力与无意识》,第12页。

③ 弗洛伊德联系一些这类的神话和民间故事提出,在这些故事中"三个女人的一个共同特征就是集中于'哑',按照心理分析的观点,我们可以这么说,梦中的'哑'就是'死'的惯常表现形式"。弗洛伊德说:"李尔王是一个老人,他选择了女儿考狄利娅;李尔王手中抱着考狄利娅的尸体,考狄利娅将李尔王拉进自己的怀抱。考狄利娅就是死神。正如死亡女神带走英雄的尸体一样,考狄利娅带走了李尔王的尸体。永恒的智慧披上了原始神话的外衣。"——弗洛伊德:《三个匣子的主题》,同前书,第72—74页。

人头疼的问题给搞清楚"①。20世纪出现的心理分析是一个具有重大价值的理论学说,它在创立之后经历了一个扬弃—发展的过程,其理论内涵越来越丰富,越来越具科学性。运用这种理论分析文学作品,可以使我们深入到人物的内心世界中去,应该而且可能取得理论研究上的突破。我国有的学者认为,"心理批评是马克思主义文艺批评的重要补充。理解文本的深层意义,使虚构之作恢复其本来面目,肯定有助于揭示作品的社会意识含义"②。心理分析学关于"哈姆莱特问题"的解释,虽然"恋母情结"的观点不可取,但它并不妨碍我们运用心理分析理论的另外一些范畴来继续研究这个问题,特别是其新学派荣格的心理学理论范畴可以引领我们从更宽广的心理视野上去寻求哈姆莱特踌躇的最初根源。荣格所提出的著名的"情结"这个术语在他的心理学理论中占有重要地位,他认为在人的心理世界中除了和性欲有关的"情结"之外,在无意识领域中还存在着其他各种内涵的情结,这些情结同人的四种心理功能(思想、感情、感觉、直觉)相联系,形成错综复杂的心理状态。这种心理分析的理论范畴可以为我们提供一条走出"哈姆莱特问题"迷宫的"阿莉阿德尼线团"。当我们带着这个线团走进哈姆莱特的心理世界时,我们当然根本看不到哈姆莱特有所谓的"恋母情结"的存在,而哈姆莱特生活的那个嬗变时代的各种相互矛盾的意识、观念造成了哈姆莱特的意识困扰,这才是哈姆莱特踌躇、延宕的根本原因③;如果我们再深入一步的话,

---

① 《莎士比亚评论汇编》(下),第215页。
② 《深入到艺术创造的生动内涵中去——蓝棣之谈文学的症候批评》,《中华读书报》1999年5月19日。
③ 孟宪强:《时代嬗变与意识困扰——哈姆莱特踌躇、延宕问题新探》,《东北师大学报》1990年第1期。

就可以在哈姆莱特的意识层、个人无意识层和集体无意识层中,具体地看到形成他踌躇这种人类普遍心理过程的独特诱因。

(三)

也许踌躇这种心理现象过于普遍,它并未被心理学家所特别重视。所谓踌躇,就是指对两种可能的条件不能决定动作指向的一种行为状态。我以为它甚至可以视为人的本能之一。我们在观察动物的时候,往往可以见到与人的踌躇相类似情形,如鹿在猎人所设陷阱前东张西望,鸟雀在罗网的诱饵前逡巡不前等等。对于人来说,踌躇早已成为一种经常出现的心理过程,导致这种心理状态的原因非常复杂,只能具体地分析而很难做出一个形而上学的概括。在其众多的原因之中,最引起人们重视的是对两个相似事物不能进行辨别,无法加以选择,达到踌躇的最高程度而造成的一种困境。欧洲中古著名寓言《布利丹的驴子》和我国古代哲学家墨子歧路而哭的故事就是这种情形在艺术上和哲学上的反映。前者说有一头驴子在两堆相似的干草中不知应该先吃哪一堆,由于做不出决定终至饿死。《吕氏春秋·疑似》篇中说:"使人大迷惑者,必物之相似也,相似之物,此愚人之所以大惑,而圣人之所加虑也,故墨子见歧路而哭之。"墨子之所以如此,是因为他不能辨认出哪条路可以通向目的地,哪条路远离目的地,因而不能决定走哪一条路。发生踌躇的另外一种原因是内部的心理障碍,即当人们要将某种意愿转化为外部活动,要做某一种事情时,会遇到某种意识因素的排斥与否定,这也形成为踌躇的心理机制,造成行为的举棋不定。导致踌躇这种心理过程的意识诱因是多方面的,如政治策略上的考虑,道德原则上的冲突,利害关系上的平衡，宗教观念上的矛盾，个人经验上的差异，各种情结的制约等等，所引起的诸种意识因素的碰撞在未解决之前，即处于踌躇状态，而当人们选择了一种动作之后，踌躇状态则随之终结。踌躇是人一生中所发生的各种心理过程中最频繁的一种，从决定生死的大事到日常生活琐事，随时都可能有踌躇的发生，踌躇所经历的时间长短不一，最短的只有几秒钟即可完成，长的要几小时、几天、数月乃至更长的时间才能终结；或排除障碍付诸行动，或否定动因，取消行动。

踌躇这种心理现象在人们的生活中是经常出现的，它的基本内容就是对某一件事的"做还是不做"，《哈姆莱特》中的名言 To be, or not to be 可以视为踌躇的一个公式。To be 为表示动作的一个词，它可以代表任何动作，而 not to be 则是表示对这种动作的否定，对此每个人都可以举出许许多多的例子。踌躇和某些心理过程不同，它自身并不具备明确倾向的价值，"做还是不做"不具有固定的价值倾向。不同性质的行为都可能会出现踌躇，但丁对此曾有过精彩的表述："我处于相等的两个疑问之间，假使我仍然保持静默，这是不应受责备和恭维的，因为这是必然的结果。"[①] 这就是说在"两个疑问"之间的犹豫不决是一种中性的心理过程。我国当代著名作家刘心武以第一次投稿时的情形为例，发表了一段很精彩的关于犹豫的见解。他说："任何人都犹豫过，犹豫导致两种后果：或犹豫而中止行动，或超越犹豫而断然采取行动。有时犹豫后的行动让我们欣慰，甚至感到可怕；有时却让我们跟好事失之交臂，悔恨不已。相反，有时我们克服犹豫的所作所为，其结果并不光彩，而有时却亏得我们不再犹豫，

---

① 〔意大利〕但丁：《神曲·天堂篇》（第五歌），人民文学出版社1954年版，第375页。

勇于行动,才获得了成功。"[1]一个人做天使般善良之事时可能会踌躇,而在做魔鬼般罪恶勾当时也可能会踌躇;踌躇可能导致失败,但有时踌躇竟会成为成功的因素。因此踌躇的结果是好是坏不能一概而论,要具体情况具体分析。麦克白在刺杀邓肯王之前,再三犹豫,甚至要放弃谋杀行动,最后他的欲望终于泯灭了理性,举起了屠刀,成为一个弑君的罪人。对麦克白来说,踌躇是他天性中善良一面出来阻挡他的野心,但未能阻止住。而在英国文艺复兴时期的伊丽莎白女王那里,犹豫竟成了她成功的重要因素之一。著名传记文学作家斯切莱特说,"一种深刻的天性使她几乎不可能对任何一个问题作出坚定不移的决断","拖延——再拖延——仿佛这是她唯一的目的,而她的一生仿佛就是在酷爱拖延中度过的","然而在这里正如那许多反对她的人吃了苦头方才发现的那样,表面现象也使人上当"。伊丽莎白女王取得巨大的胜利,但那"并不是英雄主义的产物","恰恰相反,伊丽莎白一生所奉行的最高政策是一切可以意想到的政策中最没有英雄气的"[2],其中最突出的就是犹豫和拖拉。因此对犹豫不能简单地做出否定的判断。但是长期以来,人们常常将犹豫视为意志薄弱、性格软弱而予以批评,在18—19世纪的"哈姆莱特问题"研究中一些学者就认为哈姆莱特的踌躇、延宕是性格软弱造成的,别林

---

[1] 刘心武:《犹豫》原载《深圳特区报》,《青年文摘》1997年4月号转载。文中刘心武详细地记述了当时投稿的情形:"1977年夏天,我拿着短篇小说《班主任》的稿子,去北京东单邮政局投递时曾犹豫过。因为那时还未公开否定'文化大革命',我这篇抨击'文革'乃至追溯到'文革'前极'左'罪愆的小说很可能被视为'反动'。所以我都走进邮局了,犹豫中却又走了出来……终于鼓起勇气再走进邮局将稿子交给台里的工作人员,又觉得人家服务态度不好,打算收回来……但到头来我还是克服了犹豫,把稿子投了出去,结果小说发表,引起轰动,我由此走上文坛……"

[2] 〔英〕斯切莱特:《伊丽莎白女王和埃塞克斯伯爵》,三联书店1986年版,第13、15、11页。

斯基的哈姆莱特研究也没有超出这一界限,他也承认踌躇为软弱,但认为这并不是哈姆莱特的天性,而是分裂的结果,因此,"后来哈姆莱特在自己的身上找到了力量和决断"。别林斯基的结论是:"从天性上说,哈姆莱特是一个强有力的人。"①苏联莎学学者大都承袭了别林斯基的观点,如著名的阿尼克斯特说:"哈姆莱特怀疑、犹豫表现得意志薄弱,但他的性格并不如此。别林斯基说得对:'哈姆莱特本性是坚强的。'"② 总之,对犹豫心理过程的科学认知是正确分析哈姆莱特延宕问题的理论基础,只有由此出发,才能看清哈姆莱特延宕的真实情状,才能对其做出合乎情理的判断。

犹豫、踌躇这种心理过程虽然经常发生,但真正具有这种性格的人却并非很多,一般的犹豫、踌躇并不就是性格;只有犹豫、踌躇这种心理过程在一个人的身上反复出现,不断强化,最后积淀成相对稳定的心理定势的时候,才可以说这个人是一个优柔寡断的人,遇事总是当断不断。从犹豫、踌躇本身来看,它并不具有特殊的价值,因此文学作品中描写这种性格的典型人物极其罕见,而莎士比亚这位伟大的艺术家在负有复仇使命的哈姆莱特的活动中生动地描写了他的踌躇、延宕,虽然不能说踌躇是哈姆莱特的"性格的核心",但却构成了他艺术个性的一个突出特征。莎士比亚将哈姆莱特的踌躇典型化,使其成为一个个性鲜明的艺术形象。在哈姆莱特这里,踌躇、犹豫绝不意味着意志软弱——因为他根本不是一个优柔寡断的人;他的踌躇、犹豫只是对复仇而言的。踌躇是使传统故事中的哈姆莱特发生

---

① 〔俄〕别林斯基:《莎士比亚的剧本〈哈姆莱特〉——莫恰洛夫扮演的哈姆莱特角色》,《莎士比亚评论汇编》(上),中国社会科学出版社1979年版,第436页。

② 〔苏〕阿尼克斯特:《莎士比亚的悲剧〈哈姆莱特〉》,《莎士比亚评论汇编》(下),中国社会科学出版社1981年版,第507页。

脱胎换骨变化的根本要素：正是这种踌躇、犹豫，才将哈姆莱特的个人的血缘复仇活动演变为一场为"重整乾坤"而进行的顽强斗争，才将哈姆莱特从个人复仇者的身份提升为一个为真善美而战斗的悲剧英雄。踌躇、犹豫、拖延使哈姆莱特具有了非同一般的艺术魅力。当我们具体地揭示哈姆莱特踌躇、犹豫的心理诱因时，我们就会发现在这种普遍的心理过程中包含着多么丰富的思想内涵！

（四）

那么，哈姆莱特踌躇、延宕的具体诱因到底是什么呢？我以为是复仇观念同他心理世界中一些固有的意识因素，如个人无意识层中的责任情结、集体无意识层中的上帝情结和意识层中的命运观念等发生特定关系所产生的一种结果。

1.社会责任情结对复仇观念的心理制约。

当哈姆莱特亡父的鬼魂向他提出复仇的要求时，他立即热血沸腾，发誓要忘掉一切为父复仇。哈姆莱特复仇的对象是当今国王，他个人的复仇实则国家大事，所以哈姆莱特刚刚接受的这种复仇观念，迅速传导给他个人无意识中早已形成的社会责任情结，这个情结就由复仇转化为"重整乾坤"的社会责任观念。哈姆莱特无意识层中的这个社会责任情结对他的复仇观念具有心理上的制约作用，这是哈姆莱特踌躇、延宕心理过程最重要的一个心理诱因。

荣格认为，在个人无意识层中存在着各种情结，诸如自卑情结、与金钱有关的情结、与权力有关的情结、与性欲有关的情结以及"年轻一代"情结等等；所谓情结即"执意地沉溺于某种东西中而不能自拔"的心理状态。"个人无意识就像一个精心制作的输入系统或记忆的仓库",各种情结并不仅仅起源于童年时候的创伤性经验,而是反复输入到无意识中的各种意识因素所形成的。无意识中的某种情结就像"完整人格中的一个个彼此分离的小人格一样,它们是自主的,有自己的驱力,而且可以强有力到控制我们的思想和行为"[①]。哈姆莱特的社会责任情结是他受时代精神熏陶和系统地接受人文主义教育等一系列个人经验和意识因素的聚合与沉淀的结果,而其复仇则是刚刚接受的一个观念,它还没有成为自觉意识,因此虽然开始时复仇观念表现出很强的力度,并引起激动愤怒的情感,但这些都是短暂的,后来竟至将其忘掉。所以当复仇观念传导给无意识层中的社会责任情结时,哈姆莱特才喊出了"倒楣的我却要负起重整乾坤的责任"[②]。这样,在哈姆莱特的意识中就形成了复仇观念与"重整乾坤"的社会责任观念的并行并存,达到了一种相互平衡的心理状态。荣格指出"原来能量上不等的两种心理结构或心理值(一种能量很高,一种能量很低),它们在能量上的平衡可以导致一种强烈而持久的综合,这种综合将使两种心理结构难以彼此分离"[③]。哈姆莱特的全部行为因此而始终处于二元状态,即其动作指向一直流动于两种观念之间。哈姆莱特的这两种观念具有不同的属性,因此其动作指向也不相同。复仇观念所要求的行为是无条件地杀死仇人,这种观念所导向的实践是个人性质的活动,属道德范畴;而"重整乾坤"这种社会责任观念所导向的实践是群体性的,属于政治范畴。由于复仇观念与社会责任观念所导向的行为动作的差异性,就从根本上造成了哈姆莱特独特的活动状态:"重整乾坤"的社会责任观念阻碍了哈姆莱

[①] 〔美〕霍尔等:《荣格心理学入门》,三联书店 1987 年版,第 46、36、35 页。
[②] 《哈姆莱特》一幕五场,《莎士比亚全集》(9),第 33 页
[③] 〔美〕霍尔等:《荣格心理学入门》,第 91 页。

特复仇观念的物化,而复仇行为则因为社会责任观念的介入而推迟和拖延。

复仇观念与社会责任观念这两种心理要素都具有一定的心理值,都分配了一定的心理能量,但社会责任观念的心理值与心理能量要比复仇观念高得多。荣格认为,"当一种很高的心理值被投入一种观念或感情时,也就意味着这种观念或情感拥有相当的力量以左右和影响一个人的行为了"[1]。因此,在哈姆莱特的全部活动中,包括他的复仇活动,就都受到了这种有很高心理能量被投入其中的社会责任观念的"左右和影响"了,哈姆莱特的复仇观念无法变为行动。因此,对复仇之事哈姆莱特始终不能去思考如何进行的问题,而只能一次又一次地思考能不能承担这样的使命的问题。他以独白的方式审视自己是否具备复仇的能力和条件,责备自己忘了复仇大事,激励自己的复仇决心,但对复仇之事来说,哈姆莱特的动作自始至终并没有向前推进一步,他从未主动地去采取复仇的活动,只是在被动中应付着克劳狄斯的种种阴谋,即使最后杀死了克劳狄斯,哈姆莱特也未产生完成复仇任务的快感。哈姆莱特的复仇活动因其心理能量的不足,特别是受到社会责任情结的制约,所以他复仇的状态始终未能摆脱那种特有的踌躇、延宕和被动。

荣格认为,无意识层中的某些情结可以给人以灵感和力量,他以沉溺于美的追求的艺术家能创作出优秀作品为例证明了这个问题。同样,正是哈姆莱特无意识中的社会责任情结才使他在对社会假恶丑的批判中显示出他高贵的思想和品格。哈姆莱特出于社会责任观念对广大不幸者表示深切的同情,同情他们肩负着重担"在烦劳的生

---

[1] 〔美〕霍尔等:《荣格心理学入门》,第94页。

命压迫下呻吟流汗"的痛苦遭遇,并同克劳狄斯一伙进行了毫不妥协的斗争。哈姆莱特因此最后被以军人的身份在军乐中隆重安葬。社会责任情结将哈姆莱特个人的复仇活动升华为一种"重整乾坤"、鞭挞假恶丑的斗争。尽管他没能够完全实现自己"重整乾坤"的重任,但从他的斗争中所显示的人格力量足以使他屹立于时代的高峰之上。

总之,哈姆莱特的动作始终是交错地指向两个方面,一强一弱;本来是哈姆莱特要做的事情——为父复仇,却因为复仇观念缺少足够的心理能量,和受到社会责任观念的制约而不能主动地进行;本来没有人要他去做的事情——"重整乾坤",却因为他的社会责任情结所具有的心理能量而不断地付诸行动。

2. 上帝情结对复仇观念的心理制约。

哈姆莱特的复仇观念和无意识中的上帝情结发生碰撞,后者阻挡了前者的行动,这是造成哈姆莱特踌躇、延宕的心理诱因之一。

复仇是一种以血缘情感为基础的行为,是一种古老的道德观念,它要求以血还血、以命抵命。复仇观念具有强度很大的激情,它要无条件地杀死仇人,不问原因,不择手段,不顾后果。雷欧提斯的一段话非常明确地表述了这种观念和情感的特点,他说:"什么良心,什么礼貌,都给我滚下无底的深渊里去!我要向永劫挑战。我的立场已经坚决:今生怎样,来生怎样,我一概不顾,只要痛痛快快地为我的父亲复仇。"[①] 他宣称"我要在教堂里割破他的喉咙",在与克劳狄斯密谋时他还说:"为了达到复仇的目的,我还要在我的剑上涂上一些毒

---

① 《哈姆莱特》四幕五场,《莎士比亚全集》(9),第107页。

药。"① 哈姆莱特的复仇观念与此不同：他的复仇观念不仅从根本上受到社会责任情结的制约，同时也受到了上帝情结的影响；由上帝情结衍生出来的一系列观念影响了哈姆莱特的复仇，它们将其变成了一种有条件的行为，致使哈姆莱特失去了复仇的机会。

荣格认为集体无意识的内容即为原型。他描述过人的众多的原型，如出生原型、死亡原型、巫术原型、英雄原型、巨人原型、上帝原型等等。这些原型对于形成人格和自我特别重要，有的原型则成为情结的起源和核心，上帝情结就是从上帝原型中发展起来的。关于这种情形荣格说："当一个人开始接触世界的时候，那些与上帝原型相关的经历和体验就逐渐附着于这一原型并由此而形成上帝情结。"上帝情结的基本内涵就是使人"感觉和判断一切事物都带着善与恶的标准，相信天堂、地狱的观念，诅咒在罪恶中生活的人并要求他们为自己的罪恶忏悔"②。上帝情结可以成为人格的一部分、大部分或者全部，从哈姆莱特的活动来考察，上帝情结并没有吞噬他的全部人格，而只是构成他的人格的"一部分"，正是这"一部分"造成了哈姆莱特复仇中最有名的一次踌躇、延宕。

哈姆莱特在克劳狄斯一个人祈祷时遇到他。对于一个真正的复仇者来说，这正是杀死仇人的好机会，手起刀落就达到了目的。可是哈姆莱特无意识中的上帝情结对此立即做出反应：该不该杀死一个正在祈祷中的罪人呢？按复仇的要求来说可以并且应该杀死他，可是上帝情结对此却做出了不同的裁断："如果这个时候结果了他的性命，那么天国的路是为他开放着，这样还算复仇吗？不！收起来，我

---

① 《哈姆莱特》四幕七场，《莎士比亚全集》(9)，第116页。
② 〔美〕霍尔等：《荣格心理学入门》，第47页。

的剑,等候一个更惨酷的机会吧;当他在酒醉以后,在愤怒之中,或是在纵欲乱伦的时候,有赌博、咒骂或是其他邪恶的行为中间,我就叫他颠蹶在我的脚下,让他幽深黑暗不见天日的灵魂永堕地狱。"① 复仇观念指示哈姆莱特杀,上帝情结的指令则是此时不杀,于是他放过了克劳狄斯。

哈姆莱特无意识中的上帝情结,不仅阻止了他的这次复仇行动,还将他的复仇引向对人的堕落与罪行的揭露。哈姆莱特曾热情地赞美过上帝按照自己的形象创造出来的人类②,但他现在所看到的却如《圣经》中那些违背上帝旨意、犯罪堕落的人们。他从母亲的行为中看到了女人的"脆弱"③,这正如夏娃经不住蛇的诱惑一样;他从波洛涅斯的行为中想到了《圣经》中耶弗他向上帝献出自己独生女儿的悲剧,并以此警告波洛涅斯④;他从墓地上的骷髅想到了《圣经》中的"杀人凶手"该隐等,他们都受到了上帝的惩罚。

总之,哈姆莱特无意识中的上帝情结对他的复仇观念产生了心理上的制约作用,它将哈姆莱特的无条件的复仇变成一种有条件的行为,阻碍了他的复仇,使其错过机会。然而也恰恰因为哈姆莱特的这种踌躇、延宕,才将他同一个真正的复仇者区别开来,显示了他与复仇者所具有的不同的人格特征。

3. 命运观念对复仇观念的心理制约。

如前所述,哈姆莱特的复仇观念尚未成为他的自觉意识,而宿命论的命运观念却早已进入哈姆莱特的意识之中,并成为一种自觉的

---

① 《哈姆莱特》三幕三场,《莎士比亚全集》(9),第85—86页。
② 《哈姆莱特》二幕二场,《莎士比亚全集》(9),第49页。
③ 《哈姆莱特》一幕二场,《莎士比亚全集》(9),第15页。
④ 《哈姆莱特》二幕二场,《莎士比亚全集》(9),第53页。

意识因素,它也是使哈姆莱特的复仇拖延与被动的一个心理诱因。

荣格认为,自觉意识是由被自我所承认并允许进入意识的那些意识,而自我则是自觉意识的组织,它由能够自觉意识到的知识、思维、情感等组成。尽管自我在全部心理总和中只占据一小部分,但它作为意识的门卫却担负着至关重要的任务,如果不被自我承认,就永远也不会进入意识。自我具有高度的选择性,它类似一个蒸馏所,许多心理材料被送进去,但却只有很少一部分被制作出来,达到充分自觉的这一心理水平[1]。哈姆莱特接受了父亲鬼魂的要求,虽然将复仇观念作为一种心理材料送进意识之中,但它并没有通过自我的选择,未被自我所确认,所以哈姆莱特的这个复仇观念并未成为自觉意识。正因为如此,哈姆莱特才会在相当长的一段时间里竟忘记了复仇之事,哈姆莱特曾因此而自责[2]。只是在某种特定的外界情境激发下,他才重新唤起了复仇观念(如看到伶人的演出等),这种情形就是复仇观念尚未成为哈姆莱特自觉意识的一个证明。从哈姆莱特的行动中显示出来的命运观则已经成为影响他行动的一种自觉意识。

荣格说:"归根结底,决定的因素往往是意识。"[3] 哈姆莱特心理世界中的命运观念抵消了哈姆莱特的整个行动——包括复仇在内的主动性。文艺复兴时期的英国,也包括欧洲其他国家,普遍存在着两种不同的人生观:一种是正在形成的积极进取的人生观,一种是相信宿命的消极的人生观。前者强调个人自身的力量,认为人的一切全在于自己;后者相信冥冥中命运的主宰,认为人的一切,包括生死,皆由命运注定。在哈姆莱特的心理世界中这两种人生观念处于并存状

---

[1] 〔美〕霍尔等:《荣格心理学入门》,第32页。
[2] 《哈姆莱特》二幕二场,《莎士比亚全集》(9),第59—60页。
[3] 〔美〕霍尔等:《荣格心理学入门》,第32页。

态。哈姆莱特在审视自己的力量时,充满信心,认为自己有能力为父复仇,这是前一种人生观的反映;而后一种人生观却使哈姆莱特的复仇始终不能采取主动态势,他的全部活动采取了一种听天由命的态度。一个复仇观念被自我所承认了的复仇者会采取各种手段,包括投毒、暗杀、纵火等,来消灭复仇对象,而这些则是哈姆莱特根本没有想过的;恰恰相反,这些乃是克劳狄斯用来谋害哈姆莱特所采取的一系列阴谋手段。哈姆莱特相信"一切都是上天预先注定的"①,他用这种观念向霍拉旭讲述了他在海上识破克劳狄斯欲假英王之手将他处死的阴谋,以及从海上逃回丹麦的过程。在克劳狄斯实施阴谋要哈姆莱特与雷欧提斯比剑的时候,他感到事情有些异常,可能其中有诈,略表犹疑,霍拉旭劝他既然如此就不必比了。这时哈姆莱特说:"我们不要怕什么预兆,一只雀子的死生都是命运预先注定的。注定在今天就不会是明天;不是明天就是今天,逃过了今天,明天还是逃不了,随时准备着就是了。"② 正是这种命运观念使哈姆莱特同意比武,陷入阴谋之中。——其实,早在哈姆莱特放过克劳狄斯的时候,他的这种宿命的命运观念就显露了端倪。他放过了祈祷中的克劳狄斯之后,说他要"等待"一个克劳狄斯作恶的时机再杀死他。这种"等待"的想法就是从命运观念中产生出来的。随着整个事件的发展,哈姆莱特的命运观念越来越显示出它的力度,最后竟成为他决定事关生死的重大行动的依据。——哈姆莱特同意比武这件事表明,尽管哈姆莱特再三暗下决心为父复仇,但此时事实上他又忘记了这件大事,如果不是出于许多偶然因素(王后饮下毒酒,他与雷欧提斯无意

---

① 《哈姆莱特》五幕二场,《莎士比亚全集》(9),第131页。
② 《哈姆莱特》五幕二场,《莎士比亚全集》(9),第137页。

中换剑,彼此全部中毒),哈姆莱特是难以逃出克劳狄斯的毒手的。这种危险的局面之所以出现,根本原因就在于哈姆莱特并未能由比武之事重新激发出他的复仇观念,未想到复仇之事。对于已经害死他的父亲,又几乎将他置于死地的克劳狄斯安排的比剑,明明是一个阴谋,但他却以正常生活的原则,按照命运观念的支配同意了。尽管最后哈姆莱特杀死了克劳狄斯,那只是在他揭穿了克劳狄斯的阴谋之后所杀死的一个奸王,而不是本来意义上的复仇。

总之,社会责任情结、上帝情结和命运观念这三种心理因素交织在一起,对哈姆莱特的复仇交错地产生制约作用,致使哈姆莱特的复仇自始至终地处于一种踌躇、延宕的独特状态之中。就本性来说,哈姆莱特并不是一个踌躇的人,但在他为父亲复仇的整个悲剧过程中却显示出这种外在的性格特征,成为文学史上一个罕见的、独一无二的艺术典型。然而,哈姆莱特的踌躇、延宕既不意味着他"意志薄弱",也不意味着"思辨过盛";既不是源于忧郁,也和"恋母情结"无关。哈姆莱特所显示的这种性格特征是构成哈姆莱特人格的一些心理要素对复仇观念的限制——抵制和排斥的结果。正是因为存在着踌躇、延宕,才使接受了复仇任务的哈姆莱特不同于任何一个复仇者。我们可以这样说,如果没有踌躇、延宕也就不会有哈姆莱特。然而,哈姆莱特的真正的艺术价值却又并不在这个踌躇、延宕本身,那些造成这种性格特征的心理要素即人格力量,才是莎士比亚笔下哈姆莱特的活生生的艺术生命和永久艺术价值之所在。

1998年4月24日—5月15日初稿,
1999年4月29日—5月9日修改定稿。

种种假面掩盖着丑恶与罪行
——《哈姆莱特》人物群像之一

克劳狄斯与乔特鲁德是罪恶的根源。——克劳狄斯与王嫂私通并弑兄娶嫂篡夺王位，哈姆莱特成为他的直接威胁与心腹之患，克劳狄斯继续采取阴谋手段，企图借他人之手杀死哈姆莱特；罗森格兰兹、吉尔登斯吞和雷欧提斯先后为他所利用，阴谋败露之后他们都自食恶果，克劳狄斯终被哈姆莱特杀死。他们虽然都生活在这同一的罪恶世界中，但他们每个人都有自己的性格特征和生活历程；然而纵观他们的活动就可以发现他们又具有共同的属性，那就是他们的丑恶与罪行都由假面目掩盖着，克劳狄斯笑里藏刀，乔特鲁德以贤淑掩盖着情欲，罗森格兰兹、吉尔登斯吞以忠诚掩盖利禄之心，雷欧提斯则以骑士精神掩盖暗算害人的卑鄙，奥斯立克则以巧言令色掩盖着无聊与空虚。我们分析这些人物的时候似乎走进了一个人性丑恶的陈列馆。在这里我们看到了各种强烈情欲、欲望对人性的异化、扭曲，克劳狄斯等人的性格特征尽管各有不同，但归根结底他们都是被某种欲望所支配的角色，为了满足欲望这个永难餍足的怪兽的饥渴，他们才在冠冕堂皇的幌子下面干着伤天害理的事情，成为假恶丑的一个群体，他们的可耻下场是正义对邪恶的惩罚。

克劳狄斯是一个为达目的不择手段的马基雅维利主义者，他的突出特征就是善于伪装，笑里藏刀，"用至诚的外表和虔敬的行动，掩饰一颗魔鬼般的内心"①,他的所有活动都是精心策划、暗中进行的,只有他一个人知道。他谋杀老王,在表面上骗过了乔特鲁德,并以神圣的、为了国家的名义宣布他和王嫂结婚的重大意义。他表面对老王的"猝死"表示哀悼,声称只是"凛于后死者责任的重大",才"不得不违情逆理",让"殡葬的挽歌和结婚的笙乐同时并奏,用盛大的喜乐抵消沉重的不幸",他与王嫂结婚"成为这一个多事之国的共同统治者"②。同时,克劳狄斯还以群臣拥护的名义使自己的篡权行为合法化,欺骗群臣说,这样重大的事情事先"曾经征求"过意见,"多蒙大家诚意赞助",于是他向大家致谢。克劳狄斯这一通言辞把他血淋淋的残害兄长、篡夺王权的罪行掩饰得无懈可击。克劳狄斯与王嫂结婚是他篡权的关键一步,这样合法继承人哈姆莱特的王位就由克劳狄斯占据了。克劳狄斯干了这件事之后表面上对哈姆莱特非常关心,将他留在朝廷,并宣布他为丹麦王位的合法继承人,把强盗的逻辑美化成父亲般的仁慈!克劳狄斯抢了人家的东西,然后再宣布我死了之后这东西归你所有!克劳狄斯很会演戏。他对哈姆莱特表面上是慈父般的态度,自称为哈姆莱特的父亲,称他为"我的儿子";然而暗中对哈姆莱特却是怀有一片杀机。就在哈姆莱特刚刚开始装疯的时候,克劳狄斯就已经形成了除掉他的方案——送往英国处死,只是由于波洛涅斯的过分殷勤,克劳狄斯才推迟了行动;即使没有"戏中戏",克劳狄斯也不会放过哈姆莱特。然而,克劳狄斯的这种杀心,善良的人们怎能知情呢?人们所看到的只是表面现象。如果仅从这些表面现象作为判断是非的根据的话,可能还要认

---

① 《哈姆莱特》三幕一场,《莎士比亚全集》(9),第62页。
② 《哈姆莱特》一幕二场,《莎士比亚全集》(9),第11页。

为哈姆莱特不该那样不知好歹，背情逆理呢！不是有人由此对哈姆莱特加以谴责吗？克劳狄斯能言善辩，不仅在其即位演说中有所表现，特别是他将雷欧提斯诱入自己阴谋网中，也突出地表现了他所具有的雄辩才能。雷欧提斯率众攻入王宫之后，克劳狄斯首先将自己打扮成一个受害者，引起雷欧提斯的同情并将关系拉近，然后步步深入地使雷欧提斯上钩与其结盟，共谋加害哈姆莱特的办法，他们为哈姆莱特置了三道鬼门关：将比赛用的钝剑开刃、在剑刃上涂上致命的毒药、准备一杯毒酒。克劳狄斯充分显示了他的狡猾与阴谋，他始终不想自己承担杀人的罪名；他想假借他人杀害哈姆莱特的阴谋终于暴露，正义的利剑最终刺入他胸中。克劳狄斯的罪恶活动都是十分隐秘的。他谋害老王只有鬼魂的诉说才为人所知，他谋害哈姆莱特也非常隐秘，只有哈姆莱特发现了秘密才暴露了他的阴谋。克劳狄斯以"至诚的外表"将这一切深深地隐藏起来，并以表面的虔敬与仁爱骗了他周围的人，甚至也使一些学者上当以致对他不产生恶感，如说"《哈姆莱特》中，虽然有那么一个坏蛋，可他并不十分恶劣……《雅典的泰门》中的忘恩负义和自私自利，使我们十分厌恶，而我们对克劳狄斯并没有这种感觉"[①]。布雷德利的这一观点有相当的影响。其实，在莎剧中所有篡夺王位的角色中再没有另外一个人物像克劳狄斯这样卑劣、这样狡猾，这样令人感到厌恶和恐惧，我们在生活中怎样才能看穿他这种"以至诚的外表"掩盖着魔鬼之心的鬼蜮伎俩呢？

克劳狄斯并不是一个嗜杀者，他的天良尚未全部泯灭。他出于权欲和情欲而干下了伤天害理的事情，但他为此不断受到良心的谴

[①] 〔英〕安·塞·布雷德利：《莎士比亚悲剧》，上海译文出版社1992年版，第72页。

责,忏悔自己的罪恶。他的两个欲望都得到了满足,他想将此罪行永久地隐瞒下去,并不想再干其他的罪行,所以最初他对哈姆莱特表示亲近包含着对他加以安抚和拉拢的意思。假如哈姆莱特是一个卑微的人或一个麻木的人,假如他没有听到鬼魂的话不进行复仇活动的话,克劳狄斯也许真的不再去杀害哈姆莱特。然而生活的逻辑并不是由个人的愿望决定的,它是由某种内在的力量推动着的,一个人如何行动是很难超越逻辑力量的制约的。因为"以不义开始的事情,必须用罪恶使它巩固"①。麦克白暗杀了邓肯王之后,为了巩固王位,宁可忍受着良心的折磨,也要将班柯父子杀掉。同样,克劳狄斯为了巩固王位,虽然忏悔谋杀兄长的深深的罪疚,但又必须除掉威胁。这样,克劳狄斯仅存的一点良心就显得无足轻重了,他只能置良心于不顾而对哈姆莱特下手。最后他的心里存在的就只有由欲望而产生出来的种种计谋和杀机,而再也见不到良心,两次谋杀活动足以使任何一个人的人性完全地异化,任何善良仁爱在这里都已没有存身之处,在克劳狄斯高居王位、谋害哈姆莱特的过程中统治他的灵魂的则是人性之恶。

克劳狄斯篡位之后所推行的政策造成了严重的政治后果。在国内加深了腐败的风气,加剧了社会矛盾;对外国采取了绥靖的政策,牺牲国家利益,终于导致国家王位的危机。克劳狄斯为了祝贺为王,大宴群臣,每喝下一杯酒都要放炮,为举国上下的酗酒恶习推波助澜。克劳狄斯的小照到处兜售,助长了阿谀奉迎的风气;官吏横暴,贪污受贿,农民日益不满,大有一触即发之势。在对邻国的关系上,老王时代的丹麦是胜利者,老王打败了波兰和挪威,举国振奋,张扬

---

① 《麦克白》三幕二场,《莎士比亚全集》(8),第348页。

了国威。而克劳狄斯则不然。当挪威王子福丁布拉斯企图进犯丹麦时，克劳狄斯致函挪威王。挪威王复函说已对福丁布拉斯进行了批评和惩罚；接着提出了挪威军队假道丹麦去攻打波兰的非分要求。克劳狄斯为了苟安，竟允许了福丁布拉斯带领大军浩浩荡荡地通过丹麦国土，丧失了国家的尊严，伤害了国家的主权。结果在丹麦出现王位空缺的时候，福丁布拉斯竟登上丹麦王位！他不仅夺回了他父亲失去的土地，而且占有了整个丹麦的领土。这是一个民族、一个国家的最大的悲剧。

总之，克劳狄斯不仅是一个令人憎恶的谋杀者、篡位者，而且是一个给国家带来灾难与不幸、应当受到诅咒的昏庸无能的统治者。

乔特鲁德是一个与克劳狄斯相辅相成的角色。为了满足情欲，她背叛丈夫而与小叔私通；为了长久合法地满足情欲，她牺牲了儿子应得的权力，在老王死后与小叔结婚。这是一个情欲炽热而外表安详的女人，其典型的个性特征就是表面的温顺、贞淑、母爱掩藏着与年龄不相称的情欲；乔特鲁德的这种情欲与爱情相似，但它并非爱情，它是一种比爱情和母爱更有力量的情感与欲望，它可以毁灭爱情，也可以毁灭母爱。乔特鲁德正是一个以情欲毁灭爱情、毁灭母爱的坏女人；然而母爱的力量毕竟还是伟大的，乔特鲁德最后人性回归，母爱战胜了情欲，为儿子保守秘密，并为保护儿子抢先喝下了毒酒，最终显示了人性的光辉。她的活动不多，始终像是克劳狄斯的影子陪伴在他的左右，她的话也不多，几乎都是关于儿子哈姆莱特的，她给人们的表面印象似乎是一个好母亲，其实，这些都是假象。就其以假象掩盖其情欲来说，她与克劳狄斯可以说是天生地设的一对。

关于乔特鲁德的评论,大致有以下几种看法:一种观点认为她对克劳狄斯的谋杀活动"不知情,是无罪的"[①];一种观点认为她"不是一个坏心肠的女人","本性是软弱的,她非常安详"[②];一种观点认为她"性格不坚强、被引诱,被利用成为牺牲品"[③];一种观点认为她是克劳狄斯所"毒化的人",她本是一个"好母亲","她说的每一句话都有着对儿子的爱"[④];一种观点认为她也许是"悲剧中最难猜测的性格"[⑤];只有少数评论认为乔特鲁德"外表装作贞操,来掩盖她卑鄙无耻的背叛"[⑥]。

认为乔特鲁德对克劳狄斯的谋杀"不知情",这实在难以令人相信。"温顺"的乔特鲁德不论与老王还是与后来的丈夫都是"形影不离的",那么老王在御花园午睡时,乔特鲁德一定会守护在他的身边,难道她会在老王酣睡时离开她吗?所以克劳狄斯向老王耳中滴入毒药这样一件重大的谋杀活动,如没有乔特鲁德的默许、"配合",简直是不可想象的。乔特鲁德对此可能假装不知道,这样她就可以自欺欺人地求得心境的平和,心安理得地去享受她的"爱情"的快乐。说她是"牺牲品",太抬高了她,实际上她与克劳狄斯是共谋者——假装不知情的共谋者。他们相互满足了对方强烈的欲望——情欲与权欲。在这方面他们不是进行了一场公平的交易吗?

---

① 张泗洋等:《莎士比亚引论》(上),中国戏剧出版社1989年版,第369页。
② 〔英〕安·塞·布雷德利:《莎士比亚悲剧》,上海译文出版社1992年版,第151—152页。
③ 杨周翰主编:《欧洲文学史》,人民文学出版社1964年版,第177页。
④ 〔英〕基托:《哈姆莱特》,《莎士比亚评论汇编》(下),中国社会科学出版社1982年版,第441页。
⑤ 〔苏〕阿尼克斯特:《莎士比亚的创作》,山东教育出版社1985年版,第439页。
⑥ 孙家琇主编:《莎士比亚辞典》,河北人民出版社1992年版,第126页。

认为乔特鲁德不是一个坏女人的观点可以说是认错了人。乔特鲁德与老王结婚多年，老王对她百般呵护，恩爱无边，他们的儿子都已到了恋爱的年龄，这种时候即或不能说乔特鲁德已经是老妇，至少也是中年妇人，她在这个年龄背叛丈夫与小叔通奸，除了她要满足过盛的情欲之外，还能用什么来解释呢？前面已经提过，她和克劳狄斯通奸在先，谋杀在后，她绝不仅仅是一个"被引诱者"，她乃堂堂的王后，不必说"引诱"，就是稍有不恭、冒犯或亵渎，都会引来杀身之祸，所以一些评论把乔特鲁德与克劳狄斯的通奸轻飘飘地说成是"被引诱"，实在不符合常情。在古代东西方的宫廷中，不忠的王后引诱平民者屡见不鲜，所以我们可以肯定地说，乔特鲁德由于过分的情欲而与小叔勾搭成奸，他们两个人是同流合污、狼狈为奸的。

作为母亲，乔特鲁德疼爱自己的儿子，这是实情。但由于情欲的支配，在儿子与克劳狄斯之间，她的爱和情感更倾向于后者。在哈姆莱特非常悲哀的时候她劝导儿子，让他接受这一事实，接受她的新父亲。在"戏中戏"之后因为克劳狄斯生气，她召王子进宫意欲进行批评，说哈姆莱特大大地得罪了他的父亲。而当雷欧提斯率众攻入王宫的时候，乔特鲁德很镇静地跟他说他的父亲不是国王克劳狄斯杀死的，这不就是将雷欧提斯的愤怒的箭从克劳狄斯身上拨开而使之对准哈姆莱特吗？在她的感情的天平上孰轻孰重不是很清楚吗？

乔特鲁德表面温和，实际上她是一个外柔内刚的女人，她对自己的行为没有丝毫的悔恨，所以在哈姆莱特谴责她的时候，她疾声厉色地质问说，我有什么过错，你竟敢这样鼓舌弄唇？她以为克劳狄斯和她的罪行只有天知地知，所以她对哈姆莱特态度很强硬。只是在哈姆莱特的凌厉攻势面前，她才缴械投降，正视了自己丑恶的灵魂。

"哈姆莱特不要说下去了,你使我的眼睛看见了我自己灵魂的深处,看见我灵魂里那些洗拭不去的黑色的污点。"① 总之,她表面的温顺掩藏着她的强硬,以表面的贤淑掩盖着她的情欲。如果打个比喻的话,她的确像自然界中那种美丽而有毒的生物一样,在她美好的外表里面包藏着一种致人死命、引起灾难的毒素。她同克劳狄斯的罪行造成了种种社会的和人生的灾难。

乔特鲁德最后人性的复归显示了她人性中美好的一面,是无私的母爱,她要用自己的死来警告哈姆莱特,让他不要喝克劳狄斯备下的毒酒,她的全部感情都倾斜到儿子这个方面来,乔特鲁德最后的举动使她割断了同克劳狄斯的罪恶关系。乔特鲁德的觉醒抹去了她以往的丑恶——这可能是人们在对她进行评论的时候说了那么多并不属于她的品德的话的主要原因。

吉尔登斯吞与罗森格兰兹可以作为一个艺术整体来考察。他们有共同的思想、行动和命运,他们似乎是社会政治生活中的一对连体兄弟。为追求高官厚禄,他们甘愿充当帮凶,是以忠诚为名掩盖着利禄之心的钻营之徒,是朝臣中的奸佞之辈。这类朝臣地位较低,一旦受到重用则受宠若惊,得到了攀援的机会便誓死效忠;他们虽不是国王亲信,但却常常被委以重任;他们被利用去干罪恶勾当的时候,却并不知晓个中的秘密,他们只是充当鹰犬之类的角色,最后在国王谋害哈姆莱特的阴谋中成了一对可耻又可怜的冤鬼。他们的可悲命运具有必然性,对这类朝臣来说,有可能爬上高位,得到重赏,但也常常招致国王的不满,或引来杀身之祸,成为政治斗争的殉葬品。正如哈姆莱特所说,他们是"吸收国王的恩宠、利禄和

---

① 《哈姆莱特》三幕四场,《莎士比亚全集》(9),第89页。

官爵的海绵"①,国王需要他们效忠时,许以种种好处,不需要的时候,则随时撤销所有的许诺,让他们空欢喜一场——这还不是最坏的命运,稍一偏差,他们就会赔了老本,吉尔登斯吞、罗森格兰兹的命运正是后者。

吉尔登斯吞、罗森格兰兹是在特殊的政治斗争形势下,由他们的某种特殊的条件被召进宫,并被委以特殊使命的。他们二人被召从外地来到了宫廷,国王向他们交代了任务,要他们去了解哈姆莱特发疯的秘密。然后国王、王后都以特别亲近的口吻说明召见他们的理由,国王说,他们和哈姆莱特"从小便在一起长大","知道哈姆莱特的脾气";王后说,"我相信世上没有哪两个人比你们更为哈姆莱特所亲近了",后来哈姆莱特称他们为"亲爱的朋友们"、"我的孩子",并提到了他们"少年时候的亲密的情谊",证明国王、王后所说的都是实情。可见吉尔登斯吞、罗森格兰兹他们二人是以少年情谊的名义和关系亲密的条件被委以特殊使命的。有的学者说他们做了"秘探",应该说是妥当的。被一个篡夺了王位的国王派去窥探一个被夺去王位的王子的心事,他们两个所扮演的的确是一个不光彩的角色,但对他们来说,这却是为他们靠近国王、获得恩宠的良机。

吉尔登斯吞、罗森格兰兹接受特殊使命,国王、王后许以特殊的好处,可以说他们之间所进行的是一场高级的心照不宣的交易。作为朝臣受命来说,无须国王的特别恩宠,因为这是他们的职责,戏中写了另两位朝臣出使挪威的场面,可以与吉尔登斯吞、罗森格兰兹受命相对照。国王命朝臣伏提曼德、考尼律斯出使挪威送国书时说:"除了训令上所规定的条件以外,你们不得僭用你们的权力和挪威成

---

① 《哈姆莱特》三幕三场,《莎士比亚全集》(9),第96页。

立逾越范围的妥协,你们赶紧去吧!"这是国王的命令、旨意,是不得有误的。而国王、王后对吉尔登斯呑、罗森格兰兹则是另一种情况。国王对他们说:"一方面是因为我们非常想念你们,一方面是因为我们有需要你们帮忙的地方。"这明显是给吉、罗二人戴了高帽!王后接着说:"你们要是完成了这件工作,一定会受到丹麦王室隆重的礼谢。"二人表态之后国王说"谢谢你们"。吉、罗当即诚慌诚恐地表示,他们是陛下的臣民,"两位陛下有什么旨意,尽管命令我们","无论有什么命令,我们都愿意尽力奉行"[①]。难道还有比这更清楚、更明白的交易吗?有的学者说吉、罗"被收买",有的则加以否定,其实从上面我们所引述的细节中完全可以看出二人受命的理由并不冠冕堂皇、光明正大;假如是一项正当的公务,国王、王后就不会以那种近似阿谀的口吻说话并许以"隆重的礼谢"了。从这种超常的接待与超常的许诺中,吉、罗二人感到问题性质的严重,于是他们赶快表白忠心,他们将执行国王、王后"无论什么样的命令"!难道这还不是表忠心吗?吉、罗二人所接受的不是一般朝臣的分内的职务,而是一项特殊的使命,国王、王后许以特殊的好处,他们则向国王、王后答谢以特殊的忠诚。

吉尔登斯呑、罗森格兰兹效忠国王,成为帮凶的面目随着哈姆莱特同国王冲突的加剧和表面化,而越来越清楚。他们第一次见哈姆莱特的时候对其使命的性质尚不完全清楚,所以显得很卑微,在哈姆莱特"多年友情"的攻势下,他们招出了"奉命而来"的真相。但在"戏中戏"之后,吉、罗二人似乎已经明白了他们差使的性质,所以这时他们已不再充当"密探"了,在他们第二次见哈姆莱特的时候,已经不再

[①] 《哈姆莱特》二幕二场,《莎士比亚全集》(9),第38、39页。

客气了,而是狗仗人势地以一个法官的口吻对哈姆莱特进行警告:
"要是您不肯把您的心事告诉您的朋友,那恐怕会害您失去自由!"这
时他们趁机向国王慷慨陈词,大表忠心。他们说,"许多人的安危都
寄托在陛下身上","国王的一声叹息,总是伴随着全国的呻吟",普通
黎民百姓都知道怎样"远祸全身",所以他们恳请国王为了国家的安
全,"应该时刻不懈地防备危害的袭击"①。这意思不是再明白不过
了吗?他们已经成为民意的代表,请国王为了国家与臣民的安全赶
快对付"危害",赶快采取措施吧!这两个地位很低的臣子竟敢在国
王面前这样地喋喋不休,表明他们对国王的打算已心领神会,他们所
说的正是国王心里所想的、实际上想要干的。吉、罗的这种行为正是
中外那些奸佞利禄之徒谄上害下以求进身的一个重要手段。他们的
"政治表现"使国王对他们感到放心,于是进一步委以重任:命他们将
哈姆莱特送去英国。正如哈姆莱特所说,这件差使是他们自己钻求
的。出发之前罗森格兰兹、吉尔登斯呑第三次见到哈姆莱特的时候,
他们已经成为押解犯人的官差,而把哈姆莱特视为危害国王安全的
危险分子。国王问他们:"哈姆莱特在什么地方?"罗森格兰兹说:"在
外面我们把他看起来了,听候您的发落。"这句的原文为 Without, my
lord; guarded, to know your pleasure, 朱生豪将 guarded 译为"看起来
了",梁实秋译为"有人监视着"②,卞之琳译为"看住了"③,意思都一
样。当国王让哈姆莱特进来的时候,罗森格兰兹喊道:"喂,吉尔登斯
呑,带殿下进来。"吉尔登斯呑这时已毫不含混地承担起了看守的职
责。两个活脱脱的鹰犬,活像押解武松的两名官差,把罗森格兰兹、

---

① 《哈姆莱特》三幕三场,《莎士比亚全集》(9),第 83 页。
② 梁实秋译:《哈姆雷特》,台湾远东图书出版公司 1976 年版,第 143 页。
③ 卞之琳译:《哈姆雷特》,人民文学出版社 1956 年版,第 125 页。

吉尔登斯吞说成是克劳狄斯的帮凶,这是十分准确的。他们之所以这样凶狠地逼害哈姆莱特,目的就是要吸取国王的"恩宠、利禄和官爵",要得到国王许诺的"隆重的礼谢"。至此,他们初到宫廷时的谦卑不见了,那时他们对哈姆莱特自称"碌碌之辈",说他们只是"虚度时间","无荣无辱便是我们的幸福"等等。其实这些都是他们虚伪的客套而已,这正是他们以往没有机会爬上高位的一种无奈的心情。现在不同了,他们已获得了特殊的信任,承担了特殊的使命。他们觉得自己已不再是"碌碌之辈"了,昔日的老同学、当今的王子殿下,已经成为他们手中的猎物。然而,就在他们洋洋自得的时候,却因为没有应有的机智而被哈姆莱特借刀杀死了。

吉尔登斯吞、罗森格兰兹是和伏提曼德、考尼律斯不同类型的朝臣,后者正常地执行公务,而前者则参与了国王的机密活动;他们不分是非,不问善恶,不辨黑白,只要是国王让他们去做的事情,"无论是什么事情"他们都去干。他们不是愚忠的典型,恰恰相反他们是朝臣中的奸佞之辈、利禄之徒。他们常常扮演助桀为虐残害忠良的可耻角色,在中外古代的朝廷中都不乏这类令人憎恨的家伙。

雷欧提斯虽然被哈姆莱特称为"很高贵的青年"[1],但由于他以骑士精神掩盖了谋杀哈姆莱特的卑劣目的,导致了道德的堕落,一失足成千古恨,"少量的邪恶"勾销了他的"全部的高贵品质"。他出于为父复仇的感情冲动,受到了克劳狄斯的诱惑,中了奸计成为谋害哈姆莱特的工具,最后自食恶果。在临死之前他揭发了克劳狄斯的罪恶阴谋,与哈姆莱特相互谅解,以鲜血洗刷了他生命中卑鄙的污点。

---

[1] 《哈姆莱特》五幕一场,《莎士比亚全集》(9),第127页。

雷欧提斯与霍拉旭同为青年大学生,只是后者就读于德国威登堡大学,而前者则游学于巴黎,他的思想与霍拉旭有所不同,主要体现了那个时代的马基雅维利主义。不能认为他在巴黎"未接受任何新的思想","顽固地按照旧封建意识看人行事"①,也不能把他说成是个"纨绔子弟",有些学者把奥菲利娅劝哥哥的那句话当成了事实,说雷欧提斯"游逛在花花世界的巴黎,流连于花街柳巷"②,"像波洛涅斯年轻时一样,在花街柳巷流连忘返"③。其实这种论断是缺乏事实根据的,都是推论。当然我们也不能以波洛涅斯嘱咐仆人的那段话为依据,认为雷欧提斯是一个只知道吃喝玩乐的贵族青年。雷欧提斯在巴黎游学,很可能像当时的许多贵族青年那样追求时髦的生活和浪漫的爱情,但对于雷欧提斯来说,这并未成为他的生活的主旋律。雷欧提斯出国游学受到当时各种社会思潮的影响,从他率众闯入王宫所说的那段话来看,他所接受的主要的思想不是人文主义而是马基雅维利主义。他说:"忠心,到地狱里去吧!让最黑暗的魔鬼把一切誓言抓了去!什么良心,什么礼貌,都给我滚下无底的深渊里去!我要向永劫挑战。我的立场已经坚定了,今生怎样,来生怎样,我一概不顾,只要痛痛快快地为我的父亲复仇。"④ 这是雷欧提斯的宣言。从中我们可以清楚地看到他的思想已经背弃了传统的道德观念,忠心、誓言、礼貌、良心等高贵的骑士精神统统置之不顾,这怎么能说雷欧提斯"看人行事"的指导思想为"顽固的封建意识"呢?他的复仇出于一种荣誉观念、家族的血缘观念,这虽是一种古老的观念,

---

① 孙家琇主编:《莎士比亚辞典》,河北人民出版社1992年版,第127页。
② 张泗洋等:《莎士比亚引论》(上),中国戏剧出版社1989年版,第372页。
③ 孙家琇主编:《莎士比亚辞典》,第127页。
④ 《哈姆莱特》四幕五场,《莎士比亚全集》(9),第107页。

但在文明社会它将长久地存在着。雷欧提斯只要复仇,什么事情都可以干,这正是"为达目的不择手段"思想的具体化。正是因为雷欧提斯有了这个思想,他才能够被克劳狄斯所迷惑,的确是"外因通过内因起作用"。

雷欧提斯与霍拉旭同属知识阶层,但由于他们思想的明显不同,所以他们辍学回到国内的目的不同,这成为他们与哈姆莱特形成不同社会关系的基础。前者返回丹麦是为了参加新王的"加冕盛典",而后者则是为了参加老王的葬礼。因此,前者与哈姆莱特见面视同陌路,未曾交谈;而霍拉旭与哈姆莱特相见之后就成为朋友。雷欧提斯对哈姆莱特没有好感,把他看成一个轻浮的王子,向妹妹说哈姆莱特的求爱不过是"调情献媚"而已,劝妹妹"且莫上当,一定要保住贞操"[1],而霍拉旭则在王子的复仇活动中尽力相帮。雷欧提斯并不是一个"琐屑无聊的、粗野鲁莽,见识浅薄,生活放荡"的人物,而是一个具有相当政治头脑和活动能力的人。第二次回丹麦是为了替父亲报仇。他能够啸聚人群造反,在宫门外面不断高喊:"让雷欧提斯做国王。"这件事表明雷欧提斯具有非同一般的政治活动能力和群众影响。在当时那样一种政治危机的形势下,雷欧提斯是有条件、有可能推翻克劳狄斯的。在这方面,其实他是应该与哈姆莱特结盟的,然而,由于他的思想只局限于个人复仇,这样一个狭隘的目的就使他陷入克劳狄斯的陷阱,犯了极大的错误,竟将矛头对准了哈姆莱特。

雷欧提斯的错误并不是他头脑简单,他是一个相当聪明的年轻人。在他听了克劳狄斯关于哈姆莱特的种种述说之后立即提出问题:既然哈姆莱特已经危及到国王的安全和生命,那么国王为什么不

---

[1] 《哈姆莱特》一幕三场,《莎士比亚全集》(9),第20页。

除掉他呢？狡猾的克劳狄斯马上以不能让乔特鲁德伤心为由编造了不能下手的原因。克劳狄斯摆脱被动之后即开始进攻，最重要的手段就是对雷欧提斯进行恭维，称赞他的才干等等。雷欧提斯在不知不觉中一步一步地受到诱惑，终至举手投降："我愿意服从您的指挥。"① 这样，雷欧提斯就成了克劳狄斯除掉哈姆莱特的一个共谋，他们详细地商量了比剑中开刃、涂毒以及准备毒酒等谋杀方案。雷欧提斯思想中的卑劣成分显露了出来。这些毒计都来自雷欧提斯思想中的毒素，在高尚的骑士比武的活动中暗藏了杀害哈姆莱特的卑鄙用心，为了复仇"不择手段"的观念将雷欧提斯推入到克劳狄斯的阴谋活动之中。

雷欧提斯的本性并不坏，他不是一个恶人。因此当实行预谋的时候思想中产生了矛盾，他受到了良心的责备，在他连输两剑之后，国王提示他要刺中哈姆莱特，这时他心想："可是我的良心却不赞成我干这件事。"② 然而他的卑劣的念头已经有了相当的强度，它压倒了良心。用毒剑刺中了哈姆莱特，也就是刺死了自己的良心、雷欧提斯最后中了自己的毒剑，受到了惩罚。

雷欧提斯以劝说妹妹不要同哈姆莱特恋爱的高谈阔论显露才学，以造反者的身份在众人的欢呼声中闯进王宫，以受到国王利用害人害己的可耻结局终止了他年轻的生命。雷欧提斯的命运虽然也引起人们的怜悯，但是主要的情感是由于他的卑劣的道德堕落而引起的轻蔑的憎恶。

奥斯立克是个出场很少的次要人物，一个典型的宫廷侍臣。他

---

① 《哈姆莱特》四幕四场，《莎士比亚全集》(9)，第114页。
② 《哈姆莱特》五幕二场，《莎士比亚全集》(9)，第140页。

出入宫廷,往来于国王与朝臣之间,传达国王的旨意,以表面奴才般的谦卑掩盖着他的一人之下万人之上的那种自鸣得意,以故弄玄虚的夸夸其谈掩盖着他的空虚与无知。他出场只有两次,一次是向哈姆莱特传达国王为比剑下赌注的消息,一次是在比武中对双方的评说。最集中显示他的特征的是他第一次出场时的表演。哈姆莱特在见到他的时候,对霍拉旭说这是一只"令人讨厌的水苍蝇"。他同哈姆莱特谈话时手里拎着帽子,毕恭毕敬,唯唯诺诺,显出十足的奴才相。不管哈姆莱特说什么,他都曲意附合,一副讨好主子欢心的媚态。哈姆莱特说天冷,他就说"在刮北风哩";哈姆莱特说天热,他马上接着说"真是说不出的闷热"。哈姆莱特让他戴上帽子,他说"这样舒服些"。他以种种夸饰的词句说雷欧提斯的品质如何如何地好,想以此来刺激哈姆莱特与其比剑的兴趣。哈姆莱特听了之后故意地使用了一个比喻的说法问他这样称赞雷欧提斯目的何在,("为什么我们还要用尘俗的呼吸,嘘在这位绅士的身上呢?")奥斯立克竟不明白这话是什么意思。霍拉旭讽刺地说,他"自己所用的语言到了别人的嘴里就听不懂了"。的确,奥斯立克在讲话的时候竟故作高雅,炫耀辞藻,如将剑上的挂钩子说成"挂机",让人要靠注解才能明白。奥斯立克就是这样不论谈论什么问题哪怕一个最简单的问题,也会"咯咯叫起来简直没个完",而其实他的脑子里是空空的。哈姆莱特说他是"靠着一些繁文缛礼撑撑场面的家伙",他们这类廷臣靠他们的浅薄的智慧使傻瓜和聪明人同样受他们的欺骗,可是一经试验,"他们的水泡就爆破了"[1]。哈姆莱特让这个家伙当场露底出丑,他的五颜六色的水泡一被戳破,就变得空空如也了。在宫廷的政治生活中奥斯

---

[1] 《哈姆莱特》五幕二场,《莎士比亚全集》(9),第133、136页。

立克这类侍臣是必不可少的角色。

1997年4月5日—9日初稿，
1997年5月23日—27日定稿。

善良无辜者毁灭的轨迹
——《哈姆莱特》人物群像之二

波洛涅斯与奥菲利娅父女是两个可怜的角色。前者是一个自作聪明的昏聩的老人,后者是个温顺、纯洁、天真的少女。这一老一少性格互异,然而他们却有共同之处,即他们都是善良的人。在那个充满丑恶和罪行的世界里,他们企图躲避不幸,然而他们却像俄狄浦斯[①]未能逃脱杀父娶母的厄运一样,他们也没能逃脱成为政治冲突牺牲品的厄运。在他们的悲剧中蕴含着深刻的人生经验。

波洛涅斯安排儿子去巴黎求学时谆谆嘱咐,并派仆人去明察暗访。女儿在自己身边他亲自教导。他不让女儿同哈姆莱特恋爱,为的是怕女儿上当毁了终身。对波洛涅斯来说,他对儿女既履行着父亲的职责,又体现着母亲的爱心。女儿向他报告哈姆莱特发疯的情况之后,他很后悔,认为自己看错了人,在波洛涅斯的这个判断中包含着他的自责。于是他向国王、王后报告自己的"发现":王子因恋爱不遂而发疯,并劝国王不要将王子囚禁起来或送去英国。国王不信。

[①] 希腊神话说:俄狄浦斯为忒拜国王之子,出生后神谕说他"必将杀父娶母",国王畏惧,令人将俄狄浦斯弃于山野弄死。仆人出于怜悯将俄狄浦斯送与邻国科林斯国王为子。俄狄浦斯长大后与人争吵,神谕说他"必将杀父娶母",俄狄浦斯惧而出走,在路口因争吵打死一老人,这正是他的父亲。在忒拜城门口除掉怪物斯芬克斯,被推举为王,娶王后,后真相大白时,俄狄浦斯弄瞎双眼自我放逐。

为了证明自己的看法,波洛涅斯卷入到那场危险的斗争漩涡之中,犯了一个又一个的错误,终于送掉了自己的性命,并导致了女儿发疯惨死。波洛涅斯与奥菲利娅的悲剧命运,虽有外部原因,但终极原因却在自身,在于波洛涅斯的愚蠢和昏聩。席勒曾经说过:"对付愚蠢连诸神都束手无策。"① 当我们对波洛涅斯、奥菲利娅父女二人的活动及性格做一番具体考察时,就会清晰地看到这两个善良无辜者毁灭的轨迹。

波洛涅斯是个具有"活生生性格"的人物,他的命运体现了一种独特的审美价值。由于对《哈姆莱特》思想内涵的不同理解以及不同的批评指向,对波洛涅斯的认知大体上有三种情况:忽视、肯定与否定。

我们在一些比较有影响的《哈姆莱特》研究中往往见不到对波洛涅斯的论述,或者只有只言片语,如布雷德利说:"我对波洛涅斯、雷欧提斯以及霍拉旭的高尚品格都忍痛割爱了。"② 在他洋洋数万言的《哈姆莱特》专论中,波洛涅斯竟无一席之地。阿尼克斯特于1950年代中期关于《哈姆莱特》的专论中只说"波洛涅斯、罗森格兰兹、吉尔登斯吞等人和罪恶世界有直接关系"③,此外再无评说。这个时期我国学者卞之琳先生的长篇论文《莎士比亚的悲剧〈哈姆莱特〉》④中则见不到关于波洛涅斯的文字。屠格涅夫的看法代表了肯定的批评倾向,他说:"波洛涅斯是一个干练实际,善于思考,然而同时又是

---

① 〔德〕席勒:《奥里昂姑娘》三幕六场。
② 〔英〕安·塞·布雷德利:《莎士比亚悲剧》,上海文艺出版社1992年版,第150页。
③ 〔苏〕阿尼克斯特:《论莎士比亚的悲剧〈哈姆莱特〉》,《莎士比亚评论汇编》(下),1982年版,第495页。
④ 该文刊于《文学研究集刊》第二册,人民文学出版社1956年版。

一个目光短浅,喜欢饶舌的老头。他是一个卓越的行政长官,是一位模范的父亲。"[1] 在我国的《哈姆莱特》研究中,我们所看到的几乎都是否定性的批评。如说波洛涅斯是"两面派"的典型,"对哈姆莱特当面讨好,背地里却为国王迫害王子出谋划策"[2];说波洛涅斯是"高等朝臣的典型","卑躬屈膝,唯命是从,巧言令色,阿谀奉承","有一套逢迎取宠的本领"[3];说波洛涅斯是"愚忠的典型","对王室尽心竭力,俯首听命于国王,为之尽犬马之劳,然而到头来成为王室争权斗争可怜的牺牲品"[4],等等。

上述那些对波洛涅斯否定性的评价都是基于将他的活动同克劳狄斯的活动置于同一冲突之中,且同罗森格兰兹、吉尔登斯呑的活动置于同一生活层面。从这样一个视角去审视的时候,自然就会得出种种否定性的判断,然而事实上,波洛涅斯与哈姆莱特之间的冲突,与克劳狄斯同哈姆莱特的冲突属于完全不同的性质;波洛涅斯的活动与罗森格兰兹、吉尔登斯呑处于完全不同的生活层面;只是在某些方面,波洛涅斯的活动与克劳狄斯的活动纠葛在一起,他的生活层面与罗森格兰兹、吉尔登斯呑的生活层面是相互交错的。这样,如果仅仅从表面上观察波洛涅斯的活动与生活层面,就不能看到这个人物的真实面貌。因此,要想清楚地认识波洛涅斯这个"倒霉的老头"及其悲剧的本质属性,就应该将胶着在一起的矛盾冲突及生活层面剥离开来。这样,当我们改变了视角的时候,出现在我们面前的虽然是

---

[1] 〔俄〕屠格涅夫:《哈姆莱特与堂吉诃德》,《莎士比亚评论汇编》(上)1979年版,第472页。
[2] 张君川等主编:《莎士比亚辞典》,安徽文艺出版社1992年版,第417页。
[3] 24院校编:《外国文学史》第二卷,吉林人民出版社1982年版,第86页。
[4] 从丛:《论〈哈姆莱特〉中的"愚忠"的形象》,《河北师院学报》1993年第2期。

一个地位很高、资历很深的御前大臣,但我们所"发现"的乃是一个心地善良却又愚蠢昏聩的老人,他的愚蠢多事导致了他本人及其一家的不幸命运。

作为一个昏聩老人的典型的波洛涅斯,他的突出性格特征是自作聪明,自我欣赏,卖弄辞藻,唠唠叨叨,他生活在书本知识和已有的经验之中,对现实事物失去了敏感,不能做出正确的判断,并常常从固有的经验与知识中引出错误的结论;他并不是一个愚蠢的人,他的行为却是愚蠢的,好心常常办成坏事。他的悲剧就在于他怀着一种传统的道德观念介入了尖锐的政治冲突之中,他出于善良愿望的错误行为使他成为这场斗争的可怜的牺牲品。波洛涅斯虽然是一名"资深老臣",但在哈姆莱特与克劳狄斯的冲突中,他并没有以一名朝臣的资格参与朝廷政务,他只是以一个父亲的身份关心自己的儿女,以一个老臣的身份关心发疯的王子,仅此而已。他的全部活动都是围绕着自己的儿女及有关事情进行的,不幸的是他的这些活动与正在发生的那场政治冲突纠缠到了一起,而他对此却没有一点儿最起码的警觉。

波洛涅斯是一名知识分子出身的老臣,年轻的时候在大学里受教育,熟悉古典文化,并且演出过以古罗马历史为题材的悲剧。他所受的教育属于文艺复兴时代中期的人文主义教育。在他多年为臣的过程中形成了比较稳定的思维定势和政治态度,为朝廷服务是他的天职,不论王位上是老王还是新王,对他来讲是没有区别的。因此老王的暴卒、新王的即位他都感到是那样自然,所以他既未对老王逝世表示特别沉痛的哀悼,对新王即位也未表示特别的忠诚。所以那些说波洛涅斯"阿谀奉迎,邀功取宠"的评价实在是冤枉了这位大臣;至于说他"俯首听命"更是无从谈起,因为戏里他的全部活动没有任何一件是国王派给他的差使。波洛涅斯在什么地方表示过忠心吗？没有，其实波洛涅斯对所发生的政治变故以及随之而来的复仇的政治冲突毫无感觉，而这正是他年老昏聩的一个最重要的表现。罗森格兰兹、吉尔登斯吞与波洛涅斯不同，前者刚刚被召入宫奉命为哈姆莱特做伴时，他们的确还不太清楚这件事情的严重性，但很快，他们就窥见了冲突的性质，于是他们一而再、再而三地向克劳狄斯表示忠心以邀取恩宠，终于成为国王的帮凶；而波洛涅斯则绝对没有这种效忠的表示。我已经说过，这个时候他最关心的只有女儿的恋爱和儿子的求学，他命令女儿拒绝王子的求爱，他嘱咐儿子注意人际交往，他向儿女们讲述人生经验。波洛涅斯的悲剧起源于第一件事。在波洛涅斯的经验中，哈姆莱特的发疯与女儿拒绝王子的求爱有关；同时在他的思想中，女儿拒绝王子又同自己的决定有关，因此，产生了愧疚的心情。正是出于这种考虑，他才拿着哈姆莱特给奥菲利娅的情书匆匆地去见国王和王后，向他们述说自己如何让女儿拒绝王子的爱情，并报告了自己的"发现"；他搬弄辞藻的目的在于炫耀文采，与其说这是他关心王子的疯病，不如说是他对自己重要"发现"的欣赏，这种情况很像孔雀开屏。这是波洛涅斯个性的外露。如果把他的这种表现说成"阿谀奉迎"，"献媚取宠"，那实在是定错了性。波洛涅斯充满信心地讲了他的"发现"，可是国王对此表示怀疑。这时波洛涅斯感到非常难过，因为他确信自己的看法是不会错的。他说："我倒很想知道，哪一次我曾肯定地说过了'这件事情是这样的'，而结果却并不这样呢？"接着他起誓发愿地说："要是我说错了话，把这个东西从这上面拿下来吧（指自己的头及肩）。只要有线索可寻，我总会找出事实的真相，即使那真相一直藏在地球的中心。"[①] 波洛涅斯只是为

[①] 《哈姆莱特》二幕二场，《莎士比亚全集》(9)，第43页。

了证明自己的看法不错,才建议偷听女儿与哈姆莱特的谈话。作为大臣,波洛涅斯并不是一个曲意奉承的奸佞之辈,他的这种作法实际上是违背克劳狄斯的意志的。就在安排谈话之前,国王就曾向波洛涅斯表示(或征询他的意见)要把哈姆莱特"送到英国去"或"监禁在一个适当的地方"①,波洛涅斯不同意;现在他更有理由了:哈姆莱特的疯狂乃恋爱不遂造成的,没有什么危险,就更没必要送去英国了。从这个意义上说,波洛涅斯实际上是在无意识地帮助哈姆莱特。这怎么能说他帮助克劳狄斯窥视哈姆莱特的秘密呢?怎么能说他参与了克劳狄斯的阴谋呢? 当然,克劳狄斯偷听的目的与波洛涅斯不同,他早已有了对付"发疯"的哈姆莱特的办法,只不过碍于老臣的提议勉强为之罢了。在波洛涅斯,如能证明自己的看法,那王子就可免遭流放或囚禁之苦;而在克劳狄斯,如果谈话证明哈姆莱特的疯狂与爱情无关或他根本没疯,那对他就要立即采取措施。偷听的结果,克劳狄斯认为哈姆莱特的话"不像疯话",波洛涅斯对此也无法辩驳,但他并不甘心,仍肯定地认为自己的看法不错,要求国王暂缓执行,容他在演戏之后去王后宫中再偷听一次谈话,如那时仍不能证明自己的观点,就请国王随意处置哈姆莱特吧! 就这样,波洛涅斯去了不该去的地方,干了不该干的事情,结果是遭到了不该遭受的刺杀,不明不白地做了克劳狄斯可怜的替死鬼。总之,在国王迫害王子的罪恶勾当中波洛涅斯是无辜的,他出于一种善良的愿望希望能够保护哈姆莱特使其不被囚禁和流放,过分热心地做了一件又一件错事,终于受到自己错误的惩罚。他的善良愿望结出了恶果,不但未能帮助哈姆莱特,相反地使哈姆莱特暴露了自己装疯的真相,害了女儿也害了

---

① 《哈姆莱特》三幕一场,《莎士比亚全集》(9),第67页。

自己。波洛涅斯这种不幸的毁灭在古今中外错综复杂的政治斗争和社会生活中是屡见不鲜的。在波洛涅斯毁灭的痕迹上赫然地凸显出几个大字：善良的人们，在政治生活中你们一定要谨慎从事！

波洛涅斯与哈姆莱特之间形成了一对很特殊的矛盾，前者一定要证明哈姆莱特是因恋爱不遂而发疯，为此上下奔走，把自己的善意举动同克劳狄斯对哈姆莱特的罪恶阴谋搅到了一起；哈姆莱特发现了这种情况之后采用种种暗示的方法警告这个老头，企图阻止他走上危险的道路。然而由于波洛涅斯过于执著于自己的观念，将自己的经验当成了不变的真理，把自己的错觉当成了事实，他对哈姆莱特的警告充耳不闻，并将哈姆莱特的话归结为"疯话"，"仍在想着他的女儿"等等，以致终于不能自拔。哈姆莱特对波洛涅斯的第一次警告是在波洛涅斯跑前跑后安排女儿与哈姆莱特谈话的时候，哈姆莱特似乎已经预感到波洛涅斯会干出些蠢事来，所以戏谑地称他为"鱼贩子"，又说"这世上一万个人中还不过有一个老实人"，并说"但愿波洛涅斯是一个老实人"。波洛涅斯问他读什么书，他说书中写满了空话，而且诽谤"老年人长着灰白的胡须，脸上满是皱纹，眼睛里沾满了眼屎，他们的头脑是空空洞洞的，他们的两条腿是摇摇摆摆的"。波洛涅斯虽然也感到"这些虽然是疯话，却有深意在内"，但深意是什么？年老的头脑空洞的波洛涅斯这时已经不能领悟。其实，哈姆莱特的这些话就是告诫波洛涅斯这个"令人讨厌的老傻瓜"不要做不老实的人，干不老实的事，波洛涅斯不为所动，继续安排女儿与哈姆莱特谈话，又来见哈姆莱特，表面上是来向哈姆莱特报告一个戏班子将要到艾尔西诺的消息。当波洛涅斯自以为聪明大谈戏剧的时候，哈姆莱特立即转入正题，向他说："以色列的士师啊，你有一件怎样的宝贝？"接下来干脆称他为"耶弗他老头"，警告他不要像古代以色列士师耶弗他那样将自己的"掌上明珠"送上祭坛作为牺牲。他怕波洛涅斯听不明白,接着解释说"上天不佑,劫数临头",并说要知道全文,请查看这只圣歌的第一节①。哈姆莱特的这些话的意思太明显了,念过大学的波洛涅斯对《圣经》中耶弗他以女儿献祭的故事一定是非常熟悉的,但波洛涅斯的空洞的头脑已经不具备思考的能力,他从哈姆莱特的严重警告中所能领会到全部内容只是"他还在提我的女儿"。哈姆莱特的第三次警告是在他同奥菲利娅谈话中发出的,他问奥菲利娅:"你的父亲呢?"接着说:"把他关起来,让他只好在家里发傻劲。"②对这次谈话,克劳狄斯的结论是哈姆莱特的话不像是疯话,而波洛涅斯却什么也没听出来,他依旧相信哈姆莱特"烦恼的根本原因还是为了恋爱上的失意"③。他对哈姆莱特的警告置若罔闻,向克劳狄斯请求再去王后的寝宫偷听,哈姆莱特对波洛涅斯的全部警告都化作了一阵清风,波洛涅斯始终不假思索地固执地沿着感觉所指引的错路越陷越深。哈姆莱特很了解波洛涅斯,在他到处找他的时候,他就说波洛涅斯是一个"大孩子,还在襁褓之中,没有学会走路哩"④。

一些评论特别对波洛涅斯的偷听有所反感,多所指责,以为这种活动表明了波洛涅斯的卑劣,其实不然。在莎士比亚看来,谎话只是一种手段,它本身无所谓高下,关键是看目的。为了美好的目的,说谎、偷听似乎是无可责备的。在《温莎的风流娘儿们》中,安小姐不就是靠谎言骗过了父母而和自己的情人范通私自到教堂订婚了吗?在

---

① 《哈姆莱特》二幕二场,三幕四场,《莎士比亚全集》(9),第 44、45、53 页。
② 《哈姆莱特》三幕一场,《莎士比亚全集》(9),第 65 页。
③ 《哈姆莱特》二幕二场,《莎士比亚全集》(9),第 67 页。
④ 《哈姆莱特》三幕一场,《莎士比亚全集》(9),第 52 页。

《无事生非》中,培尼狄克与贝特丽丝不都是偷听了别人安排好的谎言之后才彼此相爱的吗?偷听不一定都是卑鄙的,因此不能以此作为责备波洛涅斯的依据。如前所述,波洛涅斯一而再、再而三地偷听只有一个目的,那就是要证明那实际上并不存在的事情,即哈姆莱特是因"恋爱不遂"而发疯的。其动机是善良的,但行为是愚蠢的,结果是悲惨的。

波洛涅斯这个善良的老臣,自以为聪明,并把错觉当成事实,一步一步地走向危险的深渊。他的悲剧深刻地表明"美德的误用会变成罪过"[①]的辩证法,还深刻地表明自以为是的愚蠢行为也会产生灾难的客观逻辑。

奥菲利娅是个天真、纯洁、温柔的少女,在她身上即使"忧愁、痛苦、悲哀和……磨难也都变成了可怜可爱"[②]。她像一朵即将开放的蓓蕾蕴含着无比的美妙和芬芳。她是那样美好,本应享有人间幸福。但是冷酷的人世将其摧残,使之凋零,令人潸然泪下。奥菲利娅的悲剧是一种独特的类型,她的惨死不是出于恶人的强暴和刀剑,而是父亲的错误和情人的伤害所酿成的毒汁。她爱哈姆莱特,更爱她的父兄,特别是她一切都听从父亲的安排,这就使她一步一步地被牵引着跌进泥潭,遭受到她这样可爱的少女所不应遭受的凌辱。奥菲利娅经受不住接二连三的沉重打击,终于精神失常,落水而死。

奥菲利娅像所有妙龄少女一样向往爱情,同王子哈姆莱特相爱。在她眼中哈姆莱特是个十全十美的高贵青年的典型,一个理想的情

---

① 《罗密欧与朱丽叶》二幕三场,《莎士比亚全集》(8),第42页。
② 《哈姆莱特》四幕五场,《莎士比亚全集》(9),第109页。

人。然而就在他们相爱的时候,奥菲利娅的父兄振振有词地论证了不可与王子恋爱的理由,她的父亲断然下了命令:不许她再同王子来往。奥菲利娅十分平静和顺从地接受了哥哥的劝导与父亲的旨意,这表明奥菲利娅尚未成熟,她还没有个人的独立意志,在她的心目中爱情的要求还未达到应有的强度,她的婚姻观念还限于"父母之命"的约束。只要我们稍稍想一下朱丽叶和苔丝狄蒙娜的话,就会清楚地看到奥菲利娅的爱情还没形成一种冲破一切藩篱的力量,它还被家长意志和利害意识所制约。奥菲利娅拒绝了王子的求爱是令人惋惜的,然而这并非她的罪过,因为她自身有这种或那种选择的权力。奥菲利娅幼稚的思想——波洛涅斯出于偏见的干预——奥菲利娅的轻率行为,成为奥菲利娅不幸命运的最初根源。

奥菲利娅第二次听从父亲的摆布,以退还礼物为名与哈姆莱特谈话,为她招来了难堪的羞辱。在奥菲利娅向波洛涅斯报告了哈姆莱特的疯状之后,波洛涅斯做出了错误的判断,为了得到证明,他让女儿去同哈姆莱特谈话,他与克劳狄斯则在幕后偷听。奥菲利娅又绝对地服从了父命,在她将哈姆莱特给她的情书与礼物退还给情人的时候,像所有少女一样出于一种羞涩之心加以推诿,她借口说哈姆莱特变了心,自己才退还了礼物。她说:"因为在有骨气的人看来,送礼的人要是变了心,礼物虽贵,也会失去了价值。"这是奥菲利娅说出来的违心之词,但我们有理由相信它很可能出于波洛涅斯的授意。因为这次活动奥菲利娅只是一个木偶,而波洛涅斯乃是牵线操纵者,是他导演了这一场戏。然而,奥菲利娅的这一小小的谎言毕竟成为她的一个瑕疵。在她自己看来这也许算不了什么,似乎也无妨。然而她没有想到这句话对哈姆莱特的伤害是多么深!他听到这句话一下子就激动起来。世上的人没有十全十美的,对奥菲利娅的这一瑕疵，我们既不该否认，也不该加以夸大，以瑕掩瑜。奥菲利娅第二次听从父亲的摆布，为她招来了雷霆般的嘲弄和凌辱。当然，哈姆莱特是不该这样对待奥菲利娅的，而从另一个方面来看，奥菲利娅也是不该这样对待哈姆莱特的。奥菲利娅与哈姆莱特的这次谈话同罗森格兰兹、吉尔登斯吞去窥探哈姆莱特的心事是性质完全不同的两种活动，不能说这是"波洛涅斯把奥菲利娅诱入了对付哈姆莱特的阴谋之中"，也不能说奥菲利娅成了"政治斗争的工具"。这次谈话只是波洛涅斯要证明哈姆莱特的疯狂是"恋爱不遂造成的"，而奥菲利娅则完全是出于对哈姆莱特的同情才做这件事的，她希望能够想方设法医好哈姆莱特的疯病。因此，我认为长时期以来许多学者对波洛涅斯父女的活动并未真正了解，而对他们的种种指责都是不公正、不客观的。他们只是出于善心在干着傻事，在犯着错误，并一步一步地朝着毁灭的方向滑去。

奥菲利娅说自己是"一切妇女中间最伤心而不幸的"。这的确没有一点儿夸张，我们只要稍微想一下文艺复兴时期一些作品中女主人公的爱情命运，就可以清楚地看到奥菲利娅的痛苦与不幸确是前所未有的。俾德丽采得到但丁像对待神明一般的礼赞和膜拜[①]；安杰丽嘉得到了罗兰狂热的爱情，罗兰在一度失去安杰丽嘉的时候痛不欲生而造成疯狂[②]；朱丽叶得到了罗密欧的倾心崇拜，她被比作"东方的太阳"，罗密欧最后忠诚地殉情与朱丽叶死在一起；甚至一个农家妇女阿尔东莎·罗伦索也令大名鼎鼎的堂吉诃德为之神魂颠倒，

[①] 意大利诗人但丁（1265—1321）在其诗作《新生》中对他一生只见过两次面的俾德丽采爱慕不已，在其逝世后著诗以抒情，并说要用从来没有人用过的语言来称颂她，后在《神曲》中实现宿愿，将俾德丽采作为引他进入天堂的引路人。

[②] 皆为意大利诗人阿里奥斯多（1474—1533）著名叙事诗《疯狂的罗兰》中的人物。

称之为达辛妮娅·台尔·托波索。奥菲利娅同她们比较起来才貌皆不逊色,甚至在某些方面还要略胜一筹。然而,她所受到的爱慕自己的情人的凌辱却是难以想象的。哈姆莱特对待奥菲利娅的态度是近于冷酷和残忍的。当她在王宫同国王、大臣一起看戏的时候,她再次受到哈姆莱特的戏弄和侮辱,她所经受的这种痛苦几乎是难以忍受的。波洛涅斯终于成了自己错误的殉葬品。他的死使奥菲利娅遭到了双重的打击,奥菲利娅柔弱的躯体里怎么能够容纳下这么多的痛苦和不幸,她可怜地疯了。

　　奥菲利娅的心灵是美好的,就是在发疯的时候,她的美好仍然闪耀着光彩。她的疯话无疑是无逻辑的、混乱的,然而从中所流露出来的仍是她对亲人、情人以及周围人们的爱。她给人们各种花朵,唱着一些凌乱的民歌。她的心中没有一点儿怨恨——即使是对杀了她父亲的哈姆莱特。实际上她唱的民歌所构成的意象,一是爱情,一是死亡,即她对父亲的爱和对情人的爱,她毫无痛苦地唱着歌,由花团簇拥着稳稳地沉入水中,像一片花瓣落入水中流去一样,她的生命就这样被带走了。

　　波洛涅斯、奥菲利娅这一老一少所经历的毁灭之路交织着种种人生的哲理,这两个善良无辜者悲剧的最初根源竟在他们自身!当我们追寻他们毁灭的运行轨迹的时候会发现深藏其中的人生命运的某些奥秘。

1997 年 4 月 4 日—8 日初稿,
1997 年 5 月 20 日—23 日定稿。

一个应运而生的历史见证人
——《哈姆莱特》人物群像之三

霍拉旭是一个未曾受到应有重视的人物。其实,这个人物在全剧中是个具有特别价值的角色。他是人文主义学者,他对老王哈姆莱特时代的历史了如指掌,对哈姆莱特复仇活动亲眼目睹,哈姆莱特死后他则成为这一重大事件的讲述者。他是一个在国家政治生活发生变故时代应运而生的历史见证人。

霍拉旭是哈姆莱特在威登堡大学的同学,接受了相同的人文主义教育,回到丹麦后成为志同道合的朋友。他头脑冷静,"不为感情所奴役"。哈姆莱特说他是一个"正直的人",士兵称他为"有学问的人",他自称为一个"古代罗马人"。所谓"古代罗马人"即指古代罗马人的精神气质,崇尚荣誉、尊重友谊、正直、虔敬、勇武等等。这些评语从不同侧面揭示了这个人物的特性,戏中未对他的经历做明确的交代,只是哈姆莱特说"经历一切颠沛,却不曾受到伤害",霍拉旭当有一个不寻常的经历和遭遇,这也许就是形成他那种冷静、成熟性格的原因。

霍拉旭对老王十分崇敬,他在政治上是主张开明君主治国的;因为这样的君主主政能够战胜外敌,使国家昌盛,这正是人文主义政治观的核心,莎士比亚的历史剧反复地表现这一思想。霍拉旭对老王突然逝世十分悲痛,竟中止了学业回国参加葬礼。他称赞老王"举世无双"。在看到老王鬼魂的时候,他说鬼魂"身上的那副战铠,就是它讨伐野心的挪威王的时候所穿的;它脸上的那副怒容,活像他有一次在谈判决裂之后把那些乘雪车的波兰人击溃在冰上的时候的神气"[1]。霍拉旭满怀深情地回忆了当年老王的凛凛威风和战胜挪威、波兰的赫赫功业。霍拉旭这种对老王的推崇和敬仰之情成为他与哈姆莱特结为朋友的坚实的政治基础。

霍拉旭与哈姆莱特的友谊是在重大变故中形成的。哈姆莱特刚见到他的时候,彼此有着不小的距离,霍拉旭客客气气地称哈姆莱特为"殿下",表明这时他们只是一般的同学关系。哈姆莱特当即说:"不,你是我的朋友,我愿意我们以朋友相称。"这样哈姆莱特拉近了他们之间的距离。接着哈姆莱特问他为什么离开威登堡?霍拉旭并未直言相告,只是搪塞地说,为"偷闲躲懒"罢了。哈姆莱特不信,一再追问,霍拉旭才说是为了参加老王的葬礼才回来的,这样他们之间有了共同的语言,相似的情感。特别是霍拉旭告诉他老王鬼魂出现的消息并把他引到士兵守望的露台上的时候,他们的关系又亲密了一步,然而即使这样,霍拉旭也未说出自己回国的更深层次的原因,哈姆莱特也未将鬼魂关于复仇的嘱托告诉霍拉旭。只是随着事件的发展,了解的加深,情感的增强,哈姆莱特才向霍拉旭说出自己父亲的死状,而到了"戏中戏"的时候,哈姆莱特才让霍拉旭帮助观察奸王克劳狄斯看戏时的表情,霍拉旭这时已成为哈姆莱特的助手。因此,那种认为霍拉旭没有任何活动的看法是不准确的。当然,霍拉旭的活动只能是学者的活动:用眼睛去观察、用思想去判断,同时霍拉旭又只是在他可能进行活动的范围内来帮助哈姆莱特,而不能采取任

---

[1] 《哈姆莱特》一幕一场,《莎士比亚全集》(9),第7页。

何其他的方式。因为哈姆莱特的斗争大多数是在被动中进行的,而且都是不能由第三者参加的。所以在本质上来说,霍拉旭是哈姆莱特进行正义复仇活动的观察者和精神上的支持者、同盟者。

霍拉旭和哈姆莱特在一起的时候,他是哈姆莱特的一个伙伴,是一个从属的角色,他的使命似乎是听哈姆莱特叙述各种事件和高谈阔论。他好像是一个未曾接受授命的史官,在头脑中记下耳闻目睹的一切。比如,在哈姆莱特叙述海上遭遇时,霍拉旭只是说"嗯,殿下,有这等事?""请您告诉我。""可国书上还没有盖印,那怎么办呢?"在哈姆莱特谈论生死,鞭挞贪官污吏,揶揄弄人的骷髅时,霍拉旭几乎不发表什么意见,只是说"是,殿下","也许的,殿下","什么事情,殿下?","也是这样","那未免有些想入非非了",等等。霍拉旭或附合、或提问、或评说,他对哈姆莱特的各种决定极少表态,即使偶尔有之,也是顺着哈姆莱特的思路加以引申的,而结果常常是引起哈姆莱特新的议论。比如,哈姆莱特对接受比武的建议略有迟疑,说这件事"心里是多么不舒服!"这时霍拉旭说:"要是您心里不愿意做一件事,那么就不要做吧。我可以去通知他们不要到这儿来,说您现在不能比赛。"霍拉旭的这一建议立即引起了哈姆莱特的一段关于命运的议论:"不,我们不要害怕什么预兆;一只雀子的生死,都是命运预先注定的。"[①]

如果说哈姆莱特是人文主义战士的话,那么霍拉旭就是一个典型的人文主义学者,因而他们的思想在有些方面是不同的。后者的思想更多的是从书本来的,而前者的思想主要是在现实生活中形成的。因此在见到鬼魂以后哈姆莱特说:"霍拉旭,天地之间有许多事

[①] 《哈姆莱特》五幕二场,《莎士比亚全集》(9),第137页。

情是你们的哲学所没有梦想到的呢。"这样在一些具体问题的处理上他们的看法就有了差异。比如哈姆莱特叙述了处死罗森格兰兹和吉尔登斯吞的过程之后,霍拉旭听后不但未拍手称快,反而表现了一定的保留。他说:"这样说来,吉尔登斯吞和罗森格兰兹是去送死的了。"话中隐隐约约地包含着对哈姆莱特这一做法的批评和对罗森各兰兹、吉尔登斯吞的惋惜、同情。正因为这样,哈姆莱特才对此事做了解释,并说"自己良心上没什么对不起他们的地方"。哈姆莱特接着慷慨激昂地陈述了自己的不幸,然后说:"凭良心说我是不是应该亲手向他(克劳狄斯)复仇雪恨?"霍拉旭听后并未正面表示赞同,而是岔开话头说克劳狄斯很快就会知道这件事的(指哈姆莱特的掉包计)。霍拉旭虽然成了哈姆莱特的朋友,但他始终清醒地知道自己的身份、地位和使命,对他所不同意的事情他冷静地保持缄默。他所最关心的事情与其说是哈姆莱特的活动,不如说是他对这一事件的观察与了解。哈姆莱特是重大历史变故的参与者,霍拉旭则是这一历史活动的见证人和记录者。他们二人的立场、观点基本一致,但在一些具体问题上表现出一定的差异;哈姆莱特的观点更具有政治倾向性,而霍拉旭的观点则更具有历史客观性。

霍拉旭不仅记下了老王统治时期的昌盛,亲眼目睹了哈姆莱特与篡位者的生死较量,而且在哈姆莱特死后承担了向世人讲述斗争真相的使命。在哈姆莱特临死前,霍拉旭要像古代罗马人那样和自己的朋友同去。但哈姆莱特要求他留下来,他对霍拉旭说:"留在这一个冷酷的人间,替我传述我的故事。"霍拉旭答应了朋友请求,承担了死者的嘱托。他叫人将尸体抬到高台上面,面对福丁布拉斯、英国使官以及丹麦朝臣,霍拉旭发表了演说。他说这些尸体你们都可以看得见了,现在就"让我向那懵无所知的世人报告这些事情发生的经过,你们可以听到奸淫残杀、反常悖理的行为,冥冥中的判决、意外的屠戮,借手杀人的狡计,以及陷人自害的结局;这一切我都可以确确实实地告诉你们"[①]。

霍拉旭与哈姆莱特是相互辉映的艺术形象。他始终关心自己国家的命运、关心她的和平与安定。在国家出现危机的时候敢于挺身而出,尽自己的责任。从这个意义上看他与哈姆莱特的关系可以视为人文主义者斗争的前赴后继。哈姆莱特与奸王同归于尽之后,国内无主。这时挪威王子福丁布拉斯提出了王位的要求,哈姆莱特在临死前已经预见到这件事,并表示了"同意"。可是对此事关国家命运的重大问题,霍拉旭并没有急于去执行王子的遗命,而是提出首先应该把丹麦国内所发生的这一切"解释明白了,免得引起更多的不幸、阴谋和错误来"[②]。全剧以福丁布拉斯隆重安葬哈姆莱特结束,而福丁布拉斯并未能轻易地取得丹麦的王位,这个结尾是意味深长的,在这里显示了霍拉旭那种安邦定国的才略。他尽全力去做的事情,就是防止他的国家不再出现新的不幸。

1997年4月9日初稿,
1997年5月19日定稿。

[①] 《哈姆莱特》五幕二场,《莎士比亚全集》(9),第144页。
[②] 《哈姆莱特》五幕二场,《莎士比亚全集》(9),第144页。

"复调艺术"的杰作
——论《哈姆莱特》的多重情节

亚里士多德认为,在悲剧的"六个成分里,最重要的是情节,即事件的安排";"情节乃悲剧的基础,有似悲剧的灵魂",所以"悲剧艺术的目的在于组织情节(亦即布局)"[①]。亚里士多德关于情节的理论在欧洲戏剧史上曾产生过很大的影响。后来,围绕情节在悲剧中的地位问题出现过争论,一些评论家认为情节只具有一种较为机械的功能。到20世纪,出现了"无情节小说"和类似的戏剧作品,情节在戏剧作品中的艺术价值受到严重挑战。但是纵观戏剧史,完整的情节总是一部好的戏剧作品不可或缺的条件;莎士比亚作品的情节与其他艺术形式一样取得了无可比拟的成功,老生常谈地说"自莎士比亚之后一切情节都成为滥套"[②],这就是说莎士比亚的戏剧,天才地创造出了各种类型的情节模式,因此受到批评家们的称赞,《哈姆莱特》就是其中最典型的一例。为了揭示其情节的内部构筑,我在本文中将提出一些新的概念补充到情节的范畴中去,并以此来探讨《哈姆

[①] 亚里士多德、贺拉斯:《诗学·诗艺》,人民文学出版社1982年版,第21、23、30—31页。
[②] 引自戴锦华:《游弋书书》,《中华读书报》1999年3月10日。

莱特》"情节的生动性和丰富性"①。

《哈姆莱特》是戏剧史上前所未有的多重情节戏剧。这种戏剧作品主要盛行于伊丽莎白时代,其代表作家即莎士比亚。伊丽莎白时代除戏剧作品外,其他一些艺术形式,如叙事诗也出现了多重情节的作品,"斯宾塞的《仙后》是一个记事传奇的例子。它的主要情节和几个次要情节交织发展,构成一个错综复杂,活而不乱的情节,C.S.刘易斯把这种方式比做伊丽莎白时代的'复调艺术'"②。莎士比亚的作品虽然有单一情节的,但绝大部分为多重情节作品。这类作品构成戏剧史上一种新的情节结构模式,《哈姆莱特》则是其中的典范之作。

《哈姆莱特》的多重情节与单一情节戏剧有相同的结构属性,即它们都是由情节链、情节结和情节点组成的。所谓情节链,即人物的全部动作,由于人物在戏剧作品中的不同地位,其情节链状态也不相同;情节结是构成情节链的最小单位,不同人物情节链上情节结的数量与分布各不相同;所谓情节点,是次要人物的不连贯性动作,它们呈分散状态,联缀在不同的情节链上,具有提供背景、推动情节及渲染气氛等功能。《哈姆莱特》的多重情节与单一情节戏剧的不同在于:其多重情节是由一个与单一情节相似的中心情节与一个或几个并行情节组成,而中心情节的情节链则由主体情节链与从属情节链组成。主体情节链是全剧的骨干,它的情节结不仅数量多,而且具有包容性;而从属情节链上的情节结有相当大的一部分与其相重合。

---

① 《恩格斯致斐·拉萨尔》,《马克思恩格斯选集》第4卷,人民出版社1974年版,第343页。
② 〔美〕M.阿伯拉姆:《简明外国文学辞典》,湖南人民出版社1987年版,第256、259页。

现在,依着这些新的情节范畴的引导,我们就可以进入《哈姆莱特》那五光十色的情节世界之中了。

(一)

《哈姆莱特》中心情节的构成具有情节的典范性。它所包容的情节链、情节结和情节点,轻重交织,疏密相间,变化有序,由许多大小不等的事件(动作)构成了波澜起伏的戏剧情节。戏剧冲突张弛有度,由开端、进展、高潮到结局,全部情节在合乎逻辑、合乎情理的必然性中演进。《哈姆莱特》中心情节的这种丰满和完整,为戏剧史上所少见,就是在莎士比亚自己的作品中恐怕也没有哪部多重情节戏剧能与之相比。

构成《哈姆莱特》中心情节丰满与完整的基础,是事件(动作),即相当数量的情节链、情节结和情节点。《哈姆莱特》的中心情节由三条主体情节链、两条从属情节链和五个情节点构筑而成。哈姆莱特是剧中的中心人物,他的情节链上的情节结多,共 30 多个[1],分布在

---

[1] 哈姆莱特情节链上的情节结为:1.要求返回威登堡求学,国王克劳狄斯不允(一、二),2.第一次独白:对母亲改嫁感到悲哀(一、二),3.见到霍拉旭,霍拉旭告以老王鬼魂出现的消息(一、二),4.第二次独白,对父亲亡魂出现的预感(一、二),5.哈姆莱特到平台上与士兵一起等候鬼魂出现(一、四),6.哈姆莱特见到鬼魂,听到鬼魂的诉说(一、五),9.哈姆莱特见到波洛涅斯(二、二),10.与罗森格兰兹与吉尔登斯吞周旋(二、二),11.与伶人谈论戏剧,令其排练《贡扎古之死》(二、二),12.第四次独白:谴责自己拖延复仇(二、二),13.与伶人谈戏剧表演(三、二),14.第五次独白:思考是"生存还是毁灭"的问题(三、二),15.与奥菲利娅谈话,冷嘲热讽(三、二),16.哈姆莱特谈戏剧的宗旨(三、二),17.请霍拉旭帮助观察克劳狄斯看戏时的表情(三、二),18.与霍拉旭讨论观察的结果(三、二),19.罗森格兰兹、吉尔登斯吞与波洛涅斯先后见哈姆莱特,令其去见母后(三、二),20.第六次独白:决心以血还血,进行复仇(三、二),21.放过正在祈祷中的克劳狄斯(三、二),22.第七次独白:等待克劳狄斯作恶时再杀他,以使其灵魂下地狱(三、三),23.误杀波洛涅斯

全剧戏20场戏的13场中。其动作有时迟缓,有时急促,其情节结之间的距离最小,有时达到密集的程度,如在三幕二场中就有相互联系又各不相同的七个情节结。以他的情节链为主形成了全剧的中心情节——复仇。克劳狄斯的情节链分布在11场戏中,以他为主形成了中心情节的另一个方面——谋害,他既是哈姆莱特复仇的对象,又是谋害哈姆莱特的主凶。他也是个重要人物。乔特鲁德的动作所形成的也是主体情节链,有10个情节结,她的动作兼有主体与从属的二重性:一方面他的动作从属于克劳狄斯,而同时以她的动作为主形成了爱情与家庭毁灭的情节,这也是中心情节的一个重要组成部分。霍拉旭和罗森格兰兹以及吉尔登斯吞分别形成两条从属情节链,霍拉旭的活动从属于哈姆莱特的情节,罗森格兰兹、吉尔登斯吞的活动则从属于克劳狄斯。鬼魂、士兵、伶人、掘墓人及奥斯里克的动作形成五个情节点,它们恰当地分布在情节的开始、中间和结尾。《哈姆莱特》以士兵守望的情节点作为开端,它引出了鬼魂,鬼魂的情节点才真正地启动了情节。这二个情节点在第一幕的五场戏中竟占了四场,可见其重要性;伶人演戏的情节点不仅为哈姆莱特高谈阔论戏剧问题提供了条件,更重要的是伶人演的"戏中戏"推动了情节,使戏剧冲突立即进入剑拔弩张的阶段而近于高潮。这个情节点也很重要,占了第二幕和第三幕中的两场戏。工人掘墓的情节点既是奥菲利娅悲剧命运的余响,又是新的戏剧冲突的准备。在墓地上为奥菲利娅

(三、四),24.谴责母亲(三、四),25.罗森格兰兹,吉尔斯吞让哈姆莱特说出尸体藏在什么地方,哈姆莱特反讽(四、二),26.国王令哈姆莱特立即去英国(四、三),27.途中遇到福丁布拉斯率士兵去进攻波兰,(四、四),28.第八次独白:决心排除疑虑妄念(四、四),29.与霍拉旭在墓地上谈话(五、一),30.哈姆莱特向霍拉旭述说自己被押送去英国途中逃脱的经过(五、二),31.接受挑战(五、二),32.与雷欧提斯比剑,相互被毒剑刺伤(五、二),33.杀死克劳狄斯,哈姆莱特身亡(五、二)。

下葬,哈姆莱特与霍拉旭、国王、王后与雷欧提斯都同时到场。哈姆莱特与雷欧提斯发生争吵,为其比剑的序幕,国王嘱咐雷欧提斯不要忘记他们的"计划"(即在比剑时用毒剑刺死哈姆莱特)。在这个情节点中掘墓工人与国王同时出现,突破了传统的悲剧理论,显示了一种新型悲剧的特点[1]。最后一个情节点是奥斯里克传达王命,要哈姆莱特与雷欧提斯比剑。莎士比亚没有把这个情节点仅仅处理为情节进展上的需要,还顺笔勾勒出一个宫廷侍臣的脸谱,这个人物一出场就显示出唯唯诺诺的个性特征。这个情节点将戏剧情节推向最终:比剑中毒,同归于尽。《哈姆莱特》中成功安排的这五个情节点,既对情节的开始、推进、发展和终结起到了条件的作用,因此可以称之为情节的催化剂;同时,莎士比亚还使这些情节点分别具有独特的内涵,丰富了情节的含量。

《哈姆莱特》中心情节的构造同单一情节的构造是完全相同的,当然,其情节能否包容《哈姆莱特》中心情节那样多的情节链、情节结和情节点,特别是能否将这么多情节成分安排得那样富于匠心,那就另当别论了。这里所讲的只是情节构成的基本成分。其实,对戏剧作品来说,情节所包含的动作的多少是其是否丰富、生动的一个非常重要的条件。《哈姆莱特》中心情节所包含的动作,即各情节链上的情节结与情节点一共有 50 多个,这是一个相当可观的数量,可以说《哈姆莱特》中是充满了事件、充满了动作的。这些事件(动作)绝大部分发生在舞台上,我们可以称之为直接情节结,而有极少的动作是

---

[1] 如菲利浦·西德尼在《为诗辩护》中说:"……这种下流荒谬的东西……既不是真正的悲剧,又不是真正的喜剧。在剧中使帝王和小丑交混在一起,并非出于剧情的需要,而是蛮横地硬把小丑塞了进来,在严肃的剧情中扮演一个角色,既不体面,又不审慎。"——转引自尼柯尔著《西欧戏剧理论》,中国戏剧出版社 1985 年版,第 53—54 页。

由人物叙述出来的,如福丁布拉斯要进犯丹麦的原因,哈姆莱特发疯的情景,奥菲利娅落水而死,哈姆莱特海上逃走施用掉包计,罗森格兰兹、吉尔登斯吞被处死等等,这些我们可以称之为间接情节结。间接情节结具有使动作具有连贯性的作用,同时又可避免拖长情节,使情节更集中,它将不是最重要的动作转化成为一种叙述。情节比较复杂的戏剧作品都要运用间接情节结,但要用得恰如其分。如果这种间接情节结用得过多的话,就会影响到情节的生动性。《哈姆莱特》在这方面的安排是十分成功的。少量间接情节结的运用,将发生在舞台之外的动作描述出来,使情节的生动性恰当地建筑在情节的完整性之上。

(二)

《哈姆莱特》中两条复仇平行情节的配置,显示出莎士比亚组织多重戏剧情节的卓越才能。同中心情节的完整性比较起来,这两条平行的复仇情节甚至可以认为还都达不到情节的要求,似乎可以将其视为从属情节链。其实不然,平行情节不同于从属情节链的根本之处在于它们是独立于中心情节之外的,具有相对独立的情节成分。它们同中心情节发生联系,但不是从属性的而是具有双向作用:它们既对中心情节的进展产生某种作用,同时中心情节对它们的进展也起到某种作用;不过并行情节对中心情节的作用是通过它们自身动作运行轨迹完成的。福丁布拉斯、雷欧提斯的父亲都是被人杀死的,这同哈姆莱特的父亲被人谋害致死是相同的,所不同的是他们对复仇所采取的不同的动作方式。这样,福丁布拉斯与雷欧提斯的复仇情节和哈姆莱特的复仇情节就形成了相互交织且相互平行的关系,造成一种类似复调音乐作品的情节状态,三个复仇情节像复调音乐各声部中处理同一主题一样,全都在复仇的要求之下进行各自的活动。起伏不断的三个并行复仇情节显示了三种不同的复仇态度,从而突出了哈姆莱特复仇的特殊性质:他的复仇活动已由个人道德行为升华为一种"重整乾坤"的历史重任,由以血还血的个人报复行为升华为对整个社会罪恶的谴责。由此作品获得了远非复仇悲剧所能具有的审美价值,创造了一种新型的严肃悲剧。

当我们具体揭示福丁布拉斯和雷欧提斯并行复仇情节的时候,我们首先看到的是他们的情节结比较少,情节结之间的距离都较大。雷欧提斯的情节结有六个,而福丁布拉斯的则仅有三个,而且其中还有一个间接情节结。雷欧提斯从第一幕第二场离开,到第四幕第五场从法国回来,中间经历了大段的情节空白;福丁布拉斯以间接情节结出现,中间也经历了很长的情节距离,到第三幕第四场第一次在丹麦的国土上亮相。因此,并行情节的安排同中心情节不同,它们的出现几乎都具有偶然性,都是出于中心情节发展的需要。中心情节的进展是以必然性为主的,这样它们才能真正构成一幅"时代演变发展的模型";然而,如果没有并行情节偶然性情节结的安排,中心情节将难以具有完整性。"无巧不成书"概括了古今中外艺术作品的一个重要规律;偶然性就是"巧"。所谓必然性,即上一情节结必然导致下一个情节结;而偶然性不同,它的上一个情节结不一定必然产生下一个情节结,反之,下一个情节结也不以上一个情节结作为推进的基础。从这个意义上说,并行情节上情节结的安排就有了较大的自由性。比如雷欧提斯突然回国,率众攻入王宫就没有前承和后接的情节结。雷欧提斯从何处以何种名义招集了那么多的民众?造反之后这些民众又去了哪里?都没有交代。雷欧提斯的这一重要动作从其全部情节来看,没有必然性;它的安排主要为雷欧提斯与克劳狄斯共谋提供一个便利的条件。再如,福丁布拉斯率兵经过丹麦时,正好被押送去英国的哈姆莱特遇见,这纯属偶然"巧"遇,其作用在于激发哈姆莱特的意志,同时为他本人以后班师回国再经丹麦做一伏笔。最后福丁布拉斯又正"巧"在丹麦出现重大变故——哈姆莱特与克劳狄斯同归于尽的时候再经过丹麦,这也纯属偶然,这个情节的安排显示了克劳狄斯的罪行所造成的严重后果。

在《哈姆莱特》中情节的必然性因素与偶然性因素都恰如其分地产生了结构情节的作用。中心复仇情节与并行复仇情节相映衬显示了莎士比亚在结构多重情节方面的天才匠心。这些情节有轻有重,有主有从,交错有序,疏密相间,参差错落,造成了跌宕起伏的情节状态,构成多层次情节的审美空间,产生了一种令人回味的艺术魅力。

(三)

《哈姆莱特》中还安排了两条爱情和家庭毁灭的并行情节。《哈姆莱特》中三个并行的复仇情节的设置已得到公认,几乎所有研究《哈姆莱特》艺术成就的文章中都要谈到这个问题。但是,关于《哈姆莱特》中另有两个类似的爱情和家庭毁灭的并行情节,现在还没有人提出。我认为从《哈姆莱特》错综复杂的情节中将这两个并行情节剥离出来加以审视,对于揭示《哈姆莱特》多重情节的构成及其价值都是很重要的。《哈姆莱特》中两个并行的爱情和家庭毁灭的情节即老王一家的毁灭与波洛涅斯一家的毁灭。它们毁灭的命运相同,但性质并不相同:前者由罪恶造成,后者乃由错误导致;两个家庭毁灭的原因是多方面的,而不幸的爱情在其中具有重要作用。老王生前对乔特鲁德百般抚爱,即使他在被害死成为冤魂的时候也没有改变他的爱,他嘱咐儿子在复仇时千万不要伤害她。乔特鲁德出于满足情欲的要求,老王刚死不久就嫁给了新王克劳狄斯。关于她到底是否参与了谋害老王的问题,我们在这里不做深究,我们所要考察的是她虽然做了新的王后,剥夺了儿子的王位继承权,但对儿子还是爱的,她劝儿子不要过于悲痛,劝儿子不要去威登堡,要他留在自己身边——在这里需要特别指出的是她的这种爱子意愿是和克劳狄斯的阴险用心完全不同的。哈姆莱特不能原谅母亲背叛父亲的行为,对她进行了暴风雨般的谴责,乔特鲁德的灵魂受到了极大的震撼,心灵得到了净化,强化了对儿子的爱。她为儿子保守了秘密,同国王谎说哈姆莱特杀死波洛涅斯完全是因为发疯,最后为了保护儿子自己喝下了那杯毒酒。哈姆莱特像老王爱乔特鲁德那样爱着奥菲利娅,但他得到的回报却是遭到了拒绝。接着奥菲利娅又被利用来窥探他的秘密,哈姆莱特对她冷嘲热讽,伤害了她纯真的心灵。尽管这样,哈姆莱特在心中仍然保持着对奥菲利娅的爱情,就是在奥菲利娅下葬时,他还在喊:"四万个弟兄的爱合起来也抵不过我对奥菲利娅的爱。"为了对奥菲利娅的爱,他向雷欧提斯承认自己的错误,临死前还宽恕了雷欧提斯。老王一家毁灭了。老王被谋杀发生在故事之前,他的情节点是由鬼魂叙述出来的,剧中继续写了乔特鲁德母子的家庭悲剧。波洛涅斯和奥菲利娅父女的命运与之相互呼应。波洛涅斯的情节结有六个,虽然与克劳狄斯的情节链有牵连、相交织,但真正的内涵却是与儿女有关的家庭事务。如嘱咐儿子如何做人处世,派遣仆人去法国了解儿子的情况,劝阻女儿不要同哈姆莱特恋爱,担心女儿被欺骗,女儿听从了他的命令。可是当他听说哈姆莱特发疯之后又感到后悔:后悔自己认错了人,即这时他才真的看到了哈姆莱特是真心爱他的女儿,而不是逢场做戏。由此他认为哈姆莱特的疯狂是恋爱不遂造成的。他面见国王述说自己的看法,国王不信,他又建议安排女儿与哈姆莱特谈话进行试探。在"戏中戏"之后他竟到王后寝宫去偷听乔特鲁德母子的谈话,以企图证明自己的看法没错,终至被误杀。波洛涅斯犯下了一个接一个认识与判断的错误,成为整个家庭毁灭的一个根源。奥菲利娅情节链上的情节结都是和不幸的爱情相关的:她听从父命拒绝了哈姆莱特的爱情,退还了哈姆莱特给他的礼物;她向父亲报告哈姆莱特见她时的疯疯癫癫的样子;她听从父亲的安排与哈姆莱特谈话遭到了冷嘲热讽;她父亲被误杀后精神失常,落水而死。波洛涅斯父女的情节链都不长:波洛涅斯的终止在三幕四场,奥菲利娅的长些,延续到四幕五场。对波洛涅斯与奥菲利娅来说,哈姆莱特仅仅是一个被拒绝了爱情而发疯的不幸的王子,他们的动作在主观动机上与哈姆莱特的复仇以及克劳狄斯的谋杀活动没有任何关系,都是出于和爱情有关的考虑;然而在客观上,他们父女却卷入了哈姆莱特与克劳狄斯之间激烈的冲突之中,并扮演了不光彩的角色,为此他们付出了悲惨的代价。雷欧提斯的活动已构成了并行的复仇情节,但作为波洛涅斯的家庭成员来说,当他最后死于自己的毒剑之下的时候,则标志着波洛涅斯一家的完全毁灭。波洛涅斯一家以一个家庭的毁灭为另一个家庭的毁灭做了殉葬,做了牺牲。两个家庭毁灭的并行情节强化了家庭悲剧的社会原因及政治色彩,同时也蕴含了作家关于人生经验的种种思考。同时,这两条家庭毁灭的并行情节容纳了相当的爱情悲剧的成分。这个时期真正的爱情已经成为美好的回忆,而现实生活中的爱情已经被情欲所取代,被偏见所玷污,文艺复兴早期诗人赞颂女性的诗意和光彩不见了,女人被认为是"脆弱"的生命;由于她们的"脆弱",爱情被打上了肮脏的印迹。《哈姆莱特》中这两条爱情和家庭毁灭的并行情节不很明显,但它们的的确确是艺术匠心安排的结果。它们扩大了《哈姆莱特》这部作品情节的容量,使其更为丰满、更为生动。

(四)

多重情节可以造成许多情节空间,因此不同情节的戏剧场面就可以形成对照式的结构,而这在单一情节戏剧中是难以做到的。《哈姆莱特》中有相当多的对照场面,不论动作性质相似,还是相反,它们都在相互映衬中强化某种审美情趣。哈姆莱特的装疯、奥菲利娅的真疯,在相互对照中强化了彼此的痛苦。这一对青年男女的真挚爱情遭到破坏,他们又都遭受到父亲被人杀死的巨大不幸。然而,哈姆莱特不仅以装疯的独特活动方式宣泄痛苦的心情,并且借以寻找复仇的机会。奥菲利娅对于情人发疯已经受到重大打击,父亲又被发疯的情人杀死,柔弱善良的奥菲利娅成了世界上最不幸的人,她承受不了巨大的痛苦,精神失常,她真的疯了。在哈姆莱特同奥菲利娅谈话时以疯言疯语无情地嘲骂奥菲利娅,而奥菲利娅发疯之后所说的那些疯话仍是充满爱情意象的民歌民谣。这两个谈话的场面前后对照,以一种互补的方式衬托出彼此的痛苦已经达到极致,同时显示出他们对痛苦不同的承载能力。

克劳狄斯不相信哈姆莱特是因恋爱不遂而疯狂,对他进行试探,偷听他和奥菲利娅的谈话;而哈姆莱特则以"戏中戏"试探克劳狄斯到底是不是杀人凶手,在台前仔细地观察着克劳狄斯看戏的表情。一个要探出哈姆莱特的疯因,一个要证明克劳狄斯的罪行,明争暗斗,而两个相互试探的场面强化了他们之间冲突的隐蔽性和复杂性的特点。两个试探前后相接,但主要角色的地位发生了变化:开始被试探的角色,后来变成了试探者,而开始时的试探者则变成了被试探者,两个试探产生的一个共同结果就是克劳狄斯决定立即将哈姆莱特遣送英国处死,以除掉心头之患。这两个试探的场面,一明一暗,一强一弱,妙趣横生,使戏剧冲突迅速激化。乔特鲁德与奥菲利娅的死所构成的是反差式的对照。她们是两个不幸的女人,但导致她们不幸的原因是不同的,因此死的情况也不同。无辜善良的奥菲利娅是唱着歌死的,她落入水中之后,"衣服四散展开,使她暂时像人鱼一样浮到水上,她嘴里还断断续续唱着古老的歌谣","不多一会她的衣服给水浸得重起来了。她的歌儿还没有唱完,就已经沉到河里去了";而乔特鲁德之死则是由于她抢先喝下了克劳狄斯准备毒死哈姆莱特的那杯毒酒。她让哈姆莱特用她的手巾擦去额上的汗,并说:"王后为你饮下这一杯酒。"乔特鲁德在一种复杂痛苦的心情中死去:既包含着愧疚、悔恨,也包含着爱子之情。奥菲利娅的死是美的自我毁灭,而乔特鲁德的死则是母爱的强化和对自己过错的一种自我惩罚。这种强烈反差的场面,强化了人们对真善美毁灭的同情与怜悯。

总之,《哈姆莱特》这部多重情节的悲剧作品在结构情节上也同莎士比亚在艺术创作的其他方面一样,取得了令人惊异的成功。它的情节之所以呈现出"生动性和丰富性"的特点,主要是由下面四种因素决定的:(一)它的情节(中心、并行)容纳了相当多的情节链、情节结和情节点,有足够的相对完整的动作,整个作品充满了事件,这是《哈姆莱特》情节生动与丰富的基础。(二)它有三个复仇情节,两个爱情、家庭毁灭的情节。这些情节相互并行,相互交错,形成多层次戏剧空间的情节状态,使全剧呈现出像生活本身一样多样性的情节场面。(三)不同情节链上的情节结形成反差式的或互补式的对照结构,它们增强了情节的审美情趣。(四)它的五个情节点在启动情节、推动情节和营造特定气氛方面产生了很好的艺术效果。上述诸因素有机地安排组织在一起,成为一出具有典范意义的多重情节的戏剧,它所具有的丰富而又生动的情节,极大地容纳了莎士比亚赋予这出戏剧作品的时代的社会的生活内涵以及种种人生经验,使其真正成为显示人物性格和命运的一个充满声响和色彩的动作和事件的世界。

1997年2月10—22日初稿,
1998年2—3月修改定稿。

附1:

《哈姆莱特》中的重要场面

第 一 幕

鬼魂出现,士兵惊恐(一、一)	(士兵)
新王即位,王子忧郁(一、二)	(克、乔、哈)
父兄劝阻,拒绝爱情(一、三)	(波、雷、奥)
亡魂诉冤,决心复仇(一、四、一、五)	(哈、霍、士兵、鬼魂)

第 二 幕

王子装疯,少女悲伤(二、一)　　　　　(波、奥)
回到法国,派人私访(二、一)　　　　　(雷、波)
国王怀疑,安排探察(二、二)　　　　　(克、乔、罗、吉)
冷嘲热讽,欢迎伶人(二、二)　　　　　(哈、罗、吉、伶人)

第 三 幕

谈话试探,国王不信(三、一)　　　　　(哈、奥、克、波)
演戏窥探,奸王现形(三、二)　　　　　(哈、霍、伶人、克、乔)
召入王宫,错过机会(三、三)　　　　　(哈、罗、吉、克)
误杀老臣,谴责母亲(三、四)　　　　　(哈、乔、波)

第 四 幕

阴谋暗害,遣送英国(四、一、二、三)　　(克、乔、罗、吉、哈)
精神失常,落水而死(四、五、四、七)　　(奥)
侥幸逃回,国王心惊(四、六)　　　　　(哈、克)
率众入宫,相互勾结(四、七)　　　　　(克、雷)

第 五 幕

墓地谈话,述说遭遇(五、一)　　　　　(掘墓工人、哈、霍)
接受挑战,比武中剑(五、二)　　　　　(克、乔、哈、雷)
王后饮鸩,自食恶果(五、二)　　　　　(乔、雷)
杀死奸王,军礼安葬(五、二)　　　　　(哈、克、霍、福)

附2：

《哈姆莱特》情节（中心、并行）、情节链、情节结及情节点示意图

情节链	幕场\情节结\人物	一 幕 一二三四五	二 幕 一二	三 幕 一二三四	四 幕 一二三四五六七	五 幕 一二
中心情节	主体情节链	哈姆莱特	····	·	· ··	····	··
		克劳狄斯	····	·	· ··	····	·
		乔特鲁德	····	·	· ·	· ·	·
	从属情节链	霍拉旭	·		·	·	·
		罗森格兰兹吉尔登斯吞	·	·	·	·	
并行情节	并行情节链	波洛涅斯	·	·	·	·	
		奥菲利娅	·	·	·	·	
		雷欧提斯	·	·		·	·
		福丁布拉斯				·	·
情节点		众士兵	··				
		伶人		··			
		掘墓工人					·
		奥斯里克					·

独特艺术风格的标本
——《哈姆莱特》人物个性化语言构成的交响诗篇

莎士比亚的戏剧作品都具有独特的风格：喜剧作品中不乏悲剧成分，而悲剧中则揉以喜剧因素，主旋律与多声部相互交织，此起彼伏，又浑然一体。《哈姆莱特》是莎士比亚作品，特别是他的悲剧作品独特艺术风格的一个典型的标本。作为一部悲剧，它以鬼魂诉说被害经过、哈姆莱特受命复仇为主干，从一开始全剧就笼罩在阴森、令人恐怖的气氛之中，阴谋诡计、毒酒毒剑、骷髅墓地、流血杀人这些传统的复仇悲剧所固有的一些戏剧成分形成了强烈的悲剧审美情趣。同时与传统悲剧不同的且为传统悲剧理论所不容的是悲剧中还编织着诸多的喜剧场面，如波洛涅斯送儿子去法国，告诫女儿如何对待王子的爱情以及嘱咐仆人如何了解儿子在法国的情况等等都是世态喜剧的场面；哈姆莱特同波洛涅斯关于天上的行云像什么的对话，纯粹是讽刺喜剧的场面；而掘墓人在墓地上关于什么人造出的东西最坚固的对话以及所说的笑话等情境则常出现在闹剧之中，等等。《哈姆莱特》中这些幽默、滑稽、粗俗、卑下、平庸、可笑等喜剧的审美情趣，同悲剧的阴森、崇高、悲壮、严肃、深沉、忧郁等审美情趣有机地融合在一起，使《哈姆莱特》成为集中体现莎剧独特艺术风格的一部作品。《哈姆莱特》的这种独特的艺术风格是前所未有的，它以一种天才的原创精神违背了古典的理论模式,因此曾引起过一些学者的非难和批评,最有名的就是众所周知的伏尔泰对《哈姆莱特》的否定。他说:《哈姆莱特》是一部"既粗俗又野蛮的剧本……第二幕,哈姆莱特疯了,第三幕他的情人也疯了,王子杀死了他情人的父亲就像是杀死了一只耗子;而女主角则跳了河。人们在台上为她掘墓,掘墓人说着一些与他们身份相吻合的脏话,手上还拿着死人的骷髅头;哈姆莱特王子以同样令人厌恶的疯疯癫癫的插科打诨来回答他们可鄙的粗话。……哈姆莱特、他的母亲、继父一起在台上喝酒,大家在桌旁唱歌、争吵、殴打、撕杀。人们会以为这部作品是一个烂醉的野人凭空想象的产物"。他说《哈姆莱特》的情节"荒唐"、"粗俗"而"不合法则"。伏尔泰这段话所否定的正是《哈姆莱特》这部作品的独特的艺术风格,它并没有涉及《哈姆莱特》的艺术价值,在接下来的对《哈姆莱特》一剧评价的时候,伏尔泰所做出的乃是截然相反的结论,在他批评完《哈姆莱特》"粗俗而不合法则"之后说:"奇怪的是……在《哈姆莱特》里我们还可以发现一些无愧于最伟大天才的崇高特点。好像造化故意在莎士比亚的头脑中把一切都汇集起来,这里既有着人们所能想象的最有力、最伟大的东西,也有着那些比没有灵魂的粗俗性格所能包容的更为卑鄙、更为令人憎恶的东西。"[①] 作为一位伟大的作家伏尔泰看到了《哈姆莱特》中所放射出来的莎士比亚"最伟大的天才"的光辉;但作为一位 18 世纪古典主义学者,他用已有的戏剧美学范畴框架去衡量《哈姆莱特》,那就必然无法理解这部具有独特风格的艺术精品,从而作出种种褊狭的批评。对于莎士比亚悲剧的

---

① 〔法〕伏尔泰:《〈塞米拉米斯〉序》,《莎士比亚评论汇编》(上),中国社会科学出版社 1978 年版,第 352 页。

那种独特艺术风格,虽然有伏尔泰的那种全盘否定,但是更有马克思等一些学者的高度评价。马克思对莎士比亚悲剧的独特风格曾做出过经典性的概括:"英国悲剧的特点之一就是崇高和卑贱、恐怖和滑稽、豪迈和诙谐离奇古怪地混合在一起。"①马克思的这个评价不就是讲的《哈姆莱特》吗?它是直接针对伏尔泰的,所以接下来说《哈姆莱特》的这种特点,"使法国人的感情受到莫大的伤害,以致伏尔泰把莎士比亚称为'喝醉了的野蛮人'"②。

构成莎士比亚戏剧独特艺术风格的要素当然包括某些喜剧的场面,但最为重要的是戏剧人物的语言。莎剧虽然注重情节的安排,《哈姆莱特》更是以"情节的生动性丰富性"著称,但它们并非仅以情节取胜,卓越的语言艺术与动人情节的珠联璧合才使莎剧具有了无穷的艺术魅力。莎剧是文艺复兴时期英国特有的一种戏剧类型,称为诗剧,其中相当多的台词为无韵诗(Blank Verse,又译素体诗、白体诗),还有少量的有韵诗(Rhyme Verse),绝大多数莎剧散文所占数量较少,有几部莎剧甚至全部由无韵诗和有韵诗组成,如《约翰王》(无韵诗占94.9%,有韵诗占5.1%)、《理查二世》(无韵诗占80.9%,有韵诗占19.1%);有几部莎剧的诗行占90以上,如《亨利六世》(三)(无韵诗占95.5%,有韵诗占4.4%,散文仅占0.1%)、《亨利八世》(无韵诗占95.1%,有韵诗占2.6%,散文仅占2.3%)、《裘利斯·凯撒》(无韵诗占92.5%,有韵诗占3.1%,散文占6.2%);莎剧中诗行最少的只有《温莎的风流娘儿们》一部(无韵诗占9.6%,有韵诗占3.8%,散文竟占86.6%);《哈姆莱特》的诗行居中。《哈姆莱特》是莎

---

① 马克思:《议会的战争的辩论》,《马克思恩格斯全集》第10卷,第118页。
② 同上。

剧中篇幅最长的,五幕20场3776行,无韵诗占66.3%,有韵诗占5.7%,散文占28%,稍多于1/4[①]。

莎剧中的诗行都不同程度地超越出情节发展的直接需要,它们有的阐发某种观点,有的宣泄某种激情,有的歌颂真善美,有的抨击假恶丑,有的直抒胸臆,有的叙述事由,有的则是为了营造某种超出传统戏剧理论规定的特殊的戏剧气氛等等,它们就成了莎剧独特艺术风格的语言基础。对于莎剧诗行,以往人们只注意区分了它们的无韵与有韵,而忽略了它们所包括的林林总总的各种诗歌体裁的特点。实际上,莎剧中的诗行既有史诗的崇高、悲壮、深沉,又有抒情诗的激情、欢快、轻松;既有叙事诗的描绘、叙述,又有讽刺诗的揶揄、嘲弄;既有哲理诗的妙言、警句,又有滑稽诗的粗俗、滑稽、卑下乃至猥亵等等。这些成分有机地融合于整个戏剧情节之中就构成了莎剧独特的艺术风格,而这种风格又都是通过人物个性化的语言具体地体现出来的。莎剧的人物语言都是十分个性化的,每个人物的语言都符合他们的出身经历、教养和特定的社会地位,即使在不同的语言环境中有所变化,那也是完全符合他们各自的思想和性格的。人们惊叹莎士比亚有化身千亿的本领,这种本领的外在表现就是人物语言非同寻常的独特个性。这种个性化的语言就是莎士比亚笔下众多个性鲜明的艺术典型的生命和灵魂的外化。在《哈姆莱特》中,主人公本人的语言就是莎士比亚悲剧独特风格的一个缩影,成为这部作品独特风格的主调,而其他人物则以自己的个性化语言与其相互衬托,形成一种多声部的合奏乐章。

---

① Alfred Harbage, *Shakespeare's Technique*, Penguin Books, William Shakespeare the Complete Works, p.31, Baltimore, 1969.

哈姆莱特一个人的语言就具有马克思所称赞的那种多种戏剧因素"离奇古怪地混合在一起"的特点；既有悲剧的崇高、悲壮、忧郁、沉思，又有喜剧的卑下、幽默、滑稽、诙谐乃至粗俗、猥亵；他的独白充满了严肃的理性的思考，他对母亲的谴责则慷慨激昂，宣泄了他郁积于胸的全部怒气；他对罗森格兰兹、吉尔登斯呑的语言由感叹人生到无情揭露，他同波洛涅斯的谈话全是调侃，以一种揶揄的口吻嘲弄他的愚蠢；他对奥菲利娅的谈话充满暗喻，指桑骂槐，在一种类似的疯话中隐含着某种无法言明的深意；他对伶人的谈话长篇大论，全是关于戏剧美学的理论阐述；而同克劳狄斯的谈话全都语义双关，彼此心照不宣……哈姆莱特在上述各种不同的语言环境中呈现出不同的语言风格，但又有统一的个性特征，那就是哈姆莱特的语言善于运用比喻、排比、对偶、夸张、设问等多种修辞手法，引经据典，使语言富于时代色彩，充满哲理性、批判性和揶揄性。《哈姆莱特》是莎剧中引用希腊罗马神话典故最多的一部作品，共引用25处，哈姆莱特就引用了18处。以希腊罗马文化为典范，这是文艺复兴时代文化的典型特征，在这方面霍拉旭与哈姆莱特有共同之处，他引用古罗马的历史典故来判断鬼魂出现事关国家大事。《哈姆莱特》中引用《圣经》典故三处，都出自哈姆莱特之口。哈姆莱特这种对古希腊罗马文化和《圣经》文化的引经据典的语言特点，源于他在威登堡大学所受的人文主义教育和宗教改革精神的影响。在各种修辞手法中哈姆莱特特别喜欢运用排比、对偶的句式，用以强化他的某种观念或增强表达的力度。比如那段著名的关于"人"的台词就运用了一系列排比、对偶的句子，他说：

人类是一件多么了不得的杰作

多么高贵的理性(How noble in reason)

多么伟大的力量(How infinite in faculties)

多么优美的仪表(in form and moving how express)

多么文雅的举动(and admirable)

在行动上多么像一个天使(in action how like an angel)

在智慧上多么像一个天神(in apprehension how like a god)

宇宙的精华(the beauty of the world)

万物的灵长(the paragon of the animals)

  哈姆莱特还运用这种句式拷问罗森格兰兹和吉尔登斯吞是不是奉命而来的,他说:"凭着我们朋友间的道义,凭着我们少年时候的亲密友谊,凭着我们始终不渝的友好精神,凭着比我口才更好的人们所能提出的其他一切更有力的理由,让我要求你们开诚布公,告诉我究竟你们是不是奉命而来?"哈姆莱特用"by the rights of ……, by the consonnansy……;by the obligation of, ……and by what more……"这样的排比句式强化了拷问的力量,咄咄逼人,迫使罗、吉不得不承认他们的确是"奉命而来的"。对这段话梁实秋的译文就不如朱生豪的准确,没有译出这种排比句式所特有的气势。哈姆莱特对这种句式有一种特别的偏爱,剧中比比皆是,如在他想起演员的表演时说"他的……脸色……,他的眼中……,他的精神……,他的声音……,他的……动作……",哈姆莱特用这种排比的句式描写演员进入角色、将自己的灵魂融化在虚构的故事意象之中的情景。哈姆莱特在愤怒地谴责母亲的时候说到了克劳狄斯,他连用了五个"一个"的排比句抨击克劳狄斯是个"杀人狂"、"恶徒"、"庸奴"、"丑角"和"扒手",淋漓尽致地宣泄了他对克劳狄斯的憎恶与仇恨。

哈姆莱特还运用了其他一些修辞手法,他关于"生存还是毁灭,这是个问题"(To be, or not to be, that is the question)的独白是通过设问句层层深入的。开始就以选择句提出问题,接着就说:"默然忍受命运的暴虐的毒箭,或是挺身反抗人世的无涯苦难……这两种行为哪一种更高贵?"哈姆莱特的这段独白就是对这个设问的回答,最后得出结论,达到了具有普遍道德伦理和政治意义的理性认识。哈姆莱特还常用比喻赋予所说明的事物或问题以形象化的表现。他对奥菲利娅说:"尽管你像冰一样坚贞,像雪一样纯洁,你还是难逃逸人的诽谤。"他讽刺罗森格兰兹和吉尔登斯吞为"一块吸收君王的恩宠、利禄和官爵的海绵",当君王不再需要他们的时候,"只要把他们一挤","海绵又是一块干巴巴的东西了。"哈姆莱特还使用夸张的语言表达他的强烈的情感,它表现出哈姆莱特那种青年人的浪漫主义的激情,比如他在给奥菲利娅信中爱情的表白,特别是在墓地上他对自己爱情的宣言:"我爱奥菲利娅,四万个兄弟的爱合起来,还抵不过我对她的爱。"对个人痛苦不幸的宣泄也常常有这种浓厚的感情色彩,他在奥菲利娅的墓坑边上大声地说:"哪一个人的心里装得下这样沉重的悲伤,哪一个人的哀恸的辞句可以使天上的行云惊异止步?那是我,丹麦王子哈姆莱特。"哈姆莱特在同克劳狄斯、波洛涅斯的谈话中总是用隐喻、双关,曲折地表达了他不能直言的轻蔑与憎恶,传达他的那种只能意会无法言传的意念,克劳狄斯、波洛涅斯或无可奈何或茫然无知。比如国王问他:"你过得好吗?哈姆莱特贤侄?"哈姆莱特回答说:"很好,很好,好极了,肚子里充满了甜言蜜语,这可不是你们填鸭子的办法。"哈姆莱特用这种似疯非疯的隐喻当面揭露了克劳狄斯以"甜言蜜语"对他的欺骗,致使克劳狄斯狼狈不堪。哈姆莱特见到波洛涅斯的时候说他是"鱼贩子",讽刺他的肤浅与俗气,波洛涅斯问他在读什么书的时候,哈姆莱特说"空话,空话,都是空话!"并说波洛涅斯"如能像螃蟹一样向后倒退那么您也该跟我一样年轻了"。哈姆莱特以此隐喻警告波洛涅斯不该那样热心地卷入到他与克劳狄斯的生死较量之中,他只有"倒退"一步才是明智之举,可惜的是波洛涅斯根本不能领悟其中的含义。哈姆莱特在同奥菲利娅的谈话中有时指桑骂槐,有时嬉笑猥亵,很像一个丑角。如在看"戏中戏"时,他对奥菲利娅说,"我可以睡在您的怀里吗?""我可以把我的头枕在您的膝上吗?""睡在姑娘大腿的中间想起来倒是很有趣的。"当奥菲利娅说他的嘴厉害时,他竟下流地说:"我要是真厉害起来,你非得哼哼不可。"这简直像是对一个妓女的调笑。总之,哈姆莱特具有着学者和诗人的气质,有时也显露出俗人的流气,他运用各种修辞手法形成了他的多重色彩的语言风格。

　　克劳狄斯的语言自始至终都呈现出一种逻辑的关系,一种雄辩的力量。他常常用"因为……所以……"这种句式来表示他行为的合法性、合理性,以动听的言辞掩饰罪恶,诱使他人上钩以达到谋害哈姆莱特的阴险目的。比如,克劳狄斯第一次亮相就连续用了三个"因为……所以……"这样的因果句。第一是说他"因为"凛于后死者的责任的重大,"所以"才让"殡葬的挽歌和结婚的笙乐同时并奏",把他篡夺王位的行为说成是履行神圣的职责,多么冠冕堂皇!第二句是说他"因为"征得了群臣的赞同,"所以"才和王嫂结婚"共同治理这个多事的国家",克劳狄斯以此表明他和王嫂结婚的合法性;第三句是说"因为"挪威王子不断提出领土要求,"所以"才召集群臣,共商对策,显示出一个国君处理国事的能力,克劳狄斯面对群臣的讲话层层深入无懈可击。接下来,在哈姆莱特对母亲讲述了自己无法言表的巨大悲痛之后,克劳狄斯仍用"因为……所以……"这种具有必然关系的因果句式劝说哈姆莱特不要过分悲伤。他说"因为"每个人的父亲都会死去,"所以"必要的悲哀是合乎情理的,过分的固执的悲哀就是一种愚行了。克劳狄斯又用这种句式不允许哈姆莱特重回威登堡去读书,他说"因为"哈姆莱特是王位的直接继承人,"所以"一定要留在朝廷领导群臣。克劳狄斯的这些语言表面上合情合理,而实际上他是要把哈姆莱特置于自己的直接监视之下,以免出现政治变故。克劳狄斯召罗森格兰兹、吉尔登斯吞入宫,令他们去窥探哈姆莱特发疯的秘密时,也是这样说的。他说"因为"他们是哈姆莱特小时候的同学,深知哈姆莱特脾气,"所以"让他们去陪伴哈姆莱特几天,并要探听出哈姆莱特隐秘的心事。在雷欧提斯冲入王宫之后,克劳狄斯则是运用具有逻辑力量的两个条件句将雷欧提斯拉入他谋害哈姆莱特的阴谋之中。第一个条件句是:"如果"他克劳狄斯参与了谋害波洛涅斯的活动,他"可以"以生命、王冠以及一切作为赔偿;第二个条件句是:"如果"他克劳狄斯不是这样,雷欧提斯"就要"同他一起对付哈姆莱特,"开诚合作","共订惩凶方策",克劳狄斯就以这样的语言将雷欧提斯拉入他的谋害哈姆莱特的政治漩涡之中。克劳狄斯还用"因为……所以……"的句式解释了他为什么不能对哈姆莱特进行直接惩罚的原因,即使在祈祷自己的罪恶时,克劳狄斯仍然在"因为……所以……"这样的逻辑关系中进行思考。他说"因为"自己犯下了杀兄的罪恶,"所以"他是不能进行忏悔的;但是又"因为"他祈祷的决心非常强烈,"所以"他不知自己该从什么地方下手,徘徊于歧途,结果弄得一事无成。克劳狄斯的语言中也运用了比喻等修辞手法,但它们是从属的,作用是更为有力地说明某种逻辑关系,克劳狄斯的语言风格是严肃的、沉重的,自始至终贯穿着一种逻辑的力量。

波洛涅斯唠唠叨叨,满口人生经验,非常乐于在修饰雕琢词句上下功夫,并以此自我欣赏、自我炫耀、自作聪明和自鸣得意。比如,他认为哈姆莱特是因为恋爱不遂而发疯向国王和王后报告时说的那段话,可以称为玩弄词藻浮华雕饰的一个样本,他说:"这件事总算可以结束了,王上,娘娘,要是我向你们长篇大论地解释君上的尊严,臣下的名份,白昼何以为白昼,黑夜何以为黑夜,时间何以为时间,那不过是徒然浪费了昼、夜、时间,所以,既然简洁是智慧的灵魂,冗长是肤浅的藻饰,我还是把话说得简单些吧,你们的那位殿下是疯了,我说他疯了,因为假如要证明什么才是发疯,那就只有发疯了。"这全然都是废话,是一大堆冗长无用词藻的堆砌,可是波洛涅斯说起来的时候那副神情是多么地沾沾自喜啊!这段话可以说是波洛涅斯给自己戴上的"肤浅"的标签。波洛涅斯在同哈姆莱特谈论剧团演出的时候竟一口气说出了 11 种戏剧体裁,完全是一堆毫无意义的名词罗列,与其说是介绍剧团的情况,倒不如说是借此机会显示一下他的戏剧知识。他告诫女儿不要与哈姆莱特来往时非常注意遣词造句,因为连续使用"表示"一词而感遗憾,但最后竟别无选择地仍然使用了这个词。在听了女儿诉说同哈姆莱特交谈情况之后,波洛涅斯问女儿:"你相信他的表示(tender)吗?"接着说哈姆莱特的表白不过是一种"假意的表示(tender)",接着又说"你应该'表示'(tender)出一种更大的架子,要不然……"波洛涅斯对于连续使用"表示"(tender)一词感到不满,于是说"就此打住吧,这个可怜的字眼(指"表示"——引者注)被我使唤得都快断气了,"他想不再用这个词,但最后他还是使用了,说"这就表示(tender)你是个十足的傻瓜"。对于波洛涅斯的这几句台词梁实秋的翻译很不准确,一点儿也没有译出波洛涅斯这几句话的语言特色。波洛涅斯对女儿与哈姆莱特恋爱这件事情的关注远没有用不用某一个词更为用心。最后他用一个比喻说哈姆莱特那些表白"都是捕捉愚蠢的山鹬的圈套",于是命令女儿"不许你一有空闲就同哈姆莱特殿下聊天"。波洛涅斯特别注重语言的表现形式,一有机会就卖弄词句;他自以为是在显示才华,其实由那些华丽词藻装饰起来的乃是肤浅和愚蠢。

奥菲利娅的语言柔和顺从、温情脉脉,即使精神失常之后所说的疯话也是民歌民谣片断的不自觉的连缀,流露出一种对亲人的信赖和挚爱。比如,听了哥哥的劝告之后她就说:"我将要记住你的这个很好的教训,守护着我的心。"听了父亲的警告之后就说:"我一定听从您的话,父亲。"他听从父亲的旨意将礼品退还给哈姆莱特,在听了哈姆莱特那些似疯非疯,指桑骂槐的话之后,她一点儿也听不出其中的深意,以为哈姆莱特是真的疯了,感叹"一颗多么高贵的心是这样殒落了",悲叹自己的命运"是一切妇女中间最伤心而不幸的","啊,我好苦,谁料过去的繁华,变作今朝的泥土"。奥菲利娅的语言是一个柔弱、天真的少女美好的心灵破碎的音响。

其他一些次要人物的语言也都个性鲜明,这也为戏剧作品所罕见。奥斯里克只出场两次,但他那种唯唯诺诺,拐弯抹角,"咯咯"地叫起来没有个完的谈话,足以显示出一个奴才和朝臣的特点。士兵们的语言非常简短。伶人的语言十分卑微,他们的语言好像是仆人对主人的谈话,如回答哈姆莱特的问话时只说"会演的,殿下","可以,殿下","我留心着就是了,殿下"。掘墓人的语言诙谐、幽默,全然是喜剧丑角的语言,如他们关于死人既不是男人也不是女人的问答,他们关于什么人造出的东西比泥水匠、船匠或木匠更坚固的问答等等,都属插科打诨,由此他们将本来是令人恐怖的墓地变成了说说笑笑充满喜剧气氛的场所。

在莎士比亚的全部作品中,《哈姆莱特》是其独特艺术风格的最为典型的代表;悲剧因素与喜剧因素的相互融合,使《哈姆莱特》成为一幅色彩斑斓的人生图画;诗剧人物的个性化语言使《哈姆莱特》成为集各种诗歌成分于一体的独特诗篇。

2000年12月9日—2001年1月11日

台词艺术的典范
——《哈姆莱特》的语言结构系统

一切文学作品究其本源都是一定社会生活的反映，但是，就其实体而论，可以说都是特殊的语言结构系统，它们一经创作出来之后，就获得了自己的生命，相对独立地存在于社会生活之中。诗歌、戏剧、小说等不同类型的文学作品可以从不同的角度指出它们的区别，而从语言艺术的角度来看，它们之间最重要的区别在于语言材料的结构方式的不同。小说是以描述性语句构成的，诗歌是以韵律性语句构成的，而戏剧则是由对话性语句构成的。这就是说对话语句是戏剧作品最重要的语言结构特征，这就是台词。对于台词，我们可以看到许多修辞学的分析，但似乎还没有人对其独特的语言结构系统进行过研究。

其实，由于台词是特定人物在特定情境中说出的，这就使它与描述性语句、韵律性语句不同，它们除了具有修辞学的意义（如比喻、夸张、反衬、双关等等）外，还具有独特的结构学属性，如涵义、性能与作用等，在下面我将提出一组新的范畴来对《哈姆莱特》的台词进行剖析，这样我们就可以清楚地看到台词语言结构系统的种种特点。从涵义上来看，台词不仅具有普遍的表层涵义，有的还具有深层涵义；从性能来看，它可分为纵向性台词、横向性台词和内向性台词；而从功能来看，它分为连续性台词与无续性台词。这中间它们还有种种细微的差别。优秀的剧作家在他结构作品时,能够选择最符合特定人物在特定情境中针对特定事物的具有特定涵义、性能和作用的特定的台词。只有这样,台词才能真正承担起"刻画人物,展示情节,表达主题"的审美作用;只有这样,才能结构出卓越的戏剧作品。当我们运用这些新范畴来研究《哈姆莱特》时,我们发现莎士比亚非常成功地驾驭了语言材料,使这部作品的语言结构系统成为台词艺术的典范。

台词是剧本的意义单位。它的意义包括两个方面,一个是普通涵义,也可称为表层涵义;一个是特殊涵义,也可以称为深层涵义。表层涵义借助于概念、判断的稳定内涵而相对独立地存在,而深层涵义则存在于台词的相互联系之中,两者之间存在着一种离合关系。表层涵义把台词拉向普遍性,而深层涵义则把台词拉向特殊性。优秀剧作家能使表层涵义具有真实性、形象性和典型性,同时使深层涵义具有丰富性、深刻性和含蓄性,并将表层涵义与深层涵义结合在一起,通过普遍性的形式表现出来。一般的剧作家做不到这一点,尽管他们在台词上花了不少的功夫,但他们的力度穿不透表层涵义,因此他们的剧本虽然可以造成一定的艺术效果,但缺乏魅力和没有持久的生命。

表层涵义是剧本语言系统的基础,它的作用是构成一个明确而完整的戏剧情节,即有头、有身、有尾,使剧本成为一个整体,造成大于各个局部台词相加之和的艺术效果,表现人物可感性的思想和特征。根据表层涵义的不同容量,它可以分为两类,即一元构成和多元构成。所谓一元构成即一段台词不论长短,只有一个中心,而有两个以上中心的则为多元构成。一元构成的台词往往表明事件和人物之间比较简单的关系,反映人物的思想感情,造成某种气氛。比如《哈姆莱特》开头第一句台词"那边是谁?"是比较简单的一元构成,它的表层涵义即询问新出现的人物是哪一位。回答是:"不,你先回答我;站住,告诉我你是什么人?"全剧以两句这样一元构成的台词开始,既交代了人物的身份、职责,也烘托了一种剑拔弩张、令人不安的紧张气氛。在霍拉旭把鬼魂出现的事告诉给哈姆莱特的时候,绝大部分台词是一元构成的,表现了当时人物那种急迫的心情。有的时候台词虽然较长,但其中心却只有一个,这种情况常常表现人物某种突出的特征。比如《哈姆莱特》第一幕第二场,雷欧提斯对妹妹奥菲利娅的谈话尽管多达几百字,但它是简单的一元构成,其中心是劝妹妹不要相信哈姆莱特的爱情。接下来波洛涅斯的台词也是这样,对儿子的长篇训话也只有一个中心,即让儿子学会处世之道。也许因为雷欧提斯与波洛涅斯有血缘关系,所以父子才有共同的特点,这就是他们的平庸肤浅和封建意识的浓重、顽固。多元构成的台词常常用来表明事物比较复杂的关系,显示人物复杂的心理,造成情节的衔接变化等等。比如《哈姆莱特》第一幕最后一场结束时哈姆莱特的台词,虽然不长却有三个中心:第一,表示自己一定要同鬼魂谈话;第二,请求当事人保守秘密;第三,告诉士兵自己一定准时到露台上去。这段多元构成的台词表明了哈姆莱特对鬼魂出现事件严重性的预感,同时也显示了哈姆莱特的机智审慎。第一幕第二场一开始国王就说了一段很长的台词,它的表层涵义是由三个中心构成的:一个阐明他同王后结合的正当性,一个是说明挪威进犯的严重性,一是宣布他的命令。哈姆莱特闷闷不乐,他的母亲可能猜到了儿子的心事,但她不能明言,心情是比较复杂的,因此她的台词是多元构成的。首先,她劝哈姆莱特"对丹麦王应该和颜悦色";其次,劝哈姆莱特"不要老是垂下眼皮",过分悲哀;第三,讲人生生死死的常规。接着,克劳狄斯的台词也是这种情形。看到哈姆莱特愁眉不展,国王心中不安,因为他心中有鬼,害怕哈姆莱特对他产生怀疑。所以他不惜大费口舌,讲得头头是道:第一,以长者自居,表彰哈姆莱特的孝道;第二,劝哈姆莱特不要过分悲哀;第三,宣布国王将要给予哈姆莱特的恩典;第四,决定不让哈姆莱特再回威登堡读书。这段多元构成的台词表现了国王的狡猾和伪善。他讲的都是欺骗哈姆莱特的甜言蜜语,只有不让哈姆莱特离开丹麦才是真话。从上面的情况可以看出,一元构成与多元构成的表层涵义具有不同的功能和不同的作用。

深层涵义覆盖在表层涵义下面,是大于表层涵义的那些内容。深层涵义的情况十分复杂,它可以是心理的、习俗的,也可以是民族的、社会的,范围很广。如果我们从深层涵义深化的方向来考察的话,那么它可以分为垂直性和偏曲性两类。所谓垂直性深层涵义是在表层涵义基础之上的深化。它很像一般植物的根,只要抓住呈露在地面上的部分用力地拔,就可以拔出下面的根了。垂直性深层涵义有相对确定的内容,它往往是一些具有共性的东西,读者可以取得趋向一致性的认识。所谓偏曲性深层涵义则是在表层涵义之外的深化。它很像马铃薯的块根,它们散乱地长在地下,拔是拔不出的,必须用锹镐才能挖出。偏曲性深层涵义相对地说是比较不确定的,它常常成为引起争论的对象。在这类台词中,"仁者见仁,智者见智",很不容易统一到作家的思想焦点上去。偏曲性深层涵义往往是一些心理因素很大,个人特征很强的东西,运用深层涵义的台词,可以成为剧作家对生活、对人物挖掘深浅的一个标志。但是,由于演出的需要,这类台词又不应该用得过多。戏剧史上那些卓越的剧作家都恰当地、成功地运用了这类台词,增强了他们剧本的深度。莎士比亚的《哈姆莱特》中这类台词较多,可以说俯拾皆是。因此我们读这个剧本的时候，总有一种体味不尽的感觉，总觉得除台词表面的一般意义之外，还有不少东西，这正是台词的深层涵义发挥独特的美学作用的结果。

具有垂直性深层涵义的台词常常用来显示人物比较复杂的思想，表现人物比较深刻的认识，形成情节线索的某种契机。这种台词可以造成一种回味不绝、余音袅袅的艺术效果。比如《哈姆莱特》第一幕第五场哈姆莱特同鬼魂谈话之后，霍拉旭等人问他与鬼魂谈话的内容，他先让大家发誓保密，可是他说出来的话却叫人们失望，不解其意。哈姆莱特说鬼魂讲"全丹麦没有哪一个奸贼不是十足的坏蛋"。霍拉旭等人只是听了表层涵义，即一个普通的判断，而没有体会其深层涵义。哈姆莱特这时的思想已经全部集中到他的叔父身上，所以他用这个普通判断强调无论哪一个奸贼，尽管是戴王冠的奸贼，也是一个十足的坏蛋。第三幕第一场，哈姆莱特对奥菲利娅说自己有许多过失，最后说："我们都是一些十足的坏人，一个也不要相信他们。"这句台词由表层涵义的谈论自己深化为评价所有的人，它的深层涵义是谁都不要相信，对奥菲利娅来讲，最重要的当然是她的父亲，也还包括国王。哈姆莱特不能以单称判断向她说明真相，只好用全称判断来表达自己的意思。使用这个方式，如果奥菲利娅能领悟，更好；不能领悟那也没有别的办法了，哈姆莱特对这个问题只能言于此了。紧接下来，是哈姆莱特问奥菲利娅的父亲在哪里，奥菲利娅说在家里。哈姆莱特说："把他关起来，只好让他在家里发傻劲。"这句台词的深层涵义表明哈姆莱特已经发现了波洛涅斯老头的愚蠢行为，所以他通过这样的台词表明：波洛涅斯如果到外面发傻劲，就要带来灾难了。应该把他"关起来"，不应该让他去干利用女儿试探秘密的愚蠢勾当。哈姆莱特同国王、波洛涅斯、罗森格兰兹、吉尔登斯吞的许多谈话都具有垂直性深层涵义,读起来引人深思。

具有偏曲性深层涵义的台词可以表现人物某种独特的心理状态,显露人物无法明言的隐衷,造成一种深奥神秘的气氛。同时,这类台词还利用修辞手法旁敲侧击,指东说西,造成诙谐幽默的艺术效果。比如第二幕第一场奥菲利娅让哈姆莱特收回礼物,并说:"送礼的人要是变了心,礼物虽贵,也会失去了价值。"这时哈姆莱特表面上文不对题地问她:"你贞洁吗?"其实,哈姆莱特并非真的问奥菲利娅是否贞洁,对于这点哈姆莱特是没有一点疑问的。这句台词的深层涵义是:你既然是一个贞洁的姑娘为什么却没有自己的意志,听凭别人的摆布,使自己纯洁的灵魂遭到玷污呢?这句台词由表层涵义的"贞洁"转向深层涵义的"操守"。三幕二场"戏中戏"上演前,哈姆莱特对波洛涅斯说:"大人,您说您在大学念书的时候,曾经演过一回戏吗?"这句台词表层涵义是问波洛涅斯过去的事情,而它的深层涵义则是说波洛涅斯现在又在演戏了。他让女儿同哈姆莱特见面,刺探哈姆莱特的内心秘密,扮演了一个十分不光彩的角色。在二幕二场中哈姆莱特对波洛涅斯曾经谈到了《圣经》故事,他说,"以色列的士师耶弗他啊,你有一件怎样的宝贝!"这句台词由表层涵义的《圣经》故事转向深层涵义的一个预言。耶弗他为了战胜敌人,献出了自己的女儿,以女儿作为献给神的一个牺牲;而波洛涅斯多管闲事、自作聪明,也把女儿推上了祭坛!在剧中,哈姆莱特借用疯疯癫癫的假象,说了不少这类的台词,成为他复杂情感、深刻认识、独到见解的一种曲折的外在表现。在《哈姆莱特》的某些喜剧性场面中,有些利用修辞手法造成的偏曲性深层涵义,具有幽默讽刺的功能。在第三幕第二场中哈姆莱特指着一块云向波洛涅斯一会儿说"像骆驼",一会儿说"像一头鼬鼠",一会儿又说"像一条鲸鱼"。这些台词由表层涵义的看云转向深层涵义的嘲弄。哈姆莱特像摇动木偶一样,让波洛涅斯出洋相,任凭哈姆莱特信口而言,波洛涅斯总能应声附合。在墓地上哈姆莱特拿着一些骷髅说笑,其实这些说笑都具有深层涵义。哈姆莱特说,"也许这是一个政客的头颅……也许他生前是个偷天换日的好手","也许这是个律师,生前玩弄刀笔的手段","颠倒黑白",等等。这些台词和从表层涵义的谈论骷髅转向了深层涵义的社会现实生活,隐隐约约地闪烁着哈姆莱特对那些政客、朝臣、官吏、律师大胆揭露和辛辣的嘲笑。具有偏曲性深层涵义的台词在一些喜剧中,在现代派的一些戏剧中被广泛地使用,发挥着特有的艺术功能。

(二)

台词是构成剧本语言系统的元件。这些元件具有不同的属性和性能,在剧本整个语言系统中起着不同的作用。从台词和情节、事件、人物的关系来考虑,可以看到台词的三种情况:纵向性台词、横向性台词和内向性台词。所谓纵向性台词是指明情节发展的台词,这些台词可以构成情节的链条;所谓横向性台词是人物谈论事件和他人的台词,这些台词推动情节进展,显示人物特征,组成戏剧场面;所谓内向性台词即人物表白自身的台词,这些台词可以披露人物的内心世界的秘密和隐私。

纵向性台词又分为顺时和逆时两种,分别指向将要发生的事情和已经发生过的事情。

顺时纵向性台词是联结场面的纽带,它的上端出现在这个场面,下端,即由上端引起的事件常常出现在另一个场面。顺时纵向性台词上端与下端之间的距离不等,但绝大部分是首尾相接的,它们组成了一系列内容相对完整的情节链条,全部情节链条错综复杂地衔接组合在一起,就构成了整个情节的基本骨架。欧洲古代戏剧强调情节的单一,而莎士比亚的戏剧则突破了传统观念的束缚,创作了多情节的戏剧,因此莎剧中的顺时纵向性台词分布在不同的层次,有主有次地在不同的层次中向前延伸,这就造成了莎士比亚剧情节的丰富性和生动性。《哈姆莱特》这出悲剧在这方面也是很有代表性的。它的顺时纵向性台词从一个层次开始,但很快进入了多层次。剧本的第一幕第一场值班的勃那多说,"要是碰到霍拉旭和马西勒斯""叫他们赶紧来",这句台词引出了这两个人物的登场。霍拉旭听到鬼魂的事之后说,"我们应该把今夜看见的事告诉年轻的哈姆莱特",在第一幕第二场中霍拉旭办完了这件事。哈姆莱特听说之后说:"今晚十一点到十二点钟之间,我要到露台上来看你们。"这样,才有了第一幕第四场、第五场哈姆莱特看见鬼魂并且听了鬼魂诉说的秘密。在第一幕中,士兵议论鬼魂和哈姆莱特同鬼魂谈话构成了两个情节链条,这两个链条就是由上述那些顺时纵向性台词联接起来的。第一幕第二场由克劳狄斯的台词指出了三个不同层次的情节方向:第一,他命令考尼律斯和伏提曼德"把信送给挪威老王";第二,允许雷欧提斯回法国读书,要他"好好利用你的时间,尽情发挥你的才能吧";第三,不许哈姆莱特回到威登堡去,他说"不要离开这里"。这三句顺时纵向性台词成为不同层次情节的基础。首先,考尼律斯和伏提曼德去挪威送信,在第二幕第二场他们回来了,完成了使命,向国王呈上了挪威老王的信。这形成了一个小的情节链条,而下一个情节链条的上端出现在这里:挪威老王"请求允许他的军队借道通过丹麦领土",这样就有了第四幕第四场福丁布拉斯"率领一支军队通过丹麦"的情节链条;同时这个场面和剧本最后福丁布拉斯从波兰班师又形成了一个链条。上面情况非常清楚地显示出,最初由国王命使臣去挪威送信的这一顺时纵向性台词是剧中关于福丁布拉斯这一情节的发端。其次,雷欧提斯被国王允许回法国,所以到了下面一场就是雷欧提斯辞行,他说:"物件已经装在船上,再会了。"要求离开,并且达到了目的,完成了一个情节链条,并且为后来雷欧提斯回国为父复仇准备了条件。最后,哈姆莱特被留下来,克劳狄斯要把他置于自己的监视之下,然后设法除掉;哈姆莱特听了鬼魂的诉说决心复仇,主要情节开始了。第二幕第二场国王命罗森格兰兹与吉尔登斯吞去"陪伴哈姆莱特",并要"乘机窥探他究竟有什么秘密的心事",这两个奴才奉命而去,引起了哈姆莱特对世界的议论和对他们的揭露。两个奴才窥探王子的秘密形成了一个情节链条。几乎与此同时,波洛涅斯听了女儿的报告以后,认为哈姆莱特是"因为恋爱不遂才发了疯",他说"来,我们见王上去。这种事是不能隐藏起来的";国王听了以后说,"我们怎么可以进一步试验试验?"于是有三幕一场两个青年人令人心碎的谈话的场面。波洛涅斯与国王试探哈姆莱特成为剧中一个重要的情节链条。国王决定把哈姆莱特送到英国去,由于波洛涅斯的"发现"而推迟了。由罗森格兰兹报告说"戏班子来了",到国王大叫"点起火把来,去",形成了"戏中戏"这个精彩的情节链条。罗森格兰兹向哈姆莱特说,"请您在就寝以前,到她房间里去跟他谈谈",结果形成了哈姆莱特误杀波洛涅斯和斥母这个情节链条。关于波洛涅斯的情节到这里全部结束。第四幕第一场国王要"召集有见识的朋友",把他的决定告诉他们。第四幕第三场,国王对哈姆莱特说"船已经整装待发,风势也很顺利,同行的人都在等你,一切都已经准备好,向英国进发",以后情节的进展就很快了,关于这个情节链条的完成最后利用了逆时纵向性台词。哈姆莱特回到丹麦之后,国王坐卧不安,他利用雷欧提斯布置了一个阴谋,他要怂恿哈姆莱特同雷欧提斯比剑,暗中让雷欧提斯拿预先准备好的开刃利剑,这样就有了第五幕第二场奥斯里克传达王命的喜剧场面。最后这个情节链条终结了全剧的主要情节。《哈姆莱特》中整个情节链条都有了提示性的起联结作用的顺时纵向性台词承担着情节的构合作用,因此,悲剧情节虽然复杂,但脉络非常清晰。

顺时纵向性台词之间的距离是长短不等的,由此造成不同的艺术效果,较近的联结或表明事件进展顺利,或表明事件比较简单;较远的联结则常常表明事件的复杂多变;特别是有些联结比较朦胧,或缺少后续联结,这就造成了"悬念"。剧本中的悬念就是利用顺时纵向性台词之间的距离造成的。

逆时纵向性台词主要在于补充说明情节,形成对比,渲染气氛。一般说来,这类台词不宜作为情节的组成部分,因为剧本本身应该是一个有头有尾的完整系统。按照亚里士多德的说法,所谓"头",即"指事之不必上承他事,但自然引起他事发生者"。剧本情节的开始,"不必上承他事",不必解释何以开始,它的魅力在于一系列"自然引起他事发生"之中。因此逆时纵向性台词不应是"他事",而应是此事的补充。《哈姆莱特》中多处成功地运用这了这类台词。第一幕第一场马西勒斯和勃那多谈论鬼魂前两次出现的情况都是逆时纵向性台词;第一幕第二场霍拉旭等人也是用这类台词向哈姆莱特讲述鬼魂出现的情景的。这样,在第一幕第四、五场哈姆莱特见到鬼魂之前,多次运用逆时纵向性台词渲染了鬼魂出现的严重气氛,让人感到此事非同小可;把本来不可能有的迷信故事活灵活现地展现在舞台上,造成了令人惊异的艺术效果。第二幕第一场奥菲利娅向父亲讲述她同哈姆莱特见面情景时,用逆时纵向性台词把哈姆莱特痛苦绝望的神色生动地描绘出来。哈姆莱特疯疯癫癫的样子由一个天真的女孩述说出来，既造成了立体感的效果，也造成了动态画的效果，令人悲哀心酸。第四幕第七场，王后向雷欧提斯讲述了奥菲利娅落水而死的凄惨经过；这个场面在舞台上是难于表演的，所以由王后说明。其实这个故事是可以构成一个场面的，电影《王子复仇记》的改编者正是如此处理的。第四幕第六场哈姆莱特给霍拉旭的信，说明了哈姆莱特被救的经过。第五幕第二场哈姆莱特向霍拉旭讲他发现阴谋、将计就计、惩治两个走狗的冒险故事是剧中运用逆时纵向性台词最多的地方。这件事很富于戏剧性，莎士比亚将一个舞台上难以表现的场面、较长时间发生的较复杂的事件用短短的几段台词加以说明，显示出逆时纵向性台词的经济性。莎士比亚对这类台词的运用应该说是恰到好处的。

横向性台词是剧本中分量最多的部分，它以反向辐射的形式指向每一个场面的中心。不同的人物由于不同场合、不同环境、不同条件而对同一事件表示了千差万别的看法。有的水火不容，有的貌合神离，有的意义接近，有的风格迥异，等等。剧作家的任务就在于让每个人物都说出只有他自己才能说出的话，或者说，每个人物都说只有他才配说得出的话。这样，戏剧场面才可以获得艺术生命。对场面的选择和安排不属于台词研究的范围，但研究横向性台词则离不开场面；因为所谓横向性台词就是人物围绕场面中心的一系列对话。这类台词最需要具有个性化的特征。能否做到这一点，在某种意义上说就决定了剧本的优劣成败。剧作家横向性台词的选择要从多种因素出发而最终突出其人物个性特征。

莎士比亚的戏剧充满了事件，这是许多莎学专家所一致指出的；就是说，多场面成为莎剧的特点之一。《哈姆莱特》一剧五幕二十场，但长短不一的场面却有 50 个左右。场面和场次不是同一概念,前者是剧本中事件的基本单位,而后者乃是演出的层次。由于事件大小不同,重要程度不同,承担的任务不同,因此场面所涉及的人物有多有少,所经历的时间有长有短,参差错落。比如,鬼魂出现,这是一件非同小可的事情,因此在《哈姆莱特》中它出现在三场戏中,形成了三个场面,哈姆莱特同鬼魂的谈话又单独地占了一场。接下去,国王临朝的时间很短;而雷欧提斯辞行、波洛涅斯教子的场面则比较长,这是波洛涅斯唠叨不休造成的。第二幕第二场中竟有五个场面,人物匆匆而上,匆匆而下,显示了一种紧张的气氛。这五个场面是:(1)廷臣复命;(2)波洛涅斯进言;(3)吉尔登斯吞二人刺探哈姆莱特的秘密;(4)波洛涅斯报告戏班子到来的消息;(5)哈姆莱特接见戏班子,对他们表示欢迎。在这些场面中其他人物轮流上下,只有中心人物哈姆莱特在那里不动,表明他已经成为矛盾的焦点。《哈姆莱特》的横向性台词是很有特色的,都富于心理的个性化。国王临朝时对哈姆莱特的谈话表面上亲切仁慈,对哈姆莱特关心备至,同时宣布他是丹麦"王位的直接继承者"。可是国王内心深处想的却是如何除掉这个心腹之患,所以他不许王子回到威登堡,最后说出了真心话:"不要离开这里。"虽然目的在于把哈姆莱特置于自己的监视之下,可是说出的却是另一种语言:"哈姆莱特在朝廷上要领袖群臣,做我们最亲近的国亲和王子。"哈姆莱特的回答是:"我将要勉力服从您的意志。"表面上彬彬有礼,其间却包含着人们都能感觉得到的冷淡和怀疑情绪。在哈姆莱特与奥菲利娅围绕着礼物的谈话中,奥菲利娅的每一句话都表示出她的天真、幼稚。她遵照父命要把哈姆莱特送给她的礼物退去。开始,哈姆莱特以为这是情人间常有的小冲突,所以幽默地说:"不,我不要;我从来没有给您什么东西。"言外之意,您给我的爱情是胜过一切的。语言是热情的、含蓄的。奥菲利娅不能理解哈姆莱特的内心,她只能从字面上了解哈姆莱特,所以认真地说:"殿下,我记得很清楚,您把它们送给我了。那时候您还向我说了许多甜言蜜语。"哈姆莱特顿时明白了一切,因此他没有直接回答,干脆不再去谈礼物,哈姆莱特给出的不能收回,他不能背弃对奥菲利娅的爱,所以他在哈哈一笑之后突然问道:"你贞洁吗?"这一涵义很深的问话使得奥菲利娅莫明其妙,于是谈话就从礼物转向了另一个话题。一对被拆散的情人的这段横向性台词非常成功,表现了两个不幸者无法说出的巨大痛苦。

内向性台词的主要内容是谈论自己。在内向性台词中独白有一个非常重要的地位。这类台词的用途就在于披露人物的内心秘密,从一定意义上说,独白就是人物深层思想的裸露表现。正像地下矿藏偶尔也有一些显露出来的地方一样,内向性台词显示着人物的内心世界。这类台词的性质决定了它的使用范围和方式,对于一般的人物来说,不宜过多使用;只有对于那些内心世界复杂的人物或对于那些纠葛不清的情节,恰当地运用这类台词才能取得特有的艺术效果。如果人物内心深处的思想情绪不运用这种形式表现,读者或观众就无法了解,那么,这时运用内向性台词才成为一种必要。否则,不恰当地使用这类台词会使人物成为某种思想的传声筒,会削弱剧本的艺术性。因此,使用这类台词,特别是独白,应该特别注意。在文学史上,人们公认《哈姆莱特》中的独白是最为成功的,其根本原因就在于哈姆莱特这个人物的举世皆知的复杂性。因此,哈姆莱特的独白没有一点儿说教味道,没有一点儿做作的痕迹;相反,这些独白使读者和观众在一种需要感中得到满足。他们通过哈姆莱特的独白感受到了一种活生生的东西,同时也看到了一颗跳动着的心。《哈姆莱特》中共有长短不等的八段独白,它们与纵向性、横向性台词有机地组合在一起,各自发挥了自己的作用。如果我们把这八段独白去掉的话,那么,哈姆莱特也就不成其为哈姆莱特了,在一定意义上讲,这八段独白构成了哈姆莱特思想发展的一个外在层次,使抽象的思想有了具体的可感性。《哈姆莱特》的八段独白主要集中在前三幕,第四幕中只有一段。把这八段内容依次归拢一下,就可以清楚地看到主人公复杂思想的演变过程。

第一段独白(第一幕第二场)主要揭示了哈姆莱特内心的狐疑和悲哀。引起这种情绪的确切诱因是他对心爱的母亲的怀疑,然而这种想法又是根本不能说出口的,所以他说:"碎了吧,我的心,因为我必须噤住我的嘴!"正是因为这些,他才感到人世的可厌、陈腐和乏味。注意,这段独白是哈姆莱特从威登堡大学回到丹麦之后面对突然事变而产生的思想情绪。

第二段独白(第一幕第二场)很短,它表现了哈姆莱特对父亲亡魂出现一事严重性的预感。

第三段独白(第一幕第五场)表现了哈姆莱特听到鬼魂诉说之后的复仇决心。他说要忘掉一切,只记住为父复仇。

第四段独白(第二幕第二场)是在看了伶人演戏之后对自己的联想,责备自己"不中用",是个"蠢才",是个"糊涂颠顶的家伙"!一个"没有心肝、逆来顺受的怯汉"!他用这些难听的话责骂自己"空发议论",没有行动。同时哈姆莱特也分析了原因:除了个人的因素外,还有一点就是对鬼魂的话不能完全相信,害怕上当。这段独白显示了一个多么复杂的灵魂!

第五段独白(第三幕第一场)为最有名的一段,即"生存还是毁灭,这是一个值得考虑的问题"的那一段,哈姆莱特说:"默然忍受命运的暴虐的毒箭,还是挺身反抗人世的无涯苦难,通过斗争,把它们扫除干净?这两种行为哪一种更高贵?"它表现了哈姆莱特对待世界的认识和矛盾态度。这时他进一步加深了对世界的否定性的看法,认为人世乏味无聊,充满苦难。它同哈姆莱特原来的认识发生了尖锐的冲突,因而思想中充满了由此引起的矛盾:生或死?忍受或反抗?思考的结果是要生存、要反抗、要斗争。同时哈姆莱特也认识到"重重的顾虑"正是自己投身斗争的严重阻碍。这里谈出了哈姆莱特性格上的一个特点,即"审慎的思维"。

第六段独白(第三幕第二场)仍然表现哈姆莱特思想上的矛盾。"戏中戏"证实了鬼魂的话,哈姆莱特决心黑夜去干残忍的流血的勾当,可是又说不能伤害母亲做个逆子。

第七段独白(第三幕第三场)既表现了哈姆莱特内心的矛盾,同时也表明了他复仇的彻底性。国王祈祷时哈姆莱特从他身边经过,可以一剑杀死他;可是哈姆莱特认为在他忏悔时把他杀死,会让他的灵魂上天堂;他要另寻一个国王寻欢作乐造孽的时候杀死他,让他的灵魂下地狱,可是后来哈姆莱特再也没有找到可以杀死仇人的机会。因此"延宕派"学者抓住这一点大做文章。其实,"延宕"并非剧本的本义。

最后一段独白(第四幕第四场)是福丁布拉斯对哈姆莱特的激励。福丁布拉斯驱使两万人为弹丸之地流血奋战。哈姆莱特在对比之下批评自己肩负复仇重任却迟迟不前。哈姆莱特总结说,自己"有理由、有力量,有办法",却迟迟不见行动。他说这是"三分懦怯一分智慧的过于审慎的顾虑"造成的。他与福丁布拉斯相比,感到无地自容。他决心"从这一刻起让我屏除一切的疑虑妄念,把流血的思想充满在我的脑际"。至此哈姆莱特的思想发展完成了,并且跃进到高一个层次,在以后的全部活动中哈姆莱特果然再没有这种心理上的矛盾了。

在剧本最后的三分之一,哈姆莱特再也没有独白了。莎士比亚这位艺术大师对独白这种难于驾驭的台词运用得非常适度,造成了前所未有的成功,并且为后人提供了戏剧性独白的典范。

总之,内向性台词主要的形式是独白。独白不应是单一旋律和同一观念的简单重复,它应像哈姆莱特的八段独白那样具有独立的内容,并且在整个台词系统中构成自己的一个小的支体。

(三)

台词组合的基本形式就是对白。一组或几组对白表述一个相对完整的内容。从对白表述内容的角度来看,它可以分为连续性和无续性两类,所谓连续性对白就是为同一内容所联系在一起的对白,所谓无续性对白就是表明同一内容已经终结的对白。

连续性对白之间存在着确定指向性和选择多向性的差别。首先谈论某一问题、事件或人物的对白为确定指向性的,它制约着下面接续性的对白;而这被制约的接续性对白就是选择多向性的。这类对话之所以称为选择多向性对白,就是因为对于确定指向性对白来说,它并非只有一种方式,它的方式可以是多种多样的,具有多向选择的可能。当然,其中只有一种是最佳的。台词艺术往往就表现在这种选择之中。不同人物的不同性格、思想和修养等等,不同事件的不同性质和不同进展程度等等,不同的时间地点环境等等,都是确定最佳选择多向性对白的因素。剧作家对这些因素理解得深、考虑得全,对白就会造成最佳效果。这种关系的具体内容是千差万别的,不可能用一个模式来概括。比如确定指向性对白需要答话,选择多向性对白就存在着下面这些可能:简单回答、复杂回答;默不作声、四顾言他;正面回答、反面回答;一般表达方式回答,特殊修辞方式回答等等,剧作家的天才就在于从这许许多多的可能中选出一句最合适的台词来。《哈姆莱特》全剧开始的第一句确定指向性对白为勃那多的问话:"那边是谁?"弗兰西斯科听到这句问话的时候,是在漆黑的夜间,是在他们两次看到老王的鬼魂之后,是在挪威王子福丁布拉斯声言攻打丹麦、丹麦全国戒严的时刻,因此莎士比亚为弗兰西斯科选择的台词是没有回答,而是反问:"不,你先回答我;站住,告诉我,你是什么人?"这样,短短的对白就突出了当时令人紧张胆寒的气氛。假如,不是选择上述台词,那效果就差多了。弗兰西斯科可以说:"我。弗兰西斯科。"这样太平淡;他还可以这样回答:"你猜,你认识我。"在那时,这种诙谐的话与环境不和谐。再如,第四幕第三场哈姆莱特误杀了波洛涅斯之后,国王说:"啊,哈姆莱特,波洛涅斯呢?"哈姆莱特回答说:"吃饭去了!"国王说:"吃饭去了?在什么地方?"哈姆莱特说:"不是在他吃饭的地方,而是在人家吃他的地方。"在这段对话中,国王明确地要哈姆莱特说出波洛涅斯的去向,哈姆莱特可以装疯卖傻地说,"我不认识他","我不知道","我没看住他","他走了","他发疯见上帝去了","他到你以后也要去的那个地方去了",等等,但哈姆莱特只是随便地说"吃饭去了",下边再加以解释,然后引起了下面关于蛆虫的议论,暗讽国王。国王责备他疯得太厉害,命他快做好准备,向英国出发,并说:"你应该知道这是为了你的好处。"这时哈姆莱特早有所料,头脑非常清醒,说:"我看见一个明白你的用意的天使。可是来,到英国去!"假如他不这样回答,说"我愿意去"、"我不愿去"、"去不去都没有关系"、"那正是我所希望的"等等,都没有重复"到英国去"好。

无续性对白即每一个场面的最后一句台词,它表明某一个事件的终止,并且意味着另一个事件即将开始。剧本中的旁白一般说大多为无续性的。无续性对白应该符合人物的心情,它应该是多样化的,而不应该模式化。《哈姆莱特》中的无续性对白正是如此,它们错落起伏地发挥着不同的作用。有的无续性对白只是简单地表明某一事件的自然终结。比如第二幕第一场中波洛涅斯训导仆人如何去了解少爷的情况,最后说:"你去吧。"一幕三场波洛涅斯吩咐女儿不要与哈姆莱特来往,奥菲利娅说:"我一定听从您的话,父亲。"三幕一场"戏中戏"开演前哈姆莱特与霍拉旭谈话,最后说:"他们来看戏了,我必须装出一副糊涂样子,你拣一个地方坐下。"这些无续性台词很自然地使一个事件告一段落,这样的事件在剧本中一般说来是相对比较不重要的。在《哈姆莱特》中还有一些无续性对白起到了组织情节,承上启下的作用。比如第一幕第一场鬼魂出现,最后马西勒斯说:"我们决定走去告诉他(指哈姆莱特),我知道今天早上在什么地方容易找到他。"这句对白支配了霍拉旭去见哈姆莱特那一个场面。第二幕第二场波洛涅斯向国王献计,要进一步试验王子是不是因为"恋爱不遂"。他要安排女儿与哈姆莱特见面,这个场面的最后一句对话是波洛涅斯说的:"请陛下、娘娘避一避,让我走上去招呼他。"这句话引起了波洛涅斯与哈姆莱特谈话、特别是哈姆莱特与奥菲利娅谈话这两个场面。在《哈姆莱特》中有些无续性对白是表示人物思想感情和对事对人的评价的。如第一幕第五场,哈姆莱特同鬼魂谈话之后说:"这是一个颠倒混乱的时代,唉,倒楣的我却要负起重整乾坤的责任!来,我们一起去吧!"这句无续性的对白显示了哈姆莱特的思想高度。第二幕第二场,哈姆莱特同罗森格兰兹、吉尔登斯吞谈完之后,对他们毫不客气。他说:"无论你把我叫作什么乐器,你也只能撩拨我,不能玩弄我。"感情色彩极其强烈。第四幕第三场国王同哈姆莱特谈完之后说,我必须知道他"已经不在人世,我的脸上才会浮起笑容",表明了国王必欲置哈姆莱特于死地而后快的狠毒心情。在《哈姆莱特》中有些无续性对白的涵义较深,引人深思,如第三幕第一场哈姆莱特同奥菲利娅谈话结束时哈姆莱特说"进尼姑庵去吧"!它曲折地表现了哈姆莱特当时对女人的看法和对奥菲利娅不幸命运的预感。第四幕第三场罗森格兰兹、吉尔登斯吞询问哈姆莱特波洛涅斯的尸首在什么地方,哈姆莱特答非所问,最后说"狐狸躲起来,大家追上去",意思是杀死波洛涅斯是一场不幸的误会,重要的是把国王这只狡猾的狐狸捉住。在《哈姆莱特》中还有四场是以哈姆莱特的独白作为无续性对白的。这是由哈姆莱特的个性决定的,产生了非常独特的艺术效果。总之,从《哈姆莱特》中可以看到无续性对白大致包括上述几种情况:或事件的自然终结,或表示人物的感情和态度,或包含深义,或内心独白……确定无续性对白的根据应该是环境、事件和人物三个要素的合体。

旁白多为无续性的,它的主要作用在于画龙点睛式披露人物的内心秘密,评点式地褒贬其他人物。这类台词都很简短,往往都是短句。这是符合人物心理和舞台演出要求的,在众多人物面前,在事件进行当中,一个人不能长篇大论地去旁白。《哈姆莱特》中的旁白与独白一样,也是十分成功的。莎士比亚为哈姆莱特安排了六段旁白,其中五段是无续性的。第一幕第一场当国王甜言蜜语地说"我的侄儿哈姆莱特,我的孩子……"的时候,哈姆莱特旁白说"超乎寻常的亲属,漠不相干的路人"。这一旁白既揭露了国王的虚伪,也表明了哈姆莱特同他之间的复杂关系。第二幕第二场罗森格兰兹、吉尔登斯吞奉国王之命去刺探哈姆莱特内心的秘密时被哈姆莱特看穿,他问:"究竟你们是不是奉命而来?"罗森格兰兹感到矛盾,向吉尔登斯吞旁白"你怎么说?"这时哈姆莱特旁白说"好!那么我看穿你们的行为了",它表明了哈姆莱特的敏锐的观察力和深刻的洞察力。第三幕第三场在"戏中戏"《贡扎古之死》中的王后表白她的爱情时,哈姆莱特旁白说:"苦恼!苦恼!"哈姆莱特在此想到了母亲的不贞。"戏中戏"之后波洛涅斯奉王后之命去召哈姆莱特。哈姆莱特戏弄一番波洛涅斯之后旁白说,"我给他们愚弄得再也忍不住了",表明了哈姆莱特对波洛涅斯等人的憎恶。上面这些旁白都是内心活动的外化。旁白还有另外的情形,那就是对人物的品评。第五幕第一场哈姆莱特在墓地上见到了雷欧提斯,他向霍拉旭旁白:"那是雷欧提斯,一个很高贵的青年。"第五幕第三场奥斯里克奉命请哈姆莱特比剑时,哈姆莱特对霍拉旭旁白说"你认识这只水苍蝇吗?"对他表示了极度的讨厌。剧中除哈姆莱特之外,其他人物如国王、波洛涅斯、雷欧提斯也都有数量不多的旁白(国王二句,波洛涅斯三句,雷欧提斯一句)。这些旁白在全剧中不起主要作用,但对表现人物思想感情、塑造人物形象来说,具有一定的辅助、提示和补充的功能。

1985年4月5日—5月10日初稿,
1997年5月8日—5月9日修改。

《哈姆莱特》典故注释

裘力斯·凯撒

霍拉旭:从前富强繁盛的罗马,在那雄才大略的裘力斯·凯撒遇害前不久,拖着殓衾的死人都从坟墓里出来,在街道上啾啾鬼语,星辰拖着火尾,露水带血,太阳变色,支配潮汐的月亮被吞蚀得像一个没有起色的病人……

——幕一场,《莎士比亚全集》(9),第9页。

裘力斯·凯撒(Julius Caesar,约公元前100—前44),古罗马统帅、政治家,为罗马"前三头联盟"的成员之一。任山南高卢总督时征服高卢其余部分,渡海攻入不列颠,财力、人力大增。公元前49年发生内战,凯撒打败"前三头"另一成员庞培,并在埃及将之杀死。回到罗马后被元老院任命为"狄克推多"(即"独裁者"的意思)。公元前45年去西班牙平息叛乱,回国不到一年即被共和派罗歇斯、布鲁托斯在元老院大厅行刺身亡。莎士比亚在创作《哈姆莱特》之前,曾以凯撒被刺一事为题材创作悲剧《裘力斯·凯撒》(1599)。

海庇亮(又译许帕里翁)
萨徒(又译萨蹄尔)

哈姆莱特:这样好一位国王,比起这一位简直是海庇亮和萨徒;
……

——一幕二场,卞之琳译《哈姆雷特》,第 19 页。

海庇亮(Hyperion,通常译为许帕里翁),希腊神话中提坦巨神之一,为天父乌剌诺斯与地母该亚的儿子。海庇亮与妹妹忒亚结婚生太阳神赫利俄斯、月神塞墨勒、黎明神厄俄斯。有时海庇亮这个名字就指太阳本身,它的意思是"走在大地之前"。在希腊神话中,海庇亮"号称最美的男性之神"。

萨徒(Satyr,通常译为萨蹄尔),希腊神话中的精灵、酒神的随从,他们以懒惰、淫荡、狂欢饮酒而闻名。萨徒们是半人半羊的神,长着山羊的耳朵,头上生有短小的羊角,腿和脚都是山羊的形状,拖着山羊(或马)的尾巴,浑身是毛。"后世常以萨徒之名称色鬼。"

朱生豪译本中将海庇亮、萨徒分别译为"天神"和"丑怪"(哈姆莱特:这样好的一个国王,比起当前这个来,简直是天神和丑怪;——《莎士比亚全集》第 9 卷,第 15 页)。梁实秋译本中将之译为太阳神和羊怪(哈姆雷特:这样贤明的一位国王,比起现在这个,恰似太阳神和羊怪之比;——梁实秋译《哈姆雷特》,第 19 页)。

脆弱啊,你的名字就是女人!

哈姆莱特:脆弱啊,你的名字就是女人!

——一幕二场,《莎士比亚全集》(9),第 15 页。

这句话由《圣经·旧约》中关于夏娃的故事演化而成。《旧约·创世记》说,上帝按着自己的形象用泥土造成了第一个男人,取名亚当(Adam),为《圣经》故事中人类的始祖。上帝将亚当置在伊甸乐园,令其管理园子。上帝认为还应有配偶帮助亚当管理园子及生命万物,于是在亚当睡熟的时候从他身上取下一条肋骨,造成第一个女人,取名夏娃(Eve),意为"众生之母"、"赐生命者"。后来夏娃受蛇的诱惑,违背上帝的旨意与亚当一起偷吃了禁果,引起上帝震怒,被赶出伊甸乐园。

奈欧璧(通常译为尼俄珀)

哈姆莱特:……她送我父亲的尸首入葬的时候,像是奈欧璧一般哭得成个泪人儿……

——一幕二场,梁实秋译《哈姆雷特》,第 21 页。

奈欧璧(Niobe),通常译为尼俄珀,古希腊神话中的人物,她生有七子七女,为此自夸于只生一子一女的勒托(Leto)。勒托是太阳神阿波罗神与猎神阿尔忒弥斯的母亲。勒托向儿女诉说自己所受到的委屈,阿波罗用箭射死了尼俄珀所有的儿子,阿尔忒弥斯则射死了她所有的女儿。尼俄珀的丈夫得到噩耗后自杀;尼俄珀在悲痛中回到父亲所住的西皮罗斯山上,宙斯将它变成山岩,但她的眼泪还在不停地流着,形成了山泉。哈姆莱特以尼俄珀的形象来形容她母亲在父亲亡故时极度悲痛、泪流满面的样子。

朱生豪、卞之琳译本皆未译出"尼俄珀"。此句朱生豪译为"短短一个月以前,她哭得象个泪人似的"(《莎士比亚全集》第 9 卷第 15

页),卞之琳译为"短短一个月,她象泪人儿一样"。(卞之琳译《哈姆雷特》,第276页)

赫剌克勒斯(又译海格立斯)

哈姆莱特:我的父亲的弟弟,可是他一点不像我的父亲,正像我一点不像赫剌克勒斯一样。

——一幕二场,《莎士比亚全集》(9),第15页。

赫剌克勒斯(Hercules,又译海格立斯、赫勾列等),希腊神话中最有名的大英雄,力大无比,被称为"大力神"。他是天神宙斯和凡人阿耳克墨涅的儿子,出生八个月还在摇篮里的时候就扼死两条巨蟒。他一生完成了12件轰轰烈烈的为民除害的大功绩。

卞之琳译本将之译为赫勾列(哈姆雷特:我这个叔父可绝不像他的哥哥,正像我不像赫勾列啊!——卞之琳译《哈姆莱特》,第18页)。梁实秋将之译为赫鸠里斯(哈姆雷特:……他是我父亲的兄弟,但是毫不和我父亲相像,如我不与赫鸠里斯相像一般。——梁实秋译《哈姆雷特》,第21页)。

尼缅狮子(又译奈米亚的狮子)

哈姆莱特:我的命运在呼唤,
    它使我身上的每一根细微的血管,
    都变得像尼缅狮子的筋络样绷硬。

——一幕四场,卞之琳译《哈姆莱特》,第33页。

尼缅狮子(Nemean Lion)是希腊神话传说中大英雄赫剌克勒斯所

除大害的第一个。尼缅狮子是百头怪物提丰和厄喀德那所生的怪兽,它钢筋铁骨,刀枪不入。这个怪兽蹂躏阿耳戈斯的尼缅山谷,赫刺克勒斯的第一项功绩就是猎取这头怪兽。他把狮子赶进洞里,用双手掐死它,剥下狮皮披到身上带回来。

朱生豪译本将 Nemean Lion 译为"怒狮"。(哈姆莱特:我的命运在高声呼喊,使我全身每一根微细的血管都变得像怒狮的筋骨一样坚硬。——《莎士比亚全集》第 9 卷,第 26 页。)梁实秋将之译为"奈米亚的狮子"。(哈姆雷特:我的命运在那里喊叫,使得我身上每一根微细的血管都变成奈米亚的狮子的筋一般的硬。——梁实秋译《哈姆雷特》,第 39 页。)

忘河(又译迷魂河)

鬼魂:我的话果然激动了你;要是你听见了这种事情而漠然无动于衷,那你除非比舒散在忘河之滨的蔓草还要冥顽不灵。

——幕五场,《莎士比亚全集》(9),第 28 页。

忘河(Lethe,又译迷魂河、忘川等),希腊神话中冥界的五条河之一,凡是喝了这条河水的鬼魂就会忘记一切。据神话说,凡在地府中熬过千年一周的轮转,准备再投胎回到人世的鬼魂,都要排成长队,饮忘河水,为的是在他们重到人间之前把过去的一切完全忘却,以便愿意重新回到肉身里去。"忘河之滨的漫草"喻为浑噩无知之物。

卞之琳将 Lethe 译为忘川河。(鬼魂:我看出你是积极的;你如果对这件事不采取行动,就比忘川河岸上懒坏的水草还要迟钝了——卞之琳译《哈姆雷特》,第 35 页)梁实秋将之译为迷魂河。(鬼魂:你听了这一番话若还无动于衷,你简直是比迷魂河畔安安稳稳生

根的肥草还要迟钝些。——梁实秋译《哈姆雷特》,第 41 页)

圣伯特力克(又译圣·巴特里克)

哈姆莱特:不,凭着圣伯特力克的名义,霍拉旭,谈得上,而且罪还不小呢。……

——一幕五场,《莎士比亚全集》(9),第 31 页。

圣伯特力克(St. Patrick),朱生豪等译《莎士比亚全集》注释说,他是"爱尔兰的保护神,据说曾从爱尔兰把蛇驱走"。卞之琳注释说:"一般解释,提圣柏特立克,是因为传说他是炼狱门守(哈姆莱特亡父正在炼狱里),但陶顿解释,与罪过并提,可能是因为传说是他从爱尔兰把蛇驱走的(哈姆雷特亡父说是被蛇咬死的),似更圆满。"(卞之琳译《哈姆雷特》,第 296 页,浙江文艺出版社 1991 年版)圣伯特力克是在爱尔兰建立基督教会的教士,后被罗马教廷谥为圣徒,成为爱尔兰的保护神。到 7 世纪末关于圣伯特力克的神话传说不胫而走,并不断增加。传说他将爱尔兰土地上的蛇驱入海中溺死;还传说他向不信教的人显示三叶苜蓿花,用此花的三叶一柄比拟上帝的三位一体。后三叶苜蓿花成为爱尔兰的国花,每年 3 月 17 日圣伯特力克节爱尔兰人都在襟上佩戴此花。哈姆莱特在见到父亲亡魂之后显得疯言疯语,在这种情况下他以爱尔兰保护神的名义发誓隐含爱尔兰问题影响之大。

两方面闹过不少的纠纷

罗森格兰兹:真的,两方面闹过不少的纠纷,全国的人都站在旁边恬不为意地呐喊助威,怂恿他们相互争斗。曾经有一个时期,一个脚本非得插进一段编剧家和演员争吵的对话,不然是没有人愿意出钱购买的。

——二幕二场,《莎士比亚全集》(9),第51页。

"两方面闹过不少的纠纷"暗指1599年到1601年英国舞台上发生的"戏剧战",一方面是剧作家本·琼生(1572—1637),一方面是约翰·马斯顿(1575—1634)。他们为演戏的事在剧本中相互攻击,一时间热闹非凡。1599年成立的"圣保罗教堂童伶剧团"的演出受到欢迎,马斯顿为该剧团写剧本。他在《演员的鞭子》中写了一个迂腐的学究和"翻译大师",影射攻击本·琼生。同年,本·琼生在他的由环球剧场演出的剧本《人人扫兴》中对马斯顿进行讽刺性模仿,此为"戏剧战"的开始。1600年"王家教堂童伶剧团"恢复了在黑僧剧场的演出,和"圣保罗教堂童伶剧团"相互竞争。同年本·琼生写的《月神的欢乐》由"王家教堂童伶剧团"演出,嘲笑了"普通的戏班和普通的戏子",同时攻击马斯顿和他的友人托马斯·德克尔(1570—1632);马斯顿写了《听从君便》对本·琼生加以回击,此剧本由"圣保罗教堂童伶剧团"演出。1601年本·琼生再写《蹩脚诗人》讽刺马斯顿、德克尔;马斯顿再写《讽刺的鞭子》予以回击。后来本·琼生与马斯顿和解,并于1604年合作写戏。

赫剌克勒斯和他背负的地球

罗森格兰兹:正是,殿下;连赫剌克勒斯和他背负的地球,都成了他们的战利品。

——二幕二场,《莎士比亚全集》(9),第51页。

赫剌克勒斯是古希腊神话中的大英雄。他在完成十二大功业时曾背负过地球。在他去赫斯珀里得斯圣园摘取金苹果时,他让顶着苍天的巨神阿特拉斯替他去摘取三个金苹果,此间为了不使苍天塌下来,赫剌克勒斯替阿特拉斯顶着苍天,即背负着地球。莎士比亚所在的剧团经常在环球剧场演出,而环球剧场的招牌就是"赫剌克勒斯背负着地球"。

罗歇斯

哈姆莱特:大人,我也有消息向您报告。当罗歇斯在罗马演戏的时候——

——二幕二场,《莎士比亚全集》(9),第52页。

罗歇斯(Roscius,?—62),古罗马著名喜剧演员。他的名字家喻户晓,变成了大演员的同义词。"罗歇斯当年在罗马演戏"是谁都知道的旧事,不能算"消息"。哈姆莱特暗示波洛涅斯的"消息"已是陈旧的了。但老人没有觉察,只当疯话,只顾自己报告下去。

塞内加　普鲁图斯

波洛涅斯:他们是全世界最好的伶人,无论悲剧、喜剧、历史剧、田园剧、田园喜剧、田园史剧、历史悲剧、历史田园悲剧、场面不变的正宗戏剧或是摆脱拘束的新派戏,他们无不拿手;塞内加的悲剧不嫌其太沉重,普鲁图斯的喜剧不嫌其太轻浮。

——二幕二场,《莎士比亚全集》(9),第52—53页。

塞内加(Seneca,约公元前4—公元65),古罗马著名悲剧作家、哲学家、政治家。他的悲剧大都是欧里庇得斯悲剧的改作,也有的为埃斯库罗斯与索福克勒斯悲剧的改作;著名的有《特洛亚妇女》《美狄亚》《俄狄浦斯》《阿加门农》等,塞内加悲剧对伊丽莎白时代悲剧影响很大。当时对希腊剧本知之甚少,因此曾被误认为古希腊时代的戏剧。有人认为伊丽莎白时代的悲剧与新古典主义的悲剧"均从塞内加那里汲取灵感"。(《简明不列颠百科全书》第6卷,第890页。)

普鲁图斯(Plutus,约公元前254—前187),古罗马著名喜剧作家,生平不详。他的剧本大多取材于公元前4世纪至公元前3世纪初古希腊的"新喜剧"。他的作品现存21部,著名的有《驴子的喜剧》《一罐黄金》等,文艺复兴时期由意大利开始而逐渐影响到欧洲各国的喜剧创作。

耶弗他

哈姆莱特:以色列的士师耶弗他啊,你有一件怎样的宝贝!
波洛涅斯:他有什么宝贝,殿下?
哈姆莱特:嗨,他有一个独生娇女,
　　　　　爱她胜过掌上明珠。
　　　　　　　　　——二幕二场,《莎士比亚全集》(9),第53页。

耶弗他(Jephthah)将女儿献祭的故事出自《圣经·旧约》中的《士师记》第11章。耶弗他为以色列十二士师之一(士师为当时以色列部落政教合一的首领),带领部族与亚扪人作战。出征前于神前许愿:如能获胜归来,即以由家门先出来的为燔祭。耶弗他原以为第一个出来的是狗、羊等动物,谁知当他回来的时候先出来迎接他的乃是独生女。耶弗他不敢违背誓言,只好将女儿送上祭坛作为献给神的牺牲。

埃涅阿斯对狄多讲述的故事
普里阿摩斯　皮洛斯

哈姆莱特:……其中有一段话是我最喜爱的,那就是埃涅阿斯对狄多讲述的故事,尤其是讲到普里阿摩斯被杀的那一节。要是你们还没有把它忘记,请从这一行念起;让我想想,让我想想;——

野蛮的皮洛斯像猛虎一样——

——二幕二场,《莎士比亚全集》(9),第54页。

埃涅阿斯(Aeneas)与狄多(Dido)都是罗马诗人维吉尔著名史诗《埃涅阿斯纪》中的人物。埃涅阿斯为罗马神话中的英雄,为爱与美的女神阿芙洛狄忒与特洛伊英俊的安喀塞斯所生的儿子。史诗描写了特洛伊城毁国亡之后他的英雄历史。他背着老父率领劫后犹存的特洛伊人从火光中冲出西行,经西西里、迦太基,最后到达意大利台伯河口,终于建立了新的国家。罗马凯撒家族自称为埃涅阿斯的后裔。

狄多是迦太基的创始人。她是推罗国王的女儿,丈夫被杀后她逃往非洲海岸,从当地首领手中买到一块土地建立了迦太基城(位于北非海岸一个三角形半岛上),迅速繁荣起来。罗马诗人维吉尔在史诗中说她是因为被埃涅阿斯遗弃后自焚的。在《埃涅阿斯纪》第2章中写了埃涅阿斯向狄多叙述了特洛亚城被毁,老王被杀的凄惨情景。埃涅阿斯与狄多相爱,准备留在迦太基。但是神警告埃涅阿斯不要忘记寻找新的国土的使命,于是埃涅阿斯告别了狄多女王,狄多女王因极度悲痛,在柴堆上自焚。

普里阿摩斯(Priamus),特洛伊末代国王。在他统治特洛伊(Troy)的时候爆发了有名的"特洛伊战争",希腊人在亚加门农率领下兵临城下,围城十年,最后以"木马计"攻破了特洛伊城。普里阿摩斯有50个儿子和许多女儿,最出名的子女为赫克托耳、帕里斯、特洛伊罗斯、卡珊德拉等。特洛伊城被攻陷,他的全部儿子皆被希腊将士杀死,妇女则成为希腊人的战利品,最后老王也被杀死。

皮洛斯(Pyrrhus),希腊神话传说中大英雄阿喀琉斯的儿子,名叫涅俄普托勒摩斯(Neoptolemus),皮洛斯是其绰号,希腊语的意思为"红头"。他作战非常勇敢,为藏身木马腹内的希腊英雄之一。他将赫克托耳的幼子从塔楼上推下去摔死,他将躲藏在宙斯神庙内的老王普列阿摩斯杀死。维吉尔在史诗卷二中描写了这个皮洛斯从木马中出来寻找并最后杀死老王的情景。

木马

伶甲:野蛮的皮洛斯蹲伏在木马之中……
——二幕二场,《莎士比亚全集》(9),第55页。

木马即希腊人置于特洛伊城外、内藏希腊将士的巨大的木马。在希腊人围困特洛伊城十年不下的时候,希腊将领奥德赛想出这样一个计谋:将内藏希腊将士的巨大木马置于特洛伊城外,然后佯装撤退;同时设法骗使特洛伊人相信得到这匹木马可以得到神的保佑。特洛伊人中计,将木马弄入城内。半夜时分,藏于木马腹内的希腊将士冲出,里应外合,最终攻陷了特洛伊城。

伊利恩

伶甲：这一下打击有如天崩地裂，
　　惊动了没有感觉的伊利恩……
　　　　　　　——二幕二场，《莎士比亚全集》(9)，第56页。

伊利恩（Ilium，又译伊利昂），古代城市特洛伊的别名。特洛伊位于小亚西北（今土耳其境内的希沙立克），相传公元前十二三世纪时希腊人与特洛伊人发生了战争，希腊人围城十年，最后用木马计攻陷特洛伊。古希腊诗人荷马以之为题材创作了史诗《伊利亚特》（又译《伊利昂纪》）、《奥德赛》；古罗马诗人维吉尔以其为题材创作了史诗《埃涅阿斯纪》。

库克罗普斯（又译塞克洛普）

伶甲：库克罗普斯为战神铸造甲胄，
　　那巨大的锤击，还不及皮洛斯流血的剑向普里阿摩斯身上劈下那样凶猛无情。
　　　　　　　——二幕二场，《莎士比亚全集》(9)，第57页。

库克罗普斯（Cyclopes），古希腊神话中的独眼巨人，他是匠神赫淮斯托斯的助手，帮他给宙斯制造雷、电和霹雳，为众神锻造武器，为战神铸造铠甲，为阿波罗和阿耳忒弥斯制造弓和箭。

赫卡柏

哈姆莱特：……念下去吧。他只爱听俚俗的歌曲和淫秽的故事，否则他就要瞌睡的。念下去，下面要讲到赫卡柏了。

伶甲：可是啊！谁看见那蒙面的王后——

哈姆莱特："那蒙面的王后？"

——二幕二场，《莎士比亚全集》(9)，第57页。

赫卡柏（Hecuba），希腊罗马神话传说中特洛伊王普列阿摩斯的王后。他是国王的第二个妻子，以生育子女众多闻名，传说共生19个孩子，长子为特洛伊最著名的英雄赫克托耳。特洛伊陷落时她丧失了所有的儿子。她成了希腊将领俄底修斯的奴隶，在返回希腊的途中她发现了她的爱子波吕多洛斯的尸体，她进行报复，被希腊人用石头砸死。下面的"蒙面的王后"，即指赫卡柏，这是史诗中的诗句。

《贡扎古之死》

哈姆莱特：……听着，老朋友，你会演《贡扎古之死》吗？

——二幕二场，《莎士比亚全集》(9)，第58—59页。

《贡扎古之死》是一出戏名。卞之琳解释说："一般认为并无真戏，（它）只是莎士比亚虚拟的戏中戏。"（卞之琳译《哈姆雷特》，第73页）梁实秋解释说"《贡扎古之死》(The Murder of Gonzago)乃指1538年意大利一凶杀案"。"在1538年Urbino公爵娶一女，名Gonzaga，后被Luigi Gonzaga以毒汁灌耳暗杀。莎士比亚大概是从意大利文中谈到此段公案，并以Gonzaga改为被杀人，并以Luigi变为Lucianus"，"此乃Dowden之说"。（梁实秋译《哈姆雷特》，第216页）

妥玛刚特　希律王

哈姆莱特：啊！我顶不愿意听见一个披着满头假发的家伙在台

上乱嚷乱叫，把一段感情片片撕碎，让那些只爱热闹的低级观众出了神，他们中间的大部分是除了欣赏一些莫名其妙的手势外，什么都不懂。我可以把这种家伙抓起来抽一顿鞭子。因为妥玛刚特形容过分，希律王的凶暴也要对他甘拜下风。

——三幕一场，《莎士比亚全集》(9)，第67—68页。

妥玛刚特(Termagant)为阿拉伯人所崇拜的偶像之一，道德剧中常有该角色，性凶暴。

希律王(Herod，公元前73—前4)，耶稣诞生时的犹太暴君。公元前37年被罗马任命为犹太国王；受叙利亚总督节制。希律是个残忍的人，曾杀死其妻马利安及其子。晚年时，耶稣生。希律派博士去寻，耶稣一家已逃往埃及，希律大怒，下令将伯利恒城内及四周所有两岁以内的男孩杀死。中世纪欧洲道德剧—宗教剧中常有表演希律王凶狠的。

梁实秋在译本中将Herod译为"赫洛德"，解释说他"亦奇迹剧中常见之一角色，喜喧哗"(梁实秋译《哈姆雷特》，第215页)，不确。

乌尔干(又译武尔坎)

哈姆莱特：我的想象也就是乌七八糟，
　　　　　　赛过乌尔干的作坊了。好好注意他，
　　　　　　我自己也要把眼盯在他脸上，
　　　　　　过后我们要对证观察的结果，
　　　　　　给他下一个判断。

——三幕二场，卞之琳译《哈姆雷特》，第90页。

乌尔干(Vulcan)，又译武尔坎，罗马神话中的火神和匠神，相当于希腊神话中的赫淮斯托斯。他是宙斯和赫拉的儿子，在埃特纳火山有他的冶炼场，他除了为众神建造精美的铜宫外，还为各位神制造武器和各种工具。他的形象是一个强壮的铁匠，手持大锤，头戴锥形帽，身穿手艺人的外衣。罗马崇拜武尔坎的中心是地势高于集议广场的火神广场。朱生豪在译本中将 Vulcan 译为"铁匠"。——哈姆莱特：我的幻想也就像铁匠的砧石那样漆黑一团了。(《莎士比亚全集》(9)，第70页)

朱庇特　勃鲁托斯

波洛涅斯：我扮演的是裘力斯·凯撒；勃鲁托斯在朱庇特神殿里把我杀死。

哈姆莱特：他在神殿里杀死了那么好的一头小牛，真太残忍了。

——三幕二场，《莎士比亚全集》(9)，第71页。

勃鲁托斯(Brutus，公元前85—前42)，公元前44年3月15日刺死罗马"独裁者"裘力斯·凯撒的密谋集团领袖。公元前49年发生内战时他加入了庞培的军队。庞培失败被杀之后，凯撒宽恕了他，先后任命他为山南高卢总督和内事行政长官。然而他仍然反对凯撒的独裁统治，企图恢复共和政体，因而参加刺杀凯撒的密谋。后凯撒派安东尼等起兵，勃鲁托斯与凯歇斯兵败逃往马其顿。见大势已去，自杀身死。莎士比亚在悲剧《裘力斯·凯撒》中描写了这一历史。

朱庇特(Jupiter，又译丘必特)，罗马神话中最高的天神，主宰天上和人间的一切，相当于希腊神话中的宙斯，是神圣不可侵犯的象征。他既是光明之神，又是司雷电风雨之神，朱庇特神殿位于罗马的卡皮托里山上,是罗马最古老的神庙之一。

许门

伶王:自从爱把我们缔结良姻,

　　　许门替我们证下了鸳盟。

　　　　　　　——三幕二场,《莎士比亚全集》(9),第73页。

许门(Hymenaeus,全名许墨奈俄斯),古希腊的婚姻之神。传说他是太阳神阿波罗和文艺女神的儿子,是一个非常俊美的典雅少年。饰有花串,手执火炬。据说他曾被误认为女子被海盗抢走,他杀死海盗并解救了其他被抢去的女子,并同其中一位他所爱的姑娘结了婚。后来有关他的故事写成赞歌,人们唱着赞歌召请许门的到来。"许门之歌"就是婚礼上唱的赞美婚姻的歌。

赫卡忒

琉西安纳斯:你夜半采来的毒草炼成,

　　　　　赫卡忒的咒语念上三巡,

　　　　　赶快发挥你的凶恶的魔力,

　　　　　让他的生命速归于幻灭。

　　　　　　　——三幕二场,《莎士比亚全集》(9),第78页。

赫卡忒(Hecate)是古希腊神话中司幽灵、魔法和咒语的女神。她是提担巨神的女儿,最初主宰大地、海洋和天空,还掌管人世事物,成为司魔法、咒语的女神后,还是冥界鬼魂的总管、凶神恶煞的统率者。她常常带着鬼魂在十字路口和坟场附近游荡,后面跟随着地狱的恶狗和女妖。她的形象是三头六臂,各向着三个不同的方向,在三岔路口常立着她的三面像,接受人们供奉的祭品。

尼禄

哈姆莱特:心啊!不要失去你的天性之情,永远不要让尼禄的灵魂潜入我这坚定的胸怀;让我做一个凶徒,可是不要做一个逆子。
——三幕二场,《莎士比亚全集》(9),第82—83页。

尼禄(Nero,37—68)是古罗马皇帝。16岁继位,大臣辅政,年长之后以放荡、昏暴著名。与母亲争权、杀母;又杀妻屋大维娅;赐死老师塞内加。64年罗马大火,十毁六七,民间盛传尼禄有唆使纵火的嫌疑,为嫁祸于人,大肆捕杀基督徒。以才子艺人自居,常吟诗作乐,还亲自登台演出。他的残暴统治引起各省人民反对,最后自杀身死。

乔武　马尔斯　迈格利

哈姆莱特:看这儿,这一幅图画,再看这一幅,
　　　　　这兄弟二人的两幅写真的画像。
　　　　　这一幅面貌有多么高雅的丰采:
　　　　　一头海庇亮鬈发,头发是乔武的,
　　　　　一对叱咤风云的玛尔斯的眼睛,
　　　　　身段架子十足像神使迈格利,
　　　　　刚刚落在一座摩天的高峰上;
　　　　　——三幕四场,卞之琳译《哈姆雷特》,第362页。

乔武(Jove),罗马神话中主神朱庇特的名字,相当于希腊神话中的宙斯,主宰天上人间的一切,是神圣不可侵犯的象征,是光明之神,又是司雷电风雨之神。在罗马卡皮托里山上有朱庇特的神庙,为最古老的神庙之一,朱庇特被称为威力无比的众神之父和万人之王。他手执权杖,端坐在宝座之上,统治着神和人的整个世界。

玛尔斯(Mars),罗马神话中的战神,相当于希腊神话中的阿瑞斯。他是宙斯和赫拉的儿子,为奥林帕斯山的十二主神之一。他的形象英俊,身体强健,头戴金盔,身穿青铜甲胄,手执长矛和盾牌,他性格残暴,作战时通常都是步行。据说他是罗马城建造者罗穆路斯和瑞穆斯的父亲,在罗马,玛尔斯是最重要、最受崇敬的神之一。

迈格利(Mercurius,通常译为墨丘利),罗马神话中的神使,相当于希腊神话中的赫耳墨斯。他是宙斯与迈亚的儿子,他的职能很多,其中最重要的是充任奥林帕斯山诸神的使者,他的形象常常是身穿长衣,肩披斗篷,头上戴着插翅盔,手执蛇盘杖,脚蹬有翼的高筒靴,飞快地在诸神间传递消息。

该隐

哈姆莱特:那个骷髅里面曾经有一条舌头,它也会唱歌哩;瞧这家伙把它摔在地上,好像它是第一个杀人凶手该隐的颚骨似的!

——五幕一场,《莎士比亚全集》(9),第122页。

该隐(Cain),《圣经》中的人物,是杀害亲人的罪人,他是始祖亚当的长子,种田人;他弟弟亚伯是牧羊人。兄弟二人各用自己的出产给上帝献祭,上帝乐于接受亚伯的供物,看不上该隐的供物。该隐为此忌恨亚伯,把他杀死在田野里。上帝问该隐:"你兄弟亚伯在哪里?"该隐说:"不知道。"上帝诅咒他,让他不再为他效力,他必须流离失所,同时还给他立一个记号,以免人们见到他就杀他,因此,该隐就永远遭受着上帝的惩罚。

亚历山大

哈姆莱特:不,一点不,我们可以不作怪论,合情合理地推想他怎么会到那个地步;比方说吧:亚历山大死了;亚历山大埋葬了;亚历山大化为尘土;人们把尘土做成烂泥;那么为什么亚历山大所变成的烂泥,不被人家拿来塞在啤酒桶的口上呢?

——五幕一场,《莎士比亚全集》(9),第126页。

亚历山大(Alexander,公元前356—前323),希腊马其顿国王,亚历山大帝国的创立者,称亚历山大大帝,为历史上有名的军事家之一。16岁即随父远征,20岁即位,不久即任统帅东征。入叙利亚、埃及,灭波斯帝国,经阿富汗,最远至印度,建立了横跨欧亚非三洲的"亚历山大帝国",自我神化并令其臣民崇拜。在东征中除在埃及建造了有名的亚历山大城外,在西亚和中亚各地还兴建十几座以"亚历山大"命名的城市。

附录

中国《哈姆莱特》批评史述要

同国际莎学相比,中国的《哈姆莱特》研究开始得很晚,历史也短。中国留学生在西方学习莎士比亚虽然早在19世纪初就对《哈姆莱特》做了最早的点评,但直到1930年才出现第一篇具有相对完整意义的《哈姆莱特》评论。然而,从莎士比亚传入中国的发展历史背景来考察,仍然可以显示出《哈姆莱特》在莎士比亚中心作品的重要地位。《哈姆莱特》不仅是中国人看到的第一部莎剧演出,而且也是第一部被译成中文的莎剧译本;《哈姆莱特》的汉语译本最多(共13种),论文数量也最多(占20世纪中国全部莎评的1/7)。因此,追寻中国《哈姆莱特》的批评轨迹,可以感受到不同时代学者对《哈姆莱特》的情有独钟和不同解读,同时也可以了解到中国学者对外国学者《哈姆莱特》研究成果接受的理论取向。1930—1940年代一些学者着重介绍十八九世纪英德学者对"哈姆莱特问题"的种种观点,另一些学者则开始接受苏联学者的马克思主义莎评理论,以阶级分析的观点审视莎士比亚及其作品。1950—1960年代中国的《哈姆莱特》评论受到苏联学者,特别是阿尼克斯特的影响,到1980年代这种影响仍占据着《哈姆莱特》评论的主导地位。1980年代一些学者开始批评苏联学者《哈姆莱特》研究的种种局限和误区,而另一些学者则坚称只有运用马克思主义的理论才能真正认识《哈姆莱特》的艺术价值。

1990年代中国年轻的学者运用西方20世纪各种新的批评理论解读《哈姆莱特》，形成了一种多元认知的格局，而到了1990年代末中国学者对西方的《哈姆莱特》研究提出了批评、挑战和质疑，明确提出应该用一种新的方法去阐释《哈姆莱特》。在这个过程中，特别是从1950年代中期以来，不论运用哪种理论范畴去研究《哈姆莱特》，都渗透出中国学者那种力求有所发展、有所补充的理论主体意识和力求有所突破、有所创新的理论原创精神；当然这些都还在逐渐而艰难的形成之中，而这正是中国莎评理论建树的目标和追求。《哈姆莱特》评论是中国莎评的一个缩影，从中我们可以看到中国学者种种探微抉幽的不懈努力，可以看到中国学者力图以主体意识和原创精神的理论范畴去构建具有中国特色的、具有民族风格和时代精神的莎学理论体系和思维模式，去构筑中国学者《哈姆莱特》批评的理论系统并以之自立于国际莎学之林。

（一）

从19世纪中期林则徐在他组织编译的《四洲志》中第一次提到莎士比亚（当时的译名为沙士比阿）到19世纪末的60年间，为中国莎学史的序幕。这个时期对莎士比亚的接受不具有独立意义的文艺属性，他的名字及其某些作品情节是在传教士以及中国学者在翻译西方地理、历史著作，在翻译英国经济学、伦理学、逻辑学的著作中出现的，莎士比亚及其某些作品的情节是在中国人向西方寻求富国强民的过程中被接受的，被赋予了一种社会政治的价值取向。这个时期清政府派驻英德等国的外交官和留学生观看了外国戏剧团体的莎剧演出，阅读了原文的莎士比亚作品。

中国人最早看到的舞台莎剧,最早记述比较完整情节的莎剧均为《哈姆莱特》。1879年1月18日清朝驻英公使郭嵩焘在伦敦兰心剧院(Lyceam Theatre)观看了英国著名演员厄尔文主演的《哈姆莱特》,在《日记》中郭嵩焘说"该剧专主装点情节,不事炫耀",这也是中国人对《哈姆莱特》所作的最早的点评。1890年清朝驻德外交官张德彝在柏林观看了《哈姆莱特》的演出后详细地记述了该剧的情节。

中国学者最早向中国读者介绍作品主旨的莎剧为《哈姆莱特》,同时在其译著中引用较多情节的莎剧也是《哈姆莱特》。

1894年严复在其所译赫胥黎的《天演论》的注释中不仅介绍了莎士比亚,而且第一次简要地概括了《哈姆莱特》的主旨。他在《天演论》卷下《论五·天刑》篇中说:"罕木勒特(即哈姆莱特),孝子也。乃以父仇之故,不得不杀其季父、辱其亲母,而自刃于胸,此皆历人生之至痛极苦,而非其罪。"[①] 严复对复仇情节的概括虽有不确之处,但却是中国学者最早为哈姆莱特的复仇确定了主旨,认为他的复仇乃人生"至痛极苦"所造成的悲剧。1897年在严复所译英国哲学家、社会学家斯宾塞的《群学肄言》的《政惑第十一篇》中,引用了哈姆莱特问罗森格兰兹、吉尔登斯吞会不会吹笛子的细节。在《哈姆莱特》中,哈姆莱特对罗、吉二人说:"你以为玩弄我比玩弄一支笛子容易吗?"在《群学肄言》中将此句以文言译为:"丹麦王子罕默勒之言曰:'子以吾为易调者此龠乎?'"[②] 斯宾塞引用这个细节论述其"群之不足治"的社会学观点。

---

① 严复译:《天演论》,科学出版社1971年版,第57页。
② 严复译:《群学肄言》,商务印书馆1981年版,第205页。

（二）

　　1902年梁启超将Shakespeare译为通用至今的莎士比亚，成为中国莎学开端的标志，由此至1920年的近20年间为中国莎学发展史上的第一个时期，可称为发轫期。这个时期莎士比亚的名字出现在一些著名作家的文章中，称赞他为"最大戏曲家"、"诗家之王"、"剧家之雄"。这个时期莎士比亚的戏剧是以其改编的故事形态在中国传播的，《哈姆莱特》先后被译为文言故事《报大仇韩姆烈杀叔》和《鬼诏》。这个时期一些作家在他们的作品中引用了有关莎剧情节，但没有提到《哈姆莱特》，第一篇莎学论文中提到了《罗密欧与朱丽叶》、提到了《裘力斯·凯撒》，也没有提到《哈姆莱特》。胡适在美国留学期间学习了莎士比亚的作品，在《日记》中记下了他对几部莎剧，特别是《哈姆莱特》的品评成为这一时期最有价值的《哈姆莱特》批评的历史文献。这个时期一些从国外归来在大学讲授英国文学或世界文学的教授在讲述莎士比亚时都对《哈姆莱特》做出自己的评价。

　　1911年2月至9月，胡适在美国康奈尔大学系统地学习了莎士比亚课程，阅读了包括《哈姆莱特》在内的几个剧本，并在《日记》中对一些剧本做了简评，其中谈得最多的是《哈姆莱特》。1911年4月15日的《日记》中说："上课读 *Hamlet* 毕……作一文论 *Hamlet*，未毕。*Hamlet* 真是佳构，然亦有疵瑕。余连日作二文，皆以中国人眼光评之，不知彼中人其谓之何？"4月21日《日记》载："余前作 Ophelia（奥菲利娅）论，为之表彰甚力，盖彼中评家于此女郎（都）作贬词。余以中国人眼光为之辩护，此文颇得教师称许。"在这两天的日记中胡适第一个提出"以中国人的眼光"评价莎士比亚作品的重要原则，并以此种观点评价《哈姆莱特》,不将其视为偶像,盲目崇拜,第一个既称许《哈姆莱特》为"佳构",同时又认为它也存在"疵瑕"的观点,同时对西方学者做"贬词"的奥菲利娅"表彰甚力"。遗憾的是胡适这时写的评论《哈姆莱特》的"作文"未能传世。

　　胡适1912年9月25日看了《哈姆莱特》的演出后,在次日的《日记》中不仅详细地记述了该剧情节,还简要地分析了人物性格、独白与丑角的作用,还第一次同中国戏曲进行了比较,这可以视为中国第一篇《哈姆莱特》论文的提纲或雏形。胡适说"王子之病在寡断",他认为哈姆莱特性格的弱点就是优柔寡断。他又说王子的"人格全在独白时见之",胡适认为独白是表现哈姆莱特人格的重要手段。接着胡适比较了哈姆莱特独白与中国戏典自白的得失,他认为,"西方之独语不如吾国自白之冗长可厌耳","独语为剧中大忌,可偶用不可常用,此剧多用此法,以事异人殊,其事为不可告人之事,其人为咄咄书空之人,故不妨多做指天划地之语耳"。接下来胡适以《空城计》为例批评了中国戏曲独语的"陋套"。在评价奥菲利娅时,胡适又将她与莎士比亚笔下的其他女角做了比较:"萧氏(即莎氏)之女子,如 Portia(鲍西娅)、Juliet(朱丽叶)、Beatrict(贝特丽丝)之类,皆有须眉巾帼气象,独娥堇(即奥菲利娅)始则婉转将顺老父,中则犹豫不断,不忍背其父之乱命,终则一哀生心,绝命井底,迹其一生所行,颇似东方女子,西人多不喜之,吾去岁曾做一文,为其辩护,以非论剧本旨,故不载。"① 对奥菲利娅的评论明显地体现了胡适"以中国人眼光"考察莎士比亚作品的重要原则,他不以西方学者占统治地位的观点为圭臬,相反,与之针锋相对,为其"辩护"。遗憾的是这篇论文亦未能传

---

① 《胡适留学日记》(一),上海商务印书馆1947年版,第24、69、89、96页。

世。胡适在1912年5月26日所写的《哈姆莱特》评论不仅与中国戏曲进行了比较,同时还与莎士比亚其他作品中的人物相比较,这可以说是中国莎士比亚比较研究的肇端。

民国初年,中国早期话剧即文明戏,演出了根据《莎士比亚戏剧故事集》文言译本《澥外奇谭》和《吟边燕语》改编的文明戏,1913—1915年以文言翻译的莎剧故事都被搬上了文明戏舞台,《哈姆莱特》被改编成《篡位盗嫂》。同时《哈姆莱特》还被改编成中国戏曲演出,四川雅安剧团的王国仁先生就将其改编为川剧《杀兄夺嫂》,开莎剧中国戏曲化的先河。

这个时期一些教授、学者在大学里讲授欧洲文学史时都必讲莎士比亚;讲莎士比亚则必讲《哈姆莱特》。如1917—1918年周作人在北京大学的讲义《欧洲文学史》中论及莎士比亚的创作,并对哈姆莱特悲剧的根源进行论述。讲义说,莎士比亚悲剧"至 Hamlet 等作皆不涉宿命说,而以人性之弱点为主。盖自然之贼人,恒不如人之自贼。纵有超轶之贤,气质性情,不无偏至,偶以外缘来会,造作恶因,辗转牵连,不能自主,而终归于灭亡,为可悲也。犹疑猜妒,虚荣野心,皆人情之常有,但或伏而不发,偶值机缘,即见溃决。如僭王之于 Hamlet……皆为之先导,终乃达其归宿,破国毁家,无可幸免,令观者悚然"[①]。周作人以人化的观点指出,哈姆莱特等莎剧人物悲剧的根源不在"宿命",而由"人性之弱点"所造成。

---

① 周作人:《欧洲文学史》,商务印书馆1918年版,引文见岳麓书社1989年版,第136页。

（三）

中国莎学发展史的第二个时期(1921年到1930年代中期)是以田汉翻译《哈姆莱特》为开端的，这也是中国翻译的第一个莎氏剧本，它成为莎士比亚作品开始进入中国的一个里程碑式的标志。这个时期应称中国莎学史上的始进期，只是到了这个时期中国才陆续出版莎剧译本，并且开始了翻译《莎士比亚全集》的巨大工程。这个时期是中国莎学史上出版莎剧单行本最多的时期，田汉除了出版《哈孟雷特》外，还翻译出版了《罗密欧与朱丽叶》；第一个提出翻译《莎士比亚全集》的曹未风翻译出版了《该撒大将》；个人独力译出《莎士比亚全集》的梁实秋这个时期翻译出版了《如愿》、《威尼斯商人》、《李尔王》、《麦克白》、《奥瑟罗》等；另外，还有15位译者出版了13种莎剧单行本(其中2种为二人合译)。上述单行本共包括莎士比亚的9种莎剧，其中《威尼斯商人》的版本最多(4种)，其次为《裘力斯·凯撒》(3种)，再次为《哈姆莱特》(2种)、《罗密欧与朱丽叶》(2种)、《如愿》(2种)、《麦克白》(2种)，只有一种译本的为《温莎的风流娘儿们》、《李尔王》、《奥瑟罗》。这个时期还第一次翻译出版了长诗《维纳斯与亚当尼》。这个时期外国学者(主要为俄、苏、英、德)的一些莎学论文开始被译介到中国，同时"莎学"这个重要的范畴也于1933年介绍过来，并与中国的"红学"相提并论。

这个时期出版了两种《哈姆莱特》译本。田汉译本1922年出版，为白话、散文译本。田汉在"译叙"中介绍了莎士比亚创作的分期，并第一次向中国读者介绍了哈姆莱特那句最有名的独白，说："谈Hamlet独白'To be, or not to be, that is the question,不啻屈子之离骚。"田汉将哈姆莱特的独白与屈原的作品相比,为认知哈姆莱特增添了中国民族文化的色彩。邵挺所译《哈姆莱特》为文言译本,取名《天仇记》,于1930年出版,译名取自《礼记》的"父母之仇,不共戴天"。该译本很有特色,古色古香,译者尽量用古文、旧诗、词曲形式翻译,不少地方还是有韵,有节奏的。因此,它同中国的古典小说、戏曲同样典雅。

1928年郁达夫翻译的屠格涅夫的《哈姆莱特与堂吉诃德》,是这个时期第一篇外国学者的《哈姆莱特》研究的译文,也是中国的第一篇莎评译文。屠格涅夫在这篇文章中从两个人物的对比研究中,推崇堂吉诃德而贬抑哈姆莱特。他认为哈姆莱特是一个缺乏信仰和自我分析的个人主义者,为自己而生存,不爱任何人;是个怀疑主义者,是否定的因素。他说:"这两个人物足以包举永久的二元的人间性,为一切文化思想的本源:堂吉诃德代表信仰与理想,哈姆莱特代表怀疑和分析。"屠格涅夫又说这两个人物体现了人类历史的两种力:堂吉诃德体现为离心力,即他的一切都是为了他物的存在;哈姆莱特则体现了一种向心力,即把一切都与自己联系起来,但屠格涅夫又说这两种力都是人类历史发展所需要的[①]。在屠格涅夫笔下,哈姆莱特已从一个复仇者演化成为一个人类"怀疑与分析"精神的代表。屠格涅夫的观点对1930—1940年代中国的《哈姆莱特》研究产生过一定的影响。

1931年东声发表了《托尔斯泰论莎士比亚》的长篇译文。在这篇文章中,托尔斯泰全面彻底地否定了莎士比亚的创作,其中谈到了《哈姆莱特》。托尔斯泰以哈姆莱特与故事原型相对比,认为哈姆莱

---

① 《奔流》一卷一期,1928年6月10日。

特的一切都是不可理喻的,不仅出现了"时代的错误",还迫使哈姆莱特说了一些关于人生的种种见解,使哈姆莱特成了莎士比亚的传声筒;哈姆莱特失去了任何性格特征,他的行动也不一致;哈姆莱特没有任何性格;性格的缺乏就在于这个人物没有性格,莎士比亚不能也不想赋予哈姆莱特以任何性格①。在托尔斯泰的笔下,哈姆莱特毫无价值。在全世界都称颂莎士比亚的扬歌声中,托尔斯泰对莎士比亚,对《哈姆莱特》激烈而尖刻的批评有助于学者们深入思考,但托尔斯泰的这种观点在中国一直没有引起过共鸣。

1930年茅盾在《西洋文学通论》中的"古典主义"部分介绍了莎士比亚的创作,分析了哈姆莱特的性格,这是中国学者第一次对哈姆莱特比较完整的评论。茅盾说莎士比亚"这位伟大的天才,他的作品从多方面来看不能纳入'古典主义'的范围内,而宁是下一代的'浪漫主义'的先锋。他是超时代的。"他说莎士比亚作品取材于古代传说,但"却安上一颗现代的心",主人公的性格特点是充满了深刻的内在矛盾;"哈姆莱特是人性的一种典型,他永久厌烦这个世界,但又永远恋着不舍得死;以人为本位,但是对自己也是怀疑的,永久想履行应尽的本分,却又永远没有勇气,于是又在永久的自我谴责"②。

1934年茅盾发表了《莎士比亚与现实主义》,文中译述了苏联学者狄纳摩夫1933年的论文《再多些莎士比亚》的基本观点,文中说马克思恩格斯认为莎士比亚是伟大的现实主义者,他的创作反映了他那个时代的一些问题,还具体地阐释了马克思的重要命题"莎士比亚化"的含义。茅盾是中国第一个接受苏联学者马克思主义莎评的作

---

① 《文艺月刊》1931年2卷2号、3号。
② 茅盾:《西洋文学通论》,上海世界书局1930年版,引文见北京书目文献出版社1985年版,第66页。

家,他以阶级分析的观点分析了莎士比亚的创作,并将哈姆莱特的性格研究置于当时独特的历史背景之中。1935年茅盾在《汉译西洋名著》中发表了《莎士比亚的〈哈姆莱特〉》,介绍了莎士比亚的生平,创作分期以及《哈姆莱特》一剧的情节内容,作者认为莎士比亚"属于贵族方面",他的作品反映了旧的贵族文化和新的商业资产文化的冲突,"他所以不朽是因为他研究了文艺复兴这个社会转型期的人的性格";他的作品描写了"各种的生活,各色的人等,其丰富复杂是罕见的,《哈姆莱特》则是其中最有代表性的作品"。

这个时期中国发表了7篇关于《哈姆莱特》的文章,为这个时期莎士比亚论文总数(约58篇)的1/8。这些文章多为译介性的,其中最有代表性的有两篇,都是译介外国学者对"哈姆莱特问题"的各种观点的。

1933年梁实秋发表《哈姆莱特问题研究》,第一个向中国读者介绍了"哈姆莱特问题"的提出及英、德学者的种种解释。梁实秋说"哈姆莱特问题"是1736年由英国学者托马斯·汉谟提出来的。汉谟说哈姆莱特不很快地杀死仇人是"极不合情理的",但又说"假如哈姆莱特合理地去进行,我们的这出戏便不能演下去了",所以莎士比亚"不得不把他的英雄的复仇拖延下去了"。哈姆莱特复仇"拖延"的问题一经提出就引起了学者们的兴趣。30年后英国学者约翰逊进一步强调了哈姆莱特复仇的拖延"哈姆莱特始终是一个被动的工具,而不是一个主动的人。他用演戏的计谋证实国王罪恶之后不曾试做惩凶的步骤,最后国王之死是由于偶然的场合,而哈姆莱特并未曾助其实现。"那么拖延的原因何在呢?梁实秋具体地介绍了哈姆雷特"软弱"说:1780年英国学者亨利·麦肯西说,"哈姆莱特的力量如我们自己一般……哈姆莱特的弱点也如我们自己一般";"哈姆莱特脆弱的心情应该受较缓和的命运的支配,他的温柔的美德应该在一个幸福成功的生活中放出异彩"。接着梁实秋又具体地介绍了德国学者、诗人歌德的观点:哈姆莱特之所以拖延是由于"一件大事降在一个不能胜任的人的肩上造成的",总之他们都认为哈姆莱特是一个软弱而不适宜复仇的人物。然后梁实秋又概括地提到了英国的科尔律治、赫兹列特、道顿,德国的施莱格尔、乌里契等人的观点,说他们"虽然各自单独地寻找'拖延'原因,有的认为哈姆莱特意志薄弱,有的认为哈姆莱特富于基督教精神而有所顾忌……但总的说他们都认定这个问题的核心是在哈姆莱特性格的奥妙"。梁实秋认为所有这些浪漫的批评都不能免于主观的毛病,他们口口声声说是寻找莎士比亚的原意,而实际上只是说明自己的印象罢了。梁实秋又介绍了几种客观派的观点,如1867年查尔斯·兰姆认为哈姆莱特"拖延"是因为国王时常有卫队环绕;卡尔·维尔尔认为哈姆莱特不急于杀死国王是为了让克劳狄斯认罪,揭穿他的行为,公开惩处。梁实秋说这些也不能解释哈姆莱特的"拖延",仍是以想象作为根据。最后,他认为1904年布雷德利所提出的新的观点为合理的解释,即所说"哈姆莱特问题"不是莎士比亚有意设下的谜,而是由于他编剧时的疏误造成的。莎士比亚对古老故事的改编,改了前面,而又忘了后面,留下了许多矛盾,在舞台上演出时匆匆而过,看不出什么错误,但后人对此却做出了种种猜测。梁实秋由此得出结论说:"莎士比亚并不是绝对没有瑕疵的作家。一个伟大的作家之最杰出的作品也是有许多缺漏遗憾的。"[①]

1934年陈铨介绍了19世纪德国文学批评家对于"哈姆莱特问

---

① 梁实秋:《"哈姆莱特"问题》,《益世报》(副刊)(天津)1933年4月15日、22日。

题"的解释。他说,"在欧洲文学里边的人物,最有趣味的莫过于莎士比亚的哈姆莱特,最复杂的莫过于哈姆莱特,而同时最难解释的也莫过于哈姆莱特";"莱辛是德国第一个明白清楚地认识哈姆莱特价值的人,而歌德则是德国第一个分析哈姆莱特个性和表演方法的人";"在莱辛、歌德之后,德国文学批评家对哈姆莱特都发生了很大兴趣,出现了三种流行的解释":一、伯尔纳认为"哈姆莱特不是一个没有决断能力的英雄,乃是一个贪生怕死的懦夫";二、施莱格尔等认为"哈姆莱特是一个'思想的英雄'";第三种观点把哈姆莱特当成哲学家,"叔本华利用自己的哲学系统来解释哈姆莱特"。陈铨还介绍了除此之外的一些德国学者的观点。韦尔德认为"哈姆莱特之谜是批评家造成的"。鲍姆加通认为"哈姆莱特是悲剧里边'顶美丽的'人物,性格复杂:他认识自己的命运,但是没认识自己的个性,所以这个个性不仅是我们,就是他自己也是一个问题"。格锐蒙认为哈姆莱特是"病态"的。鲍尔生认为哈姆莱特是"人性恶"的典型。陈铨最后的结论是:"世界一天不消灭,哈姆莱特的解释问题也一天不会停止","德国19世纪的哈姆莱特研究仍未能解开哈姆莱特的谜团,但它证明了哈姆莱特的复杂性,莎氏这一剧本的伟大性,同时,这种探讨表明了人类最高洁、伟大、光明的德性——人类求真的精神"[①]。

---

① 陈铨:《19世纪德国文学批评家对哈姆莱特的诠释》,《清华学报》第9卷第4期(1934年10月)。

（四）

在中国莎学史的苦斗期（1930年代后期到1940年代末），以朱生豪为代表的翻译家所在日本帝国主义侵略中国的硝烟炮火中，在极其困难的条件下，继续坚持着前一个时期已经开始的莎士比亚戏剧和诗歌的翻译工程。这个时期继续出版单行本，梁实秋出版了三种，他从1935年到1942年共译出8种莎剧后，中断了翻译工作，时隔20多年他才完成了《莎士比亚全集》的翻译。曹未风这个时期出版了10种莎剧译本。1944年将已出版的11种莎剧以《莎士比亚全集》为名出版，1950年代至1960年代初他又出版了几种莎剧单行本，宏愿未遂。这个时期曹禺译出了很有特色的《柔蜜欧与幽丽叶》，杨晦出版了《雅典人台满》，孙大雨以他自己提出的用"音步"方法翻译莎剧中无韵诗的方法译出了《黎琊王》。此外，这个时期还有邱存真等8位译者译出了9种莎剧单行本（其中邱存真译了两种）。这个时期包括梁实秋、曹未风、曹禺、孙大雨、杨晦在内的13位译者共翻译出版25种莎剧单行本，包括16个莎剧。这个时期也是中国莎学史上翻译出版莎剧单行本最多的一个时期，在所出版的莎剧单行本中《哈姆莱特》、《罗密欧与朱丽叶》与《暴风雨》的版本最多（各3种），其次为《裘力斯·凯撒》（2种）、《李尔王》（2种）、《麦克白》（2种），只出一种版本的为《威尼斯商人》、《如愿》、《第十二夜》、《维洛纳二绅士》、《仲夏夜之梦》、《错误的喜剧》、《安东尼与克莉奥帕特拉》、《雅典的泰门》、《一报还一报》、《无事生非》等。这个时期梁宗岱最早翻译发表了莎士比亚的30首十四行诗。朱生豪为这个时期，也是整个中国莎学史上最卓越的年轻的天才的诗人和翻译家。他以"为中华民族争一口气"的崇高信念为译莎动力,从1935年开始到1944年逝世,苦斗了10年。他的译莎书稿先后两次毁于日军战火,他在常人难以想象的艰难困苦的条件下以良好的英语素质和中国诗人的超群才气用热血和生命翻译出了31部半莎剧,最后在贫病交加中英年早逝,年仅32岁。朱生豪被公认为"译界楷模",他为中国近代翻译界完成了一件巨大的工程。朱译莎剧虽是散文,却较好地移译了莎剧原作的神韵,历经时代的考验,朱译莎剧被公认为优秀的译本,朱译莎剧中的27部于1947年以《莎士比亚戏剧全集》为名由商务印书馆出版。朱生豪翻译出版《莎士比亚戏剧全集》为中国莎学史的苦斗期谱写了最为感人、最为光辉的一页。

这个时期出版了4种《哈姆莱特》译本,梁实秋的《哈姆雷特》出版于1938年,这是汉译《哈姆莱特》的第一个注释本。在"译序"中介绍了该剧的"写作年代"、"故事的来源"、"舞台历史"及"哈姆雷特问题"等,第一次比较全面地介绍了关于《哈姆莱特》的背景材料。周庄萍的译本《哈孟雷特》也出版于1938年。"译序"中介绍了"创作年代"、"版本"、"人物"等内容,还特别说明了翻译该书的情况,译者说他翻译《哈孟雷特》时主要依靠英文本,此外还参考了日本坪内逍遥的译本和浦口太治的"新译本",同时还参考了柴门霍夫的世界语译本。这是中国唯一参考日文译本和世界语译本的《哈姆莱特》译本。曹未风的《汉姆莱特》收入他的《莎士比亚戏剧全集》(1944年)。朱生豪所译《汉姆莱脱》收入1947年他的《莎士比亚戏剧全集》。在"译序"中朱生豪第一次介绍了莎士比亚"四大悲剧"的概念,并进行了概括性的对比:"这四剧的价值是难分高下的。《汉姆莱脱》因为内心观照的深微而取得首屈一指的地位;以结构的完整,优美讲起来,《奥瑟罗》超过莎氏其他所有作品;《李尔王》的悲壮雄浑气势,《麦克佩斯》

的神秘恐怖气氛也都是戛戛独造,开前人所未有之境。"

这个时期发表了7篇研究《哈姆莱特》的论文,约为该期莎评总数的1/11。这个时期著名作家张天翼发表的《哈姆莱特———一封信》①,是最有代表性的,它是中国第一篇比较有分量的《哈姆莱特》的研究成果。该文2万多字,以复信的形式洋洋洒洒地从不同角度分析了哈姆莱特的复杂的"多重性格"及其怀疑否定精神的时代属性。该文不仅第一次深入地分析了哈姆莱特的性格,第一次分析了波洛涅斯和雷欧替斯的性格,还第一次提出了哈姆莱特"美学见解"的重要价值。该文不仅没有简单地因袭西方学者的观点,而是以中国作家的风格批评了西方《哈姆莱特》研究中的一些观点,并通过对作品内容的深入把握和发掘,提出了自己对《哈姆莱特》的解读。

张天翼的这篇《哈姆莱特》论文涉及的问题较多,也都很重要,因此有必要进行较为具体的评述。文章的开头部分是对假定来信者所提出问题的批评。来信者说,《哈姆莱特》中"写了鬼魂上台,对读者是有害的,不真实的"。作者以《西游记》为例,论证什么是文艺作品中的真实,他说《西游记》是一个"荒唐的故事,我看也是写得极真实的东西,因为它所表现出来的种种人性,是极其真实的。诗不是自然教科书,拖几个超自然的角色来用用,也可以不妨碍其真实的"。他说《哈姆莱特》中的鬼魂不仅诉说了老王被谋杀的经过,使哈姆莱特得知了事情的真相,决心复仇,同时这也造成了一种"阴森森的气氛"。文章的第二个部分从莎士比亚的出身、地位、职业特征,论证了莎士比亚的戏剧创作。他说莎士比亚作品的价值就在于他"极坦白真实地抒发了他的感情,把他所认识的人性、所挖掘出来的人性"都

---

① 《文艺杂志》1942年第1期。

自然地表现在他们作品里；同时因为莎士比亚身为戏子，"所操乃一种贱业"，他写作为了生计，为了演出，这样莎士比亚的作品中就难免有这种或那种漏洞。作者说莎士比亚并不是全智全能的神人，而是一个凡人；不是一个绅士，而是一个有人味的人，一个非常可爱的人。文章的第三部分谈到了"哈姆莱特问题"，作者对西方莎坛闹得沸沸扬扬的"哈姆莱特问题""不十二分有兴味"，他说，如果说哈姆莱特为什么不立即复仇成为一个问题的话，那么每一部作品都会有一个"最主要的问题"，如"浮士德为何竟肯把灵魂出卖给魔鬼？吉诃德先生读了那么多骑士作品之后为什么要骑一匹瘦马去冒险？诸如此类问题要多少有多少，只要有诗，就有问题"。作者对这个问题的看法是："其实上面所列举的那些问题"，正是"浮士德之所以为浮士德，吉诃德之所以为吉诃德，哈姆莱特之所以为哈姆莱特"。文章的第四部分为重点，即分析哈姆莱特的性格，认为"哈姆莱特这位王子又勇敢，又显得怯弱；又有决断，又显得是犹豫的，他是一个复杂的人物，是一个多重性格的人物。单是一个词，单是描写一方面性格的形容词，可断不了整个儿的他"。"哈姆莱特非常敏感，差不多全身都是心。他有勇气去正视周围，即使那是罪恶的不幸的"，他"敢于探索，而这就决不是一个胆怯的人所能办得到的"。但如同吉诃德相比，他就显得有些怯弱了。"他缺少吉诃德那样的信心。吉诃德对世界稀里糊涂地看一眼就马上动手了，而哈姆莱特对世界已经看透了，可还是不动手"。"我们这位悲剧里的英雄，就显得有点懦弱，显得是勇于知而怯于行的一个人了"。但是作者最后笔锋一转说，其实哈姆莱特并不是一个怎样"怯于行"的人，他不怕死，他很有英雄气概。作者说，由于哈姆莱特在复仇问题上的犹豫，所以悲剧的结局是：哈姆莱特到了临死的时候才报了父仇，因为在这个场合，他已经没有考虑余地了，才成了功的。作者否定了西方学者认为哈姆莱特就是莎翁自己的影子的观点,他说莎士比亚跟哈姆莱特不是属于同一类型的人物,并通过比较论证了自己的观点。他说莎士比亚与哈姆莱特相同的是都感受到了人生的烦恼,不同的是处理烦恼的方式与结果:一个不自觉,一个太自觉;一个成功,一个失败。文章的第四部分通过哈姆莱特与雷欧替斯的比较,分析了雷欧替斯的性格及其悲剧。他认为这两个年轻人,一个想得很远,一个想得很实际;而在复仇问题上,哈姆莱特看得很明白,可还是迟疑着没有动手,而雷欧替斯还没弄出个青红皂白就要动手,结果受了克劳狄斯的骗,克劳狄斯借他的手去杀了哈姆莱特。但"按实说,他倒并不是一个坏人"。"他不知不觉地做了克劳狄斯的一个可怜的工具而已",他的悲剧"会使人感到怜悯"。文章的第五部分分析了波洛涅斯,作者认为这是一个"极其出色的人物","能干但不莽撞"。他也有哈姆莱特的那种敏感,但他只集中了脑力、感觉力,专门去对付自己那个小世界里的大问题。只要是关于他个人的实际利益,关于家人的实际利益,他差不多只要稍微嗅一嗅就嗅得到。他兼有哈姆莱特与雷欧替斯两个人的长处,而无其短处,因此他没什么痛苦,又容易成功。"人们或者会说,波洛涅斯的厄运,是他自己卖弄聪明的结果,这原不错,可是那只是事有凑巧,出于偶然而已","因为哈姆莱特们……谁也不存心干他一下,他的悲剧只是哈姆莱特所无意中踏坏了的一个虫子而已"。文章的第六部分深入分析哈姆莱特所感受到的人生苦闷以及他的怀疑、否定的精神。作者将哈姆莱特的"多重性格"与其精神特征分为两个不同的范畴而加以阐述,他从中世纪转型为文艺复兴时期这样一个时代的背景中去分析哈姆莱特怀疑否定精神的时代属性及其价值。他说,哈姆莱特的怀疑、否定并非阴暗的,并非死气沉沉的,倒反而是充满了生气。这种精神正是"再生"期的第一批火炬。在中古的黑暗中划出了一道亮光,"怀疑是再认识的先锋"。"在那个新旧交替的过渡期里,那怀疑和否定精神虽使人痛苦,却是像临产前的痛苦一样"。"惟大勇者才敢于去发掘一切真相,而不肯死闭着眼奴伏在独断主义的威势之下","一切的怀疑总要比任何的独断都来得进步,可贵"。"这悲剧的主人公就第一下子发出了'人'的喊声","哈姆莱特是这个新时代精神的一面镜子"。莎士比亚"赋予了古丹麦史里的 Amlethus……以近代人的灵魂"。文章的最后作者说是"信的尾声",在这里作者分析了哈姆莱特的"美学上的见解",并说这种见解是"哈姆莱特精神的一个表现",作者引述了哈姆莱特关于戏剧的重要观点,并说"这些观点值得我们从事文艺的人去想一想",认为哈姆莱特的美学观点有益于我们的文艺创作。

1942年6月,国立戏剧专科学校第五届毕业生在四川偏僻小县江安非常艰苦的条件下上演了《哈姆雷特》,这是中国首次演出该剧,用梁实秋的译本,由焦菊隐导演。这次演出的剧场因陋就简,是利用文庙大殿改造而成的。江安首演之后,同年11月在重庆实验剧场复演,12月在重庆国泰大剧院再次上演。余上沅校长在谈到复演的目的时说:"《哈姆莱特》所含蓄的社会意义之一,是哈姆雷特王子反抗命运支配,反抗专制压迫,从昏庸荒淫堕落悲观的恶劣环境中,力求摆脱,力求解放的那种革命进取精神。这种精神之感染与升华,正是抗战时期中国人所需要的。"即使在当时那种条件下,余上沅还强调了上演莎剧"以跻身世界文化之林"的艺术追求。

焦菊隐为执导《哈姆雷特》发表了两篇评论文章,他认为哈姆莱特的悲剧是他的犹豫造成的:"哈姆莱特的性格,对于生活在抗战中的我们,是一面镜子,是一个教训,哈姆莱特和中国古代知识分子季文子一样,凡事三思,而三思的结果,一定牺牲了行动,误了机缘,耽误了大事。所以孔子告诫弟子说,'再,斯可矣'! 孔子是一个顶实际的人,他深知靠思维和考虑是会破坏事业和前途的。"作者还说:"我们中国人就常过于慎重,反而把勇气丧失,什么事都做不出来。"①

这个时期中国的《哈姆莱特》研究和演出都特别强调其现实意义。张天翼的文章肯定哈姆莱特的"怀疑否定"精神,以反对"独断主义",张扬"人"的价值。余上沅则认为哈姆莱特的"革命进取精神"正是抗战时期中国人所需要的。而焦菊隐执导《哈姆莱特》的目的是在于以哈姆莱特的悲剧为抗战的中国人提供一个教训,以哈姆莱特的悲剧作为"一面镜子",不要像哈姆莱特那样犹豫踌躇,过于慎重而造成悲剧命运,中国人的抗战应该是勇往直前的,只有这样才能胜利,才能成功。总之,这个时期的一些作家和艺术家都以《哈姆莱特》的演出和评论表现出了他们对全民族抗日战争前途和命运的关切。

(五)

1950年代初曹禺多次再版译作《柔蜜欧与幽丽叶》,屠岸第一次翻译出版《莎士比亚十四行诗集》(1950),方平翻译出版莎士比亚长诗《维纳斯与阿童尼》(1953),作家出版社以《莎士比亚戏剧集》为名分12册出版了朱生豪所译全部莎剧(31部,1954),这些都表明中国莎学已进入一个新的时期,即发展期(1950年代初至1960年代中

---

① 焦菊隐:《论哈姆莱特》,载《焦菊隐文集》,文化艺术出版社1980年版,第167—168、172页。

期)。这个时期朱生豪所译莎剧受到读者普遍喜爱,10年间先后印行6次,总印数达30多万套,且另有36000套精装本。曹未风这个时期又印行了三种莎剧译本,因病逝而未能全部译出莎剧。这个时期方平除翻译莎士比亚长诗外,还翻译出版了三种单行本:《捕风捉影》(1953)、《威尼斯商人》(1954)、《亨利五世》(1955)。这个时期翻译出版的莎剧单行本较前两个时期大为减少,1950年代只出版了四种:吕荧译《仲夏夜之梦》(1954)、卞之琳译《哈姆雷特》(1956)、吴兴华译《亨利四世》(上)(1957)、方重译《理查三世》(1959)。这个时期萧乾翻译了兰姆姊弟的《莎士比亚戏剧故事集》(1956),印行数量多达几十万册。这个时期开始有计划地翻译西方和俄苏学者的一些影响较大的莎评论文,中国学者接受了苏联学者的马克思主义莎评的理论观点,并以此开始了对莎士比亚戏剧作品的研究,发表了一些比较有分量的莎评论文。

这个时期出版的卞之琳译《哈姆雷特》是中国第一个诗体译本,被认为是最好的中文译本之一,认为它更接近原作的本来面目和原有的意味。1958年中国上演了第一部莎士比亚电影译制片《王子复仇记》,在全国城乡上演,受到欢迎,这部译制片采用了卞之琳的译本配音,《哈姆莱特》成为中国读者与观众最熟悉的作品之一。

这个时期中国的《哈姆莱特》研究直接受到苏联学者,特别是阿尼克斯特的马克思主义莎评理论的影响,发表了运用社会、时代、阶级、群众、资产阶级进步性和历史局限性等理论范畴研究《哈姆莱特》的论文。

1954年苏联著名莎学家阿尼克斯特写成《论〈哈姆莱特〉》,对人物形象的渊源、性格、发展、社会意义以及剧本的现实主义等都进行了具体分析。该文引起中国学者的兴趣与关注。1956年1月发表了杨周翰的译文《莎士比亚的悲剧〈哈姆莱特〉》①。1957年刘丹青发表了阿尼克斯特这篇论文的第二篇中文译文②。1956年阿尼克斯特出版《英国文学史》,列有专章讨论莎士比亚的创作,1957年徐云生将这部分以《莎士比亚的戏剧》为题出版了单行本③。1959年戴镏龄等翻译出版了阿尼克斯特的《英国文学史纲》(1956),这部译著1962年又出版了修订版。书中关于《哈姆莱特》的一系列论述长期以来在我国的莎士比亚教学与研究中具有权威性的地位和深远的影响。阿尼克斯特说,哈姆莱特"是一个人文主义者",他的悲剧"不仅是个人的悲剧,而且是莎士比亚本身所属整个一代人文主义者的悲剧";哈姆莱特的"延宕",不是因为软弱,他的本性是坚强的,其原因"是他所面临的任务——消灭世界上的罪恶——过于复杂,不仅丹麦,而且全世界都是一座牢狱。要解决所面临的任务,不能单凭短剑一击。因此产生了主人公的疑虑和踌躇"。阿尼克斯特认为哈姆莱特和克劳狄斯的斗争,不是两种不同时代、不同社会形态的人们之间的斗争,他们都是文艺复兴时期的人。哈姆莱特体现着文艺复兴时期所具有的那种个性发展、精神文化以及新的人文主义道德;克劳狄斯则代表着利己主义、自私观念、残酷的权势欲,道德上的虚无主义……以及在资产阶级个人主义土壤上特别发扬滋长起来的种种恶习④。

这个时期中国学者运用马克思主义理论对《哈姆莱特》进行了研究,深入地论证了哈姆莱特是个人文主义者艺术典型的观点,分析文

---

① 〔苏〕阿尼克斯特:《莎士比亚的悲剧〈哈姆莱特〉》,《文学研究集刊》(第2册),人民文学出版社1956年版。
② 〔苏〕阿尼克斯特:《莎士比亚的悲剧〈哈姆莱特〉》,《文艺理论译丛》,新文艺出版社1957年版。
③ 〔苏〕阿尼克斯特:《莎士比亚的戏剧》,新文艺出版社1957年版。
④ 〔苏〕A.A.阿尼克斯特:《英国文学史纲》,人民文学出版社1959年版。

艺复兴时代的社会状况、阶级关系、资产阶级的历史进步性与局限性等问题，并用阶级分析的观点探讨"哈姆莱特问题"，强调作品的批判价值。这个时期研究《哈姆莱特》的主要为北京大学、南京大学、复旦大学等少数重点大学的教授及中国社会科学院的研究员，他们多为新中国成立后最早从英美等国学成归来的英国文学专家。这个时期发表的《哈姆莱特》研究论文约11篇，约占这个时期莎评总数（约130篇）的1/12。

1956年卞之琳发表长达5万字的《莎士比亚悲剧〈哈姆莱特〉》，为这个时期中国《哈姆莱特》研究的力作。该文分为8个部分。首先谈了这出悲剧的价值："它是莎士比亚的中心作品，最丰富的作品"，"莎士比亚在这个剧本里通过活生生的形象的塑造，非常集中地概括了一定历史的主要和本质现象，非常集中地反映了生活中的深刻的矛盾"。在这里作者明确宣称他研究《哈姆莱特》（包括其它莎剧）的原则是"试用辩证唯物主义与历史唯物主义的立场、观点、方法来做科学的研究，首先要求一个全貌的认识"。论文的第二部分分析了莎士比亚的时代：正处于"英国历史上一个转折点，这是封建社会基础崩溃和资本主义关系兴起的交替时代"。第三部分论述莎士比亚戏剧创作过程及其思想发展。第四部分述评《哈姆莱特》情节脉络，重点谈了哈姆莱特的悲剧。作者认为哈姆莱特"是青年王子，论身份属于社会统治阶层，可是在威登堡大学读书，受到了新思想影响，他是充满人文主义理想的"。他的悲剧是"代表人民的先进思想和脱离人民的斗争行动产生的悲剧，为时代的悲剧"，该文还分析了人文主义的人生观、世界观的积极价值，也指出了它的历史局限性。第五部分论述人物的个性特征——忧郁。在这里作者追溯了关于哈姆莱特"延宕"问题的研究史，在此基础上提出个人的见解："哈姆莱特通过忧郁的轻纱而显出一个能动的丰富多彩的辉煌的形象","他的忧郁随行动而一步深一步以波浪式向前推涌,推到戏中戏的顶点才一步步开始退下去,虽然也是波浪式的规律……只是到收场时莎士比亚着重点出他的战士精神"。作者说"哈姆莱特的性格是多方面的,矛盾的不是性格,矛盾的是当时的社会"。第六个问题讲哈姆莱特及周围人物所反映的时代的本质特征:"文艺复兴时代既辉煌,又残忍。"第七个问题谈莎士比亚在该剧中所表现出来的圆熟的艺术手法,现实主义艺术特征。最后一个问题指出《哈姆莱特》所受到的误解,并指出只有运用马克思列宁主义的科学方法才能使人们认识这部杰作的本色,使之成为人民的精神财富[①]。

1962年郑应杰专门阐释哈姆莱特的"延宕"问题,他首先评述了歌德、黑格尔、魏尔德、别林斯基、莫洛佐夫以及卞之琳等中外著名学者对这一问题的种种解释,认为他们的观点都是"流于离开社会、阶级的性格分析"。他认为哈姆莱特是当时英国人文主义者的代表,他的内心矛盾反映了在当时由于伊丽莎白王朝末期宫廷的宠臣们争夺商业部门的垄断权所产生的危机,以及新与旧的斗争的深刻的社会变革时代的人文主义思想的矛盾。哈姆莱特之所以在斗争中踌躇,即推迟复仇的原因,不在于他认识了责任后的软弱性,或说是意志薄弱,或是处于人类从青年期向成年期的过渡,或由于他热爱生活,热爱和谐,不爱暴力,不爱流血斗争等等;他延迟复仇是由于对现实的探索,探索的结果,使他更清楚地认识了现实的罪恶,于是引起了他的焦虑、不安,引起了他对自己内心的鞭打,最后终于摆脱了苦闷、彷

---

① 卞之琳:《莎士比亚的悲剧〈哈姆雷特〉》,《文学研究集刊》第二册,人民文学出版社1956年版。

徨，而勇敢地"时刻准备着了"。哈姆莱特的踌躇是由其性格具有软弱与坚强两个方面决定的，这种软弱与坚强都有着产生的时代土壤与阶级土壤。在斗争中他经过软弱、踌躇、内心矛盾而走向坚强，并终于以剑结果了克劳狄斯，这正是他从其出身阶级中向外分化，并分化完成，与其出身阶级彻底决裂的结果，终于"站在人文主义立场上清醒的认识了现实的罪恶而决心为之一战"①。

1964年陈嘉提出"要用马克思列宁主义观点来衡量莎士比亚，对他的作品究竟应该继承什么，又批判什么"的问题。他关于《哈姆莱特》的基本观点是其主要成就在于"更为全面地揭露作者当时英国社会的丑恶现实方面"，通过克劳迪斯的形象，把英国封建王朝内部的阴谋诡计和钩心斗角，生动而又细致地刻画出来，对"朝廷大小百官的丑恶面貌揭露最多又最透"，其局限是"处处表示对微贱的劳动群众的轻视"。他说"在莎剧中最能代表文艺复兴时期的人文主义思想的人物形象"，是哈姆莱特，他"不仅比较全面地斥责了他当时社会上的形形色色的丑恶现象，还时时流露出他有'重整乾坤'来肃清这些丑恶现象的雄心大志"，"作者要把哈姆莱特描写为一个有改革社会的崇高理想的人物"，是"莎氏剧作中最出色的正面人物"；"由于作者本人受了当时新兴资产阶级的个人主义思想的局限，哈姆莱特这个人物形象在揭露丑恶现实时不够有力，在企图改革时更显得软弱而极不具体"，他说："这样一种分析也许可以用来解决一二百年来许多资产阶级评论家争论纷纭的关于哈姆莱特这个人物形象的谜。"他简要评述了欧洲18世纪末19世纪初三大文豪对这个问题的论述，在讲到20世纪的评论时，他第一次批评了爱略特关于哈姆莱特"有

---

① 郑应杰：《论哈姆莱特的踌躇》，《哈尔滨师院学报》1962年第1期。

不可告人情欲"观点的荒谬,认为这种观点是颓废的论调;并认为这种观点源于弗洛伊德,而弗洛伊德"竟荒谬地把哈姆莱特说成怀有俄狄浦斯情欲的精神异态"的人①。

1964年出版的杨周翰等人主编的大学教材《欧洲文学史》中对莎士比亚创作进行了较为全面的评介,分三个时期分析了莎士比亚所创作的历史剧、喜剧和悲剧的思想内容及艺术特点,分析的重点作品即为《哈姆莱特》,书中对哈姆莱特的典型意义表述得更为明确:"哈姆莱特是悲剧中心人物。他是一个典型的人文主义思想家,同时,作者也在这个形象中注入了自己的理想。"书中还分析了《哈姆莱特》的艺术成就,重点为恩格斯所说的"情节的生动性和丰富性"②。

这个时期除了翻译苏联学者论《哈姆莱特》的文章之外,还翻译了俄国、英国、德国传统的《哈姆莱特》研究中一些有价值、有影响的、有代表性的论文,开阔了中国学者的眼界和思路。

1958年尹锡康重译了屠格涅夫的《哈姆莱特与堂吉诃德》,同年满涛翻译出版了《别林斯基选集》第一卷,其中有著名的《哈姆莱特》评论。1961年陈焱重译了托尔斯泰的《论莎士比亚及其戏剧》。别林斯基与屠格涅夫、托尔斯泰不同,他是俄国古典作家中高度评价莎士比亚及《哈姆莱特》的具有重大影响的代表。他在将近10万字的论著中以充满诗意的语言称颂了莎士比亚及《哈姆莱特》,并对著名演员莫恰洛夫扮演哈姆莱特做出了精彩的评论。别林斯基说"哈姆莱特……你懂得这个字眼的意义吗?——它伟大而又深刻;这是人

---

① 陈嘉:《从〈哈姆莱特〉和〈奥瑟罗〉的分析看莎士比亚的评价问题》,《南京大学学报》1964年第4期。
② 杨周翰等:《欧洲文学史》,人民文学出版社,1964年版,第75页。

生,这是人,这是你,这是我,这是我们每一个人,或多或少,在那崇高或是可笑、但总是可悯又可悲的意义上……其次,《哈姆莱特》是那位前无古人后无来者,全体人类所加冕的戏剧诗人之王的灿烂王冠上面一颗最光辉的金刚钻";"哈姆莱特的分裂是通过认识责任后意志的软弱来表现的。因此'认识责任后'的意志的软弱便是莎士比亚这部伟大作品的概念——这个概念是歌德在《威廉·麦斯特》里提出的";"可是哈姆莱特从斗争中解脱了出来,就是说他战胜了意志的软弱;意志的软弱不是基本的概念,基本的概念是分裂","分裂是怀疑的结果,而怀疑又是摆脱自然的意识的结果";"'我却要负起重整乾坤的责任'这句话包含着整个作品的基本思想。歌德的囊括万有的才智首先看到了这一点;天才理解了天才";"从天性上讲哈姆莱特是一个强有力的人……他的一切都证明他精力弥漫,灵魂伟大。他在软弱时也是强而有力的,因为一个精神强大的人,即使跌倒,也比一个软弱的人奋起的时候高明"。别林斯基还对剧中其他几个主要人物逐一做了评说①。

1958年到1964年发表了几篇德国学者评论莎士比亚及《哈姆莱特》的译文,其中有关文惠译的莱辛《〈哈姆莱特〉中的鬼魂》、冯至译的歌德《威廉·麦斯特的学习时代》、杨业治译的弗·史雷格尔《论〈哈姆莱特〉》。莱辛论述了古代作家可以描写鬼魂的观点,但关键是如何利用鬼魂。他批评了伏尔泰作品中鬼魂出现的不合常情,因而"显得好笑",而莎士比亚在《哈姆莱特》中所描写的鬼魂则是成功的。莱辛说"在《哈姆莱特》剧中鬼魂面前,无论是信鬼或不信鬼的人,无不

---

① 〔俄〕别林斯基:《莎士比亚的剧本〈汉姆莱脱〉——莫恰洛夫扮演汉姆莱脱角色》,《别林斯基选集》(第1集),人民文学出版社1958年版,第442、445、453、497页。

毛发悚然";"莎士比亚剧中的鬼魂真正是从阴间来的。因为它出现在严肃的时刻,令人恐怖的寂静中,并且由许多神秘的联想伴随着"①。歌德则对哈姆莱特的艺术形象做了精彩的分析,他说《哈姆莱特》是"无可比拟"的;"'整个儿时代脱节了;啊,真糟,天生我偏要把它重新整好'这句话是哈姆莱特全部行动的关键","莎士比亚要描写:一件伟大的事业担负在一个不能胜任的人的身上。这出戏完全是在这个意义里写成的。这是一颗橡树栽种在一个宝贵的花盆里,而这只花盆只能种植可爱的花卉,树根伸长,花盆破碎了"。"一个美丽、纯洁、高贵而道德高尚的人,他没有坚强的能力使他成为英雄,却在一个重担下毁灭了,这重担他既不能捐起,也不能放下,每个责任对他都是神圣的,这个责任却是太沉重了"②。弗·史雷格尔则认为《哈姆莱特》是一部"迄今很少探索的""哲理悲剧";该剧中"所有个别部分好像都必然地从一个共同中心发展而来,同时这些部分又反过来影响着中心。这部具有深邃艺术思想的上乘杰作没有任何一点是疏远、多余或是偶然的。全剧的中心点在主人公的性格,由于奇异的生活境遇,他高尚的天性中的一切力量都集中在不停思考的理智上,他行动的能力却完全破坏了";他的心灵"向不同的方向分裂开来",由于无止境地思虑着的理智而陷于覆灭;这部悲剧总的印象是:"在一个极度败坏的世界中理智所遇到的无比绝望"③。

这个时期刘端若译的英国学者柯尔律治的《关于莎士比亚的演

---

① 〔德〕莱辛:《〈哈姆莱特〉中的鬼魂》,《古典文艺理论译丛》第2辑,人民文学出版社1961年版。
② 〔德〕歌德:《威廉·麦斯特的学习时代》,《古典文艺理论译丛》第9辑,人民文学出版社1964年版。
③ 〔德〕弗·史雷格尔:《论〈哈姆莱特〉》,《古典文艺理论译丛》第9辑,人民文学出版社1964年版。

讲》与柳辉译的赫士列特的《莎士比亚人物论》中都有对《哈姆莱特》的分析。柯尔律治认为哈姆莱特复仇拖延是因为优柔寡断;而优柔寡断的原因是心灵的过度成熟与思索的习惯:"哈姆莱特的性格可以到莎士比亚有关心理哲学的深刻而正确的学问中去探索","哈姆莱特是勇敢的,他是不怕死的;但是由于敏感而犹豫不定,由于思索而拖延,精力全花费在做决定上,反而失去了行动的力量"①。赫士列特认为哈姆莱特是"冥想者之王",他的性格特征就是思想感情的过于细致。赫士列特说:"哈姆莱特这个人物的性格是很独特的。这不是一个以意志力量、甚至感情力量为特点的人物,而是以思想与感情的细致为特点的";"他主导的感情是思想,而不是行动:任何符合这个倾向的模糊的借口立刻使他离开早先定下的目标。"赫士列特还提出了"我们就是哈姆莱特"的命题②。

朱虹于1963年发表了梁实秋、陈铨之后中国第三篇综述《西方关于哈姆莱特的一些评论》,对17世纪至20世纪一些有代表性的《哈姆莱特》评论做了比较系统的考察。朱虹文章开头说:"《哈姆雷特》是莎士比亚的中心作品,自1877年出版集注本以来,据统计,平均每12天便有一部关于《哈姆莱特》的著作问世。"对于17世纪的哈姆莱特评论,朱虹说"那时人们把哈姆雷特看作一个复仇者的形象,把他列入'血与雷'的复仇者的英雄人物行列"。在17世纪后期到18世纪,对《哈姆雷特》的研究"呈现复杂的面貌"。"新古典主义用僵硬的批评原则贬斥哈姆雷特,如伏尔泰;约翰逊则把哈姆雷特看成一个

---

① 〔英〕柯尔律治:《关于莎士比亚的演讲》,《古典文艺理论译丛》第9辑,人民文学出版社1964年版。
② 〔英〕赫士列特:《莎士比亚戏剧人物论》《古典文艺理论译丛》第3辑,人民文学出版社1962年版。

普通人的典型"："他的一切都是人所共有的"。还有一些学者认为哈姆雷特不仅是普通人，而且还有弱点，如斯蒂文斯、里查特孙等都指出了哈姆莱特许多行径不合情理。18世纪哈姆雷特经受了"非英雄化"过程。这个时期的学者指出了哈姆莱特性格上的矛盾，装疯问题、延宕问题等。文中谈到了威廉·理查逊、歌德等学者对哈姆莱特"延迟"复仇原因的解释。19世纪的莎评在英德等浪漫派批评家手下达到一个前所未有的高潮。浪漫派莎评家，"把哈姆莱特完全从其产生的历史条件中孤立出来而对其性格进行抽象分析"。朱虹重点介绍了柯尔律治的观点，将他作为19世纪的代表。柯尔律治认为哈姆雷特由于打破了现实世界与幻想世界之间的平衡，由于思辨过盛而拖延，"在下定决心的努力中反而失去行动的能力"。柯尔律治认为"拖延"是哈姆莱特的"性格核心"，他不仅认为哈姆雷特是病态的，还认为他是永恒人性的代表。朱虹说，19世纪德国莎评的基本方法与观点与英国"大体一致"，并介绍了赫尔德、施莱格尔、维歇等人的论述。朱虹认为20世纪西方莎评出现五花八门的混乱局面，其中继承柯尔律治的布雷德利从内在原因解释哈姆莱特"拖延"的原因（忧郁、情感精细）及思想深刻等等。此外，朱虹还简要地提到了"新批评派"分析主题、意象、象征、字义等，提到了弗洛伊德的"心理分析"及历史学派等。朱虹认为，"20世纪的哈姆雷特批评总的说来，是无助于我们了解哈姆雷特的性格"[①]。

---

① 朱虹：《西方关于哈姆莱特典型的一些评论》，《文学评论》1963年第4期。

（六）

1966—1976年"文革"时期,中外优秀文化遗产遭到践踏和摧残,被冠以"封、资、修"的罪名予以大批判,中国不再出版莎氏作品的译本,不再发表研究莎士比亚作品的论文和外国学者的莎评译文,不再演出莎剧;然而,这个时期不能称为中国莎学史上的"中断期",或"空白期",因为在这个时期里莎士比亚在中国陆续出版的《马克思恩格斯全集》中仍然保持着他"伟大英国作家"的桂冠,他的作品则以一种特殊的方式继续着在中国的传播,这个时期应称为中国莎学史上的延续期。

这个时期翻译出版的《马克思恩格斯全集》突出地展示了马克思、恩格斯对莎士比亚的推崇热爱,比较集中地阐释了他们对莎士比亚作品审美价值的高度评价,并在此基础上提出了比较完整的马克思主义美学批评的理论范畴。莎士比亚是马克思、恩格斯所最喜爱的"三大诗人"之一,是马克思一家的崇拜偶像。马克思夫人于晚年撰写过莎评,他们的小女儿不仅参加了伦敦的莎士比亚协会,还翻译了德国学者的莎学论文。马克思、恩格斯对1850年代德国出现的贬低莎士比亚的思潮予以无情的嘲讽,捍卫了莎士比亚。他们在给拉萨尔的信中通过对莎士比亚与席勒的比较,提出了要"莎士比亚化"不要"席勒式"（马克思）、"不应为了观念的东西而忘掉现实主义的东西,不应为了席勒而忘掉莎士比亚"（恩格斯）、莎士比亚戏剧"情节的生动性和丰富性"（恩格斯）、历史题材的悲剧要有"福斯塔夫式的背景"（恩格斯）、莎士比亚戏剧包含着"未来"戏剧的重要因素(恩格斯)等经典性的重要命题,并多方面地论述了莎士比亚戏剧在人物"个性化"的性格描写中所取得的重大成就。马克思恩格斯在论述这些问题时所使用的词语概念,就构成了马克思主义美学理论的基本范畴,如历史、历史内容、时代、时代精神、社会、生活、群众、阶级、贵族、贵族运动、骑士、农民、农民运动、平民、平民社会、革命分子、倾向、思想、思想内容、思想的代表、思想的深度以及人物形象、独特的形象、性格、性格描绘、个性、个性化、情节、场面、前台、背景、积极的背景、形式、材料、典型环境、观念、现实主义、反映、融合、自然流露、传声筒等等。①

(七)

搁置了14年之久的《莎士比亚全集》于1978年出版,成为中国莎学的发展进入崛起期(1978—1988年)的里程碑。这一年创刊的《外国文学研究》发表3篇莎评论文,成为迎接中国莎学进入新时期的喜庆的锣鼓。这个时期中国莎学感应着时代的精神崛起,在莎士比亚研究、翻译、教学、演出等各方面都取得举世瞩目的成绩,莎学只是到了这个时期才开始走向世界。这10年间中国莎学史上的大事件都是值得回忆的,都是闪耀着中国学者才智的历史珍品。1979年杨周翰编的《莎士比亚评论汇编(上)》出版。同年10月英国专门演出莎剧的老维克剧团(Old Vic)第一次访问我国,在北京、上海等地演出《哈姆莱特》,这是外国剧团第一次在中国演出莎剧。

1980年复旦大学林同济教授去莎翁故乡斯特拉福参加了第19

---

① 《马克思致斐·拉萨尔》、《恩格斯致斐·拉萨尔》,《马克思恩格斯全集》第29卷,第574—585页。

届国际莎士比亚会议,宣读了论文《应该是"被玷污"这个词——〈哈姆莱特〉评论之一见》,引起很大反响,这是中国学者首次参加国际莎学会议。1981年杨周翰编《莎士比亚评论汇编(下)》出版。1982年林同济遗著《丹麦王子哈姆雷的悲剧》出版,这是一个诗体译本。贺祥麟主编《莎士比亚研究文集》出版,这是中国第一部莎学文集。这年复旦大学莎士比亚图书室成立,杨周翰、陆谷孙参加第20届国际莎士比亚会议,陆谷孙的论文为"Hamlet Across Space and Time"(《逾超时间和空间的哈姆莱特》),该论文发表在英国剑桥大学出版的莎学刊物《莎学年鉴》(《Shakespeare Survey》)第36期上。1983年中国莎士比亚研究会编的《莎士比亚研究》创刊号出版,刊载了我国著名老一代莎学学者卞之琳、王佐良、杨周翰、李赋宁、顾绶昌、方平、张君川、方重、戴镏龄、赵澧、黄佐临、范存忠、许国璋等人的论文,而序言则为曹禺所写,该文曾以《向莎士比亚学习》为题在《人民日报》上发表,曹禺在文中提出要以马克思主义为指导,用中国人的眼光,从中国的文化背景中去研究莎学的重要观点。同年,方平出版了个人莎评文集《和莎士比亚交个朋友吧》。1984年中国莎士比亚研究会成立,曹禺被选为会长,这是中国莎学史上的一件大事,学会为推动中国莎学的发展,为中国莎学走向世界做出了重大的贡献。同年复旦大学的索天章、汪义群参加了第21届国际莎士比亚会议。这年,美国出版的《世界莎士比亚目录卷》(*Word shakespcare Bibliography*)第35期上第一次收入我国莎学专家卞之琳、王佐良、顾绶昌、孙大雨、方平、贺祥麟、阮珅、陈雄尚、施咸荣、奠自佳、李先兰等人的莎评论著18篇内容提要。从此每年《世界莎士比亚目录卷》都从我国发表的莎评中遴选出十几篇刊登其内容提要。1985年中国莎士比亚研究会编《莎士比亚研究》第2辑出版,同年吉林省莎士比亚协会成立,这是我国第一个省级莎士比亚协会,张泗洋任会长。1986年,中国莎士比亚研究会编的《莎士比亚研究》第3辑出版。索天章著《莎士比亚——他的作品及其时代》出版,这是我国学者出版的第一本个人莎学研究专著。这年4月10日至23日在北京、上海两地举行了首届中国莎士比亚戏剧节,盛况空前,前国际莎协主席布洛克班克说"莎士比亚的春天在中国",中国出现"莎士比亚热"。张君川、索天章、任明耀、沈林参加了在西柏林举行的每5年一届的第4届世界莎士比亚大会。陈雄尚去英国莎翁故乡参加每两年一届的第22届国际莎士比亚会议。1987年孙家琇去美国讲学,在麻省乌斯特俱乐部与哈佛—燕京学社讲学,重点讲《黎雅王》的改编。1988年卞之琳翻译的《莎士比亚悲剧四种》,孙家琇著《论莎士比亚四大悲剧》,裘克安著中英文对照的《莎士比亚年谱》,张泗洋主编的《莎士比亚的三重戏剧——研究、演出、教学》相继出版,同年王佐良去英国参加了最后一届的国际莎士比亚会议。

这个时期是中国莎评史上最活跃、最有生气的一个时期,老中青三代学者一同登上莎评舞台,莎学队伍迅速扩大,研究论文数量猛增,据不完全统计,这个时期发表的各类莎评论文约820篇,为过去60年间莎评总数的三倍。这个时期发表的《哈姆莱特》论文124篇,约为这一时期莎评总数的1/6。在这124篇《哈姆莱特》评论中有一部分为基础性的评介性的,如论述《哈姆莱特》的时代背景、故事题材、人物性格、情节结构、艺术特色等,同时,对以下几个比较重要的问题出现了不同观点的争论。

关于哈姆莱特"踌躇"、"延宕"的问题,有的学者继续探讨哈姆莱特"延宕"的根源,有的学者则干脆否认哈姆莱特存在什么"延宕"。前者如曹让庭,他认为作为一个人文主义者,哈姆莱特心灵深处的封建社会的陈腐观念虽然影响到哈姆莱特的复仇活动,但踌躇的根源在于人文主义自身即哈姆莱特的人文主义有想象幻想的特点,在丑恶现实打击下处于动摇之中,失去了力量;此外他面对现实的罪恶行为既不能"感化",又嫌恶、厌弃"暴力",并把复仇与"重整乾坤"结合起来,这又绝非他个人所能完成①。后者如晁召行,他说哈姆莱特不是"延宕王子",而是一个"渴望行动的人,是最早的个人反抗社会的资产阶级典型形象"②;黄俊雄用英文撰写论文,论证《〈哈姆莱特〉中不存在"推迟"的问题》(There is no Delay in *Hamlet*)③。

关于哈姆莱特是"真疯"、"装疯",还是"一半装疯,一半真疯"的问题,赤林否定了《欧洲文学史》中关于哈姆莱特"一半装疯,一半真疯"的观点,认为说哈姆莱特"真疯"令人费解④,何玉娟则认为《欧洲文学史》中的观点是正确的,她的文章就是针对对此提出异议、质疑而重新加以论证的⑤。陆协新则对哈姆莱特是否"疯癫"的问题进行了全面地论述,他首先介绍了莎评史上对哈姆莱特"疯癫"的几种看法,明确提出"哈姆莱特自始至终是一个清醒的正常人"的观点。他说:"哈姆莱特头脑清醒,富有智慧、思想敏捷、善于判断……即使貌似癫狂的言论,也寓含有深奥的哲理和对颠倒混乱的讥评。"该文认为哈姆莱特既没有"真疯"也没有"半真半假"的疯,他仅在某些场合,根据斗争的需要来装疯,这种装疯却是清醒的理智的一种形式,它本身就是一种理智的行为,佯装的疯狂犹如白色的云朵,把理智清醒的

---

① 曹让庭:《论哈姆莱特的"踌躇"》,《湘潭大学学报》1980年第2期。
② 晁召行:《哈姆莱特不是"延宕的王子"》,《许昌师专学报》1987年第1期。
③ Huang Jun Xiong, "There is no Delay in *Hamlet*",《中山大学学报》1988年第1期。
④ 赤林:《哈姆莱特"真疯"质疑》,《外国文学研究》1982年第1期。
⑤ 何玉娟:《对哈姆莱特"半疯半装疯"问题的浅见》,《九江师范专科学校学报》1982年第1期。

蓝天衬托得更加明彻动人①。

关于哈姆莱特故事起源问题,郑土生进行了比较详细的考证,认为从《丹麦史》中转述的阿姆莱特故事起源于"五世纪之前",否定了苏联学者以及国内流行的该故事形成于10世纪的观点,并指出在这个故事的流传中做出贡献的是16世纪意大利作家班戴罗而非法国人贝尔福德②。沈弘不同意郑土生的观点,在考证了北欧及英国早期的历史状况之后,认为阿姆莱特的故事的形成"应该在公元九至十世纪这一段时间"③。

关于哈姆莱特形象的评价问题,争论的焦点为哈姆莱特是不是人文主义者的艺术典型?这个时期对哈姆莱特形象的研究明显地呈现出阶段性的发展状态,但认为哈姆莱特是人文主义者的观点仍贯穿于整个1980年代。

1970年代末至1980年代初的几篇论文认为哈姆莱特是"人文主义者"、"时代的英雄"等。如1978年叶根萌说,"哈姆莱特是一个具有理想的人文主义者","矛盾冲突的锻造""使他成为一个为着维护人文主义者的崇高理想、纯洁的人性而斗争的","一位追求真理、献身信仰,在刀光剑影中倒下去的英雄"④。1979年赵澧说,"哈姆莱特是文艺复兴时的一个人文主义者的典型形象"、"一个巨人式的人物","他的悲剧是人文主义者的悲剧,也是时代的悲剧"⑤。1980年

---

① 陆协新:《论哈姆莱特的"疯癫"》,《南京师院学报》1983年第4期。
② 郑土生:《关于哈姆莱特故事的起源和演变》,《读书》1985年第12期。
③ 沈弘:《对〈献疑〉的献疑——也谈阿姆莱特故事的历史年代》,《外国文学研究》1989年第1期。
④ 叶根萌、范岳:《谈忧郁的王子——哈姆莱特的形象》,《辽宁大学学报》1978年第6期。
⑤ 赵澧:《莎士比亚和他的〈哈姆莱特〉》,《十月》1979年第3期。

卞之琳说,"哈姆雷特的形象反映了文艺复兴时期文化巨人的多面性","当他大喊'整个时代脱了节'的时候,我们简直听到了正在大转变中的时代的灵魂自己在呼喊","他的悲剧是代表人民的先进思想和脱离人民的斗争而产生的时代悲剧"①。同年张君川说,哈姆莱特所代表的是后期人文主义者,他的目标就是把美丑颠倒的现实纠正过来","为真正的'人'——资产阶级人文主义者理想的'人'复仇"②。1982年出版的《中国大百科全书·外国文学卷》在当时是具有一定权威性的,内称"《哈姆雷特》是一出人文主义思想家的悲剧"③。1984年裘克安说:"哈姆莱特是具有人文主义思想的真理追求者,是典型的文艺复兴时代的知识分子。"④ 1980年代中期以后出版的20几种外国文学教材中都是这种观点,认为哈姆莱特是"人文主义者的典型",这个时期由国家教育部指定的全国大学文科教材《外国文学简编》和高等教育自学考试"中国语言文学专业"的教材《外国文学》对哈姆莱特的这种评价几乎连表述方式都没什么差别,前者说"哈姆莱特是文艺复兴时期人文主义者的典型"⑤,后者说"悲剧主人公哈姆莱特是文艺复兴时期人文主义者的形象"⑥。所以这个时期乃至下一个时期,整个1990年代,这个观点在大专院校的教学中占据统治地位,在社会上具有普遍的影响。

1980年代初还有一些论文虽然认为哈姆莱特是人文主义者,但

---

① 卞之琳:《关于我译的莎士比亚悲剧〈哈姆雷特〉:无书有序》,《外国文学研究》1980年第2期。
② 张君川:《〈哈姆莱特〉中的矛盾》,《戏剧艺术》1980年第1期。
③ 《中国大百科全书·外国文学》卷Ⅱ,中国大百科全书出版社1982年版,第904页。
④ 裘克安主编"莎士比亚注释丛书《哈姆莱特》,商务印书馆1984年版,扉页。
⑤ 朱维之、赵澧主编:《外国文学简编》,南开大学出版社1985年版,第92页。
⑥ 陶德臻、陈惇主编:《外国文学》(下册),高等教育出版社1988年版,第108页。

并非完美无缺,着重论述哈姆莱特不可避免的阶级局限性,同时提出对以往的哈姆莱特研究提出反思的问题,认为过去的评价太高,有片面性,应指出哈姆莱特形象消极的一面;而另一些论文对此则加以反对。1980年陈嘉说:"西方学者极度推崇哈姆莱特,苏联批评家更进一步把他捧上了天,使他几乎成为一个革命者,或者至少是一个伟大的社会变革者。"陈嘉反思了自己"十多年前"对哈姆莱特的评价"太过火了",认为"应该指出哈姆莱特消极的方面,如愤世疾俗,宗教迷信,宿命论,以及对劳动人民有可能反抗感到恐惧的心情等等,但这个人物仍不失具有一定理想的人文主义者"①。1981年张崇鼎对上述观点迅速做出反应,他认为"一些评论者所说哈姆莱特的消极方面不妥,皆为人文主义思想的更加丰富,更加成熟,更具有现实主义的色彩";他还说:"在一定程度上可以说对哈姆莱特的评价就是对莎士比亚的评价,人文主义作为思想武器,曾帮助过资产阶级大忙,但它不是马克思主义的敌人,它可以为无产阶级服务。"② 同年徐克勤、刘念兹说:"莎士比亚在思想上是照人文主义者替哈姆莱特造型的,在行动上是拿理想的骑士来为哈姆莱特塑像的。剧本中七大段独白充分说明了主人公人文主义思想的本色。他的英雄性格中由上述二者构成人文主义者和封建骑士,哈姆莱特有极其复杂的性格。"③ 1982年孙家琇发表了长达5万多字的专论,论及了《哈姆莱特》研究的方方面面,并重点论述哈姆莱特形象的内在矛盾,她的这篇长文可以视为1980年代初关于哈姆莱特是不是人文主义者形象及其形象

---

① 陈嘉:《〈哈姆莱特〉剧中两个问题的商榷》,《外国文学研究》1980年第3期。
② 张崇鼎:《〈哈姆莱特〉剧中两问题的再商榷》,《外国文学研究》1981年第2期。
③ 徐克勤、刘念兹:《哈姆莱特的性格——纪念莎士比亚逝世365周年》,《山东师范学院学报》1981年第3期。

复杂性的一个总结。她说:"关于主人公的典型意义,比较容易领会的是:他既是当时人文主义者的集中和概括,又是莎氏根据自己的喜爱所描绘出来的王子;不易理解的是他那内在的矛盾的深刻实质。哈姆莱特的性格和精神世界是斑驳复杂的。他具有崇高的理想和责任感,却又是个注定不能实现理想的空想主义者。这里就包含着极其深刻的历史悲剧性。从这个意义或者就其历史性本质而言,海涅以莎氏人物比喻'人类'时曾用过这样一个说法:'伟大的侏儒,渺小的巨人',这倒可以启发我们更好地领会哈姆莱特这个艺术形象所具有的时代和阶级的典型性。作为那个特定历史时期的产物,他既有那伟大时代的杰出特征,又有由它决定的不可克服的软弱和局限性。"①

1980年代中期的一些论文对哈姆莱特是人文主义者艺术典型的观点提出质疑,明确提出哈姆莱特不是人文主义者,而是具有中世纪思想的封建王子。1980年代后期关于这个问题的论文更全面地论证了哈姆莱特"并非人文主义者"的观点,并从哈姆莱特的封建宗法、宗教观念在现实面前的两难冲突去解释他的延宕问题。

1984年陶冶我最早对传统观点提出质疑。他集中反驳了阿尼克斯特提出的把哈姆莱特的"重整乾坤"引申为"改造现实"的说法,从剧本原文出发论证了"重整乾坤"就是为父复仇,夺回王位。他虽然仍认为哈姆莱特作为"快乐王子"时"曾经"是人文主义者,但就剧中的"忧郁王子"而言,其人文主义理想和信念已历经精神危机而幻灭,因而提出该剧主人公绝非理想的人文主义者的典型②。1985年

---

① 孙家琇:《莎士比亚的〈哈姆莱特〉》,《外国文学研究集刊》第6辑,1982年12月。
② 陶冶我:《"哈姆莱特想要改造现实"说辨惑》,《温州师专学报》1984年第2期。

陈绍堂对哈姆莱特是人文主义者的观点继续提出质疑①。接着叶舒宪提出了新的观点,认为"中世纪荣誉观念支配着哈姆莱特的行为和思想,他首先是一个封建王子"②。叶舒宪认为哈姆莱特的"延宕"不在于人文主义理想及其弱点的矛盾,而在于人文主义思想同旧的封建意识、封建伦理和宗教观念之间的矛盾。封建伦理构成了哈姆莱特作为基督教徒的良心,这种良心过去阻止了哈姆莱特的行动,后来这良心又责成他必须行动;良心使他变成懦夫,后来良心又使他成为英雄。叶舒宪认为造成哈姆莱特延宕的又一个重要因素即荣誉精神,这种精神支配了哈姆莱特的思想和行动。哈姆莱特思想深处打下了鲜明的骑士精神的烙印,他始终为荣誉观念而战,这些观念与人文主义发生冲突,才是哈姆莱特延宕的根源。③

1986年高万隆对以往认定哈姆莱特为人文主义思想家的几个关键问题一一进行了辩驳。首先他认为"哈姆莱特的'重整乾坤'的真正目的,就是要以复仇方式恢复父王的时代","终极目的是要夺回他失去的一切"。其次,作者认为"在哈姆莱特的头脑中,盘踞中心地位的是中世纪的封建意识"。第三,他认为哈姆莱特的人生观"是一个对人类失却信心的悲观主义者","人生态度是悲观、虚无和宿命的"。第四,作者认为哈姆莱特的"复仇心和个人主义淹没了他的感情,吞蚀了他与奥菲利娅的爱情之花"。第五,作者认为哈姆莱特具有"悲剧性偏激"。第六,哈姆莱特具有"自我否定性格"。综上所述哈姆莱特"并非人文主义思想家"。作者旨在否定一种已有的批评模

---

① 陈绍堂:《哈姆莱特是人文主义者的典型吗?》,《惠阳师专学报》1985年第1期。
② 叶舒宪:《从哈姆莱特的延宕看莎士比亚的封建意识》,《陕西师大学报》1985年第2期。
③ 同上。

式,并未正面对哈姆莱特形象进行具体分析,只是概括地提出哈姆莱特形象的不朽"并非因为他是人文主义思想家,而主要是因为该形象本身所展示出来的复杂性和艺术魅力"[1]。

这个时期乃至以后,认为哈姆莱特是"人文主义者"、"人文主义思想家"抑或是"封建王子"、"资产阶级个人主义者"等,虽然观点不同,但却都是在马克思主义莎评内的争论,除了引用马克思、恩格斯的具体论述之外,还运用了马克思主义美学的范畴,时代、社会、阶级、思想、封建阶级、骑士、王子、资产阶级等等,这种争论的基本分歧是将哈姆莱特定位在新兴资产阶级方面,还是定位在封建贵族方面,抑或将其定位于人文主义思想与封建意识、骑士精神、荣誉观念相矛盾的独特地位,它们都是在同一范围内的不同属性的批评模式。

1980年代后期,出现了用心理分析理论、模糊数学理论等新的批评方法研究哈姆莱特形象复杂性的论文,同时继续发表全面论证哈姆莱特不是人文主义者的论文。1987年田民提出应该用模糊数学的方法来研究《哈姆莱特》,摒弃"非此即彼"的形式逻辑推断法,采用"亦此亦彼"的方法来探讨哈姆莱特性格中"不同性格元素的矛盾对立",并由此得出结论说:"一方面,哈姆莱特是一个具有新兴资产阶级意识的人文主义思想家,同时又是一个具有贤明君主的精神素质的封建王子。"[2] 这篇文章发表后很快出现反对的文章。王鲁雨说,田民的文章对《哈姆莱特》一剧只做了静态分析,"肢解了人物性格",达到了令人无法理解的所谓模糊[3]。1987年梁安全运用心理分

---

[1] 高万隆:《哈姆莱特是人文主义思想家吗?》,《山东师大学报》1986年第4期。
[2] 田民:《论哈姆莱特性格的模糊性》,《外国文学研究》1987年第1期。
[3] 王鲁雨:《〈哈姆莱特〉主题模糊性之我见》,《西南民族学院学报》1987年第3期。

析学说研究哈姆莱特。他认为造成"哈姆莱特之谜"的第一个主要心理因素是哈姆莱特"稳定的心理特征,即抑郁质类型的气质";第二个因素是过渡时代所形成的心理定势,"既包含着封建教会的人性观,也包含着人文主义的人性观,它们都积淀在哈姆莱特心理的无意识层,并给意识定向,结果导致哈姆莱特的重重矛盾的内心世界并产生言行不一、前言与后语矛盾等现象"[①]。

1980年代发表了4篇《哈姆莱特》与中外名著进行比较研究的论文,有同中国古典悲剧《赵氏孤儿》、《窦娥冤》比较的,有同中国现代名剧《屈原》比较的,有同外国戏剧《亨利四世》比较的,这些都属平行比较研究,研究两部作品的题材、主题、人物、情节等方面的异同,基本都是以以往的研究成果为基础,同时也出现了现代批评的某些成分。1983年陈星鹤比较《赵氏孤儿》与《哈姆莱特》的论文是中国第一篇《哈姆莱特》比较研究论文。该文认为两部悲剧的题材都是历史故事,所表现的都是"时代的思想":《赵氏孤儿》表现了爱国热忱和为国家、民族雪耻、御侮、收复失地的民族感情;《哈姆莱特》则具有强烈的反封建意识,表达了人文主义理想。在选材上莎剧大多为异国故事,中国悲剧则毫无例外地挖掘传统。该文"从悲剧人物的处理"看两剧的主题:《赵》剧的人物活动为救孤、匿孤、抚孤,表达正义精神;而《哈》剧则在复仇过程中提出了改造整个现实的要求;前者反映了中国人传统的道德风貌,后者表现了文艺复兴时期人文主义对种种不道德行为的谴责和揭露。该文还论述了两剧主要人物体现了作者不同的美学理想[②]。1986年冯乃康比较了《屈原》与《哈姆莱特》。

[①] 梁安全:《"哈姆莱特之谜"的心理分析》,《湘潭大学学报》1989年第2期。
[②] 陈星鹤:《〈赵氏孤儿〉与〈哈姆莱特〉》,《南宁师专学报》1983年第2期。

他说《屈原》和《哈姆莱特》两剧所反映的社会生活不同,写作的时代背景也不一样。但它们都是通过描写主要发生在宫廷里惊心动魄的斗争,揭示了"历史的必然要求与这个要求实际上不可能实现之间的冲突",即主人公所执著追求的在那个时代属于进步和革命的要求,由于客观和主观的原因,虽然经过反复的努力和斗争,都没有实现;他们或者被害,或者出走,曾是令人敬佩、给人鼓舞和力量的历史"巨人"在社会邪恶势力迫害、打击下,都以悲剧告终[①]。1987年赵晓丽与屈长江比较了意大利作家皮兰德娄的《亨利四世》与《哈姆莱特》。他们没有对两部作品进行比较全面的考察,而是对作品中的某一具有特点的艺术因素进行深入的比较。他们认为这两部作品都是"装疯者"的"复仇戏",都是命运的悲剧,都是时代的悲剧;两个复仇者的"装疯的目的相同","装疯的类型相同";不同的是两部剧本"自身的本质和意义":"哈姆莱特选择的假面具是昏昧迷乱",而"亨利四世选择的面具是英雄";哈姆莱特疯狂后面有伟大的理想,亨利四世疯狂面具后面有可怕的绝望;哈姆莱特的矛盾是理想与现实、知与行、动机与效果的矛盾,这矛盾使他拖延,最后造成悲剧;而亨利四世的矛盾是自我意识的内在矛盾,是真我同假我的矛盾,是演员与角色的矛盾;这两部悲剧反映了"两个时代的人性的基本特征,一个是英雄,一个是反英雄";反映了"两个时代的人性悲剧,一个是崇高的赞歌,一个是滑稽的挽歌"。作者认为从《哈姆莱特》到《亨利四世》可以看到西方古典文学向现代文学发展的规律性。《哈姆莱特》的本质就是主人公怎么用理性照亮自己的感性,使行为方式合乎理性,善于斗争;而《亨利四世》则是西方精神危机在西方文学中的最初的产物,它是

---

① 冯乃康:《〈屈原〉与〈哈姆莱特〉》,《北京第二外国语学院学报》1986年第3期。

当代原创文学的代表作品①。

20世纪七八十年代是中国翻译《哈姆莱特》研究论文的第三个时期。这个时期继续翻译传统哈姆莱特研究的一些著名论文,同时开始翻译20世纪各种流派关于《哈姆莱特》的见解。

1979年和1981年出版了杨周翰编的《莎士比亚评论汇编》(以下简称《汇编》分上下两册),内收从17世纪初到1960年代欧美50多位作家、学者有影响的、有代表性的莎评论文82篇,其中有16篇是专论《哈姆莱特》或包括评论《哈姆莱特》的。在这些《哈姆莱特》评论中传统莎评占10篇;6篇是20世纪不同流派的《哈姆莱特》研究。

《汇编(上)》收入英、德、法、俄四国25位学者和作家的莎评50篇,其中绝大部分为20世纪五六十年代的译文,只有伏尔泰、海涅、赫尔岑、杜勃罗留波夫等4位作家的17篇译文为新译。其中第一次翻译了伏尔泰批评《哈姆莱特》的观点。他说这部作品"粗俗",但也有"伟大之处"。他说"《哈姆莱特》是个既粗俗又野蛮的剧本,它甚至不会得到法国和意大利最卑微的贱民的支持";"哈姆莱特,他的母亲、继父,一起在台上喝酒,大家在桌旁唱歌、争吵、殴打、撕杀。人们会以为这部作品是一个烂醉的野人凭空想象的产物。但最奇怪的是,在如此野蛮的这些粗俗而不合法则的情节中,在《哈姆莱特》里,我们还可以发现一些无愧于最伟大天才的崇高特点。这里既有着人们所能想象的最有力、最伟大的东西,也有着比那些没有灵魂的粗俗性格所能包容的更为卑鄙、更为令人憎恶的东西"②。

---

① 赵晓丽、屈长江:《论皮兰德娄〈亨利四世〉与莎剧〈哈姆莱特〉》,《戏剧艺术》1987年第1期。

② 〔法〕伏尔泰:《〈塞米拉米斯〉序》,《莎士比亚评论汇编(上)》中国社会科学出版社1979年版,第352页。

《汇编(下)》收入英、德、法、美、匈牙利、波兰、苏联等7国26位学者的莎评译文,其中除布雷德利的论文为1960年代译出,其余25位学者的论文32篇皆为新译。《汇编(下)》收入了1960年代之前影响较大的"历史—现实派"、"意象派"、"象征派"、"不可知论"以及马克思主义莎评。在"前言"中介绍了心理分析学派的观点,但未收文章;心理分析学派的莎评是随着弗洛伊德的著作的翻译被介绍过来的。

"历史—现实派"仍属于传统莎评的范畴。这派主要代表人物德国的许金着重研究舞台和传统对人物的影响。在《直接的自我表白》(杨周翰译)中许金说"哈姆莱特的一个基本特点是他狂热地相信真理",他是"一路在自我表白";"自我表白放在哈姆莱特这类内向的性格的口中,其效果是最自然不过的"。莎士比亚通过当时舞台传统中独白的技巧显示了哈姆莱特性格中自我谴责的内向特点[①]。

斯图厄特的观点代表了莎学研究中的"不可知论"。他在《莎士比亚的人物和他们的道德观》(殷宝书译)中总结了1960年代以前各批评流派的得失,在此基础上提出莎剧中并没有正面的道德观,他说似乎莎氏没有是非观念。他的作品只是如实地反映人们的道德面貌,所以读者和观众对其人物的评价可以见仁见智,各取所需。因此,"莎士比亚的丹麦王子是一条真正的变色龙,他几经沧桑,留下了不同时代的痕迹,不同时代的人们心中有不同的哈姆莱特"。斯图厄特认为莎士比亚的人物只是激起人们的想象,所以他说:"我们不想'解释'人物。"[②]

---

① 杨周翰编:《莎士比亚评论汇编(下)》,第71页。
② 杨周翰编:《莎士比亚评论汇编(下)》,第215页。

意象派莎评着重研究莎剧中的语言意象,认为莎剧主要是悲剧,每部都有一个或一个以上的主导意象,这种意象的出现绝非偶然,而同作者创作剧本时的主导思想密切联系着的。意象派开山鼻祖斯珀金在其《莎士比亚悲剧的意象里所见到的主导性主题》(殷宝书译)中说:"我们在《哈姆莱特》里却处于一种完全不同的气氛中(与《罗密欧与朱丽叶》相比),如果我们仔细观察,就知道部分的原因是由于剧中许多疾病或身体上缺陷的意象所构成,而且我们还发现,用以描写丹麦精神上不健康状态的恶疮与毒瘤,总的来说是本剧的主导观念。"斯珀金指出,弥漫于全剧中的是这种"恶疮与毒瘤"的病态[①]。

威尔逊·奈特是象征派莎评的代表人物。他在《象征的典型》(张隆溪译)中说,莎氏悲剧都有三个主要人物,分别代表人类、善和恶,三者都是具有普遍意义的象征。这些象征代表哲学上的原则和生活态度,如爱与恨。上述三个原则有着错综复杂的关系,互相冲突、互相转化。哈姆莱特之所以使人迷惑不解,使人永远对他发生兴趣,就是因为他既是爱的原则,又是恨的原则,"既是正面人物,又是反面人物","既是崇高的人类,又是魔鬼","不仅折磨人也折磨自己",在这个独一无二的形象里充分地反映了诗人的"整个心灵"[②]。

基托认为《哈姆莱特》是一出宗教剧。在《哈姆莱特》(殷宝书译)中,基托考察了自1736年以来"哈姆莱特问题"的种种情况。他引用多佛·威尔逊的话指出,经过几个世纪的研究,最后竟使"哈姆莱特有好多类型",成了"不定型的角色",造成了《哈姆莱特》研究的尴尬困惑的局面。基托通过与古希腊悲剧《俄底浦斯》的对比,指出不能把

[①] 杨周翰编:《莎士比亚评论汇编(下)》,第337页。
[②] 杨周翰编:《莎士比亚评论汇编(下)》,第388—389页。

《哈姆莱特》理解为"拖延"的悲剧,该剧之所以多人死亡,结构之所以拖延,正是为了说明罪恶的蔓延,突出天网恢恢、疏而不漏的意思,基托还指出《哈姆莱特》与希腊悲剧也有不同的方面,即虽然都表现罪恶主题,古希腊悲剧所表现的只是个别的罪恶及其应得的报应,而《哈姆莱特》则强调罪恶的本质、罪恶本身及其发生的影响[①]。

《莎士比亚评论汇编(下)》中收入了几篇马克思主义莎评,阿尼克斯特的《莎士比亚悲剧〈哈姆莱特〉》是其中之一。阿尼克斯特将《哈姆莱特》置于"文艺复兴"这个"欧洲社会历史的转折时期"的政治斗争、宗教斗争和社会斗争的特定环境中来加以考察,不仅继续论述"哈姆莱特是个人文主义者","是个真正的思想家"的观点,而且进一步把哈姆莱特提升为"把人类从压迫中解放出来的战士"。他说尽管哈姆莱特有种种弱点,并在众寡悬殊的斗争中死去,但他是在一场解放人类的光荣战斗中"牺牲的战士"[②]。

歌德在小说《威廉·麦斯特的学习时代》中关于《哈姆莱特》的论述,1962年冯至的译文只是其中第一部分的头两节,在张可译的《莎士比亚研究》中将有关部分全文译出[③]。

《莎士比亚评论汇编(下)》的"前言"中介绍了心理分析的莎评,但并没有选收论文。关于《哈姆莱特》的心理分析观点是随着弗洛伊德著作的翻译出版和对20世纪西方文艺批评的介绍而传入我国的。早在1900年弗洛伊德在《释梦》的第5章第4节中就比较了《俄底浦斯王》和《哈姆莱特》这两部悲剧,说"哈姆莱特可以做任何事情,就是不能对杀死他父亲、篡夺王位并娶了他母亲的人进行报复,这个人向

---

① 杨周翰编:《莎士比亚评论汇编(下)》,第428—429页。
② 杨周翰编:《莎士比亚评论汇编(下)》,第495—525页。
③ 张可译:《莎士比亚研究》(歌德、席勒、泰纳等),上海译文出版社1982年版。

他展示了自己童年时代被压抑的愿望的实现"①。1914年弗洛伊德对这个观点做出了进一步明确的表述:"让我们来考虑一下莎士比亚代表作《哈姆莱特》这出已有300多年历史的悲剧。我一直密切地关注着心理分析学说的文献,并接受心理分析的观点,即只有分析地追溯悲剧素材伊迭柏斯(通译俄底浦斯),即恋母的主题思想(Oedipus theme)时,《哈姆莱特》的感染力之谜才能最终解开。"②

另一位精神分析学家、英国的厄内斯特·琼斯根据弗洛伊德的观点,于1910年用"俄底浦斯情结"解释《哈姆莱特》。弗洛伊德认为"对哈姆莱特问题的继续研究琼斯最为出色"③。1949年琼斯将论文正式题为《哈姆莱特与俄底浦斯情结》。琼斯说:"哈姆莱特为父报仇时迟疑的原因是什么?这在现代文学中被看作是'斯芬克斯之谜'。那么到底为什么迟疑呢?是他儿童时期形成的'恋母情结'。那时他把父亲当成自己的情敌并暗地里祈祷他早日死去。"这种想法"虽然被压抑了,现在他父亲死于一名令他嫉妒的情敌之手所带来的结果使他早年的愿望终于变成现实。结果,他特有的柔情只能对父亲表示,因为他已不再是自己的情敌,但完全不给这个叔叔——一个活着的父亲形象的化身表示。这完全是俄狄浦斯情结的机械再现,这就是我们用心理分析方法研究真正的哈姆莱特的最终发现"④。琼斯的这篇论文被介绍过来,他的另一篇论文《哈姆莱特的父亲之死》一文也被译成中文⑤。

---

① 张唤民等译:《弗洛伊德论美文选》,上海知识出版社1987年版,第13—18页。弗洛伊德:《梦的解析》,作家出版社1986年版,第164—171页。
② 孙恺祥译:《弗洛伊德论创造力与无意识》,中国展望出版社1986年版,第12页。
③ 弗洛伊德:《梦的解析》,作家出版社1986年版,第185页。
④ 冯黎明等编:《当代西方文艺批评主潮》湖南人民出版社1987年版,第312页。
⑤ 顾闻译《哈姆莱特的父亲之死》,《当代文化探索》1985年第3期。

"神话—原型批评"是泛指那种从早期的宗教现象(包括仪式、神话、图腾崇拜等等)入手探索和解释文学现象的批评方法。一些学者运用这种方法去探索莎剧的主题。英国学者墨雷写的《〈哈姆莱特〉与俄瑞斯特斯》被节译成中文①。作者在这篇文章中认为哈姆莱特和俄瑞斯特斯是"世界两大悲剧时代最伟大的或者说最著名的英雄人物"。作者考察了他们悲剧命运的相似之点。

1984年徐克勤翻译出版了阿尼克斯特的《莎士比亚的创作》,其中第16章比较全面地分析了《哈姆莱特》,既运用了马克思主义美学理论,也吸收了传统莎评的某些观点。阿尼克斯特认为《哈姆莱特》是一出无比深刻的"人类精神悲剧",也是一部"政治悲剧",一部"以道德为基础的复仇剧",更是一出"富于哲理性的哲理悲剧",莎士比亚给中世纪一个残酷的血腥复仇传说中投入了无比丰富的内容,表现了"生与死、善与恶,人的坚强与软弱,理性与正义为反对统治人世的邪恶而进行的斗争"。这部悲剧思想方面的问题之所以这样激动人心,首先是由于莎士比亚美学上富于感染力所致。在创作《哈姆莱特》时莎士比亚动用了全部或一切极其有效的舞台手段编剧手段和诗法,阿尼克斯特在评论的第一部分具体地分析了造成《哈姆莱特》富于感染力的各种艺术因素。阿尼克斯特认为哈姆莱特是一个思想家的形象,是一个人文主义者,他的烦恼是他认识生活邪恶所付出的代价,哈姆莱特把自己的内心烦恼同人民的苦难等量齐观,因此他"个人的斗争转为两种道德原则,两种社会原则的斗争",剧中所有的人都被卷入到这场斗争之中;"疑虑和动摇虽然一刻也没离开过哈姆

---

① 董衡巽译:《哈姆莱特与俄瑞斯特斯》(节选),载叶舒宪主编:《神话—原型批评》,陕西师大出版社1987年版,第245—260页。

莱特,但他却从未放弃斗争,他不仅长于思考,但也不短于行动,而且他是全剧中最积极的主动的行动者";阿尼克斯特分析了哈姆莱特性格上的一些特点:忧郁始终没有离开过他,他有时显得软弱,前后不一,具有"变化不定"的性格等,但他并不存在什么"延宕"的问题。哈姆莱特悲剧的本质在于他为人民而战,为人民的幸福而奋斗,他本人却远远地脱离人民,这就是哈姆莱特悲剧的历史原因。这是时代使他如此,时代尚未成熟到人民群众同先进思想建立不可战胜的联盟的程度。阿尼克斯特最后说,"哈姆莱特的一生是悲剧,这不仅因为他身受大量的邪恶包围,而又不晓得怎样同邪恶斗争,也还因为他面前一直都有一个理想的真正的人性,而他感到自己距离这种理想很远,这乃是心灵无比伟大的悲剧,是为人极其诚实而又严于律己者的悲剧","凡是世上心地纯正,勇于探求真理并为正义而奋斗的人,都可以拿哈姆莱特作榜样"。

阿尼克斯特还对剧中其他几个人物逐一进行了简要的评析。他认为克劳狄斯"不仅是个卑鄙小人,而且是一名罪犯,可他有权支配他所有臣下的命运"。御前大臣波洛涅斯"为人庸俗不堪,在权势面前极尽其逢迎巴结之能事","他是奴颜媚骨的活标本,谁当权他就向谁下跪"。波洛涅斯、罗森格兰兹、吉尔登斯吞、奥斯利克与克劳狄斯是"一丘之貉"。雷欧提斯的"行事准则是以眼还眼,以牙还牙,以血还血。面对为家族荣誉而进行血腥复仇的要求,其它一切责任,甚至忠君义务都得退避三舍"。霍拉旭是个思想家、观察家,而不是战士。福丁布拉斯是个"实干家",他的行为鼓舞了哈姆莱特。乔特鲁德的性格是全剧中"最难猜的","她所激起的爱,不仅使人向善,而且诱人作恶,反映着她那深不可测的双重性格,我们无从得知她有没有参与对前夫的暗杀行为,但在她的美色中毕竟有某种毒素","在她的心灵深处潜藏着邪恶"。奥菲利娅的形象是莎士比亚独运的杰作之一。她"通体都闪耀着处女的温柔光彩","爱情构成了她天性的基础,环境际遇将她推入悲剧地位,哈姆莱特力求做一个始终不渝的诚实人的愿望,成了把奥菲利娅摧残致死的原因"。①

(八)

1989年张泗洋等出版了《莎士比亚引论》,这是中国一个世纪以来最重要的一部莎学著作,它的出版标志着中国莎学的发展又进入到一个新的发展时期,可称为"过渡期"(1989—20世纪末),因为在这个时期里,中国莎学队伍实现了新老交替,同时,这个时期老中青学者在前10年奋然崛起的基础上创造了中国莎学的繁荣发展,硕果累累,特别是老一代学者出版了他们毕生为之努力的莎学成果,所以这个时期也可以称为中国莎学史的丰收期。

这个时期出版了多种新版本的《莎士比亚全集》:梁实秋1976年在台湾出版的《莎士比亚全集》第一次在大陆出版(1995)、孙大雨出版了他奋斗一生的诗体《莎士比亚的四大悲剧》(1995)、杨烈出版了诗体的《莎士比亚精华》(1996)、孙法理等人译的译林版《莎士比亚全集》(1998)、方平等人译的诗体《新莎士比亚全集》。孙大雨的译本《罕秣莱德》是中国最为详细的《哈姆莱特》的注释本,其注释的文字在10万字以上,具有重要的学术价值。孙大雨在"序"中记述了自己60年翻译莎士比亚四大悲剧的艰难历程。《罕秣莱德》1965年译完,

---

① 〔苏〕阿尼克斯特:《莎士比亚的创作》,山东教育出版社1984年版,第408—442页。

后遭遇坎坷。这部悲剧孙大雨采用了自己在1940年代提出的用"音步"来译剧中无韵诗的译法。杨烈的《汉姆来提》也是诗体译本,采用了中国古典戏曲的韵律和节奏,很有特色,这两种译本成为学术界、翻译界重要的研究对象。方平所译《哈姆莱特》也是诗体,选用了1978年出版的《莎士比亚全集》中的译名。

这个时期出版了一系列老一辈学者的莎学论著和文集,如卞之琳论文集《莎士比亚悲剧论痕》(1989)、赵澧《莎士比亚传论》(1991)、张泗洋等《莎士比亚戏剧研究》(1991)、王佐良《莎士比亚绪论兼及中国莎学》(1991)、孙家琇莎学文集《莎士比亚与现代西方戏剧》(1994)、薛迪之《莎剧论纲》(1994)、周骏章《莎士比亚散论》(1999)、任明耀莎学文集《说不尽的莎士比亚》(2001),等等。

这个时期出版的莎学文集主要有:阮珅主编《莎士比亚辑录》(1991)、孟宪强主编《中国莎士比亚评论》(1991)、张泗洋、孟宪强主编《莎士比亚在我们的时代》(1991)、阮珅主编《莎士比亚新论》(1993)、孙福良主编《94上海国际莎士比亚戏剧节论文集》(1995)、孟宪强主编《中国莎学年鉴(1994)》(1995)等。

这个时期出版了6种不同规模的具有不同特点的莎士比亚辞典,涂淦和编《莎士比亚简明辞典》(1990)、孙家琇主编《莎士比亚辞典》(1991)、朱雯、张君川主编《莎士比亚辞典》(1991)、亢西民、薛迪之主编《莎士比亚辞典》(1991)、张泗洋主编《莎士比亚大辞典》(2001)、刘炳善个人独力完成的500万字的《英汉双解莎士比亚大辞典》(2002)。

这个时期还出版了几种中国莎学史著作:曹树钧、孙福良《莎士比亚在中国舞台上》(1989),吴洁敏、朱宏达《朱生豪传》(1989),孟宪强《中国莎学简史》(1994)。

这个时期中国第一次组团参加世界莎士比亚大会,1996年由方平为团长的由12人组成的代表团赴洛杉矶参加了第六届世界莎士比亚大会,向大会赠书,介绍中国莎学的情况,引起很大反响。经代表团推荐、国际莎协通过,方平担任了国际莎协执行委员会委员,这是国际莎协成立25年来,中国学者第一次担任此职。1997年孙福良、孟宪强应邀参加了"莎士比亚在香港"国际学术研讨会,他们在大会的第一天宣读了介绍中国莎学的论文。

1998年孟宪强、张奎武参加了澳大利亚和新西兰莎士比亚协会举行的莎学年会。在"莎士比亚在中国"研讨组内,孟宪强、张奎武宣读介绍中国莎学历程和翻译家朱生豪译莎贡献的论文。

1998年中国莎协与澳大利亚"莎士比亚在亚洲"课题组、香港莎协共同在上海举行"莎士比亚在中国"研究与演出国际学术研讨会,会后出版了中英两种文字的两本论文集。2001年4月,孟宪强、刘建军、张冲等参加了在西班牙举行的第七届世界莎士比亚大会,孟宪强向大会及部分代表赠送了关于《哈姆莱特》研究内容提要的中英文小册子《对一个自在的艺术王国的全方位的科学考察》,后国际莎协秘书长苏珊·布洛克来信告知,此小册子已收藏于斯特拉福莎士比亚中心图书馆。会议结束后,孟宪强发表了《莎士比亚与地中海》一文,全面地介绍了此次大会的情况。

总之,这十年是中国莎学百年来成果最多、影响最大的时期。此时中国的《哈姆莱特》评论研究就是在这种背景下进行的。同以往各个时期相比,此时的《哈姆莱特》研究呈现出明显的理论张力,不同流派的文艺批评都力图以自己的理论范围来解读《哈姆莱特》。

这个时期主要为1990年代,中国的《哈姆莱特》研究引起了广泛的兴趣,英文系、中文系、戏剧系的一些教授、讲师、助教和研究生以及文艺理论工作者、比较文学学者、作家等都自觉地将《哈姆莱特》研究置于汉语语境之中、置于中国传统文化的背景之中,力图探讨出中国人眼中的哈姆莱特。这个时期《哈姆莱特》研究论文 108 篇,为这个时期莎评总数(687)的 1/3,总数少于上一个时期,但每年平均发表 10 篇《哈姆莱特》论文的数量与 1980 年代相近。同前一个时期《哈姆莱特》研究趋势表现出阶段性特征相比,这个时期的基本特征则为多元性。《哈姆莱特》研究已经突破一元的社会学批评模式,形成多层次、多视角、多流派的多元解读;同时打破了以往对外国学者学术观点的单向接受,出现了同外国学者的对话,批评他们的《哈姆莱特》研究的某些观点,并对 20 世纪西方现代批评的某些影响很大的理论观点进行具体深入的批评。这已经不单单是一种不同观点的争鸣,实际上它显示了中国莎学研究的主体意识的形成。这个时期的《哈姆莱特》研究不论持哪种批评模式,都融入了中国学者理论上的原创思维。这个时期的《哈姆莱特》研究少有那种简单的针对某一观点的辩驳,多为阐明作者观点的具体论述,各种批评模式交错演进。这个时期以马克思主义理论分析《哈姆莱特》多为延续 1980 年代末的观点以辩证的观点分析哈姆莱特"消极的方面"。这个时期对苏联学者马克思主义莎评的贡献与局限的研究,有利于把马克思主义莎评提高到一个新的层次。我们所坚持的马克思主义理论,是科学的,而不是臆想的;是辩证的,而不是片面的;是开放的,而不是封闭的;是发展的,而不是僵化的。这个时期的一些论文明确宣称马克思主义理论观点能够最终解开"哈姆莱特之谜"。这个时期出现了从哲学的高度,从世界文化的视野,从特定历史的时空对哈姆莱特进行的探索。此外,还有运用心理分析理论、象征—意象批评、存在主义理论、"神话—原型"批评和比较文学理论等 20 世纪西方的一些新批评的范畴和批评模式来解读《哈姆莱特》。在所有这些论文中大多显示出一种在借鉴中有所创新,取其精华,避其片面,补其不足的理论追求,但也有一些因袭的篇章,读起来令人感到他们对《哈姆莱特》以及莎士比亚的那种并非出于他们本人独立研究的曲解和变异;也有的脱离作品的实际内容,主观臆断,将本来不属于哈姆莱特的东西强加在他的身上。从总体上看,这十年间中国的《哈姆莱特》研究显示出一种较强的理论张力,那就是要以马克思主义的科学理论为基础,兼收并蓄,吸收有关学说理论和批评流派的有价值的成分,形成一种对《哈姆莱特》的全方位考察,追求一种以中国人的眼光来审视《哈姆莱特》艺术底蕴的认知模式。这个时期的《哈姆莱特》研究既是中国莎评的一个缩影,更是中国莎评发展到一个较高层次的集中体现,为形成具有中国特色的莎学理论体系和思维模式积累了有价值的批评话语,开拓了进入莎士比亚艺术王国的认知途径。

为了对这个时期的《哈姆莱特》评论获得一个比较完整的了解,下面按时间的顺序具体展示1990年代初期、中期和后期的《哈姆莱特》研究的探索与成果。

1990年代初期(1990—1993)共发表《哈姆莱特》研究论文27篇,每年平均近7篇。这些论文交错出现多种不同理论的研究,包括运用辩证唯物主义和历史唯物主义认识论和方法论的研究、哲学和文化学的研究、心理分析研究和比较研究等。这个时期出现了中国学者同外国学者的第一篇对话、争辩的论文,出现了用英文撰写的《哈姆莱特》研究专论。总之,这几年中多种方式的《哈姆莱特》研究并存并生,各自沿着自己的理论轨道对《哈姆莱特》做出自己的解读,真正呈现出一种百家争鸣的研究趋势。

这个时期,张泗洋等第一次对《哈姆莱特》中全部人物做了具体的评析,并出现不同观点的论争。

1989年张泗洋等引证了马克思关于"忧郁王子"哈姆莱特的话提出,"忧郁是哈姆莱特这个人物的主要特征,是他性格的外在表现",是他"生命的颜色","去掉忧郁哈姆莱特就不成其为哈姆莱特了"。又说哈姆莱特的忧郁"不仅是个人的不幸的感伤情绪,也是悲天悯人忧国忧民的性质,是摸索和寻找行动的途径的过程中的彷徨与忧郁"。"忧郁"是哈姆莱特性格的关键,由此可以"解释哈姆莱特性格上出现的复杂现象"。但忧郁并非性格的根本的或主流的东西,哈姆莱特性格的主流是积极的斗争的精神。作者特别强调哈姆莱特作为一个人文主义者的特征,那就是"人类进步思想的体现者,一切邪恶都激起他的愤怒,他要通过斗争扫清人间苦难,但他只是单枪匹马向旧世界宣战"。他们认为克劳狄斯是一个"贪婪无耻之徒",具有"伪善才能","惯用两面手法是他主要的特征","具有阴险狡诈的性格"。他们说乔特鲁德是一个"意志较弱、性情温和也讲实际的女子","无论对前夫和后夫都百依百顺,对儿子与丈夫的斗争一直蒙在鼓中,直到临死时才醒悟过来"。他们说:"波洛涅斯形成自己一套处世哲学,练达持重,讲究实际,老奸巨猾,精通人情事故,善于应付,会讨欢心,不可爱,有媚骨,趋炎附势,由于愚蠢成为帮凶送了性命。"他们说:"奥菲利娅是一个弱者的形象,纯洁得像一张白纸,无忧无虑,朴素美丽,但对复杂的人生世故竟无所知,受人利用,做了坏人政治斗争的工具。这场爱情悲剧的造成她和哈姆莱特双方都有责任。"他们说霍拉旭"性格善良,很理智,头脑清晰,有正义感和欢乐的精神,不亢不卑"。他们说雷欧提斯是个"游逛于花花世界的纨绔子弟,头脑简单,只会耍枪弄棒,说干就干,勇于行动,最后成为奸王借刀杀人的工具"。福丁布拉斯"是一个好战的迷信武力的青年"。罗森格兰兹和吉尔登斯吞"为了个人飞黄腾达,成为迫害进步势力的帮凶,最后成为殉葬品"。奥斯里克则是个"矫揉造作,空洞无聊、贫乏无味,靠拾人牙慧过日子的形象"。①

同年从丛发表了她的"《哈姆莱特》人物形象系列论文"的第一篇《论哈姆莱特并非人文主义者》,此后于 1990 年代初期发表了《论〈哈姆莱特〉中的"愚忠"形象》(1991),《〈哈姆莱特〉中国王形象新论》(1994)。从丛力图对《哈姆莱特》中的人物形象以自己的理论原则做出新的评价,她的上述论文论述了除乔特鲁德和奥菲利娅以外的全部男性形象。

从丛认为"把哈姆莱特看做一个典型的人文主义者",是对这个形象的"一个最根本的误解",这是由于脱离原剧内在逻辑进行主观、片面评论的结果",而对戏剧人物的思想体系的判定,需要坚持两个原则:一是客观性原则,一为全面性原则。作者由此出发对哈姆来特的全部活动进行了全面、客观的审视,认为剧中所写的哈姆莱特从一登场亮相,所表现出来的人生态度就与人文主义者相去甚远,由此作者认为哈姆莱特并非人文主义者的论据如下:(一)哈姆莱特悲观消极,厌恶人世,与人文主义积极进取的人生观格格不入;(二)哈姆莱特"祈祷、忏悔、乞求上天赦免他的罪恶以求来世天国中灵魂得救,这种对来世和天国的态度显然与人文主义相抵牾";(三)他对王后的态度反映出他强调"节制"的中世纪的旧道德观;(四)他对奥菲利娅的"摧残",将"无辜者"送上绝路,"与人文主义者尊重人的人生态度完全不同";(五)哈姆莱特关于"人类是多么了不起的一件杰作"那段名

---

① 张泗洋等《莎士比亚引论(上)》,中国戏剧出版社 1989 年版,第 370、371、372、372—373、374 页。

言,虽然"有着人文主义思想的萌芽",但这段话却表现了哈姆莱特"慨叹人世的可厌"。该文认为哈姆莱特是一个封建王子,他踌躇的根本原因是他"思想中比较完整的封建宗教观念",造成了他在现实中复仇的两难冲突,成为他内心矛盾的主线,同时,作为一个封建王子的野心与其受挫失意的心理冲突则成为他内心矛盾的主线。作者最后说由于莎士比亚是"他的时代的人文主义思想先进的代表",所以他在哈姆莱特的艺术形象中"鲜明地体现了自己的人文主义思想,如对封建专制统治的谴责,对自由平等思想的张扬,对封建愚忠的鞭挞,对封建道德的批判以及人文主义的历史观等等"[1]。从丛说:"我们从原剧出发否定'哈姆莱特是人文主义者'的成见,同时也就否定了通常对《哈》剧所使用的进步营垒与反动营垒,正面人物与反面人物,品质优秀与品质恶劣等简单化二分法,这样,《哈》剧中的几个主要人物,都可显现出其复杂的艺术形象的本来面目,从而为揭示这些艺术形象虽历经各种时代仍震撼人心,具有经久不衰之魅力的奥秘,提供新的思路。"[2] 从丛根据自己提出的这个原则和思路对国王及另外几个人物进行了分析。从丛对苏联学者和我国评论将克劳狄斯作为与哈姆莱特相对立的"反面人物"、"恶棍"等观点提出异议,认为张泗洋等人对克劳狄斯的评价是"过于简单化的'道德判决'式的评价,妨碍了对这个形象的正确认识"。从丛认为克劳狄斯在处理与挪威的关系中"避免了一场战祸,显示了他的沉着、灵活而干练",同时引用奈特的观点说,"克劳狄斯是一个出色的国王和外交家"。他的不幸在于"由弑君篡位的不义之途而上台的"。克劳狄斯虽然犯下了

---

[1] 从丛:《哈姆莱特并非人文主义者》,《河北大学学报》1989年第1期。
[2] 从丛:《论〈哈姆莱特〉中的"愚忠"形象》,《河北师院学报》1991年第2期。

罪恶,但他不同于理查三世和伊阿古,他对哈姆莱特的谋害也是拖延的,这是因为他一直受到良心的谴责,始终有一种负罪感,最后为了巩固已经用罪恶夺取来的权力,终于下决心对哈姆莱特下手。从丛说,应该"恢复克劳狄斯……在原剧中善恶交错的圆形人物的本来面目,克劳狄斯是一个具有多重复合结构的有血有肉,真实具体的'这一个'。"① 从丛认为波洛涅斯、罗森格兰兹与吉尔登斯吞都是"愚忠"的典型,都死心塌地地为国王效命,到头来都成为王室争权斗争的可悲可怜的牺牲品,其中波洛涅斯虽然在客观上做了克劳狄斯的帮凶,但他始终不知道整个事情的真相,稀里糊涂地送了命。从丛批评苏联学者阿尼克斯特等对波洛涅斯的评价,认为波洛涅斯是"一个严父与慈父的形象","一个忠心耿直的人",作者认为屠格涅夫的评价是基本合乎原则的。这个人物的命运不引起人们的憎恶,而是引起同情和怜悯,莎士比亚在总体上是用肯定笔法描写这个人物的。罗森格兰兹与吉尔登斯吞与波洛涅斯不同之处在于前者属于"被动型"的,而后者乃为"主动型"的。从丛否定了将罗、吉认定为克劳狄斯的"同谋"、阴险的"特务"、友谊的"叛徒"等观点,认为他们"在整个事件中都是受人利用的无辜者,又同为封建道德观念的牺牲品,主动型形象更加可悲而这两个被动型的命运则更加可怜"。从丛认为霍拉旭是个"非愚忠"的形象,他虽对王室抱有忠心,但在一系列突发事件面前"能够保持独立思考,注意分析事情的是非曲直",他是一个忠臣的形象。从丛最后谈到了奥斯里克,称他为"宫廷内一种圆滑奸臣的形象",从丛在论文中表述了她的批评原则,"既否定'哈姆莱特是人文主义者'的成见,同时也就否定了通常对《哈》剧所使用的进步营

---

① 从丛:《〈哈姆莱特〉国王形象新论》,《河北学刊》1994 年第 4 期。

垒与反动营垒、正面人物与反面人物、品质高尚与品质恶劣等简单的二分法",这样《哈》剧中的人物才能"显现出其丰满复杂形象与本来面目"①。

1990年代初发表的两篇运用马克思主义美学理论研究哈姆莱特的论文明确地宣称自己的理论主张,并引用马克思、恩格斯有关莎士比亚悲剧特点和悲剧冲突的论述,对哈姆莱特进行辩证而深入的剖析。有的既指出了哈姆莱特性格中卑劣丑恶的一面,又指出经过发展哈姆莱特终于显示出了人文主义者的面貌;有的挖掘出了莎士比亚的《哈姆莱特》与原来故事主题的"悖反",认为由此使主人公陷入了无法解决的冲突之中,理想、要求都无法实现。1991年王严明确提出"辩证唯物主义和历史唯物主义的认识论、方法论是引导我们走出悲剧迷宫的'阿莉阿德尼线'",并根据马克思等对莎士比亚悲剧特点的论断提出,他将"毫不惋惜地解剖哈姆莱特崇高优雅中的卑鄙丑恶和滑稽,毫不隐讳克劳狄斯卑贱丑恶中的'文艺复兴巨人'性格,优伶和丑角在呼喊时代强音,而深沉的哲人却在探讨一些鄙陋荒诞的话题,并由此寻找悲剧的主题和意义"。王严认为哈姆莱特形象经历了一个发展的过程:"启幕后登场的哈姆莱特是一个禁欲主义者,他的忧郁思考是一套和时代精神截然相反的完整的禁欲主义世界观和人生观","生存还是毁灭"是禁欲主义世界观的经典凝缩。"哈姆莱特对人类复仇原欲下的本我意识的强烈压抑,是哈姆莱特装疯过程中患了时代精神焦虑症的基本特征。墓地一场是悲剧发生'逆转'的高潮,至此走过了僧侣哲学从肯定到否定的辩证过程,并恢复了对人生、爱情、荣誉从否定到肯定的信念,并从此把并不属于他的忧郁

---

① 从丛:《〈哈姆莱特〉中的"愚忠"形象》,《河北师院学报》1995年第2期。

一扫而光,不再踌躇"。"哈姆莱特可以以一个人文主义者自居了"。王严认为这出悲剧"是英国民族的劣根性在文艺复兴时期的悲剧性显示"。他还分析了克劳狄斯的形象,认为他是属于"伟大的坏蛋"类型的人物,他的显著的历史进步特征在于他的"夺取"王权、保持君国生存都符合马基雅维利在《君主论》中提出的主张,同时他"也力图保持一种人文主义者所共仰的一个君主的美德:慷慨、大方、仁慈和诚实"等①。

1991年谷中对传统的《哈姆莱特》研究,特别是国内学者因袭苏联学者的观点提出质疑,对《哈姆莱特》的悲剧主题做出了重新解读。他认为《哈姆莱特》是以一个复仇故事表现了反复仇的主题;因此真正解读《哈姆莱特》的关键就是原来故事的主题与莎士比亚悲剧主题的"悖反";复仇者哈姆莱特内心是反对复仇的;内心反对复仇的哈姆莱特被动地扮演了复仇者的角色。哈姆莱特悲剧的根源根本无涉于他性格的软弱、多愁善感和沉思多疑,也不是由于一个柔弱的肩上承担了难以承受的重整乾坤的重任,而在于一个伟大的人物却不得不执迷于卑微的个人仇恨,被裹挟在悲剧冲突之中。这种冲突是无法解决的,主人公的死亡也是不可避免的。这就是"历史的必然要求和这种要求实际上不能实现"的悲剧冲突在哈姆莱特身上的具体体现。人们从哈姆莱特的遭遇中悟出人生价值,从对哈姆莱特的惋惜、怜悯中获得本性的净化和对真理的满足②。

1990年代初出现了以哲学、文化学眼光,从特定历史时空对哈姆莱特进行探讨的论文,或以"人"、"人类"为考察的坐标,寻求哈姆

---

① 王严:《多么离奇古怪的混合——〈哈姆莱特〉再探讨》,《戏剧》1991年第3期。
② 谷中:《悖反的主题:重新解读〈哈姆莱特〉》,《固原师专学报》1991年第3期。

莱特普遍的、全人类的价值走向;或以社会文化为考察的背景,寻求哈姆莱特本质的文化属性。1992年钟翔、王昊认为哈姆莱特是"一个执著地追索人类意义的自我求证者"。他们说"哈姆莱特就是'人','人'的生命。他的十分活跃的自我意识、自我观照、自我求证,也就是人的自我意识、自我观照、自我求证"。"哈姆莱特所表现出来的莎士比亚的人文主义人性观,绝非剧作家单一的人性观,它融入了此前的人性观,也在超前意识中预示了后世人的人性观"。因此这个形象才"不属于一个世纪,而属于所有的世纪"。哈姆莱特"关于人的生存意义的沉思连同他孜孜不倦的自我求证,自有其特殊的个性,却又概括着关注探索人的命运与奥秘的普遍意义"[①]。1993年钱理群考察了堂吉诃德与哈姆莱特这两个文学形象分别从西班牙、英国走向法国、德国、俄国和中国的精神漫游。钱理群将堂吉诃德与哈姆莱特作为知识分子的两种类型加以考察。他认为堂吉诃德在"乌托邦"的理想追求中,执著于"天赋使命感"的神圣观念,"把战斗当职业",实行浪漫主义的苦难哲学,无限地焕发出勇敢、意志力和忠于信仰的牺牲精神,是一个"道德完善者的形象"。而哈姆莱特则"从切身的痛苦感受上升到理性的怀疑与否定。不仅是对'人世',对'人','宇宙',更是对自我的彻底怀疑与否定"。他"决断决行的本色,蒙上了惨淡的一层思虑的病",他因此就成了"世界各民族、国家的知识分子自我审视、自我批判的一面镜子",而哈姆莱特的"忧郁、犹豫不决,缺乏行动性,正是根源于他对未来的苦难的疑惧,清醒的正视,这就是典型的'哈姆莱特式'的命题"。这种"用彻底怀疑的眼光看待已知与

[①] 钟翔、王昊:《关注人的命运,探索人的奥秘——哈姆莱特沉思录》,《外国文学研究》1992年第4期。

未知的一切就永远不会停止知识分子的独立思考、探求与追索","哈姆莱特式的命题也就成为一切时代、一切国家、一切民族自觉知识分子的共同命题,具有人类性的多思、忧郁的知识分子的典型"[①]。

1990年代初发表的两篇用心理分析理论分析哈姆莱特的论文,重新探讨了哈姆莱特踌躇的心理原因,展现了哈姆莱特复仇的心理过程。他们认为弗洛伊德等以"俄狄浦斯情结"解释哈姆莱特之谜是荒唐的,但也认为可以运用心理分析理论从心理的意识层上去揭开哈姆莱特踌躇的秘密,它们主要的不是套用现成的心理学范畴,而是根据自己确定的一些理论模式对哈姆莱特进行心理分析。1990年孟宪强说在历史嬗变时代,人们意识运动的各种形态常常以典型的方式呈现出来,而那些卷入时代漩涡之中的某些人们,意识因子运动的各种形态有时会纠葛在一起,并很难以物化的形式释放过多的意识能量,结果就导致了意识的困扰,其外在的形态就是意志的犹豫不决,行事的踌躇不定,同时伴随着感情的苦闷忧郁。哈姆莱特著名"踌躇"的秘密正在这里。他所处的那个嬗变时代的各种社会矛盾引起了他心理意识层中复仇的意识运动,即不同性质的意识因子的聚合、裂变、撞击等,这些意识运动的每一种形态都可以造成意志上的犹豫和行动上的拖延,而在哈姆莱特那里这些不同形态的意识运动竟又纠结在一起,形成了少有的意识困扰,这就是哈姆莱特踌躇的最终原因。哈姆莱特这个独特的艺术形象包容了差不多整个文艺复兴晚期社会嬗变的诸种矛盾,成为文艺复兴时代的一座纪念碑,永远耸立在人类反对暴虐、反对邪恶,追求进步、追求光明,并且不断追求自

[①] 钱理群:《丰富的痛苦——〈堂吉诃德〉与〈哈姆莱特〉的东移》,时代文艺出版社1993年版,第13—14、26、30页。

身完善的历史潮流之中①。

1991年敖行维说哈姆莱特在复仇过程中所经历的心理过程分为三个阶段:怀疑、矛盾、奋起。由此得出结论:1.复仇构成了主人公外部行动的目的,也构成了心理行动的主线;2.哈姆莱特的心理历程虽一泻到底但其间有九曲回环,也有急流险滩;3.哈姆莱特的心理内容由多种多样的情感元件组成,同时每一个情感元件又各具特色。哈姆莱特的心理类型属"抑郁质",特点为高度的敏感性、性格的内倾性、情感的强烈性。哈姆莱特的心理危机为信仰危机所导致(现实世界与心理定势之间的矛盾造成的),并由此最终使哈姆莱特的悲剧成为一场震撼人心的心理悲剧②。

1990年代初发表的几篇《哈姆莱特》比较研究的论文主要是比较主人公性格的不同特征及其审美内涵。其中有两篇是与鲁迅的阿Q和狂人这两个著名的艺术典型进行比较研究的,一篇是与郭沫若的《孔雀胆》进行比较研究的,它们运用时代、社会、阶级等范畴去探讨主人公的主体意识及其所观照的人类精神。和萨特的《苍蝇》比较的那篇则是立足于人文主义与存在主义的比较,在此基础上寻求历史上"人类的普遍状况"。

1990年魏善浩比较了哈姆莱特与阿Q。作者认为,哈姆莱特与阿Q的性格都包含极其鲜明、独特的个性和极其深刻的哲理性:前者在与社会邪恶和自身人性弱点的斗争中追求社会正义的实现和自身的人性完美,后者则要用"精神胜利法"来追求和证实自身存在的价值。他们共同体现了"对自我价值以生命为代价的寻求,虽然方向

---

① 孟宪强:《时代嬗变与意识困扰——哈姆莱特踌躇问题新探》,《东北师大学报》1990年第1期。

② 敖行维:《哈姆莱特的心理分析》,《成都师专学报》1991年第1期。

相逆却各自代表了人类精神历程的一个方面"。哈姆莱特与阿Q在审美特征上表现出很大的差异:哈姆莱特具有震撼人心的崇高美感,人们怜悯他的"过失",他的结局具有净化心灵的作用;而阿Q身上的荒诞色彩使他具有更多的喜剧因素用它来中和、冲淡悲剧因素,却又反衬出悲剧感,形成一种"冷峻沉郁"的悲剧风格。哈姆莱特的悲剧是一种"英雄的、独特的"悲剧,而阿Q的悲剧乃是一种"极平常的、没有事情"的悲剧[1]。1992年苏晖比较了《哈姆莱特》与《狂人日记》。他认为哈姆莱特和狂人都是"悲剧性的超越者"。"虽然他们所处时代、阶级、民族不同,但作为时代的超越者,他们身上都体现了强烈的主体意识,抗争欲望及斗争精神"。他说莎士比亚和鲁迅都生活在"历史发生巨大转折时期",他们"通过这两个超越者的形象,表达了自己作为智者的孤独感,作为混沌世界中的清醒者的忧愤意识"。他们通过艺术形象表现出来的是自我意识的主体在超越蒙昧意识中形成的悲剧,表达的是主体通过抗争展示自己超常精神风貌,强烈的生命力的悲剧精神[2]。1992年张直心比较了《孔雀胆》与《哈姆莱特》。他认为,这两部作品"平行着两条极其相似的情节链","主要人物大都有对应关系","都着意渲染了一种象征性的毒药的作用"。作者论述了两部作品中"仁义思想与人文主义:善的理想的相似",还论述了"延宕悲剧性谜底的异同"。他认为,"当哈姆莱特直面现实的丑陋的人生时,才有痛不欲生的幻灭;当段功难以扫清'百鬼夜行'的梁国时,才有杀身成仁的无奈,尽管他们'知其不可为而为之',毕竟力

---

[1] 魏善浩:《世界文学中悲剧性格的两极和两座高峰——哈姆莱特与阿Q比较研究》,《外国文学研究》1990年第4期。
[2] 苏晖:《超越者的悲剧——〈哈姆莱特〉与〈狂人日记〉》,《外国文学研究》1992年第1期。

不从心,于是相遇于延宕,'同归'于牺牲"。但他们却"由不同的道路走向同一悲剧结局:一个'延宕'因为忍让,对阴谋'故意装作不知道',一个'延宕'却是因为冲动,对现存寻根追底。两部作品一为历史悲剧,一为哲理悲剧,因此悲剧基调迥异":"在《孔雀胆》中,悲剧性的阴云之后不时闪现出郭沫若式的乐观的亮色;而在《哈姆莱特》中,则始终流贯着一种难以排遣的哈姆莱特式的忧郁"①。1993年张辉比较了《哈姆莱特》和萨特的《苍蝇》,对这两部作品做了同构关系分析。他说前者取材于古丹麦历史传说,后者取材于古希腊神话故事,但它们之间却有着"惊人的相似之处":都是弟杀兄,都是嫁给丈夫的弟弟,都是杀死谋害父亲的叔叔。两部作品中的主人公具有不同的悲剧性格:佯狂者和清醒者的不同悲剧;思索者和运动者的不同悲剧;"失神"者和渎神者的不同悲剧;人文主义和存在主义的不同悲剧精神。他认为,历史材料在新历史时期的"复活"是建基于题材本身对人类普遍状况所具有的代表性之上的。《哈姆莱特》与《苍蝇》所反映的这种普遍状况即"恶"——对"神圣事物"的"叛逆精神"和"恶劣"的情欲(贪欲和权势欲)成为"历史发展的杠杆"②。

1993年田民从莎士比亚戏剧中"哈姆莱特性格系统"的视角,探讨了哈姆莱特性格的形成过程和基本特征。他说,哈姆莱特形象的基本轮廓直接来源于前哈姆莱特性格系统,但莎士比亚对哈姆莱特性格的深刻洞悉和艺术表现都来自他对人生的痛苦体验,对人性的深刻认识和对艺术的执著追求。因此《哈姆莱特》之前的一些作品中能找到作家思考和探索的轨迹。罗密欧充满诗意的情感体验、理查

---

① 张直心:《〈孔雀胆〉与〈哈姆莱特〉》,《外国文学研究》1992年第4期。
② 张辉:《相似的故事,不同的悲剧——莎士比亚的〈哈姆莱特〉与萨特的〈苍蝇〉的对比研究》,《南京大学学报》,1993年第2期。

二世神经质的敏感、杰奎斯的忧郁等都从不同方面成为哈姆莱特性格某一方面的雏形。然而从多方面预示了哈姆莱特的是布鲁土斯，他们在性格上有许多相似之处：首先，理想化的倾向在布鲁土斯的性格中要比在哈姆莱特的性格中表现得更加突出；其次在性格的复杂上，布鲁土斯还达不到哈姆莱特的深度。在罗密欧、理查二世、杰奎斯、布鲁土斯、哈姆莱特性格系统中，哈姆莱特的多元素矛盾构成并决定了他的广泛的共鸣性以及他所产生的巨大影响。[1]

1990年代初期，我国的莎士比亚研究出现了历史以来的第一篇批评外国学者学术观点的《哈姆莱特》研究论文、第一部用英文写成并在国外出版社出版的《哈姆莱特》研究专论，表明中国的莎学研究已经开始形成自己的范畴，并运用这些范畴对哈姆莱特进行独立的考察，而不是像过去那样简单地因袭、陈述、介绍和引证外国学者的观点。这是中国莎学开始走向成熟、跻身国际莎坛的一个重要标志。1992年何其莘批评了1976年由美国斯坦福大学出版社出版的埃莉诺·普罗瑟的专著《哈姆莱特和复仇》一书中的观点。普罗瑟把《哈姆莱特》纳入基督教教义的轨道，把它说成是17世纪初基督教道德剧的翻版。普罗瑟认为《哈姆莱特》的目的在于告诉人们，复仇是错误的，而挑起哈姆莱特王子复仇愿望的鬼魂是罪恶的，并论证了剧中鬼魂并非丹麦国王从炼狱中返回人间的亡灵，而是一个地狱中的恶鬼。他乔装打扮以便引哈姆莱特上当，将丹麦推进苦难的深渊。何其莘批驳了对普罗瑟构筑自己这一观点的三个论据：1.当霍拉旭命令鬼魂开口说话时，它表现出一副惊慌失措的神情；2.当三位见证人对哈姆莱特讲述鬼魂时，他们用了非人称代词"它"；3.鬼魂没能够通过霍

---

[1] 田民：《莎士比亚戏剧中的哈姆莱特性格系统》，《学术论丛》1993年第3期。

拉旭、哈姆莱特以及莎士比亚时代的基督徒观众对它一系列考核。何其莘在论文的最后说:"尽管普罗瑟的观点是错误的,但其论述有助于我们理解剧中个别费解的台词。"[①] 1993年辜正坤的莎学专著 *Studies in Shakespeare*(《莎士比亚研究》)由法国巴黎的 Shakespeare & Company 出版,香港新世纪出版社印行。这部专著是作者的《莎士比亚研究》的第一部,是专论哈姆莱特踌躇的,其副标题即为 *Hamlet and His Delay*。该书除序言外分成十章,从不同角度论述了哈姆莱特踌躇的心理机制和社会原因。第一章为"文本中踌躇的证据",第二章为"过去莎士比亚学者关于哈姆莱特踌躇问题争论原因简述",以下各章分别论述哈姆莱特踌躇的原因系统:内部原因、压抑欲望的表现、踌躇原因的内部关键、外部原因的关键、踌躇的四种状态,等等。在最后一章中作者将哈姆莱特的踌躇置于当时特定的历史条件和社会环境中加以考察,分析了埃塞克斯的踌躇和伊丽莎白女王的踌躇,进而论述了哈姆莱特踌躇的时代和社会的特定内涵。

1990年代中期(1994—1996)发表《哈姆莱特》论文56篇,平均每年近19篇,不仅是1990年代,而且是一个世纪以来中国发表《哈姆莱特》研究论文最多的几年。这几年间一些学者继续运用辩证唯物主义和历史唯物主义观点深入研究《哈姆莱特》,一些学者则运用"意象—象征"理论、存在主义理论、心理分析理论来探讨《哈姆莱特》的意蕴和价值。

这几年间发表的用"意象—象征"理论、存在主义理论研究《哈姆莱特》的评论都借鉴了外国学者对《哈姆莱特》的现代批评的模式,同

[①] 何其莘:《是复仇悲剧,还是道德说教?——〈哈姆莱特〉再议》,《外国文学评论》1992年第4期。

时也都批评了这些批评模式的片面性,他们力图揉入传统美学理论,摆脱西方学者形式主义研究的弊端,力图用他们借鉴来的理论揭示《哈姆莱特》的意蕴和主题。1994年肖锦龙著文概括了西方学者关于《哈姆莱特》意象分析的几种观点,并指出其局限:就事论事,各执一隅,片面强调某一种意象为主导意象。作者认为《哈姆莱特》中的种种意象是不分主导和辅从的,而是平等共存。他说《哈姆莱特》中的意象为:剧毒意象、感染意象、腐蚀意象、疾病意象、丑乱意象、死亡意象。这些皆为灰色意象,《哈姆莱特》中也有星星点点的光辉图像,但都一闪而过,构不成意象模式。作者认为西方学者的意象分析都孤立地就语言、词汇本身进行研究,无法把握它的意蕴。他认为《哈姆莱特》意象模式与作家的思想感情、人生体验深深地联系在一起,并从莎士比亚的政治人生理想同现实的冲突碰撞中去寻求其内在意蕴。作者认为那个时代出现的疯狂的欲望——权力欲、金钱欲、情欲、性欲,致使骨肉相残、亲人反目、朋友背信弃义,人变成了非人。《哈姆莱特》的意象模式正是这种洪水般的邪恶的个人欲望巨大危害的全景图[①]。

1994年蒋承勇认为,"哈姆莱特之谜"导源于人类对命运、价值与前途的迷惘与焦虑,它是文艺复兴晚期人们精神状态的一个概括。在那个思想大解放、文明大发展的历史时期出现了历史上从未有过的人欲横流,情欲泛滥,整个社会充满罪恶,成为一座"荒芜不治的花园",上帝失落了,但魔鬼却活着,世界变成了"冷酷的人间",人们面临信仰危机、精神危机。面对这个"颠倒混乱的时代",哈姆莱特曾经

---

① 肖锦龙:《审美体验与〈哈姆莱特〉的意象模式及蕴意》,《外国文学研究》1994年第2期。

接受过的人文主义理想,对人的赞美和对人生的梦想破灭了。从他的心灵深处喊出了一种经久不绝的痛苦的声音:"生存,还是毁灭?"一种焦虑、一种迷惘、一种惶惶不可终日的情绪与心态伴随其复仇全过程。他的犹豫实在不只是他面临复仇的外部障碍时出现的软弱、退让,而且是他在感悟到生命本体之丑恶、人在与自身邪恶对抗时的渺小、人生之虚无,意识到灵魂无所寄托时的无可奈何的心态;犹豫也不仅仅是哈姆莱特性格的表现,而且是文艺复兴后期人们失去上帝,又失去个性自我拯救、自我解放的信念,失落了信仰,找不到新的价值核心,精神无所寄托时进退两难的矛盾心理之象征[①]。

1994年陈焱力图将"存在主义"命题与"文艺复兴"历史有机联系起来,去揭示哈姆雷特性格的内涵。作者认为这既可以"超越简单的社会学考察,又超越抽象的哲学分析"。陈焱认为歌德、泰纳、别林斯基、弗洛伊德、赫尔岑等对哈姆莱特的分析虽然精确、精彩,但缺乏历史主义深度。作者认为杨周翰等在《欧洲文学史》中所阐述的观点"比那些抽象的分析有巨大的进步,但企图将艺术形象直接套入阶级模式的做法,是机械的、生硬的,缺乏中介环节的,因而也是简单化的"。该文引用瓦尔特·考夫曼《从莎士比亚到存在主义》、雅斯贝尔斯《悲剧的超越》以及加缪的观点,说哈姆莱特的拖延与犹豫是个体存在的危机,因此将"To be, or not to he"译为"生存,还是不生存"不是一种文字游戏,可以在剧本中找到许多根据。"人类的困境在《哈姆莱特》的戏剧寓言中获得了成功的表达。在文艺复兴时代'人学'向'神学'挑战的情况下哈姆莱特才出现了精神危机","只有在这样的背景下哈姆雷特对生存意义的怀疑才可能具有历史的进步意义"。

[①] 蒋承勇:《哈姆莱特:人类自身迷惘的艺术象征》,《上海师大学报》1994年第2期。

作者说:"这真是一种痛苦的进步,当人类离开了上帝的伊甸园去独自闯荡世界的时候,才突然发现自己是赤身裸体的,即人类还没有学会独立生活的时候上帝的缺席必然会造成一种混乱。"因此哈姆莱特才说:"这是一个颠倒混乱的时代,唉!倒霉的我却要负起重整乾坤的责任。"作者认为自己的这种解读既不同于以往的社会学评论,也不同于存在主义的哲学诠释,因此自认为他的发现是"第一千零一个哈姆莱特"①。

这个时期发表了几篇对哈姆莱特进行精神分析和心理分析的论文,前者有的缺乏客观的、科学的研究,对哈姆莱特以及莎士比亚的主观臆断令人难以接受,如有的说"哈姆莱特是一个从怀疑走向虚无的精神崩溃者的典型",他只是"以人文主义的思维方式夸大了痛苦和复仇的责任,以致失落了信心与信仰,再一次从否定一切滑向宿命论的虚无,最后精神崩溃"②。有的说,"哈姆莱特具有精神分裂的病症!思维、感情和行为互不协调,联想分散,情感淡漠,言行怪异,脱离实际",他之所以这样,是因为"莎士比亚本身就有精神分裂的趋势","而哈姆莱特就是莎士比亚的化身"③。这个时期出现了对弗洛伊德等以"俄狄浦斯情结"解释哈姆莱特踌躇的批评论文,认为这种神秘得令人难以相信的观点是"伪科学",是强加给哈姆莱特和莎士比亚的,不过,"用心理分析方法研究莎士比亚的研究却是一条路子"。1996年罗志野对哈姆莱特进行了心理分析,他声称运用马克

---

① 陈焱:《第一千零一个哈姆莱特:哈姆莱特新解》,《文学世界》1994年第6期。
② 刘建华:《从怀疑走向虚无的精神演变史——论哈姆莱特的毁灭》,中国莎士比亚研究会主编:《莎士比亚研究》第4期,浙江文艺出版社,1994年7月。
③ 钱海毅:《"拖延的悲剧"之我见——对哈姆莱特精神病变的分析》,中国莎士比亚研究会主编:《莎士比亚研究》第4期,浙江文艺出版社,1994年7月。

思主义的观点,使用精神分析的最新成果,证明弗洛伊德所提出的在西方流行、并被一些人称为"伟大真理"的"俄狄浦斯情结"是反科学的;作者通过对俄狄浦斯杀父娶母神话故事的具体分析得出了这个结论,并进而指出琼斯在弗洛伊德这个理论基础上建立起来的一套解释《哈姆莱特》的符号系统是反文化的。作者认为所谓"哈姆莱特之谜"并不那么难解,应该用科学的理论进行分析,哈姆莱特既没有形成俄狄浦斯情结,也没有表现出这个情结,这是弗洛伊德、琼斯认定莎士比亚无意识地把他自己的俄狄浦斯情结赋予了哈姆莱特,本人也不知道自己有这种情结,而在他意识中是存在的。这种说法神秘得令人难以相信,是伪科学。其实哈姆莱特是人文主义所理想的青年,他的悲剧显示了人类光辉的未来却被自己的心灵弱点所毁灭,哈姆莱特心中蕴藏着一个主题,无疑他也是一个伟大的英雄。作者最后说"用心理分析来审视人物内心仍然是一条有意义的路子"[1]。

这个时期运用历史唯物主义和辩证唯物主义认识论和方法论对《哈姆莱特》的研究继续深入,有的从时代特征以及时代与人的关系出发去揭示《哈姆莱特》反对篡夺王权的政治主题、哈姆莱特艺术生命的构成以及哈姆莱特的性格特征;有的从当时的宗教、道德观去探讨哈姆莱特拖延的根本原因,这些研究都力图获得对哈姆莱特的全面的本质的认识。

1995年,孟宪强认为哈姆莱特是文艺复兴的时代之子,是个复杂的艺术形象,由三个层面交错构成:从社会思想属性来看,哈姆莱特是一个具有怀疑主义特征的蒙田式人文主义学者(其特征为:批评人类的弱点、精通古代希腊罗马文化,认识自我,揭露社会丑恶现象,

---

[1] 罗志野:《重评〈哈姆莱特〉》,《南昌大学学报》1996年第2期。

不主张社会变革等等);从人性道德属性来看,哈姆莱特是一个兼有人性善恶两种倾向的人物(对父亲、情人、朋友的爱显示"善"的一面,对奥菲利娅的伤害则显示了"恶"的一面);而从个性特征来看,哈姆莱特具有相互矛盾的个性因素,是一个伊丽莎白时代"人"的典型。[①]

1996年廖可兑认为《哈姆莱特》是莎士比亚的"现实主义戏剧艺术的顶峰",它"所揭示的悲剧主题不是一般的复仇,而是反对篡夺王位的斗争"。"作为一个具有人文主义思想的青年王子",哈姆莱特把"为父复仇看作是重整乾坤的责任"感到任务艰巨,他消灭一位篡夺者的决心坚定不移。他属于文艺复兴时期"巨人"式的人物,一直用他的舌、笔或剑同敌人展开斗争,由于势孤力单,最后与敌人同归于尽。"丹麦宫廷即为伊丽莎白王朝的缩影",这里的王权政治开始发生危机。作者引用恩格斯关于英国贵族内战的论述,认为克劳狄斯一伙属于新贵族,克劳狄斯集中反映了这个统治阶层的特征,他阴险、狡猾;而宫廷社会的腐化堕落,整个国家动荡不安,人心思变,这些都是由政治野心家篡夺王位所造成的恶果。莎士比亚在歌颂哈姆莱特高贵的同时,也着重揭露了克劳狄斯的丑恶嘴脸[②]。

1996年李公昭认为,哈姆莱特之所以拖延不是因为他性格上的各种弱点,如软弱、犹豫、怀疑等等造成的,而是由某种宗教、道德的力量阻碍了他的行动。其一是宗教对个人复仇的禁止,其二是上帝对弑君篡位、破坏神性秩序的惩罚。正是出于这两种考虑,哈姆莱特才迟迟不能行动。他对自己的观点进行了历史的具体地论证,他认

---

① 孟宪强:《文艺复兴时代的骄子》,《中国莎士比亚年鉴(1994)》,东北师大出版社1995年版。
② 廖可兑:《重读〈哈姆莱特〉》,孙福良主编:《94上海国际莎士比亚戏剧节论文集》上海文艺出版社1996年版。

为"克劳狄斯弑君篡位就是打破了神性的秩序",致使丹麦笼罩在一股致命的毒气之中。哈姆莱特的复仇也跟克劳狄斯的行为一样有罪。这样他的复仇所受到的诅咒同样是双重的——弑君、篡位,哈姆莱特复仇的困境同中世纪与文艺复兴时期人的宇宙观以及君权神授观念密切相关。哈姆莱特陷入困境,无法解脱,因而常常自责并想到自杀,在第五幕之后,哈姆莱特把思想、复仇、行动全部托付给天意,随时准备死亡。最后福丁布拉斯的出场是理解《哈姆莱特》的一个关键情节,这个人物上场具有象征意义。因此哈姆莱特到死也没有忘记拥戴他为丹麦国王,他的出现象征着旧的、遭诅咒的腐烂的秩序的毁灭和新的、合乎天意的、强大的新秩序的重建,而霍拉旭则是连续新旧秩序的纽带[①]。

1996年方平认为哈姆莱特由热爱父亲而憎恶叔父和母亲,进而贬低女性、厌恶人民、厌恶自身,同传统的复仇主题比较起来,这出悲剧的主题是更为普遍的,一种永恒的美好理想和无情现实的冲突。他说剧本在引进复仇主题之前,哈姆莱特已经是一个经历精神危机,失去了对人生一切信仰和希望的王子,幻灭感、失落感把他推向了生与死的边缘;三倍的复仇(国仇—篡位、家仇—奸母、父仇)神圣使命虽然为他注入了生命的动力,却不能找回生命的意义,在他的内心深处重建一个爱的世界。理想破灭了,他的行动的意志随之瘫痪了,作者认为可以从这里去理解哈姆莱特拖延的原因,作者认为"莎士比亚把一个复仇悲剧转化为性格悲剧、心理悲剧,将一个本应是行动着的人变成一个不断思索的人,一个被人生的根本问题困惑的人,一个对

[①] 李公昭:《秩序的毁灭与重建——〈哈姆莱特〉悲剧原因新探》,《外国文学评论》1996年第4期。

人生固有价值观念产生了怀疑的人"。"正因为这样,哈姆莱特更容易为我们现代人——被各种社会问题所困扰的现代人在思想感情上所认同"。作者认为哈姆莱特也有行动:第一,他"疯"了,借此肆无忌弹地吐露出郁积在心头的愤怒;第二,"斩断情缘";第三,用演戏作为"捕鼠机"。哈姆莱特在行动中"拖延又拖延,迟疑再迟疑,因为超出于宗教观念,超出于家族的荣誉观念之外,还有怎样找回他美好的理想世界,怎样重新建立起人生信仰的大问题"①。

1990年代末期(1997—2000)发表《哈姆莱特》研究论文的数量较前一时期明显减少,共30篇,平均每年不到8篇,这个时期的《哈姆莱特》研究对中外三个多世纪的《哈姆莱特》评论进行了批判性的评述,并力图对哈姆莱特寻找出一个超越中外学者的个人阐释;这个时期中国的《哈姆莱特》研究呈现出自觉的民族化趋向,寻求汉语语境中的哈姆莱特群像;这个时期中国的《哈姆莱特》研究的多元格局基本形成,各种批评方法的《哈姆莱特》评论各抒己见,出现一种百家争鸣的局面。这个时期《哈姆莱特》的研究论文在一定意义上显示了中国学者简单地接受外国学者现成批评模式时代的终结,同时也预示出在新的世纪里中国学者对《哈姆莱特》乃至整个莎士比亚的研究将进入新的时期,运用科学的研究方法,形成自觉的主体意识,力争对《哈姆莱特》及莎士比亚做出原创的阐释,以形成具有中国特色的莎学批评理论体系和思维模式。

对以往中外《哈姆莱特》研究的批判性审视,是1990年代末中国《哈姆莱特》研究的重要成果,它突破了我国长期以来的《哈姆莱特》

---

① 方平:《哈姆莱特的悲剧性格》,《94上海国际莎士比亚戏剧节论文集》,上海文艺出版社1996年版。

评论"述而不作"的局限,力图有所创新。这些论文从不同角度批评了三个多世纪《哈姆莱特》研究的种种理论缺陷和弊端。既批判了苏联学者的观点对我国的影响,也批判了西方学者的理论偏颇。强调调整研究思路,提出重视方法论的问题,并依据自己提出的理论原则对哈姆莱特形象的某些方面进行了独特的开掘,以一种新的视角构筑自己的理论模式。研究《哈姆莱特》很难获得公认的终极结论,上述观点仍有难以摆脱的某种局限。他们的结论也难以成为真正解释哈姆莱特的钥匙,但这种追求超越的、创造性的批评原则却仍然能够给人以启示,这对于中国的《哈姆莱特》研究乃至整个莎士比亚研究都具有积极的意义。

1997年高德强认为"我国对《哈姆莱特》及其作者的研究总是在同一误区徘徊"。这个误区就是"苏联莎评的误区"。作者认为在这个"误区"内对《哈姆莱特》的研究出现许多"弊端和谬论":牵强附会,陷入逻辑怪圈;宣称自己是马克思主义而实际对马克思主义知之甚少,采用的观点和方法往往倒是非马克思主义的甚至反马克思主义的;引用马克思主义经典作家的语录时,采取实用主义态度,断章取义,张冠李戴,甚至指鹿为马;分析人物形象时贴标签,根本不顾人物的复杂性,等等。以上弊端具体表现在:第一,关于"莎士比亚作为文艺复兴时期人文主义作家";第二,关于"人文主义的典型";第三,关于"重整乾坤";第四,关于"世界是一所牢狱";第五,关于复仇和延宕;第六,关于哈姆莱特的世界。作者对上述各点一一做了简要的批驳。作者认为哈姆莱特的世界不是丹麦,也不是伊丽莎白时代的英国,而只是"悲剧让我们进入的想象的环境",他认为认识这一点非常重要,这是开启《哈姆莱特》之门的钥匙。有两位英国人艾弗·埃文斯和安东尼·吉伯斯正是用这把钥匙打开了《哈姆莱特》的大门,解决了一直困扰人们的大奥秘,他们共同认为《哈姆莱特》是两出戏,讲两个故事,描绘两个世界。这样的两个世界必然是想象中的,而且难以浑然融为一体。如果我们把这两个世界看成真实的,并且看成一个,那么剧中的许多问题,如"复仇"、"重整乾坤"、"延宕"等,将永远是不可回答的"司芬克斯之谜"①。

2000年易晓明批评了西方三个世纪以来《哈姆莱特》评论中种种"片面性的缺陷",并提出了研究哈姆莱特的理论原则和方法论。作者认为"18、19世纪的哈姆莱特评论都带有个人化或个人学说进行演绎的特点,绝大多数的批评自然成了刻舟求剑式的,即固守'延宕'这一老而又老的路线图"。而"当代西方的文学批评中,文学对象往往沦落为各类学科、各类学说的注释","哈姆莱特也被肢解得越来越破碎了","各学派都从本位出发,批评界分成了贴标签集团","哈姆莱特研究造成了五花八门的混乱局面"。作者认为由于批评的思路的局限直接造成了今天哈姆莱特研究的徘徊局面,具体表现为随意比附,任意取舍;仅谈一点,不及其余;寻找各种新理论套到哈姆莱特的身上,言必称复杂,称其为"谜"、"迷宫"、"密码",故意将其复杂化。该文中开头的这一部分显示出一种批判的力度。在此基础上作者明确提出"要对哈姆莱特做出全面的阐释必须调整思路,避开当代哈姆莱特研究的种种误区,切实从文本出发,着眼于人物的矛盾性和复杂性"。

作者遵循着自己所提出的理论原则和方法论对哈姆莱特进行考察,提出敏感是哈姆莱特性格本质的命题。作者说在哈姆莱特批评史上曾有学者指出过哈姆莱特具有敏感的特征,但从未有人将其升

---

① 高德强:《走出〈哈姆莱特〉研究的误区》,《黔南民族师专学报》1997年第2期。

华为性格本质。作者说哈姆莱特性格的本质不是忧郁,不是软弱,不是智虑,不是恋母或抽象,而是敏感。敏感在哈姆莱特身上具有一贯性,它关联着哈姆莱特性格的一切方面,其忧郁与痛苦都来自心灵的敏感:忧郁是流,敏感是源。敏感产生多疑,怀疑成为哈姆莱特身上一个显著的特征。哈姆莱特的一些消极表现,甚至延宕的部分因素均来自他的敏感。对人际关系的敏感是哈姆莱特内心冲突与外部冲突的一个联结点,也是他的多疑的"刺激泛化"等性格特征的基础。敏感直接导致了哈姆莱特情绪的两极波动与行为的尖锐矛盾等属性。比如哈姆莱特既有悲观绝望的情绪,又有积极进取的精神,等等。敏感使哈姆莱特的人生体验,对人性的理解都进入到超常的境界,这就决定了哈姆莱特性格的独特魅力,作者还分析了哈姆莱特的理性的头脑,他的理性思辨又构成了一个宏大的世界。由此作者认为就作品而言《哈姆莱特》不是一出单纯的复仇剧,它涵盖了丰富的社会与时代的内容、人生和人性的特质;就形象而言,哈姆莱特是心灵的丰富与哲理的深刻复合铸就的并由此产生出无穷的魅力。该文最后探讨了敏感与疯狂的关系问题,认为哈姆莱特身上矛盾极多又不让人觉得分裂,而且还让人感到真实可信,完全是得力于装疯;而且他的装疯是那样的逼真,以致认为他真疯的也颇有人在,绝大多数人认为他几近疯的边缘①。

这个时期的《哈姆莱特》研究明确地提出了从汉语译文文本进行考察与阐释的问题,把从本民族语言语境进行研究的地位予以学术的定位。实际上,中国学者对莎士比亚乃至其他外国文学作品基本

---

① 易晓明:《试论哈姆莱特的性格本质》,《燕山大学学报》第1卷第2期(2000年5月)。

上都是用汉语进行研究的。但长期以来,学者们并没有自觉地意识到这种研究的特殊性。这种研究的客体是汉语译文的文本,主体则是从汉语言文化背景下对译文文本进行考察,这种研究具有民族性的特征。1997年皮民辉论述了不同汉语译本中哈姆莱特群像的差异及其合理性,并介绍20世纪八九十年代国际比较文学界权威人士关于翻译文学民族性问题和对译文文本相对独立性的理论。他说这种理论改变了过去那种把外国文学作品放在外国文化背景与原文的关系中进行考察的视角,而是从本民族语言的语境中直接考察与阐释译文文本。作者认为,由于译者对形象的理解,出于异态文化背景的启示与母语读者的理解不可能是一致的,因此每一位译者对哈姆莱特都有自己的理解,然后根据这种理解来进行翻译,这就构成了汉语语境中的哈姆莱特群像。作者通过朱生豪、卞之琳、曹未风、林同济四位译者《哈姆莱特》译本中哈姆莱特的独白、剧中其他人物眼中的哈姆莱特以及哈姆莱特在与他人的言行关系中等三个方面的译文进行了具体、细致的考证,比较分析,证明了他们之间的差异性,作者认为这种差异性的存在是合理的,因为每位译者的心目中都有他们所理解的哈姆莱特[①]。

对哈姆莱特更为深入的传统批评在1990年代末仍占有重要地位。这些论文大多注意到了哈姆莱特性格的复杂性,都力图以多层面的构筑去揭示哈姆莱特性格的本质。同时有的论文继续坚持哈姆莱特是"人文主义者的典型形象"的观点,并对哈姆莱特头脑中的封建意识进行剖析,力图对哈姆莱特的人文主义属性获得一个更为全面的阐释。

---

① 皮民辉:《汉语语境中的哈姆莱特群像》,《湖南教育学院学报》1997年第3期。

1997年吕伟民认为哈姆莱特性格成因的多解性,来自这一形象本身罕见的深刻性和复杂性。父亲被害事件使哈姆莱特兼有了三种身份:血亲复仇者、认识到人间黑暗的人文主义者、面对死亡的人生意义的思考者。前两种身份赋予哈姆莱特立即行动的职责,后一种身份则在不知不觉中延宕了行动。对"生存还是毁灭"的诘问,在哈姆莱特的生存中是压倒一切的,而对这一问题的独特解答又使他断然投入行动之中,哈姆莱特的延宕不是出于胆怯与无能为力,其最深刻的原因是父亲被害事件引起的对生与死的痛苦的思考①。

1997年马晓华说,"哈姆莱特之谜"的形成,是没有揭示出哈姆莱特形象的丰富内涵导致的。她认为哈姆莱特是莎士比亚美学探索、道德探索、宗教探索观念的复合体。哈姆莱特的典型意义在于揭示了人与命运的冲突,展示了人的理性与人性的弱点,具有深刻的哲理性与思辨性。哈姆莱特的性格集中展现了人性的特征:抑郁与淡漠、坚强与畏缩、理智与激情、爱与恨、生与死……诸多人性范畴中的矛盾构成这一形象的性格主体②。

1999年张晨坚持认为,"哈姆莱特是一名文艺复兴时期的人文主义者的典型形象,是当时人类进步思想的体现者",但他所着重论证的是作为新旧交替时期的人物,"哈姆莱特头脑中深深地保留着封建主义的王权思想、伦理道德思想、骑士精神以及宗教神学的印迹"。他认为正是这些封建思想造成了哈姆莱特的延宕。他批评了苏联和我国一些研究者都将哈姆莱特复仇与社会革命联系起来,夸大其人

---

① 吕伟民:《生存还是毁灭——关于哈姆莱特性格的思考》,《郑州大学学报》1997年第3期。

② 马晓华:《一个多重人格的复合体:再谈"哈姆莱特之谜"》,《内蒙古电大学报》1997年第3期。

文主义精神的观点,同时也不同意近年来简单地否定哈姆莱特是人文主义者的看法。他认为对莎士比亚作品的分析应该"坚持实事求是"的原则,"得出的结论应从具体分析莎士比亚所处的社会环境和历史条件出发,严格地从对作品的具体分析出发,绝不可主观臆断,妄下结论"[①]。

2000年孙伟科认为哈姆莱特是人文主义者的"这一个",是个"与众不同"的典型。他不同于《十日谈》中的主人公把享乐当作是人生的目的,把爱情看成是人生最大的幸福;他不同于《巨人传》中的主人公,没有超人的膂力和智慧,没有不平凡的业绩和成就;不同于《堂吉诃德》中的主人公,没有渊博的知识和轻进果敢的行动;他没有《乌托邦》中对人类未来给予蓝色的渲染。哈姆莱特所感到的是一场灾难的来临,他的欢乐和幸福一夜间就被粉碎,同时又看到了物欲的泛滥和宫廷内外的乌烟瘴气。哈姆莱特面临深渊似的陷阱,举步艰难。在困难艰险的面前他不得不低下他那智慧的头颅,反复思考人生,诉说人生的坎坷。在阴郁、恐怖的气氛中,哈姆莱特经历了悲惨的命运。这就是哈姆莱特作为一个人文主义者的特定内涵[②]。

1990年代末继续出现以西方新的批评理论研究《哈姆莱特》的论文。有的以"神话—原型批评"理论解"哈姆莱特之谜",认为哈姆莱特出于对生命的关注和对死亡的恐惧才造成了一再的拖延。有的以重视文本的新批评理论考察哈姆莱特主体意识的构筑和以死亡的绝对理念代替人类社会各种价值观念的形成过程。这个时期出现了当代作家的《哈姆莱特》评论,这是自1940年代以来时隔60年的第

---

① 张晨:《哈姆莱特所受封建思想影响述论》,《青海师范大学学报》1999年第2期。
② 孙伟科:《重释哈姆莱特——兼及莎士比亚评价中的是是非非》,《云南艺术学院学报》2000年第1期。

一篇作家的《哈姆莱特》论文。作家以其关注人生的视角和具体形象的语言描述了哈姆莱特走向新生之路的过程和所达到的高度。

1998年袁宪军以"神话—原型批评"理论阐释了《哈姆莱特》。他以弗雷泽爵士《金枝》中所描述的阿里奇亚丛林中的一个古老仪式为依据,考察了克劳狄斯的谋杀与哈姆莱特的延宕。该文认为《哈姆莱特》与阿里奇亚丛林中的仪式"有惊人的相似"。老王在花园中被谋杀正是"古老的阿里奇亚丛林中因祭司的职位而进行的杀戮移置到了丹麦王国的花园里"。老王已经衰老且疾病缠身,他的死是必然的,而克劳狄斯"正当壮年,且有许多优点",再加上他的"过人的诡诈,天赋的奸恶",所以他不但得到了王位,还得到了丹麦王朝朝野的认可和拥护。他为王之后,像森林中的祭司一样必须提防被杀害,而哈姆莱特则是最危险的对手。哈姆莱特也是个潜在的谋杀者。哈姆莱特出于对生命的关注和对死亡的恐惧而一再拖延。"求生的本能与国王职位上生命的朝不保夕的矛盾使哈姆莱特总是处于不能采取行动的泥潭"。"戏班不期而至,又给哈姆莱特一次延宕的借口";遇到克劳狄斯祈祷时又"以他的灵魂会上天堂为借口,再次延宕";他明知比剑是阴谋,在此关键时刻他又借端延宕了。最后不用担心成为祭司兼国王了,也不用顾虑杀死国王以后要成为王后的伴侣了。这样,他终于朝克劳狄斯刺上那复仇的一剑[①]。

2000年黄必康从"政治意识形态阴影中追踪死亡理念"的角度,对18世纪以来欧洲学者关于哈姆莱特"思想心智"的论述进行评析,并在此基础上提出自己的批评原则:既用新批评细读文本,又突破新

---

① 袁宪军:《〈哈姆莱特〉与阿里奇亚丛林中的仪式》,《外国文学评论》1998年第3期。

批评不作表征意义研究的局限,联系文本形式结构特点与文本指意阐释相结合。该文以哈姆莱特知识意识问题为中心,阐释哈姆莱特主体意识与政治意识形态之间存在的不可调和的矛盾;他拒斥主体意识形态召唤,沉迷智能理想,追踪形而上的死亡理念。哈姆莱特既没有被国家权力政治伪意识所软化和包围,也没有扮演常规伦理道德观念的实际社会角色。在主体意识塑构的过程中,哈姆莱特沉迷于本体玄想和话语建构,在形而上的理念中追寻着生命的意义,用死亡的绝对理念代替人类社会的各种价值观念,这实际上表达了早期现代主体向往启蒙理性,显示了文艺复兴时期人文主义对于宇宙和人类本体意义的追求胜过现实政治和伦理价值承诺的思想取向[1]。

2000年残雪的《险恶的新生之路——读〈哈姆莱特〉》是1940年代以来第一篇由当代著名作家写出的莎评。同年4月,残雪曾在《中华读书报》(2000年4月26日)的"专家导读"栏内对《裘力斯·凯撒》和《麦克白》做过简评,都是着重从人性的角度去审视莎氏作品的内涵。他说:"《麦克白》可以看作与《裘力斯·凯撒》对称的姊妹篇,它突出的是人对自身原始欲望的发挥与承担。"残雪在对《哈姆莱特》的评论中以作家特有的对人生、人性把握的向度与力度,抓住四个问题以作家那种生动形象具有描绘性质的语言阐释了哈姆莱特走向新生的过程和所达到的高度。在第一部分"同幽灵交流的事业"中,残雪说,"哈姆莱特是一个社会先知,他不甘心就范,对他来说与其在污秽中随波逐流,打发平凡的日子,勿宁死。在求生不可、欲死不能的当儿,幽灵出现了","幽灵的责任就是促成王子的自我分裂","这种分裂是

---

[1] 黄必康:《哈姆莱特:政治意识形态阴影中追踪死亡理念的思想者》,《外国语》2000年第4期。

更高阶段的性格的统一:满怀英雄主义的理想的王子一直到最后也没有疯,而是保持着强健的、清醒的理智,将自己的事业在极端中推向顶峰,从而完成了灵魂的塑造"。在第二部分"有毒的爱情"中作者说,"哈姆莱特式的爱是艺术境界中的爱,这种提升了的爱也可以称为有毒的爱,一切都被毒化,都带着淫荡与猥亵的意味","奥菲利娅的悲惨命运衬托出王子内心苦难的深度","他一半盲目、一半清醒,魔鬼附体的他不假思索地犯下了罪孽"。第三部分题为"人心是一所监狱"。作者说什么是生活?生活就是内心的两个对立面的厮杀。"复仇对哈姆莱特来说寸步难行",于是"冲撞,在冲撞中自戕",哈姆莱特只能听从心的召唤,活着延误,报仇雪耻只是理念的象征,牵引他往最后的归宿迈步。最后一部分为"'说'的姿态"。作者认为哈姆莱特的一切努力都为催出一个大写的"人",但是只在哈姆莱特"说的姿态"中,这个"人"的形象脱颖而出,而哈姆莱特不能,我们谁也不能成为他说的那个"人";只是在"'说'的姿态里展示着未来的可能性"。这篇论文的主旨在于揭示《哈姆莱特》永久的艺术生命的奥秘,作者说:"复仇是什么? 复仇就是重演那个古老的、永恒的矛盾,即在人生大舞台上表演生命。""先王和哈姆莱特的精神世界正是人类精神长河发展的缩影。这部剧作所有的不衰的生命也就在此。"①

1990年代最重要的《哈姆莱特》研究的译文是1992翻译出版的布雷德利的《莎士比亚悲剧》中关于哈姆莱特的分析。布雷德利是20世纪英国最重要的莎学学者之一,他被认为是"现代莎学的创始人之一"②。布雷德利遵循他一贯坚持的浪漫主义时期以来对莎士

---

① 残雪:《险恶的新生之路——读〈哈姆莱特〉》,《读书》2000年第5期。
② 孙家琇主编:《莎士比亚辞典》,河北教育出版社1992年版,第336页。

比亚人物进行性格分析的方法,分析了"四大悲剧"中的人物。在评论《哈姆莱特》时,布雷德利依据作品的具体内容批驳了莎学史上解释哈姆莱特"延宕"问题的四种有代表性的观点,首先,批驳了将"延宕""归之于外部的困难的理论";其次,批驳了将"延宕"归之为"内部障碍",即道德和良心上的顾忌的观点;第三,批驳"延宕"的根源为歌德首先提出的哈姆莱特"多愁善感"的观点;第四,批驳了施莱格尔、柯尔律治的观点,即认为《哈姆莱特》为"沉思的悲剧",主人公的"延宕"的根源为犹豫不决,布雷德利认为这种观点"贬低了哈姆莱特、践踏了这出戏"。

布雷德利认为"忧郁是哈姆莱特性格的核心","如忽视此点则无法解释哈姆莱特"。他认为,忧郁致使哈姆莱特无所事事、无所作为;他说忧郁可以解释哈姆莱特两个用其他方式解释不了的事:第一,他的冷漠或怠惰;第二,"他自己也无法理解的为何一再拖延"。

尽管布雷德利用"忧郁"解释了哈姆莱特,但他深感作品中的有些内容并不能用忧郁来解释,他感到了一种矛盾,所以他又说哈姆莱特的性格是无法彻底了解的"这可能由于莎士比亚粗心大意或者是因为写此剧先后花了几年的时间,所以在表现性格这一点上出现了前后矛盾的地方,使我们无法了解他的最终用意";因此即使对作品的全部内容都一一做了具体分析,也还是不能说明哈姆莱特独特的性格。因此在第四讲中,他只是通过对剧情的分析又谈论与他所说的哈姆莱特"性格核心"的忧郁与厌世截然不同的一些性格特征,他说从海上回来后哈姆莱特"开始感觉到自身上的力量",再也不见了厌世感,显示出一种天神的智慧和对真善美的执著追求;"同时哈姆莱特喜欢用双关语、玩弄字眼,是莎士比亚戏剧中唯一能够称得上幽默家的悲剧角色"。哈姆莱特是个高贵的人,他身上可以显示出莎士比亚本人的一些性格特征等等，面对如此自相矛盾的阐释，布雷德利只好对有些问题"暂缓做出结论"，最后则无可奈何地求助于宗教观念，认为剧中的鬼魂明显地包含了民间的宗教观念和暗示了一个关注着人间善恶的至高无上的力量的存在[①]。布雷德利的哈姆莱特论突出地显示了性格分析理论对阐释哈姆莱特的无能为力，遇到了危机，走到绝路，并且为不可知论和神秘主义打开了理论的缺口。

各种批评流派的《哈姆莱特》研究都从不同方面，从正、负两个价值取向给我们以启示，对于我们准确地揭示出《哈姆莱特》的真正内涵都可能转化成一种积极的因素。

1998年3月18日—4月22日初稿，

2005年1月4日—3月30日改写定稿。

参考书目

孟宪强：《中国莎学简史》，东北师大出版社1994年版。

孟宪强：《中国莎学十年》，《外国文学研究》1990年第2期。

孟宪强：《中国对莎士比亚的接受》，《社会科学探索》1998年第2期。

孟宪强：《胡适与莎士比亚——〈中国莎学简史〉自补遗之一》，《四川戏剧》2000年第1期。

孟宪强：《中国莎学史上的延续期——〈中国莎学简史〉自补遗之二》，《四川外语学院学报》2004年第3期。

---

① 〔英〕布雷德利：《莎士比亚悲剧》，上海译文出版社1992年版，第68—160页。

Table of Contents

Translated by Yang Lingui

Preface: Stepping out of Interpretive Myths, Exploring
    Intrinsic Artistic Values of *Hamlet* ·································· 1
Cultural Depository of the Renaissance:
    Textual Specialties of *Hamlet* ·································· 12
"Miniature" of the Late Renaissance:
    Temporal and Spatial Localities of *Hamlet* ······················ 27
A Solemn Tragedy of Society and Life:
    Defining the Genre of *Hamlet* ·································· 37
Delicately Structured Artistic World:
    Dramatic Conflicts in *Hamlet* ·································· 62
Aesthetic Value Transcending Time and Space:
    Ideological Connotation of *Hamlet* ·································· 77
Elite of the Renaissance:
    Hamlet, an Artistic Life of Three Elements ······················ 95
Hamlet, a Scholarly Hero:
    A Comparative Study of Hamlet and Montaigne ················ 111
Artistic Crystallization of Various Factors of Character:
    Complicated Qualities of Hamlet's Personality ···················· 146

"Hold the Mirror up to Nature":
    The Dichotomy of Hamlet's Humanity ……………… 161
Universal Formula of "To be, or not to be":
    Hamlet's Rationalist Philosophy……………………… 177
A Patient Stanza of an Emotional Epic:
    Hamlet's Melancholy ………………………………… 192
Changing Time and Disturbed Consciousness:
    Psychological Mechanism of Hamlet's Delay …………… 208
Wickedness and Crimes Veiled:
    Characters in *Hamlet* (Part I) ……………………… 230
Destruction of the Innocent:
    Characters in *Hamlet* (Part II) ……………………… 247
Witness of History:
    Characters in *Hamlet* (Part III) ……………………… 259
The Masterpiece of Polyphony:
    Multiple Plots in *Hamlet* …………………………… 264
Model of Peculiar Artistic Style: Epical Poetry
    of Individualized Language in *Hamlet* ……………… 279
Model of Dramatic Speeches:
    Language System in *Hamlet* ………………………… 291

Abstract

Translated by Yang Lingui

Preface: Stepping out of Interpretive Myths,
Exploring Intrinsic Artistic Values of *Hamlet*

Shakespearean drama is a product of the late Renaissance civilization. Of his dramatic works, *Hamlet* comes to be the classic of all his artistic talents. For centuries there have appeared numerous misreadings of the play, which contribute to the fabrication of various myths about it. Some critics, for instance, complain about the anachronism and mislocation of its plots; others mingle the work with its sources and claim that it has "two worlds." Such non-artistic criticism has led to much confusion, ending up disintegrating the play's wholeness and its unique locatedness in time and space. Especially, one of the most eminent misinterpretations defines the play as a "revenge tragedy." This categorization has given rise to such an interpretive misorientation as "revenge tragedy-delay of revenge-cause of delay," which dismembers the wholeness of the work and creates the "Myth of Hamlet." Others selectively draw on or even fragment the play, willfully impose their own observations onto it, stretch their inferences, and make subjective assumptions. Or, they take the work as a footnote to some theoretical perspectives, thus segmenting it and its characters and reducing its inherent values. There are even critics who define Hamlet as a "protean figure," a "chameleon," or an "inexplicable riddle." Such misinterpretations have rationalized random scribbling of the play and its characters and may push its criticism to a dead end.

This book purports to all-roundly and scientifically explore the play by employing dialectic materialistic and historical materialistic epistemology and methodology, Marxist aesthetics, and the rudiments of traditional critical categories. At the same time, I will assimilate perspectives from such twentieth-century theories as psychology, cultural anthropology, and linguistics, and will initiate some new critical categories of my own. Arguing against various misinterpretations of the play, I will aesthetically evaluate its cultural qualities, its special location in time and space, its tragic genre, dramatic conflicts, aesthetic values, characterization, plotting, language art, and speech structure. All in all, this book will hopefully lead the reader out of the myths and guide them to the real entrance to the autonomous kingdom of art where they can pick *Hamlet*'s eternal artistic treasures.

Cultural Depositary of the Renaissance:
Textual Specialties of *Hamlet*

Shakespeare's plays are the product of late European Renaissance civilization, cultural deposit of Renaissance movement. Their particular cultural qualities and artistic form are a combination of Greek, Roman, biblical, and native cultures. *Hamlet* was structured on the ancient Denish story of prince Amleth's revenge, combining complicated social life and the tragic life of the struggling hero. In Shakespeare's play, apparitions of falk sources are added to create mysterious, grave atmosphere for Hamlet's revenge. Folk songs and ballads are used in the story of Ophelia that shows the influence of traditional cultures on her and her tragic love. There are many allusions to Greek and Roman myths used to illustrate humanist concepts of "man" and drama: the allusions to Cain and Jephthah in the Bible strengthen the guilt of fraternal murder and misery of daughter sacrifice, stressing the critical theme.

"Miniature" of the Late Renaissance: Temporal and Spatial Localities of *Hamlet*

Shakespeare had to make up for the differences of time and space when he adapted the "ready story" into the "form and pressure" of "the very age and body of the time." To define the particular time and space, Shakespeare embeds the spirit of the time into the "ready story." and appropriately and unnoticeably inserts some important incidents of his time. Thereby, the plots and actions seem like what are "happening today" to his contemporary audience, while they leave the "abstract and brief chronicles of the time" to later generations. In *Hamlet*, the description of intensive preparation for fight reminds people of series of battles in the war between England and Spain at the end of late 16th century: Laertes'military entrance into the court makes the people hear the tumult of the Earl of Essex's early 1601 rebellion. Recorded also is the "dramatic quarrel" between Ben Johnson (1572—

1637) and John Marcedon (1576—1634) between 1599 and 1601. Hamlet's praise and mourning of his father seem to reveal the dramatist' lamentation for Queen Elizabeth I who died in 1603. The second quarto of *Hamlet* was printed in 1604, the same year as the English translation of French scholar Montaigne's Essays, and its length became almost twice the 1603 first quarto. In *Hamlet* we can see Montaigne's omnipresence, which strikingly demonstrates the "feature of Montaigne." Thus, though basing plots on the Denish "ready story," Shakespeare sets the theatrical actions in England and Europe between the end of 16th centruy and 1604.

A Solemn Tragedy of Society and Life: Defining the Genre of *Hamlet*

Hamlet is neither a tragedy of fate, or plot or personality, nor a "Senican tragedy". It is an unprecedented new type of tragedy, a solemn tragedy. *Hamlet* has different aesthetic features from revenge tragedies. The definition is one of the reasons why it has been misinterpreted. The impulses of the avenging hero, the acting characteristics of the avenging object, the involvement of people who are ignorant of the situation, and artistic features are all different from those of revenge tragedies. Particularly its thematic multiplicity is an aesthetic function that a revenge tragedy is void of. *Hamlet* is an "excellent play" created with an "honest method" (II, ii). In it things in society and individual life are contracted into the structure of a revenge story, combining the tragedy of society and life. The conflicts between Hamlet and various characters bring about tragedies of different types including not only social and political tragedies but also ethical and unfortunate love tragedies. *Hamlet* is an incomparable classic of solemn tragedies.

Delicately Structured Artistic World: Dramatic Conflicts in *Hamlet*

A theatrical work is a closed, integrated artistic world of thematic implications and conflicts. The conflict is the material shell within which the character's inner world is revealed and outer activities shown. Different roles and fates of characters have different aesthetic values. The conflict has totally different qualities from its sources. One of the misleading studies is to mix up dramatic conflicts with some elements from the original story. Actually, the conflicts in *Hamlet* are conflicts between Hamlet and other characters; the central one is between Hamlet and Claudius. Hamlet has lost everything and conflicts with all his surrounding world. They are complicated and entangled. The conflicts between Hamlet and Claudius are crucial and are composed of six rounds. A striking characteristic of these conflicts is that they are not open strifes but veiled struggles. Claudius schemes every plot behind the curtain (while other characters go onto the stage alternatively) and finally faces Hamlet's sword and meets his death. Soldiers, clowns and gravediggers also have some functions in the beginning, development, and ending of the conflict; at the same time, they provide with the mass background for the courtly struggle, giving the conflict social and political qualities.

Aesthetic Value Transcending Time and Space: Ideological Connotation of *Hamlet*

The meaning of Shakespeare's plays is beyond the motif. It is multiple, including some other equally important thematic implications. The basic theme of his works is to commend the true, the good, and the beautiful, and to reprimand their opposites – the false, the evil and the ugly. The aesthetic value of the motif has dichotomic tendencies. In each play they take particular forms. The theme of *Hamlet* has three aspects. The primary tone – the spirit of the time and the ideological heart of the Renaissance – is extolment of man. Secondly, the major melody is the critical and fighting spirit. People during the Renaissance who fought for truth and righteousness are praised for their keen criticisms against the wicked and their unwaverable fights against the evil. This is the center of the overall theme. Thirdly, self-recognition the harmony of the theme. In the procedure of self-recognition forms the harmony of the theme. In the procedure of self-recognition, Hamlet negates his philistine life perspectives and his own weaknesses, showing his perfection seeking conception. This adds philosophical color to the play, promoting it to the philosophical level. The ideological connotation of *Hamlet* generalizes the eternal subject of civilization construction and has artistic values that transcend time and space.

Elite of the Renaissance:
Hamlet, an Artistic Life of Three Elements

Hamlet was neither created according to the four principles of tragic characterization as initiated by Aristotle nor stereotyped as the result of one of the four humors, which determine personality in the medieval-early modern theoretical terms. For four centuries, however, Hamlet studies have primarily fallen into these traditions of character analysis. As a result, Hamlet studies have demonstrated a process from approval and applause to discredit and negation of the figure. Twentieth-century studies of the character have gone so far as into an agnostic and disordered state so as to reach a dead end. Actually, Hamlet is a typical artistic representative of the Renaissance progressive figures, created according to the "mirror" dramatic aesthetics, which aims at reflecting the development of the time and the real nature of humanity. In short, he is an artistic life, nurtured with the triple elements of cultural ideology, character, and morality, and is thus an epochal elite and the soul of the time. Hamlet's thoughts contain at once humanist praise and satire of man, comprehensively reflecting humanist ideology of that time. Hamlet is engaged in the bloody struggles for the monarch. In the character, Renaissance political consciousness of supporting legitimate monarchy is combined with medieval conception of kinship revenge. Hamlet has voluntarily taken the social responsibility of setting right the time. For his ideological conflicts and hesitation, Hamlet delays his revenge, which is the famous Hamletian postponement. In the process, nonetheless, Hamlet has not only taken some resolute and courageous actions against Claudius and his accomplices but also trenchantly attacked all social evils. In struggles, Hamlet hurts his lover and commits other mistakes before he eventually kills Claudiu who, then, is rather a criminal plotting against Hamlet than a mere fratricide. Hamlet kills Claudius upon the exposure of the latter's crimes, which means justice's punishment to the evil. At the cost of his life, Hamlet has accomplished two tasks: the vengeance of his father's murder and the removal of obstacles against a legitimate successor to the throne-the epochal commission of setting right the time. Hamlet is a progressive Renaissance figure combating reactionary, corrupt, and evil forces with his tongue, pen, and sword.

Hamlet, a Scholarly Hero:
A Comparative Study of Hamlet and Montaigne

Hamlet is a late Renaissance scholar-like artistic hero. He has received a similar education to that of the French humanist author Montaigne. As a result, they share an admiration of ancient Greek-Roman culture and an emphasis on "self consciousness." Moreover, they both unusually cherish friendship and each have a loyal friend. Hamlet has been influenced by Montaingne through reading the latter's works. Like Montaign, Hamlet occupies himself with concerns and reflections of man. In his speeches, he is concerned with the topics of man, humanity, life, morality, crime, woman, habit, fate, and drama. However, Hamlet does not simplistically follow Montaigne's thoughts on these issues. He implies his own understandings and perspectives. Meanwhile, he ardently grants mid-Renaissance humanist eulogy of man, demonstrating an overall and complete humanist concept of man's greatness and triviality. Hamlet, thereby, has become Renaissance humanist "ideological representative."

Despite, there are striking differences between the two figures. Hamlet does not enjoy a tranquil and comfortable life as Montaigne does. In other words, Hamlet is not a scholar of the study. He has much experienced personal sufferings, agony, and even trauma and has been involved in bloody chaos of the time. He combines the private task of paternal avenge with the social responsibility of setting right the out-of-joint time. In his battles against social evils and crimes, he uses humanist thoughts as a weapon. Thus, as a scholar-like hero, Hamlet also has a soldierly character. And in this sense, he is the artistic model for all Renaissance progressive figures that fought evil, criminal, and corrupt forces using their pens, mouths, and swords.

Artistic Crystallization of Various Factors of Character: Complicated Qualities of Hamlet's Personality

Hamlet was not created according to traditional theatrical theories as a model of characters with a simple personality, rather a realistically described character with complicated personality of the Renaissance time. Hamlet is the artistic crystallization of various factors. His lively but complicated personality is composed of opposing factors-melancholy and pessimism-sanguinity and ardor, hesitation and cowardice-resolution and bravery rationality-irritabillity. Some of the factors are in the process of forming, and developing while others have already become stable elements. Melancholy, hesitation, and pretense of madness appear when sudden occurrences endow Hamlet with serious tasks, while his sanguinity ardor resolution and courage gradually take forms in the course of conflict resolution. Hamlet's character should not be assessed in a simple, absolute prototyped way, or defined one-sidedly. Hamlet is the son of the Renaissance, standing highly at historical turns, demonstrating the conflicting comlicated individuality of people of the Renaissance time.

"Hold the Mirror up to Nature": The Dichotomy of Hamlet's Humanity

Hamlet is the artistic carrier that reveals the two extremes of human nature. The main aspect of his nature is the good though it has bad elements at the same time. Therefore, morally Hamlet is a noble youth who has some shortcomings and mistakes. His goodness lies in his love for people, and badness in his harm to others. His love is neither unconditioned like the universal love the Bible advocates nor like the kinship love in feudal families; neither the spiritual love eulogizied in *New Life* nor epicurean love; neither selfish love seeking for possession nor selfless love only offering. It has a clear tendency towards the true, the good, and the beautiful. He loves those good-moraled, righteous innocent people, and sympathizes those unforunate weak people while he refuses to show good feelings to any moral-violating person, even if that person is his mother. Hamlet's change of attitude towards Ophelia from love to satire is an important example of his bad side which is specific and relative. It has never reached the degree to accept that the end justifies the means because it was not born of greed or envy but of his contempt and hatred over the fake, the ugly, and the evil, unadvertently hurting others. Hamlet's change of attitude towards Ophelia from love to satire is an important example of his bad side and in the reasons of her tragic fate. Due to the change, Hamlet repeatedly hurts her with vulgar language. Furthemore, he kills her father by mistake, resulting in her madness and death.

Universal Formula of "To be, or not to be": Hamlet's Rationalist Philosophy

"To be, or not to be" is the essence of Hamlet's rationalist philosophy, which postulates a constant, universal formula of the relationship between cognition and action. As the play's key linguistic structure, "To be, or not to be, that is the question" consists of positive and negative elements, which are the stable basis of the binary choice. The formula demands "nobility in reason" for a choice between the opposites. It is thus also a synthetic form of a philosophical proposition. The options in the pattern are replaceable in specific discursive contexts. With replacements, the optionality of the formula generates functions of rationalistic philosophy. Various subpatterns can be derived from the formula: the judgmental expression of being or not being; the behavial option of doing or not doing, the existential thought of living or not living. Hamlet uses this formula, along with its derivations, as his cognitive model to reflect on series of events in his life. With this model, he ponders, for example, whether or not the Ghost's narrative is trustworthy; which is more noble – to rebel or to endure; to live or to suicide; whether or not to kill Claudius in prayer. Within this mental structure, Hamlet debates over crucial choices and attempts to solve all those problems. Using the cognitive functions of rationalist philosophy, Hamlet no longer regards blood revenge as individual activity and associates his fight against evil forces with the common human cause of justice. All his action, thereby, bears the characteristics of heroism that eternally transcends time and space.

A Patient Stanza of an Emotional Epic: Hamlet's Melancholy

The Shakespearean theatre is an emotional epic. It vividly describes the formation and development of some eternal commonly-shared emotions and their roles in the fate of some character. Tolstoy once approved Shakespeare, saying "(Shakespeare was) good at organising those scenes in which emotions are described," and "in some scenes of his plays emotional movement-its acceleration and growth, and the intermingle of conflicting feelings are usually accurately and powerfully described." In Hamlet, Shakespeare does accurately and powerfully describe acceleration of melancholy and its intermingling with other feelings. Hamlet is not a person of depression. His depression is the emotional suffering caused by sudden, great misfortune, which is hard to express and remains in Hamlet's mind and thus makes a sullen prince. Melancholy once led Hamlet to a certain degree of pessimism when he thought of suicide. However, his melancholy has not possessed him for long. His ardor replaces those unreleased feelings. He vents at his melancholy and restores his original nature: his cheerfulness and enthusiasm for life. The formation, evolution and release of Hamlet's melancholy are not only vivid and specific, but contain profound ideological contents and critical spirit. Hamlet is a touching stanza of Shakespeare's emotional epic.

Changing Time and Disturbed Consciousness: Psychological Mechanism of Hamlet's Delay

Shakespeare is a master of psychological description vividly describing the mental mechanism of some important actions of his characters. He stuffs various notions of his time into Hamlet's psychology in which his hesitation and delay of revenge are rooted. Scholars in several centuries have made painstaking research into the subject and have never reached an agreement. They name it as an enigma, assuming that no mateials about Hamlet can decode it. The psychological school of the early 20th century, adopted "Oedipus Complex" to interpret it, meeting with attacks. However, it casts new light onto the study of Hamlet's hesitation; it breaks the tradition of character studies and employs psychoanalyses of the conscious phase of Hamlet's hesitation. Hesitation is a common mental state: by itself, hesitation does not mean any psychological inclination, for man may hesitate over things of different qualities. The result of the mental movement should not be generalised, and common hesitation is nothing of personality. Hamlet's hesitation is a general mental psychology. Its mental mechanism is the conscious perplexity resulted from the entanglement of opposing concepts. This is the real reason of Hamlet's delay. In Hamlet conscious factors of different qualities are combined: the idea of father avengence and the awareness of setting up the disordered time; the latter is stressed so that Hamlet pays more attention to his fight against the wicked reality while the former is weakened and emersed in the latter and even forgotten. The negation of man's value, a new conscious factor is originated in the splitting of the notion of man's value. Both factors are strong and thus frustrating action. Hamlet's scientific thoughts collide against superstitious and fatalistic conception. As a result, the latter always dispels the former and interrupts action, making it inactive. Conscious perplexity leads to his hesitation and delay. But when his thoughts are clear and tasks definite, Hamlet overcomes perplexity and restores witted and resolute character. Hamlet's hesitation accommodates various ideological concepts of that changing time and demonstrates their influences of variors types on people.

Wickedness and Crimes Veiled: Characters in *Hamlet* (Part I)

Claudius and Gertrude are origin of crimes. Guildenstern, Rosencrantz, Laertes and Osric participate, in different means and degrees, in Claudius's scheme against Hamlet. These people under the lead of Claudius have a common characteristic; their wickedness and crimes are all veiled. Claudius is a Machiavellian having great desire for power, a hypocrite, with evil's heart wrapped in an honest look. Gertrude dissimulates and hides her lust under serenity and refinement. She was once a bad woman who betrayed love and neglected maternity to satisfy her lust and is finally awakened. Guildensterm and Rosencrantz are treacherous sycophants, worming themselves into power while pretending to be loyal. They are complices of Claudius and finally meet their ignominious death. Laertes used to be a gentle youth, but his Machiavellian ideas lead to his being tempted by Claudius, and he becomes a vehicle of Claudius to plot against Hamlet, covering his ignoble idea of killing under the spirit of chivalry. At the moment of death, he exposes Claudius' intrigue and reconciles with Hamlet, washing away his defects with repentance and blood. Osric is a model of servile courtiers, hiding his self-conceit under his humbleness. He is a disgusting "water-fly": his pretentiousness cannot hide his emptiness and ignorance. He is an indispensible character for Claudius's last plot.

Destruction of the Innocent: Characters in *Hamlet* (Part II)

Polonius is an imbecile old man thinking himself clever; whereas, Ophelia is a naive, pure, obedient girl. However, they have a common quality; they are both good people. Their ruin is caused by both others and themselves. Their good-willed mistakes finally result in their tragedy. Polonius lives in his knowledge from books and past experience. He lacks sensibility of realistic things and takes his false ideas as reality so as to misjudge things. He prevents his daughter from loving Hamlet because of his bias: he mistakenly asserts that Hamlet has got mad because his love is denied by

Ophelia: he reports his finding to Claudius and suggests that they arrange a meeting between Hamlet and Ophelia to test the prince. Actually, he is doing a foolish thing out of good will. Ophelia follows her father's arrangement suffering humiliation from Hamlet. To test his guess Polonius eavesdrops the talk between Hamlet and Ophelia and is unjustifiably killed. And his death is a shock to Ophelia who becomes insane and drowns herself. The death of the two people implies philosophical thoughts on human fates.

Witness of History:
Characters in *Hamlet* (Part III)

Horatio is a typical humanistic character. He is concerned with everything of his nation and becomes a witness of history. He approves the prosperity during the past king's reign. He is a votary of enlightened sovereignty. He shows his concern over the old King's death and stops his studies and returns to Denmark and becomes an observer of significant national affairs. He asserts, according to an ancient Roman legend, that the appearance of the apparition "bodes some strange eruption to our state." He is not only an ally with Hamlet for revenge but also a spiritual supporter, a loyal comrade of Hamlet's struggles. After Hamlet dies, Horatio becomes a narrator of those important national events. If Hamlet is a humanistic fighter, then Horatio is a sober-minded humanistic scholar. The two characters mutually complement, demonstrating different roles that different types of humanists of the 17th century played.

The Masterpiece of Polyphony:
Multiple Plots in *Hamlet*

Most Shakespeare's plays are "polyphonic" with multiple plots so that vividness and richness become one of their major characteristics. Hamlet is a masterpiece of Shakespearean polyphonic art. There is a central plot, and in parallel with it are three other plots and several plot points, full of actions, events including over 40 plot knots which are the basis of vividness and richness. The central plot is inter-twined with parallel plots, forming multiple phases of plot space and flowing state of plots. Some plot knots function to form contrasts so that they foil and echo each other to create breathtaking aesthetic effects. The unconnected plot points, composed of activities of soldiers, clowns and gravediggers, play the artistic role of starting, promoting plots, and creating dramatic atmosphere.

Model of Peculiar Artistic Style:
Epical Poetry of Individualized Language in *Hamlet*

Hamlet has a unique artistic style, which organically combines the two opposing aesthetic processes——the tragic and the comic. The tragic aesthetics of the play lies in a major structure of Hamlet's responding to the call for the vengeance of his father's death, revealed by the Ghost's narration of the murder. This structure, occasionally interposed with intrigues, graveyard scenes, skulls, poisonous sword, venomous wine, killings, bleedings, and other dramatic elements, brings out the aesthetic qualities of the play-sublimity, solemnity, profundity, and melancholy-and purges the audience's mind with fear and pity. Meanwhile, the play integrates such secular, comic elements as domestic scenes, satiric garbs, and humorous gags and jokes, forming its comic aesthetics-mediocrity, obscenity, ignobility, and farce-amusing the audience in the mid of laughter and irony. The crucial factor in the establishment of the peculiar artistic style is the individualized language used by characters. Shakespeare's drama is poetic drama, an unprecedented dramatic genre, in which most of the lines are in blank verse with a few rhymed verse. In *Hamlet* there are 3776 blank and rhyme verse lines, counting seventy-two percent of all lines, and the rest twenty-eight percent is in prose. These verse lines contain various poetic genres-epic, narrative, allegoric, lyric, satiric, and even ragged verses-the basic elements of Shakespeare's unique artistic style. *Hamlet* is the model of Shakespeare's tragic style; its characters' speeches are a miniature of his individualized language. Hamlet is good at allusions, rhetoric usages, i.e., metaphor, parallel, antithesis, hyperbole, rhetorical questions, etc. These elements make his language representative of the time, radical, and allegorical, combining both the rational and the emotional, and sometimes humorous, jocular, and even obscene, words. Claudius uses an argumentative, rhetorical style; such syntactical structures as "because ... therefore ... " are employed to legitimize or rationalize his behaviors, and cover his evil and intriguing doings. Polonius is loquacious, stylish, and pretentious; a garrulous, smug, foolish comic figure, he likes to show off his erudition and diction. Ophelia is obedient and tender, which is demonstrated in her language style; even when she becomes insane, she sings from folklores of ballads, showing a virtuous maid's love for her relatives. Furthermore, the minor character's language is also unique to the particular identity. Osric speaks in a sycophant, pretentious, showy way; soldiers speak tersely; Players talk humbly like servants, and Gravediggers are kings of clownish garbs, jokes, and slang.

Model of Dramatic Speeches:
Language System in *Hamlet*

A drama is made up of dialogues; dialogues, side speeches and soliloquies are the basic modes of its language system. Speech lines have not only the rhetorical meaning of the common language (eg. similes, metaphors, hyperbole, and puns), but special structural qualities. Their meanings, qualities and functions are very different from those of narrative sentences in novels and from those of rhythmic lines in poetry. In *Hamlet*, Shakespeare employs the most accurate types of lines of particular meanings, qualities and functions according to the particular attitudes of particular Characters in particular situation towards particular matters, such as lines of surface meanings, lines of deep meanings (with vertically deep and tortuous deep types), horizontal lines, vertical lines (with clockwise and counter-clockwise types), intra-going lines: successive lines (with definitely-oriented and multiply-oriented types), and unsuccessive lines. All those means help create the aesthetic functions of characterizing, developing plots, and elucidating the theme, and make the lines of speech in this play a model of dramatic language.

后　　记

　　这部以19篇论文构成的《哈姆莱特》专论,是我20多年的酝酿、思考、探索,陆续完成和反复修改的研究成果。早在1980年代初我就对《哈姆莱特》产生了浓厚的兴趣,并把对这部奥蕴深藏的世界名著做出科学的诠释、找出"哈姆莱特问题"的谜底,作为我莎学研究的攻关课题和理论建构的最高目标。当时我设计了一个《〈哈姆莱特〉十题》的纲目,可是刚刚动笔就感到困难重重;既不同意前人的观点,但还难以形成个人的批评话语,于是在1983年年底完成了《哈姆莱特》台词研究的论文之后就决定暂不进行,以待来日。这篇论文我没有用传统的修辞学理论去分析《哈姆莱特》运用语言的艺术特色,而是根据语言学原理自己提出了一套新的范畴来剖析《哈姆莱特》的台词结构。在该文中我运用自己创造的台词的"表层涵义、深层涵义,纵向性台词、横向性台词、内向性台词、连续性台词、无续性台词"等解读了《哈姆莱特》堪称典范的、无比精湛的台词艺术。我把这篇论文投到上海戏剧学院的学报《戏剧艺术》编辑部,很快就发表了。《哈姆莱特》研究的第一个成果确定了我以后认知莎士比亚及《哈姆莱特》的理论指向,那就是对莎作进行独立的、科学的研究,用自己的观点、自己的思维方式,构筑自己的理论体系。1984年、1985年我把研究莎士比亚的悲喜剧作为走进莎士比亚戏剧王国的突破口,两年间连续发表四篇专论莎士比亚悲喜剧的论文,第一次明确提出《特洛伊罗斯与克瑞西达》、《终成眷属》、《一报还一报》是悲喜剧，是莎士比亚戏剧第五种类型的观点，同时具体地阐释了莎士比亚悲喜剧的美学特征。《外国文学研究》杂志1985年第2期的"国内学术动态"栏以《莎士比亚的悲喜剧的特征》为题摘要介绍了我的观点；美国著名的《世界莎士比亚目录卷》(World Shakespeare Bibliography)1985年的第37期收入了我的《特洛伊罗斯与克瑞西达》与《终成眷属》两篇论文的内容提要；1986年我的论文《莎士比亚的第一部悲喜剧——论〈特洛伊罗斯与克瑞西达〉》获吉林省首届社会科学优秀成果奖。关于莎士比亚悲喜剧研究所取得的成果和所产生的影响，进一步坚定了我为自己所确立的莎学研究的理论追求。

1986年4月参加"首届中国莎士比亚戏剧节"，为中国莎剧演出的巨大成功激动不已。为了向世界介绍中国莎学的历史和成就，我决定撰写一部关于中国莎学史的著作，这年下半年就投入到这项写作工程之中，历时8年，1994年9月，《中国莎学简史》获东北师范大学出版基金资助出版。在"前言"中我对自己莎学研究的特点做出了理论上的概括，那就是"力图对莎士比亚的戏剧做出个人的理解，以形成具有时代特色的莎学理论体系、思维模式和独特风格"，而这也正是解读《哈姆莱特》的理论宗旨。

在写作《中国莎学简史》期间我继续着对莎剧的研究，一方面搜集、积累关于《哈姆莱特》的各种资料，一方面从不同的视角去研究莎士比亚的戏剧作品，为研究《哈姆莱特》提供一个宏观的背景，奠定一个坚实的基础。1991年发表了《莎剧论纲》，从十个方面论述了莎剧巨大的艺术成就。1994年发表了《莎士比亚创作分期新论》，第一次将莎士比亚的创作分为五个时期，并认为历史剧不仅为莎士比亚创作奠基期成功的开始，而且为其回归期的最后终结，突出了历史剧在莎士比亚创作中的重要地位和价值。该文收入中国人民大学复印资料《外国文学研究》1995年第2期；1996年获吉林省第三次社会科学优秀成果论文一等奖。此外，还发表了关于喜剧《皆大欢喜》、《威尼斯商人》，悲剧《裘力斯·凯撒》、《哈姆莱特》，历史剧《亨利八世》，传奇剧《暴风雨》的论文；其中《一部具有政治色彩的抒情喜剧——论〈皆大欢喜〉》获1987年度东北师大优秀科研奖，《时代嬗变与意识困扰——哈姆莱特踌躇新解》的基本观点由《高校文科学报文摘》做了简介，《是开明君主，还是独裁暴君——论裘力斯·凯撒的形象》的内容提要被收入《世界莎士比亚目录卷》（*World Shakespeare Bibliography*）1996年第48期。这些论文从整体上对莎剧天才的独创性和内涵的丰富性获得了相当的认识，我认为这时可以把莎研的重点转回到《哈姆莱特》了。

从1995年5月我就全力撰写《三色堇——〈哈姆莱特〉解读》。在写作过程中我坚持重在文本、重在论证的研究方法，对作品全面、具体、详细地审视，不漏过每一个细节；所提出的新的命题、新的范畴、新的观点都是从对《哈姆莱特》这个自在的艺术王国里全部人物的活动与语言中合乎逻辑地抽象出来的，并对其逐一进行严密的近乎考证的条分缕析，因此这些新命题、新范畴、新观点都具有可证实的科学属性。经过两年多的努力到1997年年底完成了全书的初稿。我认为初稿中有两个重大的理论上的突破，一是对《哈姆莱特》悲剧类型的重新界定，一是对哈姆莱特艺术生命的有机整合。

首先，我发现以往造成对《哈姆莱特》误读的最主要的根源就是400年间已成定论的认为《哈姆莱特》是一部文艺复兴时期流行的典型的复仇悲剧。我认为这种误读成为进入《哈姆莱特》艺术王国的藩篱，它阉割了哈姆莱特的有机生命，经过对《哈姆莱特》与一般复仇悲剧深入而具体的比较研究,提出了一个新的范畴,即《哈姆莱特》不是复仇悲剧,而是一部以复仇故事为框架,包括多种悲剧成分——除复仇悲剧成分之外,还包括社会悲剧、政治悲剧、家庭悲剧、爱情悲剧等悲剧成分,它是一部前所未有的新型悲剧,我为之命名为"严肃悲剧"。这个范畴的提出颠覆了原有对《哈姆莱特》认知的基础,重建了一个新的认知平台,这就给审视《哈姆莱特》提供了一个高屋建瓴的视角,由此即可以看到《哈姆莱特》的全景图,就可以看到哈姆莱特的真面目。这种颠覆性和重建性就成为我的《三色堇——〈哈姆莱特〉解读》重要的理论特征。书中用了相当长的篇幅对《哈姆莱特》悲剧类型重新界定的问题进行了近于无可辩驳的论证,并从严肃悲剧这个视角批判地审视四个世纪《哈姆莱特》研究中对我国最有影响的观点,在与种种误读的争辩、质疑和否定的过程中阐释自己的学术见解,揭示《哈姆莱特》不朽的艺术价值。根据这种情况我认为采取论文的方式可以更深入地论证我的原创性的理论观点,完成本书的宗旨。最后确定了19个题目,它们既各有其相对的独立性,同时它们之间存在着有机联系,合起来架构成解读《哈姆莱特》完整而系统的理论话语。

其次,我发现以往对哈姆莱特误读的根源在于将其视为一个复仇者的艺术典型,由此将研究的视点聚焦于哈姆莱特复仇延宕的问题上,这就造成了文艺批评史上罕见的聚讼纷纭,人为地制造出一个所谓的"哈姆莱特问题"之谜,并声言它并没有谜底,于是20世纪末"一千个人就有一千个哈姆莱特"的说法成为时髦之谈,并似乎成为一种公论。此外根据传统的人物性格理论对哈姆莱特所进行的带有主观性、片面性、表面性和一般性偏颇的定性,也造成了对哈姆莱特有机生命的种种臆想、肢解和扭曲。我认为哈姆莱特并不是按传统的人物性格理论塑造出来的复仇者的典型,也不是某种性格的典型,而是一个按照莎士比亚新的戏剧理论创作出来的由文化思想、感情性格和道德人性这三重元素凝结而成的复杂的有机生命,是文艺复兴时代的社会精英的艺术形象,1995年我在《文艺复兴时代的骄子——哈姆莱特新探》中具体地阐述了上述观点,第一次提出"哈姆莱特是个蒙田式的人物"的命题,该文内容提要被收入《世界莎士比亚目录卷》(*World Shakespeare Bibliography*)1996年的第48期。1997年年底当我完成《〈哈姆莱特〉解读》初稿时真的感到了一种完成攀登的喜悦和兴奋;虽然我不敢有登山运动员登上峰顶的那种确定无疑的成功与自豪,但我毕竟是经历了攀登的种种艰辛、紧张、满足与激动。

1998年我从头到尾地审读初稿,补正了某些疏漏,修改了某些不当,并对不太满意的两篇进行了大刀阔斧的加工。在加工后的论《哈姆莱特》思想内涵的那篇,第一次提出《哈姆莱特》的主题具有多元价值取向的观点,提出并论证了这部作品中所涵纳的具有永恒意义的人类精神文明成果,体现出独特的多元价值取向,它蕴含了人文主义精神、理性精神、批判精神、自省精神和戏剧的现实主义精神。在修改后的论哈姆莱特"踌躇"的那篇第一次提出犹豫、踌躇为人类本能之一的观点,并明确提出犹豫踌躇的过程及其终结都不具有确定的价值取向,其正面与负面的价值都只能具体分析。该文运用心理分析观点论述了哈姆莱特所接受的复仇观念与其头脑中固有的个人无意识层中的社会责任情结,集体无意识层中的上帝情结和意识层中的命运观念的冲突、撞击,对复仇观念起到了一种阻碍和制约的作用,这就是哈姆莱特踌躇的根源,其结果则是将个人的复仇升华为承担重整乾坤的社会责任和同丑恶与罪行进行的一场斗争。这年年底我又向东北师大出版基金提出申请，可能因为我已经退休且已经获得了一次，所以此次未能获准。我想，这也可能是一件好事；这样还可以有更多的时间对书稿进一步地推敲和润色。我深知出版专业性很强的学术著作的艰难，同时也觉得经过一段时间之后可能还会发现书稿中的某种不足，晚些时日出版就会减少那种难以避免的出版之后的遗憾，于是将整理好的书稿置于书柜之中。1999年之后我就转向了另一部书稿《中国接受莎士比亚文化价值取向的历史演变》的写作。

2000年10月，东北师范大学决定组成一个三人代表团（我为成员之一），参加2001年4月在西班牙巴伦西亚举行的第七届世界莎士比亚大会。我将本书各篇前面的中英文内容提要抽出来分别编排在一起，以《对一个自在的艺术王国的全方位的科学考察》为题，由东北师大莎士比亚中心印成了小册子，封面上题词为"献给第七届世界莎士比亚大会"。在参加大会时我们将带去的几十本小册子赠给了大会、国际莎士比亚协会、莎士比亚生地托管会、部分与会学者和采访我们的西班牙《东风报》的记者。2001年6月4日，国际莎士比亚协会秘书长苏珊·布洛克博士（Dr Susan Brock）来信说该小册子已被莎士比亚中心图书馆（Shakespeare Centre Library）收藏。

2001年我再一次审读书稿，拟定稿后打印出来以便联系出版。这年年底南京大学从丛副教授寄来了她的论文《再论哈姆莱特并非人文主义者》，她对拙文《文艺复兴时代的骄子——哈姆莱特新论》予以较高评价并指出了该文的影响。从丛说："90年代中期，我国著名莎学专家孟宪强先生提出了一种重要的学术新见：'哈姆莱特是一个蒙田式的人文主义思想家'"，"就笔者所知在最近出版的中学生课外必读书导读读物中至少有一种是按照这种新见解撰写的"，她在注释中说,这本导读读物就是北京京华出版社出版的由薛晓金撰写的《解读〈哈姆莱特〉》。从丛虽然认为我"关于蒙田思想对《哈姆莱特》创作之重要影响的论证,是颇具说服力的",但同时她重申自己的观点:"哈姆莱特并非人文主义者。"她在论文的最后说拙文所提出的观点"对错参半",她说:"真正具有时代性和人民性的'时代之子'是剧作家莎士比亚而非哈姆莱特。"[①] 从丛的论文引起了我对自己观点的反思:当时提出"哈姆莱特是蒙田式的人物"所依据的是蒙田语录的小册子,而非蒙田的全部著作,因此立论可能出现纰漏。为此,2002年初我购买并阅读了汉译三卷本的《蒙田随笔全集》,做了大量摘记并进行了分类整理,同时仔细地阅读了蒙田的传记,以后用了将近四个月的时间集中精力对原来那篇论文进行大幅度的修改与增补,重新写成了《哈姆莱特与蒙田的比较研究——一个学者式的英雄人物》。这篇论文长达2万字,用具体材料进行对照,从13个方面论证了哈姆莱特的思想是蒙田式的人文主义思想;但由于哈姆莱特与蒙田的经历遭遇不同,所以哈姆莱特不是蒙田式的书斋学者,也不是"思想家",而是一个具有蒙田式人文主义思想并同丑行与罪恶进行斗争的英雄人物。这篇论文坚持并丰富了原来论文中的基本观点,同时修正了原来论文中对哈姆莱特不够全面的整体定性。这篇论文成为本书的核心和灵魂。完成这篇论文的时候,我真的感到找到了哈姆莱特的生命之源。此外,对相关的几篇分析哈姆莱特形象的论文也进行了不同程度的修改。至此我认为我已经尽自己之所能达到了既定的理论目标,构筑起具有独特个性的研究《哈姆莱特》的理论系统,现在将它奉献给读者对我来说大概不会留有太多的遗憾了。

[①] 从丛:《再论哈姆莱特并非人文主义者》,《南京大学学报》2001年第5期。

本书从1997年完成初稿到2002年8月定稿历时6年,这时我才真正领悟到古罗马诗人贺拉斯的名言"放它九年,先不拿出"的意蕴和价值。

我特别希望外国学者能够了解一个普通的中国学者对《哈姆莱特》的基本观点,所以我请杨林贵先生(当时他在东北师大外语学院任教,现在美国A&M大学做博士后)将目录和内容提要译成了英文。杨林贵先生是在1997年8月去美国攻读英美文学博士学位临行前的紧张忙碌的日子里为我赶译出来的,而在以后的5年间他又陆续为我翻译补写和改写的"内容提要",在这里向他表示感谢!在此,我还要特别感谢南京大学的从丛副教授。1995年她就曾帮我将一篇莎学论文译成英文,令我终生难忘。这次她又给了我一个更大的帮助:如果没有她那篇论文的促动,就不会有全书最重要的核心篇章;只是在我完成了这个核心篇章的时候,我才感到真正认识了哈姆莱特,所以这时我才能以一种十分踏实和自信的心情搁笔。

在这里我还要感谢东北师大的领导,以及东北师大出版社对我莎学研究的重视与支持;毫不夸张地说,如果没有他们的鼎力相助,就绝不会有我在莎学研究方面的种种进展。从1980年代中期开始我为中文系本科生讲授了十年"莎士比亚研究"选修课,并招收了以研究莎士比亚为重点的硕士研究生;1994年学校正式成立"东北师大莎士比亚研究中心",党委书记盛连喜教授(当时任副校长)亲自到会讲话;1988年以来,学校出版社先后出版了三本由我撰写、主编的莎学专著和文集(《中国莎学简史》、《莎士比亚的三重戏剧》、《中国莎学年鉴》)其中,《中国莎学简史》出版后引起了较大反响,国内外十多种报刊发表评介,内容提要被收入1994第46期的《世界莎士比亚目录卷》(*World Shakespeare Bibliography*),1995年4月25日美国《纽约时报》北京分社首席记者郁培德(Patrick E. Tyler)为此对我进行了关于中国莎学的专题采访,1998年该书获吉林省第4届社会科学优秀成果奖。在我退休四年之后,杨忠副校长还特别批给我经费去西班牙参加第七届世界莎士比亚大会……这些往事都历历在目,令我永远铭记于心;我的这种得天独厚的幸运被国内外莎学同行和朋友们称羡不已。每当我想起或谈起这些事情的时候,就抑制不住地涌起一种由衷的感情之情;我愿把这种感激之情转化成一种能量,以我余生有限的微薄之力,继续为中国莎学的发展以及中国莎学跻身国际莎坛做出新的努力,贡献新的成果。

我希望本书能够成为进入《哈姆莱特》艺术王国的向导,阐释《哈姆莱特》艺术奥秘的说明,揭示"哈姆莱特问题"的谜底。然而任何美好的愿望都不等于客观事实,因此,只有在时间的检验中,在专家、学者、同行及读者的批评中才能显示其实际的价值。

作　者

1997年6月26日—6月28日

2002年9月12日—9月23日

2004年10月4日—10月12日

于长春